U0918488

上

哲学与人生

张君劢◎著

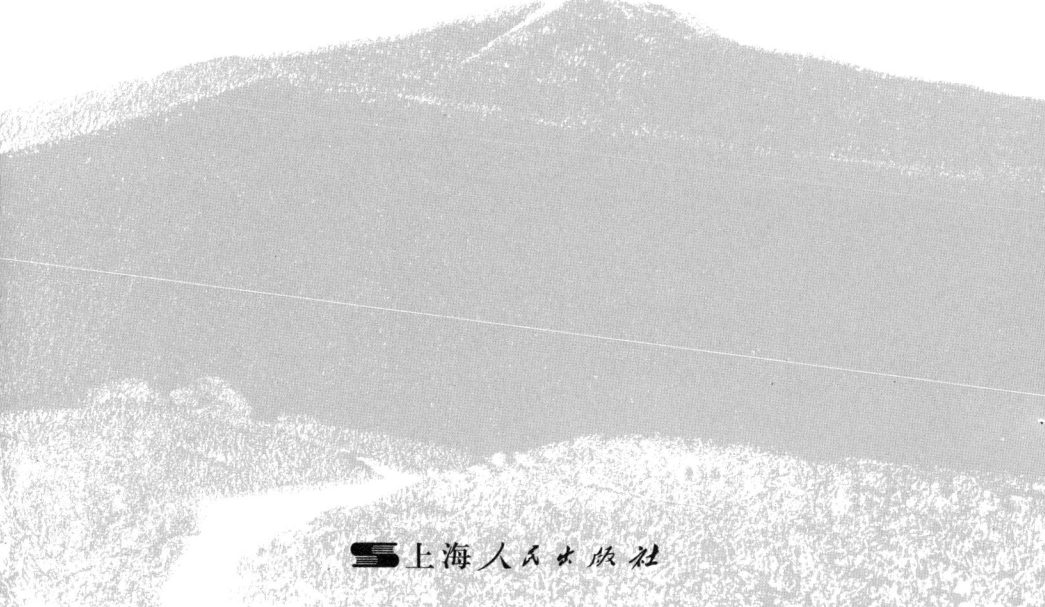

上海人民出版社

出 版 说 明

张君劢是中国近现代著名的思想家，也是“新儒家”八大家之一。他博学多闻，在学术领域，尤其是儒学方面有着深刻的洞见，时至今日，其著作仍有研究和阅读价值。

因张君劢的著作大陆整理者较少，文献资料不全，故本书在编选过程中参阅了大陆与台湾多部文集，从中筛选出近四十篇文章，其中半数以上乃大陆首次出版。由于时代差异，张君劢先生在翻译外国人名、地名时所用译名与现代通行译名差别较大。本书在编辑时，为尊重其行文，在文内不作更改，只加注予以说明。对于作者在前后文中同一人名、地名的译名不同的情况，编辑择其一在文中作了局部统一。为方便读者查找，书后还附有译名对照表。

值得一提的是，本书在编选过程中，受到张君劢协会原会长孙善豪先生帮助良多，没有他无私分享和提供张君劢著作的许多珍贵资料，本书的出版将颇费一番周折。遗憾的是，书尚未付梓，孙教授却因病撒手人寰。如今本书得以顺利面世，希望孙先生在天之灵能多几分宽慰。

本书内所有注释均为编者所加。

目　　录

卷五　中西印哲学比较与评介

卷一

人生观论战

人　生　观

诸君平日所学，皆科学也。科学之中，有一定之原理原则，而此原理原则，皆有证据。譬如二加二等于四；三角形中三角之度数之和，等于两直角：此数学上之原理原则也。速度等于以时间除距离，故其公式为 $s=\frac{d}{t}$；水之元素为 H_2O：此物理化学上之原则也。诸君久读教科书，必以为天下事皆有公例，皆为因果律所支配。实则使诸君闭目一思，则知大多数之问题，必不若是之明确。而此类问题，并非哲学上高尚之学理，而即在于人生日用之中。甲一说，乙一说，漫无是非真伪之标准。此何物欤？曰，是为人生。同为人生，因彼此观察点不同，而意见各异，故天下古今之最不统一者，莫若人生观。

人生观之中心点，是曰我。与我对待者，则非我也。而此非我之中，有种种区别。就其生育我者言之，则为父母；就其与我为配偶者言之，则为夫妇；就我所属之团体言之，则为社会为国家；就财产支配之方法言之，则有私有财产制、公有财产制；就重物质或轻物质言之，则有精神文明与物质文明。凡此问题，东西古今，意见极不一致，决不如数学或物理化学问题之有一定公式。使表而列之如下：

（一）就我与我之亲族之关系
- 大家族主义
- 小家族主义

（二）就我与我之异性之关系
- 男尊女卑
- 男女平等
- 自由婚姻
- 专制婚姻

（三）就我与我之财产之关系
- 私有财产制
- 公有财产制

（四）就我对于社会制度之激渐态度
- 守旧主义
- 维新主义

（五）就我在内之心灵与在外之物质之关系
- 物质文明
- 精神文明

（六）就我与我所属之全体之关系
- 个人主义
- 社会主义（一名互助主义）

（七）就我与他我总体之关系
- 为我主义
- 利他主义

（八）就我对于世界之希望
- 悲观主义
- 乐观主义

（九）就我对于世界背后有无造物主义之信仰
- 有神论
- 无神论
- 一神论
- 多神论
- 个神论
- 泛神论

凡此九项，皆以我为中心，或关于我以外之物，或关于我以外之人，东西万国，上下古今，无一定之解决者，则以此类问题，皆关于人生，而人生为活的，故不如死物质之易以一例相绳也。试以人生观与科学作一比较，则人生观之特点，更易见矣。

第一，科学为客观的，人生观为主观的。科学之最大标准，即在其客观的效力。甲如此说，乙如此说，推之丙丁戊己无不如此说。换言之，一种公例，推诸四海而准焉。譬诸英国发明之物理学，同时适用于全世界。德国发明之相对论，同时适用于全世界。故世界只有一种数学，而无所谓中国之数学，英国之数学也；世界只有一种物理学化学，而无所谓英法美中国日本之物理化学也。然科学之中，亦分二项：曰精神科学，曰物质科学。物质科学，如物理化学等；精神科学，如政治学生计学心理学哲学之类。物质科学之客观效力，最为圆满；至于精神科学次之。譬如生计学中之大问题，英国派以自由贸易为利，德国派以保护贸易为利，则双方之是非不易解决矣；心理学上之大问题，甲曰智识起于感觉，乙曰智识以范畴为基础，则双方之是非不易解决矣。然即以精神科学论，就一般现象而求其平均数，则亦未尝无公例可求，故不失为客观的也。若夫人生观则反是：孔子之行健与老子之无为，其所见异焉；孟子之性善与荀子之性恶，其所见异焉；杨朱之为我与墨子之兼爱，其所见异焉；康德之义务观念与边沁之功利主义，其所见异焉；达尔文之生存竞争论与哥罗巴金①之互助主义，其所见异焉。凡此诸家之言，是非各执，绝不

① 哥罗巴金：今译为克鲁泡特金（Pyotr Alexeyevich Kropotkin，1842—1921），俄国地理学家，无政府主义运动的最高领袖和理论家。其代表作有：《一个革命者的回忆录》《互助论》等。

能施以一种试验，以证甲之是与乙之非。何也？以其为人生观故也，以其为主观的故也。

第二，科学为论理的方法所支配，而人生观则起于直觉。科学之方法有二：一曰演绎的，一曰归纳的。归纳的者，先聚若干种事例而求其公例也。如物理化学生物学所采者皆此方法也。至于几何学，则以自明之公理为基础，而后一切原则推演而出，所谓演绎的也。科学家之著书，先持一定义，继之以若干基本概念，而后其书乃成为有系统之著作。譬诸以政治学言之，先立国家之定义，继之以主权、权利、义务之基本概念，又继之以政府内阁之执掌。若夫既采君主大权说于先，则不能再采国民主权说于后；既主张社会主义于先，不能主张个人主义于后。何也？为方法所限也，为系统所限也。若夫人生观，或为叔本华、哈德门①的悲观主义，或为兰勃尼孳②、黑智尔③之乐观主义，或为孔子之修身齐家主义，或为释迦之出世主义，或为孔孟之亲疏远近等级分明，或为墨子、耶稣之泛爱。若此者，初无论理学之公例以限制之，无所谓定义，无所谓方法，皆其自身良心之所命起而主张之，以为天下后世表率，故曰直觉的也。

第三，科学可以以分析方法下手，而人生观则为综合的。科学关键，厥在分析。以物质言之，昔有七十余种元素之说，今则

---

① 哈德门：今译哈特曼（Eduard von Hartmann，1842—1906），德国哲学家，主张宇宙本体是“无意识”，在伦理学上持悲观主义。主要著作有《无意识的哲学》。

② 兰勃尼孳：今译莱布尼茨（Gottfried Wilhelm Leibniz，1646—1716），德国哲学家、数学家。在哲学上，莱布尼茨以乐观主义最为知名，与笛卡尔、斯宾诺莎被认为十七世纪三位最伟大的理性主义哲学家。代表作有：《神义论》《单子论》《论中国人的自然神学》。

③ 黑智尔：今译黑格尔（G.W.F. Hegel，1770—1831），德国著名哲学家。

分析尤为精微，乃知此物质世界不出乎三种元素：曰阴电，曰阳电，曰以太。以心理言之，视神经如何，听神经如何，乃至记忆如何，思想如何，虽各家学说不一，然于此复杂现象中以求其最简单之元素，其方法则一。譬如罗素氏以为心理元素有二：曰感觉，曰意象。至于杜里舒[①]氏，则以为有六类，其说甚长，兹不赘述。要之皆分析精神之表现也。至于人生观，则为综合的，包括一切的，若强为分析，则必失其真义。譬诸释迦之人生观，曰普渡众生。苟求其动机所在，曰，此印度人好冥想之性质为之也；曰，此印度之气候为之也。如此分析，未尝无一种理由，然即以所分析之动机，而断定佛教之内容不过尔尔，则误矣。何也？动机为一事，人生观又为一事。人生观者，全体也，不容于分割中求之也。又如叔本华之人生观，尊男而贱女，并主张一夫多妻之制。有求其动机者，曰，叔本华失恋之结果，乃为此激论也。如此分析，亦未尝无一种理由。然理由为一事，人生观又为一事。人生观之是非，不因其所包含之动机而定。何也？人生观者，全体也，不容于分割中求之也。

第四，科学为因果律所支配，而人生观则为自由意志的。物质现象之第一公例，曰有因必有果。譬诸潮汐与月之关系，则因果为之也。丰歉与水旱之关系，则因果为之也。乃至衣食足则盗贼少，亦因果为之也。关于物质全部，无往而非因果之支配。即就身心关系，学者所称为心理的生理学者，如见光而目闭，将坠而身能自保其平衡，亦因果为之也。若夫纯粹之心理现象则

① 杜里舒：Hans Driesch，1867—1941。德国生物学家、哲学家。1922年10月到中国讲学，停留数月。

反是，而尤以人生观为甚。孔席何以不暇暖，墨突何以不得黔，耶稣何以死于十字架，释迦何以苦身修行：凡此者，皆出于良心之自动，而决非有使之然者也。乃至就一人言之，所谓悔也，改过自新也，责任心也，亦非因果律所能解释，而为之主体者，则在其自身而已。大之如孔墨佛耶，小之如一人之身，皆若是而已。

第五，科学起于对象之相同现象，而人生观起于人格之单一性。科学中有一最大之原则，曰自然界变化现象之统一性（uniformity of the course of nature）。植物之中，有类可言也。动物之中，有类可言也。乃至死物界中，亦有类可言也。既有类，而其变化现象，前后一贯，故科学中乃有公例可求。若夫人类社会中，智愚之分有焉，贤不肖之分有焉，乃至身体健全不健全之分有焉。因此之故，近来心理学家，有所谓智慧测验（mental test）；社会学家，有所谓犯罪统计。智慧测验者，就学童之智识，而测定其高下之标准也。高者则速其卒业之期，下者则设法以促进之，智愚之别，由此见也。犯罪统计之中所发见之现象，曰冬季则盗贼多，以失业者众也；春夏秋则盗贼少，以农事忙而失业者少也。如是，则国民道德之高下，可窥见也。窃以为此类测验与统计，施之一般群众，固无不可。若夫特别之人物，亦谓由统计或测验而得，则断断不然。哥德（Goethe）之佛乌斯脱①（*Faust*），但丁（Dante）之神曲（*Divine Comedy*），沙士比尔②（Shakespeare）之剧本，华格那③（Wagner）之音乐，虽主张精神

① 佛乌斯脱：今译《浮士德》。

② 沙士比尔：今译莎士比亚（1564—1616），英国文学史上最杰出的戏剧家。代表作：《罗密欧与朱丽叶》《哈姆雷特》等。

③ 华格那：今译瓦格纳（1813—1883），德国作曲家，开启后浪漫主义歌剧作曲潮流。

分析，或智慧测验者，恐亦无法以解释其由来矣。盖人生观者，特殊的也，个性的也，有一而无二者也。见于甲者，不得而求之于乙；见于乙者，不得而求之于丙。故自然界现象之特征，则在其互同；而人类界之特征，则在其各异。唯其各异，吾国旧名词曰先觉，曰豪杰；西方之名曰创造，曰天才，无非表示此人格之特性而已。

就以上所言观之，则人生观之特点所在，曰主观的，曰直觉的，曰综合的，曰自由意志的，曰单一性的。唯其有此五点，故科学无论如何发达，而人生观问题之解决，决非科学所能为力，唯赖诸人类之自身而已。而所谓古今大思想家，即对于此人生观问题，有所贡献者也。譬诸杨朱为我，墨子兼爱，而孔孟则折衷之者也。自孔孟以至宋元明之理学家，侧重内心生活之修养，其结果为精神文明。三百年来之欧洲，侧重以人力支配自然界，故其结果为物质文明。亚丹斯密①，个人主义者也；马克斯②，社会主义者也；叔本华、哈德门，悲观主义者也；柏剌图③，黑智尔，乐观主义者也。彼此各执一词，而决无绝对之是与非。然一部长夜漫漫之历史中其秉烛以导吾人之先路者，独此数人而已。

思潮之变迁，即人生观之变迁也。中国今日，正其时矣。尝有人来询曰，何者为正当之人生观。诸君闻我以上所讲五点，则知此问题，乃亦不能答复之问题焉。盖人生观，既无客观标准，故唯有返求之于己，而决不能以他人之现成之人生观，作为我之

---

① 亚丹斯密：今译亚当·斯密(Adam Smith，1723—1790)，英国经济学家、哲学家、作家。被誉为“经济学之父”。代表作：《国富论》《道德情操论》等。

② 马克斯：今译马克思(Karl Heinrich Marx，1818—1883)。

③ 柏剌图：今译柏拉图(Plato，公元前427—前347)，古希腊哲学家。

人生观者也。人生观虽非制成之品,然有关人生观之问题,可为诸君告者,有以下各项:曰精神与物质,曰男女之爱,曰个人与社会,曰国家与世界。

所谓精神与物质者:科学之为用,专注于向外,其结果则试验室与工厂遍国中也。朝作夕辍,人生如机械然,精神上之慰安所在,则不可得而知也。我国科学未发达,工业尤落人后,故国中有以开纱厂设铁厂创航业公司自任,如张季直聂云台之流,则国人相率而崇拜之。抑知一国偏重工商,是否为正当之人生观,是否为正当之文化,在欧洲人观之,已成大疑问矣。欧战终后,有结算二三百年之总账者,对于物质文明,不胜务外逐物之感。厌恶之论,已屡见不一见矣。此精神与物质之轻重,不可不注意者一也。

所谓男女之爱者:方今国内,人人争言男女平等,恋爱自由,此对于旧家庭制度之反抗,无可免者也。且既言解放,则男女社交,当然在解放之列。然我以为一人与其自身以外相接触,不论其所接触者为物为人,要之不免于占有冲动存乎其间,此之谓私,既已言私,则其非为高尚神圣可知。故孟子以男女与饮食并列,诚得其当也。而今之西洋文学,十书中无一书能出男女恋爱之外者,与我国戏剧中,十有七八不以男女恋爱为内容者,正相反对者也。男女恋爱,应否作为人生第一大事,抑更有大于男女恋爱者,此不可不注意者二也。

所谓个人与社会者:重社会则轻个人之发展,重个人则害社会之公益,此古今最不易解决之问题也。世间本无离社会之个人,亦无离个人之社会。故个人社会云者,不过为学问研究之便利计,而乃设此对待名词耳。此问题之所以发生者,在法制与财产之关系上尤重。譬诸教育过于一律，政治取决于多数，则往往特殊人才为群众所压倒矣。生计组织过于集中，则小工业为大工业所压倒，而社会之富集中于少数人，是重个人而轻社会也。总之，智识发展，应重个人；财产分配，应均诸社会；虽其大原则如是，而内容甚繁，此亦不可不注意者三也。

至于国家主义与世界主义之争：我国向重平和，向爱大同，自无走入褊狭爱国主义之危险，然国中有所谓国货说，有所谓收回权利说，此则二说之是非尚在未决之中，故亦诸君所应注意者也。

方今国中竞言新文化，而文化转移之枢纽，不外乎人生观。吾有吾之文化，西洋有西洋之文化。西洋之有益者如何采之，有害者如何革除之；凡此取舍之间，皆决之于观点。观点定，而后精神上之思潮，物质上之制度，乃可按图而索。此则人生观之关系于文化者所以若是其大也。诸君学于中国，不久即至美洲，将来沟通文化之责即在诸君之双肩上。所以敢望诸君对此问题时时放在心头，不可于一场演说后便尔了事也。

原载《北京清华周刊》二七二期

再论人生观与科学并答丁在君

二月十四日我之清华学校演讲中，所举人生观与科学之异点五：

一曰，科学为客观的，人生观为主观的。

二曰，科学为论理的方法所支配，而人生观则起于直觉。

三曰，科学可以以分析方法下手，而人生观则为综合的。

四曰，科学为因果律所支配，而人生观则为自由意志的。

五曰，科学起于对象之相同现象，而人生观起于人格之单一性。

吾友丁在君，地质学家也，夙以拥护科学为职志者也，读我文后，勃然大怒，曰，诚如君言，科学而不能支配人生，则科学复有何用？吾两人口舌往复，历二时许，继则以批评之文万余字发表于《努力周报》。科学能支配人生乎？抑不能支配人生乎？此一问题，自十九世纪之末，欧美人始有怀疑之者，今尚为一种新说，故在君闻我说而骇然，本无足怪。盖二三十年来，吾国学界之中心思想,则曰科学万能。教科书之所传授者,科学也。耳目之所接触——电灯、电话、自来水,科学也。乃至遇有学术之名,以 ics 或 logy 结尾者,无不以科学名之。一言及于科学,若临以雷霆万钧之力,唯唯称是,莫敢有异言。国人之著书,先之以定义,继之以沿革,又继以分类,分章,分节,眉目了然,则曰是乃科学的也。在此空气之中,我乃以科学能力有一定界限之说告我青年同学,其为逆耳之言,复何足异。以吾友在君之聪明,乃竟以我言为异端邪说,一则曰无赖鬼,再则曰鬼上身,三则曰义和团,四则曰张献忠之妖孽。此等口调,与中世纪罗马教士之鞫讯盖律雷(G. Galileo)(丁稿译嘉列刘)后之宣告有何以异?自己中了迷信科学之毒,乃责人为鬼怪,为荒唐,此真所谓自己见鬼而已。

在君之文所反对者,则在人生观无论理,无科学公例一语,诚能举出一二事,示我以人生观之公例,则我之清华讲演,拉杂摧烧可也,治以妖言惑众之罪可也。顾其缕缕万言中,乃并一事而不能反证,而字里行间,唯见谩骂之词。呜呼!号为求证之科学家,其立言乃若是乎?

吾于反驳之始,先与读者诸君相约,国人质难文字,随在而有,然彼此相诋之语,多于辨析义理之文,我认为此种论调,非学者所宜出,故在君之开口便骂,唯有置之不理。抑有一语当声明者,则超于官觉以上,在君既谓不可知,故存而不论,自号曰存疑的唯心论。既已存疑,则研究形上界之玄学,不应有丑诋之词。不知自谓存疑,而实已先入为主,此则在君先已自陷于矛盾而不自知。

我所欲与在君讨论者,则有以下各问题:

第一，物质科学中何以有公例？

第二，精神科学公例何以不如物质科学公例之明确？

第三，人生观何以不为论理方法与因果律所支配？

（以上为上篇）

第四，所谓科学的知识论是否正确？

第五，科学家根据推论公例所得之“真”以外，是否尚有他项事物可认为真的？

第六，玄学在欧洲是否“没有地方混饭吃？”（用丁语）

（以上为中篇）

第七，我之对于科学与玄学之态度。

第八，我之对于物质文明之态度。

第九，我对于心性之学与考据之学之态度。

第十，私人批评之答复。

（以上为下篇）

上　　篇

第一　物质科学精神科学之分类

国人迷信科学，以科学为无所不能，无所不知，此数十年来耳目之习染使之然也。虽然，试询以何谓科学，则能为明确之答复者甚鲜。乃至同为科学，有为物质科学，有为精神科学，二者异同之故安在，则其能为明确之答复尤鲜矣。数学名 mathematics，物理学名 physics，生计学名 economics，统计学名 statistics，四者同以 ics 结尾，则以为四种科学所得之结论与其效力必相等也。生物学名 biology，心理学名 psychology，社会学名 sociology，三者同以 logy 结尾，则以为三种科学所得之结论与其效力必相等也。国人之思想混沌若此，乃欲语以科学原理，语以科学与人生观之异同，宜其扞格而不相入。即以在君言之，于我所举九者之外，为之增加两项如下：

（十）就我对于天象之观念 { 星占学 / 天文学 }

（十一）就我对于物种之由来 { 上帝造种 / 天演论 }

我所举之九项，其标准安在，在君全不知晓，妄为人点窜，以自鸣得意；而不知适以证其自昧于科学原理，自昧于物质科学精神科学之区别而已。盖我所举九者，皆属于精神方面，皆可以主观作用消息其间。若夫天体之运行，则有力学天文学之原理以范围之。物种由来虽至今尚无定论（详后），然生物学中一部分之现象，则亦有公例可求。故关于天象，关于物种，当然在科学范围以内，而不属于人生观。此种限界至为明晰，而在君伪不知，乃欲以“阴阳五行”之徽号加入，以为借此四字可以乱人观听。不知旧医学及新医学之异同，与人生观及科学之异同，有不可以相提并论者。

虽然，在君则云“有什么精神物质科学的分别”。以吾浅学之所见及，世界科学家，哲学家，无不承认科学之可以分类。斯宾塞有斯宾塞之分类法，孔德有孔德之分类法，英国生物学家托摩生①(J. A. Thomson)有托摩生之分类法，乃至德哲学家翁特②(Wundt)有翁特之分类法，英槐特亨(Whetham)则有槐特亨之分类法。若夫我之分类曰物质科学与精神科学之分，取材于翁特氏论理学中之二分法，曰确实科学(exakte wissenschaft)，曰精神科学(geiste wissenchaft)。吾所以不取确实科学之名者，以物质二字与精神相对待，为明晓计，故取而代之。然各科学之所隶属，则吾与翁特所见，绝无二致。翁特氏之分类法如下：

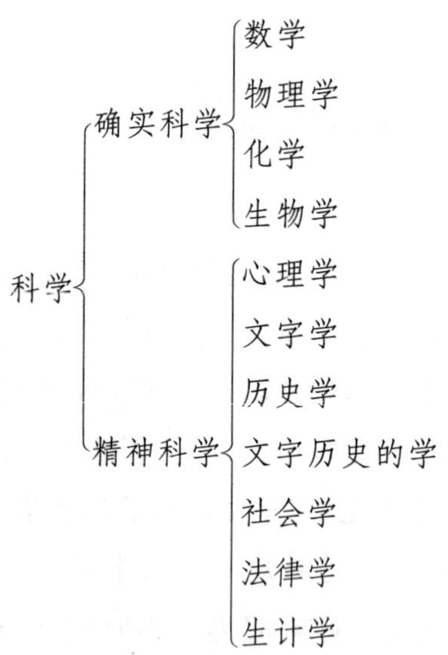

① 托摩生：今译汤姆森(1861—1933)，苏格兰自然学家。

② 翁特：今译冯特(1832—1920)，德国著名生理学家、心理学家和哲学家，被公认为是实验心理学与认知心理学的创建人，构造主义的奠基人。

由确实不确实之标准观之，可知二者已有差别。吾之清华讲演，侧重人生观，故不能节外生枝，来讲科学分类与科学公例之强弱。然精神科学，依严格之科学定义，已不能认为科学，则即此标准，已足以证之。其理由当俟后详。而在君乃以心理内容与科学本身混为一谈，故有不认二者差别之怪论。诚如在君言，科学材料同为心理内容，则尚何物理学、生物学、心理学（槐特亨之三分法）之可言？在君立言之目的，岂不曰吾推诸认识之源，则物质精神本无区别。然不知死物自死物（物理学），活物自活物（生物学），活物之中，又有心理现象（心理学）；故物理学、生物学、心理学之区别，乃科学之鸿沟，而不容抹杀者也。夫何谓物，何谓心，诚有争执之可言，然因争执之故，乃并物质科学精神科学之分类而否认之，此世界之所未闻，有之自在君始。

第二　科学发达之历史及自然公例之性质

科学家之最大目的，曰摒除人意之作用，而一切现象，化之为客观的，因而可以推算，可以穷其因果之相生。故在君最得意之证据，则为盖律雷之地动说，为达尔文之物种由来。其意若曰，昔人以天文现象属之神意，自有盖律雷（G. Galileo，1564—1642），克魄雷[①]（Kepler）与奈端[②]（I. Newton，1642—1727），而后神意之说无所可用，而天文现象乃为科学的。自有达尔文辈，而后神意之说无所可用，而生物现象乃为科学的；由既往以推将来，安知人生观不亦等于天文与生物，脱离人意而为科学的？欲

① 克魄雷：今译开普勒（1571—1630），德国天文学家、数学家，最为人知的成就是开普勒定律。

② 奈端：今译牛顿。

知此事之能否实现，第一当求之科学之历史，第二当明物质科学与精神科学之异同。

近世科学之发生，始自十六世纪以降。昔人以为物之重者下降迟，物之轻者下降速，及盖律雷试验于碧萨塔上，而后知物之重轻无择，其下降为同时；继乃求下坠体之迟速，于是得一公例曰迟速与下坠时刻为正比例，第一秒为一尺，第二秒为四尺，第三秒为九尺。奈端继之，于是有力学三大公例，且得各种公式如：

$$\mathrm{Mv}=\mathrm{Constant}$$

$$力=\mathrm{m}\left(\frac{\mathrm{v}_2-\mathrm{v}_1}{\mathrm{t}_2-\mathrm{t}_1}\right)-\mathrm{ma}$$

$$力=\mathrm{G}\,\frac{\mathrm{mm}}{\mathrm{r}}力单位$$

此后大家继起，而其研究方法则先后如出一辙，曰观察，曰比较，曰假设；及其验诸各事而准，而后所谓自然公例（natural law）者乃以成立。自然公例之特征则有二：一曰两现象之因果关系，有甲象起，则乙象随之而至，如物之运动，必起于外力之加，故运动与外力则有因果关系者也；二曰已成公例者，可以推及于一切新事实，如克魄雷之公例，可适用于无论何种天体，是其例也。近年以来，则有爱因斯坦之说，虽其公例之适用范围有不同，然奈端公例之至今犹能适用，一切物理学家所公认者也。由此观之，可知物理学之公例，其不易动摇为何如。

十八世纪以降，有欲以物理学之方法施之生物现象者，于是有李尔[①]（Lyell，1797—1872）之地质学，有拉马克（Larmarck，

---

① 李尔：今译莱尔，英国地质学家、律师，地质学鼻祖，据《简明不列颠百科全书》，为 1875 年去世。

1744—1829)之动物学。至达尔文之物种由来一书既成,而后各国翕然宗之。以在君之语言之,则以为生物学之进化论皆已解决矣。虽然,果解决耶,果未解决耶,试证之杜里舒之言。杜里舒之玄学,为在君所不乐闻,若夫杜氏之实验胎生学,尝埋头于那泊尔海滨生物试验所十二年,当为在君所不能否认者矣。试录其武昌讲演之一段如下:

> 吾人得达氏学说之要义,竞争生存(struggle for existence)一也;自然选择(natural selection)二也;微变之积累三也;其微变之宜者,由甲代传诸乙代四也。
>
> (一) 自然选择
>
> 达氏之意,以为物竞之要义,在抵抗环境,其抵抗而胜者,即为自然之所选择。然今日之所谓适者,明日又在竞争生存之中,故争存无尽期,而自然之选择亦无尽期。虽然,以吾人观之,大地之上种种物种,其因争存而败者,谓为自然选择之力所淘汰以去可矣。若其所以因争存而胜者,非自然选择四字所能说明焉。何也?物种争存,因而有生者有灭者,而其器官因以微异。若其灭者,概以归因于自然选择,固无不可;若其生者,而其器官因以微异者,固别有创造之动因(Der Schaffendefaktor),而不得以自然选择四字了之。盖物种之所以灭,有灭之之理由在;其所以生,有生之之理由在。灭者,其不存在者也;生者,其存在者也。若指所以不存在之理由,而即视为所存在之理由,是以消极与积极混为一谈也。三十年前南德孟勋大学植物学教授奈格里(Nagcli)尝譬以评达氏自然选择之理曰,设有问者,此街上

之树何以有叶？答之者曰，因花匠未曾将树叶剪去。夫树叶本繁盛，今已不如前次之多，其所以然者，则花匠为之，故减少之部分，当然归因于剪裁者。若夫剪裁后之所存留者，则自有其所以存在之理，非花匠未剪裁云云所能说明也。故以自然选择为新种发生之理由者，何异以花匠未剪去为树叶尚存之理由乎？

吾人虽反对以自然选择解释新种之由来，然非否认自然选择之效果。盖物种因与环境争斗，因而有生有灭，此生灭之状态，以自然选择之名概括之可也；至新种之由来，则又别有原因在。譬之北冰洋之熊因在冰天雪地中，故尽由灰色变为白色。狼与兔同生一地，兔之能疾走者，则尤能保其生命。若此者，皆自然选择之效力之显者焉。虽然，宜种之生，不宜种之灭，固尽由达尔文之所谓天然选择乎？曰否。瑞士动物学家华尔孚氏(G. Wolff)尝有言曰，物种之生灭，有时不因于生理之健康与否，而因于位置。火车相冲时，其幸而存者，非必骨骼坚强身体健全之人，乃去冲突点较远者也。疾疫之生，其幸而存者，亦非骨骼坚强身体健全之人，乃其所居去疫地较远者也。由此二例观之，则达氏自然选择之中所谓宜不宜，非生灭之唯一标准明矣。

(二) 微变遗传说

达氏谓生物器官之变化，由于微变之积累所致。然一九〇九年丹麦之约翰生(Johansen)著正确遗传原论(Elemente der Erblichkcitslehre)一书，不啻对于达尔文之微变说，宣告死刑。盖近世之动植物学者，关于物种变迁，若其叶之多寡，色之黑白，皆有一定统计，且根据哥司氏曲线以得其平均数。而约翰生氏之植物试验方法,谓当求变化之统计时(Variationsstatistik)不应用杂种,而应用纯种。所谓杂种者,聚一群之植物,而其原种之遗传性,本不平等,故名为同种植物。而实包含无数种,此无数种之中,每种各有其平均数,故混合以求之,必不能得正确之统计。反之,若以纯种求之,则遗传不遗传之数,乃可得而推求。譬之如中国之菊花,德国之地草果花(Kamille)或牛乳油花(Butterblumen)皆所谓复杂之种,以其叶数颜色至不一定者也。然约翰生氏取各种花而试之,譬有某花,其叶数少者十,中者二十五,多者四十。其少者十叶之种,至下一代时,叶数由十而跃至二十五,是极端之种,其不能维持原有之平均数明矣。不能维持平均数云者,即达氏之所谓流动变化(fluctuating variation)之本可确定者。验之纯种,适得其反,故吾人可下一断语,纯种之流动变化,决非遗传的也。或者曰,达氏亦尝有变化非继续的之说,故与约翰生之言,未尝不合。然自命为正宗的达氏派者,坚持继续之说,故约翰生之言,至少已足以倒正宗派之壁垒矣。

即令吾人所引之华尔孚氏约翰生之驳论均不存在,而达氏之学说仍不能成立。何也?持极端之达氏主义者,谓生物之变化,无目的,无方向。然器官者,与动物之生存死亡有极大关系者也。假令器官之构成,纯出于偶值,则器官何以能完整而适于用?此达氏学说所不能解释者一也。耳与听神经相关,目与视神经相关,种种器官皆以复杂之分子组织而成,而彼此又有相关之处,其自成一系统,而非偶然明矣。此达氏学说所不能解释者二也。乃至人之耳目手足皆成双数，亦有某某动物其目之多至二十三十，何得委为偶然？此达氏学说所不能解释者三也。

虽然，以上三者，尚非吾人驳难达氏之最后语也。动物中有复生能力(regeneration)如火蛇(salamander)之类，去其前脚，则前脚复生，去其后脚，则后脚复生；乃至蚯蚓，去其头，则其头又生，去其尾，则其尾又生。此种复生能力，如达氏言，必出于父母之所遗传者也。诚为父母所遗传，必其父母无一不遭去头尾去脚之祸而后可。且不仅去一脚已也，必四脚尽去而后可，以火蛇之四脚无一无复生能力也。换词言之，凡火蛇或蚯蚓之生存者，皆曾丧失头尾或脚者也。此持达氏说者所必至之奇论一。火蛇之类，其丧失两脚而尚能为适者而生存者，必以其伤痕易于医治，即伤痕之细维，较多于其他火蛇者也。此种推定，非不在事理之中。然谓每经一次自然选择，独其伤痕上细维多者，乃能中选，则细维虽多，而尚未成脚，何能为争存之用？此持达氏说者必至之奇论二。且以胚胎学之试验，凡海胆之细胞，无论其为二分期四分期八分期，任取二分之一、四分之一、八分之一而畜之，均能成一全胎。依达氏主义者之言，凡属海胆，其前身必尽遭宰割之刑而后可。否则，此长成全胎之能力，海胆之卵，必无从取得也。此又为奇中之奇。而号为达氏之徒者，唯有瞠目咋舌，不知所对而已。

我所以引此段，并非证生物学之不能成科学。以我所确认者，凡关于物质者，必有公例可求，有公例，则自可以成为科学。故生物学当然不能与人生观并论。而吾所以举杜氏言者，凡以明生物学上之进化论，除在君之武断的科学家外，鲜有认为既已解决者。若在君以杜里舒头脑糊涂（此为在君之言，亦适之之言），则请证之英国现代生物学大家托摩生氏。托氏曰：

> 试于生物进化之学说史中求其一例，科学的进化论者，每欲求种种可证的动因，且语人曰，吾人所习见之奇伟结果，即由此动因相合而成。然此种工夫，不能谓为已告成功，（注意）无俟多言，以其果常远逾于所已知之因也。所最难者，即在生物进化中之大变迁，如脊椎动物如鸟如哺乳动物之由来，其动因所在，实难于确言。此问题吾人不能不自安于昧昧，科学家于神造之说，则深恶而拒之，然其不能谓为既已解决，则显然无疑。或者永非人力所能及亦未可知。（《科学引论》二一三页）

托氏之言如此，则达尔文进化论之价值如何，可以想见。而生物学之为科学之价值，其视物理学如何，又可见矣。

实验方法，既由物理而生物，于是十九世纪以降，则有所谓实验的心理学。汉姆霍尔兹[①](Hclmholtz)试之于生理之解剖，米勒[②](G.E. Muller)试之于记忆，范希纳[③](Fechner)试之于感觉。范氏之所以成名者，则有范希纳威伯公例(Fcchner Weber Law)，曰感觉与刺激之对数为比例。范氏获此公例，欣然色喜，

① 汉姆霍尔兹：今译亥姆霍兹（1821—1894），德国生物物理学家、数学家，能量守恒学说创始人。

② 米勒：今译穆勒（1850—1934），德国早期实验心理学家。

③ 范希纳：今译费希纳（1801—1887），德国哲学家和实验心理学家，提出了著名的韦伯—费希纳定律。

以为心理学从此可成正确的科学，与数学等。然后来学者，攻击者蜂起，范氏公例今已不复成立矣。近来所谓实验心理者，大抵所试验者，以五官及脑神经系为限，若此者，谓为生理的心理学则可，谓为纯正心理学则不可。何也？纯正心理学以思想为主题。若不问思想（胡尔孳堡学派除外），而但于官感方面有所发明，是所实验者，乃生理而非心理也。生理方面，如范希纳之公例存立与否暂不论。然就比较上言之，以其对象属于物质方面，故尚非无公例可言。我故曰精神科学，就其一般现象而求其平均数，亦未尝无公例可求，即就此范围内言之也。范氏而后，实验的心理学风行一时，而尤以德之翁特，美之詹姆士为宗匠，构造派可也，机械派可也，行为派可也，苟其邻于官觉者，尚非无一种之说明，然已不易为各派所同认。若夫关于纯粹之思想，除英国经验派之联想公例（law of association）及德国之先天范畴说，向为哲学上争执之问题外，此外则漫无定说。虽各派各持门户之见，自以其所得为真心理学，然自他人视之，鲜有不反对之者。故以我观之，心理学岂特不能比确实科学，亦视生物学又下一等矣。十九世纪之末年（一八八九），柏格森氏《时间与自由意志》一书出版，阐明人生之本为自觉性。此自觉性顷刻万变，过而不留，故甲秒之我，至乙秒则已非故我。唯心理状态变迁之速，故绝对无可量度，无因果可求。以可量度可求因果者，必其状态固定。以前状态为因后状态为果，于是因果可见焉。若夫顷刻万变之心理，则可无状态之可言，任意画定某态为态，移时而后，即已成过去。唯其然也，故心理变为自由行为，而人生之自由亦在其中。自其说出，而詹姆士氏五体投地以崇拜之，其称道柏氏，虽康德之于休谟，不是过焉。即此观之，纯粹心理无公例可求之说，非柏氏一人之私言，以詹姆士之尊重实验，亦倾倒若此，其不得以玄学目之明矣。

物理学，生物学，心理学三者，根本科学也。物理学本为我所承认之确实科学，无待在君之正告外，若夫生物学之进化论是否已为科学所抢去(抢字用丁语)，心理学是否为科学所抢去，就以上所言观之，已属甚明。故我即让一步，承认在君所谓知识界与非知识界之分(其详见后)，试问知识界如生物学心理学中，科学万能四字(丁语)，其已实现耶，其未实现耶，请在君有以语我。

第三　物质科学与精神科学之异同

虽然，科学家不甘自认其力之薄弱，则有一种藏身之妙计。语之曰人生观无因果无公例，故不能统一。彼则答曰，今天不能，安知将来亦永久不能？在君口调正与此类，故其言曰："人生观现在没有统一是一件事，永久不能统一又是一件事。"窃以为事之比较，当以今日为限，不得诿诸将来；若诿诸将来，则无一事之能决。譬诸甲曰世界为进化的，历举种种发明与夫政治情形为之证。乙则反之曰，今之世界，未必胜于古代，并举欧战情形与白人之凌虐异族为证。甲驳之曰，如君所举病征，我固无异言，然今日如此，安知他日亦必如此？于是乙之抱悲观主义者，从而答之曰，吾人但论现在，不问将来。甲闻乙言，乃瞠目咋舌不知所对。故吾以为科学家推诿于将来之说，不啻明认其自己之失败，与反对派之胜利矣。即让一步，并代科学家为之辩护曰，生物学心理学皆后起之学，当然不能与物理学相提并论，安知待了一二百年后，生物学心理学之为严正科学，不与今日之物理学等？吾以为此种立言，非无一面之理由。研究尤精，则发见尤多，然不知生物学心理学与物理学有根本上之不同，虽俟千百年后，决不能并此根本上之不同而锄去之，故二者之能否成为严正科学已为绝大疑问。何也？物理学之所研究，限于死物质；生物学之所研究，则为有生之物；心理学之所研究，则为有生而又有心理现象者。唯其有生，故内部先有活动，而拉马克乃有自觉的努力之说，与达尔文之环境说相反对。此反对所表示者无他，曰进化论之根本概念之不易确定耳。唯其有生而又有心，甲派则就其可以固定（solidfied）者，而分为某状态，某状态，继乃就其状态而求其因果；乙派则曰，人之心理顷刻万变，故无所谓状态，因无所谓因果。此反对所表示者无他，曰心理学上根本概念之不易确定耳。夫物理学之所以为严正科学，不仅因果关系也，即其因果之分量亦可从而量度者也。吾人姑不以因果之度量求之生物与心理，即但就生命界与心理界而求其因果关系之明确，亦已不易矣。不见杜里舒氏发见细胞之协和平等可能系乎？欲求其因果于物理界而不可得，乃归其因于“隐德来希”。“隐德来希”者非他，生命构成不可知之代名词耳。岂唯杜氏，即英国第一流之生物学家如托摩生，其不带杜氏之玄学气味，当为海内科学家所公认。顾杜氏何以踌躇四顾，而卒有进化论恐终非人力所及之语乎？岂唯生物，柏氏心理万变与真时间之说，苟其不能否认，则真心理之必无因果，可以断言。呜呼！读者诸君，勿以吾言为孟漫，此问题盘旋脑际者，既已数年，世界哲人或者怀抱于心，不敢昌言，吾则坦白率直而昌言之。然而非吾一人之私言也，托摩生之言与柏格森之心理学，皆可为我佐证者也。

科学家对于生物学心理学之无定说，常借口于年代之幼稚，以为假以岁月，必可与物理学等。然吾人不必求诸远，即以一九〇五年以降言之，一九〇五年爱因斯坦相对各论发表，一九〇八年明可夫斯基（Minkovski）有四度几何之说，一九一五年爱氏相对论成立，十年之间，物理学之根本学说之发见者至如是之多，岂生物学心理学所得而望其肩背？呜呼！原因安在乎？盖不得以年代先后为发达不发达之唯一原因也。窃尝求之，盖有四故：

第一，凡在空间之物质易于试验，而生物学之为生活力(vital force)所支配者，不易试验，至于心理学则更难。

第二，凡在空间之物质，前后现象易于确指，故其求因果也易；生物界前后现象虽分明，而细胞之所以成为全体，其原因已不易知；若夫心理学则顷刻万变，更无固定状态可求。

第三，三坐标或四坐标，验诸一质点之微而准者，可推及于日月星辰，此尤为生理学心理学所不能适用之原则。

第四，物理上之概念，曰阿顿，曰原子，曰质量，曰能力：此数者得之抽象(abstraction)而绝不为物体之具体的实在(concrete reality)(此名之义见詹姆士书中)所扰。至于生物学，有所谓种别，有所谓个性；而心理学为尤甚。因而生物心理两界日为个性之差异所扰，而不易得其纯一现象(uniformity)。

当英天文学者爱丁敦氏（Eddington）赴南美测验日蚀之日，德物理学者鲍恩[①]（M. Born）询爱因斯坦曰：苟测而不验奈何？

① 鲍恩：今译玻恩（1882—1970），德国物理学家与数学家，在量子力学上有重大建树，并培养了大量知名物理学家。

爱氏答曰，诚如君言，吾唯有骇怪。（Da wurde ich mich sehr wundern）此言也，所以表示其自信力之强，言其不能不验也。夫爱氏何以能自信如是？曰，以有吾所谓上述之四大原则故也。

物理现象唯有此四大原则，故日趋于正确；生物心理现象唯无此四原则，故不能日就于正确。即此不正确之故，而精神科学之价值乃可得而推求。

精神科学之种类，前表已详，不复再论。吾所欲问者，则精神科学中有何种公例牢固不拔如物理学之公例者乎？有何种公例可以推算未来之变化，如天文学之于天象，力学之于物体者乎？吾敢断言曰：必无而已。天文学，世界统一者也，未闻有所谓英国天文学法国天文学也。数学，世界统一者也，未闻有所谓美国数学德国数学也。一言及于精神科学如政治与生计之类，每曰甲国之政制，不必适于乙国；甲国之政策，不必适于乙国。乃至同在一国之内，忽而君主，忽而共和，果有一定之公例乎？忽而资本主义，忽而社会主义，果有一定之公例乎？无他，精神科学无牢固不拔之原则，且决不能以已成之例推算未来也。或者以为各国生计之进化，大抵由渔牧而农业，由农业而工商，是安得谓为无公例？货币之原则，曰良货驱逐恶货，是安得不谓为公例？声音之推迁，则有格李姆法①（Grimm Gesetz），是安得不谓为公例？诚有公例，安在人生观之尽出于主观？吾敢答曰，人生既为血肉之躯，寒思衣，饥思食，其不能无待于外，奚俟辨而后明？故以上所云公例，大抵邻于物质者也。唯其邻于物质，故状

① 格李姆法：今译格里姆定律。由德国雅各·格林（Jakob Grimn）提出，属于印欧语的语言不仅有共同的词汇和形态，而且语音的变化还很有规律。

态固定，而易有公例可求。虽然，即有公例，然与物理学上之公例大异。何也？精神科学之公例，唯限于已过之事，而于未来之事，则不能推算一也。由渔牧而农业，而工商，虽若有一定阶级，然所以变者，则又视人意如何，而不尽因于物质二也。盖社会日进不已者也，其进步既已过去，似有公例可求。当其进也，决非人所能预测，此则精神科学所以与物理学迥不相侔者也。

穆勒约翰，经验哲学家者也，实证主义者也，尝论生计学之性质曰：

> 余之生计原理一书之目的与前人等，曰在所假定之状态下，求种种原因之作用之科学的了解。虽然，与前人异者，则不以此种状态为一成不变的。盖生计学中概括之论，不生于自然界之必至，而起于社会之制度，故为暂时的。因社会之进步而变迁者也。

当日学者颇有持社会科学公例一成不变之说者，穆氏起而反对之，谓社会现象有人意转移其间（human will, human effort）（自传二四六页），故非一成而不变，然穆氏受当日科学空气之包围，故于精神科学所以日变之故，未尽发明焉。

岂唯生计，政治亦然，近年以来，狄骥（Duguit）拉司几[①]氏（Laski）柯尔氏（Cole）反对国家主权说，乃欲以社会职司（function; service）之说代之。自其说出，于是治者被治者之关系为

① 拉司几：今译拉斯基（1893—1950），英国工党领导人之一，西方“民主社会主义”重要理论家。

之一变焉。议会之选举，曰不以地域为标准，而以职业为标准，又为之一变焉。既无主权，而一切人同居于服务之地位，则权利义务之说，必从而铲除，又可知焉。读者试一思之，号为科学者，而其根本观念可以一朝推翻若是其易，是尚得谓为科学乎？诸君或者起而驳曰，奈端之说何当不为爱因斯坦所推翻？可知此为学术发达之结果，何独于精神科学而疑之？虽然，奈端之说，正确程度或不如爱因斯坦，故于光折之实验，奈氏说已不能适用。若夫地球上之物体运行，至今犹为奈端公式所支配，故爱氏学说不能推翻旧物理学，与狄骥辈之尽改政治学之面目者，不可同日而语。无他也，物质科学与精神科学之异同本如是也。

穆勒约翰氏虽尝想及社会公例之不能久持，而犹不知其所以然之故。近年以来，研究社会科学者始有发明，而其人以伦敦社会学校主任王家学校生计学教授欧立克[①]氏（Urwick）为首屈一指。欧氏书名《社会进步之哲学》（*Philosphy of Social Progress*），字字珠玑，吾百读而不厌者也。录欧氏言数段如下：

> 有良好之沟洫，可以减少疾病，可以使人口健康，此吾人所知者也。若夫人口健康以后，其德性如何，其毅力如何，是否有贫血症，是否有风瘫症，是否繁滋，则不可知也。
>
> 工作久，工价贱，则工人之效率必低，此吾人所知者也。然而优其工资，减其工时，其工人是否满意，是否益趋于革命的或趋于宗教的，则不可知也。

---

① 欧立克：今译厄威克（1891—1983），英国著名的管理史学家、教育家、管理学家。

有健康之父母，必生健康之子女，此吾人所知者也。然而优生状态之子女，智愚如何，柔暴如何，不可知也。

以上所举，乃社会智识或科学之数例。此类智识于吾人之行动亦有用处，故吾人尤多得则尤有益。虽然，吾人之行为非彼能决定者也(yet it does not detcrmine our actions)。

欧氏更进而定社会科学之力之所能届曰：

科学之所能为力者，不过排除某种行为之方法，不过确定所以达某部目的之条件。至于全社会大目的之决定，吾人所应选择之方向之决定，则非科学范围内事。此决定何从而来乎？曰，视社会中各力所构成之活的冲动之复体。所谓社会各力有五：曰物理的，曰生物的，曰心理的，曰社会的，曰精神的。而精神力一端，决非科学所能研究。其潜伏于改良冲动或决定之后，且为达某种理想之意力之最要成分者远强于其他科学所研究之自然力也。

全社会之大目的，吾人名之曰社会幸福，无定的也，无限的也。人类生存之第一条件，即在将其所谓大目的，时时加以画定，以达于更美之境。而此画定之行历，谓为一部分起于生活变化之冲动的可也，谓为一部分起于有目的之半理性的可也，谓为一部分起于理想化的亦可也。要而言之，则非科学的。

欧立克氏全书所阐发者，曰全社会变化，决不能预测，故决非科学的。凡上所举，不过寥寥数段。全书精义，尚不能尽其十

一。然社会现象,决非科学之所能尽究,则已显然。且欧氏亦知世界社会科学家亦有顽固不化如在君者,又从而声明之曰:

> 吾之立脚点,至今无人承认,且恐不易得人承认,以科学之诱力之强,不亚于百年前之孔德时代。彼等常继续要求曰,即令今日不能,安知来日亦复不能?然以已往数年之事观之,已大可助我张目。社会之发展翻倒而来,或善或恶,暂不必问,要之,非理性冲动之结果,故无人能预测也。

夫事之可以预测者,必为因果律所支配者也,今既不能预测,则因果律安在?而科学之技安从而施?故社会科学之为学,虽学者至今以科学视之,实则断不能与物理学生物学同类而并观。常人不察,惑于政治科学(political science)社会科学(social science)之名,相率视为玉律金科,盖皆不知精神科学之真性质者,而在君亦其一人也。

第四　人生观

或者读吾关于精神科学(或社会科学)之言论,必反诘曰,依君言观之,似不绝对否认精神科学中之公例,果何以于人生观?则曰,决不为科学所支配。读者当注意者:清华讲演为人生观与科学之对照,非精神科学与物质科学之对照,故不能以我对于社会科学之态度,反驳吾人生观绝对自由之说也。社会科学固与人生观相表里,然社会科学,其一部对象为物质部分(如生计学中之土地资本等)。物质固定而凝滞,故有公例可求。除此而外,欧立克所谓不可测度之部分,即我之所谓人生观也。

人之生于世也,内曰精神,外曰物质。内之精神变动而不居,外之物质凝滞而不进。所谓物质者,凡我以外者皆属之。如大地山河,如衣服田宅,则我以外之物也;如父母妻子,如国家社会,则我以外之人也。我对于我以外之物与人,常求所以变革之,以达于至善至美之境。虽谓古今以来之大问题,不出此精神物质之冲突可也。我对于我以外之物与人,常有所观察也,主张也,希望也,要求也,是之谓人生观。甲时之所以为善者,至乙时则又以为不善而求所以革之;乙时之所以为善者,至丙时又以为不善而求所以革之。人生一日不灭,则人生目的之改进亦永无已时。故曰人生者,变也,活动也,自由也,创造也。唯如是,忽君主,忽民主,试问论理学上之三公例(曰同一,曰矛盾,曰排中),何者能证其合不合乎?论理学上之两大方法(曰内纳,曰外绎),何者能推定其前后之相生乎?忽而资本主义,忽而社会主义,试问论理学之三大公例,何者能证其合不合乎?论理学上之两大方法,何者能推定其前后之相生乎?乃至我于清华讲演中所举九项,试问论理学上之三大公例,何者能证其合不合乎?论理学上之两大方法,何者能推定其前后之相生乎。

我尝求其故而不得,则命之曰良心之所命。以康德之名名之,则曰断言命令(categorical imperative),以倭伊铿[①]之名名之,则曰精神生活。而英人之中,发挥此义最透辟者,莫如欧立克氏。欧氏于其《社会进步之哲学》第二版序论中,既言社会科学不能与自然科学相提并论,又继之以辞曰(欧氏文仅

---

① 倭伊铿:今译奥伊肯(Rudolf Eucken,1846—1926),德国哲学家。代表作有:《人生的意义与价值》《人与世界——生命的哲学》等。1908 年被授予诺贝尔文学奖。

译其大意）：

> 吾之持论之一部分，即在否认以理智为人事之指导者。社会事实，以成见夹杂其间，故不易得公平之剖解。然此事实之变化非他，即个人与团体之冲动为之耳。此冲动之自来，不在自觉性中，非理智之所支配，情感为之，意志为之。此等冲动，乃个人之生活动机（life-motive），亦团体之生活动机。生活紧要关头之行动自此而决。若其力之大小，方向之所至，不能测度，不能预言。或者以为吾言类于柏格森之唯用主义之部分，然吾以为此生活冲动之背后另有物在，是名精神元素（spiritual element），个人之品性与人格，即自此而来。故个人之行为与团体之行为之决定，有三元素之结合：第一曰生活冲动，是为半自觉的，以求适应于新需要；第二曰自觉的目的，是为理智，所以解决问题之方法于此存焉；第三曰精神元素之作用，此为一种深远能力，非常人所能察知。此三者中，除第二项外，皆非人之所知也。

欧氏三元素之说，其术语与吾稍异，要其为直觉，为自由意志，则与吾所见如出一辙。总之，以人生观为可以理智剖解，可以论理方法支配，数十年前或有如在君之所深信者，今则已无一人矣。在君引适之经验的暗示之说，以明科学家未尝排斥直觉，不知此乃柏格森举出种种证据，迫令经验主义者不能不承认之结果也。既已认其实，复不愿居其名，则以暗示之语代之，适足以证经验主义者之无聊而已。

抑在君闻欧氏之言，必又曰此与柏格森张君劢一鼻孔出气者，是玄学也，必不可信。则吾举韦尔斯[①](H.G. Wells)之言。韦氏者，科学的文学家也，去神秘主义者甚远者也。其所著《最初物与最终物》一书中，尝有论理学为静的，生活为动的(logic static and life kinetic)之警语。继之以申论曰：

> 普通之三段论式的论理学，每以为凡为甲者，或为乙，或为非乙。其实世间之物，何尝有若是固定者？其为甲者，或变而去乙近，或变而去乙远。然人类之心理，于所谓变而尤近，或变而尤远云云，每以为难于说明。于是好为断定之语，名甲为乙，或名曰非乙，以其固定，则思考易也。其于变动不居之流尝求所以阻止之，彼约修(Joshua)之阻止太阳之进行。盖川流不息之体，难于思考，于是对于外界之事物，好暂时摄取小影，以求得一固定之形。换词言之，去其变动不居者，而后从而研究之，与自然科学家之死一蝴蝶，以达研究生活之目的者等也。

韦氏此段文章，于世界实在本为活的动的，而论理学家必分之为甲为乙，使之归于固定，以便思考，可为描画尽旨矣。如是，岂唯本活者超于论理学以上，即所谓本死者，亦难为论理学之所范围矣。

韦氏既论世界活的实在，不如论理学家所分画之明确，于是谓世界有一种反动之趋势，承认个体之单一性，而否认数学家之

① 韦尔斯：今译威尔斯(1866—1946)，英国著名小说家、新闻记者、社会学家和历史学家。他创作了一系列科幻小说，影响深远。被誉为“科幻小说界的莎士比亚”。代表作有：《隐形人》《时间机器》等。

计算方法。其言曰：

> 算也，量也，数学之全部构造也，皆出于人之主观，而与事实之世界相背。个体之单一性，乃客观的真理也。（三十五页）

此所云云，韦氏叙世界之倾向如是，而其关于人事之终结语曰：

> 科学的严确之否认，推诸一切人事而准。至于关于个人之动机，如自克如虔敬之类则尤甚。（三十八页）

韦氏之言，可谓推阐尽矣，不容我更赞一词。然在君必曰，此文学家也，常好为惊世骇俗之言，故不可信。然詹姆士，则在君所认为科学家也，其言宜为在君所乐闻，录之如下：

> 论理学之关于人身有不可磨灭之用处；然其为用，不能使人亲自领略实在之真性实在也，生活也，经验也，具体性也，直接性也，超于论理学以上者也，包围之而淹没之者也。（《多元宇宙》二一二页）

呜呼！诚人生而超于论理学以上也，尚何定义可言？尚何方法可言？尚何科学可言？科学家虽好因果，虽好公例，其何能颠倒此事实乎？

吾之所以答在君关于科学与人生观之论辩，至此可以止矣。

兹举在君之质问，简单答复，并举其要点如左：

(问)在君曰，物质科学与精神科学的分别不能成立。

(答)物质科学与精神科学内容不同，绝对可以分别；即以科学分类，久为学者所公认一端，可以证之。

(问)在君曰，试问活的单是人吗？动植物难道是死的？何以又有动植物学？

(答)人与动植物同是活的，然动植物学之研究之对象为动植物，精神科学之所研究者为人类心理与心理所生之结果，故不得相提并论。

(问)在君曰，如何可以说纯粹心理上的现象不受科学方法的支配？

(答)凡为科学方法所支配者，必其为固定之状态，纯粹心理，顷刻万变，故非科学方法所能支配。

(问)人生观能否同科学分家？

(答)人生观超于科学以上，不能对抗，故分家之语，不能成立。

抑在君所虑者，人生观既日变而不穷，人人标举一义以为天下倡，致有张献忠之类奈何？曰，人生者，介于精神与物质之间者也；其所谓善者，皆精神之表现，如法制，宗教，道德，美术学问之类也；其所谓恶者，皆物质之接触，如奸淫掳掠之类也。古往今来之大思想家，每于物质精神之不调和，不胜其悲悯，于是静思默索，求得一说焉，以布于众。故以吾国言之，自孔孟以下逮于陆王，以欧洲言之，自柏拉图以下逮于所谓马克斯，虽立言各有不同，然何一非舍己为人，以图人类之解放者？人类目的，屡变不已；虽变也，不趋于恶而必趋于善；其所以然之故，至为玄妙，不可测度。然据既往以测将来，其有持改革之说者，大抵图所以益世而非所以害世，此可以深信而不疑者也。詹姆士有言，唯心主义者，好以全体解释部分。以詹氏言，验诸唯心主义者之道德论，可谓其小我之中，以已具有大我性为前提，故其立言自能贯彻，在君如能弃其唯物主义或唯觉主义（如皮耳生是也）从我而学为唯心主义者，则人生观虽出于自由意志而不至于不可以一朝居者，其义自可豁然贯通。若抱其唯物主义唯觉主义而不变，虽我百端辩说，恐亦无法以回在君之观听也。

中　篇

第一　君子之袭取

在君之言曰："今之君子……以其袭而取之易也。"此言也，在君之所以责当世者。乃读其所谓科学的知识论，无一语非英人皮耳生（K. Pearson）之言，故君子之袭取，正在君之所以自谥也。

（一）在君曰，玄学是无赖鬼。又有诅咒玄学家死完之语。

皮耳生曰，玄学家为社会中最危险之分子。（皮氏著《科学规范》十七页）

（二）在君引冒根氏《动物生活与聪明》一书中"思构"之语。

皮耳生亦引冒氏《动物生活与聪明》一书中“思构”之语。(皮氏书四十一页)

(三)在君云,推论之真伪,应参考耶方思(丁译戒文士)《科学原理》。

皮耳生曰,关于推论之科学的效力,应参考耶方思《科学原理》第四章至第七章,第十章至第十二章。(皮氏书五十五页)

(四)在君曰,此种不可思议东西,伯克莱(Berkeley)叫他为上帝,康德叔本华叫他为意向,布虚那叫他为物质,克列福叫他为心理质,张君劢叫他为我。

皮耳生曰,官觉背后之物,唯物主义者名之曰物质,伯克莱名之曰上帝,康德叔本华名之曰意志,克列福名之曰心质。(皮氏书六十八页)

(五)在君所用譬喻,曰书柜,长方的,中间空的,黄漆漆的,木头做的,很坚很重。

皮耳生所用譬喻,曰黑板,亦曰长方的,黄色的,很坚很重。(皮书三十九页)

(六)在君说明觉神经脑经动神经之关系,以刀削左手指头,乃去找刀创药为喻。皮耳生说明觉神经脑经动神经之关系,以脚膝为书桌之角所撞破,乃以手压住,乃去求药为喻。(皮氏书四十二页)

(七)在君以电话接线生比脑经。

皮耳生以脑为中央电话交换所。(皮氏书四十四,四十五页)

在君之袭取之定义如何，我不得而知之。上所列举者，亦应视为袭取否耶？我实告在君，今国中号为学问家者，何一人能真有所发明，大家皆抄袭外人之言耳。各人读书，各取其性之所近者，从而主张之。然同为抄袭，而有不抄袭者在，以各人可以自由选择也。适之何尝不抄袭杜威？公产党何尝不抄袭马克思？以吾观之，即令抄袭，不足为病。唯在君既已标榜不袭取主义，而其文字不顾他人之版权至于如是，则我不能不为在君惜耳。虽然此闲话也。苟皮耳生之言诚能于真理之发明有所补益，我并不以其出于在君之抄袭而蔑视之。故吾人且进而研究所谓科学的知识论。

第二　所谓科学的知识论

我所最不解者，则“科学的知识论”之名词是也。若以“科学的”三字作为已有定论解耶？则知识论应早已为一种科学，与物理学生物学等，何待于今日哲学家纷纷聚讼。盖古今所以有唯心主义，唯实主义，经验主义，理性主义之别者，即以知识论之漫无定说实使之然也。既已无定说，而必冠以“科学的”三字，斯之谓不通。若在君所引之知识论，以其为科学家之言论，乃冠以“科学的”三字耶？则古今科学家中有关于知识论之主张者，不止赫氏，达氏，詹氏，杜氏，马氏数人。德医学家布虚那(Buchner)有心为物质之说。生理学家马勒蓄[1]氏(Moleschott，1822—1893)有无磷质则无思想(no phosphorus no thought)之说。以在君之尊重科学家，何独于布虚那氏，马勒蓄氏而薄之。在君知之乎？

① 马勒蓄：今译为摩莱萧特，荷兰生理学家、哲学家。

知识论者，哲学范围内事也，与科学无涉者也。科学家之知识论，不必优于哲学家之知识论；哲学家之知识论，不必劣于科学家之知识论。自陆克[①]康德以下，迄于今日英美之新唯实主义，同为唯心主义，而其中有大同小异；同为唯物主义，而其中亦有大同小异；千差万别，几于不可爬梳。唯其然也，欲执一二家之言，名之曰科学的知识论，此必不可得者也。

科学的知识论之名词，既已不能成立，则在君所倚为根据之知识论，已有一二百年之哲学史代吾人作辩护士。而皮耳生之言，已无取一一细究。然吾姑让一步，以皮耳生为诉讼之一造而与之对质。皮氏立言，以我所见，其重要之点有三：

（一）思想内容之所以组成，则在官觉之感触

（二）因知觉或经历之往复不已，因而科学上有因果概念

（三）科学之所有事者，即将此官觉之感触，分类而排列之，以求其先后之序

在君善读皮氏书，然经历之往复不已一条，乃忘却列举，不知是何用意？英国学派好以经验或感觉为出发点，然反诘以感觉之中并无无形之因果概念在，则彼必答曰，是由其事之屡屡出现，成为一种往复不已之态，此因果概念之所由来也。唯如是，有因必有果者，非必然（necessity）之真理也，乃心理上之信仰或

① 陆克：今译洛克（John Locke，1632—1704），英国哲学家，与贝克莱、休谟并称为英国经验主义代表人物。

习惯为之也。此说也，出自休谟（Hume），今已成为传统的学说。即北美行为派之好以言语习惯（language-habit）解释思想作用者，亦由此来也。

虽然，吾人试将皮氏之所谓感觉所谓知觉之往复不已，与夫因果律之本于知觉之往复不已三义，分析而论之。

皮氏有言曰：

> 就科学就吾人言之，此在外的世界之实在，即形，色，触三者之结合。换言之，即官觉的印象而已。人类所得之印象，犹之电话接线生之所得之叫号。彼之所知者，但有叫号者之音；至叫号者之为何如人，非彼之所知。故脑神经他一端之本体如何，亦非吾人之所知也。吾人拘束于感觉之世界内，犹之接线生拘束于叫号之世界内，而不能越雷池一步。（《科学规范》六十三页）

皮氏以为分析世界之事物，其最终而不可分之元素，必归于官觉之印象。除官觉之印象外，无他物焉。然以我观之，苟人类之始生，若其所得于外界者，只有感觉，则并感觉而亦不可能。何也？名此为甲感觉，名此为乙感觉，此甲乙之分，已有一种论理之意义。此意义也，甲乙感觉所由以构成之分子也。吾人居此世界中，若所谓感觉仅有色之红白，触之刚柔，味之辛酸，形之大小，则所谓辨别性者安从而起？唯其不仅有色形触三者，而尚有与觉俱来之物。譬之红色，一至简之感觉也；然与红俱来者尚有二事：一曰红色如此，二曰此真是红；此二者，即我之所谓论理的意义也（以上皆采德国思想心理学之言）。唯其有此二者，而后有彼此之分，而后有真伪之辨，此则推理之所由以本也。一切感觉不能脱离意义，则皮氏纯官觉主义何自成立耶？

盖人类之于世界，既已以辨真伪求秩序为唯一要义，则与生俱来者，必有一种辨真伪求秩序之标准。此标准为何，即论理的意义也。前既言之，假令但有感觉，则即欲求感觉而亦终于不可能，唯其不仅有感觉，而又有意义，故能分别感觉之彼此。然更进一步言之，真伪之意义既含于感觉之中，至于推理亦有一定之标准否？曰：有，是为康德之先天综合判断说。譬云“金属因热而膨胀”，金属，主辞也；因热而膨胀，谓词也：是之谓判断。此判断中因果相生之观念，必具于先天，而后此因热而膨胀之命题乃能成立。休谟辈之言曰，安知此非积平日之经验，睹其往复不已之状而后有此判断乎？康德曰，不然，平日经验之所得，是为官觉之所接触，然伏于官觉接触之后者，必有理性之作用，因果相生者，乃理性上之概念也。因此概念，而后金属因热而膨胀之判断乃以成立，此所谓理性之概念，与前所谓论理的意义，名词虽二，而精神则一。如是，感觉之往复不已，必非推理之唯一标准矣。

由以上二段观之，可知科学家推本人类知识于感觉之说，无自而成立。然此类言论屡见而不一见者，皆自忘其立言之本也。譬之在君师法皮耳生之言曰，事物之实在，皆感觉而已。不知此一语中已含有非感觉的成分。何也？赞成感觉而排斥其他各物，则已有一种是非之标准。是非之标准，非感觉也。又如美之行为派常曰，人类心理之研究，只有见于行为者为可依据。不知此一语中亦已含有非行为的成分。何也？赞成行为，而排斥自觉性已别有一种是非之标准。是非之标准，非行为也。持唯物主义与持唯觉主义者，往往自忘其出发点，以为以觉为始基，则天下事物皆觉矣；以为以行为为始基，则心理现象除行为外，无他物矣。不知其出发处既误，虽滔滔数万言，自谓足以自圆其说者，而实则棋输一着，全局皆空。

科学之所重者，厥在因果律之必然性。自马哈(Mach)以来：以因果律必然性之说，不便于说明物理学一切现象，乃为因果律重下一种定义，曰：因果律者，无所谓必然性也，不过记现象之先后，且以至简之公式表示之，以图思想上之省事(economy of thought)。如数学上甲为乙之函数，则乙亦甲之函数。故因果之相依，亦犹甲乙之相依，此外无他意焉。皮耳生之书，其论因果，一本马哈之说。故其言曰：

> 科学之公例，乃以心理的缩写法，记述知觉之先后之序。
>
> 科学不能证明现象之先后中有内在的必然性。

然以吾人观之，力学上之现象，如一物件上左右各加一力，则其所行之路，为平行方形之对角线。夫物件线路之方向，且能为之算定，则必然性之强可以想见。马氏皮氏辈为维持其唯觉主义故，乃擅改定因果律之定义。实则唯觉主义本无成立之根据，而因果律之本意，犹之天经地义，初不以一二人之点窜而动摇也。

自以上三点观之，皮氏知识论之脆薄为如何。皮氏亦自知仅恃唯觉主义之不能自存，乃有所谓推理之说，而其标准则有三：

（一）概念之不能自相矛盾

（二）以非反常的人之知觉为标准

（三）各观察者所得推论之一致

曰概念之不应矛盾也，曰所得推论之一致也，此本为各学者公认之说，非皮氏之所特创。然唯觉主义者之皮氏，则不能资之以为论据。何也？矛盾也，推论之一致也，唯理性中乃能有之，非官觉中之所表现也。皮氏之承认此三标准，不啻自弃其感觉一元论，而走入唯心派之先天范畴说矣。然而皮氏亦有说曰，吾举三标准中，厥以非反常的人之知觉一条为中心？换词言之，以各人官觉组织之同一，生理组织之同一，乃能得推论之同一，故与感觉主义无背焉。虽然，以人事言之，明明有官觉的印象相同，而其所得结论则大异。器官之微异，达尔文曰，是环境使然；拉马克曰，是用不用使然。果达氏拉氏官觉组织之不同耶？果如在君所谓谁为疯子，谁为非疯子耶？关于时空问题，奈端曰，时空绝对；爱因斯坦曰，时空相对。果两氏官觉组织之不同耶？果如在君所谓谁为疯子，谁为非疯子耶？休谟陆克曰，知识起于感觉；康德曰，知识之成立，除觉摄外，依赖理性为根据。果三家官觉组织之不同耶？果如在君所谓谁为疯子，谁为非疯子耶？马哈不认有所谓我，而詹姆士承认之。果两氏官觉组织之不同耶？果如在君所谓谁为疯子，谁为非疯子耶？此数人者，所以各持一说之故，理由甚多，姑置勿论。要之，以感觉为知识材料之最后根源（sensation as the ultimate source of the materials of knowledge），以常人官觉组织之相同为推理相同之唯一根据，则断断乎其不可通。

皮耳生之知识论之驳难，大略尽于此矣。然中央电话交换所为皮氏最爱用之譬喻，故不可不一论之。皮氏之意，人心如电话局之接线生然，接线生但知两家之报号，至报号者之为何如人，非接线生之所知。人心亦然，但能接受感觉，至感觉之背后为何物，则非人之所能知。然依以上所言，人类之辨别真伪，乃思想之本质。故所谓心之为用，决非如接线生之接线而已。此意本与唯觉主义相反。若唯觉主义既破，则接线生之喻亦无自而成立。故美人罗杰司[①](Rogers)尝评皮氏曰：

> 苟接线生之全世界仅以叫号者之声音为限，则所谓电话交换所，将如空气之腾于虚空中，不移时而化为乌有。

罗氏之意，接线生不仅与声音接触，且尝与世界实在相接触，故交换作用之依据不仅限于声音。诚如是，人类之所接触者，决不限于感觉。而感觉之后，必另有他物在，虽其为物之本体如何为哲学争论之焦点，然吾人之知识世界决不仅以感觉充斥，则可以断言。人心之辨是非也，别真伪也，即为实在之一点，而岂感觉之所能尽哉？

抑吾尚有骈指之言告在君与适之：公等读吾驳皮氏之言，必以我纯守德菲希德[②]以后唯心主义者之规矩矣，而实非也。世界哲学之潮流二：曰英，曰德。英人好以外释内，故为后天主义唯觉主义。德人好以内释外，故为先天主义，唯心主义。唯英人

---

① 罗杰司：今译罗杰斯。

② 菲希德：今译费希特(Johann Gottlieb Fichte，1762—1814)，德国哲学家，古典主义哲学主要代表人物之一。提出“绝对自我”思想。

以外释内也，故在哲学上有陆克休谟之感觉说，或经验说，伦理学上有边沁之功利主义，进化论则有达尔文之生存竞争微变积叠说，心理学上则有行为主义，教育哲学则有环境适应说。唯德人以内释外也，故哲学上有康德之纯理性说，伦理学上有康德之义务说，生物学上则有杜里舒之生机主义，心理学上则有思想心理学（胡尔孳学派），教育哲学上注重精神之自发。虽主内者不能并外而尽去之，主外者不能并内而尽去之，然其大经纬如是，固不易混而同之。吾国当此新学说输入之际，取德乎？取英美乎？吾则以为皆非也。曰，取二者而折衷之耳。盖唯心，唯物，唯理，唯觉，本为一种无聊之争执。吾国学者若取欧美人门户以树之国中，行见其徒费口舌，而于学理一无裨益。然我默察国人心理所趋，倚旁门户之见解，深入人心，故英德内外之争，先天后天之争，经验理性之争，环境与精神之争，恐亦不免在吾学术界上重演一过。何也？学于英美者，师法英美人；学于德者，师法德人；其能融会而贯通，以期超于英德之上而自成一家言者，其人本不易得焉。

古往今来之哲学家，自成一系统，包举一切现象，而其说足餍人心者，无如康德。康德哲学之系统如下：

康德哲学
- 人生（实行理性）自由意志
- 学问（纯粹理性）
  - 觉摄 } 因果
  - 概念 } 因果

人类好于一切现象求其因果之相生，于是有知识，有科学。然欲以因果律概括一切，则于人生现象中，如忏悔，如爱，如责任心，如牺牲精神之属于道德方面者，无法以解释之。于是康德氏分之为二：曰关于伦理者，是自由意志之范围也；关于知识者，是因果律之所范围也。自由与因果二义乃不相冲突，而后人事与知识方面各有正当之说明。此康德之所长一也。至于知识为物，是否起于感觉，抑起于理性，康德则有一种调和之说，曰有觉摄而无概念，是为盲目；有概念而无觉摄，是为空洞。此言也，即所以调和两派也。此康德之所长二也。康氏之哲学，本取英休谟，与德华尔乎①而折衷之，惜焉后人不能发挥光大，致陷哲学界于分裂。继今以后，诚能本康氏之说，以施之于英德之哲学，英德之伦理学，英德之生物学，英德之心理学，英德之教育学，必能有所发明，而于学术界有一种新贡献。此责也，以谁任之为宜？曰，吾以为莫如吾国人。何也？少国界之拘牵，不为陈言所束缚，非英德人之所能也。合二者而一之，斯上策也。否则两利而俱存之，犹不失为中策。若执一方之言以夸耀于国人，则无聊之甚，莫过是矣。此段文字，吾自知其为题外之文，然所以不能不言者，一则辨明感觉与概念同为知识构成之分子，不能并感觉而排斥之，唯如皮耳生氏以此为唯一元素，则为吾所不赞成；二则希望国中研究哲学者如适之者，不可徒执一先生之说，以分门别户，若能以调和英德之说为己任，则于学术界必能自辟途径，而此业正为吾国人所应努力。愚意如此，不敢执国人而强同之也。

① 华尔乎：今译为沃尔夫(Wolff，1679—1754)，德国著名哲学家、数学家，其哲学与莱布尼茨联系在一起，他将莱布尼茨哲学系统化，因而也被称为莱布尼茨—沃尔夫哲学。

第三　科学以外之知识(一名科学之限界)

世间事物之“真”者皮氏曰唯有感觉。我以为苟无辨别真伪之思想，则并感觉之彼此而亦不辨。故所谓“真”者，除感觉外必认思想，或曰论理的意义，此乃学术上之天经地义，不容动摇者也。

然而在君既以皮氏感觉之说为出发点，于是除科学方法所得之“真”外，概不认为“真”。故其言曰：

> 第一，凡概念推论若是自相矛盾，科学概不承认他是真的。
>
> 第二，凡概念不能从不反常的人的知觉推断出来的，科学不能承认他是真的。
>
> 第三，凡推论不能使寻常有论理训练的人，依了所根据的概念，也能得同样的推论，科学不承认他是真的。

此三条文之性质如何，前文已尝及之。其所以立此标准者无他，曰定知识非知识之限界。皮氏亦曰：

> 苟有说者，谓某某区域内，如玄学(或形上学)之类，科学既遭摒除；其方法又不适用云云，是无异谓方法的观察之原则论理的思想之公例，皆不适用于此区域内之事实耳。
>
> 苟诚有此类区域，吾人唯有答曰，此区域必在知识一名之正当的界说以外。

皮氏毅然决然画一条界线，凡为科学方法之所适用者，名之为知识，反是者不名之曰知识。

吾人可简单答曰：皮氏此类界说绝对不能成立者也。何也？诚如皮氏言，则人事之大部分，皆不得以知识名之。曾子曰："吾日三省吾身，为人谋而不忠乎？与朋友交而不信乎？传不习乎？"忠不忠信不信之辨，唯己知之最深，而与在君所举之三标准无涉焉。吾人其能以其不合于三标准，并此类之知而不认为真乎？此关于道德之知一。子语鲁太师乐曰："乐其可知也。"乐之美不美，亦唯一己能知之，而与在君所举之三标准无涉焉。吾人其能以其不合于三标准，并此类之知而不认为真乎？此关于美术之知二。子曰："未知生，焉知死？"又曰："知之为知之，不知为不知，是知也。"此生死之知不知，可知与不可知之界限已为一种科学知识与非科学知识之界线，亦与在君所举之三标准无涉焉。吾人其能以其不合于三标准，并此类之知而不认为真乎？此关于形上界之知三。凡此三者，苟以其非科学之技所能施，乃并其为知识之性质而亦否认之，适足以证科学家自知其力之有限，乃于其力之所不及者，闭目而不欲见，充耳而不欲闻耳。

幸焉科学家中，非必人人狭小如皮耳生。有直认科学之力之所不及，而以哲学美术宗教三者为辅佐，则英生物学家托摩生其人是也。托氏于所谓科学方法所适用之知识外，同时承认三项，曰哲学，曰美术，曰宗教。

托氏所以承认哲学者有二故。各科学以一定之达坦[①](Data)为出发点，至达坦之是否正确，不暇细究。物理学以物质

① 达坦：今译数据，材料。

以爱纳涅[①](energy)为宇宙之本,一若有此二者,则宇宙可以立就。抑知所谓物质所谓爱纳涅,其在大宇宙中,应作何解,不可不加研究。种变也,遗传也,进化也,在生物学上视之为定论;然此数者之意义,是否正确,亦不可不经一番研究。此为一科学思想之彻底计(consistent thinking)不可不有批评之者,此哲学之所有事者一。自物理学视之,此宇宙一机械的宇宙也;自生物学家视之,此宇宙一有目的之宇宙也。究竟此两种宇宙观如何使之合一,以成一彻始彻终之宇宙观,此哲学之所有事者二。

托氏之论美术曰:

人类之大目的,其于自然界,不仅知之——此科学之事——又在能享受之。人者有情感者也。其与自然界语也,不发之于理智,而发之于心。有诗人焉,寄其所感于诗歌,否则默默不言之中,亦有悠然自得者。语夫情感之变,忽焉喜,忽焉惧,忽焉忧戚,忽焉惊疑。天空星罗之伟观也,山脉起伏之秘奥也,海潮之川流不息,鸷鹰之自由飞翔,花果之随时开落,无时无地不使人勃然兴起,曰:此天地之伟观也。

托氏又论科学与美术之关系曰:

吾人深信科学之价值,在求得叙述的公式,使人之理解与实行上便于把捉自然界。以云科学之结论,谓能令人满意,则吾人殊不之觉,人之于宇宙必欲解释其由来。有人语

① 爱纳涅:今译能量。

> 吾辈曰，此种希冀，殊不正当。然吾人初不为所动。吾信崇拜自然之诗歌与宗教之情感，可以与科学相辅而行。此二者，直觉的冲动的也，非理智的也。二者皆求所以超于科学之上者，而吾人深信此二者之有成而无败也。

托氏解释宗教曰

> 宗教者，无定义可下者也。对于独立之精神的实在，与以实行上情感上理智上之承认，斯即宗教之义。

托氏又论科学与宗教之关系曰：

> 人也，自然界也，二者之历史也，科学对于此诸问题求所以解答之。然世界甚大，科学甚稚，故其答案必不圆满。即令关于全宇宙之答案已达圆满之境，与今日对于各部分之答案同，则必有他问题生，而为人所不能答复者。即令答复矣，其不满人意自若焉。欲求补充的答复，唯有诗歌与宗教之感情。故视科学方法为达于真理之唯一途径，此吾人所不信者也。（《科学引论》二一八页）

吾人征引托氏之说者，所以证在君与皮耳生之所谓知识所谓真乃一偏之见，不足措信。科学方法非达于真理之唯一途径，明明出诸科学家托摩生之口，在君亦视为玄学而抹杀之耶？

托氏所以认哲学美术宗教为“真”者，凡以见科学之力有所不及。故托氏之所明白昌言者，则曰科学之限界。物理家以物质为基本概念，然物质之本质为何，非物理家所能解释也。生物学家以细胞为基本概念，然细胞之本质为何，非生物学家所能解释也。推之生物之来源，心理与身体之关系，科学家之无法解释正与此同。是托氏从而断之曰，小秘密去大秘密又来，宇宙之神奇，决非科学所能尽灭，或者因研究之深浅暂时迁移之耳（《科学引论》一九一页），托氏又引兰克司德(R. Lankester)之语曰，……（上略）此等事物，非今日科学所能解释，且永非他日之科学所能解释。呜呼！吾读此数家之言，何自谦抑若是。以之较在君科学万能之语，虽不能不佩其螳臂当车之勇，然吾唯有叹蟪蛄之不知春秋而已。

第四　玄学在欧洲是否“没有地方混饭吃”

在君所念念不忘者，为吃饭问题。一曰玄学……（略）到近来渐渐没有地方混饭吃。再则曰玄学家吃饭的家伙。……（下略）玄学之在欧美，生耶死耶，请与读者一研究之。在君之文，题曰玄学与科学，以其明知今之青年闻玄学之名而恶之，故取此名以投合时好。唯玄学一名含义之混，故于研究之始，不可不先定范围。

玄学之名，本作为超物理界超官觉解释。唯其有此解释，于是凡属觉官以上者，概以归之玄学。譬之因盖律雷罪状之宣告，而想及罗马教，曰此玄学之过。然而玄学不任受也。因盖律雷之发明力学，而上溯之中世纪，则有以星学占吉凶者，有以巫蛊易牛乳之色者（皮氏《科学规范》二十二页），曰此玄学之过。然而玄学不任受也。乃至十七八世纪之交，有德人华尔孚氏(Christian Wolff, 1679—1754)之玄学，以为独恃纯粹理性可以解决上帝问题宇宙问题者，亦早为康德所驳斥矣。虽然，自十九世纪末年以来，代表现代思潮之各大哲学，无不有玄学之著作。其所以然之故，姑俟后详。先将其书名及出版年月列表如下：

一八七四，法国蒲脱罗[①]氏(Boutroux)《自然律之偶然性》

一八八八，德国倭伊铿氏《精神生活之统一》

一八九七，美国詹姆士氏《信仰之意志》

一九〇一，倭氏《宗教之真谛》

一九〇二，詹氏《宗教的经验之各样》

一九〇三，法国柏格森氏《形上学序论》

一九〇七，柏氏《创造的进化论》

一九〇七，倭氏《宗教哲学根本问题》

一九〇八，蒲氏《科学与宗教》

一九一六，杜里舒之形上学《实在论》

一九二二，杜氏《实在论》再版

此外以形上学之复活名其书者，尤屡见不一见。然则在君所谓“玄学在欧洲鬼混了二千多年，到近来渐渐没有地方混饭吃”，又曰“不怕玄学终久不投降”，岂不是白日说梦话？国人所以闻玄学之名而恶之者，盖惑于孔德氏人智进化三时期之说也。孔氏曰，神学时代重冥想；玄学时代推究万物而归之于一源，如化学力或生活力之类；至实证时代则以观察为重，弃绝对原因说，而但求现象之公例。然以我观之，即为神话或宗教最占优势之时代，而少不了舟车之制作，耕耘之勤动。则实证之功，又岂

① 蒲脱罗：今译布特鲁(1845—1921)，法国哲学家。

绝无？即今日号为科学时代，而于物质之究为何物，生命之究自何来，何谓宇宙观，何谓人生观，未尝无论及之者。则神学形上学之讨论，岂得谓无？故孔德三时代之说，初不合于进化之事实，而时代与玄学有无之界线，乃不能画定者也。

窃尝推之，十九世纪末年以来，玄学运动之所以勃兴者，盖有数故。科学家以官觉达坦①(sense-data)为张本，苟其解释，能满足人心之要求，斯亦已矣。无如其所谓解释者，不外乎前后现象之相关，而宇宙之神秘初不之及。此其反动之因一也。科学家以理智(即论理公例)解释一切，而活社会之事实，非论理或定义所能限定。此其反动之因二也。科学家好以因果律为根据，然验之人事其出于因果外者，往往而有。心灵之顷刻万变，更非因果所能范围，于是哲学家起而大昌自由意志之说。此其反动之因三也。既不以形下为满意，乃求所以达乎形上；而形上之中，其所慰安人心者，则曰宗教；于是有提倡耶教改革者如倭伊铿，亦有自实用主义以明宗教之为用者，则曰詹姆士。此反动之因四也。要之，此二三十年之欧洲思潮，名曰反机械主义可也，名曰反主智主义可也，名曰反定命主义可也，名曰反非宗教论亦可也。若吾人略仿孔德时代三分之法，而求现时代之特征之一，吾必名之曰新玄学时代。此新玄学之特点，曰人生之自由自在，不受机械律之支配，曰自由意志说之阐发，曰人类行为可以参加宇宙实在。盖振拔人群于机械主义之苦海中，而鼓其努力前进之气，莫逾于此。

虽然，同为主张玄学，而立脚点各异。有以玄学作为哲学解

---

① 官觉达坦：今译为感觉材料。

释以达科学思想一贯之目的者，如韦尔斯氏托摩生氏是也。有以玄学求变求实在者，柏格森是也，有以玄学作为达于精神生活之境者，倭伊铿是也。有以玄学与宗教分论之者，詹姆士是也。

韦尔斯曰：

> 流俗之见，每以玄学为无益为烦难，且事属玄妙，无关实用。然就事实言之，为图思想之明确计，则玄学的研究乃必要之条件也。
>
> 现代心理，须对于玄学重行研究，今正其时矣。

托摩生曰：

> 各科学供给此大宇宙之部分的影片，以其影片之立脚点各异故也。此种种影片，非仅依次排列已也，将合之以成一立体镜中之景色，此玄学之事也。玄等建设之业，在求一首尾贯彻之宇宙观，而其所以达此目的者，不采先天的方法，而以科学为根据。

此二氏者，为图各科学之会通计，所以承认玄学之必要也。

柏格森曰：

> 理智之所得者，只有外表，而不反于事物之内部。
>
> 所以认识者，非为认识而认识也，所以图有所得也。

柏氏断言理智之为用，不适于求实在。然而人心之隐微处，活动也，自发也，是之谓实在，是之谓生活。既非理智之范畴所能把捉，故唯有一法，曰直觉而已。是柏氏玄学之内容也。

倭伊铿之哲学之大本曰精神生活。人生者介于物质与精神之间者也。物质常为吾人之障碍，故超脱物质，以靖献于大我生活之中，是倭氏立言之要旨也。

若夫詹姆士，其以玄学为学也，则立论与韦氏托氏同。以为各科学各有其立脚点，故不能得思想之会通；欲求所以一之，唯赖玄学(《小心理学》四二六页)。若其关于宗教之论，虽亦自实用主义出发，然以为信仰之为物，初不在证验(verification)之有无。亦有因意志坚强，而导人以达于成功，则谓信仰能构成证验(faith create its verification)亦无不可，是詹姆士深于形上之信仰为何如。

吾于各家之说，缕缕言之不已者，似已出乎答辩范围之外。虽然，因此诸家之言，可知在君所云，苟非盲人瞎马，则必为有意蒙混矣。近三百年之欧洲，以信理智信物质之过度，极于欧战，乃成今日之大反动。吾国自海通以来，物质上以炮利船坚为政策，精神上以科学万能为信仰，以时考之，亦可谓物极将返矣。故新玄学之为学，其所以异于旧玄学者何如，其与各科学之关系如何，其与人心风俗之关系如何，本我之所引为己责，而欲介绍于吾学界，因在君之丑诋，令我有感于中，而更不能不长言之矣。

下　篇

第一　我对于科学教育与玄学教育之态度

自以上两篇观之，吾人之立脚点，可以简括言之：

（一）官觉界以上，尚有精神界。学问上之是非真伪，即此精神之综合作用之表示。

（二）官觉与概念相合，知识乃以成立；然除学问上之知识外，尚有宗教美术亦为求真之途径。

（三）学问上知识之成立，就固定状态施以理智之作用；若夫人生所以变迁之故，则出于纯粹心理，故为自由的。申言之，历史之新陈代谢，皆人类之自由行为，故无因果可言。

唯其如是，科学决不能支配人生，乃不能不舍科学而别求一种解释于哲学或玄学中（或曰形上学）。此语也，吾人对于科学与玄学之理论的评价也。虽然，人类之于学问也，每好以学问为手段，以辅助其人生之目的。而辅助之法，莫如教育，于是有科学玄学之实用的价值问题。换词言之，即其在教育上之位置如何，斯为本节之所欲研究。

教育之方法，无论或隐或显，常以若干人生之理想为标准，标准定而后有科目之分配。我之视人生观为自由意志的，故教育方法为一种。皮耳生与在君以人生观为可以统一的，故其方法又为一种。在君之言曰：一个人的脑经思想的强弱，就是一个人的环境与遗传。此在君之意，以环境与遗传为原因，而一人思想则其结果也。皮氏亦然，尝论社会之变迁曰：

吾人见社会上有大活动之时代，有外表静止之时代，此社会制度之大变。吾人所以归其因于少数个人，而名之曰维新与革命，即以吾人对于社会进化之确实途径，尚有所未知。

是皮氏之意，亦以为社会之变迁，必为因果律所支配；特以今日知识尚未到家，乃归其功于少数提倡者。皮氏与在君本此类观察，于是其教育方针，则为注重科学。皮氏书中有论科学与公民一节，其大意曰，事实之分类也，求其先后之序也，乃科学之所有事也。此祛除成见，以事实为本之精神，不独科学家应有之，即一般国民亦无不当有之。在君所言，与皮氏同一精神，唯不如皮氏之简单明了。其言曰：

> 科学……是教育同修养最好的工具，因为天天求真理，时时想破除成见，不但使学科学的人有求真理的能力，而且有爱真理的诚心。

而其所深恶痛绝者，一则为英国教育上自然科学之不完备，二则为科学知识不适用于政治。夫人类之政治能否为科学所支配，前已论之矣。若夫科学与求真之关系何如耶？科学与爱真之诚心关系何如耶？教育上注重科学之利害关系何如耶？不可不分析论之。

求真云云，一切人所公认决无反对之者也。虽然，所谓真者，作何解释耶？依在君之意，所谓真者；官觉的印象，而经推论工夫之炼铸者也。其所谓真，独限科学之智识，则与吾人之立脚点既异趋；即令认其所谓真者为真，则人类之求了解此宇宙，自昔日而已然。或曰宇宙之原质为水，或曰火，或曰阿顿，或曰电子。依吾观之，最终之真者为何，终非人所能解决。不见托摩生之说乎？小秘密去，大秘密又来。故秘密之转移则有之，解决则未也。法国当十九世纪之初期，其大科学家有医学家之伯司德①

① 伯司德：今译巴斯德（1822—1895），法国化学家、微生物学家。

(Pasteur)，倍尔那[①](Claude Bernard，1813—1878)，有化学家之倍德鲁[②](Berthelot，1827—1907)，皆信科学之进步的力量；同时则有文学家之蓝农[③](Renan)鼓吹其说。自哥诺[④]氏(Cournot，1807—1877)，鲁诺微[⑤](Renouvier，1818—1903)先后辈出，攻击科学之无上主权，于是学者对于科学之观念为之大变。十九世纪之末，朴因卡勒[⑥]氏(Poincaré)至有"科学公式者，方便也，非真理"之语。夫诚为方便，则除我所谓向外，更又有何说？在君不认为向外，乃曰修养的最好工具，岂事物之观察实验，可作为向内之修养工具耶？岂在君之二大推论原则，可作为向内之修养工具耶？虽然，吾知之矣。在君理想中之科学家之模范，则为赫胥黎氏(Huxley，1825—1895)。赫氏于十九世纪之后半，以科学智识普及于劳动者，同时则反抗宗教家而赞成达尔文之进化论。唯其恶陈言而好实证，故尝以理智的诚实(intellectual honesty)，为人类最高之道德。又曰，即令妻子死亡，名誉扫地，然以谎语之人期我，我不为焉。赫氏之事事必征验，吾岂不佩！然吾以为此一人之人格为之，何与于科学？苏格腊底[⑦]氏之生，距近世科学文明之发端千八百余年矣，坚持所信，传授教义，卒以遇毒而死，视赫氏又何多让？此一人之内生活使

① 倍尔那：今译贝尔纳，法国生理学家，实验医学的奠基人之一。

② 倍德鲁：今译贝特洛，法国有机化学家、物理化学家。

③ 蓝农：今译勒南(1823—1892)，法国研究中东古代语言文明的专家、哲学家、作家。

④ 哥诺：今译库尔诺、古诺，法国数学家、哲学家及经济学家，提出古诺模型。其生年应为1801年。

⑤ 鲁诺微：今译勒努维耶，法国哲学家。

⑥ 朴因卡勒：今译庞加莱(1854—1912)，法国数学家、理论天文学家、哲学家。

⑦ 苏格腊底：今译苏格拉底(Socrates，公元前469—前399)，古希腊哲学家。

然，与科学教育无涉焉。夫智识欲者，人类之天性也，因文字意见之不同，触犯时忌，竟以身殉者，古今无代无之，安得以此独归功于科学耶？

以上所云，但就求真与爱真两点言之，尚未及于科学与教育之关系。夫科学之有益于实用，孰得而否认之？然其流弊所届，亦不可不研究。试略举之，则有五端：

> **（一）自十九世纪后，英德各国列自然科学于学校科目之中，然物理也，生理也，博物也，同属自然现象，故同以官觉为基础。官觉发达之过度，其非耳之所能闻，目之所能见，则以为不足凭信。**
>
> **（二）科学以对待（relative）以因果为本义。有力而后生动（奈端第一律），物理上之因果也；思想与脑神经相表里，生理上心理上之因果也；生命之基础在细胞，生物上之因果也；社会进化，视其国之地理气候如何，历史上之因果也。若此云云，岂无一面之真理？然学生脑中装满了此种学说，视己身为因果网所缠绕，几忘人生在宇宙间独往独来之价值。**
>
> **（三）科学智识之充满，以为人生世上之意义，唯官觉所及者足以了之，于是求物质之快乐，求一时之虚荣，而权利义务之对照表，尤时时悬在心目之间，皆平日之对待观念有以养成之。**
>
> **（四）科学以分科研究为下手方法，故其答案常限于本范围内。然人类所发之问，往往牵及数种学科，故科学之所答者，非即吾人之所需，唯有令人常以此另一事四字了之。**

且分之尤细，则入之尤精。然时时在显微镜中过生活，致人之心思才力流于细节而不识宇宙之大。

（五）教育家为应付社会中之生计制度计，常以现时生计制度为标准，而养育人才。于是学一艺而终身于一艺，为无产者谋生之不二法门。若夫变更社会之贫富阶级，使凡为人类，各得为全人格之活动，皆得享全人格之发展，则为适应环境之科学的教育家所不敢道。

十九世纪之初，科学的信仰，如日中天，故赫胥黎辈毅然与宗教家抗，要求以自然科学加入学校科目中。今其行之也，暂者数十年，久者已及百年，利害得失，皎然大明。谓将自然现象详细分类，且推求其秩序，谓将望远镜仰察天空的虚漠，用显微镜俯视生物的幽微（以上皆丁语），已足以尽教育之能事乎？不独前此所不适用（教育上不能无伦理，即教育非自然科学所能范围之明证），以云今后，更无论矣。吾以为教育方针之应改良者：

（一）学科中应加超官觉超自然（supernatural）之条目，使学生知宇宙之大，庶几减少其物质欲望，算账心思，而发达其舍己为人，为全体努力之精神。

（二）学科中应增加艺术上之训练。就享受言之，使有悠悠自得之乐；就创作言之，使人类精神生活益趋于丰富。

（三）学科中应发扬人类自由意志之大义，以鼓其社会改造之勇气。

此三点也，苟在君而以为玄学教育也，则我亦直认不辞曰，是玄学教育也。三点之中，或者教育家虽心然其说，而以为不易实现，则吾正告之曰，形上界云云，在欧洲常以之与罗马教耶稣教相混，故严正之形上学极不易得，然就切于人事者以发达其大我性，则可取资者遍地皆是焉。以云艺术，今独委之专门之艺术家，若一国之先觉者大声疾呼，告以人生之意义，初不尽于工厂，初不尽于银行公司，则所以转移此风气者，又岂无法？以云自由意志之教义，世界之社会革命党已行之而大奏功，德俄两帝国之推翻，皆此种教育为之也。

十九世纪以降，所谓科学的教育家，诏其学生曰，一切现象皆有因果，人类进化为自然律所支配，故只能求所以适应于其环境。所谓学校中蹈常习故之教育则如是。然考之他方，其社会革命家告其同志曰，人事变迁，无所谓因果，视吾人之意志何如：意志力强，则环境可以冲破；反是者，人类为环境之奴隶。彼辈又以为理智之为用，长于思辨，短于实行，故与自由意志说相辅而行者，一则曰行动，再则曰直接行动——此为法国索勒尔[①](Sorel)之说——德之社会民主党本此种方法宣传于国人，而革命之业已告成功矣。俄之鲍尔雪维党[②]亦然。究竟人事进化，有何种公例耶？有何种因果耶？吾以为德俄之革命，不啻对于科学的教育为明著之反证也。

以社会革命党之贫弱，独本其热心毅力，而转移一国之风气若至于如是。德国革命既成，俄鲍尔雪维党用其法，在西欧组织公产党，尤注重青年教育，每星期日召集公产主义之青年，灌输

① 索勒尔：今译索雷尔(1847—1922)，法国哲学家，工团主义革命派理论家。

② 鲍尔雪维党：今译布尔什维克党。

其改造之智识，授以意志坚定之方法，告以为人类牺牲之勇气；在俄法有公产主义青年运动，有马克斯学校，在英有劳动学校；皆本此精神而设者也。故今日欧洲之国民教育两派对立，其一曰钦定教育。教人以因果说，教人以适应环境，教人为现状之奴隶；其二曰社会改造派之教育，教人以无因果说，教人以自由创造说，教人以冲破环境。其所以使之然者，皆偏于因果偏于理智之科学的教育之反动也。

读者闻吾言，慎勿谓我视社会改造派之教育为独一无二之良教育也。吾以为教育有五方面：曰形上，曰艺术，曰意志，曰理智，曰体质。科学教育偏于理智与体质，而忽略其他三者。社会改造派之教育，偏于意志与牺牲精神，而其所欲达之目的，在工价在劳动状态之改良，在财产制度之变更。此数者，自工党立脚点言之，当然为正当之要求，然自人生之意义言之，则与科学家同犯一病，偏于官觉偏于唯物主义而已。要之，自欧洲社会革命与其青年运动观之，理智以外之人类潜伏的心能，隐而未发者，正未可限量。诚能迎机道之，则物质制度与精神自由之间，保持现状与打破现状之间，自有一条平和中正之道。若固守科学的教育而不变，其最好之结果，则发明耳，工商致富耳；再进也，则为阶级战争，为社会革命。此皆欧洲已往之覆辙，吾何苦循之而不变乎！国中之教育家乎！勿以学校中加了若干种自然科学之科目为已了事也。欧洲之明效大验既已如是，公等而诚有惩前毖后之思，必知所以改弦易辙矣。

第二　我对于物质文明之态度

在君引吾批评物质文明之语，系之以说明曰：“试验室是求真理所在，工厂是发财的机关。”文曰，“使人类能利用自然界生财的是科学家，建筑工厂……的，何尝是科学家?”此中限界，吾之原文本极明白，无待在君之辨别。吾所深喜者，则在君文中绝无一语为物质文明辩护是也。唯其于我之根本精神全未明了，故不可不论之。

（一）物质文明与精神文明二名词之说明。一人之身，内为精神，外为物质，固尽人以为能解之语也。然问何者为物质，何者为精神，则能答者寡矣。衣冠，物质也；皮肉筋骨，物质也；更进而求之，则为脑神经亦物质也。总之，手之所触目之所见者，谓为物质。若夫心思之运用，则非手之所能触，目之所能见，故不谓为物质，而谓为精神。虽然，同为精神，又有先后轻重之别。告子有仁内义外之说，宋学家有尊德性道问学之争，故同为无形之中，而其中又有所谓内外。此种心性之学之论争姑俟后详，若就东西文明之比较言之，则此二名词亦自有成立之理由。

同为人类，谁能不衣，不食，不舟，不车，不耕，不织？谓西洋之轮船电车为物质文明，则中国之帆船，小车，安在其非物质文明耶？谓西洋之高楼大厦为物质文明，则中国之茅屋蓬户，亦安在其非物质文明耶？谓西洋之纺织厂与机器耕种为物质文明，则中国之耒耜与纺车亦安在其非物质文明耶？世界既无不衣不食不住之民族，则其文化中孰能免于物质的成分？反而言之，谁无宗教，谁无美术，谁无学问？故号为文化，亦决不能缺少精神的成分者也。虽然，就其成分之多寡，则有依轻依重之分。吾人所以名西洋三百年来之文明为物质文明者，其故有四：

(1) 就思想上言之，因盖律雷之力学之发明，乃欲以机械主义推及于生物学上心理学上之一切现象，甚至以此种主义解释人生。

(2) 学术上多有形之制作,有所谓发明,则国家竭全力以保护之。

(3) 蒸汽机发明后,国中以设工厂砌烟突为无上政策,货既制成,则辇而致之国外,全国之心思才力尽集于工商。

(4) 国家以拓地致富为唯一政策,其有投资于国外者,国家则以外交军事之力为后盾。

本此四故,一若人生为物质为金钱而存在,非物质金钱为人生而存在。其所以称为物质文明者在此。

中国文化,其内容甚繁复矣。国中无定于一尊之宗教,故驱学人以入于自然界之研究,不如西方之力;以农立国,故计较锱铢之市侩,与运锤转机之工人,无所施其技;又以锁国为政策,故无从吸收他国之脂膏;若其人生观,则涵育于中庸之说,既无所谓机械观,目的观,亦无所谓个人主义与社会主义。如是,东西相形,若其中亦自有可以安心立命者,于是世人相率以精神文明名之。中国之精神文明当如何改进乎。一事也。西方之物质文明是否可效法乎?又一事也。前一问非今日所能详,姑就后一事论之。

(二) 物质文明之利害。物质文明之内容定矣,吾乃发问曰,苟今后吾国以西方文明之四大特色为标准,从而步趋之,则其利害当如何?以言乎思想上之唯心唯物与夫目的机械之争,今日欧美之迷信科学者,已不如十九世纪初年之甚。故欲以机械主义支配吾国之思想界,此必不可得者矣。若夫深信富国强兵之政策者,则国中尚不乏人,而国家前途最大之危险亦即在此。去年为沪上国是会议草宪法案,继作理由书名国宪议,其中对于欧洲富强政策之批评一段，可与本问题相发明，录之如下：

欧美百年来文化之方针，所谓个人主义，或曰自由主义：凡个人才力在自由竞争之下，尽量发挥，于是见于政策者，则为工商立国；凡可以发达富力者则奖励之，以国际贸易吸收他国脂膏，借国外投资为灭人家国之具。而国与国之间，计势力之均衡，则相率于军备扩张。以工商之富维持军备，更以军备之力推广工商。于是终日计较强弱等差，和战迟速，乃有亟思乘时逞志若德意志者，遂首先发难，而演成欧洲之大战。今胜败虽分，荣辱各异，然其为人类之惨剧则一而已。于是追念往事者，悟昔日之非，谓此乃工商立国之结果也，此乃武装平和之结果也，一言以蔽之，则富国强兵之结果也。夫人生天壤间，各有应得之智识，应为之劳作，应享之福利，而相互之间，无甚富，无赤贫，熙来攘往于一国之内与世界之上，此立国和平中正之政策也。乃不此之图，以富为目标，除富以外，则无第二义；以强为目标，除强以外，则无第二义。国家之声势赫赫，而于人类本身之价值如何，初不计焉。德意志雄视中欧，所恃为出奇制胜之参谋部，而今安在哉？俄相威德氏夺我东清铁道，令我北鄙无宁日，而今安在哉？国而富也，不过国内多若干工厂，海外多若干银行代表；国而强也，不过海上多几只兵舰，海外多占若干土地。谓此乃人类所当竞争所应祈向，在十九世纪之末年，或有以此为长策者，今则大梦已醒矣。

继则述富强政策不足为吾国将来之政策，其理由曰：

我国立国之方策，在静不在动；在精神之自足，不在物质之逸乐，在自给之农业，不在谋利之工商；在德化之大同，不在种族之分立。数千年闭关自守，文化停滞，生计萧条，智识之权操之少数，其大多数则老死乡里，文字不识。一言以蔽之，以农立国，既乏工艺之智识，又无物质之需求，故立国虽久，尚可勉达寡而均，贫而安之一境而已。今而后则何如乎？数万吨之大舰往来于扬子江口矣；数万匹马力之发动机日夜运转于津沪粤汉之市场矣；工厂汽笛高鸣，闻其声而聚散者千百人，终岁勤劬，糊口或犹不足；公司轮奂日新，操其奇以积赢者千百万，只权子母，袖乎亦获有余。此其强弱优劣至为明显，故多而不均，富而不安，殆为今后必至之势矣。然欧洲之全盛也，大兴工业，拓地海外，以贸迁之利润泽其劳动者，而资本家得保其地盘。及其既衰，海军之担负，不敌工商之所获，军人之生事，转为和平之障碍，海外银行尤多，则国际之勾结尤深，虽资本家或有一二蒙其利者，以全体言之，则利不敌害也。此等法术今尚能复用乎？此等机会尚可再逢乎？故欧洲之致富政策，以殖民政策与之相辅，尚可保数十年之安荣。若夫吾国，则并此而不可得，所吸收者，不外本国之资财，所剥削者，不外本国之小民。即以工商立国，其支持之年月，能有欧洲之久长乎？必不然矣。

虽然，试有问者曰，工商主义之为害，既明甚矣，然其利益，岂得抹杀？夫苟无国富，则土匪失职者安得而减少，国民教育安得而普及，学术安得而发展，政治安从而改良？则吾有两种答案：其一则赞成发展工商之策，而反对富之集中，故主张社会主义之实行，而其理由如下：

> 吾以直截了当之语告国人：一国之生计组织，以公道为根本，此大原则也。若有问我苟背此原则，因而不能图工业之发达则奈何？吾应之曰，世界一切活动，以人类之幸福为前提，十九世纪以来，以图富强之故，而牺牲人类，今思反之，宁可牺牲富强，不愿以人类作工厂之奴隶牛马焉。此义也，吾国人之所当奉行，而十九世纪以来急切之功利论，则敝屣之可矣。

其第二答案曰，或者虑一国生计本于公道之故，而教育学术之发达或受其影响，则吾以为在寡均贫安状态下，当必另有他法可想。语不云乎，必要者，创造之母也。谓以人类之智力而不能别寻途径，吾不信焉。是在国人之努力，是在国人之创造。

第三　我对心性之学与考据之学之态度

现代欧洲文明之特征三：曰国家主义，曰工商政策，曰自然界之智识。此三者，与吾上文所举“我国立国之方策，在静不在动；在精神之自足，不在物质之逸乐；在自给之农业，不在谋利之工商；在德化之大同，不在种族之分立”云云，正相反对者也。循欧洲之道而不变，必蹈欧洲败亡之覆辙；不循欧洲之道，而采所谓寡均贫安政策，恐不特大势所不许，抑亦目眩于欧美物质文明之成功者所不甘。则吾以为苟明人生之意义，此种急功之念自可削除。

以一人之身言之，衣履外在，皮肉亦外也，脑神经亦外也。其足乎己而无待于外者，果何物乎？吾盖不得而名之矣。举先圣之言，以明内外之界之解释。孟子曰：

> 求则得之，舍则失之，是求有益于得也，求在我者也。求之有道，得之有命，是求无益于得也，求在外者也。

孔子曰：

> 君子素其位而行，不愿乎其外。……正己而不求于人则无怨。

孟子之所谓“求在我”，孔子之所谓“正己”，即我之所谓内也。本此义以言修身，则功利之念在所必摒，而唯行己心之所安可矣。以言治国，则富国强兵之念在所必摒，而唯求一国之均而安可矣。吾唯抱此宗旨，故于今日之科学的教育与工商政策，皆所不满意，而必求更张之。然以今日之人类，在此三重网罗（以上三特征）之中，岂轻轻提倡“内生活”三字所得而转移之者？故在锁国与农国时代，欲以“求在我”之说厘正一国之风俗与政治，已不易矣；在今日之开国与工国时代，则此类学说，更不入耳。然吾确认三重网罗实为人类前途莫大之危险，而尤觉内生活修养之说不可不竭力提倡，于是汉学宋学之得失问题以起。

汉学宋学两家：苟各认定范围，曰甲之所研究在考据，在训诂名物；乙之所研究在义理，在心性；则各行其是而不至有壤地相接之争可也。唯其不然，甲曰卫道，乙亦曰卫道；甲曰吾之学为圣学，乙亦曰吾之学为圣学；甲曰经学即理学，乙曰天下无心外之理，亦无心外之物。两家各认其研究之对象为尧舜禹汤文武周公孔子之道，而其方法不同。甲曰穷理即在读书中，乙曰读书不过穷理之辅佐，其甚者则曰六经皆吾注脚。因是之故，甲尊汉儒，乙宗宋明理学，同为理学之中，而又有朱子陆王之分。窃尝考之学术史上之公案，其与此相类者，莫若欧洲哲学史上经验派理性派，或曰唯心派唯物派之争。

吾久思将汉宋两派之立脚点与欧洲之经验理性两派之立脚点作一比较，然惕乎梁任公先生所云摭古书以附会今义之流弊（《清代学术概论》一四五页），故动念而辄止者屡矣。虽然，以今制牵合古制，以今人之学附会古人之学，则弊诚有如任公先生所言者。若夫汉宋之争，与唯心唯物之争，则人类思想上两大潮流之表现，吾确信此两潮流之对抗，出于心同理同之原则，而不得以牵合附会目之也。兹列可比较之点如下：

第一表

欧洲唯物派之言	汉学家之言
(1) 倍根①云，事实之搜集。 (2) 陆克云，一切意象由经验而入。 (3) 唯用主义者云，意象之有益于人生者为真。 (4) 边沁云，宇宙之两主宰：曰苦，曰乐，乐为善，苦为恶。 (5) 英美学者，好用沿革的方法。 (6) 休谟氏云，经验之往复不已，于是有习惯上之信仰。	(1) 王引之云，遍为搜讨。 (2) 顾亭林云，多学而识。 阮元云，学者……实事求是，不当空言穷理。 (3) 顾亭林云，文之不关于……当世之务者，一切不为。 (4) 戴东原云，仁义礼智，不求于所谓欲之外，不离乎血气心知。 (5) 章学诚云，六经皆史。 (6) 阮元云，理必出于礼，又云，理必附于礼以行。

① 倍根：今译培根（Francis Bacon，1561—1626），英国唯物主义哲学家，实验科学的创始人，近代归纳法创始人。

第二表

欧洲唯心派之言	孔孟下逮宋明理学家之言
(1) 康德分人之理性为二：其在知识方面，曰纯粹理性，能为先天综合判断；其在人生，曰实行理性，能为自发的行动。	(1) 孟子曰，人之所不学而能者，其良能也；所不虑而知者，其良知也。又曰，仁义礼智，非由外铄我也，我固有之也。
(2) 康德云，关于意志之公例，若有使之不得不然者，是为断言命令。	(2) 孟子曰，舜之居深山之中，……闻一善言，见一善行，若决江河，沛然莫之能御也。
(3) 康德云，伦理上之特色，为自主性，为义务概念。	(3) 孔子曰，为人由己，而由人乎哉？又曰，古之学者为己，今之学者为人。又曰，君子喻于义，小人喻于利。
(4) 唯心派好言心之实在。	(4) 理学史上有危微精一之大争论。
(5) 柏格森云，创造可能之处，则有自觉性之表现。	(5) 子曰，唯天下至诚……能尽物之性，则可以赞天地之化育。
(6) 柏格森云，本体即在变中。	(6) 子曰，易不可见，乾坤或几乎息矣！
(7) 倭伊铿云，人生介于物质精神之间，贵乎以精神克物质。	(7) 子曰，克己复礼为仁。
(8) 最近新唯心派提倡自觉的努力之说。	(8) 子曰，君子终日乾乾，夕惕若，厉无咎。

据上表观之，则两派之短长得失，可以见矣。唯心唯物两派之立脚点之是非暂不问，若就其应用言之，关于自然界之研究与文字之考证，当然以汉学家或欧洲唯物派之言为长（以上唯心唯物字样，不过举两思潮之代表，非严格义也）。其关于人生之解释与内心之修养，当然以唯心派之言为长。吾之为此言，自谓极平允，无偏袒。而国中学者如梁任公如胡适之受清学之影响，大抵扬汉而抑宋。任公虽尝著《德育鉴》，又节抄《明儒学案》，然治学方法，自谓与清之正统派因缘较深（《清代学术概论》十一页），故于宋明理学家之严格生活，非其性之所近。适之推崇清代经学大师尤至，称为合于西方科学方法。而在君雷同附和之，亦引汉学家言以排宋学。其言曰：

许多中国人，不知道科学方法和近三百年经学大师治学方法是一样的。

其痛诋宋学之言尤关紧要，录之如下：

提倡内功的理学家，宋朝不止一个，最显明的是陆象山一派。不过当时的学者还主张读书，还不是完全空疏。然而我们看南渡士大夫的没有能力，没有常识，已经令人骇怪。其结果叫我们受野蛮蒙古人统治了一百年，江南的人被他们屠割了数百万，汉族的文化几乎绝了种。明朝陆象山的嫡派是王阳明陈白沙。到了明宋，陆王学派，风行天下。他们比南宋的人更要退化，读书是玩物丧志，治事是有伤风雅。所以顾亭林说他们："聚宾客门人之学者数十百人，……与之言心言性，舍多学而识以求一贯之方，置四海之困穷不言，而终日讲危微精一之说。"士大夫不知古又不知今，"养成娇弱，一无所用"，有起事来，如痴子一般，毫无办法。陕西的两个流贼居然做了满清人的前驱。单是张献忠在四川杀死的人，比这一次欧战死的人已经多了一倍以上，不要说起满洲人在南几省作的孽了！我们平心想想，这种"精神文明"有什么价值？配不配拿来做招牌攻击科学？以后此种无信仰的宗教，无方法的哲学，被前清的科学经师费了九牛二虎之力，还不曾完全打倒。不幸到了今日，欧洲玄学的余毒传染到中国来，宋元明言心言性的余烬又有死灰复燃的样子了。懒惰的人，不细心研究历史的实际，不肯睁开眼睛看看所谓"精神文明"究竟在什么地方，不肯想想世上可有单靠内心修养造成的"精神文明"。他们不肯承认所谓“经济史观”也还罢了，难道他们也忘记了那“衣食足而后知礼节，仓廪实而后知荣辱”的老话吗？

吾以为汉宋学之争，即西方哲学界上心为白纸非白纸之争也。唯以为白纸也，故尊经验；唯以为非白纸也，故觉摄与概念相合，而后知识乃以成立。汉宋两家之言亦然，一以心为危微精一允执厥中，故贵乎人之勤加拂拭；一以心为非危微精一允执厥中，故必求之训诂名物之中。虽然，试一思之，苟无此精微之心，则训诂名物安从而讲求？方东树云：“不审义理之实，而第执左证，弃心任目，此汉学膏肓痼疾。将己之父兄偶至他族，亦不当认乎？”方氏此种驳法，与唯心派之常以心为最后武器以难唯物论者，正复相同。

子曰，唯天下之至诚为能尽其性。又曰，克己复礼。孟子曰，求放心。曰，操则存，舍则亡。曰尽，曰克，曰求，曰操，其实皆同一义耳。曰以心为实在(mind as reality)，诚此点不能否认也，虽汉学家百方诋毁无伤焉。以我之浅学观之，河洛太极之说，儒释之辨，朱陆之异同，要皆学说之附带而来者，宜廓而清之。若夫心为实在之说，则赖宋明理学家而其说大昌，真可谓其功不在禹下者焉。

抑自理论实际两方观之，宋明理学有昌明之必要二。唯以心为实在也，故勤加拂拭，则努力精进之勇必异乎常人。柏格森云：

人类中人类之至精粹者中，生机的冲动贯彻而无所阻；此生机的冲动所造成之人身中，则有道德的生活之创造流

> 以驱使之。故无论何时，凭借其既往之全体，使生影响于将来，此人生之大成功也。道德的人者，至高度之创造者也；此人也，其行动沉雄，能使他人之行动因之而沉雄，其性慈祥，能焚烧他人慈祥之炉火；故道德的人……形上的真理之启示者也。（《心能论》二十五页）

此言也，与我先圣尽性以赞化育之义相吻合，乃知所谓明明德，吾日三省，克己复礼之修省功夫：皆有至理存乎其中，不得以空谈目之。所谓理论上之必要者此也。

在君知之乎！当此人欲横流之际，号为服国民之公职者，不复知有主义，不复知有廉耻，不复知有出处进退之准则。其以事务为生者，相率于放弃责任；其以政治为生者，朝秦暮楚，苟图饱暖，甚且为一己之私，牺牲国家之命脉而不惜。若此人心风俗，又岂碎义逃难之汉学家所得而矫正之乎？诚欲求发聋振聩之药，唯在新宋学之复活，所谓实际上之必要者此也。

凡此所言，在君必云，是正中我所谓东西合璧之玄学之评矣。吾实告在君，昔之儒家有学禅之实，而不欲居禅之名。吾则以为柏氏倭氏言有与理学足资发明者，此正东西人心之冥合，不必以地理之隔绝而摒弃之。虽然，在君亦有说曰，生计充裕，则人谁不乐于为善？故引管子“衣食足而后知礼节，仓廪实而后知荣辱”之言为证。虽然，试以美国煤油大王之资财，畀之今之军阀与政府，则财政能整理乎？尽人而知其不能矣。何也？今之当局者，不知礼节，不知荣辱故也。又试倾英伦法兰西日本三国家银行之资财以畀之今之军阀与政府，政治其清明乎？亦尽人而知其不能矣。何也？今之当局者，不知礼节，不知荣辱故也。

故管仲所言，乃就多数人言之也。若夫国事鼎沸纲纪凌夷之日，则治乱之真理，应将管子之言而颠倒之，曰：

> 知礼节而后衣食足，
> 知荣辱而后仓廪实。

吾之所以欲提倡宋学者，其微意在此。

第四　私人批评之答复

在君有关于私人批评一段，此良友之忠告也，敢不拜赐。虽然，吾之治学态度，或尚有为在君所未及知者，用略言之。吾之治学与我之奔走政治同，有一贯之原则，曰：用之则行，舍之则藏而已。吾之所不愿知所不愿为者，不以时俗之好而为之；吾之所愿知所愿为者，不以时俗之不好而不为。若其视时俗之好恶，以为可速以成名，不独学问不成，即名亦不得而盗；政治然、学问然。在君乎！君当记一九一九年寓巴黎之日，任公、百里、振飞激于国内思潮之变，乃访柏格森，乃研究文艺复兴史，而吾处之漠然。何也？吾内心无此冲动也。及访倭伊铿，一见倾心，于是将吾国际政治学书束之高阁。何也？胸中有所触，不发舒不快矣。自是以来，方潜心于西方学术之源流，唯日叹学海之汪洋，吾力之不逮，又岂敢窃一先生之言以炫于国人？且在君所举杜里舒柏格森二人，皆深于科学者也。杜氏研究实验胚胎学几二十年，乃创所谓生机主义。柏氏尽读巴黎大病院之心理诊断书及五年之久，而后物质与记忆一书成。两君用功之深邃如此。唯其不甘于经验界而已足，乃由经验而入于形上界。此人类思想上当然之阶段，岂得以其为空谈而摒之哉？兹更举吾之立脚点：

（一）知识以觉摄与概念相合而成。

（二）经验界之知识为因果的，人生之进化为自由的。

（三）超于科学之上，应以形上学统其成。

（四）心性之发展，为形上的真理之启示，故当提倡新宋学。

若夫在君痛责当世之言，意在劝我多实学，少空谈，我唯有拳拳服膺而已，唯有拳拳服膺而已。

（附识）再：在君驳我"中国戏剧中十有七八不以男女恋爱为内容"之语，以为泥沙上之建筑，经不起风吹雨打。然即就在君所举之元曲选，百种之中，有三十九种以恋爱为内容，反言之，是有六十一种不以恋爱为内容，是正可作为吾言之左证，而岂在君所能引为护身符者？吾心中所注意者，尤在皮黄戏常演者约四百出，其中以爱情为内容者，衡诸吾所举十之二三之比例，犹为过甚言之。试查市上之戏考(已出三十三期，为旧剧最大之丛书)，前三十册，共剧三百二十五种，其中与男女爱情有关者，仅六十一种，故曰尚不逮十之二三。科学家虽恶玄学，其能并此证据而抹杀之！

原载《北京晨报》副刊

科学之评价

……今天讲题是近来我和人家开战的中心问题。观战的人，或许不知道我们战争目的是什么，所以我今天将战场消息略为报告诸君。

有人说科学能支配人生；然即就人类对于科学，研究其成绩得失一端，可以证科学是为人所用，而非人为科学所用。因为我们对于自己所手造的事物，甲时觉得好，至乙时又觉得坏；科学既是人造的，故亦不能逃人类好恶范围以外。即此一端，科学能否解决人生，已可想见。数学上面，二加二等于四；化学上面，氢二氧成为水；……这都是科学公例，使我们以后做事情计算便捷。但是科学自产生到现在，其于人生的利害究竟如何呢？在吾国人或不觉得此是问题，因为认科学一定有益的；在欧洲则成为问题，已有数十年之久了。

自从文艺复兴后，以为用科学就可以发见宇宙真理，昔日议论纷如之事件，甲以为是，乙以为非，就是一二人的意见是了。自有实验的科学，而后有真正明确的条件，公例——这就是科学(science)的成绩。譬如天体之运行，化学之元素，力学上之运动公例，生物学上说的人类进化的渊源，乃至于社会学上社会之原始，都要找出一定的公例来。科学的目的也就在此。

但是，自十九世纪下半期后，对于科学，渐由信仰而趋于怀疑，尤其是法国人怀疑最烈。盖世界各国中感觉最锐之民族，莫如法国；在他国所未觉到者，而法人则已觉到。譬如主权不可分之说，创自十六世纪之布旦①(Bodin)；布氏所以创此说者，意在压倒藩侯，尊崇王室。及帝王神权之说过盛，流于专制，于是卢骚②创国民主权论。近年以来，厌恶国家之思潮大盛，于是又有法人狄骥氏欲去国民主权而代以社会互助说。此三人者，皆能见及几先，发前人所未发，故法国人之先知先觉，真令人五体投地。

十九世纪之初期，崇拜科学最烈者，有法之孔德氏。孔氏之推尊科学，可见之于其思潮时代分类法。孔氏分人类思潮为三时期：

> 第一，神学时期。一切现象都以神话解释。
>
> 第二，形上学时期。欲求最后之原因解释一切。
>
> 第三，实证主义时期。舍去最后原因说，只研究现象相互之关系，而成一种公例。

与孔氏同时者，有蓝农(Renan)、戴恩③(Taine)皆崇拜科学的著名文学家。然十九世纪中叶以降，怀疑的人很多。随便举几个例，则有哥尔诺(Cournot)、李诺维(Renouvier)、蒲脱罗

---

① 布旦：今译博丹(1503—1596)，法国政治思想家、法学家，近代资产阶级主权学说的创始人，近代西方最著名的宪政专家。

② 卢骚：今译卢梭(Rousseau, 1712—1778)，法国18世纪启蒙思想家、哲学家、教育家、文学家、民主政治家和浪漫主义文学流派的开创者，启蒙运动代表人物之一。

③ 戴恩：今译丹纳(1828—1893)，法国著名文艺理论家和史学家，被誉为“批评家心中的拿破仑”。代表作有：《拉·封丹及寓言诗》《艺术哲学》等。

(Boutroux)、柏格森(Bergson)诸人。此类人之立说虽各不同，要不外科学之能力是有一定之限界之一义。这就是我今天所要说的评价。

第一，科学目的，在求一定之因果关系，将这些关系化为分量的。譬如物体下坠，第一秒多少，第二秒多少，第三秒多少，皆有一定比例。一球之上，左右各加一力，则所行线路为平方形之对角线，如是因有多少，则果有多少。故科学方法最成功之地，无过于物理界。

虽然，我们生活于世界上，是否一切事都可以分量计算？照科学说，马力多少，则蒸汽机之运转力有多大；发电机多少强，则电灯可点若干盏；虽然，此种方法，能否用在生物学与心理学上。生物学心理学上仅言因果，已属不易，又如何说得到分量的因果。譬如细胞之分裂，由一而二，而四，而八，而十六，而三十二，以至于千；于是而有肠胃有筋骨。其所以成为生机体者，学者求其原因于细胞，而细胞之中，无因可求，故杜里舒氏创为生机主义以解释之。至于心理学，近来有智慧测验之法，对于孩童授以若干题目，限时解答，最敏捷者认为最聪明，稍迟者次之，又迟者又次之。其意所在，无非要使心理学上的因果关系，一如物理学。这是我决不能相信的。何以故呢？人类为血肉之躯，五官之感觉，如何由耳目而传递于脑神经，当然有因果可求；且饥思食，寒思衣，倦思睡，皆为生理所支配，是无可免的。社会之中，有种种习惯以支配之，见客则问姓名，由声音笑貌可以推定人之喜怒，一事之开始前与终了后，可以测定人之行为如何，凡以此故，心理学上有若干种公例。然谓一人之心理，若其意志力强弱之由来，与其因意志力之强弱而定其成功与失败。此外如文学之创作，思想之途径，乃至个人之意志与社会进化之关系，谓其可以一一测定，这是科学家的梦语了。

第二，科学家但说因果，但论官觉之所及，至于官觉之所不及则科学家所不管。物理学者以物性及物性之变化为出发点，植物学者以草木为出发点，生物学者以有生之物为出发点，此皆有形的，而为人耳目所及。然各种科学最高原则，如论理上之公例，如因果律，已不是耳目之力所能及。伦理学上善恶是非之标准，以及人类之美德如忠信笃敬之类，哪一事是有形的？进化论之学者欲以内界之精神化为有形的，乃采所谓沿革的方法(genetic method)，谓人类之道德可见之于社会制度，亦是进化而来。如此做法，无非要使一切无形者悉求之于有形之中。吾以为沿革的方法之是非，系另为一事。若谓论理的推理由于习惯而来(经验派哲学之言)，道德为环境所支配，这是科学欲以有形解释无形之故，乃将人类精神之独立一笔抹杀了。

第三，科学家对于各问题，不能为彻底的问答。譬如物理学家以物质为出发点，物质何自来，则为科学家所不问，此就自然科学方面言之也。政治学家以国家为出发点，至国家主义与国际主义之利害比较，则非科学家所问。生计学以财物之产生为出发点，至物质文明之利害问题，则非科学家所问。此就社会生活之变迁言之也。夫物质之本性为何，生命何自来，此等问题，诚哉其为纷争不决。然既为人类，即对此诸事不能不生疑问；解决不解决，另为一事；而其不能不问，则人类之天性也。譬之达尔文之书虽以实证为方法，然于生命之原始，则叹为不可知。其所以叹者，则心中有此疑问为之也。乃至国家主义之利害，物质文明之利害，虽科学家以分科研究之故，势不能旁及题外之文。

然人类前进方向与其行动大有关系，故于其所达之境之利害得失，常不胜其低徊往复。然科学家于事物之本体与夫人类向上之途径，既不能与人以满足之解决，而犹傲然以万能自居，此则引起人类对科学恶感之最大原因。

第四，我所欲言者，非科学本身问题，乃科学的结果。西欧之物质文明，是科学上最大的成绩。人生原不能离开物质，然一国之文明，致令人以物质文明目之，则是有极大原因在。而其原因之可数者，利用科学之智识，专为营利之计，国家大政策，以拓地致富为目的，故人谓之为物质文明。

欧洲各国以工商立国之故，派领事，派银行团代表，投资外国灭人家国。国家既以此为方针，故其教育人民，亦不外教以智识，授以技能，以达国际间兵战商战之目的而已。要知道专求向外发展，不求内部的安适，这种文明是绝对不能持久的。甲以工商主义侵乙，则乙必起而奖励工商，以求等于甲或凌驾而上之；甲乙之工商既相等，争投资于未开发之地，则甲乙必各争海陆军之强弱；而其参谋部又持先发制人之计，于是事端朝起，宣战之书夕至，此则一九一四年大战之由来，彰彰明甚者也。吾以为国际间之所求，专在有限之物质，则物质有限，而人欲无穷，谓如此而可为国家久安计为人类幸福计，吾不信焉。

诸君听我的话，或不明白我意思所在。我的意思，就是要诸君认清今后发展之途径，不可蹈前人覆辙。什么国家主义，军阀主义，工商主义，都成过去；乃至思想方面，若专持有益于实用之科学知识，而忘却形上方面，忘却精神方面，忘却艺术方面，是决非国家前途之福。方今欧美先知先觉，在精神方面提倡内生活，在政治方面提倡国际联盟，这种人已经不在少数；只看我国人如何响应他，必可以达到一种新境界。而亚美两洲之中国美国，尤为地大物博，非若欧洲地小国多，故适于提倡大同主义，观之威尔逊之热心国际联盟，与吾国大同思想之发达，是其明证。敢告诸君，我所说的并非梦话，欧美知识界之新学者，都已趋向我所说的新路上来了。

假令以上评价之标准不谬，则教育之方针，可得而言：人生在世，计有五方面：曰形上，曰审美，曰意志，曰理智，曰身体。

（一）形上

人类在世，若但计官觉界所及之得失，而不计内界之心安理得；以言乎个人，则好为功名富贵之争，而忘君子为己之学；以言乎国家，则好为开疆拓土之谋，而忘民胞物与之义。欲矫此习，唯有将天地博厚高明悠久之理教学生，是之谓形上。

（二）美术

人类终日劳动，走至郊外空气新鲜地方，就觉得胸中非常愉快；及入油画馆，又觉得人巧可夺化工，可知美术与人生幸福有莫大关系。

（三）意志

往往有理智的判断上，以为极不可能的事，而靠着意志的力量，竟可以实现。李广之矢可以贯石，及知为石，则屡试不中，可知知识与意力是两事。而任何难事，意志力强者往往可以通过。以近年德俄革命之成功言之，皆其政治家意志教育之结果。一九一八年少数德国社会党竟能推翻数百年爱戴之皇室。一九一七年俄之革命之成功亦出人意料之外。可知政治潮流，苟有意志坚强之人，自有转移之法。若认为事事受环境之支配，则唯有一步不能行而后已。独惜今之教育家外交家之流毒，专以迁就社会为长策，故其唯一立脚点，则在“维持现状”（status quo）。在此种主义之下，人类之心能，潜伏而不见者，正不知其几何。总之，意志教育可以改造社会。惜焉教育家不加注意，而徒委之社会革命党之手，是一件大不幸事。

至于理智身体方面，现代教育自有相当之成绩，不可以抹杀的。

我的讲演，现在差不多要完了，但是我更要为诸君总结几句。若以欧洲已往之思潮为官觉主义，而以吾人之思潮作为一种超官觉主义，则其利害得失当如下表：

第一，官觉主义之结果：实验科学发达，侧重理智，工商立国，国家主义。

第二，超官觉主义之结果之预测：重精神（或内生活）之修养，侧重情意，物质生活外发达艺术，国际主义。

今后吾国将何去何从，是文化发端之始的极大问题。望诸君再三注意。

张君劢先生在中国大学讲

原载《时事新报》学灯

人生观之论战序

泰东图书局主人既集关于科学与人生观论战之文为一书，属予为之序。予战团之一造也，所以折衷群言以求一是之归，非所知也；既已不获已而有言，唯有进而申予说。

第一

一八四三年，穆勒约翰氏《论理学》出版之年也。穆氏书中，尝以人生问题未达科学之境为病。自今上溯，已达八十年之久，而此问题纷争不决，犹如昔日。究竟有成科学之日耶？抑无此日耶？试先举穆氏当日希望，继验以最近哲人之言，以见两时代学术界之所以进人生问题于科学者为何如。穆氏言曰：

> 科学的研究，与其他人工之制作同，先由智识超越之士，于简易之事，发见其可达目的之法，继本总括之方，推及于复杂之例。（下略）
>
> 智识之始焉简者，继焉复者，所以渐进而为科学者，罔不由斯道；其他问题尚在俗论纷呶之中，而未达此境者，必遵同一之轨道以行，而为前段所言之新证明。各种科学中颇有于最近之期间自拔于议论纷纭之境，独有关于人之本身，则故态依然，鲜有进步，盖人者学问思辨中最复而最难

之问题也。

> 人有两方，一曰物理，（中略）一曰心理；关于物理者，（指生物方面）已有若干条真理为专家所同认；（中略）若夫心理公例与社会公例，远不如物理方面，求其得人之部分的承认而不可得，故其能否成为科学（严格之意义），亦尚相持未决焉！（《论理学》第六卷五〇二、三页）

穆氏既知人生问题之不成科学，谓苟得适当之方法，或可从而促进之，故《论理学》第六卷，专为此而设。然方法虽良，而公例之不立如故，则有方法等于无方法。故其言曰：欲说伦理学与政治学之成为科学，唯改造此二者使成为科学而已。然此事之不可能，穆氏已自知之，故其所致力者，则以研究方法，指示后人。而吾侪读其文，得其结论，则穆氏自谓人性学或心理学，决不能达于科学之理想的完全，如天文学然，所可得者则其近似之数而已。至所举心理公例，除联想说外，无他新例矣。其论社会科学曰：社会之研究，较个人心理为尤难，以其复杂程度远在个人上也。然穆氏根据个人心埋章中之公例，谓社会亦遵一定公例以行；而以吾人所见，穆氏所举个人心理公例，既不满人意，则其所谓社会公例之价值，亦可以推见。要之，社会现象即有公例，而人类变迁之不能预料，则穆氏亦既言之矣。

试考八十年间物质精神两种科学之成就：若物理学也，数学也，生物学也，公例既立，则无问种之黄白地之东西，其为人所公认一也；以言精神科学，虽学者辈出，而其漫无定说不殊穆氏当年情况：心理学由哲理的进为实验的，不可谓非绝大进步矣；然若者为内省派，若者为外观派，若者合内省外观而一之，或更以他种方法为分类标准，则有构造派，机能派，行为派，精神分析派，每派之中，又分某为某派，某为某派，名目繁多，几于不可爬梳，而其根本问题，如觉之测量，思之何自而成，自觉性与脑神经之关系，其异说纷起，百年前与百年后如出一辙焉！吾友在君之文，极推崇詹姆士，以詹氏之心理学为科学，在在君自谓能知詹氏，盍读詹氏自白之语乎？

> 所谓以心理学为自然科学云云，非谓心理学已立于牢固不拔之基焉，此言所指，正得其反，即所以表示其脆薄耳，今日心理学譬之漏舟，形上学的批评譬之流水，则此漏舟之胶漆处，无在不可为流水所浸灌。申言之，就心理学自身范围言之，若可以自成一说者，而实则种种假定种种达坦，尚不能自具首尾，而更当于广大范围中，求立说之根据，更当以他种学术名词为之翻译一过。故以心理学为自然科学者，乃不能自信之语，非敢以此骄人焉。近来学者傲然称道新心理学之名，或有著心理学史者，于所谓心理学一名，所包含之元素，绝未有真知灼见：盖今所谓心理学者，粗疏的事实之贯串耳，各人意见之争执耳，说明的性质之分类与总括耳，划分吾心为种种情态之成见耳，自信脑神系为心理作用之条件之成见耳，除此而外，他无所有，若求有如物理学之公例，依因果原则而穷其所届者，实无一事而已，何也，物理学上之公例，有所谓端焉（下坠体之迟速，与时间为正比例，下坠体之迟速端也，时间亦端也），端既定，而后公例乃立；今端之不知，则公例何自而成乎？故曰心理学非科学也，乃成科学之希望耳！（《小心理学》四六八页）

詹氏之言：一则曰脆薄，再则曰不敢自信，终则断言其非科学；而在君之意，一若非科学家三字不足以尊詹氏者，抑知在君之赞叹，适与詹氏所自期许者相刺谬乎！詹氏《小心理学》，成于一八九二年，在今日已为陈旧，然詹氏所指之大缺陷，至今何尝有能补救之者？故心理现象不为科学支配之语，非我一人之私言，乃有识所同认焉。夫人生关键，不外心理，舍心理则无所谓人生，今心理既不为科学所支配，则人生问题，尚何公例，尚何科学可言乎？

若夫集合个人之社会生活何如乎？穆氏处十九世纪之中叶(1806—1873)，生年视法之孔德稍后，然及生与孔氏往还日久，故甚佩孔氏以实证方法施之社会学。然谓由孔氏之法，能推定社会未来之变化乎？则穆氏答曰否否，其言曰：

> 社会之现象，即人性之现象，由外界情状影响于人类而生者也。假令人之思，觉，与行为之现象(注意假令二字，谓有无公例，不敢断也)，受一定公例之支配，则社会现象亦自受一定公例之支配。何也，社会现象果也，个人心理因也。然即令吾人关于社会之智识之确实，一如天文学(注意即令二字)，而谓遵其公例，可以推算千百年后之历史，一如吾人之于天体然，是必无之望也。

与穆氏孔氏同时，而其致力方面与两氏异者，社会党领袖之马克斯是也。马氏著书，与两氏同不脱十九世纪中叶之彩色，即谓社会进化有一定公例，而为科学方法所能适用是也。马氏自名其主义曰科学的社会主义，以别于翁文辈之乌托邦的理想，且推定生计上之进化，遵正反合之唯物史观之原则，故资本主义之崩坏为不可逃之数。然自今日观之，以欧洲而言，资本主义之成熟，英远在俄上，顾劳农革命，何以不起于英而起于俄乎？以俄与德较，则德资本主义之成熟又在俄上，何以德之革命成绩，反居俄后乎？且即以俄论，私有财产之废不及二年，而已许私人买卖私人土地所有权，且大招致外国银行与外国资本家，不知此等翻云覆雨之局，又遵科学的社会主义全书中何种公例乎？假如其言，社会进化为生计条件所支配，而无假于人力之推助，则马克斯之宣传与颠沛流离，岂不等于庸人自扰？谚不云乎，思想者，事实之母也，此区区一语中，而历史之真理已描写尽净，乃生当今日，而犹守马氏之言若圣经贤传如陈独秀者，岂为求真哉？亦曰政治之手段耳！墨司哥之训令耳！德之生计学家海克纳氏曰：

> 马克斯与恩格尔之社会主义，所以与以上各派不同者，即在其生计的定命主义。其意谓社会主义的秩序，不以人类之理智与善意为基础，乃由进化的趋向所生之必然之结果也。（中略）故吾人之职责，不在发见进行之虑如何，而在但指示其变迁之何若，依其所言，似为一种听其自然之态度，顾马氏辈殚精劳神于劳动党之组织者何耶？（《劳动问题》第二卷二七五页）

究竟生计条件为主耶？人类之心思才力为主耶？以俄之蓝宁[①]

① 蓝宁：今译列宁。

式之革命言之，则生计状态，与革命无必然之关系，既已大明；而人力之左右，反远驾而上之！夫考历史之变迁者，宁有不凭历史事实，而反以一二人意见为可据者耶？我之清华讲演中所举九项，谓非科学所能解决，而断其起于人类之自由意志，梁任公亦以此为病而驳之，独秀复胪举社会学家言以相难，谓此九端之因果尽为科学家所能解释，而归结于物质为社会变动之大因。夫大家族也，小家族也，自由婚姻也，专制婚姻也，守旧也，维新也，在一事既已过去，科学家汇集各种事实，推求其由来，而为之说明，此其事之可能，何待赘言？顾我所以举此者，非曰社会学家之说明是否可能也，乃问人类对于此九项之态度之变迁之动因，何自而来也。甲以为然，乙以为否，甲日以为是者，乙日又以为非，其变迁之速如此，而推求所以致此者，则曰人类之自由意志为之，非科学公例所能一律相绳也。夫不究九端之动因，而但言科学的解释，则社会学家之关于九端之说明之文，连篇累牍，我虽浅学，岂并此而不知？夫科学之大本，曰因果公例，有同因则生同果之谓也，吾人据此公例，得以推定物理上天文上种种现象，虽历久而不爽毫厘；若夫人事，但能关于已过去者，于事后为之解释，此种过去之解释，能视为与物理公例，有同等价值乎？殆不然矣！故独秀虽能举尽社会家言以难吾九端之列举，然吾之根本主张，仍是一丝一毫不能动摇也！何也？小家族后之家庭制度如何，谁知之乎？公有财产后之制度如何，谁知之乎？一九一七年前有何公例可据而知俄之革命乎？一九一八年前有何公例可据而知德之革命乎？一九二三年十二月英之总选举，又谁知工党之胜利乎？又谁料马克顿纳氏之是否组阁乎？人事之异于物理现象，而无公例可据以推算如此，乃欲以科学名之，是直可谓不知科学为何物而已！难我者岂不知人事上永无此种公例可求，于是降低科学之严格定义，曰科学的万能，不在他的材料，在他的方法（在君语），则我还以前言答之曰，苟有方法而公例之不立如故，则有方法等于无方法而已！夫日日周旋于方法之中，而不问其公例之有无，以此扬科学，适所以抑之耳！故八十年间之社会学，我亦可以詹氏语答之，粗疏的事实之贯串耳！意见之争持耳！说明的性质之分类与总括耳！以云真正公例，则绝无一条而已。欧立克氏所以断言社会变化为非科学的者，良以此也！

个人心理与社会生活之超于科学外也若此，故我从而断之曰：人生观，主观的也，直觉的也，综合的也，自由意志的也，起于人格之单一性者也。此五特点者，言其变动之由来也，非谓事后加以科学的说明之是否可能也。事实如此，学者之言如彼，十九世纪以来，欲进人事于科学之迷梦，今可以觉醒矣？

第二

人生观之名，在此二十万言之讨论文中，已滥用达于极点，故不可不重言声明之。我之清华讲演，所以以人生观与科学对举者，谓科学有一定之公例者也，人生观则可以人类意志左右其间，而日在创造之中者也。天体之运行，物体下坠之迟速，虽唯心主义之哲学家，亦不敢谓吾心之上下，能有所升降其间，故曰物质科学，真正科学也；若夫心理学与社会学，虽其原名亦以logy结尾，然不得以科学称之，穆勒詹姆士已自言之，故我列此方面于人生观之中。此二者之性质，既已不同，故合二者为一名，如胡适之所谓科学的人生观者，直可谓之不词而已。而适之于科学与人生观之论集序中，反列举十大条，每条之中，皆曰根据某某科学，叫人知道某某事，意在以科学之力，造成一种新人生观，故自名其十条大方针，曰科学的人生观。虽然，敢问适之，科学家之所教人者，其为不变之公例乎？其为个人对世界万物之态度乎？（适之引唐擘黄语）如曰仅为态度，则奈端之三公例，能分英德法美之界而言人人殊乎？唯其不然，乃得谓之为科学，而自别于人生观。若科学所教人者，仅得一人生观，则第一条根据天文学与物理学叫人知道者，非天文学物理学之公例，而为天文学物理学的人生观矣，是可通乎！第二条根据地质学与古生物学叫人知道者，非地质学古生物学之公例，而为地质学与古生物学人生观矣，是可通乎！歌白尼奈端辈地下有灵，当亦自悔其生前之多事而已！适之谓论战文章，只做了一个“破题”，还不曾做到“起讲”，吾意此新临战阵之武士，必别有一番崇论宏议，而岂料其所以加惠吾人者，仅此一张教授科目表哉！

且适之煌煌十大条中，曰根据某某科学叫人知道某某事，夫人事问题之无科学可据，已如前述，故编制科目表之先，尚有一先决问题，即拿出人生问题之科学来，而不然者，不许其随便以科学二字来压倒一切也！

抑科学所以不能解决人生者，适之亦知其故乎？科学之大原则，曰有因必有果，既已以求因果为归束，故视此世界为一切具在，而于此一切具在中求其因果之相生。换词言之，以各物为闭锁的统系（closed system）是也。此法也，施之物质，以其本为空间之体，故天文物理化学之公例，因以发见焉，反是者，人生之总动力，为生之冲动，就心理言之，则为顷刻万变之自觉性，就时间言之，则为不断之绵延。唯如是，欲改造之为闭锁的统系，决不可得者也。质直言之,非直将心理之进行,时间之进行,有以防堵而阻塞之,则科学之技,终不可得施!此义既明,乃可进论适之所谓"至科学适用到人生观上去,应该产生什么样的人生观"之语矣。此"生之冲动",人各得其一部,故一人则有一人之个性,因个性之异,而各人之人生观,因之而异。如适之议,即去其他教材,而代以科学,其为理智一也,其为学问一也,学问与理智之材料虽变,而各人之个性,终不能等而齐之,则虽历千万年,而其不统一如故世。最高乎?最低乎?吾不知之,吾但知其为不统一而已!西洋之科学教育,非不发达也,而萧伯讷①与讫司塔顿②(G.K.Chesteron)之人生观能统一乎?毛根③(Morgan)(美银行家)与龚柏④(Gompers)之人生观能统一乎?白赖安(Bryan)(美前国务总理)与达尔文主义者之人生观能统一乎?此统一与不统一之论,生于个性,个性既不能否认,虽代以种种科学,有何用乎?且适之实验主义者也,以努力为旗号者也,假令人生之为体,如物质之已在闭锁的统系中,而其因果可以互推者,则又安用吾人之努力为?虽然,吾知之矣,自由创造,适之所欲也,科学亦适之所欲也,二者不可兼,适之其将奈之何?窃敢以独秀之语赠之曰,经过这回辩论之后,适之必能百尺竿头更进一步也!

---

① 萧伯讷:今译萧伯纳(George Bernard Show, 1856—1950),爱尔兰剧作家,1925年获诺贝尔文学奖。

② 讫司塔顿:今译切思特顿(1874—1936),英国作家、文学评论家,经常被誉为"悖论王子"。

③ 毛根:今译摩根。

④ 龚柏:今译龚帕斯(1850—1924),美国工会领袖,美国劳工历史上的重要人物。

此二十万言之争论，科学非科学也，形上非形上也，人生为科学所能解决与不能解决也，有因与无因也，物质与精神也，若去其外壳，而穷其精核，可以一言蔽之，曰自由意志问题是矣！人事之所以进而不已，皆起于意志，意志而自由也，则人事之变迁，自为非因果的非科学的，意志而不自由也，则人事之变迁，自为因果的科学的。然而自由与不自由之义，何道而能解决乎？曰纯粹心理现象，不能划分为定态，既非定态，故不能据因果公例，由甲态以推乙态，一也；心理现象包含一切之过去，一秒前与一秒后已不相同，故同因同果之说，不得而适用，二也。唯生物界有此自觉性之作用，而以人类为登峰造极，此生物所以进化，而历史所以演进也。杜里舒之叙柏格森之立言大意曰：

> 就物种之变迁言之，有达尔文之环境改造器官说，有拉马克之因生活条件之需要不需要而定器官之构造说。此两家之言，皆以为器官之发生，由于适应环境。此种学说，其非满足之解决（详见达尔文学说之批评中），已为一般所公认，自柏格森创为生命冲动之说（Elan vitale），谓世界之生物中，有一以贯之之现象，是名生活流，此生活流日进而不已，变而不已，故无所谓预定之目的。因此之故，康氏所谓固有性，所谓固定条件（Beharrliche Bedingung），柏氏所不认者也，柏氏之意，此日变之中，即为固有性，即为本体，故曰即变即本体，唯其无本体，故无决定之因，既无定因，故为绝对之自由。（杜里舒讲演第八期）

杜氏又自述其关于历史之意义曰：

> 前段中所述内省上心理上道德上种种研究，其所得结论，则以为人类之意志，苟无心理上旧日之经历为之决定，则以各人之固有性从而决定之，是定命也，非自由也；依吾观之，苟一部历史，皆心理学之公例所能解释，则历史者，不过应用的心理学耳！然往往见有历史上之现象，确能超出于重规叠矩之外，无以名之，名之曰进化的非积叠的！（同上）

诚此生物与历史之演进之事实而不能否认也，虽有千百罗素以驳难柏氏（详唐钺《心理现象与因果律》文中），又安用乎？吾人即让一步，谓心理现象诚有因果律，又当问心理学家之言，是否为最终之决定。盖科学者，画一区域为范围，且就此范围内而穷其因果者也。心理学既号为科学，自当求所以完成心理现象之因果，而不然者，则心理学无自而成立也。故杜里舒氏有言曰：

> 心理学之大目的，在求心理现象来去之公例，先以心能之说，如记忆联想之类，继以心灵上变迁之由来，而以非自觉性终焉。唯其如是，心理学以因果为最重要之概念，或推本于前日之变迁，或推本于心灵中之固有性，总之，不离乎因果之念而已！心理学为经验科学论理之一部，苟其不欲自放弃其成为科学之资格，则唯有抱定因果说。换词言之，与自由论与自由意志两不相容而已！（同上）

虽然分科之研究，不得已也，分科之学之是非，当衡诸超于诸学上之最高原理，而融会贯通之，是之为形上学。形上学者，诸学之最终裁判官也。詹姆士之为科学家，虽在君不能否认，然依然以心理学为未足，谓必进而入于形上学，故詹氏曰：

> 前章中曾谓自由意志问题，应归入形上学中研究之，以在心理范围内决定此问题，不免鲁莽也。心理学为达其科学上之目的，承认定命主义，是乃无可訾议者，然心理学以定命主义为善，而伦理学又从而反对之，则将奈何？曰是可知心理学上之要求，本为比较的目的，而非最终之定论，今伦理上既已提出非定命论，依著者观之，则伦理学之立脚点，自较心理学为强，故宁愿认自由意志论，而心理学上之定命的假定，则暂时的耳！方法的耳！此两方之冲突，可以证分科之学，为便利计，各画定其范围，离其他真理而独立；而自实际言之，各科学之假定，与所得之结果，当自其相需之关系上而另加以修正者。此各提出要求，加以讨论之所安在乎？曰是为形上学，形上学者，求思想之明了与彻底之顽强的手段也。各科学之达坦，多矛盾与晦塞之点，自其特定范围内观之，若可置而不问，故人常以形上学之讨论为烦琐。譬之地质学家不知所谓时间可也，机械工人不知所谓动与反动之何以可能可也，心理学家于其自身之材料已日不暇给，何必问人类之何以认识外界乎？在甲立脚点以为不重要者，至乙立脚点则又以为重要。故平日以形上学为谈空说有者，及其求宇宙全体之最大限度之了解，则最紧切者，无过是矣！（《小心理学》四六一页）

读此言者：可知科学家所以反对形上学者，由于其习于分科，故不求宇宙之综合的观察，甚者以玄学为鬼怪为荒唐。皆此心理为之也。然宇宙之真理，不能以分科的研究了事，则证之詹氏之言而大明。于是吾人之结论曰：

第一，科学上之因果律，限于物质，而不及于精神。

第二，各分科之学之上，应以形上学统其成。

第三，人类活动之根源之自由意志问题，非在形上学中，不能了解。

现世界之代表的思想家，若柏氏倭氏，本此义以发挥精神生活，以阐明人类之责任。推至其极而言之，则一人之意志与行为，可以影响于宇宙实在之变化，此正时代之新精神，而吾侪青年所当服膺者也！庄子曰："水之积也不厚，则其负大舟也无力。"柏氏倭氏辈推求宇宙实在，为归束于形上学者，非有他焉，其必然之结论然也！呜呼，使即此之故，令我受千万人之谤毁，所不辞焉！

我之哲学思想

凡论学问，应先明所谓知识之层次（levels of knowledge），知识有属于常识层者，有属于科学层者，有属于哲学层者（认识论伦理学等），有属于玄学层者（宗教亦属之），若层次不分，囫囵吞枣，必陷于紊乱而不可究诘。譬之将科学层之文字，与玄学层之文字混为一谈，则其中定有矛盾之发生。科学之第一范畴为因果，故以定命论为立场。哲学或玄学主张人类良心与道德上是非之辨，故侧重于自由意志。在科学层讲因果者，非否定哲学层之自由意志，反而言之，亦复相同，此层次之不可不分之理由一也。各科学以求自然界之公例为鹄的，故受其所研究对象之限制。如生物学之动植物，物理学之物质光力与天文学之星辰。一旦进而至于哲学层，将各科科学作为人类知识之全体而研究之，乃成为康德所谓科学何以可能？即知识何以可能之问题，自不离乎心之作用。相对论发明者爱因斯坦氏亦尝有言，谓“理论之物理学之自明基础（或曰概念体系）乃人心之自由创作”。换言之，此为人类思想之综合作用，而不受外界对象之限制（其中亦有受限制之处，下文另论），此层次不可不分之理由二也。就其至浅至显者言之，各原始民族追溯世界之由来，由物质界而上推以至于神至于上帝，乃人类思想上求达于最后原因最后实在之要求而起。近年来，吾国有“打倒迷信”与毁坏佛像运动，闻其毁之者常云，“你这个泥菩萨，我断了你的头看你有何灵验”。此即将物质现象与宗教上之诚心向往与信仰之心，混为一谈之所致，亦即常识层与玄学层（其不认有此一层者自不必说）不可不分之理由三也。此段文字，所以说明人生观论战中之参加者，各人绝未说出其自身所站之层次，竞相发言以为快意，即我自身亦不免此病，此所以令今日读者目迷五色也。

回想当年“人生观”之论战，起于我一篇《人生观》演讲。吴君文藻为清华大学学生时，约我演讲。时我方自欧洲返国，受柏格森与倭伊铿之影响，鼓吹“人类有思想有自由意志”之学说。此乃哲学层与玄学层上之立言，胡适之读之大为不快，某日晚在宴会席告我——“我们将向你宣战”。及驳论印出，乃由丁在君起稿，于是论战交锋达一二年之久。我自身坦然处之，不以为意，因我内心知此为哲学上之悬案，无两造胜败与是非定论之可言。

今日试将此一场论战，为之评价。我以为此乃吾国思想幼稚迷信科学万能之表现。欧洲各国受科学洗礼之后，亦同有此现象。法国拉曼脱里（Lamettrie，1709—1751）著《人是机器》一书，费尔巴哈（Feuerbach，1804—1872）主张唯物主义，命定论与无神论。德国唯物主义思想较后于法国，至十九世纪乃始开展。其代表之者为伏格脱①（Vogt，1817—1895），蒲许纳（Büchner，1824—1899），海克尔（Haeckel，1834—1919）等。此三人均主张世界构成之基本要素为物质，力与能，由物质生力，由力而生热与运动，其实一也。此等学者之论调，以之与

① 伏格脱：今译福格特。德国自然科学家，庸俗唯物主义者。

吴稚晖黑漆一团之宇宙观相比较，可谓为一鼻出气。丁在君有一枪打死后，人之精神安在之责问，其基本信仰与吴氏正同。我无以名之，名之曰唯物主义之先驱而已。此种唯物主义与中共之唯物辩证法大有异同。然其否认人类之精神与知识与伦理观念之起于彼此、黑白、是非之心灵作用，则异流而起于同源。试问宇宙中之现象，有物质有生物人类，可谓复杂万端，岂“物质”一种元素所能解释？奈简单头脑风靡一时，致陷全国于疯狂状态，吾人唯有努力于今后之澄清，而往事之谁负其责，置之不问可矣。以下将我对于科学、哲学与玄学之见解，分别陈之。

第一　我对于科学之见解

人生观论战初起之日，我心中对于自然界与人事界划了一条鸿沟，意谓自然界有公例可寻，而人事界无之。其意所在，谓自然界如天文学以日月星辰为对象，天体之运行，不论过去与未来，无一事不可推算。生物学则以植物动物为对象，植物与动物之分类以及物种变化，可以一一如数家珍。乃至化学之元素，物理之光、热、声、电，无一事不可以数字计算与列为数学方程式。以云人事之变化，政治上之为封建为君主为民主，谁能于事先告人以革命之将起与轨道之应循？社会上忽家族主义忽个人主义，亦何尝有一定之涂辙？因此两方对照之比较，使我怀疑人事界之科学，可以具有其正确性之公例。或者闻此言，将疑我为反对科学，或缩小言之，疑其为反对社会科学。要知自然科学之真价，在其可以应用于人生之农工商学，即关于未来之设施，可以根据公例为之设计。独至于社会科学，只对于过去之事有物质痕迹可寻者，可以为有条有理之说明，如经济学上封建制度与资本制度之所以成立，则搜集田产、财产之分配与数目，以为说明之资。政治学上何以为君主专制，何以为民主，则可以农业或工商业之发展为之解释。然此类说明亦限于过去之历史而已。至于未来之事，如美国是否将由私人企业变为社会主义国家，苏俄之专制是否有崩溃之一日，此未来不可测知之事，任何社会科学家难于预言，而示人以应循之轨道。此英国罗素氏所以游俄之后论述布尔希维克主义，称列宁之成功与克仑斯基之失败，唯有归之于人事中之未知数云者，或者其意正与我同耳。总之社会科学之以物质材料为根据者，乃具有确实性，如人类进化史，因有石器铜器铁器，然后进化迹象乃可考证。反之，其事之属于未来，而未留印象于物质上者，虽有智巧，无法加以预测矣。

所谓人事界，非全属于精神或心灵作用。人身血肉之躯，即为气质，或曰物质。如宋儒论人性；分为气质之性与本然之性两种。亦谓人事应分两面，一为精神，一为物质。宋儒更进而言之其于形而上者，称之曰道，形而下者，称之曰器，亦即现代哲学名词所谓无形(immaterial or incorporeal)与有形(material or corporeal)之谓耳。人生自身与各人所接触，离不了物质，如人不离衣食住，不离田宅，不离日用之百物。由其物质界之情形，可以推知其心理上之现象，更扩大言之，由封建田产制度，可以察见其农奴与贵族生活，由资本主义下之工厂银行，可以考求劳工与资本家之生活。最近时之社会科学家摒弃马克斯氏之以经济生活为唯一元素，乃采各种因素互相影响说，如威伯氏“耶稣教与资本主义”，即为此学派之代表作品。人之生活既在物质与精神之夹缝中，故社会函变说或机能说自为社会现象解释中应有之方法。

关于社会函变说，有询问此点是否劝已承认人事界亦有公例可寻？不但如此，公例之说亦可同时应用于人事？我可以答复者，人之生活与物质相关者，自可求得其一般现象。至于有无公例存在，我只承认关于过去者，可以有之，以云未来之事，系于人类今后之努力，非有公例如自然界之所示者。此为我之确信，至今未见有任何社会科学家学说，可以动摇我之信念者。此虽为个人之见解，证近三百年之科学发展史，何以天文物理化学动植物与生物进化，已一律成为具有确实性之科学，至于有关人生之社会科学与心理学则甲为一派，乙为一派，丙又为一派，虽学说纷纭，从未见有一致同意之学说。此可以见吾之分自然界与人事界为二，非吾一人之臆说，而自有其根据在也。柏格森氏有言曰："人之理智，自脱离自然界以来，专以非生机的硬物为研究对象。吾人试追求理智所负之职掌，常觉理智除在死物质上或曰硬物上运用外，从不以为安适。"所谓硬物犹之举起重物之杠杆与工业上之工具之谓。此柏氏之言，不免于轻视理智（柏氏重视直觉）。然证之科学发展史，其有物质可寻者，易于成为正确科学，其无物质可寻者，只可称为各派学者之意见，以云成为科学，则距离远矣。

以上就两种科学之性质为之分辨，且有所抑扬高下，以云轻视科学或反对科学，吾为现代之人，自问不至顽钝若是。吾将引罗素与怀悌海氏两人之言，以为科学评价代表。

罗氏之言：

> 十七世纪以来各大人物之工作，造成一种新宇宙观，乃将鬼怪、巫术与为鬼所驱使之迷信为之扫清。十八世纪之科学人生观中，有三大成分极为重要：（一）事实说明，以各

人之实验观察为本，不以古代传说为本；（二）非活物世界自身有内在动因，其变动合于自然公例；（三）地球非宇宙中心，更进而言之，人类亦非宇宙之“目的”，且“目的”一项概念，在科学中毫无用处。

罗氏对于以上三点，有详细说明。就第一点之应以实验为本，不可但凭传说一段中，引用亚里士多德氏书中称妇女牙齿之数较男人为少为证，可谓善于戏谑，亦可见古代人好为以讹传讹，不知就事实上求证验之所致。就第二点说明古代人不知运动之第一公例，故不识物质能以同速率同方向运动，及遇阻力乃停止之原则。自格里雷氏发见此例，而后天体与物体之运行乃有公例可循，而物理学因以成立。第三点，地球非宇宙中心云云，换言之，太阳为太阳系之中心，如此说法，自为科学范围以内之言，无可反驳。若就目的概念言之，罗素氏向舍道德价值而驱之于哲学大门之外，乃有人类非宇宙目的之语。然天文学与人类进化史，与人生意义之目的，两不相涉，不知罗氏何以必并为一谈？罗素氏抬高物质而轻视人类道德，故此段文字中一部分为我所不敢附和雷同。大体言之，罗氏所谓科学人生观之三大优点，不必因其小有瑕疵而弃之。

其与罗素氏同著《数理逻辑》之怀悌海氏对于科学之评价，在其所著《科学与现代世界》（小本）一书中，有大异乎罗氏所云云者。怀氏在其末章中，分为（一）关于宇宙之一般概念；（二）技术应用；（三）知识中之专门职业主义；（四）生物学说对于人类行为之影响。关于第一点怀氏批评笛卡儿学说视心与物各自独立之体者，有离价值而流于机械主义之弊，关于第二点之技术应用，怀氏认为只知发展工商而忽视自然之美与艺术之美。关于第三点，因教育与职业之专门化，人之所知，限于一部门，以致一般科学知识与文艺知识缺乏，而得不平衡之发展。关于第四点，怀氏以为进化论之原则，适用于人生，乃有生存竞争，互相竞争，阶级斗争，商业仇视与武力战争等事，此与生物之适应环境，互相爱护者，正相反对。

读怀氏言，乃觉吾人昔日批评科学之语，今日已成为世界之公言矣。然吾人可姑让一步曰：有欧美之科学发达，乃有科学发达之流弊。吾国科学未发达，宜先谋发达，而不必多言流弊之防止。况科学人生观有极为吾国所师法者在乎。

第一，科学追索至数万万年以前，探求人类生长之秘密。

第二，科学以实验方法，探求宇宙中各种现象之因果关系。

第三，科学以客观态度探索真理之所在。

第四，科学据事实证明，随时改订其学说。

凡此特长，既非昔日墨守传统者所能企及，更非今日独裁政府盲从主义与教条者所能容忍。故就今日中国而言，我以为科学之提倡与科学态度之应鼓励，当视为救国之良药，而不必稍有所踌躇者也。

第二　我对于哲学之见解

如上所说，人类处于两界之中，一方为物质，一方为心灵，或曰思想。人类运用其心灵求所以宰制自然者,乃有知识。同为人类,人之与人,有待人物与团体生活之规范,是为道德。斯二者相济为用,不可或缺,犹车之有两轮,其一或倾或折,则滞于中途而丧其前进之能事。各国社会发展历程上,有时注重道德,有时注重知识,此因时代进化而异,难以一例相绳。如吾国过去之社会与欧洲中世之社会,均偏重于道德与信仰,故保守之成分多,改进之成分少。循规蹈矩之成分多,日新月异之成分少。及至文艺复兴后,天文物理生物诸科学,突飞猛进,千百年前之所未见及者,今则一一陈列于博物馆试验室,且应用于人生日用之中;若生物进化,地球层次,原子构成,均为吾人祖宗所未梦及者,而今则成为现代人之闻见。既有此种种科学,于是哲学家新立一科目以研究之,名曰知识论或认识论。以康德之名辞言之,曰知识或科学何以可能?此科目原非康德一人所创,欧洲大陆上之理性主义者与英伦三岛上之经验主义者,各有其说明知识性质之方法。此项科目,哲学家至今奉为圭臬而珍重之。吾人处于今日,固不能但步趋先哲专谈正心修身而忽视各种知识与哲学上之知识论。然吾人同时心中怀一疑问曰:"人类处于世界,但以寻求知识为事乎?但抱定培根氏知识即权力之宗旨乎?知识以外,仁爱信义公平友善为团体生活之基本者,其因知识之进步而摒弃之乎?"我可以坦白言之,二三百年来,西欧人之心理上但知侧重知识,且以为知识愈进步,人类幸福殆无止境。然自两次大战以还,欧美人深知徒恃知识之不足以造福,或且促成世界末日,于是起而讨论科学之社会的任务。申言之,知识之用,应归于利人而非害人,则道德之价值之重要,重为世界所认识矣。经百六七十年前之康德,除著《纯粹理性》一书批判知识外,同时又有《实践理性》一书，说明道德之由来。康氏二者并重，与儒家之仁智兼顾，佛家悲智双修之途辙，正相吻合。而康德则为现代人中认定此宗旨之杰出者。

我初窥哲学门径，从倭伊铿柏格森入手。梁任公先生游欧，途经耶纳，与倭氏匆匆一晤，引起我研究倭氏哲学之兴趣。同时每年一度去巴黎，兼读柏氏著书。然倭氏柏氏书中，侧重于所谓生活之流，归宿于反理智主义，将一二百年来欧洲哲学系统中之知识论弃之不顾。故我初期治两家学说后，心中即有所不慊，乃同时读康氏著作于新康德派之所以发挥康氏者。此为我心理中潜伏之态度。倭氏柏氏提倡自由意志，行动，与变之哲学，为我之所喜，然知有变而不知有常，知有流而不知潜藏，知行动而不知辨别是非之智慧，不免为一幅奇峰突起之山水，而平坦之康庄大道，摒之于视野之外矣。倭氏虽念念不忘精神生活，柏氏晚年亦有道德来源之著作，然其不视知识与道德为文化中之静定要素则一也。

欧洲现代哲学大师，不可胜数。我所以独向往康氏者其理由所在，可从知识论与道德论分别言之。

甲　知识论

康德氏所提出之问题，曰科学何以可能？知识何以可能？康氏所着重者曰：吾人何以能认识世界，亦即知识可靠性何在？此问题明白说出，康氏但讨论吾人何以认识，初未涉及存在问题。大地山河与飞潜动植之早已存在，康氏岂不知之？人类之心灵作用，但从而认识之，何尝有如共产党所举两语“存在决定思维，非思维决定存在”中之存在问题乎？

康氏之知识论，以经验为起点，兹举其言如下："一切知识从经验开始；此无可疑者。"知识之能（the faculty of knowledge），因何而动作？曰：（一）由外物刺激五官乃发生意念；（二）将所起之意念互相比较而后理解力开始动作；（三）将各种意念，分之合之，于是官觉印象中之原始材料，制成为关于外物之知识，此之谓经验。依时间之次第言之，知识起于经验之后，必先有经验，而后有知识。

康氏注重经验，即注重与外物之接触。是康氏固已承认外物之存在于先。何谓康氏辈唯心主义者有思想决定存在之主张乎？

康氏注重与外物之接触，因而注重经验。然康氏非谓一切知识皆从经验而来。举其言以明之：

> 吾人虽言知识从经验而起，然非谓一切知识均导源于经验，经验殆合两种元素而成：（一）来自感官所得之印象，（二）来自有感官印象后，知识之能所起之作用。因此有一问题，为吾人所不能不问，而同时有待详尽研究后方能答复者，此一问题，即是否有离经验而独立之知识，甚至有离感官印象之知识？此种知识，名之曰先天知识（先天二字依习惯用之，其意曰必然或曰非如此不可，与道家之言先天者不可混而为一），以别之于经验的知识之起于后天者。此先天字样之定义应先求明确，而后此问题之全部意义乃可了解。譬曰某人挖空墙脚，彼或先天的已知挖空后墙之将倒。其意若曰彼早知墙之必倒，无待于墙倒之真，真正实现于其经验之中。然人之知墙之倒，由于经验中知物体因其自身体

重在其不得外界支持之际自然倒塌。故谓人之知墙之倒，完全先天的，乃不可能者也。我所谓先天知识，非指知识之离甲项或离乙项之经验言之，乃指其绝对离开经验者言之。此种知识与经验的知识或曰后天知识正相反对。

吾人需要一种标准，以分辨所谓纯粹的知识与经验的知识。经验所能告人者，但云某事如此如彼，但不能告人以某事非如此不可。吾人可举两种命题言之。第一，举一命题而告人曰，此命题在思想中必然如此者（如云有因必有果），此即为先天判断。第二，经验不能对于判断予以正确或严格的普遍性。但在思想中有某种判断具有普遍性而绝无例外者，此亦为先天的。如是，必然性与普遍性二者，乃先天知识之特征。

康氏所谓必然性与普遍性之命题，指数学上之命题，与物理学上之因果关系言之。如数学中之甲数等于乙数，乙数等于丙数，则甲数之等于丙数有必然性与普遍性存乎其中。又如物理学上之力学公例云：动力与反动力相等。此动力与反动力相等之原则，亦具有必然性与普遍性。换词言之，数学家未尝将此类甲乙丙等数一一实际接触于经验之中，而早已知其必然如此。物理学家初未尝尽世间动力与反动力之关系而接触之，而早知其必然如此。此所谓先天二字之意义。亦即谓经验之中，早已含有此等先天知识，或名之曰范畴，或思想方式。康氏所以谓知识从经验始，然不能谓知识但导源于经验者，因纯粹知识参加于其中也。

康德著书之先，已有两派哲学家，一曰欧陆上之理性主义者，二曰英伦之经验主义者。理性主义根据人类天赋之理性，以证上帝之存在。经验主义谓知识但由感觉而来，辅之以观念联合等动作。康氏对于此两派之立场，皆有所不满。理性派之所为，将理性证实上帝之存在。康氏谓上帝问题不在经验范围以内，非人类理解力（即知识）之所能解决。其于经验主义者休谟氏所称吾人但具有来自感官中之感觉（sensations），此外一无所有。康氏以为诚如休氏言，时间之先后，空间之前后左右，有谁来次第而贯串之。康氏不满于两派学说，乃创所谓批判方法（Critique）以判析理性之由来与其所能与所不能。换词言之，纯粹理性之可能性与其限界之何在。其全部纯粹理性分为三部：第一曰超越现象（transcendental esthetic），康氏曰：时间空间非所觉知之事物，而为觉知之方式；所以对于时间之先后，空间之上下左右，次序而条理之者也。第二曰超越分析（transcendental analytic），或曰超越逻辑，所以说明仅有感觉中之彼此、大小、方圆、黑白、轻重等等印象将不成为知识，必须有量（quantity）性（quality）关系（relation）状态（modality）（即所谓因果）等范畴，以成为思想之方式。第三曰超越辩证，其中所论为世界之有始与无始与灵魂有无问题，兹略而去之。

康氏全部哲学要点之所在，曰仅有经验主义者所谓杂乱无章之感觉，则知识无由成立，因知识必先有思想方式或曰概念，以成其为范型，而后以感觉实之于其中，而有整然之条理。康氏曰：与其谓吾人之感知与外物相符合，不如谓外物与吾人之盛知相符合，此即谓感觉虽由外而来，而范畴早具于思想之中，且赖有自觉性之统一作用，而后有知识之可言也。康氏自谓采用天文学家哥白尼氏之旋转论者，意谓与其令各星辰旋转，而观象者居于静定，反不如令各星辰静定而令观象者自身旋转，意谓以人为主动，不以外物为主动，此康氏对于知识论之大贡献也。

我于各派哲学学说，初非有偏好偏恶，唯其真者是求。真耶非真耶，于何验之？曰验之于“无征不信”四字而已。爱因斯坦氏发明相对论，促成科学界对于时空观念对于物理学之大变更。爱氏既为实验科学家，其所采用之认识宇宙现象之方法，不独为现代科学之准绳，同时可以考定各派认识学说之是非得失。爱氏生于康氏死后百数十年之后，其认识之立场竟有与康氏相合者，不谓非奇事也。爱氏曰：

> 相信有一外在世界，离觉知主体而独立者，乃一切自然科学之基础。

纯粹逻辑思想，无法产生经验的世界之知识。有关于实在之知识，始于经验，终于经验。

此爱氏之言与康氏所谓“知识从经验而起”者，相同者一。

爱氏一再宣言曰：“理论的物理学之自明理的基础，非来自经验之推论，乃为人心之自由创作。”所谓自明理的基础，即康氏所谓概念或曰思想方式。此与康氏相同者二。

爱氏又言十七八世纪之物理学家深信理论的物理学之基本概念与原则从经验而来。爱氏力反其说而驳之曰：“牛顿为理论的物理学之第一创造人，深信其基本概念与定例，皆从经验而来。其名句‘我不立假设’之意义，即在于此。其学说推行之成功，令十八十九世纪之物理学者不克认识其体系之基础之拟议（假定的）性（fictitious character）。此等科学不识物理学之基本概念与准则之为人心中之自由创作，而认之为可以抽象方法由经验中演绎而出。自我一般相对论成立后，我乃深知此种观念之错误矣。……一切关于力学之基本概念与准则，视为可自原始经验演绎而出之尝试，终归于失败。”

此即康氏概念离经验而独立之意。其相合者三。

我举此三端，所以证爱氏与康氏所见之同，然爱氏与康氏相异者不容抹杀。第一，爱氏认为科学之基本概念随时变更，故不信如康氏所言之必然性与普遍性的命题。第二，爱氏不信康氏所举之固定的十二范畴，其意以为概念犹之围棋规则，所以为弈者下子相杀之用，非一成不易者也。此两人生世之相距，几及百数十年，其意见有歧异之处，自不足怪。然试读以下爱氏对于各批评者之答复语，其涉及康氏者如下：

> 吾人之理论态度所以异于康德者，在于吾人不视范畴为一成不易，而仅为自由约定之规则而已。然范畴似乎表现其为先天性者，由于思想非先有范畴不可，犹之呼吸不能行于真空之中也。

爱氏对于英之罗素氏非心非物之中立一元之认识论，曾作文评之。罗氏不认有心，爱氏以为概念体系，由心构成，但须与官觉体系保持联系，虽承认有心而无碍于事。同时所谓物者，亦无须惧其陷入于形而上学而弃之。录爱氏言如下：

> 凡信休谟氏之批评之语者，每以为概念与命题之不能自官觉材料演绎而出者，乃属于形上学之性质，应自思想中

排而去之。一切思想之实质的内容，皆得之自官觉材料者也。此末后一语我固认为正确。然其中论思想一点，实为误解，良以将此义彻底行之，则凡所谓思想，将疑其为形上学而摒弃之矣。

吾以为所以防制思想不坠于形上学，或流而为空谈之方法有二：（一）力求概念体系之命题与官觉材料发生密切联系；（二）概念体系之所以调整与安排一切官觉材料者，务求其单一与简化。过此以往，所谓概念体系，乃人心之自由创作，犹弈棋规则之自相约定者然。

休氏学说虽促进哲学之进步，然亦造成哲学界之危险，此危险可名曰“对于形上学之恐惧”，此为现代经验哲学派弊病之一端。休氏学说与昔日理性主义者之忽视经验者，虽相反对，然其为病象一也。

罗氏《意义与真理》一书分析之精，为人所同佩，然亦正犯我所谓“对于形上学之恐惧”之病。唯其有此恐惧，故不名曰物，而但名曰一团属性（a bundle of qualities），此属性乃从感官材料来者。曰物，曰一团属性，二者相合之际，如视之为一事，则事物之几何关系，亦可视之如属性矣。我所以与罗氏相反者，将所谓物（即物理学意义之物），作为一独立概念而置之于时空结构之中，我认其不至有陷入于形上学之危险者也。

既曰科学理论，在感官经验之外，须有概念，又曰概念之于知识，犹空气之于呼吸，又曰概念为人心之自由创作，又曰虽承认有物，初不至有陷于形上学之危险，如是相对论发明之哲学，一切推本于〔事〕,(event)推本于关系(relate),而于〔物〕避之唯恐不远者,爱氏认为此亦为现代哲学之病。此我所以谓爱氏之理论物理学,可以作为康氏认识论之有效性之实证者,其非我一人之虚构与夫依门傍户之言,当为识者所同见矣。

抑我更有欲言者,科学与哲学家咸认知识之成立,有赖于人心之运用者,如是其深远。何以废心论在于今日尚复风行一时乎。唯物论者不知有心,可以不论。英经验主义者之休谟亦但云有一团感觉,而不知有心。罗素氏中立一元论,继休氏衣钵而更进一步。其他如美之行为主义者俄之反应论者,皆同出一辙者也。然我以为心而果可废也,人类无思想无概念,而尚何科学可言?此我可以低徊流连于康德之认识论者,为此而已。

乙　道德论

近二三百年来,为科学或知识发达之大时代。知识发展,随而侵入道德之范围,或且取道德而摇撼之而代替之。昔日人类所习闻者,曰"人为万物之灵"。将知礼义知是非知廉耻之责,加之于人身,为其一切行为之准则。自进化论风行,曰:"人由猴变",唯有在竞争中以求生存。此两语间之轻轻一转,而道德观念发生动摇矣。昔人信有灵魂之说,且有轮回有神鬼之说,以为福善祸淫之奖惩。自实验心理学成立,不特灵魂失踪,即对于自觉性之有无(美国詹姆斯之疑问)亦发生怀疑。其仅能剖而视之者,为神经中枢,然此仅为血肉与感觉统系而已,人类之灵明,不可于此形质中求之焉。更有甚者,则曰道德宗教与政治法律,乃统治者鞭笞人民之工具,所以为统治阶级政权保护之计,非人性中所固有。以唯物主义者之名辞言之,宗教道德等等为上层之结构，其在下层而为之根本者为生产方法，一旦生产方法变更，其上层结构亦随之而动摇。换词言之，道德宗教乃一种依附末光之现象而已。以上所举三种学说，一为进化论，一为实验心理学，一为唯物主义，从直接与间接方面，将千百年人间所习闻之道德观念动摇之驱除之，使其无地容身。

处今日思想自由、学术研究自由时代，其取学说之妨碍道德观念者而遏制之乎？将成为美国田纳西州禁止学校中教授进化论之笑话矣。幸也自两次大战之后，重知识而轻道德之趋向，今已大变矣。英国《自然界》杂志之编辑者哥里氏有言曰：

> 昔日见解，以为科学之唯一任务在于发见或研究自然界之事实与公例，而不须顾及知识含义所生之影响者。在今日各方所同认者，科学不能与伦理脱节，科学不能免除其发明品应用于战争中之破坏目的，或平时经济纷扰所发生之人事责任。科学家对于其所欲建设之结构，与因发明而所生之破坏等事中之政治与社会问题，已不能袖手旁观。因工业生产与杀人武器中无限能力之应用，使人间竞争之纷乱更加扩大。科学家对于此纷乱中，如何协助其一种合理的协调的社会秩序之建设，自为其义务之所在。

再举爱因斯坦氏与罗素氏之言以证之：

> 关心于人类与其运命，乃一切工程尝试中之第一件要事！诸君在画图样与方程中不可忽视此事。
>
> 不可作违背良心之事，即国家有所命令，亦不可为之。

爱氏以上两语，直接痛快。其“不可作违背良心之事”一语，已取哲学家道德论之基本而明白指示之。

罗素氏为诙奇诡怪之人，一方排道德论于哲学范围之外，他方在其社会哲学中关于承认道德之言，不胜枚举。兹录其关于科学与人情之言如下：

> 科学所给予人之新权力，唯有由人类中因其熟知历史与富于生活经验，而知尊重人类情感者与具有男女每日生活所表示之慈爱者，以行使之，方不至有流弊。

所谓以人类情感与慈爱，规定科学之权力云云，非哲学中之价值论与道德论中是非善恶标准之言乎？

以上爱氏与罗氏之言，为廿世纪人类注重道德论之明证。然二三百年以来，早将道德与知识并驾而齐驱之者，康德氏为首屈一指。方霍布斯氏洛克氏解释人生唯知有竞争，唯知有功利为社会生活基础之际，康氏则持期期以为不可之态度。其对于上帝、灵魂与自由三项问题，以为此非“纯粹理性”（知识）中所能解释，而在“实践理性”（道德）中则成为不可或缺之理性准则（ideas of reason）。换词言之，思想方式但适用于吾人所能知之现象，至于宇宙之创造者之上帝，灵魂不死与自由意志，初与知识无关，而为人类行为上不对不具之准则。二者之畛域各异，不可混而为一。康氏又以为以功利以快乐解释道德者，将有流于智巧、权变与术变之病，故创为断言命令（categorical imperative）之说。意谓待人接物应本“视人为目的，不可视人为手段”之绝对原则，此与吾国“正其谊不谋其利，明其道不计其功”之言正相吻合。康氏当时之立论如此，然其实践理性一事，即在欧洲初不为人所重视，以其不敌边沁氏等功利主义之甘言顺耳故也。

或者曰：如康氏言，将承认道德之一成不变性矣乎？依社会进化之实际言之，人群之制度如神鬼、祭葬、婚姻、家庭、政治皆因时因地而异，初非有一成不易者在。此言也陈独秀氏尝持之以驳斥道德之绝对性。然试读一部人类进化史，在因时因地之变迁中，自有其尊重人类价值人格尊严与团体生活中之仁爱正义忠恕和好与公平竞赛之诸美德。吾侪之为人类者，诚以"民胞物与"之言互相勉励，则人与人之相处，自进而向上，反是者其以技巧以谋略为制人之工具，人生唯有流于诈谋欺骗，而惨无人道。我以为人类道德在其日变之中有不变者在，不变之中有日变者在，言乎人生不离此物质世界，有原始生活，封建社会与君主专制政体各时代，其所谓道德或风俗标准者，自不能离此社会的变迁。然其向于"真""善"之目标以前进，则历历如在目前。其有背此原则者，只知有己有党派而不知有人，但口说所谓集体而否定集体中分子之价值，甚至但知有权谋术数以为保持政权之计，至于人类有史以来所谓善恶是非者，则尽弃之不稍顾惜。吾见此类人群将绝不知有生人之乐，自亦不知自动自发自立与自己负责，而成为麻木不仁痿痹瘫痪，奄奄待毙之木偶，而国其何以立哉？此我所以谓凡否定道德之本于人性与其内在价值者，其流弊所届，必至人不成为人，家不成为家，社会不成社会，尚何统治者权力之基础可言哉？东方西方之哲人对于目的手段，仁暴王霸与义利等观念，斤斤辨析于其毫厘丝忽之间者，夫岂无故而然哉？

第三　我对于形上学之见解

吾人处廿世纪之今日，其弃科学知识而置之不问乎？尽人而知其不可能矣。然所谓知识由于观察实验而来。以科学术语言之，此为自然界之现象，受因果律之支配，而以定命主义为其本质。有人也推至于至极之处而言之，宇宙间或有不因之因，或以亚里士多德之名词言之，或亦有不动之动者(mover unmoved)，是为宗教上之上帝。其在哲学上言之，吾人由现象界之因果关系，推而上之，以至于最后之因，为一切万物所由之以出，且自足乎己而无待于外物之凭借者，是为本体，或曰最后真实(ultimate reality)。上帝也最后真实也，名虽二而实同。在时间上为永存，无过去未来阶段之分，在空间上无上下左右前后之分，乃无乎不在。更就其权力言之，无所不能，无所不知，宗教家称之曰全知全能。此上帝云云，自现象界时空支配，或感官与思想方式以下观察者，其为不可思议之事，断可知矣。其第二问题曰灵魂不死。吾人所目击之人世生长老死，为天然公例之无可逃者。然在宗教家言之，谓死后别有所谓生命之永存者，是为不死之灵魂，类似道家所谓长生，佛家所谓"往生净土"。其然乎其不然乎？亦非知识之所能解答；而唯有别求其心理根据于形上学之中而已。其第三问题曰自由意志。人受胎以后，生而为婴孩，入学校而为学生，中年以后入于社会，其所经历无一事不可依因果原则以求解释，似乎自由意志不可得而见矣。然而康德之意曰，人类能不受物欲引诱，而服从理性以下判断，犹之吾儒家所谓我欲仁斯仁至矣之境界。甚至成仁取义见义勇为，同为良知之决定，此即所谓自由意志。及至十九世纪末之柏格森氏谓生命中后刻继续前刻，即为新者之创造，由心灵之顷刻万变而成为成熟，更由成熟而为决定，即为自己之创造。此将生命与自由意志合而为一，更驾康德而上之矣。此三问题皆由现象界之万殊，更进而求其一本一源之所在，与吾国儒家所谓分殊中之“理一”，彼此初无二旨者也。

然此形上界之问题，久与道德宗教为邻，为近代求知求真者所诟病。英国培根氏为主张观察与实验方法之第一人，将一切神学与道德问题摒之于自然界观察之门外，其言曰：

> 自然界观察方法，不适用于神，创造与赎罪等问题，乃至爱敌如己，对于所恨之人应以善报之。不分善恶，一律公平相待如上帝之雨露然等等之道德原则，亦非此项方法所能适用。

霍布氏亦有言曰：

> 宗教之神秘，犹医生给予病者之丸药，倘一口吞下，则有治病效力，若加以细嚼，则吐弃而归于无效。

我举培氏与霍氏之言，以见注重科学者厌恶上帝问题。独康德氏注重科学，与两氏同，然其对于上帝等问题之态度，与两氏相反。两氏以为此非知识所能解决，故应弃之，康氏以为此类问题诚非知识之所能解，然自有其道德学上之价值。此康氏所以名之曰理性中之准则也。

康氏将此类问题归之于道德界，一方保存科学知识之正确性，他方对人生行为方面遵奉一种“戒慎乎其所不睹，恐惧乎其所不闻”之天秩天序，自有其思深虑远之苦心，非但以有物有则为最高理想者，所能与之同日而语也。

康氏名此理念为准则，然于其形上学中仅讨论“先天判断”，而不及此三事。举康氏言如下：

> 吾之目的，愿从事于形上学之研究者，先发一疑问曰：“究竟形上学可能成立与否？”其为科学也，何以形上学不如其他科学之为人所一致同意。其不成为科学也，何以形上学犹自居于科学，而予人以莫大希望。

康氏于其形上学序论之中，但言形上学之知识应为先天的，超经验的，若上帝，灵魂等事，康氏则绝口不提，其立言之谨严可知。及黑格尔氏不满于康德之不谈本体，乃提倡所谓绝对哲学，于是论理系统中，示人以绝对（即上帝）之所在。然就欧洲思想界言之，黑氏以精神为出发点，不合于一般学者之嗜好，其学派内部既分裂，有所谓黑格尔左派而马克思之唯物主义起矣。可见科学方法之发展，摇撼宗教与道德之基础者为如何？十九世纪末，柏格森氏在其《时间与自由意志》《物质与记忆》两书著成之后，发见精神界生命之流，非理智所能了解，而应以直觉，或曰理智的同情（intellectual sympathy）以代之。于是搁置已久之形上学，因柏氏之提出，而骎骎有复活之现象。

形上学之义，如上所云云为本体或真实之研究，为超于各分科以上之普遍原则之研究。古代亚里士多德著作中，在《物理学》一书以后，另有一书曰《物理学之后》，意谓形而下之后，应更有进一步之研究，此形上学之名之由来也。近年以来，科学家继柏氏之后愈研究生命，愈觉生命价值之可宝，且由生命价值而接近于“永生”(eternal)。其在反对宗教且反对哲学中之道德论者，亦且有下列之言论矣。罗素氏于《社会改造》一书中有言曰：

> 此世界需要一种哲学一种宗教，专以奖进人生为事。为奖进人生计，其所需之价值标准，应超饱食暖衣之生活而上之。以生活为生活者，禽兽而已，其中无人生价值可言，不足以慰藉人群对于现世生活浮云之厌恶也。生活于人生，则人生之目的应为超个人超人群以上，超个人超人群之观念为上帝，真美等类。真能奖进人生者，决不仅以生活为目的。彼等之目的，在求人生中之永久，在登天国而远离现世之斗争、角逐、失败，与夫受时间限制之情事。此与“永久天国”(eternal world)之接触，即令其为想象中之境界而非实有其事，亦予人以健康之力与和平久远，非现世之斗争与失败所能破坏之者。

吾人读罗氏此段文字，既曰上帝，又曰永生，又曰永久天国，虽以之插入于《新约全书》或康德《实践理性》之中，有何不可乎？

吾人于是知科学知识大发达之后，科学家与哲学家回过头来，注意于“永久天国”，且言康氏之所不敢言者。

爱因斯坦氏亦有言曰：

> 专为他人而生之生活，乃为有价值之生活。
>
> 现世界遭遇一种危机，现时执政者于其为善为恶之决

定影响之大，似尚未有觉知。原子能之应用，已将改变一切，独有吾人思想尚无改变可言。吾人类将走近世间空前之大灾害。为求人类生存，且向于更上一层之生存，非有一种新思想不为功。

当前之实际问题在乎人心。

所谓人心改造所谓思想改变，非爱氏公开承认道德价值之言乎？

吾人读以上各家之言，深感先哲之言，曰宇宙万物为一体，曰民吾同胞物吾与也，曰己欲立而立人，己欲达而达人云云者，初非书生陈腐之见，而自有其绝对真理存乎其中。形上形下之并行不悖，断断乎其不可易矣。

我以为近代欧洲之形上学，其最初入手一步，由于理性主义者认为上帝之存在，可本理性以作证明。及康德氏解为人类理解力无法解决上帝问题，于是海纳①氏(Heine)乃有上帝受死刑于康德之手之言。吾人今日回想易经所谓形而上者谓之道，形而下者谓之器，或事外无道，道外无事之言，是道与器、道与事虽各在一界之中，然其间自相为贯通。质言之，形上形下，初非互相对立，而有一以贯之妙用存乎其间也。

结　论

我思想体系之纲领如上所云云，我一生志愿，曰勉为读书明

① 海纳：今译海涅(1797—1856)，19 世纪最重要的德国诗人和新闻工作者之一。

理之人而已。居今日思想自由学说纷挐时代。求其为明理之一人。谈何容易？其在政治学上，有个人与国家，自由与权力之争。其在经济学上，有自由放任与计划统制，资本主义与社会主义之对立。其在社会学上，或侧重进化中之制度，或侧重职能。此各派之所以为说，各有应于时与地与人事之需要，初非逞其胸臆而快意一时而已。其在哲学上更有所谓唯心唯物一元多元机械论与目的论，或曰唯实主义实用主义与自然主义等门户之见。从事研究之者，贵乎博学慎思明辨，即有乐于信奉一家之言者，初不可盲从一派之言，应求其正反两面而知彼此长短。倘能更进一步，将其互不相容者而熔铸于一炉之中，宁非青出于蓝而胜于蓝之一大妙事。譬之物理界中机械主义之适用，自不可贸然进而入于生物界，目的论自有其至大至正之理由，而不容抹杀。政治学上既有个人与国家，唯有尊重自由，乃能养人之所以为人，亦唯有尊重秩序与权力乃成其所以为国。此我所谓两说之相反者非不可以相成者也。其在哲学上侧重于物者，为唯物主义，感觉主义等派，其侧重精神者为柏拉图派康德派或黑格尔派。如康德氏何尝不以感官材料与思想方式为配合之言？英之新唯实主义者何尝不以康德之言为可以并存并行？可见所谓主义，各有正反两面，应比较应参相互证。诚循此为之，则自己思索自己选择，或更进而自有所去取以为折衷一是之归。此则读书明理者之所当为也。

我之为此文，所以述我自己之思想体系，初不为康德氏作，然全文中引康氏之言为例者特多。兹再补述一二段如下：

康氏于其《形上学》序论中有言曰：

文字流利如休谟氏，壮丽如孟特尔松氏，乃为不易多觏之事。我苟自己不愿其完成计划而留之以待他人，或我苟对于自己所治学问，初不十分认真，则我书之文体，自可改之而为明白易读。然我勉自克制与忍耐，不求一时近利速效，而期身后之垂名久远。

此则康德氏《纯粹理性》一书所以历十二年之久而后告成也。

康氏著书以告其友人孟特尔松氏曰：

过失为我所立定决心以求免除。即令有犯之者，然因环境之变，追逐时好而变我自己之面目，此乃自己品性不坚定之所致，此类过失，我决无之。自重自尊之心，本于自己之良知，苟失之以去，将为我一生至大之罪过。我自信其必无此事。我所思索之事至多，亦有正确之信心，信其为必真，然我决无勇气以说出之，至于说出之事而不经思索者，则断无之。

康德所谓经过思索而不敢说出者，大概属于宗教问题，既说出而不经思索者则为事之所必无。

一则曰不求近利速效，再则曰不追逐时好，三则曰不失自尊之心，四则曰无不经思索之言。此真学者座右铭之语也。吾愿全国学者各自反省，自己所信之学说，曾经一番思考否乎？曾但信一家言而不将正反两面互相比较否乎？对于外人所谓是者是否定是？非者是否定非？曾经自己一番抉摘否乎？或有非其所是是其所非而为之求一折衷至当之归宿否乎？我之所望于国内学界者：第一曰不随声附和，第二曰参互比较以求其正反两面之是非，第三曰敢于对外人议论为之折衷至当。诚如是，吾国思想界，因其能向于独立自主而终将有发扬光大之一日矣。此我所日夜祷祝以求者也。

一九五三年六月

《再生》香港版

人生观论战之回顾

——四十年来西方哲学界之思想家

民国十二年二月十四日因吴君文藻之约为清华大学同学演讲，题曰“人生观”。时我自欧洲返国，偕德哲杜里舒氏在东南大学、北京大学、南开大学讲欧洲哲学史与杜氏生机哲学。我所以讲“人生观”之故，由于我在欧时读柏格生、倭伊铿、黎卡德[①](Rickert)诸氏书之影响，深信人类意志之自由，非科学公例所能规定。其立言之要点在此。不料演讲发表，友人中如胡适之、丁在君群起而非之，乃有所谓人生观之论战，参加者数十人，历时一年以上。屈指计之，岁月相隔已历四十年，友人之墓木已高拱矣。今日回忆此项论战，非欲重燃地下之死灰，乃欲与国人商榷吾国学术思想而奠定其博大精微，高明中庸之基础而已。

甲　绪论

哲学之所有事，就其纲领言之，不外乎二：一曰贯通信守，二曰明辨慎思。若易之以现代名辞，前者可名曰综合派，后者可名

---

① 黎卡德：今译李凯尔特(1863—1936)，德国哲学家，新康德主义弗赖堡学派的主要代表。

曰分析派。如孔孟之论学思、论人性、论人伦，希腊柏拉图论爱智与其相信四德（智、勇、公道、自克）为宇宙不易之实在而名之曰意典，乃至欧西近代哲人狄卡儿以我思，我存为致知穷理之起点，康德著三种批判，以立智识、道德、情感三者之标准。此东西哲人皆对于宇宙间之实体实理，确有所信，乃指而出之，示人以穷理尽性与处世为人之道。此其所以成为综合派也。其与此相对立者，如培根氏之打倒偶像，如陆克之人性白纸说，与其人智出于官觉说，休谟氏之自我为一堆感觉说，乃至当代新唯实派有专以分析语义为事者，有名曰逻辑实证派专以证验为学问成立之唯一特质者。此自培根以来之学者，厌恶实在本体等等空名，返而求之于实事之可证者。此其所以成为分析派也。哲学中既有此两派，自不免波澜起伏与往复争辩，其在吾国，孟子之后有荀子与之辩难，象山则有同时之朱子与之争执，王学之流为狂禅，则东林学起而矫之。其在西方，柏拉图之后，亚里斯多德氏受业门下者，不满于其师之意典论，而创为型质不离说，中世纪经院学者分唯实唯名唯概念三派。及西欧近代哲学兴，始为理性主义经验主义之对立，继有康德为两派调和折衷。然其继起之黑格尔氏不满于康氏学说之谨严与界画分明，乃创为绝对唯心主义。黑氏学派旋分为左右两派，右派袒护宗教，左派走向唯物主义。其时为十九世纪之中，各科学自哲学中分出，如物理、化学、生物、心理、社会科学先后宣告独立。学者群起而菲薄哲学，目之为黑屋中之摸索，议论纷乱，莫衷一是。然十九世纪中叶康德与黑格尔学说传至苏格兰与英伦，形成英之新黑格尔学派。德于十九世纪末期，重读康德氏之书，觉其三部大著，既能解释自然科学原理，同时足以发扬道德与精神科学。乃有所谓新康德主义各派分布于德国。及希特拉[1]执政时代，康德学会被解散，于是虎塞尔[2]氏与实存主义代之以兴矣。由以上西方哲学史之简略叙述，可知哲学为人类思想之产物，所以指示人生之方向，所以解释宇宙之实体，所以说明物理人情，所以批判学术中之概念，虽因时代，环境与智识进步之各异，而哲学家立说亦因之而亦异，有时注重实体（或曰本体），有时注重分析现象，有时追求宇宙之原始，有时考究各种现象之所以分殊，有时以重共相而尊概念，有时视概念为空名而从事于分析智识之所以构成，或语言之歧义。此则哲学史中所以有一综一合一分一解一宽一严一张一弛之波涛起伏也。

适之先生《人生观与科学》一书中，列举“科学的人生观”十项。其第三项曰“正用不着什么超自然的主宰者或造物者”。此为宗教界与怀疑论者之大争执，岂轻轻一言所能解决。其第四项曰“好生之德的主宰的假设是不能成立的”。此上天好生之德与人类同情心之由来，为柏拉图“餐后聚谈会”以至达尔文《物种由来》之大问题，亦非轻轻一言所能解决。其第五项曰“人不过是动物的一种，他和别种动物只有程度的差异，并无种类的区别”。我可以赞同人由动物演化而来，然人有理性有语言能造器物能知历史记载之重要，即令种类无区别，然其程度的差异，至于不能等量齐观，此又岂轻轻一言所能解决。其第六项曰“根据生物学、人类学、人种学、社会学的知识，叫人知道生物及人类演进的历史与原因”。生物与人类皆由演进而来，此为现代通行学

① 希特拉：今译希特勒。

② 虎塞尔：今译胡塞尔（Husserl，1859—1938），20 世纪奥地利著名作家、哲学家，现象学的创始人，同时也被誉为近代最伟大的哲学家之一。

说，然其所以演进之故，由于机械主义乎？由于生机主义乎？或曰由人自造之乎？此为进化论中争论之点，岂轻轻一言所能解决。其第七项曰“人类心理现象是有因的”。其意若曰心理现象亦为因果律所支配。然西方研究人类心理者分三派：曰因果派，曰自由意志派，曰二者兼而有之，则心理之因果，亦非轻轻一言所能解决。第八项曰“道德礼教是变迁的，而变迁原因可以用科学方法寻求出来的”。道德礼教之外形之变迁，是由演化历史可以证明，然道德之中，是否有不变之部分，如仁爱信义如人格尊重，此亦为复杂与可以论辨之点，非轻轻一言所能解决。第九项曰“物质不是死的，是活的，不是静的，是动的”。此为适之自己新说，暂不置论。其第十项曰“个人——小我——是要死灭的，而人类——大我——是不死的，不朽的，叫人知道为全种万世而生活，就是宗教，……那些替个人谋死后的‘天堂’净土的宗教，乃是自私自利的宗教”。所以成全小我，所以培植大我，此为教育政治哲理上大问题，“天堂”“净土”等等是否为自私自利的宗教，更属宗教方面之大问题，断非轻轻一言所能解决。我所以列举此十项者，所以指出其中无一项非哲学或形上学中之问题，虽已经历二千年之讨论，而至今不得解决之道。可以知此类问题，只有听哲学家自由思索，自由解答。而适之心中存一种力追科学以求有一定公例之观点，此所以有民国十二年科学与人生观之论战也。

我以为人生观是人生观，哲学是哲学，形上学是形上学，此三者不可与科学混而为一，合而一之为两伤，分而离之为两美。倘存一以科学吞并哲学或否认道德学与形上学之心，以可观察可实验可测算可证实者为科学之特点，而其不可观察不可实验不可测算不可证实者，概目之为玄学鬼之议论，则不独哲学或形上学之生命将受摧残，究其害之所及，将无哲学形上学之自由讨论可言矣。彻底言之，人生观、哲学、形上学，与科学即有互相牵涉之处，则一为分科之学，一为综合之学，一以宇宙人生之全体为立场，一以静思默索为方法，一以画定区域之实验，一则有形而可见，一则无形而不可见。二者性质之不同如是。科学的人生观，将待之百年之后，恐终为可望不可及之境界而已。

然适之之冠“科学的”形容辞于人生观之上，由于其相信科学与科学方法之成绩，乃期望以哲学或形上学归入科学领域之中。此与十九世纪后半期中欧洲学者之心理同出一辙。德教授鲍尔逊①氏于一八九五年著《哲学引论》一书。其开宗明义之言曰：

> 有一个时期，离开吾人初不甚远，此时期中通行之见解曰：哲学之效用既已丧失，实证科学已代之而起矣。哲学所以存在之理由，在其能成为科学智识以前之预备阶段，其在今日此种静思概论中所得关于世界与事物之智识已不复能存在矣。假令有甘于孤寂之思想家不愿从事于科学工作者，欲以哲学为消遣之资以度岁月，自听之可也。其有志于受科学训练者，自不必再以哲学思索为事矣。

鲍氏于下段中更论各国中之轻视科学者，以德国为首，此由于德国哲学家平日高视阔步，自以为驾人而上之。届科学成绩卓著之日，乃自食其为人所轻之果报。幸黑格尔氏年六十而逝

---

① 鲍尔逊：今译包尔生、保尔逊、泡尔生等（Friedrich Paulsen，1846—1908），德国著名哲学家、伦理学家、教育家。

世，倘寿如康德，则黑格尔之受人冷落将与菲希纳氏（Fechner）与劳咨氏（Lotzc）等矣。自鲍氏之言观之，则在君之骂人为玄学鬼，自为哲学与科学互争雄长中各国通有之现象，不足深责者矣。然自二十世纪以来西方学术界论之，科学与哲学同样突飞猛进。科学方面有爱因斯坦之特殊相对论与一般相对论，泊兰克①之量子论，有白罗格里②之光浪论，更以原子能应用于战术，乃有原子弹氢气弹与飞箭之发明。其在哲学方面波涛之汹涌澎湃，亦正与之相等，如怀悌黑③氏之《行历与实体》，亚历山大氏《时空与上帝》，此受新物理学影响而作之新形上学，如哈德门氏之伦理学与凡有学（ontology），此为反新康德学派而生之唯实主义之著作，如实存主义运动初为反黑格尔氏系统说而起，走向主观之心理态度，于是恐惧，惶惑，死亡，虚无，成为思想之主要题目，将笛卡德，陆克以来之认识论束之高阁。更有新唯实主义之分析派，始则反对黑格尔派之关系内在论，而确认外物之存在，继之以概念与语义之解析以打倒唯心论者之普遍观念为事，其中巨子如罗素氏，素拥护科学同情分析学派，虽已年届九十高龄，乃躬率群众千人游街示威，且坐在唐宁街十号（英首相官邸）阶前不去，为要求停止原子弹之使用。其意若曰由于上天好生之德，不应有此残酷武器。吾但见罗氏所信为人生观之支配科学，曷尝有科学之支配人生观哉。以云科学智识能影响于人之

① 泊兰克：今译普朗克（Planck，1858—1947），德国著名物理学家，量子力学的重要创始人之一。

② 白罗格里：今译德布罗童（Louis Victor De Broglic，1892—1987），法国理论物理学家，波动力学的创始人，物质波粒论的创立者，量子力学的奠基人之一。

③ 怀悌黑：今译怀特海（Whitehead，1861—1947），英裔美籍数学家、哲学家。代表作：《数学原理》《过程与实在》。

观点，其所造成之机器，能有益于人生日用，此为科学之利用厚生之功效不容抹杀，然何能与原子弹之用不用以决定人类之死亡生存之人生观相提并论哉。

我自青年读书，对中外政治学术与各国间之政治学术好为比较研究，常踌躇审顾不敢立决，尤好权衡其短长得失，不信一偏之见以自标新异。及已抉择以后，则择善而守，不轻放弃。当留学日本之日，尝注意英美政治学说，及第一次大战后从倭伊铿氏问学，读倭氏书，同时在巴黎研究柏格生学说，时身居欧陆，然英伦经验主义我未尝忽视。因是西方政治及各派学说，其对于吾国之利害得失如何，先内断于心，然后定其取舍而有所主张，此乃我之习性使然也。人生观演讲之日科学功绩之煊赫，我岂不有所觉察，然所以舍科学之必然性而提倡意志自由者，亦曰人生之自由人格之独立，为现代人所尝争取，乃吾治倭氏柏氏学说有得于心而不敢或忘者也。当时倭氏柏氏极力反对人生受科学支配之说，而昌明人生自由之大义，世人因其反理智倾向形上学而轻之，然自今日思之，倭氏柏氏之高瞻远瞩为何如哉。

乙　四十年来西方哲学界之思想家

我今回溯自论战迄今四十年间西方哲学界之思潮，分为三类述之：第一，以个人为本位者：曰英国怀悌黑氏、曰德国哈德猛氏、曰德国耶斯丕①氏。第二，以学派为本位者，曰英国新唯实主义与逻辑实证主义、曰现象学派、曰实存主义。此六项中，除

① 耶斯丕：今译雅斯贝尔斯(Karl Theodor Jaspers，1883—1969)，德国存在主义哲学家、神学家、精神病学家。

逻辑实证论派主张以科学方法统一一切学术并排斥伦理学与形上学外，其他各人各派无一不走上形上学之途径。可谓自康德氏以来，形上学之发挥光大，无有如今日之盛者。希腊柏拉图之传统，至今犹继续绳之未中断。

一、怀悌黑氏

当代哲学中能令我低徊留之不忍去者，怀悌黑氏其首屈一指矣。怀氏早年专攻数学，继与罗素氏合著《数学原理》一书，为数理逻辑开一新天地。又因相对论与量子论之发见，感觉一种新哲学之必要，乃作《自然界之概念》等书，所以批评牛顿时代之科学概念，而代之以“事件”“流变”等等之新说。晚年潜心于形上学，乃成《实体与行历》《宗教在形成中》《观念之冒险》等书，所以昭示世人以一种综合的宇宙观。

怀氏于一八六一年生于英伦肯特州，一八八〇年入剑桥大学三一学院，一九一一年至一四年为三一学院学侣，一九一四至二四年任伦敦大学应用数学与机械力学教师，一九一四至一九二四年任伦敦科学与技术学院应用数学教授。及年届六十三(时为一九二四年)，受美国哈佛大学之聘，任哲学教授。一九四七年逝世。

怀氏一生著作可分为三时期：(一)数学时期：(甲)一八九八年《普遍代数论》[①]，(乙)一九〇六年《投射几何之自明理》，(丙)一九〇七年《说明几何之自明理》，(丁)一九〇八年《数学绪论》，(戊)一九一〇至一九一三年与罗素合著《数学原理》三册；(二)自然界哲学时期：(甲)《自然界智识之考究》，(乙)一九二〇年

---

① 《普遍代数论》：今译《泛代数》。

《自然之概念》,(丙)一九二二年《相对论原理》,(丁)一九二六年《科学与近世》;(三)形上学时期:(甲)一九二六年《宗教在构成中》,(乙)一九二八年《象征主义》,(丙)一九二九年《行历与实体——一篇宇宙论》,(丁)一九二九年《理性之职司》,(戊)一九二九年《教育目的与其他论文》,(己)一九三三年《概念之冒险》,(庚)《自然界与生活》。

以上三时期中,第一时期之数学原理对于数理逻辑有极大贡献。其第二时期之自然界之哲学,可以谓为由数学至形上学之准备时期,兹合第二第三两时期之见解而并论之。

怀氏自为数学家物理学家,因爱因斯坦氏与泊兰克氏量子论之影响,深感物理世界已届原子时代,旧日所谓物质或位置或时空论已与时代不相适合,乃从事于一种自然界之新说明。怀氏以为旧日物理世界,以物质有定时定所,此物质所构成者为硬块宇宙(block universe),怀氏批评此种物质观,名之曰单纯位置(simple location)。谓一块物质之在空间占有一定绝无可疑之位置,其在空间既有一定地位,其在时间上亦在一定久暂以内固定而不变。依此,单纯位置,一个物质体对时空合体之关系可以简单确定其所在,而不必问其对于空之他地时之他时之关系如何。质言之,此块物质孤立于时空合体中之一定位置,而无须有对于时空体系中之异地异时之关照。怀氏以为将吾人所经验之自然因素,视若如此简单,此为抽象之见解而与具体事体不相符合。怀氏特指而出之,名之曰虚构具体性之错误(the fallacy of misplaced concreteness)。怀氏进而批评休谟氏之单纯印象论,其意以为当时在物理学方面有此单纯位置论,于是在心理方面有休谟之单纯感觉说,以为每一感觉可以孤独存在,而与其他感觉，既无空间关联或其他关联，即令与所经历之其他因素有相牵联处，如所谓观念联合者，此为外在的偶然的，而非必然的。怀氏曰此亦抽象的见解，而异乎真正的经验者也。怀氏所以纠正休谟氏者，更可凭其自然界之二分说（the theory of the bifucation of nature）以明之。近代哲学成立以来，分宇宙为二，曰本体曰现象，曰能知曰所知，曰物体曰质性，曰主观曰客观，曰能思之心曰空间之物，无处不以二分说为立论之一贯原则，其尤著曰第一性，指物质之恒常质性言之，如物之坚性、广大、形体、动静属之。曰第二性，指人之因物而引起之感性言之，如色、声、味、臭属之，因其由人之知觉而起，随人而异者也。由此二分说，则思想感觉属于主体方面，其恒久而不变者属于客体方面，由此能知与所知之两面，于是有显现之现象，亦曰现象，有不显现之本体，其显现者为心之所觉所察，其不显现者系超出心官知觉之外，乃有所谓本体。怀氏认为此项二分论，产生所谓第一性第二性乃至现象与本体之隔断。于是起而矫之，乃创生机主义说，以为世界之最后实在只有一种，名曰"感"（feeling）。然此西文之感字，视之为最后实在，不应视同感情之感，而应译为感应子（如兰勃尼子之单子）。此感应子之名，由我读程伊川书："天地之间，只有一个感与应而已，更有甚事"，伊川语气中"只有"与"更有甚事"云，岂不与怀氏最终实在云云有相冥合之处乎。

怀氏之思想体系分为二部，一曰自然界哲学，二曰形上学。一论现实（actuality），一说明实体（reality）。自然界哲学因怀氏放弃硬块宇宙说，故不复再提物质或事物之名，而名宇宙间所发生者曰事（events）。所以名之曰事者，指一切遭逢（happening）言之，犹之物质中原子以降之电子中子初子，其存在于宇宙者，以时计之，不过刹那，然亦不能不谓世间之有此一事，有此遭逢。宇宙间有此千万事千万次之遭逢，而此千万之事彼此相覆相掩盖。譬之车行道路之上，此车之路程，即为道路之生命之一部分，是为道路之生命与车之路程互相掩盖，乃至车轮之每一转动，即为事之一部分之所以构成车之路程者。如是怀氏所谓事，非如昔日所谓物之占领空间者。怀氏名之曰事，一若昔日物体之在时间以内之延广者，譬如一屋之继续存在，延广于此屋之一瓦一砖之上，而此屋一年之存在，延广于一日之上，一日之存在又延广于一秒之上。怀氏谓事之质性(nature)由其延广之质地(quality)而决定。而事与事之间之关系又各有其延广之能，向两端发展，以至于无穷。怀氏名之曰延广之不间断的关系——原则。唯延广之不间断关系，可以如此扩张，举一切而包括于其中，乃成事与事之关联，而自然界之一体性与连续性由此而来。因此所谓延广更视时与空为原始的，因时空之为时空，不离乎延广也。由此可知怀氏之自然界哲学之基本观念曰事曰延广，而时空二者成为继续延广之事之关系，换言之，时空非为事之要素，而为事之陪随者。怀氏更明白言之曰，不可谓自然界在时空以内，而应曰时空在自然界以内。怀氏又指出事之特点为动而不留为无一息之停滞，事之本身鲜有所变，而事与事间之关系则时在变动之中，因此怀氏名之曰流变力(passage)。如是甲事可以入于乙事之中，或化为乌有。唯事之不常而在流动之中，怀氏又名之曰创进(creative advance)，所以说明宇宙无重复之象，而常有新可能性生于宇宙之腹中。此说本于柏格生之创造进化论，唯柏氏之说但用于生命，不及于空间之自然界，柏氏以为此乃生命之冲力，而怀氏以为此可以理智了解而得之。此二氏立说之所以同，而有其不同者在也。怀氏此种说法正与“硬块宇宙”之机械主义相反，乃新物理学发见以后之新宇宙观。

怀氏更本此说，以写成形上学各书，曰《实体与行历》[①]（*Process and Reality*）、曰《宗教在构成中》、曰《理念之冒险》。此三书中尤以《实体与行历》为重要，然其中多含哲学上之专门问题，不易以普通文字表而出之，当俟异日作专论，述怀氏之形上学。然怀氏治学，在其潜心科学时代，早知形上学之不可缺少，兹举其《教育之目的》一书中第九章“科学概念之解剖”一文，此系一九一七年之演讲，先于《实体与行历》出版者十又二年，是时怀氏心中已伏有形上学为哲学中之构成部分矣。怀氏之言曰：

> 本讲开始之初，将准值判断与存有判断（ontological judgements）搁置于一边，然今当结束之际，不能不一论此两种判断，常人以为准值判断不在物理科学经纬之内，不知准值判断实物理科学产生之动机，由于人之所以从事于科学营构，正以其有准值之故，换言之，多种之准值，即其动机所在也。科学之何者为有用而研究之，必经人心中之意识的选择，此意识的选择，即为准值判断，所谓准值判断，或属于美学，或属于道德，或属于实用。倘其动机中无准值判断，将并科学而无之。
>
> 次之，存有判断，向为人所不感兴趣，然存有为人生之行为，情感，自克及有所营构之前提，即道德判断，亦以存有为前提。然此项问题解决之难点即在乎常识中之所谓有无

---

① 《实体与行历》：今译《过程与实在》。

与存有判断不易协调故也。科学不能减少形上学之需要。上文谓现实优于可能之中云云,所谓现实与可能之关系,即形上学所研究之题目,本演讲原不为形上学而起,然略附赘数语,可以明了吾人所欲明辨者为何事。

所谓主体与客体之分为粗疏人所忽视,不知其实指两种关系言之。其一曰能察觉之心与其所觉知中之一部,如眼前之红色。其二曰能觉察之心,与其不能构成为所觉知中之一部分者,如身在美洲,而讨论远东或南美情形。此项讨论,乃为一种推理的关系(inferred relation),此种推理关系,乃据觉知之心中之类似者而推之者也。

此项推理之基础,必其能觉知之心中之元素,超越乎官觉中所呈现者之上,此即普遍逻辑的真理,道德真理,美术的真理与假定命题中所伏藏之真理,此种种觉知之客体,与主体中之单纯情感迥然不同。情感中所现者为个人自身之所感而已。其他如逻辑真理,皆推理的存在也。

由此演讲观之,可以知怀氏虽自称为唯实主义者,然与一般唯实主义之但知官觉之为实有者大异,此由于怀氏承认逻辑真理,道德真理,美术真理为推理之基础,可以知其虽以经验为出发点,然静默思索之理性,同为学术思考之基础。此其所以毅然反乎英国经验主义之传统,而有形上学之大著也。

二、哈德猛

当我第二次赴德治哲学之日,忽闻耶纳[1]大学师生口中宣

① 耶纳:今译耶拿。

传新康德学派破裂之说。此即哈德猛氏《认识之形上学》出版（一九二一年）后所引起之话题也。哈氏原为马堡学派中人，受业于海门可亨[①]氏（Herman Cohen），可氏为十九世纪末叶复兴新康德主义之要角，哈氏追随师门唱和者二十余年。可氏推崇康德氏之“纯粹理性批导”，以逻辑为智识之基本，且守康氏“心为立法者”之说，以为客体皆出于心造，而不认有外物之存在，其所以造成之者由于心之范畴。此派以促进科学为旗帜，然以为智识本于思想之范畴而因以构成，故对于形上学或曰凡有学（ontology）则视为六合之外存而不论之事也。哈德猛毅然起而与之宣战曰：智识之为智识，一方有能知之主体，他方有所知之客体，此能知之主体，在乎智识之外而存在者也，此所知之客体，亦在乎智识之外而存在者也。能知者与所知者皆在智识之外而存在，则存在问题为哲学中之基本问题而不可忽者也。自《认识之形上学》轰动一时之后，哈氏之著作，皆以存在问题为主脑，如一九二六年之《伦理学》，一九三三年之《精神的存在问题》，一九三五年之《凡有学纲领》（*Zur Grundlegung der Ontologie*），一九三八年之《可能与实在》（*Möglichkeit und Wirklichkeit*），一九四〇年之《现实世界之构造》，同年之《凡有学新途径》（*Neue Wege der Ontologie*），皆所以讨论存在问题，而谋凡有学之复兴者也。哈氏鉴于近代以来智识论之发展，认识论方法之研究之尤加精锐，则于哲学于科学问题之解决大有裨益。然认识方法，犹之刀也，认识中之问题，犹之肉也物也。今但见论刀之如何犀

① 海门可亨：今译赫尔曼·科恩（1842—1918），德国犹太哲学家，新康德主义马堡学派的创始人之一，通常被称为“十九世纪最重要的犹太哲学家”。

利，而求一割之用则终不可得。于是哲学家乃舍弃方法论，而注意于存在问题，或曰形上学与凡有学之复活。哈氏所谓存在，与经验主义者之但知有官觉，与唯物主义者之但知有物质者异，并一切物质，生命，心理，精神与客观精神而承认其为存在，因此德国哲学界称之为批判的唯实主义者（critical realism）。《当代欧洲哲学》之著者濮兴斯几①氏（Bocheński）称之曰：哈氏为当代哲学界最有意义的人物之一，此为无可疑者，且与怀悌黑氏、马里棠氏（天主教派）为形上学之先锋。哈氏于造成哲学体系之兴趣，较逊于怀氏马氏。哈氏所长为精确的分析，为以明晰方法表达其意见，此在德人中最为难得，而在所涵蓄意思中多深入的洞见。哈氏之著作，可称为“坦白的正确性与科学的广博性之典型”。而我之所以向往于哈氏者，尤在其立场之平正切实，对于问题之提出与答案之制定，时有石破天惊之手段，非寻章摘句谨守绳墨者所能望其项背也。

哈氏在唯实主义立场上，舍弃古代与中代之以先验或以演绎为方法之形上学，乃坦白承认实际世界（die reale welt）之构造，而创为存在层构（seinsschichtung）说，分实际世界为四层，甲曰事物层，乙曰生命层，丙曰心理层，丁曰精神层，此四层各有其本身之范畴，而不可越界以适用之。唯物主义以事物之物质范畴移用于生命、心理与精神，此为马克思之错误。反之，以精神层之范畴适用于物质，视自然界为精神之外化（alienation），此为黑格尔之错误。哈氏为惩前毖后计，乃为存在层构说，列举五项原则，其一曰实在世界，其层次累积而上，低层之范畴在高

① 濮兴斯几：今译波亨斯基（1902—1995），瑞士哲学家，新托马斯主义者。

层重复出现，但高层之范畴不复现于低层（如生命不出现于物理层），可知范畴之相越，只能由下而上，不能由上而下。其二曰范畴之重现，有限度以限之。其重现者非低层之一切范畴，更不能越级而尽现于高层。可知范畴之重现，至特定之高度为止。其三曰重现之范畴，因高层之质性而重行改造。其四曰低等范畴之重现，不足以尽高层固有之特性，因高层中另有新范畴之增益或出现。其五曰存在形式由下而上之系列，不成为连续不变体，因系列之某段上有新范畴之增益，因此甲层与乙层间自赴于分歧。此五原则可以说明物理层之机械主义何以不适用于生物，生物层则有目的原则以支配之，心理层之因果关系，学者尚未能尽行发见。至于精神层中以有是非善恶为标准，然其所以然之故，亦有为人所不能尽知者在。哈氏说明此世界本此四层构造而成，乃明白反对昔日之唯心论与唯物论，良以此四层互相依伏。唯心论以最上层通彻下层，唯物论以最下层强通于最高层。此皆为一偏之见，而不识宇宙之层次构成者也。

宇宙所以构成之四层，第一第二层，前文已论及之，第三层心理、好恶爱憎与知觉之感，为人与动物共之者，兹姑略去，其最重要者为精神。精神之所以为精神，在乎其自觉自动自决，且表现于行为之中，可分为三种：第一，个人精神，精神以个人为主体，因其起于个人之自动自发，人之所以为人者，即在乎是。对人之忠信，所以守自己之言责，临难之不苟，所以表示自己不甘受外界之支配而屈伏于其下，此为独立人格之所由来。第二，客观精神，个人之精神，初发之于一人身，继则传之第二人第三人乃至千人万人，于是成为一国之风尚，乃成为风俗、语言、学术信仰，且一时代有一时代之风气之异乎他时代者，乃有希腊精神，文艺复兴时代之精神与夫启蒙时代之精神。客观精神不能求之于个人之身，而应求之于社会风气之中。第三，客化精神(objektivicrter geist)，其始也同为精神所发动，然既成之后，则去精神距离较远，如艺术雕刻在木石之中，法典在条文与纸墨之上，其精神非活而死矣。

哈氏之精神的存在说，尤详于其《伦理学》大著三册之中。此书为哈氏在第一次大战壕沟中思索之所得。其主旨在反对康德氏求德性于原则中或曰形式伦理中，乃溯之于亚里斯多德氏，而求各种德性于实际存在之中。此时之哈氏，受虎塞尔之现象学之影响甚深，尤倾倒于虎氏之同道夏雷①氏(Scheler)之力反康德氏之形式的伦理而求之于有内容之伦理学。申言之，康氏伦理学之基本原则曰"人类行为应本于一条理则，即一己之所为可以成为万人共守之公例"。此种方法，夏氏名之曰形式的，因其不以准值为内容故也。哈氏之伦理学，先列举各种准值各种德性，以明德性之存在于宇宙间，可以屈指数之者。最后乃论意志自由问题。哈氏以为意志自由之存在，犹之知识对象之存在，此乃确有事实可以为证据，譬之改过也自责也悔悟也，苟其心中无是非之准则，何从而知其所当为与不当为，且有所谓一失足成千古恨之悔悟者，此皆由于良心之自动，知自己之过失，而后矫正之，非意志自由之明证乎。唯哈氏所谓意志自由，与定命主义不相冲突，且不应解为与非定命主义同义。其意以为宇宙既由四层构成，乃有某层受因果关系之定命的支配，另有高层不受定

① 夏雷：今译舍勒(1874—1928)，德国著名基督教思想家，现象学第二泰斗，现象学价值伦理学的创立者，知识社会学的先驱，现代哲学人类学的奠基人。

命主义的支配者，此即理性之自主有以致之，即所谓意志自由。如是有意志自由之后，非将定命主义完全取消，乃于受定命主义所支配者之外，另有一更高之决定，则由自由以决之者也。哈氏虽反对康氏之形式的伦理，然其层次说中之意志自由说与康氏之以认识论属之于纯粹理性界，以道德问题属之于实行理性者，一受因果律之支配，一属于自由者，二氏正相吻合。此可见哈氏哲学立场虽与康氏殊途，然道德之出于自由意志，则两家终归于合辙矣。

哈氏学说内容极富，尚有范畴分析论，均为哲学根本问题之讨论，然非本文所能详矣。我所欲指出之者，哈氏中年以降好用"凡有学"，而反对"形上学"之名称，然此二者之界限不易划清。依哈氏之意，凡有学指存在之结构言之，形上学所讨论者为一元多元问题。然自亚里斯多德以来，形上学之内容，为存在之所以存在，为讨论存在之最高原则之学，不易与凡有学严格分别。此殆濮氏所以称哈氏为形上学先锋之原因所在欤。

三、耶斯丕氏

耶斯丕氏在我留德之日，已知有其《宇宙观之心理学》一书出版，时为一九一九年，嗣因我在国内牵于校事及政治，绝未注意耶氏他种著作。及二次大战后来美，耶氏已转由医学而成为哲学家，且为存在派之巨子。我继读其书，颇觉其与存在派不尽相类，反觉其主张与康德氏有相同处。一九六二年五月我赴德国富兰堡大学演讲，此地与瑞士之拔塞尔[①]（耶氏居所）仅一二

① 拔塞尔：今译巴塞尔（Basel）。

小时之遥,乃托富大汉文教授萧师毅博士先以电话相约,往瑞士与之晤谈,虽谈时不及一小时,因耶氏提出东方哲学问题,故我欲询问耶氏自身学说为时间所不许,但我询以"君是否为康德派中人",耶氏毫不踌躇,以肯定语答之曰然。我因是知耶氏虽为存在派之提倡者,然其思想轮廓则以康氏超越辩证法中所谓世界(或曰宇宙)、所谓灵魂、所谓上帝三项为其背境。耶氏学说中,诚不少存在派之要素如所谓生存、所谓物之自性非思想所能穷尽,所谓自由,皆属之。然其思想之自成体系与富于形上学之性质,盖不出乎康氏所谓意典(此字之义应考康德氏原书)范围之外矣。濮兴斯几氏称之曰:耶氏学说,成一个严密体系,此体系与形上学相近。又曰耶氏极关心形上学,且成一种自然派神学,所以使之与同派(存在派)之人显然各别。又曰耶氏之意,以为哲学即形上学,以研究存在问题。世人每以存在即目前之所见所闻者,此乃大误。倘以为存在为尽人所能知,此乃狂妄之见。……唯耶氏以为世间之实体(reality)非人所能知,故采康氏之三意典说。且以吾人之所知均限于某种视野之内,每一种视野之外,则有一包举之者(The encompasser, die Umgreifende),宇宙其一也,灵魂其二也,上帝其三也。此三者既为人所不能知,则人之所知有限,人生之微弱,人生之不离乎忧患,不免于失败死亡均为意料中事。因三种意典之不可穷,延及于人类生活艰难,乃将康德氏与契尔契伽[①]氏合而为一矣。耶氏之自出心撰之处如是,唯其气象阔大,胸境开拓,所以能自成一大体

---

① 契尔契伽,今译克尔凯郭尔(Kierkegaard, 1813—1855),丹麦宗教哲学心理学家、诗人,现代存在主义哲学创始人,后现代主义先驱,现代人本心理学先驱。代表作:《非此非彼》《恐惧与战栗》。

系，而与海格尔氏等之苦思力索措辞缭绕者迥不相同。耶氏尝有言曰："哲人之至者，无如康德。"可以见耶氏虽采用契尔契伽之生存说，然其心所向往者厥为康德氏。此我所以列耶氏于三大形上学家中而继之于怀氏与哈氏之后也。

耶氏之哲学体系，非本文所能详，但就以下四项论之。一曰所以处宇宙间之方向，二曰生存照明，三曰超越者，四曰包举者。

（一）曰所以处宇宙之方向。耶氏深知人类所处之宇宙，非本体（Reality）之大全，而人之生存之实现者，为时间为情况所限，仅属于枝节片段。就所谓存在（Being）（有时译之为"有"）言之，可分为四类，曰物质、曰生命、曰灵魂、曰精神。此四类中，甲项原则如物理界之机械主义，无法适用于生物界，生物界之有机主义，难以适用于灵魂与精神，此可以见宇宙之中，初无一般中效（Validity）或曰彻始彻终之一贯原则，乃至一国一群之中，有所谓宗教、道德、教育、行政与政治，但能有分类分事之处置，而无一随地随时可以通行之法则。所以处理宗教问题者曰信仰自由，所以处理道德问题者曰是非利害，所以处理行政与政治曰法律、曰刑罚，乃至就各种学问言之，曰自然科学、曰社会科学、曰哲学，此三项中所适用之方法与所发见之原则，只能为有限的适用，而不能普遍适用，如上所言物理界之机械主义，不合于生物界，生物界之有机主义，不合于物质，乃至分科实验之方法，不合于哲学，此皆至显之例，可以明宇宙间之不和谐、不统一、不一致，非尽科学方法能求其少知而解决之者。耶氏更以同一态度说明存在，曰存在有三种，一曰寻常存在，即事物之在官觉中者，二曰物之所以为物之自己存在（für sich selbst sein, Being for itself），三曰本体之存在（Das Ansichseiende）。姑举所谓我

(Ich)之三种存在为例以说明之,以我为客体,则我乃动物之一,可为生物学之对象。以我为主体,则我为能思索且能与人通达意思,是为我之自己存在。然此两者不能尽我之所以为我,而另有其本体之我,此必待人之见危授命,或对越上帝之际方能见之。此第三种本体之存在,非科学中之求自然公例与一般性者所能见及,而有待于自我之体验省察,是为个性的,一度的。是属于生存照明(Existenz-erhellung),非科学中之概念与公例所能为力者也。

(二)曰生存照明。耶氏身为医学家且为病态心理学者,其深知科学之功用自无待言。然耶氏以为科学为分门研究,以事物为对象,而求现象彼此间之必然关系。唯其集中注意者,为事物之客体,为其为必然关系系其共相(universal),至于宇宙全体,本体之存在,与夫人之生存,为科学之所不问,此则存在主义之所由以起也。此派之出发点为本体之存在如何,以人生之所以为人生者为中心,因人生之为人生,能自觉知、能自反省、能自选择、能自决定,处临难之日,能有赴汤蹈火之决心。因而此人生之为人生,出于个人,不受一般公例之支配;出于自由,不受必然律之支配。生存虽不离其所处之情况,因而有艰难磨折奋斗挣扎,或悔罪、改过,或视死如归,此生存之有历史性也。耶氏视生存之为生存,一切出于自己,出于自发,非科学之以物为客体者所能观察量度而规定之者。耶氏以为生存之义高深幽远,决非定义所能把捉,唯有以灯光照之,使人略知其特性之何似。耶氏所以说明"生存"之义曰:"生存者,不能成为客体者也,生存之源,起于自己之思与行以内,虽能加之以议论,然非如物之可以认识者也。生存者,但能就自己以论自己(自省自反自证),或面对超越者(上帝)而知其所以为生之道也。”如此云云，不可谓之为主观性，亦不可谓之为客观性，因生存之为生存，超乎主观或客观之上者也。

耶氏所谓生存照明之义如是。生存或曰存在之名，虽自契尔契伽氏而昌明，然其本质与康德氏之伦理生活或柏格生氏倭伊铿氏之别生命于物质之外者，自有渊源关系。因此耶氏所谓生存中，尚有其他含义，兹一并述之：(甲)情意通达，(乙)处境与历史性。人不能离群索居，而有彼此间生活关系。不独有言语以达彼此之意，彼此间更能相爱以死，或相争以死。然不论其为爱为争为生为死，而情意通达则一日不可或缺。以朋友之交言之，曰为人之忠、曰守约之信、曰与人为善之量、曰对人对事负责之心情。以朋友讲习言之，曰以文会友、曰以友辅仁。乃至就研究哲学言之，前有古人，同时有师有友。以政府与人民之关系言之，曰正己正人、曰守法奉公、曰爱民、曰励精图治。凡此均为人在社会间所以相处之道，一言以蔽之，曰情意通达。人处于社会中，有衣食之需，有男女之相悦，有就业谋生以求自立，此为物质世界自然情况之不可避免者。或有因父母死亡而急求自立，或因家道贫困而奋发，或为乡里所不齿而求利求名于异方，此可以见因环境逼迫而自己志气知所以应之。更有所谓边界境况(grenzsituation)，即人生遭艰难危险，或活不下去之境遇，唯有大改造自己以求再生，乃有悔过认罪以求自新，或出于舍生取义，遇见危授命之行。此可见人生之为人生，虽为环境所限，然能以自己精神超乎环境之上而另造出一个新境界。是人生虽受现实环境之拘束，而仍能以自力超越而过之。此人之为人，所以虽处于必然律之下，而自有超越之自由，以合时间性与超时间性

(timelessness)(即悠久无疆性 eternity)于一人之生存也。此之谓由情况以上达于历史性。

(三) 曰超越者。宇宙之大全与人之生存,均非知识之所能把捉,此乃知识之限界有以致之,亦即大全之非知识之所能穷究也。大全既属于不可知,因而有康德氏所谓两面相反(如宇宙之有尽与无尽)之超于纯理之外之说。既已如此,唯有承认人类经验之外,有超越者在,此即上帝是矣。然上帝之存在,但能于象征中求之,于符号中求之,决不能成为知识之对象。此殆中庸所谓"德輶如毛,毛犹有伦;上天之载,无声无臭"之意欤。

以上三项之上,耶氏更有所谓"包举者"(Das Umgreifende, The Encompassing)以括之。人之观察世界,每先有视野或曰眼界。所谓物质、所谓生命、所谓心理、所谓精神,皆为一种观点之下之观察,因视野之故,而所见者限于局部,然退出于甲视野之外,乙视野又随之而来,如超物理之外,而生物之视野随之而来,此可以知事物或为对象,必有视野以限之。此所以贵乎由特种之存在,而进而达乎其包举一切者,此则哲学思想之所以重要也。哲学之功用,在乎超越此限界此视野。由官觉存在之世界,进而达于一般自觉,即达于生存,由人之生存,更进一步以达乎上帝,于是举下自块然之物上至神明无不概括于此包举之中。耶氏哲学虽有学步康德之处,然其所处为欧洲第二大战之世,其文中时露忧伤憔悴之情,此其所以树起康德之架子,而实之以契尔契伽之砖石也。

以上三人为二十世纪哲学界之三杰,怀氏以数学家物理学家而转入形上学,哈氏由新康德派之唯心主义,转向于唯实派之形上学,耶氏以为科学之工限于局部,非超出科学,不足以见宇宙之大全。如是思想路线不受科学之支配，不为科学所范围，而宇宙观而人生观之超于科学之上之彰明较著，无有过于此者矣。

然二十世纪之哲学家中，自有以科学为模型，而求有以科学方法统一之者。是为维也纳之逻辑的实证主义。此派之立场，与英国之新唯实主义或解析派颇有相通相联系之处。兹将两派同尚实同尚证验者合并论之。

四、英国新唯实主义与逻辑的实证主义

十九世纪之后期，英国思想界忽离其平日传统之经验主义，而趋于德国康德与黑格尔之唯心主义。斯透林[①]氏(Stirling)、格利恩[②]氏(Green)为之先驱，至白拉特立[③]氏(Bradley)与卜山圭[④]氏(Bosanquet)而大昌，在哲学史中称之为英国黑格尔主义，或曰绝对唯心主义。白氏之重要著作曰《伦理研究》(一八七六年出版)、曰《逻辑原理》(一八八三年出书)、曰《现象与本体》(一八九三年出版)。白氏分吾人之宇宙观为三层，曰官觉层，曰思想层，此二层中将一切分之为声色味触，乃名之曰物，更进焉则求彼此间之关系，由此二者上达于最后一层，是为本体层或曰绝对层。至卜山圭氏推演白氏学说，而广泛应用之于伦理、心理、宗教政治与美学。此派学说盛行二三十年之后，至一九〇三年忽有不治哲学而专攻古典文字之摩尔氏(G.E. Moore)著《惟心主义之驳论》(*The Refutation of Idealism*)一文，为反攻黑格

① 斯透林：今译斯特林。

② 格利恩：今译格林(1836—1882)，英国新黑格尔主义奠基者。

③ 白拉特立：今译布拉德雷(1846—1924)，英国哲学家、逻辑学家，新黑格尔主义代表。

④ 卜山圭：今译鲍桑癸(1848—1923)，英国新黑格尔主义代表人物之一。

尔主义者之第一声。其他人如怀悌黑氏、罗素氏、亚历山大氏、毛根氏(Lloyd Morgan)等等群起和之。穿插于英国学者与维也纳学派之间者为维铁根斯坦[①]氏(L. Wittgenstein),始为罗素氏学生,继执教于剑桥大学,维氏著《逻辑哲学论》(*Tractatus Logico-Philosophicus*)一书,时我居北京,闻徐志摩言罗素推重此书,乃急往北京饭店法人书铺中购之,及展卷读之,乃知其所研究者为逻辑技术中之另一境界,与寻常所谓哲学渺不相涉。及希忒拉柄政,合奥于德,此维也纳学派中人纷纷逃至英美等国,然此派自一九三九年在捷克京城开国际会议后,隔一年或二年举行一次国际会议,及一九三九年美国支加哥会议决定发行《统一科学杂志》(*Journal of United Science*),则此派之大本营已自欧洲而移至新大陆矣。兹就摩尔氏罗素与逻辑实证主义学说,略举其要点述之。

(一) 摩尔氏

摩尔氏为剑桥三一学院学生,毕业后派为讲师,继任为哲学教授,其一生著作有三书,一曰《伦理学原理》(一九〇三年出版),二曰《伦理学》(一九一二年出版),三曰《哲学论文集》(一九二二年出版),内载摩氏驳唯心主义与《为常识辩护》二文。摩氏著作稀少,较罗素氏之多至数十种者不可以道里计。然摩氏立言有斟酌有分量,每就常人所忽略之处,指点其错误,而摩氏提出论点之后,他人咸认为确切有据而不易动摇。此乃摩氏之所以成为英国唯实主义之重心也。摩氏既不治科学与逻辑如怀氏

① 维铁根斯坦:今译维特根斯坦(1889—1951),犹太哲学家,分析哲学创始人之一,20世纪最有影响力的哲学家之一。

如罗氏，但就哲学家言论之瑕隙，指而出之。譬之唯心派曰所谓事物皆由心造。摩氏就习见之物如人之有手，而质之曰手为人所共觉共知，何待心造而后有手乎。更有黑格尔主义者墨克泰格[①](McTaggart)曰："时间非实有。"(Time is not real)，摩氏驳之曰，我知朝食在午饭之先，何得谓时间非实有。摩氏所以驳人者，皆以常识为根据，非有哲学或科学方面之深微奥妙之论。其《唯心主义之驳论》一文，即类乎此。摩氏先举勃克兰[②]氏存在起于觉知之言，以明唯心论者之立场。摩氏乃用极简单之实例为说明之资。其例曰"此为红色或蓝色"。唯心主义者以为外界之红色或蓝色，必先为眼为心所觉知，然后知此红色或蓝色之存在。摩氏驳之曰，外界之红蓝色为外界之物，吾眼吾心所觉知者，为红蓝色之感觉，外界之红蓝色另为一物，此物之存在，不因我之觉知而有。可知红蓝色之觉知与外界成为客体(object)之红蓝色为两事，不可混而为一，唯心主义者为存在即觉知之言所误，乃合之为一矣。此类哲学上争执不已之问题，经摩氏轻轻指出，而英国学者翕然归心，而新唯实主义学派因之确立。摩氏之长处，在于分析语言，彼以为语言之正确意义如何，为读书者所应明辨。此为红蓝色，其义有二，一为官觉中之红蓝色，一为外界存在之红蓝色，此两种意义之界划不清，实为唯心主义者所以致误之因。摩氏更以同样方法，适用于"善"(good)字。彼经苦思之后，知善之为善，与寻常所谓"有用"(utility)为两事。摩氏悉心体验善之为善，由于爱人利人之善意而来，其中不夹杂以

① 墨克泰格：今译麦克塔格特(1866—1925)，英国唯心主义者，黑格尔哲学追随者。

② 勃克兰：今译贝克莱。

“有用”之观念，乃断言善之无可分析，唯有名之曰善，而不可代之以他义。于是摩氏以为善为人生中之为最终为本然之性，与美字相等。摩氏所以释“善”者，正合于唯心伦理学者之意，康德氏所谓良心所谓断言命令与夫种种道德即由此而来。然摩氏虽以善为最终实在，然不因此而引起天地万物为一体与博施济众之仁心。此由于摩氏以分析方法求善之意义，至于本赴汤蹈火拯救斯民之心，摩氏视之为热情，不应与求善之冷静头脑，混而为一。此乃摩氏之论善，其起点虽同于唯心论，而归束则异矣。

（二）罗素氏

罗氏为国际间之名人，世所共知。五四期间梁任公所主持之共学社请之赴京讲学，由现在加州大学教授赵元任为译人。罗氏著书之多，所涉方面之广，古今哲人罕能与之并驾。然其数十种著作之中，真可谓对于哲学自出心撰者，不过数种，第一为《数学原理》三册，此为与怀悌黑氏合作之书，第二为《物之分析》(*the Analysis of Matter*)与心之分析(*the Analysis of Mind*)。其他如《哲学问题》如《外界之知》为罗氏观点下之认识论，至如《相对论启蒙》为爱因斯坦学说通俗化之书。其他方面论婚姻、论政治、论工业文化、论科学对人之影响、论鲍雪维基主义之理论与实行、论西方哲学史，均有其极锐敏观察为人所难能。罗氏生长于英国保守性之社会，对于传统中之教会制，婚姻法与战争观念，出全力以攻击之，虽为众议所不容，亦所不惜，第一次大战中罗氏以反对战争之故，身陷囹圄。在美讲学，为美人所不容而撤职。至今年又因反对原子武器而随众游行示威，且坐唐宁街十号(英总理官邸)阶前不去，为警吏所捕，卒处以罚金而释之。以上各事可以见罗氏自信心之坚强，不惜与世俗之权威斗争。

罗氏游吾国后，著《中国问题》一书，其中极推崇庄子。殆由于其天资之高，好为诙奇谲怪之论，正与庄子同耳。

罗素氏一生著作繁富，令读其书者目迷五色，然其哲学学说实甚简单。初期为之《数学原理》，为其深思之作，说明数学之基本在于逻辑，谓逻辑在先，数学在后，是为数学之逻辑化。此时期中罗素以为哲学同于纯粹数学，可以若干抽象的普通的概念为本，本演绎方法推演而出之。其视哲学为先天的学（a strictly a priori science），只属于可能界而不属现实界，只知其为有（Being）而不涉于存在界。此时之罗素氏，哲学史家称之为柏拉图主义者。自一九一二年《哲学问题》及于一九二七年《物之分析》二书之著成，罗素氏自己宣言其哲学态度之变更（此言见于哲学问题序文中）。由先天界而进于现实界，其学说回到英国经验主义之传统，而尤依恋不去者，为休谟氏。心物分析二书，虽以二十世纪物理学心理学为依据，然其哲学立场不离乎十八世纪之休谟氏，此由于罗素氏衷心所向往者为欧洲之启蒙时代故也。罗素氏心中所谓心物二者，即为觉知中之世界何由构成。平常所谓世界，其中有山川草木等之事物，罗氏不由事物下手，而但就一方为人之官觉，他方为物理世界之最终构成分子（ultimate constituents of the physical world）论之。彼以为知觉所以构造，一方为官觉张本（sense data），即知觉中所知者如声色味触等是，他方为可觉知者（sensibilia）。此二者所由以异，仅在于其一在觉知中，其一不在觉知中。罗素氏认为官觉张本，即为物理世界之构成元素，其本身为物理的，觉知与不觉知之别，即为一留印象于心中，而一则否，然不因其留于心中，而可谓为心理的也。案，罗素所以解释心物二者之法如是，其不能视之为一种答显然明甚。其后又自变其说，名最终元素曰事(event)，是乃采自怀悌黑氏以为己说，既名之曰事，则原子电子等，皆集合多种之事以成者，不能不凭彼此关系而推论之(infer)，于是罗氏将自己学说之初名逻辑的原子论者，改称之曰中立一元论，其意谓世界之最终元素，既不为心，亦不为物，乃有超心物以上之唯一者在。此中由逻辑的原子论变为中立的一元论之演变，牵涉方面太多，只好略去。即此可以见罗氏学说之善变与前后不一贯，谓其为多智者乐水之流动性，而少仁者乐山之凝定性可也。

(三) 逻辑实证主义

实证主义为哲学派之名，由来已久。法之孔德，英之穆勒为第一次，物理学家马哈氏与阿伐那里乌[①]氏为第二次，今维也纳集团用此名称，则为第三次。维也纳学派与前次之孔德氏等之共同点，为注重官觉与科学，其相异处，则以语言之逻辑的分析为基本工作是矣。此项语言之逻辑的分析，含义极广，应分项述之。(甲)孔德等时代所讨论为生理心理与社会问题，而人类官觉中所觉知之元素即在其中。昔休谟氏早有"宗教书哲学书中向无数目与大小"字样之言，指其不以经验为重。孔德氏分人类智识为三期，第一为宗教，第二为形上，第三为实证，亦以为可实验者乃为真知识。维也纳学派之兴，断然主张对于语言应下逻辑的分析工夫，分文字中之语句(Statement，Satz)为二类，一曰有意义，二曰无意义。(乙)官觉中所能觉知之所与者(the given)即自然科学中之可以观察者，方认为语句之有意义者。

① 阿芬那里乌：今译阿芬那留斯(Avenarius，1843—1896)，19世纪德国哲学家，经验批判主义创始人之一。

反是者语句中不含有可觉知之所与者，或不能传译为不觉知之所与者，则认之为无意义而罢之废之。（丙）文句既以可觉察者为内容，方谓有意义，则形上学或哲学之讨论上帝，宇宙源始或道德问题者，应视为无意义而撤销之。昔日学者亦以为形上学所讨论，乃无法解决，或曰非人类知识之所及之事，今则以逻辑学为根据，认为形上中之文，无一句可以官觉观察之者，径名之曰无意义。（丁）此派以今后哲学之职掌，既不在于讨论形上学与伦理方面，其所有事者，应限于科学智识之分析，与思想之明辨，而不在于第一原理之追求。以上四点，可谓为此派之基本态度，其用意在求智识之正确有据，原无可非议之处。然其以己（自然科学）为独是，以人（哲学形上学伦理学）为尽非，则西方之柏拉图印度之印度教与佛教，与中国之孔孟学说皆应在撤销之列。不知有意义与无意义之分，在乎立言之是否合乎理性与读者能达乎心安理得。倘但以可觉察可实验为衡量之标准，则宗教哲学与伦理皆应束之高阁，或拉杂摧毁之列。此派学者为科学斗争之勇气，虽可令人叹赏，然科学为人生而存在乎，抑人生为科学而存在乎。倘此问题不先解决，而斤斤于有证验与无证验之是非，不免于本末倒置矣。

抑本文中将实证主义与英国新唯实主义并为一项。为二者之间自大不同，不可不分别言之。英国哲学家多尚实尚经验尚语言分析，然尚未悍然不愿主张形上学哲学与伦理学之撤销者，宗教中之上帝，形上学中之一本万殊，伦理学中之是非善恶，何一事不与人之生活，息息相关。倘令此三学中之词句可以作为无意义而置之，此“无意义”三字，能使世界上千千万万之人，于此等事不发问不要求说明乎。此“无意义”三字，既不能停止人之不问不论，而随时思辨之为得乎。罗素氏虽同情于逻辑实证主义，然仍不惜精力而写成一本近一千页之西方哲学史，其他英伦理学家纷纷讨论功利主义与直觉主义之是非，至于形上学之发展，在英绝未因此中止。可以知实证主义虽号称盛极一时，而英国哲学家对于此派既引起驳论或提出疑问者，大有人在。则实证思潮之趋于没落，可以想见矣。

五、现象学派胡赛尔氏

第一次世界大战之前现象学派，在德国已旗帜高悬，与康德派对立。其所以敌对之故，以简单言辞为之说明，一则为认识批判，一则为本质直观，一以为物由心造，一本纯逻辑的研究，以为真理可以直观而得之者也。康德派就一切科学，而求智识之正确性之何在，于是乎将官觉经验与知识范畴一一研究而分配之，使之各得其所。胡氏则采单刀直入之法，谓知识之本，在纯逻辑，尤在逻辑中之理型的本质(eidetic essence)，此在乎人之能去其主观元素与经验元素，则此理型的本质，可在直观中得之。此乃两派之根本不同处也。

胡氏于一八五九年生于奥国摩拉维也①省，年十岁小学毕业，入维也纳京城中学，一八七六年入德国兰泊齐希②大学，攻物理、数学、天文与哲学，一八七八年，转入柏林大学，从威意亚司脱拉司③氏(Weierstrass)治数学。一八八一年入维也纳大

① 摩拉维也：今译摩拉维亚(Moravia)。

② 兰泊齐希：今译莱比锡(Leipzig)。

③ 威意亚司脱拉司：今译魏尔施特拉斯(1815—1897)，德国数学家，被誉为"现代分析之父"。

学，作毕业论文，题目为变数理论。此时期中受维也纳大学教授二人影响最深，一为勃伦泰诺①(Brentano)，教之以英国休谟氏穆勒氏哲学与心理学，一为鲍尔柴诺氏(Bolzano)。鲍氏所主张之命题本身，理念本身与真理本身云云，尤为胡氏所终身服膺，而后来胡氏之纯逻辑与现象学即本于此。一八八六年入德国哈勒大学，为心理学教授司董夫(Stumpf)之助手，此时期中胡氏之著作第一种为《算学之哲学》一书出版。一九〇〇年德国哥丁根大学聘胡氏为教授，十六年后，富兰堡大学之黎卡德氏逝世，乃请胡氏为黎氏之继任者。一九三〇年年老退休。胡氏之哲学大著出版年月，《逻辑研究》一八九一年出版，一九一二年有《纯逻辑与纯逻辑的哲学》，一九一二年《视哲学为严格科学》，一九二八年《形式的逻辑与超越的逻辑》，一九三二年《笛卡德默想》，一九三六年《欧洲科学危机与超越的现象学》。胡氏遗稿现归比国罗文②大学保管，已出《胡氏文集》五册。胡氏哲学纲要，分以下各项述之。

(一) 真理之绝对性，胡氏哲学之出发点为反对心理主义。此乃胡氏所闻于勃伦泰诺氏者。英国传统学派，每以为心理现象如观念联合如经验重复不已，皆所以解释智识之性质，到此为止，无所谓绝对的真或绝对的假。穆氏尝于其《哈密尔敦氏哲学研究》一文中有言曰：

我所认为真者，逻辑非以思为思之理论，乃有效的思之

---

① 勃伦泰诺：今译布伦塔诺(1838—1917)，德国哲学家、心理学家。

② 罗文：今译鲁汶。

> 理论，非一般的思之理论，乃正确的思之理论。逻辑非异乎心理学之科学，乃与心理联系之科学。假以逻辑为科学，则逻辑为心理学之一部分一分枝。其所以与心理学异者，如一部分之异于全部，或如术之异于学。逻辑之基本理论，皆自心理学假借而来，或如术之有赖于学。

唯英人所以视逻辑者如此，此乃英国学者所以认为知识由官觉而起，且由印象之重复不已，乃构成其大概如是之知，且因而引起智识之相对性。胡氏一反其说，举逻辑中之三公例曰同一曰排中曰矛盾，此为纯逻辑，此为知之理型，吾人于直觉中所能一见而知之者。此种逻辑公例，为规范为本质，而与事实现象之先后起伏之心理学毫不相涉者也。换词言之，胡氏以逻辑为规范科学，宣告其为独立之学，且借此以驳斥当时流行之心理主义。唯其以纯逻辑为立场，则理论之所以为理论，自有其真伪之标准，而真伪之非因人之感觉而异与非因主观感想而异者可以昭然明白矣。

（二）共相，胡氏所谓真理之绝对性云云，与欧洲中古以来所尝论之共相问题相关联，因真理之有无，系乎共相之有无故也。中古以来研究共相者分三派：（甲）共相唯实主义，主张共相之客观存在，但其中亦分二派，一曰共相在实物之先，即实物之上先有理型存在，主此说者为柏拉图氏，二曰共相在实物之中，谓理型存在不离实物而独立，而在实物之中，主此说者为亚历斯大德氏。（乙）唯名主义，谓世间无共相，只有各个实物，而实物之相同者，可以同一名号名之，如云一切树皆可以植物名之，此植物二字为一个名称而已。英国学者如勃克兰氏穆勒氏皆属之。(丙)概念主义或曰唯意主义,谓共相存于人之思想之中,非在实物世界中真有与之相对相符者,如曰人,乃张姓李姓各人与千万人以上之共名,此共名因各个人有其相同性而起,然只存于人意之中而已。如三角如树之为共相,亦与以之为共相同。如曰四橘四石,则此四与橘与石之实物不相离,倘曰四为双数,此四自为思想中之一个概念。乃至推而广之,曰人曰动物曰生物曰无生物,无一而非同类者之总名,倘此理型界之概念或曰共相不能成立,则学问之基础何由而建立乎。胡赛尔氏经苦心思索,一方脱出柏氏所论共相在实物之先或实物之内之争执,他方驳斥英国经验主义者之唯名主义,乃自己挺身而出,主张概念主义,良以唯有承认理型之共相,而后真理而后学问乃得确立也。

(三) 意义(Bedeutung),人处此现实世界,所见所闻,不外乎自然界之实物,一草一木一山一水一饮一食,皆实物也。所以表达此实物者,则有语言有名称,此语言此名称,皆指万殊之实物言之。然在每一种科学每一种学问言之,则不能离乎概念、判断,与知识。概念、判断与知识有其意指之所向,是曰意指性(Intentionality),乃情感与意志,亦同有其意指之所向,可以知人之知情意三者无一不有其意指之所向,乃人类精神鹄的之所在也。所谓意义胡氏尝自下定义曰:

> 纯逻辑所有事者为概念,判断与结论。此三者即为理型单位(ideal unities),亦可名曰意义。假令吾人将意义本质(essence of meanings),与心理的或文法的特点划清,或将本质所本之客观性所不具足之先天关系(the a priori relationship)解释明白,则吾人已入于纯逻辑之范围矣。

举例言之，如云三角形之三边在一点上相交切。此一语句为一判断，自有其心理上之经过，然此一语句之意义始终如一，不问其说之者为谁，或其说出之情况因人而异，然其意义之理型性不因人而稍有不同。或其语句之意义之所指者为一时之个人，如云“拿破仑为华铁露之战败者”，此一语句不论为何人所说为何时所说，其所含之意义，决不有所变更，以意义乃超于时地之理型也。凡一种学问中之语句，或为概念或为判断或为结论，必含有理型性之意义，而此意义为人之意指性所付与（Die Bedeutung verleihung），此乃人之自觉性能自选择其对象，能加以辨别，以求致其知，以求寄其生此意义与其意指性之所由来也。

（四）损抑法，或曰加上括弧（Reduction，Einklammerung），胡氏自名其学派曰现象学，此现象二字既与康德不同，亦与黑格尔有别，所以名其能表现于自觉性者，胡氏所谓本质（Wesen）是也。吾人居于此经验世界或曰事物世界中，所见所闻如山川草木，禽兽，均为一事一物之在官觉中者，人既生于此事物世界，欲舍弃一切而去之，殆不可得而致之者。胡氏在其《论理学研究》中特提议一种方法曰损抑法（Reduction），将人观察中之物理方面心理方面或物心合一体（如人身）暂时搁置不问，或谓之曰加上括弧（Bracketing）或曰损抑法（老子为道日损之意），将具体的分殊的现实除去，于是普遍的（universal）必然的固有的本质自现于纯自觉中矣。譬若自然科学也心理学也社会科学也历史学也，无一学而无千万种之事实在乎其中，然此千万种之事实，仅为官觉材料（sense-data），倘将此千万种中之物也，动物也，人也之在时空之中者，置之括弧中，而搁置一边，于是其呈现于自觉性中者独有意义与本质。此为现象学之所欲穷究者也。

（五）现象学之阶段，胡氏之现象学，虽只有一名，然按其发展言之，可分为三，第一期为描写现象学（Die deskriptive Phänomenologie）；第二期为本质现象学（Die eidetische Phänomenologie），即在现象分析中依据损抑法以求其意义之本质，第三期为超越现象学（Die transzendentale Phänomenologie），此期中但认有纯自觉性或自我之绝对存在，即为世界之最终实在，此第三期将世界置于括弧中，而此自觉性此自我之存在自若焉。此乃胡氏之起程点，与康德氏心为立法者，菲希德氏因自我建非自我者之唯心主义，始也出于殊途，而其结宿归于一辙矣。

胡氏学说以数学以逻辑为根源。在第一次大战之前，已盛极一时，然追随胡氏如夏雷氏（Max Scheler）如哈德猛氏者对于胡氏纯自我之说，已不同意，至如海特格（Heidegger）氏著作《存在与时间》（*Sein und Zeit*）与胡氏之以严格科学为立场者，相去更万里矣。然胡氏学说中分析入微之议论，不可磨没，尚有待于后起者为之发掘。此殆罗文大学所以保存胡氏遗稿之用意之所在欤。

六、存在主义派

欧洲近代哲学，自笛卡德氏陆克氏以来，分为理性与经验两派，其主张虽不同，其目的不出乎知识论之探讨，且不外乎求知识之客观性。二次大战前后，忽有存在主义风行西欧（存在主义，西文为 Existentialism，以个人生存之反省为哲学之出发点。我曾提议译为生觉主义，不为社会所采用，兹随众译之为存在主义，友人告以实存为日本译名，然书架上久不藏日本译书书籍，不知其果真如是否也)。此为西方思想界之大变动,因此有人名之曰危机哲学,或曰忧患哲学。举吾国相似之例言之,平日习见孔孟整襟危位以论道德仁义者,忽闻老子绝圣弃智,与庄子逍遥自得之说,不免如安处室中若忽遭地震,心理上自然想象房屋倒塌之感觉矣。此西欧思想之大变动,昔日理性经验两派,其下手处或以官觉为主或以理性为主之不同,然要必以普遍性客观性为真理之所在,因此智识之本质,可以一张概念(或曰范畴)表列举而出之,如黑格尔之逻辑体系,其尤著也。黑氏书中但知有理性,但有概念,以有无二者为始,终于"绝对",要不外乎概念之辩证而已。当黑氏讲学柏林之际,其随班听讲者,有无政府主义之拔哥宁氏,有唯物主义之马克思氏,更有因其立论之过于抽象而另树一种旗帜,专自人生价值之观点以反黑氏者,是为丹麦人契尔契伽氏(Kierkegaard, 1813—1855)。契氏于一八五一年自柏林听讲而返丹,废然叹曰何德国哲学家好为普遍化、概念化而竟忘世间之有个人与此个人之生存、之人格、之自觉性、之一时性、主观性与其选择自由乎。契氏以为一切事物之普遍化、概念化中,绝不认有个性,个人之自觉,与个人之自由,此其所以力排黑氏概念正反合之系统哲学,而专以反求诸个人之生存为出发点,是所谓存在主义也。然契氏著书立说,埋没至七八十年之久。一九〇九年,方有德译本,一九一〇年有意文本,一九二九年有法文本,英文译本成于一九三九年为最晚。然此三十年中当代欧洲极主要之思潮实以存在主义为首。此派反普遍化而重个人,反客观而重主体性,因而其写作为个人之日记为个人感想录,与吾国宋明以来之语录与反省录相似,若其语涉人生之忧惧,令人趋于悲观,则与老庄之虚无而流为厌世者有相似之处矣。兹略举契氏、海特格氏、马塞尔氏、萨泰尔[1]氏四人学说概略如下，至耶斯丕氏在初期为提倡存在哲学之一人，既已自己声明近于康德氏系统，故已别之为另一类矣。

（一）契尔契伽氏

契氏以反黑格尔为出发点，其思想重心不在哲学而在宗教。其所以反黑氏者，以黑氏体系中但有抽象思想，有共相而不知有个人之生存，乃并人生中之勇气、决心，与昨死今生之觉悟而忽视之，契氏创为真知识必出于生存，出于内部反省。倘仅为客观的知识，则此个人此自我此主体性将飘荡而无着落。其所谓知，徒成为一张概念表而与内心无涉。契氏日记中自记一段曰：

> 何谓真理？除依一理念（Idea）而生存外，更有何物乎？人生存于世，所祈求者为一种真理，此真理，即其人本身之真理也。
>
> 凡人之行动，必先有知识，此所谓知识，即我之所以立于人世者究为何事，天之所以命我者为何事，此为我之真理之发见，此即我何以生何以死之理念也。

契氏于一八三九年五月十二日又有日记一段曰：

> 生存之所以为生存问题，下自一蝇之微，上至人之投生，令我起战栗之感，生存之全部既不可解，我一人之生存，

① 萨泰尔：今译萨特（Sartre，1905—1980），法国20世纪最重要的哲学家之一，存在主义代表人物，1964年获诺贝尔文学奖。代表作有：《存在与虚无》《恶心》等。

尤不可解。……我一生之挫折困顿，广矣大矣。除天上上帝外，谁复能知之者。上帝奈何不赋予我以慈悲。青年乎！汝当行路之始，如已入迷途，应觉悟而返于上帝，赖上帝之领导，乃成人之所以为人。

由此二段，可以知契氏所谓知识，极类孟子所谓尽性知天之知，而与黑格尔氏所谓学术中之概念或共相云云，乃如南北极之各处一方两不相涉。黑氏体系中之大漏洞，为忽视实际忽视个人之殊性，此乃马克思氏与契尔契伽氏所由以挈竿而起也。然依我之所见，人类之所以有思想有学术，不外乎同中求异异中求同，于是有定义有概念有共相。倘舍此而去之，则思想无构成之因素，学术失其所依据。于是知黑氏之一张概念表，虽不免过于抽象过于格式化，然舍概念共相而以个性以生存代之，借此以攻黑氏，固无不可。然我见契氏之但能破而不知所以立，其所自以为能立者，未见其能取概念与共相而代之也。

欧洲思想家有称现时代为烦忧时代（the age of anxiety）者，此亦由于契氏一生以苦思为事，其心中尤多抑郁愁虑，故其著作中曰“恐惧之概念”（the concept of dread）曰“战栗”（trembling and fear）曰“多愁多病至于死亡”（the sickness unto death），皆记其内心之苦闷与人生之无意义。海氏继沿其说，有烦忧（sorge）与惶恐（angst）之说，萨泰氏发挥此义尤多。契氏《现时代》一文批评现时之大众文化。其言曰：

铲平运动（the levelling process），非一二人所能为力，乃一无形之力使之然也，此运动有其定律，犹斜对角形之可以四边平方形之力之计算而得之。个人之铲平自己，由于追随大众，而丧失其所以为己，集体的狂热令人人兴奋，然此兴奋不由于个人，而由于众人之唤呼跳跃而来，其中若有一魔鬼以驱使之，非一二人之力之所致。此一二人虽有顷刻之满足，然不啻自己签字于死亡证书，良以狂热终于衰败，犹铲平动作之毁灭其自己也。

契氏以为此铲平动作，乃无可幸免之事，诚欲挽救之，唯有赖于个人之甘于寂寞者，本于对上帝之宗教信仰，以鼓起其不屈不挠之独立精神而已。

契氏学说，以宗教信仰为归宿之所，一反哲学上客观的真理说，而回到各人体验之主体性，既以主体性为出发点，自然各自立说，而无所以范围之者，此存在主义派所以在同一名称（实存主义）之下，或为有神论或为无神论，或由于人生之空虚而流为悲观，或由人生之空虚而趋向于上帝或曰超越。此乃此学派所以对于人生问题，有种种揣测拟议，而绝不受方法学之绳墨者也。

（二）海特格氏

海氏始受业于新康德主义西南学派之温特朋①氏与黎卡德氏门下，后转而归依于胡赛尔氏，为现象学年报之主编者。海氏始为马堡大学教授，自胡氏辞富兰堡大学讲席，乃为其后继者。海氏之名著《存在与时间》（*Sein und Zeit*）一九二五年出版。时为我三次留德之日，海氏书正洛阳纸贵。我购而读之，几于不解

① 温特朋：今译文德尔班（Windelband，1848—1915），德国哲学家，新康德主义弗赖堡学派的创始人。代表作：《哲学史教程》。

所谓,因脑中先入为主者为黎卡德氏、倭伊铿氏、康德氏之思想与海氏书中之题材与术语,扞格而不相入。近来略识存在主义内容,重阅海氏书,知其所论,皆人生问题中习见习闻之事,唯其好以故作惊人之笔出之,乃不易为人所了解耳。海氏在希忒拉时代曾任富兰堡大学校长之职,德人中颇有非议之者。然其人能深思有创见,自为德国现时哲学界特出之人物。一九六二年赴富兰堡讲学之际,曾往访之,曾告我以法国萨泰氏学说绝不与之相同之语。又闻其《存在与时间》一书之下卷,曾已写成,自取而毁之。海氏近年论康德一文,解释康氏学说以存在之形上学为基本,所以为其一己张目而已,兹略述"时间与存在"之大意。

海氏之书,名曰《存在与时间》,对于人之存在,加以"凡有学的分析"(the ontological analysis of human existence)。海氏下手之始,列举"我存在","一狗存在","一石存在","一树存在"等句,询此四语中,不同之点何在。狗也石也树也,其"存在"与我同,然狗、木、石三者不明其所以存在之意义,人则不然,一人独处之际,未尝不想念其自身与其上下四旁之所当为者,换词言之,所以渗透其存在之秘密也。人之存在,非如木石之闷于一己,乃矻然特出之存在,对此无边际之存在,深求其所以然之故,因而得人与物之存在之意义。人与器物同时存在于世,然器物如床桌刀锯,皆置之左右,备人之用而已。人之存在有三特点,一曰自有所在(Befindlichkeit),即自知其所以处于世界与其生命如何,二曰知识,即人之处于世界,非徒被动而已,自有主动之知能,知其所以应付外界,三曰言语,人能以己之所知,发为语言,形诸文字,以传达于他人。此三者乃人之所以动作所以生活,而外在世界为人类生存实现中之构成的元素。

海氏又分人之生存为二，一曰真正生存，二曰非真正生存。人之生也，由于无端坠地(Gewordenheit)而来，初不自知其所以然之故，既生以后，乃有饮食男女之欲，他人所为者，我亦如此为之，此为日常生活，此为随俗浮沉之生活。此非个性之我之意识有意为之，乃出于毫无特色之公我(Public ego)之所为，此非有名姓之我，乃为甲乙丙丁之我，仅其大群众中之一人而已。甲之所信所思所行为者，无异于乙丙丁，此乃由大众之齐一铲平而来，一切以约定俗成者为标准，而不敢稍有违异之处，此乃人之丧其所以为我，而成为物化或曰我之外物化(Selbstentbremdung)。至于真正生存，赖乎人之离俗化而归于内心，由内心生活，乃有决心有良心有悔罪三者之发生，所以唤醒各人脱去其随班逐队之生活，而知所以选择自己之途径。其说源于契尔契伽氏之皈依宗教而来，唯海氏文中不如契氏之好举宗教史之实例，仅以哲学名词表而出之。

海氏以为人处于世界，与其所遭值之人与物，不能相离，且常有出于意料之外者，于其心理上如临深渊之不可测之境，是为惶恐(angst)之念，对于其自身之何自来何处去何所终，不知其税驾何所，此为惶恐之大因。况每人每日各有衣食所需职业所在与夫金钱积蓄，或为自谋或为人谋，无一时无一刻不在有所愿望、有所希图、有所考虑、有所计划、有所经营之中，海氏名此种种而概括之曰烦忧(Sorge)，烦忧之所表现，每以一事为对象，与惶恐之怅怅无所归者不同，然其根源一也。质言之人生之为人生，烦忧而已，惶恐而已。

人自既生而后，死随之而来。然人对于死之意义如何，实不易明了。人但知年岁愈长则去死愈近，以今年视昨年，则今年更近于死，以今日视昨日，则今日更近于死，死为人生之终，为尽人所共见，然父母之死或子女之死求尽其饰终之礼而已，朋友之死见于讣告者，但叹曰，此乃人生当然之归宿而已，更有逻辑书中之语曰“人无不死”，读之者但觉其一种普遍命题之言，与人之苦乐无涉。唯有自己临到紧要关头，本其良心之所诏示知所以抉择，而以一死了之者，乃可名之曰知死之意义，此由于其自己能超脱尘世，还其己之所以为己，而后出此毅然决然之动作。以吾国孔孟之术语表之，即杀身成仁或曰舍生取义之谓也。

海氏更论人生之时间性与历史性，彼以为人之一生自坠地以至于老死，表而视之，若自成一个段落，然因其自知其有必死之日，知死期之将届，于是知有未来，且常自念其无端入世之故，而知有过去，又因其良心之责备，知其当前处境之应如何，于是知有现在。此未来、过去、现在为时间上之三度性，皆由于人之能收拾自己以近于真我之觉悟来也。吾国之谚曰从前种种譬如昨日死，此后种种譬如今日生，以昨死回顾过去，以今生开始现在与未来，殆东西心同理同之见解欤。既已知唯有真我能影响于未来、过去、现在之三时，历史家所应负之责任，即将人事之有关于过去现在未来之三时者表而出之，记载其过去，示人以对于现在与未来发展之可能，此乃历史性之所在也。海氏举尼采氏所著《历史之有用与滥用》一文，以明历史应合三种工作而一之，一曰考古，二曰纪功，三曰批评。

以上为《存在与时间》之大意，人自无端坠地，徘徊于生死两极，踯躅于无可奈何之境遇，终日因为人为己而烦恼，唯赖其良心之觉悟，乃发见其我之所以为我。此在东方人视之，本为寻常习见之议论，然在西方习闻柏拉图氏、康德氏之理念或认识论者，则目海氏之舍知识而论人生之存在，为非常异议之怪论。尤以海氏注重“空无”(nothingness)，更以“烦忧”代替理性，大背乎柏氏、康氏之论。乃大遭人非议矣。

(三) 萨泰尔氏

法国文学家也，始为巴黎师范学校学生，继游学德国，受业于胡赛尔氏与海特格氏门下。举业返法，任中学校长。一九三九年二次大战起，萨氏入军服役，为德军俘虏。既被释放，参加于法国抵抗运动。号召法人抗德之文出于萨氏之手。一九四三年萨氏名著《存在与虚无》一书出版，风行一时，实存主义始为少数学者互相讨论之事，自萨氏书既出，乃成为法国社会之风尚。萨氏善写剧本，以寓哲理于戏剧之中。法国战后思想界之三大派，一曰马克思主义以共产党为代表，二曰有神论之天主教，马塞尔氏(Marcel)代表之，三曰无神论，则萨泰尔氏代表之。于是可知萨氏哲学之左右人心者为如何。

萨氏之思想体系，以无字为出发点。其所谓无，本海特格氏“无”不由否定(Negation)而来，否定由“无”而来之主张来也，萨氏所以以“无”为思想之本，出于其参加抵抗运动之经验。萨氏于战事中著《沉默之共和国》(*The Republic of Silence*)一文，略引一二段如下：

法国人之自由，无如德国占领时代。吾人丧失一切自由，说话自由即在其中。吾人当面受尽侮辱，唯有以沉默对之。任何口实之下，或为犹太人，或为工人，或为政治犯，便可将千百人驱逐而去之。广告、新闻与影剧中，其为法人所厌恶之境，无不由压迫者表演于吾人眼前。正唯因此之故，

> 吾人乃获自由，何也？虽纳粹威权随处皆是，然吾人自己每时每项之正确思想，即为针对敌人之战胜。……从事于地下工作者斗争情况造出一种新经验。吾人不能如军人在公开战场作战，唯有一人单独作战，其被德军追逐之际，一人而已，其被捕之际亦一人而已。即被捕而受酷刑，甚至裸体鳞伤，亦一人而已。世界虽大，谁能为之呼冤。然此一人单独之心中，存一保护其他地下之同志。全体的单独之中，出之以为全体负责之心，自由之定义岂不如是耶。此黑暗中此血肉中有一共和国，有一至强之共和国随之而确定。此其共和国中之每一公民知其所恃者唯有其个人自身。此每一人在单独之中，然能履行其对历史所负之责任，此每一人本其自由不屈之精神，以独力抵抗压迫，其一身所选择者为自由，其为大众所选择者亦为自由。此共和国中不见有一切制度或军队或警察，然每时每刻每一法人自知所以战胜纳粹之道，而无一人怠于职守。此乃吾人所以将踏上另一共和国之门前矣。顾此共和成立于白日之中，而勿失其深夜沉默之美德也。

此战时地下活动之中，每一法人咬定牙根，对于压迫者大家说出一否字。由此否字中求个人之自由求法国之自由。因此引起萨氏由“无”可以达“有”之思想，而“无”字乃成为萨氏哲学之关键矣。萨氏此项文字有历史上之价值，类于孔明之出师表与文文山之正气歌。然法国土地为地下活动之所，是有而非无也，其为活动之人民，是有而非无也。其反抗侵略以求复国之理念，是有而非无也。唯法人鲜所凭借，艰难困苦，拼万死以力争之。

萨氏概括之以一名曰无，其意曰因目前之所无，以求将来之有。此无字之意义是否正确，大有斟酌余地。此由于海特格与萨氏两人同只承认人生之存在为存在，其他如伦理的准值与精神生活之实在，均为二氏所否定故也。

萨氏以为人生由偶然而来，同于海氏无端坠地之说，其所以出生之故，任何人无法说明。乃有创为上帝生人之说者。然此上帝生人之说，谓其能解释人所以存在之故，未必然也。萨氏因此分世间之存在为二类，一曰自展之存在(Being-for-itself)，二曰自封之存在(Being-in-itself)，所谓自封之存在，即其物只能如是，且如是而止。其为物也，停滞于块然、固定、与静止之状态中，且与他物不生关系。然自封之存在，亦不能无变化，即如草木之成长，早已有决定之原因以支配之，故只可谓之为固定的变化。故自封之存在，乃一呆然不动之宇宙而已。所谓自展之存在，唯有人生而已。自展之存在，一方为存在，他方为非存在，唯其有此两方面，乃能有者无之，无者有之。萨氏同于海氏，以"无"为人生之根本，唯其知有"无"，乃能使之为有，一切器物本无所有，皆由人造，而后由无而有。试问人之发出问题，岂不因其对于目前现况，有所不满，乃要求由无而有乎。人之自身或不能目之为无，然"无"之元素存于人身，固已显然矣。萨氏之注意于"无"之在人生之中如此，由于海氏否定出于无，无不出于否定之理论而来，萨氏更推广其义，名之曰"无之实在"(Des negatites, the negative Realities)。可谓"无"已成为形上学的实体矣。

萨氏本于其战时工作之经验，最称道自由，一若人之所以为人，唯在其知自由之可贵。人之所要求所争取者，即在乎变其所无以达乎有，乃有志愿，乃有计划，变更现在，以实现将来，倘人生受定命主义支配，一切皆由前定，何从而能选择，何从而能否定其过去，故自由与自展之存在，名虽异而实为同一体。萨氏既抬高自由为人生之唯一准值，其他善、美、真之准值，概否定之，故人生是非以善恶为准则，独有自由而已。

萨氏哲学，以人生为出发点，然现代人生，在萨氏视之，聊无意义，唯在其能说一否字中，乃知有自由。萨氏为人之谲怪，可于其与友人三泉先生（Troisfontaines）谈话见之。三泉氏询之曰："君自早至晚生活于咖啡馆中，论人生者，不应以咖啡馆中所见者为人类之常。"萨氏答之曰："君言误矣。我在咖啡馆中确有所事，较之家庭生活更为重要。在家中则倚床而卧，以图舒展筋骨。我在咖啡馆中确有工作，所有著作皆在咖啡馆中成之。"三泉君又询之曰："何以咖啡馆能吸引君至于如是？"萨氏答之曰："彼此各不相干之空气，有以致之，我不管他人，他人亦不来管我。反之家庭生活之负担，令我不能忍耐。"萨氏轻视家庭，且视寻常人生为无意义（absurdity），乃有忠告人类之一语，曰欲求一人生之新观点唯有放弃"真挚之精神"（L'esprit de Sérieux, the Spirit of Seriousness）。吾人断不可谓萨氏人生观中无真挚之精神，否则萨氏何苦为自由为沉默之共和国奋斗。然读萨氏文者，不能不令人回想及于庄子盗跖胠箧诸篇与晋代阮籍之大人先生传，皆愤世绝俗之言也。

（四）马塞尔氏

马塞尔氏与萨泰尔氏同为哲学家兼文学家，其父尝为法政府内阁阁员，又任驻瑞典大使。其父虽受天主教教会教育，然多读戴恩氏（Taine）兰囊氏（Renan）之书，乃成怀疑论者。马氏儿时，母早去世，乃受其姨母抚育。姨母为犹太人，而信奉新教，律己极严，时以道德教训约束马氏。此马氏形上界信仰所由以养成也。马氏年稍长，随父游历各国，因识各国学者，所著哲学之文，每以英美哲人为议论题目。第一次大战时服役于红十字会，以搜集死伤兵士为务，乃知各家父母妻子离散之苦，且以求得尸首归葬为心中安慰。马氏因此有感于人与人相思相念之厚意，而自己体验及之。一九二八年马氏被举为法国哲学会会员，会中适有无神论与有神论之争。哲学教授拔伦司维格(Brunschwieg)主张无神论，马氏起而驳之。天主教作家莫利亚克氏致函马氏，告以君非吾等之同道乎？马氏然其说，翌年受天主教洗礼。

马塞尔氏形上学日记之作，尚在其未读契尔契伽氏著书之前，其立论与之暗合，可知马氏之存在主义，乃出自心撰，非追逐人后者也。马氏之出发点，曰“人之存在于世界”，此存在于世，为一种具体境遇，非可于抽象理论中求之，换词言之，人之一生，受此时此地之限制，有其自处之地位，自己之约束，与其具体的实在不能相离。此所以唯心论者之主张实在在概念之中者，马氏鸣鼓而攻之，与契氏如出一辙也。

马氏以为真理之探讨，自具体的个人出发，在个人希望、相爱、奋斗与苦难之中，不应如笛卡德氏所云之我思故我存为起点者也。马氏与萨氏同以人之存在为体验主体，然海氏萨氏视人生为烦忧为苦恼，马氏以为人生唯有忍受此痛苦，乃能超越其环境而接近上帝。此乃天与人交接之处也。

马氏以为人由投胎成形坠地而有身体，此身体能自觉知其外在世界，此即为人之参与于宇宙(此说与中庸参天地之化育极相似)之间，不独因其官觉而知有外物，同时更觉知有他人，于是有“我你”之关系，更进焉，觉其自体与天地万物为一体，或如西方之祈祷，自身为我，上帝为你，亦成为“我你”之相亲。可知人之身体，为人与外界接触所凭借，不能视之为器具或外物而已。此身体为人与外界同情之媒介，因我与外界之同情，由身体为之传达也。然我之为我，不能与身体等同一视，此身体既非客体，因其不能视之为外物也，亦非主体，因其一部自为外物也。然则此身体究为何物乎。曰身体者介于所有（Having）与存在（Being）（此为马氏学说要点之一）之间者也，换言之，介于内我与外物之间，以参加于宇宙之间者也。唯如此，有此身体，乃有存在的直觉（existential intuition），因此之故，所谓生存得参与宇宙秘密之谓也。而人之生存所以能达于“存在”之门，或曰上帝之前，由于三种德性，一曰信仰，二曰愿望，三曰慈爱。所谓信仰，超越于眼前实在以上，凭自己身体之感觉而知身体以外更有其诚实不二者在，此由于心证而自得之。犹以自己信心投资于将来，而料其定能有收获者也。所谓愿望，对于未卜先知之事物之神秘的靠拢之谓也。所谓慈爱，即对于外物不以占有为心，而加以爱护成全之谓也。此三德者，苟非人生自投胎以至于成形，具有感觉与同情，何能臻此境乎。

马氏以为人之一生，参与于宇宙，与时间与历史互相联系。倘人但以一时一刻之官觉刺激为事，纵情于逸乐，则失其我之所以为我，良以片刻之乐为事者，等于自杀以了其一生而已。反之其能超越此目前之一时一刻，而对于过去现在未来之三时，与之约束，且诏告自己曰，我之所以成为今日之我，由昨日之作为而来，是为过去之意义。今日之我，既由过去而来，而今日之我，又影响于未来，今日之所为中，未来之可能性之发展已潜伏矣。如此三时，寄托于信仰与愿望，且以负责之心处之，自能超越于一时片刻以上，且战胜时间而与悠久不息(eternity)为友矣。可知与时俱逝者，由于自己不知所以立不知所以选择，乃造成随波逐流之境有以致之。

马氏又有两种思考之说，第一，为科学的思考，以目见而确有所指者为对象。此类感官见闻之知中，但有客观化，但有所思，而生存主体归于消失。第二，哲学的思考，不离乎见闻，然透过见闻，而达于现在，达于宇宙之秘奥。

试以马氏所言，与契氏、耶氏、海氏、萨氏相与比较，可以发见同为存在主义者，而主张不同，犹黑白之不同色，薰莸之不同器矣。各家之不同，可举之如下：

(一) 马氏为有神论者，萨氏为无神论者。

(二) 马氏承认人生之准值，海氏与萨氏则否。

(三) 马氏与耶氏同认物质，人生与上帝三者，萨氏与海氏但认人在世间之存在。

(四) 马氏等同以自由为人生之至宝，然萨氏除自由外，不知其他有所谓准值。

彻底言之，契氏、马氏由人生之体验而进于信仰，故返而求之于宗教，萨氏专以知解解释人生之存在，自然不知有所谓超越之另一世界。吾人可以推定认识论时代之理性主义与经验主义两派，虽立场不同，然同不出乎知识论之范围，至于存在主义，关于准值之有无，神之有无，无往而不各走极端。此我所以于存在主义之人生体验，不无可以同情之处，然于此派哲学之将来，何者可以保存，何者归出消减，以为唯有待时间考验，而静待其水落石出之日耳。

丙　结论

抑我之为此文，缕缕言之不能自已者，诚有其不得已之故也。吾人处此世界大通之日，彼此影响之捷速未有甚于今日者，既不能不知人之长，以补己之缺，又不能失其自信，以出人袴下。此所以权衡得失利害，自为绝大工作。我之治哲学与其治政制同，先比较其得失，然后定吾之所择取，从不敢孟浪一掷，拾人牙慧，以图一时之快意。政制方面之民主独裁也，共产主义资本主义也，虽国际间显分两大壁垒，然我不轻易左袒右袒，而以民主法治为下手之法。其于思想方面之科学也哲学也形上学也，虽科技二者有长足之进步，为立国所不可缺，然形下之外，自有伦理学的准值与夫宗教信仰为人群精神生活之基础。尤其人是否有自由意志抑或受科学自然定律之支配，此为西方学术史上之大争执，我以为人生自由与科学发展初不必互相排斥。此为当年论战时之态度。不料兹事过去历四十年，而欧洲思想界之发展相与暗合，如怀悌黑氏之形上学，哈德猛氏之自由与因果律之并行不悖，存在主义以自由为人生之至宝，此为西方经过如是。我因此益信思想方面之知彼知己，为东西交流时代不可或缺之工作，而其尤关重要之点：第一，从事西方思想史者不可但求之于一时代一学派一个人，即以之代表西方，而应将古代中代近代与当代，一切融会而贯通之。第二，学派之对立者，如古代之柏拉图与亚历斯大德，近代之理性主义与经验主义，乃至唯实主义，其所以此一是非彼一是非之故何在，应考求其所以然之故。第三，西方对垒之各派如一以心为主，一以外物为主，是否可以另求方案为折衷之计，举例言之：（甲）哈德猛氏合事物、生命、心灵与精神四层而同称之为实在。此非清除唯心唯实二者间障碍之善法乎。岂非折衷方案之一种乎。（乙）怀悌黑氏以科学家出身，乃著书以批评数百年来科学家思想之错误，可见科学工作之外应有一裁判官，以评定其得失，是为哲学与形上学之所应有事，岂非折衷方案之又一种乎。西方科学家，以客观性为真理之唯一标准，以为一切主观应当扫除，而存在主义哲学奇峰特起，力主主体性之重要，以为入真理之堂奥者，唯有以主体之体验为下手方法。倘吾人另行提出一说曰义理之可验可证与人心之同然者，是应以客观性为准，义理之由一人体验而得者，是有赖乎主体性，二者分途而可以并进。岂非折衷方案之又一种乎，中西交通以来，每以科学公例为至宝，至于宋明以来理学家之语录或反省录，视为不足道，而今存在主义起，如契尔契伽氏有日记，马塞尔氏有形上学日记，可知真理之所得，视其体验之是否真切，而不必以实验为唯一绳准。岂非折衷方案之又一种乎。我此项建议，起于叙述西方哲学界四十年之经过，西方既大起变迁，虽欲追随人后依门傍户而有不可得者矣。何如因他人思想变动透露问题之中，吾侪生为中国人民，承受孔、孟、周、程、张、朱、陆、王以来之遗产者，毅然宣告思想独立之为得乎。

一九六三年八月四日旧金山

卷二

哲学与思想

我从社会科学跳到哲学之经过

吾国智识界年事稍长的人，其所受教育，大概不出两类：一类是纯粹读四书五经并从旧式的老师和书院或科举陶冶出来的；一类是从近代新式教育小学、中学、大学出身的。我的学历则介乎二者之间。在十三四岁前后，我曾在旧书房内读过四书五经，又曾在吾国初期所办的西洋式学校内学习英文、数学、化学、地理。我与现代学术正式接触，那是以后在日本留学时期。在日本曾进早稻田大学政治经济科，初进时是预科，后来入大学部。当时的教授教政治学的是浮田和民，教国际法是中村进午，教宪法是有贺长雄，教财政学是田中穗积，教经济学是盐泽昌贞。虽然在日本读书，我的日本语文不太高明，仅仅能看书，说话或写作都很感困难。所以在早大时自己求智识的工具还是靠英语。当时日本所用参考书，大概都是英文本，除讲堂讲义是日文外，我自己所读的是英文书。譬如政治学所用的参考书是威尔逊的《国家论》，柏基士的《宪法》，经济学是萨礼门的《经济原理》，国际法的参考书是奥本海的《国际法》。我日本语文虽不好，因为所用的是英文参考书，考试亦可用英文来写论文，所以勉强就毕业了。在日本五六年，学校给我最深刻的印象，是浮田和民所教的政治哲学。政治哲学是选科，选者甚少，就只是我一个人，读的书是陆克的《政府论》。上课时，最初浮田先生站在讲坛上，后来因为看书不方便，他同我两人并肩而坐。这个人和蔼可亲，循循善诱，到现在我还想见他穿了和服及木屐的样子。日本学校虽然用的是英文参考书，但是教授常常所提起的，是德国著名学者如 Wagner① 及 Schmoller② 等；宪法学上也提起 Mayer③ 及 Laband④ 的名字，所以在日本留学时，已引起我对德国学问的羡慕心。我在早稻田也曾读德文三年，德文经济学，德文宪法也曾读过些，在那时我已经有意到德国留学。等到民国成立以后，因为外蒙问题，我在《少年中国》（民元所办）报上做了文章宣布袁世凯罪状，无法安居北京，朋友中如张仲仁劝我到德国去。一九一三年春动身，到柏林留学，途中在俄国住了二三月之久。初到德国，自以为在日本所读三年德文，或有多少用处，哪知道话一句不懂，看书程度亦很有限。后来自己拼命用功，才可勉强听讲。在柏林大学所选的课，都是在日本所听见的大教授，如 Wagner 的财政学，Schmoller 的经济学，List⑤ 的国际法，同时还听民法刑法等。德国大学有一种风气，名叫大学自由，就是选科听讲，完全凭自己意思，学校没有排好的课程表。当时我自己在学问上正是求智识的时候，哪能知道何者先读，何者后读，何课与何课有关，何课与何课无关，自己茫无头绪。学校有此自由给学生，而我却不知道怎样运用。

由清末至民国初年，吾国知识界对于学问有一种风气：求学

---

① Wagner：汉译为“瓦格纳”。

② Schmoller：汉译为“施穆勒”，德国新历史学派的创始人。

③ Mayer：汉译为“梅耶”。

④ Laband：汉译为“拉班德”。

⑤ List：疑笔误，应为“Liszt”，汉译为李斯特（1851—1919），德国刑法学家，1898—1917 年在柏林大学任刑法和国际法教授。

问是为改良政治，是为救国，所以求学问不是以学问为终身之业，乃是所以达救国之目的。我在日本及在德国学校内读书，都逃不出这种风气。在德读书约有二三年，在自己无多大心得。如 Schmoller 的经济学，属于历史派，何谓历史派，自己并不清楚。Wagner 的经济学是以演绎为方法，何谓演绎法，亦弄不清楚。两学派何以不同，亦并不加以研究。虽两三年中读书甚勤，但始终站在学问之外，学问与自己尚未打成一片。

一九一四年秋，欧洲开战，我的心绪转而研究各国战事的胜败前途如何，至于经济学、国际法等，已不能使我发生兴趣了。我在欧战之初，目击德国动员，领过面包票，也曾到过比利时战场去参观。一九一五年秋，国内筹安会成立，我在海外闻之，愤愤不平，想帮同国内友人打倒袁世凯，所以就在十五年秋离开德国，经荷兰到伦敦去。这时候北海里埋了水雷，潜水艇到处出没，很是危险，但我为好奇心所驱使，也管不了那么多了。初到英国，那时，英国强制兵役法尚未通过，常看见沿街招兵的广告，与德国人之以当兵为荣者，大不相同。我到了十余年来所羡慕的英国巴力门里边，看见劳合乔治在议会里把双脚放在中间的一张长桌上，我心中好奇怪，以为英国庄严议会中，何以大政治家的行动如此随便。后来知道英国议会不像大陆各国议会注重雄辩，英国议会好像我们乡下绅士聚在茶馆中讨论问题一样，是大家聚在一起，求事的解决，并不是逞口辩的，这是英国议会所以能有成功。一九一六年从英国经过瑞典挪威俄国回到中国，曾帮助朋友反对洪宪帝制，这是我参加实际政治工作的第一次。

现在我要再详细说我这时期对学问的态度了。前清末年，一般青年都想改革政治，有的以为非排满清不能有为，有的以为如果革命，内部要分裂，外患要起来，所以主张要立宪。大部分东京留学生都是热心政治，所谓求学不过在政治运动中以求帮助自己智识之一种手段，很少有人以学问为目的，以努力学问为终身事业的。这个时期大家只知有政治，有救国。在东西洋求学的人们，关于宇宙间何以有智识有学术，学术何以有许多门类，何以有所谓方法，这种种问题，大家偶尔在书本上翻到；至于真正研究纯粹学术的人，可以说是绝无仅有。各人自己同学术应该发生何种关系，学术上有多少派别，如哲学上有经验派，纯理派等，我们自己应属何派之中，也从未想过。简单说来，自己既不以学问当全生命的工作，自然学问同自己不能打成一片。换词言之，学问是由于宇宙现象之变化而来，各人自己以探求宇宙之秘奥为事，而后自己与学问可以合而为一。若以学问为改良政治之手段，自然对于学问之本身，不发生兴趣，这是难怪的。

倒袁之后，继以对德宣战问题。我自己因为目击欧战初期情形，我料欧战中德国胜利是不可能的，回来之后曾经同朋友说过中国应参加战争。我当时的宗旨，认定国家在国际上能立功，然后才可以取消不平条约；徒托空言，是无济于事的。我们读意大利建国史，知道加富尔曾参加与意大利无关系的克利米战争①，其目的是要在国际上立功，而后在和会里陈述意大利的苦衷，一方面要排除奥国的压迫，他方面要求英法人的同情。我当时所以主张对德宣战，实含有此意。后来因对德宣战政策，竟发生南北分裂，“宣而不战”与夫西原借款的结果，这实在出乎意料

①　克利米战争：今译克里米亚战争、克里木战争，又称为东方战争、第九次俄土战争（Crimean War）。

之外，为提倡的人们所不及料的。此等事大家共知，可以不说了。

一九一六年回来之后，住在国内有两年半。到了一九一八年同梁任公去欧洲观察欧洲和会，任公以非正式的资格去考察欧战情形，希望为中国争回多少权利。在巴黎住了一年，常对吾国的五个全权代表，以私人资格，贡献了多少意见。有时也同法国当局有所往来。等到青岛问题解决，梁任公离巴黎到各国游历。我们从德国南方名都敏兴到柏林道上，他忽然想起当时在远东有名的欧洲哲学家二人，一为法之柏格森，二为德之倭伊铿。他说何妨去访倭伊铿一下。第一次同倭氏见面，这位哲学家诚恳的态度，大大使我发生研究他的哲学兴趣。倭氏替任公做了一篇文章，名曰《新唯心主义与旧唯心主义之异同》。一见之下，慨然对于万里陌生之人，允许这种工作，其殷勤之意，尤为难得。一九二〇年任公返国，我遂移居耶纳，从倭攻哲学，并读哲学史与其他有关哲学之书。这次见面可以说是我从社会科学转到哲学的一个大关键。

但是与倭氏见面，是一个直接触动，平日尚伏有种种暗潮，在我下意识之中。兹分两点来说：(甲)事实方面的两个刺激，使我不满意于国内外的现状；(乙)理论方面的刺激，使我不满意于社会科学而转到哲学。

所谓事实方面的两个刺激：(一)第一种就是民国成立以后的国内政治。我曾经目击民元的国会选举，初选复选，都以贿成，选民如此，议员如此，这个民国能否维持，大家已发生疑问。如其现在选民，现在议员不能维持下去，是否应当开发教育，开发实业或另有其他方法，以提高人民程度，以巩固民族基础。一国以内，先要人民的智识力，道德力充实，然后才有好政治，如果不然，天天空口希望好政治，是无用的。我因为怀疑于民元以后的政治，所以时常心上要求一种最基本的方法，对民族之智力、道德与其风俗升降之研究，时常感觉必要。可以说因为国内政治恶浊，迫得我采取一种思考的态度。（二）所谓事实上第二种刺激，是国际的。巴黎和会那一年，我住在巴黎，知道国联的章程最初是南非洲斯墨兹将军所拟，后经西雪尔氏代表英外部加以修改的。英国原稿与威尔逊所拟者，大不相同，一则侧重于事实，一则偏重于理想。其中为强国保留了许多权利，我读最初原稿之后，已经知道国际上只有强权而无公理了。后来青岛问题解决，中国虽参战国之一，但不能直接从德国手上收回青岛，而须待日本人交还我们，当时我们的代表和国民都十二分不平。但日本是当年的强国，所以我们只好屈于《巴黎和约》之下。因国际联盟与青岛问题，深使我感触国家自己无强大兵力，外交是空话，乃至说国际公法，更是空话。当时我在巴黎与丁在君同室，曾告诉他说：我已决心把我所藏国际法书籍付诸一炬。在君闻之，大为骇怪。我从那时起，绝不读这些无用的书，我决心探求一民族所以立国之最基本的力量，或者是道德力，或者是智识力，或者是经济力，专在这方面尽我的心力。我现在还是如此想：一国能以自力自立起来，不怕他人不上门来请教你。

我在一九二〇年后，对于各方面事情之兴趣，不可不略为声明。自那年后，我虽专心哲学，但对于欧洲之政治思潮与经济思潮亦时常注意。这种政治问题与经济问题，不像以前单就政治论政治，单就经济论经济，而是拿了这种材料后，加以一种哲学的思考。所以这时代中并不完全抛弃社会科学，只是令他做哲学家之材料。

所谓理论的刺激，亦可分两项，一曰科学之分科性，二曰各科学中之抽象历程。

第一，凡一门科学，不管是自然科学或社会科学，总有他的研究范围，在这个范围以内，他有他独立的资格。我们用一种术语来说是“分科性”。一科学只能在他本范围以内说话，与其他科目是不相关的。譬如从社会科学之性质上说，政治、经济、教育各门，各自独立，自成一种学问；但是从生活方面看来，一国的政治好坏，离不了国民富力与国民的教育程度，所以教育、经济、政治在学术上可以独立，在生活方面是互相关联的。因为教育不发达，国民无智识，政治绝不能有好现象，可以见教育与政治的关联。同时国民穷到“食不饱衣不暖”，这个国家也绝对无好政治，可以见经济与政治有不可离的关系。所以我从分科的科学方面来看。同时，从相关联的生活方面来看，则两面完全是两回事。而在研究科学的人，立在一门科学立场上，往往以为从本门科学以内可以能解决本门以内的事情。在我最初求学时候，亦以为读了政治，就可以照书本解决政治；后来与实际生活接触之后，就知道科学是以分科为基本。既以分科为基本，自然只能说到一方面，而忽略其他方面。这是在初期研究学问的人所见不到的一点，因为他们忘了学问的分科性，对于学问，有过分的希望，而且往往过于抬高学问的价值，以为它可以解决一切实际问题。

第二，理论的刺激，还有第二种，就是各科学术里边，都有一种抽象历程(abstraction)。譬如说：经济学上有所谓经济人，认为人类是有自利心，他的行动是根据“以最少劳力得最大效果”的原则，好像人类的经济行动除自利心外，就不需要其他基础了。但是仔细一想，便知其不然，譬如一个工厂的成立，除了股东股份外，若治安问题，法律问题，都是经济行为上的必要基础。一厂以内的工人智识，工人的勤惰，工人的守厂规，也是工厂经济行为背后必要条件。所以说："经济人"云云，完全是出于抽象，而与实际生活不相应。以上是经济学中之抽象。再举政治学中之例来说：政治与社会学中常以个人与社会，个人与国家相对待，我们早已知道一个人在一个团体以内，要以个人资格求生存如鲁滨孙一样，是不可能的，可见世界上是无真正的个人。至于社会学上则有所谓合群性，互相刺激，模仿性。有了这几点，所以能有所谓同类意识或团体精神。我们如此说法，好像是否认所谓"个人"。要知道个人在衣服言语法律之内，是无法真正表现其个性的；但是个人在言论上、思想上、美术上的创造，或是个人在政治上的奋斗，确有其自身的价值，非团体所能抹杀。这种真正个人的努力，我们也承认，但这种努力还是少数。所以与团体对立的个人，可以说还是一种拟制（fiction）。科学中有这种抽象，有这种拟制，同上边所说分科性一样，可以使科学家遁于虚空，这是免不了的情形。

还有几种情形，使我们不能不从社会科学走向哲学的田园里去。我们读各种思想史如政治思想史，经济思想史等，常看见种种变迁。如近代政治思想从民约论开场，后来法国革命亦受其影响，于是有欧洲之民主政治。可见民约论在政治思想史中是一个有力潮流。但是到了十九世纪，大家对民约论加以反驳，说他毫无历史的根据。后来渐有一派人抛弃民约论，主张从历史方面研究国家起源。于是学派大盛，弃民约论时代的浪漫性，一转而以事实为根据。这是政治思想史中一个转变。同时，经济学从亚当斯密司提倡个人主义、自利主义、放任主义，认为个人照他自己所认定利益去做，全社会自能达于美满的目的；因为亚氏是从个人利益出发，所以后世名之为个人主义者。到了十九世纪中间，马克斯等反对资本家之剥削，主张经济上应以社会公道谋集体的利益，乃有大工业国有，土地国有之说，不外由个人转到社会身上。同时英国哲学家如边沁、穆勒、斯宾塞，是个人主义之代表。十九世纪中有英国黑格尔主义者，也主张集体利益。其在政治上，十九世纪中叶为自由主义全盛时期，自由党的自由贸易，可谓出色当行。及欧战以后，俄国、意大利相继反对议会而趋于独裁政治，于是自由主义没落了。可知政治学上、经济学上，其思想背后有一个总潮流，这种潮流，不能求之于各社会科学，而应求之于哲学。

因研究社会科学，对于忽而民约论，忽而自由主义，忽而社会主义之种种变迁，使我怀疑于社会科学之本身——在以个人为主眼，可以成立一种社会科学，及乎以团体为主眼，亦可以成立另一种社会科学。在某种前提成立的社会科学，与另以一种前提所成立的社会科学两方面比较，觉得他们立说是彼此不相容的。如自由主义时代，有尊个人的政治学说；专政时代有尊独裁的学说。他们不相容的程度，大大使我怀疑社会科学中可以求到一种真理与自然科学相等。这也是一个刺激，使我怀疑于社会科学之确实性，而不得不走到哲学的路上去。

大家假定问我，你走到哲学路上后，已经对于以上各种疑问，有结论没有？我可以答曰：没有。但是我可以说从到了哲学田园以内，渐渐对于社会科学内各种学派所以不同的总原因，已经较往时明白了许多，从前站在社会科学之内，看不到社会科学变迁之故，现在站在社会科学之外，明白了许多。举一二例为证。譬如民约论时代，是从理性方面出发，研究人类政治组织之起源，说人类是天生下来时自由的平等的。在这前提之下，所以说国家主权应操于人民全体之手，因此而成为十九世纪式之民主政治。我们再从经济方面来看，这时候就是重农学派与古典学派成立的时候。重农学派与古典派同以理性为出发点，他们说经济行动内，有自然公例；这种自然公例都是人类计算利益之中当然发生的。当时之宗教思想，反对传统的宗教，有一派人创所谓自然宗教。他们不相信有造物主，但是相信世界上有无形的道理，这道理是造成世界的总原因，此可谓为以理性为主之宗教。从这政治经济宗教三方面说，因为当时所处为理性时代，所以无论政治经济宗教三项，同以理性为出发点。到了十九世纪末年，哲学方面如柏格森主张"冲动"说，倭伊铿主行动主义，在这时候，不但二氏之哲学如此，在政治、经济上亦有同样现象。政治学家如华拉斯①著《政治中之人性论》，以为政治现象不是从理性出来，是从非理性出来的。政治现象中如群众心理，如群众催眠，在情感热烈的时候提出若干主张，往往很易得到人的同情，这种情形，绝不是从理性所能加以说明的。法国工团主义者苏拉尔(Sorel)又以柏格森学说应用到大罢工问题。他说不必计算利害如何，只要大家肯大罢工，自然工人能得到一种大结果。同时马克斯等主张夺取政权；既说"夺"字，那就离不了强力，便无理性可说了。所以说十九世纪末，二十世纪初，哲学上、

① 华拉斯：今译沃拉斯(Graham Wallas，1858—1932)，英国社会主义者，社会心理学家、教育家。

政治上、经济上为非理性主义所支配。

我们从哲学以下观察，能在各种社会思潮背后，寻得其总根据；所以我说从哲学以观察社会或自然界，比较地看得清楚。也可以说从哲学方面来看，容易达于社会科学与自然科学之第一原则。治哲学的人，比治社会科学的人对于宇宙现象之第一原则，接近一层。

治科学的人，他们只能在本科学范围以内讲话，天文学家只能说天文，政治学家只能说政治。至于合种种科学为一，加以一个总名曰智识；此智识本身之性质如何，可靠性如何，成分如何，方法如何，此皆哲学家之事。所以哲学家不能如科学家之单管本门，同时亦须顾到知识之全体。

哲学还能给人类以一种人生观。譬如唯物论者说世界是由物质出来；即以人类而论，亦是先有物质，继而有一种灵性，而后有自觉性或曰思想，唯物论者以思想与自觉性为附属现象，以物为宇宙一切事物之基本。他们重物质，轻精神，否认世界有所谓道德，否认国家是民族有意识的团体，反视国家为压迫穷民的工具。除夺取政权外，无其他改良政治方法。

另外一派哲学家，以为人类在几千年历史中有所谓国家、社会制度、政治、法律、宗教、学术；此种种所以产生，即由于人类精神与思想。假如人类无精神、无思想，同木石一般，从何而有各个人对于国家之牺牲？从何而有各个人肯牺牲一生以从事于学术？从何而有损己利人之道德？从何而有以爱为出发点之宗教家？从此立场言之，并非说物质不必要，而是说人类之所以爱人类，在乎精神。

从两派之言观之，可见观点不同，结论天差地远。我现在不是劝大家相信唯物论或唯心论。就是唯物主义，也是要求理想的社会，无阶级差别的社会，可以说唯物主义虽不重视精神，但是改良社会的目的与唯心论一样的。不过唯心主义因为以政治、法律为精神的表现，往往偏于保守，为旧党张目，所以马克斯辈反对他。我相信唯物论不过是社会改造期中之现象，十七世纪中之英国，十八世纪中之法国，十九世纪之德国，皆是如此。俟满意的社会实现后，此种思想自然不必要了。

在世界上秩序安定期中，理论的安定与事实的安定期中，各人做各科学的工作，可以少管哲学。若在理论的不安定（由奈端到爱因斯坦）与政治的不安定期中，各问题时常须返求诸本，所以不能不管哲学。因为在根本上看自然界与社会界，比分科范围之内看得清楚多了。此乃治哲学的人的特殊便宜，或者说是哲学家的特殊权利，如此说法，非谓一国中只要哲学家，不要科学家，乃是说一个是分科观察，一个综合观察。各人所从事者不同，自然其所得结果亦不同。但这两种人，同为国家所不可缺的。

我自己致力于学问之结果，不外识得一种途径——就是最初自己在学术之外，其后自己渐进于学术之内。最初学问是主人，自己是奴隶，其后对学问，既洞悉其内容，敢于加以判断，我渐渐由奴隶而进于能思索之主人的地位罢了。

1953 年　刊于香港

哲学家之任务

我们知道从前称哲学为学问的皇后，意即一切学问皆由哲学产生出来，好像我们的经、史、子、集，无不从圣贤书中产生出来一样。但自文艺复兴，科学发展后，天文、物理、化学、地理、生理等等诸学，没有不自成一科，宣告独立了，所以哲学就变成剩下来的形而上学，知识论、实在论、论理学，哲学的范围就在此诸方面，而且大家认为科学是经过试验，可应用于实际，成为真正的学问，至于哲学，大家认为是瞎子在黑屋子里暗中摸索，就是说柏拉图以后，哲学是一种议论纷歧，莫衷一是的学问，这是第一、第二两次大战前，大家对哲学的看法。但第二次大战后，全世界对于各种问题，都不满意于科学的成绩，而要求一种新理想新文明或新世界的道德，这类文章，我所见到的不知多多少少，简单来说，无人认为科学可给人类以一种道德的基础，一种公道的制度，因为他们在科学方面求之而不得，于是求之于哲学。所以我有一种感觉：就是哲学的复活。或者说今后哲学的权威一定要超过战争前哲学所享的权威。

去年十月十二日，我在武汉大学讲演："我国思想界的寂寞"，其中提起过美国哲学协会在一九四三年曾经有一提议，将美国哲学的现状加以研究，并及于哲学在战后世界所担当的任务，包含三项：(一)美国教育界中哲学之现况，(二)哲学在自由教育中所担当之任务,(三)如何在学校课程中将哲学一科,能实现其应担当之任务。美国的洛克斐勒基金会(Rockfeller Foundation)听到了这项计划,就拨给一笔经费,由五个人组织一个委员会,周游全国,访问各大学,并收受各种意见书,最后该委员会出版一本书,叫:《哲学在美国教育中之地位》。组织委员会之五人为:Blanshard① 为耶鲁大学教授,Ducasse② 为 Brown 大学③教授,Hendel④ 为耶鲁大学教授,Murphy⑤ 为依利诺大学教授,Otto⑥ 为维斯康辛大学教授。

从这书中,可看出一向注意科学的美国人,他们现在的眼光亦已渐渐转到哲学上来了。我所注意的尤其是第一篇,为勃伦削(Blanshard)所作,曰:《对哲学的一般空气》。文中说:美国学生大都受了一种科学的智识,但缺乏一种深入的思想,尤其缺少正当的人生观。所以他发生问题说:美国的哲学是否在向正当的方向进行?哲学是否已经尽了应尽之责任?我们研究哲学的人,是否已照应教的去教了?如其我们没有这样教,是不是我们太偏重技术,太使用注射的方法?或我们自己太注重历史,或我们自己智识还不够完备,并且学生对于种种大问题:道德、宗教、政治、经济等,由零零碎碎合并为一体时,是不是哲学能予以指导。

五人委员会于访问各大学时,发现教育界有四项要求:(一)化零星为整体(Demand for Integration);(二)心思之共同

---

① Blanshard:汉译“布兰沙德”(1892—1989),美国哲学家。

② Ducasse:汉译“杜卡斯”(1881—1969)。

③ Brown 大学:布朗大学。

④ Hendel:汉译“亨德尔”。

⑤ Murphy:汉译“墨菲”。

⑥ Otto:汉译“奥托”。

或以墨子的话说:“尚同”;(三)“民主”两字之再解释(Re-interpretation of Democracy);(四)要求建起一种人生哲学(Demand for the Philosophy of Life)。

一、他说:美国学生在大学课程表上,可以找到拉丁、希腊、历史、科学、商业、新闻,乃至军事、速记、养鸡等学,无所不备,但是各种学科之间,互相之关系如何,大学讲义目录上是找不到的。为学生者尽量在其自己范围以内,力求专门化,使将来便于找到职业,但对于现代智识的全部,如何求得一探视线,却不为大学所关心。勃氏曾接 W.S. Learned① 氏一函,其中谓:据我看来,哲学的任务就是使学生对于在教育上所遭遇的各种现象,应给以一种人文的与活动的观点,各种不同智识中,其互相关系如何,先后次序如何,相依为用如何,其价值如何,其涵义如何?都是哲学所应顾到的,同时,科学与人文学尽管似对立,但哲学家应求一合理之基础,使人知道这两个区域并非不相容,相反地,可以得到一种满意的综合。所以哲学是大学课程中最实用,必不可少的元素。

这封信的意思,无非说哲学应该帮助学生将各种智识排列出一个次序,使它有条理、系统,而且将宗教、历史、科学智识的结果,合而为一,以求得一个前后一致的宇宙观。

二、心思的共同。勃氏举了 Walter Lippmann② 与 R.M. Hutchins③ 等人,指出美国的智识阶级头脑中没有一种共同意

---

① W.S. Learned:汉译“莱奈德”,美国社会学家。

② Walter Lippmann:汉译“沃尔特·李普曼”(1889—1974),美国作家、记者、政论家。传播学史上具有重大影响的学者之一。

③ R.M. Hutchins:汉译“哈钦斯”,旧译为“何钦思”(1899—1977),美国教育哲学家,曾任芝加哥大学校长。

念，共同概念，共同原则。他的意思是说：美国大学尽管养成了许多飞机师、工程师及机械师专家等等，但对于文学、哲学史、美术史，或论理学等，都列为次要科目，不在他们主科范围之内。这样尽管有了许多法律家、工程师、专家，但他们脑子背后没有共同的工具可以互相交换意见的，明白言之，就是一种专门家的教育，而不是一种人文教育，大家只做一个专门人才，而对于政治、宗教、道德等等，没有一共同的意见，是一件颇为危险的事。

三、教育界中认为近年美国学生喜欢讨论马克斯主义、法西斯主义、福拉地主义(Freidism)，尤其是纳粹主义一类有系统的思想，而美国的民主政治反处于被动的地位，无人热心鼓吹，所以尽管美国公民生活于民主政治之下，反为纳粹蛊惑。他们认为唯有将所谓自由、平等、公道及民主政治中所包含之制度，重新加以解释，然后能引起人民对民主政治之信仰。他们认为其他主义的发生，一定是传统的民主政治有不完备的地方，所以必须将民主政治的理论重新研究，充实其内容。

四、勃氏以为第四种要求是由于欧洲宗教信仰之日趋衰颓。虽然宗教以极大的权威告诉青年们以神圣的任务，但宗教的权威与其确定性已经丧失，尽管人人还在念圣经，但并不觉得里面有确定性。或者有人说：宗教已经衰落，可不可以拿道德的唯心主义来代替它？勃氏不敢相信道德的唯心主义能够代替宗教。所以 W.E. Fort① 给勃氏信说：许多学生要求一种可以作为生活指南的人生观，与其让报馆、新闻记者来担当这工作，为什么哲学家不能担当起来？勃氏更指出英国哲学家罗素(Ber-

① W.E. Fort：汉译为“福特”。

trand Russell)在纽约讲哲学时,提到他自己关于婚姻问题的意见,因此为纽约天主教人士所排斥。他的意思无非表示哲学家的意见与教会间,距离甚远,两者不易走在一条路上。

叙述了以上四项要求,于是我要说到哲学家的任务了。在上述四项要求之中,可见出社会上如何对哲学寄之以热烈的希望。哲学对人类智识之真理,对科学、宗教、美术,有首尾一贯的见解,科学与人文学之调和,而且所有各种工程师,医生,化学、物理专家,使有一共同的心理背景,都是一些极大的任务,没有一国的哲学家,能够立刻担当得起来,因为什么道理?因为哲学家自身的意见先不一致,自己既没有首尾完整的一个思想体系,如何能提供世人一个思想体系,来教育青年、人类呢?譬如说:什么是美?什么是智识?什么是宗教信仰?什么是理想社会?什么是人生真正目的?凡此问题,没有两派哲学能够一致的。哲学家意见的不同,乃是提出一个统一的宇宙观、人生观的大障碍,所以到现在,我们只有哲学学说、哲学历史,而无法拿出一个统一的宇宙观。但哲学家意见之不统一尽管如此,我们就能因此说哲学思想没有力量吗?我想略为把近代的思想史、学术运动、政治运动回顾一下,便可知道哲学对于学术、政治、社会运动之影响之大了。

譬如在哲学初期,理性主义发展的时候,重视人的理性,由理性出发,研求思想的规则,人格之尊严,所谓人权运动,如民约论、如人权论、如议会政治,简言之,从卢骚、洛克、孟德斯鸠、穆勒,各人的政治思想,哪一个不是走的理性主义的途径呢?至第一次大战前后,柏格生、倭伊铿、詹姆生等以生活行动为出发点,于是否定理性,认为一切智识,一切理论,无一不从人生需要上出发,换言之,理性或自然法是在抽象中,或者说是离开人生而表现的,真正的人是活的、动的,所以不受理性或法则的支配的,到了第一次大战中,共党主张大罢工,主张直接行动,如法国的Sorel所说:主张大罢工便是生命之冲动。我们看了以往一两百年之历史,我们不能不承认哲学对于政治、社会、人类是有莫大的影响的,假定我们认清其影响,我们便知道哲学家任务之重要。

第一,哲学家之分析工作,或就一概念将其分析明白,与其他概念之异同分析清楚。譬如说:什么叫智识?经过一套批判工作后,然后能得到智识之真正意义,或智识之效力何在。人类的智识有的自感觉而来,有的由理念而来,这套问题,科学家是不管的,如:物理家、数学家,只求其自然法则就停止了。在科学家看来,数学的原则从何而来,物理的原则从何而来,其背景是各不相同的,唯有将各种现象分析清楚,然后自然科学之效力如何,方能论定。这种分析工作做得愈精,思想自然也愈清楚明晰。而且人类的智识离不了数目,离不了逻辑,在普通人看来,数理与逻辑同为科学之一种,但在哲学家看来,数理与逻辑尤为一切科学之基本,这就是从分析智识中得来的。

第二,哲学家之综合工作。科学家只要顾到其本身的科学范围就够了,但是,哲学家不能不晓得生理何以与心理不同,生物何以与物理不同,因为物理所研究的是死的物质,生物所研究的是有生命的物质。心理家更进一层,研究人之心灵。推而上之,有人类历史及宗教,人类历史是否可以研究自然科学之方法研究,是不是在其中可以找出自然公理,如物理学、生物学一样。至于宗教,何以人类会有宗教信仰?何以人类想望一极乐世界?

何以希望灵魂不死？乃至人类何以有善有恶？善恶之标准从何而来？这种种问题，都须由哲学家来答复，如果哲学家能够将物理、生物、人类、宗教等等问题综合起来，造成一首尾一贯的合理基础，自更为人家所欢迎！

读者诸君！我想在目前我们这个人心动摇的时候，世界上各种主义都在中国各占一席地，共产主义、民主主义、法西斯主义、社会主义，而且又遇着原子时代，人类文化发生极大危机，所以有人提出科学智识应受道德支配，而且西方国家中已有人倡东西文化之交流，我想我们的哲学家应拿出大智慧大勇气来迎合这个趋势，克尽厥职！

原载《再生》上海版

学术方法上之管见

——与留法北京大学同学诸君话别之词

我与北京大学之关系，不过一九一八年下半年三四月之久，所教者不过研究室中三四人，故与今日在座之刘半侬先生及同学诸君，当时竟未识面。到欧洲以来，东奔西走，不常在法，晤谈机会甚少。今承刘先生及诸君之招待。反令我心中惶恐万状，适刘先生说及此番归国后在政治上学术上尽力之方针。对于此层，自己一无把握，故不敢对诸君有所陈说。但在欧三年，自己思想上自有一种经过，故今日与诸君之谈话，作为我自己之回顾录可焉。

第一，自己思想之经过，诸君知道吾是研究国际法之一人，何以忽一变而攻哲学，此谅诸君所最要问我之一点。初到之第一年，往来于伦敦巴黎之间，所注意者，专在和会外交之内幕，自山东问题解决，佛塞宫条约成立，我心中大为不平，觉得协商国政治家之所谓正义人道者，皆不过欺人之词，因而想及所谓国际法者，实等于国际的非法（Völkerrecht-Völkerunrecht）。若抱此类条文，为吾一生研究之目的物，则除纵横捭阖以外，尚有何物，而吾一生虽尽窥外交秘奥，而于世界人类有何益处乎。

此第一年之感想虽如是，然自己求学方针，尚未确定，我记得梁任公先生于千九百十八年六七月间尝访法国哲学家柏格森，是日同去诸君中，有学陆军者，有学物理者，有学银行者，任公先生亦强我同往，我竟谢绝之，此时我心中尚以为哲学乃一种空论，颠倒上下，可以主观为之，虽立言微妙，无裨实事，与马克思少年时批评黑智尔哲学为海岩上之音乐，正相类也。任公先生与柏氏谈而归，告我以所谈内容，及今回想，竟一字不记，我之淡焉漠焉之态度，可以想见。使在今日而有语我以柏氏口授之言，我且立刻记下，而当日乃见亦不愿去见，则吾此时束缚于现实生活，而忽视人类思潮之大动力，可想见矣。

一九一八年十二月，同梁任公先生游德，任公先生属予开一张在德应见诸人之名单，予平日所注意者，不外政党首领及军人，故名单所列者，不外社会党首领如柯慈基①(Kautsky)，如前总理夏特曼②(Scheidemann)、当时之陆军总长诺司开③(Noske)、右党首领海尔佛立希(Helferich)、战时之参谋长罗顿道夫(Ludendorf)诸人而已。及至巴扬之都城孟勋(München)后，任公先生忽自想起曰：日本人所著《欧洲思想史》中，必认柏格森倭伊铿两人为泰山北斗，我既见法之柏格森，不可不一见德之倭伊铿，奈在旅行道上，无法觅人介绍，乃自致一电于倭氏，述愿见之意且恳其寄复信于耶纳之某客舍中，及抵耶纳则倭氏复书已在，极道欢迎之意，是日为一千九百十九年正月一日。访倭氏于其宅中，谈约一时半之久，所谈不外精神生活与新唯心主义之要点，任公先生再三问精神物质，二者调和方法。诸君知道倭

---

① 柯慈基：今译“考茨基”(1854—1938)，社会民主主义活动家，德国和国际工人运动理论家，第二国际领导人之一。

② 夏特曼：今译谢德曼(1865—1939)，德国社会民主党右翼首领之一。

③ 诺司开：今译诺斯克(1868—1946)，德国政治家。

氏哲学之大本曰精神生活，而精神与物质相对待，舍物质则精神无所附丽，舍精神则重浊之物质则无由向上，而二者之相须为用，厥在行为，厥在奋斗，故与黑智尔辈之以为真理可以在论理上求之者，正相反对。倭氏为人，独立演台自述所信，虽千人为之辟易，而两人对答，则讷讷如不能出诸口，倭氏对于任公先生之问，自知难以一二哲学概念表示，乃屡屡以两手捧其赤心，以表示将精神拿出来参透物质之意，彼之以两手捧赤心之动作一再不已，我之旁立而听者，尤感其诚意，相喻于不言之中。是日倭氏以自己著作一一署名分赠之诸来客，又以任公先生新唯心主义与旧唯心主义之异同一问，非立谈之间所能毕事，自允手写一文，时倭氏方有他种著作约期出版，适其夫人在旁阻之，谓汝奈何有此时日作此文章，而彼绝不以夫人之言为意，待吾等游耶纳及路德尔幽囚之地华德堡（Wartburg）而返柏林，则倭氏之文已先我等而来矣。以倭氏七十老翁，精神矍铄一如年少，待异国之人亲切真挚，吾乃生一感想，觉平日涵养于哲学工夫者，其人生观自超人一等，视外交家之以权谋术数为唯一法门者，不啻光明黑暗天堂地狱之别。吾于是弃其归国之念，定计就倭氏而学焉。吾之所以学哲学者，非学问之兴趣，非理性之决定，乃吾内部之冲动，乃倭氏人格之感召。呜呼！岂唯一生，即人类一部历史之变迁，起于冲动起于直觉者十之八九，若其本于理性本于智识者不过十之一二，即此可以知主智主义之失败而生活哲学之所以成立者，非偶然矣。

第二，学问上之比较研究，我今日所欲与诸君谈者不在倭氏哲学，故倭氏哲学内容如何？可置不问。盖我平日所最恨者，厥在自甘于为一学派之奴隶，我虽从倭氏学哲学，然不愿独学尊倭氏之言，视为世界独一无二之哲学，而平日所采方法，则为比较研究，盖以我观之，世界现象，可从种种方面以下观察，譬如以哲学言，则有唯物唯心两派。唯心派以为真实在心，唯物派以为真实在物，换言之，外界之物为独立实在，不关于心之知不知，美之实用主义则又排斥唯物唯心两说，以为议论纷纭，无关实际者，皆可置而不问，独以有实用于人类者，则视为实真。凡此三说，孰是孰非，是另为一问题，而要之当此新文化发动之期，则学说输入方法，不可不研究，吾以为种种学说，固应同时输入，即以同一学说言之，不仅正面之言应输入，即负面（即反对者）之言，亦应输入，唯如是方能启人怀疑之心，令思想发达，人智进步，若仅仅推尊本师，则旧偶像虽去，而新偶像又来，决非吾国思想之福。吾更举一例以证之，同一社会主义也，在法为桑地加主义，在德为马克思主义，在英为基尔特主义，在俄为布雪维几主义，可知一种理想因提倡者之性质与国情而大大不同，安在其能独尊一说而排他说。吾之为此言，非劝国人对于一切主义不加以偏信。吾知实行者非理论家比，贵于以一种主义，坚持不变，而后其说乃能得人信从而生效力，吾之所欲针砭者，则在学问家与思想家此两种人，当其输入某学说，应将此学说之反对论，加以研究，则其效果有四，不至独断（dogmatic）一也，不至生不相干的门户异同二也，经比较以后自己眼界更加广大三也，折衷诸说后，或者更得一美备之学说四也，诸君闻吾言，切勿误会我不劝人在学说上有一种立脚点，而专取策府统宗或兔园册子式之议论，吾确信学问上之门户是万不能免的，然此类门户之对抗，由于将英美德法各学问大家赞成者反对者比较研究以后，而自己真有所信，则此类立脚点必有益于吾国思想界之进步，若但以一家之言铺张扬厉,徒以造成不相干的门户之见,是徒陷国人思想于狭陋而非学者客观的求真之态度焉。总之,一种学问在基本范围内,将英美德法或其他国之正负两方一一从而比较之然后再定自己之立脚点,不可但推行一国中一派之言,以自陷于褊狭,再申言之以欧美思想界为一全体,尽其异同诸学而尽研究之,再定应取应舍之方针,则于会通之义,庶几近之矣。

或者以为真与伪两言而决耳,若甲说而真,复何取乙丙丁诸说,若乙说而真,复何取甲丙丁诸说。吾以为不然,哲学上之唯心唯物之说,历千余年而不决,安见真伪标准之易定耶,自心理言之,但见变而不见常(如柏格森);自论理言之(如认识论之哲学家),但见常而不见变,安见真伪标准之易定耶。甲曰万物本身,非人类智识所得而认识,而乙反之,安见真伪标准之易定耶。甲曰人类智识如工具然,故自原始以来,杂以实用之念(如柏格森);乙驳之曰,智识与实用为二,如高等数学何尝有实用之念夹杂其中(罗素之言),是安见真伪标准之易定耶。以上所举赞否两方之说,皆哲学上之争论,故孰是孰非,极难解决,然推之实证论之科学,又何尝不如是,甲曰物质之本体曰力,乙曰山纳涅,丙曰电子;奈端之言曰时空为绝对的,爱因斯坦之言曰时空为相对的;达尔文之言曰进化上之异同之故,起于偶然,拉马克曰不然,是起于个体自觉的努力;如是即以实验科学言,又安在真伪标准之易定耶。吾之所以缕缕言之者,凡以证宇宙现象,可从种种方面以下观察,不可但信一说而排他说,欧美人之所未尝反驳者,以吾国现时之学术状况,固无反证之法,若欧美之已尝论及而见诸文字者,明明赞否两方之说,各有一面之真理,若吾而但执一家之言不及于他方面之研究,或明知之而故意以一偏之言夸耀于众，是但见其狭陋，安足与语宇宙之大耶。

或者以为此种比较研究之法，不出三种结果。第一，(eclectic)任意选择，故其言为不彻底。第二，(compromise)调和众说，而内部不能凝成一体。第三，学理上之研究，虽以国情之适不适，则与客观上之真理，愈离愈远，此所虑者，固属甚是，然与我上文所云云，系属两事，吾所欲言者，指社会科学与自然科学之研究，而制度之采取不与焉，盖同为社会科学同为自然科学中亦不免于赞否两方之说，故吾人对于此两方之说同时加以研究，则因两方之比较而可以发生新疑问，另开研究法门，即以至少之限度论，亦可收兼容并包之益，且诸君当知比较研究，不必定陷于以上三种弊端，譬如康德之哲学，非集合笛卡儿之理性主义与陆克(Locke)、休谟(Hume)之经验主义而成者乎？康德之哲学，卓然自成一系统，绝不陷于杂凑或不彻底之弊，此视其比较研究后综合之方法(Synthesis)如何，而非综合之必为害焉。自来大哲学家何一不想以宇宙现象归宿于一系统，故黑智尔有正(Thesis)反(Anti-thesis)合(Synthesis)之说，斯宾塞自名其哲学曰综合哲学，即此志焉。吾国文明，向与世界隔绝，自成为一体，今海外新智输入之机大动，凡欧美任何派别之学说，皆可供我取用吐纳之资，以浅者言之，则兼容并包，以深者言之，则融会各家之言，而自成一新说，此则吾思想界之所当有事也。

第三，思想之独立，或者曰融会各家之言，以自成一新说，此事谈何容易。不观美国与日本，以此两国学校之发达，学者之精进，而独创之天才绝少，至今不免于步趋欧人之后，子奈何以此夸大之言告国人乎？吾应之曰不然，思想不动则已，动则非至于独立之境不止。譬之孩童，早夕闻讲师之言论，然彼决不以亦步亦趋为满足，自甘于为应声虫或留声机器已焉，行年稍长，彼一人好恶取舍日益显著，则其所思所言虽不免于教师之影响，然已俨若二人矣。一人如此，一国亦然，吾国人今日所吸收之外界思潮，他日必能镕铸之，以成一种新文化，吾之所敢断言者焉。以日美之例相绳，是拟于不伦，日本美国皆新立之国，吾国历史之长，不独驾美日而上之，即欧人亦瞠乎其后，唯其历史较长，故思想之组织，较欧人为广博，彼所认为不相容者，自我观之，不妨两利而俱存，彼之观察，往往以短日月为限，故所谓利者，害即伏于其中，我以长时期统计之，故不斤斤于目前之利害，而另有一种通盘筹划。欧人头脑，偏于论理的系统的，故是丹非素、出主入奴之成见甚深，吾以客观之念，超然于其各学派党同伐异之上，故往往彼之所谓甲是乙非，自我言之，不过观察方面之不同；若以日本较吾国，则日本人长于模仿而短于创作，吾国人长于创作而短于模仿，证之两国佛教之变迁与欧洲制度输入后之成绩，可以概见。故吾以为吾国思想界之独立，殆早晚间事，或者美国日本之所不能者而吾竟能之，亦属不可知之事焉（吾国人向以欧美并称，实则久留美者，均为予言。美人思想界除一二例外如哲学家詹姆司（W. James）外，绝少创作之才，其学者著书，大抵抄袭欧人之言以成篇耳，美人中亦有为此言者，详见剑桥大学讲义，题曰今日之美国）。且思想独立之能不能为一事，应不应又为一事，吾为世界人类之一，有固有之文化与历史，吾之所以自效于世界人类者何如，不可不及今猛省。世界一剧场焉，今之歌哭悲喜者欧人焉，吾则仅为一看客，或将他人之剧本，读了一过，若此种仅仅享受而不参加活动之地位，吾国人其能甘之乎，必不然矣。

且以吾所见，则今日有一种形势，逼吾国人不能不向独立路上走去者，则欧洲思想界之危机是也。今日之世界，人人知其为科学世界，然此科学世界是否一成不变，或已达最终进步之一境，我唯有答曰否而已。人生变迁，原无一定，故思想之变亦因之，以希腊学术之昌明，忽一变而为中世纪之宗教，由中世纪之宗教，忽又一变为今日之科学世界，可知人生原无一定，今日所谓是者，安知明日不又视之为非。自大战以来，欧洲思想界以不满于现状之故，有要求改革者，有预言其灭亡者。其要求改革者之中，以社会主义为最有力，然有更进一步者，则以为在此工业基础上，无论如何，免不了资本主义，故其走于极端者，欲尽废今日之大工业而返于中世纪之家内工业与基尔特，此即英国基尔特主义党中滂底[①]氏(Penty)之言也。其次在德国有一大著作，此书在德国有轰动一时之力量，尚在爱因斯坦相对论之上，其书出后，不及三年，已重五版，而第五版之绝版，及今已一年之久，其书为何，则斯宾格雷[②]之《欧洲末运论》(*Spengler-Untergang des Abendlandes*)是也，其书大旨以历史比生物形态，二者同受春夏秋冬时运之支配，故一国文化亦分幼长老死四期，斯氏自称其书曰新历史哲学，并举欧洲今日之亡征，比之希腊罗马之末叶；若滂底氏之言，若斯氏之书，不过一二人之言耳，何足以判定欧洲全体文明之得失，然自斯氏书之流行，可知其书必与时代心理相暗合，而影响于世道人心非浅，吾之所谓危机者，盖以为欧人对于现时之学术、现时之社会组织，已入于怀疑之境，彼既自行怀疑，则吾国今后文化，更少依傍，舍自行独立外，尚有何法乎。

---

① 滂底：今译彭迪(1875—1937)。

② 斯宾格雷：今译斯宾格勒(1880—1936)，德国历史哲学家、文化史学家及反民主政治作家。

吾国今日人心，以为科学乃一成不变之真理，颇有迷信科学万能者。或者闻我之言，误会我劝人不相信科学，不重视科学，此则决非吾之本意，故不可不加数语以申明之。吾在德时，有同学拟译斯氏书者，吾告之曰：此书一入中国，则吾国傲然自大之念益增长，必曰你看欧洲人将倒楣了，还是我之无动为大的好，还是我三纲五常的好。诚如是，益以阻塞吾之新机，而新文化永不能输入，吾之所以劝其不译者，正以欧洲之科学方法与社会运动足以补救吾国旧文明之弊，此信仰维持一日，则新文化之输入早一日，若此信仰而失坠，不独吾国文明无复兴之机，而东西洋之接触更因此阻迟。然斯氏之书已早公开，无论译与不译，终必有传至中国之一日，且欧洲人对于现文明之怀疑，已彰彰明甚，故不能以不译斯氏之书，可以掩尽吾国人之耳目。总之今日之急务，在求思想界之独立，独立以后，则自知其责任所在，或继续西方之科学方法而进取耶？或另求其他方法以自效于人类耶？凡此者一一自为决定，庶不至以他人之成败，定自己之进退，而我之文化，乃为有本有源。盖文化者，特殊的、固有的、独立的、非依样葫芦的，此言新文化者最不可不注意之一点焉。

第四，学术以外之实际生活(practical life)。世界大学之教育方法，可分二大类。第一曰欧洲大陆上大学之知识教育。第二曰英国牛津康桥两大学之实际生活教育。所谓知识教育者，学校之所以教其学生者，但有知识之灌输，其目的在造就学问家；所谓实际生活教育者，知识次之，而处世之道最讲求，故教育中所注意者，不在书本学理，而反在茶会体育及政治上之讨论。此两教育孰劣孰优乎？吾盖不得而断言，以英国近时之新大学言之，大抵趋于大陆制，而反抗牛津康桥，似乎牛津康桥之教育专在养成贵族与英国之治者阶级，故已不适于今世。然以我观之，正未必然，以全社会学生言之，从事学理者多乎？抑从事实际生活者多乎？以一人言之，每日十二时中适用课本上界说定义之时多乎？抑适用处世之方法之时多乎？凡此问题，皆不待辨而明，故吾以为学校中学理固不可不讲，而人类共同生活之规则，尤不可不在学校中练习，如打球如竞舟，不独强健身体已焉；以此种游戏，皆赖多数人而成，而其间自有一定之规则，人人能守规则，人人如尊重他一造之意思，则共同生活之原则在其中矣。乃至牛津康桥之联合大会（Union Society），其构造一如英威斯脱敏斯脱之巴力门，一边为政府党，一边为赞成党，令学生发表政见，各以分明之态度，为赞否之主张，有时请国中政治领袖莅会演说，而学生之中或赞或驳，从容论议，一如议员之讨论议案，盖维多利亚时代英大政治家，其十八九则牛津康桥大学之联合大会之有辩才之学生，故谓联合学会为政治家养成所亦无不可。

吾国政治之混沌至今日而极矣，至原因安在？则人人必曰袁世凯为之，军阀为之；袁世凯、军阀诚罪大恶极矣；然所以产生袁世凯与军阀者，则又我国民乏政治训练之所致。为政治活动者，不知政治上之主义，而但知个人之功名竞争，故同处一党者，此倾彼轧，易受敌人以可攻之间隙。政党之对垒，唯恐我之不胜而人之不败，故绝不解英人所谓平等竞争（fair play）之原则，凡以此故，十年九乱，而今日已陷于无政府之状况。即有持各省自治之义者，然省宪法会议之成绩，胜于当日中央宪法会议者几何？夫当日之中央宪法会议之捣乱，犹可诿过于袁世凯与段祺瑞；然湖南之赵恒惕，则明明以制宪自由授之议员矣，然以我所见报章，湘省宪法审查会中时以不出席为抵制他人之具，中路出席，则西南两路不出席，西南两路出席，则中路不出席，且一造尝乘他造之缺席，凭借其多数，而擅改议事规则，因此议宪之举，已垂一年，而至今不见宪法之成（归国后，闻湘宪法已成，然宪法者，非颁布了事，故能否举宪法之实，须视其施行后成绩）。夫所谓民主政治者，非多数政治乎？故少数之服从多数，实为天经地义，以少数故而不甘于服从，则民主政治永不能运用，而统一之意思表示，永不能成立。再申言之，少数而不服从多数，则政府永不成而国必亡而已。诸君试思之，德之右党，拥戴霍亨仑皇室者也；社会民主党，主张共和政体者。两者之相处，不啻仇敌，然自宪法会议成立后，无论在大会或委员会中，未闻有以不出席相抵制者。一切会议中，右党中始终守少数服从多数之原则。唯在第三议会中自提出一项宣言，曰吾人虽参与共和宪法之编制，然不因此而放弃吾人自身之信仰，盖以此宣言为保持日后自由行动计焉。吾以为议会政治之下，多数少数与夫因多少数之胜败，乃当然之事，为少数者当指导舆论，以待卷土重来，若挟不出席为抵制之法，吾而办不成，必令他人亦办不成而后已，若此心理，则国家非亡不可。

此种政治心理之矫正，实为今后教育界第一要义，而矫正之法，则自小学以至大学，仿英国牛津康桥之制，注重实际生活是已。若各种体育若茶会若政治讨论，皆令学生自组团体，有规则，有预算，有领袖者，有服从者，而教习则但负指导之责，不可妄加干涉，除内部破裂或两造不相容外，则学生有处置一切之自由。诚全国大小学校中种种团体之组织，秩序井然，有持久之力，有从容揖让之风，金钱出入，一以预算行之，不令有一文之无着落，则本此风气以旅诸政治，而议会政治民主政治之实现焉必矣。诸君慎勿以为吾之所言,专以英国议会政治为模范,盖团体内部之团结也,少数之服从多数也,以口舌争而不以武力争也,凭舆论之从违以定负责者之进退也,此不徒资产阶级之政治中应守之原则,即无产阶级之政治中,亦不能外此,盖政治之立不立,视此而决,初不以有产与无产而异焉。

今日承刘先生及诸君之招待,异常欣幸,故将学术上政治上之管见,略述一二,缕缕言之,不自觉其冗长。盖以我所见,所谓新文化者,不仅新知识已焉,应将此新知识实现于生活中,然后乃成为新文化。故吾国学术上固当有一种大改革,即社会上政治上之制度亦复如是,要之当自种种方面,造成一新时代,此则吾之所欲与诸君共勉者也。

一九二二年一月

原载《改造》第四卷第五号

我的学生时代

——一九四八年十月三十日在成都石室中学讲

谈到我的过去，就想到诸位的现在，在诸位这个时候，真是一个很有意思的时候，多吃一两碗饭没有关系，多跑几里路满不在乎，在考试的时候，开一个整夜的夜车，也毫不觉得疲倦，因为精神好，一切都应付裕如，同时好奇心很重，对任何一种新奇的东西，都发生浓厚的兴趣，无论听见先生说的，外面看到的，从书本报章上得到的，都要追根寻源地弄个明白，这都表现在诸位这个时代是一个正在生长的时代，是成功或失败，也都靠在这个时代的作为，所谓种瓜得瓜，种豆得豆，这是千真万确的名言，所以奉劝诸位应该把握这个时代，好好地为自己的将来立下一个良好的基础。

至于谈到我的学生时代，并没有什么可以值得说的，并没有什么可以值得给诸位读书的参考。不过可以由我这一段谈话，明了当时读书的情形，以及社会给我的刺激。而和现在的情形作一种比较，使诸位今后读书应该如何。

我是在十三岁那年，考入上海一个学堂——是一个洋学堂，在当时还是科举时代，学堂无大中小之分，一般人对学堂认为无所谓，认为读了洋学堂的书等于没读一样，因为人家都只知道做八股、考功名、好作官，而全无一点研究科学的想法。这个学堂是江南制造局所设(制造局就是制炮造船,于太平天国之后成立),名称叫“广方言馆”,那时国人对于外国文,视作我们国内任何地方的一种方言一样,并设立有翻译局,专门介绍西洋科学,如数学、物理、化学、航海学等都有,若干化学命名的译名,都是那时决定的,如一个“金”,侧边一个“吕”字,而成为一个“铝”字,就是那时才造的新字,因为如此才使我们知道世界上除了做八股及我国固有的国粹外,还有若干学问。

我们那时上课,与现在迥然不同,像诸位现在有功课表,一天只有好几样功课,每科一小时或二小时,而我们当时却是四天读英文,三天读国文,不过还补充数句,在四天读英文的时间,并不完全只读英文,而是包括了数学、化学、物理、外国历史……等都属于英文,每一科都好像读四书五经似的,全要熟读,以上是指的在四天中的上午,至于下午,先生就改课本,学生就自修,或者上体操。三天读国文,就由先生指导看三通考,弄点掌故,作论文等功课,学堂当局每月津贴学生银子一两,虽然如此,读这个学堂的人,还是很少。

四年以后,某天我见《新民丛报》登有震旦学院新闻——招生新闻——梁任公并说中国之有学术,自震旦学院始。这话非常刺激吾的脑筋。于是我就想进这个学堂,每半年要缴学费百多两银子,我设法缴了,进校后,见功课与从前完全不同,读的全是拉丁文,马相伯先生教得很快,一周以后就把一厚册教完,即讲西洋哲学,罗马将军泰西多斯所作《法国战记》等书,马君武君就是我的同窗。我起初觉得很吃力,常觉赶不上功课,好在那时的先生教书很有耐心,久而久之,我仅能勉强跟上学校的进度,第二学期,因家里拿不出百多两银子的学费,我辍学了,就有人约我到湖南去教英文。教了两年，我积有四百多元钱，于是到日本读书。

到日本考入早稻田大学，县里给我公费，意思叫我学理化，而我对理化素不发生兴趣，喜欢攻读法政，半年后县里把公费停了，我原来的存款也用尽了，没办法中又找到替《新民丛报》写稿的工作，每月可得六十余元，足够我弟兄两人之用，谁知一年以后，《新民丛报》停刊，我的经济来源断绝，学校又未毕业，于是就请助亲友，每月仅得十三元，只有伙食费用，有时连买手巾的钱都没有，就与我的弟弟两人将一块手巾剖而为二，再破了，各用四分之一。

一九一二年毕业后回国，正值革命，国内动荡不安，我又到德国读书，因为教授们随时介绍德国学者的影响，在一九一三年，到俄国住了几月，就到德国，一九一四年欧战爆发，我正在柏林读书，最初柏林获得日本加入德国阵线，德人欢喜若狂，见得日本人就接吻，后来得到确实消息，日人是占青岛，与德作对，于是见到日本人就打，我也被他们疑惑，后来少到街上去，得免于难。我觉得身居世界大战战场之中，机会难得，直到一九一五年才离开柏林，因为在这时我反对洪宪帝制，并且预测德国必归失败。

一九一九年我到巴黎，是年冬召开和会，美总统威尔逊主张成立国际联盟，可是我却觉得一个国家的问题，决不能靠国联能够解决的，只有靠自己才有办法。因为那时我的兴趣转到哲学方面，以求哲学对世界若干大问题，另有一个正确的看法。其后我到耶纳研究哲学，直到一九二二年才正式结束了我的学生生活。之后，我就回国任教，但是我的读书生活并未终止，因为我觉得教与学是两件事情，在学的时候，固然要尽量的吸收知识，在教的时候，也一样的要多吸收知识，如此自己所得的学问，才能日新月异，教出的学生，才能得到日新月异的新知识，因此，现在只听见一本有价值的新书出世，我便要买了看，如果听见别人已经看了，而自己还没有看，心里觉得很是惭愧，在一个国家里，如果有些教授或是学者认为自己的知识是满足了，那么那个国家的学术思想，一定是停滞着毫无一点进步。所以我希望诸君应该随时学习！不断地学习！

原载《再生》上海版

养成民族思索力

我们现在都知道我们所处的时代。抗战以来有一名词，称之为“大时代”，此名词甚为恰当。何谓大时代？这时代可以使国家存，可以使国家亡，可以使国家兴，可以使国家衰。总之，此时代为极大变迁时代。实在，在抗战前几十年，这时代已为大时代。何以这时代在中国历史上特别大，因为在此时代中，中国自己的文化与外国文化接触，中外文化接触之后，于是有人我文化优劣之辨别，不特辨别好坏而已。而且文化好坏问题中，可看出这种文化，在世界上能够站住能力有多少。在这情形之下，有许多人说，我们的老文化好，有许多人说中国老文化很早就要不得，故非找新的，拿新的来补充不可。因此在中国方面有许多人主张东方文化，有许多人主张全盘西化，我们自己里面有种种争执，或替东方文化辩护，或替西方文化辩护。

我们对于好坏问题，暂且不论，吾们要问的，这时期中中国人一方面非学外国不可，但学习之后，是否全跟外国走，我想不会，如学生跟先生学，起初跟先生走，但慢慢学生有自己的认识，有自己的看法，亦有其自己前进之方法，所以我们虽然学外国，但我们自己之自觉心自信力亦因之而增加，二者是互相影响的，学别人时候，不会瞎眼但跟走的。在此时代中，无论学任何外国，你不会忘记你是中国。中国人要学外国，在任何学科中，有自己种种眼光，所以你尽管学人，对于国家应如何贡献，有你自己的观察和方法，不会完全与外国人相同。在这样局面之下，我们的任务，自然在拿外国文化，来加强改良吾们自己。担当这个任务的，不但一二人如此，可以说全中国人都在这大任务之下，四五十年来，没有一人不站在此大任务之下。

怎样接受西洋文化把东方改良起来，这是普遍的任务。在普遍任务之下，我想不外二点。(一)学理上怎样研究，(二)事功上对国家如何贡献。

第一，从学理方面讲，中间各人有各人的看法，各人看法大大不同，举一例说，对于世界的事物，我们人类最容易为现实为名词所拘束。怎样是为现实及名词拘束呢？如以木头为木头，以机器为机器，以大炮为大炮，以银行为银行，这就是叫但知其一，不知其二，但知其然，而不知其所以然。这样为名目，为现状所拘束，思想范围就窄，观察能力就薄弱，知道变化就少。人类为便利一时计，希腊名词在世界上流通，如同钞票流通一样右手进来，左手出去。很少有人把一切名词一切事物的前因后果，时常在研究。事实上亦很困难，一天到晚，事务甚多。所以很少有人去研究事物的所以然，名词的所以然。在这一种限制之下，不但一般人如此，许多学问家、思想家都免不了这种毛病。如前几年我们在学术界有科学与玄学之论战，有人说中国要科学。我想现在没有人会说中国不要科学。但科学是什么？是无线电，是飞机，是汽车么？这些都是科学的结果，是科学具体的东西。有人说物理学是科学，经济学是科学，这已经是进一步的说法。再问科学怎样成功？要怎样算是科学的观察？如以研究植物学为例，就不单观察一棵树，要观察许多树，今天看见甲种树，明天观察乙种树，进而至于一切植物，自然得一公例。于是知道之后，还要问把植物分类，作一目录，分析归纳，得一自然公例(natural law)，这一公例性质怎样？这公例有没有必然性？这条公例，所依靠的因素有多少？换句话说，有几个前提，说到前提，就踏进了哲学范围以内了，吾们姑且止于此，不再说下去。

从刚才所讲的看法，就知道促进科学问题，不应该像以木头为木头，以大炮为大炮，以银行为银行，那班人的看法。我们对于一切东西要打破沙锅问到底，问科学是什么，科学的原理是什么。假定我们这样问下去，可说世界上没有一件事物一个名词经得起你这样问的，因为你这样问法，总有几个因素靠不住，因为有几个因素在一时代认为固定不变的，到第二时代又变了。无论西洋文化的经过怎样，他的科学在他文化经过中占很重要一部分，如能够把他分析，我们一定能够把它最重要原素找到，如把原素找到，我们走到它们的境界，并不是困难的事。若是我们看见留声机当它作留声机为止，看见飞机当它作飞机为止，这样国家的学问不会发达，因为学问的发达，一定要问它背后的基础。学问是什么？科学是什么？因为里面还有背景，分析清楚，使我们知道什么事都有线索可寻，不能认为是固定的呆板的。我们一定要找到最后的原素，拿打破沙锅问到底的精神，适用到全中国。有了这个精神，不怕中国没有飞机大炮，不怕国家不强。所怕就是刚才所说的看见木头只知道是木头，看什么只知道什么，而且看见名词，就只想拿名词搬过来，这就是等于盲从。我们民族的毛病就是不喜欢打破沙锅问到底，不肯求所以然之故，不肯用思索力，不肯用心想。譬如一个近视眼除非眼前看见种种颜色，否则就不易发生刺激力。吾们有句熟语，名曰“熟视无睹”，这就是说事物已到眼帘中，而还是等于看不见，岂不是一种不可救药的病根吗？见了西方立国之法，而漠然无动于衷，又见了日本之强而漠然无动。今稍受刺激，亦就在感觉上叫唤上停顿了。这种情形，岂不是就是麻木不仁，国家如何能立起来呢？

第二，在事功上对国家贡献来说。先举几个例。俄国有五年计划，我们听见了，亦要学他。如问俄国以前的历史是怎样，就答不出来。意大利有法西斯蒂，吾们亦想依样葫芦，但问墨索里尼以前萨第尼立国的经过，他便茫然不知所对。我们国内的人，像小孩子一样，街上锣鼓响，就赶出去看，锣鼓所以来的原因我们不去问，仅感觉方面最容易受到刺激。在这情形之下，不但学问决不会进步，在事功上亦安能有日新月异之象。因为五年计划，及法西斯蒂，都有他背后原动力，而原动力决不仅起于一朝，决不仅在表面现象之中的。这时代里面，无论政治与经济，能把人家的制度来源思想来源弄清楚，就不会一天到晚跟外国人走，但知以模仿他人为能事。每个国家的政治史，每种学问的思想史，如同一把钥匙一样，可以把人家肚子里的内容发见出来。目前吾们国家最重要的事项，是确立吾们的政治经济制度，这就是大家所希望的中国近代化。中山先生提出民族、民权、民生三大纲领，已确定吾们立国的方针，因为这三项之中，一切政治经济潮流都已包含进去。但是原则易立，而具体计划，尚待吾后来人的努力。譬如为实现民生主义计，俄有俄的方法，在俄国初革命时候，大家一时轰动说俄国将银行等收回国有，资本家都被打倒，是了不得的革命。当时国内机关纷纷派人前往俄国，现在中央政治教授俞项华及已死的瞿秋白，是吾们朋友助他前往的。俞先生去后，即感觉俄国一套东西是否能搬到中国来，尚有疑问。到了一九二八年，第一五年计划成立，俄国情形就有秩序有轨道可寻了。民生主义之实现，以增进公有财产减少私有财产为关键，但现在人人都讲崇拜中山先生，而事实上从政府大员起至一般行政人员，有几个在实行孙先生的主义？就是各人都以保存私产为事，专靠公家地位，谋私人利益。这情形可以想见世界改造的不容易。所以俄国大革命把资本家皇族赶掉，死了几百万人，基础才成立。当然，假如死去掉一二百万人替人类造一个新制度当然使我们感动。但是我们想想，假定一种制度采用之大前提，非杀死几百万人不可，为了使世界人类生，先使几百万人死，是一件很痛苦的事。

所以俄国共产主义很好，但怎样避免杀掉这许多人？而且要注意吾们这国家，如跟俄国走，须有一九一七到一九二八这十年痛苦，经得起经不起，是一个极大问题。像俄国这样大的国家，日本打不进去，英法要打他，亦没有打成功，所以俄国还能够保存，不但保存，一九二八年后更为巩固。试问我们国家有没有这样地理上的便利？有没有这样好的国际形势？这种种情形，应该在我们考虑之中斟酌之中，一言以蔽之，在思索之中的。所以拿出一种主张，关系于国与民，实在太大，不是随便的。吾们可以说领导革命，不是一件容易的事。

俄国革命之后，一九一八年德国社会民主党亦起革命。吾一九二〇年在德国，吾去访问当时总理夏德曼。吾说“你看德国一切工业国有能否办到？”他说：“没有那回事。”吾问他怎样不能。他说“俄国没有工业，国内大部分还是农业，没有出口货物必需与世界其他各国竞争的。德国已经是工业国，要拿钢铁到世界上去竞争。如钢铁的价钱比英美法等提高了，怎样能竞争。假定将大工业收归国有，而出品的价格比英美的高，那么这些大工厂就要关门，国有之后，就要破产了。”所以要废私产，将私人工业变为国营事业，一定要事业站得住。所以一九一八年后，德国尽管革命，但大工业归国有这一步，始终没有实行。

经过七八年，我自己天天注意俄国德国有什么变化？俄国原来一切收归国有，到了列宁新经济政策时期，准许五十人以下的工业由私人去办，用不着国家来办。一九二八年后又实行集合农场。一九三二年我来参观时，所谓集合农场，就是集合有一百亩三百亩四百亩在一起化为一个公共农场，将管理及曳引机等集中一处，集中经营，各家分担工作，盖房屋，设托儿所，为全体谋便利。吾问这样各个土地多少不同，所得是否一律；他们说，这不能平均，多者多得，少者少得。吾就懂了，世界上私有精神多少还包含在那里。吾再问司机器员与扫地夫所分是否相同？他们说，司机器员分得多，扫地夫分得少。简单说，一集合农场好像一公司，二百亩的是二百股，一百亩的是一百股，当然二百股所得较多。若论工作，司机师最重要，清道夫就轻些。可见世界经过十年的变迁，大家看出一道理；私有财产还不能绝对废止，只能在某一种程度内加以限制。

从俄国革命到一九二八年，我们看世界上的变迁，知道要像俄国一九一七年整个把私有制废除，是办不到的，是不必要的。我们只能办到某一种程度内之公有罢了。但这一个原则确定，那么世界的社会问题并不困难，调停的计划有很多了。可以说经过十多年中间，社会革命路线方始找到。吾自己在当时，自问像李大钊陈独秀的勇气是没有，他们看见俄国革命，就要说在中国实行那样的革命。至于吾的见解呢？一种外国制度，总要找到他背后的理性与根据，并且问问中国是否可行，然后敢自己拿出主张来，一九三〇年前后，吾对于社会改造的主张，可算才成熟。吾相信一方面承认私有，一方面承认公有。是一条无可逃的大道。但这不是调停两可之词，以后国有事业是应该一天一天扩大，私人谋利的动机是应该大加限制的，必如是，然后能增加民族资本，开发民族经济。

从以上两段学理上事功上来讲，我们要针砭的，是现时对外人依样葫芦的习惯，如此做去，不但学问不发达，在事功上亦不会有进步的。现在我更举一二个实例来证明，如果一个民族有思索力有创造力，那末他的命运是不会始终落在人后的。

西哲有一句格言说："我喜欢我的先生，我更喜欢真理。"可见真理是人的真面目，果真对于学问有打破沙锅问到底的精神，学生所造一定能比先生进步。欧战以前，德国的科学，在世界上算是第一，但我们看见十九世纪初期，德国科学哪赶得上法国。法国是十九世纪世界文化的中心。在十九世纪初，德国科学著作，如洪卜尔《地理游纪》，都用法文写述，试问现在还有那种情形么？其次如英国的立宪，俄国的五年计划，哪一件不是民族本身从自己经验中，想出方法来的。语云皇天不负苦心人。唯有不肯苦心，不肯焦思，那国家便无办法，否则天不至令人走上绝路的。

自己无论对于学问，对于政治，都有兴趣，因兴趣很多，所以一无所成。但是吾对于一切问题有吾自己的立场，这立场不是人云亦云，并且不喜欢跟人走。吾先研究在吾良心上在理论上是说得通，吾才说他对。吾说了之后亦很少有变动，因为吾没有思索以前,决不随便说,不喜欢跟人走。假定吾有了吾自己立场,吾的立场,就在那里。

原载重庆时代《再生》第五十一期

我国思想界的寂寞

——一九四八年十月十二日在武大讲

一国的智识阶级，不论大学教授、著作家或新闻记者，对于世界上日新月异的变动能够注意，能够吸收，还能够自己有所发动，那末才可以说知识阶级是尽了他的本分，反过来说，智识阶级对于外界变化，好像连感觉都没有，更说不上自己有创造的能力，这样子是一国的思想界，到了惰性或睡眠的状态之中。我们知道外国人批评中国文化，是在停顿状态中，这是说几百年来，中国思想之变迁不及欧洲文艺复兴的缘故。但是在我们的思想史上，实在有自己发生的变化，如说完全在停滞不进状态中，是不确实的，这话说来很长，非今日本文所能讲得完的。

我今大单就抗战以来，世界思想界上的变动与我们国内的感应作一比较，就是说人家的变化起了多少，我们能够注意，能够吸收，到了何种程度。一方面是外界对我们的挑动（challenge），一方面是我们的答复（response）。我实在很难过，觉得我们思想界近年来到了一种沉寂、无所事事的状态之中，我这句话并不是骂任何个人，而是完全暴露我们学术界有气无力的情形。这原因何在呢？纠正的方法如何呢？这要请大家从长来考虑，我现在只拿我们这方面麻木不仁的、感觉不灵敏的事实举出来。

近年来，世界思想的变动，科学的发明与进步，很有几件惊人的事，使全世界人为之坐立不安。

第一，原子能之发明。经过第二次世界大战，我们才知道空中战斗力的厉害，可以以几百千的飞机轰炸一个大城市，使生产力破坏，人心动摇。空中战斗力之发挥，赖所谓空中堡垒、超级堡垒、V1、V2 的飞箭武器，到战争末期，又发明了原子弹，原子弹的威力大家知道很大，至于大到什么程度呢？我在这里就所知道的告诉诸位。原子弹的威力等于二千架超级堡垒所载炸弹的威力，其爆炸力等于二万吨 TNT。广岛一弹，炸死的人民有九万人，长崎一弹，亦死了四万人。有一个英国政府派往日本调查原子弹威力的考察团，回去报告说："假定有一原子弹掷在不列颠岛上，如平均每亩地上之居民以四十五人计，那末五万居民将被炸死，就等于第二次大战中，被德国飞机所炸死的英国平民的总数。"原子弹的威力如此厉害，所以全世界的科学家，都在大声疾呼，探求原子能之发明究为毁灭人类？抑为救济人类？

本来科学发明无止境，不必顾虑它要如何妨害人类生存，这个问题向来无人顾到，但是现在一弹下去，可以毁伤几十万人，则几个、几十个原子弹可以毁灭伦敦、纽约，有什么希奇？这样便发生了原子弹与人类不能并存的问题，所以近年来，在联合国与各国外交家中，原子能之如何管理，成了世界上第一件大事情。譬如一九四五年英、美、加三国关于原子能联合订了一个条约，我把这条约中的头上两条读出来，就可知道世界上近年因原子能发见后，在其灵魂上有一种惊心动魄的神情。

第一条：我们承认近年科学发明应用于战争后，有一种人所不察的破坏方法可加利用。但是这种破坏方法，尚无军事上的防御可以抵抗，这种破坏方法之使用，没有国家应有独专之权。

第二条：我们愿意郑重声明，对于此类新发见，应该用于增进人类幸福，不应用作破坏工具，大家应共同负责，设想达到此项目的的方法，这种责任不仅落在各国身上，且落在整个文化世界身上。但原子能既由我们之开始应用而进步，则我们亦应自处主动，以研究采取何种国际行动，始克防止原子能使用于破坏方面，促进科学之进步，尤其使原子能之利用，达到和平的人道目的。

我们读了以上条约中的两条，同时又知一九四五年十二月莫斯科会议时，又有贝文、莫洛托夫、贝尔纳斯三人签字的原子能声明，可见原子能之使用，已经不是战争谁胜谁败的问题，而是人类的生存问题了。

义大利物理学家犹利（Urea）①逃亡美国后（现任芝加哥大学物理教授，曾获诺贝尔奖金），在美国 Westinghouse 的百年纪念讲坛上，说“科学乃是理智的追求，它的目的为了解及说明自然界现象”，但是，此类科学智识我们如何应用它呢？拿来创造物质呢？抑拿来做毁灭人类的工作呢？我可以告诉你们，自然科学所赐与人类的益处，但是，我也是人类悲惨命运的使徒，我曾受过惊慌，今天也要你们来受受惊慌。世界上现时情况之严重，可以说已经到了不能表达，无可夸大的程度了。所有积极的

① 犹利（Urea）：此处应指费米（1901—1954），美籍意大利著名物理学家、美国芝加哥大学物理学教授，1938 年诺贝尔物理学奖得主。

益处多来自科学,但此种益处,能否享受,就看战争问题,尤其第三次战争问题如何解决?我们已经应用科学方法到群众战争方面,从这世纪中开始,这种科学方法之应用,十分有效,已带领我们人类文化至悬崖绝壁之境。

此类议论,物理学家如爱因斯坦、奥本海[1]、康普顿(Compton,麻省理工大学校长)等均有发表。我们试问在这样世界科学家锣鼓喧天之环境中,我们国内科学家、思想家对此问题有什么讨论?有什么悲天悯人的议论呢?我们并不能够说因为我们自己不能制造原子弹,所以我们无法对这问题发表议论。或许我们沉默的原因确是因此而生,但是遭受原子弹浩劫的广岛,是在我们邻国日本境内,试问我们可曾派科学家去调查灾后情形没有?一个炸弹下去,可以伤亡二三十万人,就是说二三十师的人可以一次牺牲,难道我们还不应该注意吗?在美国方面,不但军事家在研究,外交家在讨论,甚且国会还召集许多科学家咨询,而我们国内对这问题可有一份报告?可有详尽的文章发表?这是我所谓我国思想界的麻木,第一个证据。

第二,十几年前,我在《明日之中国文化》一书中,提起过一部书,这部书就是英国陶尹皮[2]氏(Arnold J. Toynbee)的《历史的研究》(*A Study of History*),他的书最初于一九三四年时出了三本,就引起我的注意。后来抗战起,书籍来源断了,我无法见到他的书。一九四四年我到了美国,就去买他的书,始知他又

① 奥本海:今译奥本海默(Julius Robert Oppenheimer, 1904—1967),美国理论物理学家,曼哈顿计划领导者,被称为“原子弹之父”。

② 陶尹皮:今译汤因比(1889—1975),英国著名历史学家。

出了三本，先后有了六册。最近陶氏受美国丕立斯登[1]大学深造学院之聘，可能于不久的将来，他的最后几本也要写成。一九四六年正月我在伦敦，得陈通伯先生之介绍与陶氏见面。我知道陶氏这部书的著成，一定受过德国斯本格勒(Spengler)氏的《欧洲之衰亡》(*Untergang des Abendlandes*)一书的影响，所以与他谈话中，我曾问他一问题：你这部书的主要意思从何时发动？他答称在一九二〇年开始。我听了这话，就知道他书中的结构受了斯本格勒氏的影响是确实的。虽然他的观点与立论与斯本格勒完全不同，但是把人类的全部历史放在一只水缸里，用棒搅和，不以年代或国家为界限，上下古今，没有不拿来互相比较一点看，是相同的。

陶尹皮氏的书出版可分三期：第一次出三册，第二次从四—八册，第三次从九—十三册，这十三册著作，其内容大略如下：

一、引言；二、文化之产生；三、文化之成长；四、文化之崩败；五、文化之分裂；六、大一统国家；七、大一统教会；八、英雄时代；九、空间方面文化之接触；十、时间方面文化之接触；十一、文化史中之韵律；十二、西洋文化之展望；十三、烟士比里钝。

看了目录，就知此书内容之丰富，至于他拿各种文化相同相异之处，互相比较，有极精辟之议论，更不必说了。我读了他的书，时常有一种感想，觉得二十世纪第一部大著当推陶氏这部《历史的研究》了，这不是我个人如此看，其他世界学者也多如此看。兹将批评的话，列举几则如下：

英国政治学者巴克(Earnest Barker)批评说："陶尹皮的思

---

① 丕立斯登：今译普林斯顿(Princeton)。

想有第一等的创造能力，他智识之广博如同百科全书。以往许多著作很难找出一本，可与陶氏的《历史的研究》相比较，他的书出后，把以往同样的著作压低了下去，所以陶氏的书在今后多少年内，一定是第一部大著。”

汤纳[①](R.H. Tawney)说："丰富、活跃、精力与无限的冲力，这几个字是我读了本书后时刻提起的。没有一个人读了本书，会不感觉到将历史的研究置于最高的地位；没有一个人读了本书，不为之感动的，而且获得许多新观念。”

不但英国学者如此恭维，美国学者发迪门(Fadiman)亦批评他全书的节本说："今后一百年内，应读之书就是陶尹皮的《历史的研究》”。还有马依(Myers)亦说："假定你今年有时间，明年有时间来读书，那末就读陶尹皮《历史的研究》的节本。”

试问世界上有如此一本伟大的巨著，我们的思想界中，把这本书提起过的有几个人？把这本书的内容详细来讨论的有什么人？把陶氏议论的是非，加以批评的，又有什么人？或以陶氏的方法，应用于中国历史的各时代，又有什么人？这是我所谓我国思想界的麻木，第二个证据。

第三，我们从五四运动以来，不是时常听见有人说向世界现代文化，迎头赶上去的话吗？尤其于第二次大战以后，科学发明与新武器的关系，是大家所知道的。而且科学发明，最初只是战争的侍女，也是人人所知道的。

一八六三年美国南北战争时设立一个研究院(National

① 汤纳：今译托尼(1880—1962)，英国著名的经济学家、历史学家、社会批评家和教育家。

Academy of Science)，至一九一六年第一次大战时，威尔逊又命令设立一个国立研究会(National Research Council)，至一九四一年罗斯福又命令设立科学研究开发局(Office of Scientific Research and Development，简称 OSRD)，后来原子弹就由这个机关产生。这种科学研究与武器制造机关由国家设立经营，可以表示出一种趋向：科学研究从前为私人的事，现在已变成国家职权之一项了；从前为私人的嗜好，现在要于国家计划下分途进行。所以科学研究开发局主持人巴庶①博士(Dr. Vannevar Bush，现巴庶氏已辞职，十月五日杜鲁门已另任命康普顿氏为主持人)，曾受罗斯福总统之委托，研究一项问题，即如何由个人的零星研究归于全国科学总机关之下，因为政府要设立科学总机关，可以发生下面几个问题：(一)如何使政府机关研究与个人学术研究自由不发生冲突；(二)不因政府之管理研究，而妨碍科学之自由；(三)如何将科学研究工作之公开与国防上之秘密不相冲突。(四)科学人才选择之标准如何？(五)国家设立科学机关与大学或私人所办之科学机关如何合作。

凡此问题，巴庶氏曾著一书，名曰：《科学——无涯的境界》，有所说明。他对战争期内美国的科学研究工作与发明新武器，以及今后科学研究总机关之工作如何进行，都有详细论述。这样的书，我们国内思想界却沉寂无声，除了任鸿隽君在《大公报》上载了一篇短文外，并无其他人把巴庶书全部讲起过，也不见中央研究院把此问题提出讨论过。

---

① 巴庶：今译布什(1890—1974)，美国工程师、科学家管理者，二战期间为曼哈顿计划发挥了巨大政治作用。

现在我再从科学方面转到哲学方面来讲。我记得五四以后，我们曾经有过一次科学与玄学的战争，这战争是我当初在清华的一篇演讲——“人生观”引起的，我的老朋友胡适之和丁文江，见了大不以为然，于是开始攻击，当时参加的人有王星拱、朱经农，张东荪等，双方差不多笔战了一年之久，那时候，大家对于西洋哲学的书籍很是注意。譬如胡适之是热心杜威哲学思想的移植的；张东荪翻译法国柏格生（Bergson）的《创化论》，我到德国，研究倭伊铿的哲学，当时大家纷纷热心把西洋哲学拿进来，从那时起，中国的思想界就颇受西洋哲学的影响。譬如胡适之的《中国哲学思想史》与冯友兰的《中国哲学史》，其内容是中国的，但其观点则是西洋的。自抗战至今，试问我们对于外国近年哲学思潮热心提起的是谁？自己能创造哲学派的又有何人？我时常闭目静思，好像觉得最近几年来哲学思潮的活动，远不如五四运动前后。

一九四五年、一九四七年我二次在美国，常与各方面哲学家接触，我觉得人家很有志气地在鼓励哲学思想的进步。一九四三年美国的哲学会，认为美国的哲学现状与哲学职掌应重新加以研究，于是由洛克斐勒基金会拨给一笔经费，由五个人组织了一个委员会，名曰：“自由教育中哲学职务委员会”。这五个人是：Brand Blanshard，Curt J. Ducasse，Charles W. Hendel，Arthur E. Murphy，Max E. Otto。他们周游全国，与各大学教授学生及各界人士接触，研究此问题，至一九四五年他们五人合著一书，曰：《美国教育中之哲学——它的课题及其机会》，书中有一段话说：“我们的哲学是不是一种著作众多，而内容空泛的东西呢？因为标准不同，这问题就较为困难回答。有人确实希望美国有像康德和柏拉图一样的人出现，然而，依据大多数的标准，美国近年来哲学界的著作已够得上独立与充实的水准了。对于被西北大学选入当代哲学名人丛书的人，没有人会否认他们在哲学上的突出成就。值得重视的是为首的七个人中(Dewey①, Santayana②, Whitehead③, Moore④, Russell⑤, Croce⑥, Cassirer⑦)，有六个或久或暂居于美国，并著述于美国。在美国没有如吉福得(Gifford)一类的讲座，但可以注意者，早期与晚近几年中，几个卓著的贡献皆由美国人完成。卡路司(Carus)讲座，虽成立未久，但已树立了确实的标准，哈佛的詹姆士(James)讲座，耶鲁的特立(Terry)，加里福尼亚的侯唯生⑧(Howison)，都有值得称颂的工作。近世纪好几个最有权威的学派，不是起源于美国，就是在美国已经有了相当的发展。所谓实用主义、新实际主义、批判的实际主义、个人主义及其他象征的论理学与字义学。要说这种工作是松滥或庸俗，实不可信。美国思想是展开的、庞杂的、探索的，它本身有明白的区分，但它往往是喧嚣的、粗俗的和乐于深究的，所以它本身并没有僵

---

① Dewey：汉译“杜威”(1859—1952)，美国著名哲学家、教育家、心理学家，美国实用主义哲学代表人物，被认为是现代教育学的创始人之一，机能主义心理学派的创始人之一。

② Santayana：汉译“桑塔亚那”(1863—1952)，著名西班牙裔美国哲学家、散文家、诗人、小说家。

③ Whitehead：汉译“怀特海”。

④ Moore：汉译“摩尔”。

⑤ Russell：汉译“罗素”。

⑥ Croce：汉译“克罗齐”(1866—1952)，意大利著名文艺批评家、历史学家、哲学家。在哲学、历史学、美学等领域均有著作。

⑦ Cassirer：汉译“卡西尔”(1874—1945)，德国哲学家，代表作《人论》。

⑧ 侯唯生：今译“豪伊森”(1834—1916)，美国哲学家。

亡。”由这段话中可以看出美国人对于哲学有一种志气，有一种创造性。

美国人向来哲学思想的程度，我们在欧洲读书的人不大肯佩服，但近年来他们这种努力，我们国内有人注意了没有？效法没有？这是我心上最烦闷的一件事，我的所谓中国思想界的麻木，这是第三个证据。

我责备我们思想界的麻木，好像我是求全责备，而不加原谅，我也知道有人回答我说：抗战之中，书籍太少，颠沛流离，还能做什么思想和研究工作呢？抗战胜利之后，忙于复员，而且衣不暖，食不饱，如何再有空闲研究学问呢？何况国内政局如此动荡，如何能有兴致来注意这种空论呢？这种答复，我不但承认，而且我还要责备政府，对于国家的治安不能负责，对于人民的衣食不能负责，自然要大学里面来做促进科学与哲学的前进是不可能的，但是我要反问一下，世界上科学与哲学思想的发动是不是一定要等到国家太平，人民生活安居乐业之后呢？试问英国哲学家活跃时代，像浩布士、洛克等人是不是生活在英国内乱时代，逃来逃去，自己国内不能住，要逃到法国去呢？再问德国的大哲学家康德，其所处之时代又如何呢？乃至我们的孔子、孟子，他们的著作思想，是在太平中成功呢？抑在乱世中成功？所以我的结论：我们思想上的努力不应以社会不安作理由，而大家束手待毙，反过来说，世界愈乱，我们在思想上、言论上、行动上愈应努力！

原载《再生》上海版

思想与哲学

——一九六三年十一月十日在东方人文学会讲

一

今天承东方人文学会之邀，来大会堂讲演，深觉高兴。所讲题目是“思想与哲学”。我治哲学，始于一九一九年冬，时随梁任公先生访问欧洲，观感所及，遂留在德国从倭伊铿先生游，研究哲学，当时并不懂得哲学的奥妙。欧美通常批评哲学家，说他好似在黑房子里抓黑猫一样，摸来摸去总不得要领。然历时稍久，自己找到一点门路，乃知哲学与人生之关系极深且大。据我四十年来的经历，深知要想了解人生的意义和价值，必须懂得哲学，在治哲学中才知道思想是一切智识行动的幕后要角。举一个比喻来说，一年四季有春夏秋冬，此为天时，知此天时乃知饮食衣服之所宜。农夫必须知道春乃知耕种，知道夏乃知去恶草。船户必先知道阴晴，方能航海。四时天气一刻不离人生，而思想之于人生，犹如模型之于事物。吾人所见外界事物之形状与结构关系，一切受思想支配。我们看到讲堂上的桌子，能摆东西，于是推断一切桌子皆有可以安放东西的用途。再如一人死，两人死，为得到一切人皆死的结论。此一切桌子、一切人，在论理学中称之为全称命题，这是人思想中之概括动作。这是思想中将零星一件一件事项，归结之而成为普遍化的概念。

人为万物之灵，除血肉之躯以外，有一个运用思想的头脑，非其他动物所能及。人心中之机能有意志，情感，记忆各种，此是人类的大本领。假使人无记忆力，人类之智识、历史文化将无从写起。记得幼时入塾读书，背诵三字经、四书、十三经等，全凭记忆力。其他如写小说，则是靠想象力，自然科学则靠实验与一套概念。人会用思想，觉得人在物质方面精神方面有一种意义发见，觉得此两方面中有一种条理，一种秩序，乃吾人所应研究，所应考索。先由普通常识，进而为一般学问，更进而为严格科学。然在一切学问或科学之中，有其彼此不一致或不调和之处，如物理现象受外力之支配，而生物则有自发之机能，道德方面则自知分别善恶是非，乃至宗教方面肯定一造物之主，此皆非分科之科学所能解答，必需另一种学问握其管钥，为之澄清，为之综合，此即哲学所应有之工作。

一切学问都离不开逻辑，逻辑就是思想的法则，不论其为自然科学或人文科学，都是如此。逻辑可以说是思想的钥匙，我们人类就掌握了这个钥匙。人在世间之生活，表面不外乎饮食男女，但此生活中时常发生苦乐，久暂，是非善恶等等价值判断。这类问题在人生中成为伦理问题，哲学问题或宗教问题。此为人自有生以来所同时并起之事，有时人习以为常，不加思辨，然自欧洲近代以来，一切应加以批判，于是智识、道德、宗教之准确标准何在，更成为哲学之中心问题。

逻辑和伦理外，尚有所谓实在和本体问题，譬如说物质之所以为物质，到底是什么呢？世界任何事物，都是在变化，有许多东西，甚至是消逝了，究竟世界是空的暂的呢？还是实有的或恒久的呢？如果是不空不暂的，那末，实在是什么呢？这就是哲学中之实在论和本体论所研讨的问题。

人类生活中所接触的和体验的，如其要求一规律或结论，便不能离开思想。我们为了方便起见，加以分类，名之曰这是科学，这是伦理，这是形而上学。简单来说，科学研究事物现象，伦理研究是非善恶，形上学研究实在。但其所以成为科学或哲学，总离不了思想，离不了一心，离不了共相，或曰类名，由此心思，类名之中，乃生概念、定义，与学问体系。

二

关于思想和哲学，表面上显有东西之分，此由于各民族有语言、风俗、习惯之不同。然就思想本质上言之，可以说无根本的不同；反而言之，自有其共同一致之点。举例明之；孟子一书，是吾国二千年前的一部书，数年前和宾四君毅两先生谈到孟子书中之所谓类，此即孟子思想之基本方法，这是一个重大的发现，孟子有“心之官则思”之言，唯其以思为出发点，乃知“类”(即共相)之重要。因此西方人视孟子为中国之柏剌图。荀子一书也谈到类的问题，其立场同于亚历斯多德，因其对于世界事物，采取一种现实立场。“类”是一切逻辑的根本，这在东西方没有不同。分了类，才见出同异，才能画定范围，进行讨论，才能产生各种分科之学。《孟子·告子》篇：“不知足而为屦，我知其不为蒉也，屦之相似，天下之足同也。”这段引文是说做鞋子的不必量脚而自为鞋子，不会成为筐子、篮子。其所以自成为鞋子，这是因为人类的脚相同。足有共同性质，故鞋亦有共同性质，虽有大小之别，而总是鞋，不会成为筐子篮子，此即是类不同。足有足之特质，屦有屦之特质，蒉有蒉之特质，此三者因类之不同，而见出同异。推而至于物之所以为物，人之所以为人者亦复如此。由人之所以为人之概念中，又触类而有“仁者人也”这一句话，亦是经过了分类乃以仁为人之特点所在，可知一切物理人情，经过思想和逻辑上的工夫，才得到概念和定义。概念是缩短的定义，定义是延长的概念。这样说明，也许大家更容易清楚些。

思想之所以为思想是愈研究愈深刻。一国思想的发展，犹之地质学家求油矿时打钻子一样。兹举东西两方的例以说明之。儒家讲爱字分为亲亲、仁民、爱物，这是有等级的，墨子认为一有兼别之分，便有轻重厚薄之异。墨子是儒家出身，知儒家特点，乃向他进攻。孟子说：“墨子兼爱，是无父也。”仍本爱之差等说以反驳之。其实孟墨的不同，是出发点不同，墨子出发点是天，孟子出发点是五伦。孟子不反对爱，然兼爱不分亲疏远近，容易出乱子。墨子反对此差等说，因为若有兼别之分，便有爱不爱之不同。我们亦可以作一解释，儒家喜欢讲体，墨子喜欢讲用，此为两方立场显然分道而驰之原因。到了荀子又提出礼字来，以一个以内有君臣上下之分，故荀子治国亦不能不重等差。由墨孟荀三家之辩论，可以见甲立一说，乙从而驳之，丙又起来创一说以驳乙，此甲乙丙之互辩，即思想由之以深刻，此即所谓打钻子之意。

西方近代哲学思想，原初分为理性经验两派，理性派有斯宾诺莎、赖布尼兹、笛卡尔等，经验派有霍布士、洛克、柏克莱、休谟等。此两派互相驳诘，直到康德自己立一个规模，取理性经验两派而调和之，提出一种折衷方案，而有批判哲学。因此哲学思想愈钻愈深，因而可随时进入一个新时代。哲学家的事情，常在变迁之中，所受刺激尤多，则思想尤多新彩色。然哲学中既包含认识论、道德论，与宇宙论、本体论等，故须具有思想之明辨与意志之勇决，才能窥见哲学之全部，而对于人类有所贡献。孟子说："居天下之广居，立天下之正位，行天下之大道，得志与民由之，不得志独行其道，富贵不能淫，贫贱不能移，威武不能屈，此之谓大丈夫。"孟子处在战国混乱时代，能博学，能深思，有抱负，有决心，所以能继孔子之后，负起中国文化的大责任。希腊苏格拉底时代，政治混乱，彼与任何人谈话，先求概念清楚，道德标准确立，柏拉图极佩服之，师生合而为一，建立了良好的典范。可以见东西两方同样以居正位，明大道之人为文化界之柱石。

我们所处的今日，是个大变迁的时代，我们需要大家深思，以解答今日所引起的问题。换句话说，需要产生大哲学家，不但知识广博，理解清晰，并且对伦理道德上，有敏锐高超的大决心。今日中国正处于忧患的大时代之中，其原因何在？其前途发展如何？需要大家大彻大悟，在思想上另立一个新规模、新体系，我们国家民族方才有复兴之望。

原载《民主评论》十五卷第六期

卷三

文化与教育

民主政治的哲学基础

——一九四八年十月二十六日在成都大学讲

我们知道现代的文化由三个运动而来：第一，宗教革新；第二，科学发展；第三，民主政治。这三个运动大家又知道是欧洲文艺复兴“人的发现”而起的。所以讲“人的发现”，是因为中世纪只迷信神道，置“人”于一边不顾，从“人的发现”之后，于是乎当时的许多文学家歌颂人的伟大，人的乐趣，从此以后，渐知人是顶天立地的、有自身价值的人。人有其心思，有其才力，可以辨别是非，明白真伪，而且人的价值，绝不是教会的迷信，亦不是君主专制政体所能抹煞掉的。

所谓宗教改革，就是以人为本位，来判断教会的是非，确定圣经的解释。所谓科学，用中国名辞来说，就是有物必有质，用西洋名辞来说，就是自然公理，是拿人的智慧来研究自然现象。至于所谓民主政治，就是以人的尊严，天赋人权之说，来推翻当时的专制政治，建设合于人类尊严的政治，从人的尊严，发生人的智慧，人的辨别，人在政治中的地位。所以这三个运动：宗教革新、科学发展、民主政治，都由一个本源而来。

这三个运动之中，从其根本上言，宗教上之可信与不可信，学理上之是非与夫政治上之善恶，另外有一种客观的标准存在，这就是人类的理性。人类的这种理性，对于一切辨理方法，形成所谓逻辑，对于数目、形态，形成数学。推而至于天文、地理，无处不可以得到一种实验上的凭证，以证明其是非。因此数学、自然科学之成立，尤其证明人类的理性有它一定的标准，且为有凭有据。理性可以达到客观的真理，是为科学与哲学成立之根据。所以当时哲学上有一种最盛行的学派，即理性主义(Rationalism)，笛卡儿、来勃立兹、乌尔夫都属此派，后来虽然有英国洛克等的经验学派崛起，谓人类的智识靠感觉累积而成，但是经验学派未能将理性派的主张完全打倒，因为这两派的思想，各有所长，不可偏废。

与理性派同时发生的，在科学上有所谓自然公理，在政治思想上有所谓天赋人权。最初自然公理之由来在乎自然现象之本身，而与人之判断无关，后来，康德的批判哲学起，他发出一个问题，问人类何以可能？他就告诉我们说：自然公理不在自然现象本身，而是人类的思想方式与外界现象的感觉相合而构成的。从这话中可见科学的构成与人类自己的思想方式有密切关系，即是说人的知识来构成科学，科学智识非自然现象中所能发生的。由这个立场，再跨进一步，就可明白天赋人权的道理。

天赋人权照我上面所说，即是人人有其尊严的地位。这学说最初发生的时候，完全系针对君主专制政体而起。因为帝王有帝王的特权，有生杀予夺之权，政治思想又苦于君主之压迫，于是发为“人类何以需要国家”的问题，乃假想说：在天然状态中，人类互相争杀，终于订了契约，成立国家、政府，所以国家或政府之成立是谋人民的福利的，不是人民为国家而生存的。但是人民所要的国家，究竟为何种国家？依照英国浩布士的说法，人民相约组织国家，拿一切权利献给一个人。他著一书曰《利未雅坦》(*Leviathan*)(原意大鲸鱼),他这部书中所论,成为现代独裁政治的蓝本。然而洛克著《政治论》,与浩布士的看法就不同了。他说:政府做事应为人民,应得人民之同意。这就成了后来民主政治的张本。此外,参加于天赋人权运动的人尚多,如卢骚、孟德斯鸠都在内,此刻不加细说。

所谓天赋人权,到底人权是天赋呢?还是政府成立了之后才有?两派的见解我此刻也不加讨论,但无论人权为天赋的,或政府成立后才有的,两派相同之点为共同承认人民有人权。所谓人权的意义,在哲学上看即是康德所谓拿人当目的,不拿人当手段、工具,也就是说人类有其独立的人格,政府应待其人民为有人格之人民,不待之如奴隶。要使一个人成其所以为人,成其为有人格的人,当然需要有养有教和政治上的判断能力,这原是一件不容易的事,但国家如能向此目的进行,无论如何,可以真正达到各人皆能享受人权的理想。

从人类所以成其为人的基本观点上,于是有各种特殊的人权因之而起,如人身自由,政府不可随便拘禁、逮捕、宰杀人民,因为无此权利,人民如牛羊,任政府宰割,还能算是人吗?又如信仰宗教自由,为宗教革新后,大家觉得如教会可强迫人民,教会对人民信仰有统制权,使人民无法发挥信仰之自由。又如言论、出版、结社诸自由,这种种自由无非划定界限,使政府权力不得侵入,如政府得随意侵入,则人民就不成其为人民,而为牛羊了。其次,在政治制度上,还有几条原则,如君主不负实际责任,征税须经议会同意,政府负行政之责任,人民有参政之权利等等,都是人权运动至十九世纪初叶,各国宪法成立,民主政体的背后思想。

但是十八世纪、十九世纪两世纪中所造成的人权运动，直至十九世纪各国宪法成立，其间的人权运动偏重个人主义、自由主义，那就是说政府的成立，在保护个人自由，个人幸福；至于个人自由，个人幸福之中，是否全体人民都能享受自由，都能享受幸福，就不顾了！工业革命以后，造成了多数穷苦的劳工阶级，少数的资产阶级。于是十九世纪上半期，社会主义运动兴起，这是除个人自由而外，尚有一个社会公道的大目标。这种社会公道的要求，先期的几个创导人中，马克思自然最有力量。这个运动先后推广到英国、俄国、德国、法国，各国之中所表现者各不相同，然而有一共通之点，即要求社会对其分子要有一律公平的待遇。具体地说，第二次大战后所实行的社会安全保险制度、一般生活程度的提高、劳工生活及工作条件之改善、工业民主制等，无非表示工人对工厂，应如资本家有同样的权力，国有政策亦无非达到社会贫富均等，同得生活之享受。

上面的话是说明从法国革命起至今，所谓民主政治与社会主义的运动大概情形如此。所以在我看来，这种种运动的背后不外乎着重两点：（一）个人自由；（二）社会公道。所谓个人自由，就是说一国之中，有千万人民，各人的才能、思想、职业、境遇各不相同，政府无法以一种统制的方法使其平均发展，因为各人有各人的能力，唯有听其自由发挥所长，倘使政府干涉，才能是无法发挥的，所以民主政治的第一个条件在发展个人自由。社会上各种人民，既各有各的职业、境遇，好比工程师、工匠、农夫无法使其一律，但其生活程度、教育机会、求业机会、参政权力，应差不多求其平等，否则，要使教育普及，工会组织普遍化是不可能的，压迫无产阶级，不令其得到向上发展的机会，人生乐趣的享受也是不可能的，所以，社会公道为民主政治的第二个条件。

我现在换一个方面，说出几件事，这几件事在民主政治的哲学中，应如何处置之方法：

（一）意志。在西方民主政治之下，有几千百万的人民，意思是千差万异，不能相同的。换句话说，政府不能压迫人民服从其命令，因为民主政治之中，根本无此种假定，唯其如此，所以民主政治下，人民有言论、信仰、出版、结社诸自由，各人可想其所想的，行其所欲行的，只要不超越法律范围，如英国言论自由中之不毁谤他人的名誉，不煽动叛乱，总希望各人的说话，得一平心静气之处。各人之思想既有不同，但各人可随其同类同器之人，结成团体，如同政党，可以在议会中成为反对党，并在反对的立场上可以批评政府，提出建议，机会来时，还可取政府党而代之，这即是允许意见不同的人可以生存，允许其发表不同的政治意见，而有更番表现的机会，这是民主政治对待不同意见的方法。

（二）客观真理。在初期哲学、科学发达的时候，咸认哲学、科学发达的真理起于自然现象。思想方式，乃至人权运动中认为人民有限度以内的权利，政府不可侵入，亦可算是一种客观的标准。但十九世纪下半期，有所谓生活哲学，即以生活（life）为出发点的学派，如柏格生、詹姆士、杜威、倭伊铿等都属此派，而且竭力主张行动在先，思想在后，他们的意思无非说世界上的科学与制度起于人类的欲望、利害、要求，换句话说，学术、制度起于主观的，而非客观的，这种学说流行后，就无所谓科学真理，一切得合于政治、社会，此即所谓政教合一，这种情形，在法西斯国家与俄国都有同样表现。譬如说，学术、制度上的真理可以一阶级，一国家作界限，则学术、制度皆可以阶级、民族之私利做出发点，即学术、制度无客观的标准。各就主观、个体的好恶立出一个标准，则科学无国界之说，四海之内皆兄弟之说都不能成立。反言之，学术失其客观的标准，人类的法律制度亦无共同的标准。所以如果客观真理不存在，则学术无法发展，社会安宁无法维持，这是社会的一大危机！

我再回到理性主义来说。简言之，宗教革新、科学发展与夫民主政治，都建筑基础于哲学初期的理性主义之上。十九世纪初叶，可以黑格儿做结束，大家对单以理性发见真理表示不满意，趋向于意志，认为是人类进化的大动力，从叔本华起至柏格生，都是这个趋向。自从有了意志主义派的哲学，所以主张行动激进，冲动皆出此而起。我们从各国的革命历史上，可以得到教训，知道单单从行动冲动是不能达到人类的幸福的，往往推翻复推翻，不得美满的结果，如果于行动之先，能以理智前后多加考虑，倒反可以一步一步前进而得到坚实的基础。我现在以哲学发展初期的几个字来说明民主政治的基础——“理性的意志”！在这基础上，我相信可以将中国的民主政治确立起来！

原载《再生》上海版

现代文化之危机

——一九四八年十月廿三日在重庆重华学院讲

我们国内近年来呈不安的状态，希望和平，得不到和平，希望建设，没有建设。不但我国如此，即世界任何国家都在精神上感觉不安，这种不安的情绪可以从外国的各种书籍名目上看得出，譬如说：《文化在试验中》《人类的最后机会》等等，为什么世界会到这样不安的时期，这是原子弹在日本广岛投下后始造成的。在从前，所有日新月异的发明，如天文、机器制造品，大体言，其范围较小，没有影响人类生存的问题，这并不是说原子弹发明以前，没有人注意文化的危机，德国的斯本格勒就老早于第一次大战前后对西方文化之前途发生怀疑了。他著了一本《西方的衰落》，书出后，很震动了一些人，并且赞成与反对此书的小册子，也出了约有一百本，所以这本书真可谓奇书。他将文化与春夏秋冬四季相比拟。在十九世纪的欧洲人看来，世界文化是无限制地进步着的，但他却认为国家文化之兴亡盛衰根据数，春夏时期过去后，秋冬时期就要到来。他说帝国主义就是文化死亡的象征。他以帝国主义与秦始皇的统一六国相提并论，认为秦始皇之对外发展与现代帝国主义对外发展之情形是一样的，为时代结束的现象。所以他归结说，现在欧洲文化决不能无穷尽地向上发展，经过多少年后，必如中国、印度、希腊、罗马的文化一样，迟早有结束的一天。他又说，现在的商业文化，资本主义、帝国主义、大城市生活，都是文化没落的必然现象。

现在世界文化所以到今日的危险地步，在其背后实在有三个很重要的问题：一、语言的混乱。二、价值标准之不一。三、理性的暗晦。我分别来说一说：

一、语言的混乱。人与人间意思之贯通要语言，在平时，互相传达语言不致引起误会。我们孔老夫子有云："名不正则言不顺，言不顺则事不成"，所谓名者即名辞也，现在在国际间，英美与俄国相往来，名辞的解释不相同，英美的了解与俄国的了解不相同，英美的看法与俄国的看法不相同，譬如英美所谓的民主与俄国所谓的民主不同，英美所谓的自由选举与俄国所谓的自由选举不同。这是语言混乱在政治上发生的大影响，大麻烦。语言原如钞票，可以为物物交易之媒介，其背后有法律有轨道，现在则不然，语言已不能如钞票之能为交易之媒介，这是一个大困难。

二、价值标准不一。人与人间相处有几种价值标准，自从马克斯以后，原来社会上的那套相处的价值标准已经完全被他否定了，马克斯认为社会最重要的是生产关系，上层的政治、道德、法律为统治阶级压迫的工具，于是使社会上父母与子女，政府与人民，朋友与朋友相处的道理和秩序发生动摇。欧洲自文艺复兴起讫法国大革命，价值的标准始终没有改变，直至一八四八年《共产党宣言》发表后，就大不同了，于是分明划成资本主义与共产主义两个标准，战后一切问题未能获得解决，背后的关键就在于此。

三、理性的暗晦。我说现在有人在走反理性的路子。过去，何以有人不肯信仰宗教，是因为它没有证据，没有数字可以表现。何以相信科学，因为它有证据，何以相信民主政治，因为它尊重个人，合乎理性。美国《独立宣言》与法国的《人权宣言》成时，是理性登峰造极时代。大家知道遗传学上有所谓门特尔法则，即凡祖上的优良种子可以传至下代子孙，俄国共产党认为这法则是在替贵族政治辩护，反乎马克斯主义，便排斥了，但另外有一个俄国科学家，则提出反对的见解被俄人认为合乎马克斯学说，受政府之宠幸。这且更使欧洲科学家非常不满，认为科学应有客观的标准，决不能因其合与不合马克斯的学说受到歧视。现在是理性上有凭有据的事，人家可以否认，这时代表现科学愈发达，权力政治愈盛行，国家与国家间，理性的机会愈少。

这三件事实摆在眼前，大家问我将来怎样？我可回答说有三条路。

（一）求一个妥协，以讨论办交涉的方式觅取妥协，但是这种方法在我看来很渺茫。

（二）如欧洲经过几十年宗教战争后，终于得到一个“容忍”的原则，即国家间如宗教之新旧教一般，相容并存。

（三）大鱼吃小鱼。在权力政治之中小国的地位减低了，有造成我们战国时代的趋势，出了秦始皇，到那时候，一切自由、理性都没有了，人类也临到垂亡的时候。

世界这样混乱，我们自己的国家又如此不安定，我们思想界的人士就应加倍努力，希望大家勉励，共赴艰难。

原载《再生》上海版

欧洲文化之危机及中国新文化之趋向

——在中华教育改进社讲演

我之出席于此江苏教育总会，今天乃是第二次。第一次是何时？一九一七年五月是也。其时欧战正酣，德之潜艇战略尚未宣布，美国尚未入战团，俄国尚无所谓克仑司几政府，更不知有所谓李宁政府，世界上之最新共和国即今之德意志，亦尚未出现。今也胜负分矣，休战而后，并正式和约亦已签字矣。不仅欧洲问题已解决，即太平洋之裁兵会议，亦将告终矣。吾们今日在此见面，诸君必问我："此数年间你常在海外你看将来世界究竟怎样？中国之地位究竟何如？"所谓世界究竟怎样？包含太广，断非立谈之间所能说得尽的；若就世界现有之问题分析之，诸君之意，岂不曰俄国之政局究竟何如？世界革命能达到目的否？巴黎和约能长保不至变更否？各国财政工商已渐恢复否？德国之赔款能照约付出否？各国之内治问题，如内阁，如议会如何？凡此种种者无论何件，无一非紧要问题。唯因其人所立之地位，而紧要不紧要以别：如外交家自然以和约为第一，而他事次之。如社会党自然以第三国际及各国劳动运动为重，而他事次之。但是以上各事，如外交，如社会革命，我今日姑且不谈。我所欲与诸君语者，则在欧洲文化问题。吾有一语，警告诸君，诸君且勿骇怪，即欧洲文化上已起一种危机是也。诸君在上海所见，租界秩序何等整齐！外人声势何等浩大！电灯何等光明！文明利器何等便人！何以欧洲人对于其文明起了反动？何以有所谓危机？则其原因有三：

第一，思想上之变动，诸君知道康德以来之哲学，以理性为出发点。人类之所以能认识世界，合二者而成：曰官觉，曰理解。在康德固未尝说宇宙之秘奥，可以纯粹理性参透；然而康德以后之哲学家、科学家，或者侧重唯心论，或者侧重唯物论，引起人类心理上一种希望，以为此宇宙之谜可以由人类智识解决之。此解决宇宙之谜之希望，以达尔文《物种由来》出版以后为最盛。此在思想史上，名曰实证主义时代。即吾国欧化之输入亦正当此时。故侯官严氏所译各书，如《穆勒名学》，如赫胥黎《天演论》，如斯宾塞《群学肄言》，即其代表也。近三十年生物学更进步，心理学亦发达，愈研究，愈觉此宇宙之秘奥是不易了解的。譬之从前以细胞剖为二，据生物学家之言，此半个细胞之组织，即为原形之半；然现时发明细胞虽分为二，而其组织仍为整个的，于是觉物理上之因果律是不适用于生物，乃至心理上之绵延，更非以物理学之计算法所得而衡量。哲学家如柏格森之类多言之。无俟予之赘言。要而言之，以近来哲学科学之进步论之，昔之研究在物理者，今则在生命方面；昔之研究在自觉者，今则在非自觉；昔之研究在理性者，今则以为非理性所能尽；昔之研究在分析者，今则在把捉实在全体。此则所谓主智主义与反主智主义是也。

第二，社会组织之动摇，诸君知道欧洲各国向以工商立国。所谓工商立国者，一方国内工商发展，故人人有生活有衣食之所；他方一国之富力发展于外，为工商竞争，为投资，为生计灭国新法。此等事在富力未发达之国，固以工商发达人民生计为最良之政策，迨乎既发达以后，于是在工厂之小民，自己仔细一研求，说货物由吾造成的，富力由我增进的，乃结果所得，无非扩充海陆军，一般外交代表得肆其纵横捭阖之计，或使本国银行代表之在外国者臣门如市罢了。于是发生一种自觉，说一国之富力不应集于少数人之手，国之与国，不应有所谓侵略。此所谓社会主义与第一第二第三国际组织之所由来也。

第三，欧战之结果，欧战之结果，死了数千万人，费了数千百万万财产，为人类有史以来第一次大战，是尽人所同认的。现在和约定矣，欧洲已恢复平和矣。所得者，无非割了地，赔了款，问世界到底有何好处，实在说不出来。然其中有一件事为吾人所不可不认者，即昔所认为不可能之事，竟变为可能。譬如十年前有谁想到奥国之分裂，而奥国竟分裂矣；昔时有谁信为德国全国人所爱戴之霍亨茶仑王室之去位，而今竟去位矣；有谁信德俄两国能成共和国，而今竟德之宪法已确定，俄之李宁政府亦已支持至三年之久矣；昔以强凌弱为定则者，今则有所谓国际联盟之说；昔以武装和平为定则者，今则有所谓裁兵，乃至战时计口所食之面包票也，以一切私有之工厂归国家支配也，皆引起人一种想象，以为人类改造环境适应环境之能力是极大的。一言以蔽之，则人类改造可能性之大，至战事中而大表显。唯此可能性之大，于是改造哲学者有人焉，改造社会者有人焉，改造各科学者有人焉，乃至思改造文化之根本者亦有人焉。总之，或曰改造，或曰革命，其精神则一而已。

合以上三种原因，可以说现在之欧洲人，在思想上，在现实之社会上，政治上，人人不满于现状，而求所以改革之，则其总心理也。其在哲学界则国人所常称道之柏格森倭伊铿是也。柏格森之哲学,一名变之哲学。倭伊铿之哲学,最反对自然主义,最反对主智主义。两家之言,正代表今日社会心理,故为一般人所欢迎。其在政治界,社会革命界,则俄之李宁,英之基尔特社会主义者之柯尔氏,此皆国人所已知,无待赘述者也。所最奇者,并对于今日欧洲文化亦有怀疑者,如英之潘梯氏(Penty)是也。潘氏亦为基尔特社会主义者,但其立脚点与柯尔不同。柯尔氏欲就现有之工业组织,改大资本家之所有制为生产者之所有制而已;而潘梯氏则以为有大工厂大市场自然是资本主义,故不仅以改良所有权为满足,以为非废大工厂不可,甚至说非重农而轻工不可。乃至有人说工商业由科学发达来,工商组织既已流毒如此,故对于产生工商之科学,亦生疑问,凡此奇怪之论所以发得出来,即系不满足于现状之故,即系改造可能性发展至极度之故。即如罗素书中常说现社会之组织,是抑制本能,是戕贼生机,欲恢复心灵以调和理智。以罗素之好为分析之哲学家,而其社会哲学中,虽不排斥科学,然明言理智之害,即不啻道及科学所生结果之害。乃至因战败后之失望,则以德国为尤甚,故甚至出了一书,名曰《欧洲之末运》。吾之所谓欧洲文化之危机者此也。

今日承中华教育改进社之招,其演题登在报上的,是最近对于教育的感想,我现在已说了半天,尚无一语及于教育,诸君必定问我:何以你所讲的,竟是文不对题?诸君要知道文化是与教育极有关系的,中国昔日之文化,以君尊臣卑,以家庭为其组织之主体。故以诵读孔孟之书为教育。今日主张科学,主张各人独立自动,故学校所教者,为各种科学;所练习者,为团体生活。

假使文化面目一变，则教育全体方针亦随之而变。故我以为欧洲文化上之危机为世界之大事，而吾国人所不可不注意者也。

或者诸君要问我：欧洲文化既陷于危机，则中国今后新文化之方针应该如何呢？墨守旧文化呢？还是将欧洲文化之经过之老文章抄一遍再说呢？此问题吾心中常常想及。吾到上海之次日去看一朋友，他拿出梁漱溟先生新著《东西文化及其哲学》一书，全书即是讨论此问题。吾将梁先生之所说，简单报告诸君，再述我自己的意见。

梁先生分世界文化为三种：曰中国，曰印度，曰欧洲。欧洲文化为“向前要求”，故产生科学方法及民主政治；中国文化为迁就境地，但将自己的意思变换或“调和”，或“持中”；至于印度，将生活困难从根本上取消，故为“反身向后要求”。此三种文化的特点，说得很透辟，吾极佩服的。但是后来说到三方面之哲学中，他说：

> 西洋生活是直觉运用理智的；
> 中国生活是理智运用直觉的；
> 印度生活是理智运用现量的。

此三语中，包含佛教哲学，西洋哲学，中国孔孟之言，内容太繁杂，今日不能细说，他日俟有机会，再一一讨论。而吾所不解者，则其所引为西洋以直觉运用理智之根据，曰“我”之认识。所谓“我”之认识，是由于笛卡尔氏“我思故我存”一语而来。笛卡尔此语，为后来理性主义之祖，实为后来主智主义之张本。即曰此“我”为人生活动之“我”，则为政治学上生计学上个人主义之

"我",与理智直觉何涉?而梁先生乃曰"我"之认识为直觉,是吾所百思不得其解者也。梁先生又引孔子之言"仁",言"中庸","吾与点也"之语,以证孔家之自得之乐,以为出于直觉。所谓自得之乐,是否孔子唯一面目,已是问题。梁任公先生告我,梁漱溟之孔学,乃阳明门下泰州一派,则自得者,孔子之一部而非全体也。譬如梁漱溟先生释孔子之"仁"字,引"予之不仁也"以证明此"仁"字乃感情温厚直觉敏锐之意。然而孔子之答颜渊曰,克己复礼为仁;答子张曰,出门如见大宾,使民如承大祭。言礼言祭言大宾,其郑重将事为如何?而非直觉二字之所能尽明矣。以吾看来,所谓"仁"所谓"义",孟子说得最好,乃是不学而知,不虑而能之良知良能,既无所谓理智,亦无所谓直觉。梁先生书中乃强名此良知良能为直觉,则康德之实行理性,亦名为直觉派哲学可乎?

至于印度哲学上之现量,是信解行证四者中之境界,与西洋哲学中之理智直觉,不能为比较的研究。梁先生将直觉理智二名词,用得极宽泛;三方面文化之特征,尽归纳于理智直觉之中,故名词意义之歧混,乃全书中最大的缺点。

然而今日是讨论东西文化,非批评梁先生之书,故最要紧者,是梁先生之结论。第一层,梁先生从物质、社会、精神三方面观察其变迁。与我第一段所观察大略相同。梁先生自言未尝出国门,而其观察之深入如此,乃我所极佩服的。但梁先生竟引倭伊铿辈之言,以为与孔子之言相同,而断定西洋文化必走中国的路子。彼于其书中曰:"精神生活一面,大致是中国从来样子";以为艺术复兴,礼乐复兴,以收拾人心,安定人心,而宗教必定衰微,亦与中国旧样子相合(梁先生语)。梁先生以为孔子说人生、倭伊铿亦说人生，字面既已相同，意义亦当相同。不知孔子的人生，是伦理的人生；倭伊铿的人生，是宗教的人生；孔子的人生，是就人生而言之人生；倭伊铿之人生，是宇宙的人生，二者不可以相提并论。至柏格森书中之“生”字，有指生物学上之“生”，有指心理学上之“生”，更是不同。要之，欧洲文化之将来，吾是不敢断定；然就大略观之，则一地之文化在本国以内，以反动状况为多。譬如甲时代为一种文化，乙时代为一种文化，至乙时代而生反动时，常稍变其形式，而复返于甲时代之文化。汉时之考据，至宋明为理学；理学之反动，则又为另一种之考据，然其为考据一也。以我默察欧洲情形，今日人人于中世纪之制，羡之如中国人之称唐虞三代，所谓基尔特社会主义之基尔特，即中世纪之制也。倭伊铿为主张耶教革命之人，然以为代物质文明而兴者，舍宗教而外无他物，且以为此后之宗教运动，必有如中世纪之盛，凡此足以证吾文化反动之说之非无据矣。故梁先生之推定欧洲文化为走中国路子，我所绝对不敢赞同者也。

至于第二层，更为重要。梁先生断定世界未来之文化，就是中国文化的复兴。此类勇气，吾是极端赞成的。但是今日尚在振作精神创造新文化之时，自己文化如何，尚不得而知，而竟断定“世界文化即中国文化复兴”，不免太早计了！至于梁先生所说今后中国应持之态度亦有三项：

> 第一，要排印度的态度；
> 第二，对于西方文化全盘承受，但对其态度要改一改；
> 第三，批评地把中国原来态度重新拿出来。

梁先生一方说世界未来文化是中国文化，而他方又说中国应采西方文化，此两说如何合得到一起，吾苦难索解。一种文化有内外两方；有西洋之爱智识之精神，而后有今日之科学文明；若去其爱智识一点，而采中国人之优游自得，则科学文明能否发生，已是疑问。即令发生，能否有今日西洋人之工商组织，亦是疑问。总之，吾于梁先生所说承受西方文明一节，是完全赞成的；但对中国到底成何种文化，世界成何种文化，我不能如梁先生之速断。兹将吾对于中国文化方针约略言之：

一、文化为物，发之自内，由精神上之要求，见之于制度文章；其性质为自我的，独立的，虽因外界之交通，而思想上有互换之处，然一洲或一国之固有文化之成立，必其国民自身有特种人生观，有特种创作，此考之希腊文化与欧洲文艺复兴以来之文化，何一非创造的思想家之言论动作，有以涵育而成之，是其明证。故吾国今后新文化之方针，当由我自决，由我民族精神上自行提出要求。若谓西洋人如何，我便如何，此乃傀儡登场，此为沐猴而冠，既无所谓文，更无所谓化。自此点观之，西洋人对于其文化之失望，吾人大可不必管他，但自问吾良心上究竟要何种文化。

二、据我看来中国旧文化腐败已极，应有外来的血清剂来注射他一番。故西方人生观中如个人独立之精神，如政治上之民主主义，如科学上之实验方法，应尽量输入。如不输入，则中国文化必无活力。

三、现时人对于吾国旧学说，如对孔教之类，好以批评的精神对待之，然对于西方文化鲜有以批评的眼光对待之

> 者。吾以为尽量输入，与批评其得失，应同时并行。中国人生观好处应拿出来，坏处应排斥他，对于西方文化亦然。
>
> 四、文化有总根源，有条理，此后不可笼笼统统说西洋文化，东洋文化，应将西洋文化在物质上精神上应采取者，一一列举出来；中国文化上应保存者，亦一一列举出来。然东西文化之本末各不同，如西洋人好言彻底，中国人好言兼容，或中庸；西洋好界限分明，中国好言包容，此两种精神，以后必有一场大激战。胜负分明之日，即中国文化根本精神决定之日。

此四项既经过以后，乃有所谓新中国文化，乃再说中国新文化与世界之关系如何，究竟中国文化胜耶，抑西洋文化胜耶，抑二者相合之新文化胜耶，此皆不可以今日臆测者也。

以上四者：精神上之自发也，研究也，批评也，相反二者之综合也，可以谓为尚偏于智识方面，然文化之根本，智识固不可轻，而所重尤在行为。譬之练新军也，其一，当军政之局者，应有为国防而练兵之目的；第二，用人行政，须为国家百年久安之计，非以军队为拥护个人之利害；第三，关于陆海军经理部，出入须有着落，不可丝毫冒滥，能有此行为者，斯其练兵为可久可大之业。又譬之政治也，政治家须有一定之政策，时时演说于公众；政治家本守法之精神，依政策之行不行为进退；政治家不肯有丝毫腐败国民道德之举，能有此行为者，则政治之由新而旧，乃有确实根据。吾尝乘日本船，见其自船长而下，以至候补士官，举止行动，于整肃之中，有和爱可亲的样子；大小各官，如出同一模型，可知其始事之初，必有一种模范人格以为之表率，故能养成此种风气。而日本一切新政所以行之而有效者，皆以创始之先有公心，有以身作则之人物为之倡也。吾国竞言新文化矣，新文化自智识输入下手，本当然之事，然新文化必有负担者，以德人之名名之，可曰文化之担负者（Kulturträger），此担负者之责任奈何？曰，本新文化之精神，一一身体而力行之耳。新文化之要件在解放，故人人当从自己解放起；新文化之要件在自立，故人人当不依赖他人做起；新文化之要件在劳动神圣，故人人当从自食其力做起。此寥寥数条，人人遵而行之，则民主精神，科学精神之新文化，自然实现于吾国。若夫徒以之为口头禅，随便说说，便算了事，直是虚伪，而何文化之足云！要之，以世界大势看来，欧洲人自己家内之困难问题，正是不少，故以亡国作杞人之忧大可不必；然国亡之惧虽无，不能说吾国就此高枕无忧，盖人生在世，当然有各人之责任，居今之世之最大责任，厥在对于今后世界新文化之贡献。吾国人而诚能发奋为之，则新文化桌上，必容吾国人占一席，而不然者，旧者且日就沦夷，更无所谓新，此则我所欲与在座诸君及全国教育界诸君共惕厉者也。

原载《东方杂志》十九卷第三号

中国对于西方挑战之反应

——伊里诺大学演讲

此次我来伊里诺大学校，因我女孩之邀请。现世界日益缩小，往来便利，甲国人移居乙国，贡献其所长者日多，中国人在美国各大学、各实验所、各医院、各工厂中工作者，有数千人之多。此与一九四九年以前，一旦大学毕业，即行回国服务者，大大不同。

此种东西文化关系之接触，不但发生彼此意见之交换，有时亦能引起彼此间之冲突，假使因冲突而达于调和而达于折衷，其有益于人类之相处，决非浅鲜。我个人在学问方面，兴趣甚广。今日想就过去之中国宗教、语言与哲学三方面，我心所怀抱者与诸君共同讨论。我个人无意于告诉诸君对于中国应如何看法。我在西方居住多年。我常想在东西比较研究之中，求得一种彼此折衷之立场，各去其所短，各保其所长。此为太空时代各国间相互了解之大事，吾人所当致力者也。因此我所欲与诸君言者，非为另一种哲学派别，乃促成各国间了解之接近而已。

第一，宗教。吾国古代以一世大哲，任天下之重。尧之自任曰："一民饥，我饥之也。一民寒，我寒之也。一民有罪，我陷之也。"汤之自任曰："万方有罪，罪在朕躬。"伊尹之自任曰："予天民之先觉者也。非予觉之而谁也。"古之大哲，上自天道，下至人事，一切引为己责，所以觉世、化民、成俗者，皆为一身之事，故吾国所谓先觉，犹西方所谓预言家(prophet)也。其后官失其守，学绝道散。于是先知先觉之责，不在于君，而移于在野之贤哲，乃有孔孟为儒者之宗，而六艺之教因之以兴。

《礼记经解》曰：

> 孔子曰入其国，其教可知也。其为人也，温柔敦厚，诗教也。疏通知远，书教也。广博易良，乐教也。絜静精微，易教也。恭俭庄敬，礼教也。属辞比事，春秋教也。

吾国教字指人事物理之典则，可以垂诸后世者言之。宗教之曰于信仰者，为印度以西至犹太与阿拉伯所独有，而为吾国之所无。佛法自印度传来，吾国人但以理智态度起而信守之。此时尚不知所谓宗教。及十字教会传教之士利玛窦于明万历时传天主教于吾国。其所以受人尊重，据徐光启《几何原本》序中之言，计有二因：一曰利氏之学，指其天算方面有关于日蚀月蚀之推算言之，一曰利氏之道，指其敬天爱人与立身行己之道言之。此时徐光启李之藻辈激于明末王学之空谈心性，对于利氏之学既已景仰，自然对于利氏一神之说，若高山之仰止矣。然十九世纪中叶，耶稣新教西来，大昌吾国人民崇拜偶像之说，一若民众之愚昧，同于非洲之野人，然不知郊天之祭，始于尧舜禹汤文武。故《礼记·郊特牲》之言曰：

> 祭之日，王被衮以象天(谓文日月星辰之章)，戴冕十有二旒，则天数也。乘素车，贵其质也。旂十有二旒，龙章而

> 设日月，以象天也。天垂象，圣人则之。郊，所以明天道也。万物本乎天，人本乎祖，此所以配上帝也。郊之祭也，大报本反始也。

所谓"万物本乎天"与夫"天地之大德曰生"，与西方上帝创造万物云云，非为同一意义者乎。因西方忽视吾国祭天敬天之礼，乃视之与崇拜多神为同俗，因而酿成千万件教案，至清末有拳匪之变。中共兴起，乃有反帝国主义之口号，虽历史上事情之因果，极不易简单断定，尤不可将其因果简单化。然彼此间之轻视，易生反感，则无可疑也。

假令许我以想象方法设想当时各国所派教士，不属于长老会洗礼会之人，而为黑格尔左派之菲鸦拔哈[①]氏（Feuerbach），我信菲氏所以报告中国人之信仰者，将为另一图形而大异乎新教传教师之所言。菲氏以为世界中心，应在人类之爱，不在超绝自然界之上帝。兹录一八四〇年出版之《耶稣教之本性》（*Wesen des Christentums*）之言如下：

> 彼等称我为无神者，实为不知我者之言。上帝之有无问题，或曰有神论与无神论问题，乃十六或十七世纪之事，非十九世纪之事。诚然，我否定上帝。但我所以否定上帝者，因有神论者否定人类之故也。将人类置之于冥想之天堂中，即等于将人类实际生活之地位降低，与其空想天堂，不若代之以人类之实际生活，或就政治上或社会上之地位

① 菲鸦拔哈：今译费尔巴哈（1804—1872），德国哲学家。

而抬高之。故上帝之有无问题非他,即人类有无问题也。

孔子生于公元前五五七年,早于菲氏二千三百年。但孔子思想之现代化,正与菲氏同。孔子思想以仁为出发点,而二人相处之关系,汉儒解之为相人偶。由此人与人之关系间,发生人与人相爱之情与理,名之曰仁。

孔子释“仁”之义曰:

> 仁者,己欲立而立人,己欲达而达人。
>
> 子贡问曰:有一言,而可以终身行之者乎。子曰:其恕乎;己所不欲,勿施于人。

仁恕二者,互相关联,唯知己之所不欲,乃能知人之所欲。仁恕二者之相关联,孔子之言,《中庸》记之曰:

> 忠恕违道不远,施诸己而不愿,亦勿施于人。

此即人伦关系,如父子如君臣如夫妇如兄弟如朋友,皆应自两方着想,然后其爱、敬、忠、信,乃出于真诚也。

孔子尤着重于把握一己之身心,故曰正心、诚意、修身。凡能把握自己之身与心者,方能信仰上帝,倘不先正心,虽日到教堂或坐或跪,有何用处。太史公于汉高本纪后赞之曰“夏之政忠,忠之敝,小人以野。故殷人承之以敬,敬之敝,小人以鬼”。郑玄释之曰多威仪,如事鬼神。吾人可再释之曰,如以人世之事,委之上帝,则人民信神而忘其在己之身心。反而言之,如专以有形之事物，可以目击耳闻手触者为真为实，而忘其无声无臭之中自有其主宰之理，此则孔子所以有知之为知之，不知为不知之言。知之者，可耳闻目击者也；不知者，君子所畏之天道也。孔子于可知之学问与不可知之天道二者之间，择其一条中间道路，不以神道压倒科学，亦不以科学否认上帝，此正中庸之道也。乃至就西方上帝与世界之关系言之，分为三派。一曰泛神论(Pantheism)，谓上帝在世界之中，与上文所谓天地之大德曰生极相似。二曰自然神论(Deism)，上帝造世界后，听其自然，不加干涉。此为十八世纪自中国传至西方之说。三曰神道论，即上帝本其唯一神之地位，经由此世界而运用之。合此三说，又分二派，一曰外在说，上帝与世界为一体，然居于世界之外，二曰内在说，上帝所为，即在万事万物之中。此二说不足以形容上帝之神妙莫测，乃有上帝人格论(Theistic Personalism)。上帝为人格，有主意之决定，受祈祷之影响，但无一定计划(no definite plan)，而潜在于人类本质之中。因此上帝创造此世界，然不依赖此世界，而此世界则依上帝而存在。此第三说合内在外在二者而一之。然依吾东方人之观念，上帝属于天道，非名相所能形容。立说多，则议论尤为纷歧。因西方人好以言语为说明之资，不甘于向起名相之境界低首故也。然易经有言，形而上者谓之道，形而下者谓之器。中庸曰“博厚配地，高明配天，悠久无疆，如此者，不见而章，不动而变，无为而成。天地之道可一言而尽也，其为物不贰，则其生物不测。”可见天地事物，从其所见者言之，曰文理密察，从其不可见者言之，曰至诚无息。此形上形下之所以不容偏废也。本节论宗教，我姑引菲鸦拔哈之言为结宿。菲氏曰所谓神道实不外乎人道。此与孟子所言“仁者人也。合而言之，道也”何以异乎。

第二，语言。我常闻西方人评中国语言者有二。甲曰中国语无文法，乙曰中国语不适于讨论哲学（德人著中国哲学史者有此言）。

我以为中国语之有无文法，当视所谓文法之定义何如。丹麦人俟司判孙[①]氏（Jespersen）所言，文法依语言之位处定之。依俟氏之意，中国语言虽无西方语言中多少数之相合，动词之现在时或过去时，然因其位处有定所，谓为无文法，不可得也。语言所以达意，意之既达，语言已尽职，文法自在其中矣。

我姑且举中国语言所负译述之责任言之。第一次，将佛经以梵文写成者译为汉文。佛经之理如无常无我如涅槃，与儒家所论孝悌忠信之道，是非善恶之辨，绝不相类。但经中国学者、印度与西域高僧之共同努力，三千数百种之佛书，译成汉文。鸠摩罗什有“不能嚼饭与人”之言，谓译文不尽如作者原意之意。然佛教之理，经汉译而大行于东亚，则为彰明较著之事实。近来印度学者因梵文原本之不可得，乃就汉文本再译为印文或梵文。是汉文译本足以达意，且为现代印度学者所能了解，乃能就汉译以恢复其梵文本之原型。是汉文足以达意可以见矣。西方人所谓中国语言不适于讨论哲学云云，其为错误之言，显然矣。况乎中文译本造成日本、高丽、越南之佛教信徒，而越南之佛教徒形成一种政治势力，尤为美国人所共见共闻者也。

第二次，将西方之自然科学、哲学与马克思主义之书籍译为汉文。此项翻译断非易事，因各书之概念与中国格格不相入也。

① 俟司判孙：今译叶斯柏森（1860—1943），丹麦语言学家，专精英语语法。

然中国经鸦片烟战争、中法战争之挫败，自知新知识输入之必要，乃于上海江南制造局中附设一译书局，此外更设一广方言馆，即为我少年读书求学之地。译书局中有吾国专治理化数学之人如李善兰、华衡芳辈司笔译之责，更有美国人傅兰亚(Fryer)负口述讲解之责。自我来美洲，出入加州大学，求书于亚洲图书馆，乃知亚洲图书馆之书，即傅兰亚在上海时所收集之书，移赠于加州大学，更因傅氏之书扩而充之，以成为今日之亚洲图书馆。是傅氏之移植科学于吾国者，有其回飨美国者在矣。

以上为第二次译述书籍之第一届。继自然科学而起者，为严复氏(号幼陵)之译西方哲学著作。各书之名称如下。

(一)《天演论》　Huxley：*Evolution and Ethics*

(二)《原富》　Adam Smith：*Wealth of Nations*

(三)《名学》　John Stuart Mill：*System of Logic*

(四)《群学肄言》　Herbert Spencer：*Study of Sociology*

(五)《法意》　Montesquieu：*The Spirit of Laws*

其后更有德国哲学家如康德、黑格尔书之译述，反理智派哲学如柏格生之《物质与记忆》《创化论》，由张东荪译出，倭伊铿由瞿世英译出。此为第二届。

其第三届为马克思、列宁、史大林全集之翻译，为苏联革命以后对中国宣传而起。其时莫斯哥设有中山大学，招收中国学生数百赴俄留学，由各学生译出者也。俄政府印行，经西伯利亚五千五百英里铁道运送而来，免费分送于人。

以上两次三届之书，由梵文与西语译述而来。试问中国语言苟不能胜此达意之任务，则文化交流之效果，何由发生乎。

更自反面言之，中国书籍，如孔孟儒家之五经四书，道家之

《老子》《庄子》，法家之《管子》、商君、韩非与《墨子》，乃至史部之《史记》等等，无不经西方人之力，业已译出，较诸吾国人未将柏拉图对话，亚历斯大德各书全部汉译者，远胜多矣。

第三，哲学。我为从事于哲学研究之人，所欲与诸君讨论之问题甚多，如中国哲学之语简义广，西方哲学之语繁义精，中国哲学问题在人事之中，西方哲学问题在自然界知识之中，中国哲学方法在直觉，西方哲学方法为逻辑与经验。此皆可以互相比较者也。今日时间匆促，但就二、三点言之，其一为一元主义。世间事物繁多，有属于物质者如木石铜铁是也，有属于“生”(life)者如植物动物人类是也。有属于心者，如人之思辨是也。有属于客观精神者，如礼俗，制度文章风气是也。此数者任其自然而听其所在，如大学所谓格物、致知、正心、诚意、修身，则物、知、心、意、身五者自有其自然的地位。反是者以为物质之学，生物之学，心意身三者之学，既已成为智识与学问，乃一切归之于心，将万物化之为一元之心，于是有哲学中之唯心论派，其有反对者之为唯物论派，将一切归之于物，是为唯物主义派，其有非心非物者，则以现象为主，是为实证派(positivism)或曰现象派。然一切归之于物者，乃将物质运动之机械主义(mechanism)推及于生与心，于是而生命之目的论与心思之自由意志论因被否认，乃至礼俗制度，亦以为由物质生活之下层结构所决定。反是者其以心以思为主者，如黑格尔氏欲将自然界依逻辑学方式，演绎而出之，乃有“自然界为精神之自其本身外推而出之”之言(nature is spirit in alienation from itself)，此则将事物之为事物，各事物之演变，由时间酝酿而成者一并否认之矣。依中国向来观念言之，物自物，生自生，心自心，此三者各自为一体，不必混同而化为一元者也。其二为直觉与经验问题。此二者为人类智识由来之源。所谓直觉，依各直接所感所知之能(faculty)推定外界事物之理曰如是如是。孔子所谓己所不欲，勿施于人。孟子所谓良知良能，即自此直觉之知(intuition)来也。西方偏重经验之知，然逻辑学家亦认思想三例(唯排中律除外)，为直觉之知。《几何原本》作者欧几里得氏明言以若干自明理为出发点。若推而广之，笛卡德之“我思故我存”，非现代哲学本此自明理为其出发点乎。当代大哲怀悌黑氏推翻心物二分说而代之以“事”(event)，事即为唯一实在，且言其出乎经验。然既为经验矣，应为人同在此世界中者所共遇，然必待怀氏起而后有此新说，其为怀氏一人之直觉，显然矣。此犹东西圣人心同理同之义，为人所同然，然必待象山而后明者，因其为一人独特之见故也。此两种之知，一为一人之妙悟，一为事情证实之所需，合而用之，其有益于真理之发见，何止如今日而已乎。其三为科学发展问题分两项论之。(甲)为核武器之前，(乙)为物理学之新发展。(甲)原子弹制成之前，科学家一致之见解曰科学为事实(fact)之研究，与人事之价值(value)无涉。吾国科学家共守之规矩，曰科学无国界，曰科学研究一切公开。申言之，科学研究宇宙之秘奥，应为人类所共知共有，不应有此疆彼界之分。所谓事实研究，不参以价值高下云者，为科学家将研究结果公开之借口而已。试问德拜耶公司(Bayer)所发明如染料如药品如铺路柏油，既有益于医病，又可用之于衣与行，何能谓无价值存乎其中乎。无线电之便于通信，电视之广见博闻，可以辅助教育之推行，其中有正德利用厚生之效，何待论乎。然数百年来西方人守科学为事实研究之言者，所以便各国科学之通力合作而不必有所隐匿也。

二次大战时，德美两国争先制成原子弹，自爱因斯坦献议于罗斯福总统，乃有所谓孟哈顿计划。而美国各大学科学研究室即张贴通告曰："此处不准人参观并不得交换意见。"所以防此项计划之泄漏。自是以来，科学知识一切公开之旧贯，为之一变。今已将核武器不得散播规定于国际条约，而法国戴高乐因向隅之故，退出北大同盟矣。此可以见核武器所生之人事社会方面之影响如何。兹举苏联核子物理学家卡比柴[①](P.L. Kapitza)之言如下(一九六二年四月四日《原子科学家报告》第十八册)：

> 我就一生所见科学发展情况，加之以思索，乃觉其中惊奇之事，即人类对于科学之一般态度是也。我少时常闻纯粹科学(Pure science)之名，即为科学而研究科学之谓。然今则情况已大异矣。今日已认定科学为社会秩序中之所必需之物。国家视科学为其主要职掌，与军队、警察、司法三者处于同等地位。此为五十年前所未尝闻见者，因当时科学研究为私人主动之事也。
>
> 吾常闻科学分而为二之说，一曰基本科学，二曰应用科学。然基本科学何时终，应用科学何时始之界线何在，极不易得，因此分界出于人为的制定故也。昔法国科学家朗格密氏(Langmuir)工作于工厂中，因求电灯技术问题之解决，而有关于科学基本之发见。则此种分界之不易成立，可以见矣。

① 卡比柴：今译卡皮察(1894—1984)，苏联著名物理学家，超流体的发现者之一，获得1978年的诺贝尔物理学奖。

国家因科学研究之扩大，其用于科学研究之经费日增，如加速机与反应炉之制造，如外空之探测，皆工程浩繁需用大款者也。此种工作非私人所能负责，而必须由团体担任。此后创造性之团体工作，更将方兴未艾矣。

昔时戏台之上，但见有演戏者，至于总揽指挥者为不关重要之人。现时电影一幕演戏者之数，达于数千或万人以上，其主要安排之责，则属于指挥者。现时科学界之情况正相类似。科学研究所以需要指挥者，由于其所负任务为创造性，非执行性故也。所谓创造性之任务，如戏剧排演之分一二三幕，谁任某角，谁任某角，演员分配得宜，方成为好戏。科学研究之安排，犹之好戏好电影之安排，此乃指挥者之所以重要也。

关于科学研究大计划，指挥者虽不亲自工作，然其为伟大人物自若焉。譬之卫星之运行于空中，指挥者自有设计之大功。然诺贝尔委员会不以奖金予之，此我所不解也。爱因斯坦氏与克兰尔氏(Reni Klair)既为艺术家，又为大指挥者。科学界中之长于组织者，岂不应视之为大艺术家乎。吾人今日所处，为科学与技术发展之世，科学界组织者所负之任务，极关重要。据我所知，演员而兼指挥者，有却魄灵(Charlie Chaplin)其人。英国物理学家罗德福氏(Earnest Rutherford)一面为科学研究，一面为大试验室之创造者，即富于指挥天才之人也(卡氏在英，为罗德福之学生，史大林请卡氏返俄之日，罗氏以卡氏试验室全部仪器赠之，史氏派军舰载之以归。卡氏此文提及罗氏，所以表其感恩知己之意)。

原子弹出现之后，科学研究公开之时代已成过去矣。今各国科学试验室，虽未予人以闭门羹，然科学报告中已有可公开与不公开之分类矣。彻底言之，人类心思所及之事，便有其重要性与价值性，岂有全国各大学千百万人之所钻研者，仅为一种客观事实，而绝无与其人生社会方面发生影响之可言乎。此本为人之所易见者。但公开研究四字所以促成各国科学之昌明者，今已成废弃，不免令人叹息者也。

（乙）项所应讨论者为物理学之新发展，其中为泊朗克氏（Planck）之量子论，为爱因斯坦之特殊相对论与一般相对论，为哈伊盛堡[1]之不定论。其间经过繁多，但就其理论分为三点言之。（子）物质之非物质化。——向来科学家以为宇宙现象可凭物质与运动二者为解释之资，甚至脑神经系之行列，亦以物质变化为之解释。其意以为物质为一切现象之运送般，因其为多方面的，而为宇宙间之终局而不可化之体也。所谓物质之方面（一）继续不断于遍宇宙之光亮的以太中。（二）可分为原子而行动于以太中。然自十九世纪之末，经所谓摩勒氏、米却尔生氏（Marley, Michelson）之试验后，知以太动态之不可得。此后又经爱因斯坦氏明可夫司几氏之言成为定说，认为以太为不必要而无用，不如弃之为得。于是此继续不断，占据空间之物质，因此被驱逐于科学舞台之外矣。然硬性与分段之原子依然在焉。自托姆生氏（J.J. Thompson）之研究，初时仅知原子为正电区，附以若干力小之负电。其后罗德福氏、苏狄氏（Soddy）二人继

① 哈伊盛堡：今译海森堡（Heisenberg，1901—1976），德国著名物理学家，量子力学主要创始人，哥本哈根学派主要代表人物，1932 年诺贝尔物理学奖主要获得者。

之，确知原子之X光发射体之核心为正电，旁有负电环之，乃使全部原子成为中立化。倘就氢气原子之形状言之，假定其面积如同自地球至于北极星之广大，其核心如一台球，其电子为长三百尺之圆球环绕于此台球之四周之轨道，约有十英里。如是此硬性之原子，仅为空无的空间而已。所谓核心，非一律之圆球，自有结构而变化甚多。所谓电子，亦非简单之物体，唯有自身转动之中，其形之大小如何，为科学家所难于断言。然其为点形(points)，为数学的单一体之现于空间者，则可明言者也。因吾人处此不定与疑似之中，只能以“非物质化”(dematerialisation)四字为原子之概念，或者去正鹄不远矣。(丑)运动之分段或不继续——平日吾人在所处宇宙中之所见，一切运动无不继续，如鸟之飞行，如石之下坠，如星辰之运行如人之行走决无中断可言。先以萤火虫譬之，夏夜间有萤火虫飞动，一点一点之光，闪烁来往，几疑其飞动之或断或续。但依常识行之，则知其飞动之一步一步前进，为无可疑者。至近年科学家深入于原子中之电子始知运动继续原理之不能适用。何也？电子现象，如同萤虫夜间之飞，有时可目见，有时不可目见。虽电子行于其经常轨道之中，求其位置所在，仅有若干不定之点。唯其在空中仅有若干不定之点，此所以名之曰运动之分段或不继续。明白言之，对于原子地位不衡量，仅知氢气电子之不变情况，在其可见之空间的分配之盖然集合数中。至于每次地位之个别观察，则不可得。如是，电子运行之继续之证实，既受堵塞，而电子本身为甲为乙为丙丁，又无可分辨，则电子自身之个别，且不可辨，更何从而有个别观察可言乎。科学家因电子位置之凌乱，弃其继续之假定，但就多数次之观察，得其平均形态(the average behavior of a multitude events)。此原子物理学中所以采用盖然集合数之所由来也。(寅)因果律——因果律原指物之定态时间内之变样言之,某物之定态在势力热度变化之下,如容量与压力三者之变(variables),引起定态之变。或另一种名伸缩性的物,因压力或伸长而起定态之变化。前者为热力,后者为伸缩性。物之定态之可知者,其未来之变化可以预为计算,前一态名之曰因,后一态名之曰果,合而言之曰因果律。前段所言之电子,其形既小,其个体不可辨别,于是昔日物理学之因果律不能适用矣。哈伊盛堡氏之不确定原则,即指质点之地位与动量之不可确定言之。而牛顿之因果律乃告终矣。然吾人暂舍物个别定态,而另采统计中之定态(即盖然集合数),换言之,以盖然数为其意义,即定态在各不同时间以内,仍有其所以不同之故。如是因果律可恢复适用矣。

吾人面对物理之新进步,唯有赞叹曰,诚窥见宇宙之秘奥矣。然就吾国哲学之原理言之,只见双方之接近,非增加其疏远也。何以言之,方今物质定态之说已去,机械律与定命论已缩小其效用,于是物质为主之说打消,而心为立法者之说乃大流行。其随之而来者为价值论之昌明,昔以科学说明物质本身之所以然之故者,今视为真之价值之所从出。申言之,科学所求为真之价值,与美学所求为美之价值,伦理学所求为善恶是非之价值,宗教所求为神圣之价值,其理正复相同。此可谓东西接近者一也。事物之认识,不能离乎心,除其所目击耳闻手触者外,只有其无形之理在,所谓善恶公私邪正美丑之辨,因之以生。古人有言,形而上者谓之道,形而下者谓之器。道器之分,即无形之不可见者,与有形之可见者之分。人类之维持其生命,不能以有形者之分配为限,而不顾长久相安处之道。以怀悌黑氏之从事于数学与技术者,而有"宗教造成论"与"实在与行列论"之形上学之大著,实为二次战后西方思想界最特出之处。此可以见自定其理知之范畴,自东西之接近者二也。人既有心,知价值之所在,则其为理性之体,显然易见。当大难之日,有成仁取义之决心,西方名之曰自由意志,吾国名之曰正气。此可以谋东西之接近者三也。或者驳之曰,此为英国哲学界中少数卓绝人士之走向柏拉图康德之路者而已。我可答之曰,姑再举二三事为证。原子弹之慎于使用,非轻物向心之明证乎。诺司罗泊氏[①](Northrop)《东西相遇》之著,非公开承认东西之各有短长乎。二次大战后罗素创议世界大学之建设,迄今尚未见诸实行。然其为此后必成之局,无可疑也。吾人处此东西接近之中,标章两方之所长所短,以图世界人生观之一致而达于其主要点之从同而不禁其彼此之相异,非应共同努力之一件大事乎。

注:本文中科学发展一段,为原稿所无。本刊(按:本刊即指《自由钟》)为国人所阅览,特采美国耶鲁大学教授马格瑙氏(Margenau)之说以补之。因此项发见,为物理学与哲学界之大事也。

十一月五日

原载《自由钟》卅四号一九六七年十二月

① 诺司罗泊:今译诺斯罗普(1893—1992),美国哲学家。

中国教育哲学之方向

——智识与道德各派哲学及拘束与开放各时代文化之大结合

一、绪 论

自中国改革教育以来，所讨论的问题为教育宗旨、教育制度及教学方法。最近一年以来吾们在报纸上，读了好几篇文章：一、吴俊升《中国教育需要一种哲学》，二、赵子凡《中国教育所需要的哲学应该如何产生》，三、姜琦在《东方杂志》发表一篇论教育哲学之文。

中国最近教育界，是从制度和方法问题，转到教育哲学了。我现先从教育与哲学的关系来解释解释。

一般人往往以为有了科学就不必再要哲学，好像科学发达以后，哲学便销声匿迹。譬如天文学、物理学在十八世纪还是哲学一部分，心理学虽然到现在还没有脱离哲学范围，但是许多心理学家要把他成为独立科学。从这个努力的方向说，好似各种科学真能完全独立，那哲学就不要了。

我告诉诸位，这种见解是错误的。因为学术界中，一方面各科学如物理、化学、生物乃至于心理学，尽管成为独立科学，但物理、化学、生物还是脱不了有他的哲学问题。我们举几个例来说：第一，物理学，物质可以分为电子原子中立子，但是电子背后许多人还是承认有物质，有人不承认有物质，只认为是事件(events)。到底是物质，是事件，这是物理学所不能解决的，要靠自然哲学来解决。动物是有机体，有机体是什么，是否就是一个机械，或另有生机力，这也不是生物学所能解决，而是自然哲学问题。从心理学说，有人主张用实验方法，有人注重内省方法，有人说心理现象上有最简单原素，有人注重心理中之统一结构，这四种立场都是哲学问题而不是心理学问题。我们从历史说，历史不管是哪一种体裁，是编年式，是断代式，或纪事本末式，或通史式，皆不外乎记载事实。但是有人讨论历史中之种种变迁原因，究从何来，如马克思说决定历史变迁之主因，是生产关系，黑格尔说历史变迁起于精神之自动。此亦哲学问题而不是历史问题。从以上物理心理历史三项来说，可见一切科学尽管发达，而科学背后，自然有他解决不了的问题。所以哲学，还有他存在的理由。

现在说到教育与哲学的关系。教育之最大目的，不外乎将一国或全人类文化上的宝贝，传授给青年人，希望他在将来能够发挥光大。所以一方面，不能不顾到过去的习惯传统。因为一个民族生在世界上生存好久，总有宝贵的经验，可以传给他的子孙。同时因为人类所处的环境常在变迁，所以一个民族的文化是不能固定不变，须得观察形势能够合乎“穷则变，变则通，通则久”的道理。所以可以说教育的目的一方面是继往，一方面是开来。如欧洲中世纪的教育乃至于文艺复兴以后初期人文主义时代，大致偏于读古人之书而模仿之。这个时代的教育，可以说是偏于继往，文艺复兴以后，偏重于各个人之自动精神。各个人体德智三方面健全之发展，总希望各个人聪明伶俐能适应环境而创造新境界。从继往与开来两种观点，可以见人类因他各时代中宇宙观、人生观之不同，而其教育方针，因而大异。

吾人从广泛方面说，各时代中宇宙观人生观之不同，可以影响于教育方针者如此之大，再就特殊部分或专门部分来说：譬如有一种心理学家认为人类心灵，是一张白纸。他的学习，是由外界点点滴滴的知识灌输，日积月累而来。那么他的教育方法是一种经验说。又有人认为人类的心理，本来有统一的结构，所以教育孩童，只要触发他自动自发的本能，而不必注意于点滴的灌输，那么他的教育方法又是一种。可见对于心灵观察方法不同，又可以影响到教育来。教育家教育孩童不外两种：一种偏重“知识”，一种偏重“道德”。偏重知识者，未尝不知道德之重要，但是他以为人类所以有不道德之行，皆因其智识不健全，不然不至有不道德的行为，所以他们认为要道德健全，应从知识下手。至于偏重道德的人，自然注意于道德的训练，用命令式的方法，使儿童去邪归正，他们从意志方面以影响于行为，而不从知识方面着手。再举一问题，就是个人与团体之轻重。英美向来注重“个人主义”，所谓“个人”，并不是吾国人所误解为自私自利的个人，乃将个人特性完全发展之谓。只要一个人之身心能健全发展，并知道独立自尊自重，只要个人健全发展，社会之福利，亦自能达到。反过来说，偏重“团体”之一派哲学家，以为一个人在社会里从他出生以后，即无所谓个人，因他在小的时候有家庭抚育，长大时与社会互通有无，他对于国家有种种权利义务关系，可见一个个人仅仅当他是一个个人，是不对的，因为个人就是大团体之一分子，所以教育方针就应该偏重于团体与个人之关系。以上所举之“心灵问题”，“知识与道德问题”，“个人与团体关系问题”，皆哲学问题而不是现代的自然科学社会科学，已能够给与我们以答案的。因为此皆哲学问题，而非科学问题。目下我们教育界想寻求一种教育哲学，就是已经见到上面所说的问题了。所以中国教育需要哪一种哲学这个问题，呼声一天高一天了。

二、吾国现时讨论教育哲学之困难

但是要答复这个教育哲学问题，是不容易的。我以为对于此问题之答复，有两种困难：

第一，欧洲之教育与其背后之哲学，是不可分的。至于吾国，二者令人起脱节之感，是由于过渡时代的特种情形而来。欧洲从文艺复兴以后学术界之思想与政治制度，成为一个划然的新时代。新思想家立于时代之先，发表他的意见，后来被政府采用以成为政治之制度。所以一种教育家之新理论，同社会上教育制度，虽有先后之可分，至于教育与教育背后之哲学，是不能分的。这句话说教育理论之中，是包含教育方法与教育哲学，并不是一种教育理论，只有方法而无哲学。譬如洛克之教育理论中，包含洛克的教育哲学。卢骚教育理论中，包含卢骚教育哲学。乃至就近代言之，拿推勃的教育理论，也就有他的全部哲学为背景。杜威的教育理论，有杜威的全部哲学为背景。凡一个哲学家有他的整套哲学，他就对于宇宙人生道德知识个人社会各种问题，都有他的观察，根据他的观察，然后演出教育理论。所以可以说将他哲学观点，应用到教育上来，就有他的教育理论。并不是有了教育理论，而后才有教育哲学。这是什么原因？因为欧洲思想界与政治界之变迁，若两个轮盘，一个是“思想”，一个是“社会事实”。思想进步，社会事实亦跟着进步。所以有一种新的教育理论发表出来，他就能影响于社会与政府。因新理论之推进，就有新制度新事实之确立。所以从欧美来说，社会制度，社会事实，是跟思想一步一步往前演变。至于我国采用西洋制度时候，已是急不暇择。但取其制度，而不能再问制度后之思想背景，哲学背景。我们但采其社会上已确定之制度。至于欧美制度之背景，换言之，即欧美教育制度背后之思想过程，是没有在我们教育家心灵上发生影响的。方今洛克、卢骚、杜威等教育理论，我们中国教育家当然无所不知，但是他们的教育理论初时所造成之空气与刺激，这不是我们事后采取之东方人所能感觉到的。这话就是说，思想同制度，能够互相推进的国家，他的教育同哲学，是连在一块而不可分的。像我们有教育与哲学分为两段之感觉，就是因为我们思想不能推进社会制度，所以发生教育与哲学分离的问题。我们把欧洲教育思想史变迁之经过，考察一下，就知道他们教育与哲学何以双轨并进，而吾们三十年来有教育而无哲学作指南针的原故了。所以教育与哲学合一问题，视民族思想界的权威，能不能支配制度，而不是有了事实有了制度，而另找社会制度背后之哲学所能办到的。

第二，就欧洲思想史的变迁来说，十七八世纪一直到大战前后，无论各种学派如何分裂，但他总潮流是一贯的。譬如洛克、卢骚、孟德斯鸠之民约论，其立论内容各自不同，但其归结处无不同为民主政治。洛克、裴斯泰洛齐与福罗培尔之教育论，各自不同，但其归结处无不注重于个人之自发自动。换辞言之，教育理论，政治理论是大同小异的。大战以前，他们的思想界教育界乃至政治界是安定的。至于欧战之后，政治方面经济方面显然成为两个对垒局面。在经济上一方为苏俄共产主义，他方为英美之资本主义。在政治上一方为无产阶级之专政，他方为法西斯主义之独裁，再加上英美式之民主政治。而政治经济上制度之不同，皆是从其哲学背景而来。有洛克、卢骚、边沁、穆勒之政治哲学，自然有英美式之政治制度。有马克思之劳动神圣与唯物史观，自然有俄国式之政治制度。有黑格尔、琴梯尔之哲学，自然有意大利、德国之法西斯政治。吾中国处于此种各是其是，各非其非之时代，不但使我们制度不能确立，同时使我们思想界更加彷徨无主。假定我们在欧洲大战以前，能将我们政治教育制度确定下来，或者吾们可以跟着十九世纪之欧洲，并且斟酌自己国情，而可以达到相当安定的境界。我们在欧战以前，政治上社会上，也曾经想模仿十九世纪的欧洲理论，求我们制度的确立，可是这个目的未能达到。而继之以欧战后欧洲政治上思想上之大混乱，他的影响也就演成我国政治上思想上之混乱。如资本主义与共产主义之对立，如独裁与民主之对立，如唯物史观与其他史观之对立，由思想界之混乱，即所形成政治界之混乱。所以这个时期，如小舟在大海波涛上起伏簸波，国家之危险，真不可思议。恐怕因为这个混乱，大家心中有所依傍，求一个方向，于是教育界中发现需要哲学问题了。

说到今后应当采取的教育哲学以前，我们先拿人类地位怎样，说明一下。人的一身所包含的，有物理原素，如血肉皮骨，有饮食男女之欲，更进焉又有心理状态，所谓知情意。在小孩时须受父母抚养，使他身体发展。在他长成后有职业有婚姻，在社会上有种种接触。在一个民族以内，又同政府法律命令发生关系。当其要求精神上的安慰，又有宗教问题。我们可以说一个人生上几方面：肉体方面，可以说属于物理。饮食男女，可以说属于生物生理。知情意活动,可以说属于精神。一个人自生至死,有家庭、有社会、有国家、有宗教团体的关系,此种种方面无一不属于教育范围之内,就是无一不属于哲学范围之内。假定教育家有一方面不顾到,则其教育即不免于缺陷。假定哲学有一面顾不到,则其哲学亦不免于缺陷。但是吾人拿当代哲学家来说,各派哲学家能将以上各方面顾到的,实在不多见。我们可以说,要单独拿特定的一派哲学,作中国教育之指南针,那是不够的。

吾们再引罗素之哲学而说明之。罗素最看重知识,他说哲学之目的如下:

> 哲学之自觉的目的,在了解宇宙,不是确立道德上所需要的命题。凡从事研究哲学者,应放弃一切成见,不论为伦理的或科学的。假定,他们心不放弃某种哲学的信条,那么他们是不配研究哲学的。

罗素又说:

> 人类是种种原因的产物,此种种原因,不自知其所欲达之目的如何,人类的起源、长成,他的希望与恐惧,他的爱情与信仰,不过是原子(Atom)偶然聚合之结果而已。无论何种热烈的心火,无论何种英雄主义,无论思想与情感如何深密,不能保持个人生活于其死后。千百年之工作,各人之虔敬,各人之烟士披里钝(Inspiration),各人之天才,在太阳系统全体死亡之日,终于灭亡而后已。总之人类种种成绩之大庙,其最后结果,总是埋于宇宙灰烬之下。以上各点,

> 是无可置疑的，是已确定的，反对这几点的哲学，是不能希望成立的。

罗素这一段话，是从物理学上热力消灭论，证明世界将来有灭亡的一天，这是他但注重有形方面的原故。反过来从无形方面看，人类的努力，不必计及世界将来灭亡与否，但问理之当然，人类有不应不努力之道德义务。所以人类的努力，在注重物质世界与精神世界的两派看来，大大不同的。注重精神的人，觉得人类的努力无论何时，不会没有意义的。如其着眼于物理世界之消灭，那就觉得现在之努力，将来不免归于灰烬，那目前的努力，亦等于灰烬。罗素这人在哲学上，专看重知识，不看重道德。他曾明白说求真问题，是哲学家所讨论，善恶问题，不是哲学家所应讨论。我们不能不说善恶问题，在平日生活方面，较之求真问题更为重要。因人类所处的家庭、社会、国家，无论何时何地，没有不同善恶问题相接触。唯其有团体，才有是非善恶标准，所以不能不注意克治存养的工夫。从这方面说，就可以知，但论知识而不论善恶之哲学，不足为中国教育之指南针。

以上我举了两派哲学，证明哲学家往往有偏见。换言之，他注意宇宙之一面，而忘了他面。教育家对于物质精神，对于个人与团体，既应面面顾到，所以今后不能以一偏之哲学，作为吾国之教育哲学。从以上所引之例中，可以明白今后教育界所需要的哲学。依我的意思，有两标准：第一，各派哲学之大综合。第二，各时代文化之综合。前一个综合是横的，是从科学与哲学的学理上定中国今后的教育理论，后一个综合是纵的，是从历史经过上指出我们今后教育的动向。

三、各派哲学之大综合

我们读哲学书，常觉各派哲学，有可以互相调和之处。各派哲学，各自代表一方面，各自发明一义，所以表面上互相对立，而实际上可以互相补充。近代欧洲哲学之发生，起于理性主义，其后经验派以经验为立场，纠正其说。可知哲学家之立说，必有所破而后有所立。自其所破观之，常觉能破者，与被破者互相对立。实则所破者未必真被打倒，能破者只能自坚其壁垒而已。所以对立之学派，名为相反而实未尝不可相成。理性主义派认为人类之认识事物，有若干内生的概念。有此内生概念，乃能辨别外界事物。如笛卡儿、兰白涅兹，均主张此说。其后洛克之经验派起，反对内生概念说，认为一切概念皆从感觉中从经验中得来，且因每日习见习闻，然后有所谓认识。自康德起，创所谓批导主义，一方面承认一切知识皆起于经验，同时主张谓认识之所以可能，在经验与感觉以上另有其先在的方式。如所谓因果关系，主客关系等，以其苟无此等先在方式，则并经验而不可能也。康德未尝否认经验之重要，但指出经验之所以可能，必先有若干先在的方式，因此理性主义与经验主义，乃得谓和于同一系统之中。

更依伦理学上两派相对立之学说而说明之。有一派伦理学家，认为人类道德观念，出于天赋，类乎吾国之所谓良知良能，谓有此良知良能，乃能别善恶，乃能事亲从兄，此为人类所独具之特性，盖人类所以为万物之灵，而道德所以有无上尊严者即以此故。至于进化论，视人类由动物进化而来，谓道德观念，亦由动物生活中日积月累而成，且因环境变动，而道德随之而变。彼等举高等动物如猴子为例，当其在生育时期中一雄与一雌相处，力排他雄之来扰为例。可知动物之生殖，已受一种限制，非任意杂交者可比。进化论者更举一例，有母狗一方抚小狗，适公狗出猎，自以不能同去，表示羞愧，继而又现懊悔之色，可知动物亦有心理上之交战。可知进化论者，求道德之由来于自然界中，意谓道德不出于天，而出于自来之演变，道德不过适应生活环境之手段，非有绝对的尊严。吾则以为进化论者对于最初期道德之由来，其说明未尝不是，然不能因此之故，而排斥道德之尊严。盖道德之由来，即令出于自然，而其所以为道德者，自有道德之自律性（Eigengesetzlichkeit）。现代人类善恶是非之标准，如不应杀人，不应妄语，推己及人，忠恕待人等等，此等标准，久已确立，岂因道德由来出于动物之故，而能动摇之乎？如是，以进化论者之说为天赋说之补充则可，以之推翻道德之尊严，则其根据，不免薄弱。与其以甲倒乙，不如两利俱存之为得，此吾对于两派之态度也。

本以上所举之方法，所以证互相对立之各派哲学，可以调和于一个大系统之中。现在我更要缩小范围，将以上方法适用于教育哲学。举以下各点为说明之资。

（甲）心灵问题：关于心灵问题最极端的两派，甲派说心灵有他的特殊作用，与物质绝不相同。乙派说心灵离不了物质，乃至于说无所谓心灵，而实在只是反射作用。第二派中以俄国之Parvlov① 及美国之华生行为主义为尤极端。有心灵论者，又分若干派，有所谓能力心理学说，有所谓心理状态说，有实验主义

---

① Parvlov：似应为Pavloo，汉译“巴甫洛夫”（1849—1936），俄罗斯生理学家、心理学家、医师。

之适应环境说。在主张有心灵说者方面，因其关于理论之不同，各派对于训练心灵之方法，立说亦复各异。如十八世纪之理性主义者，偏重于形式方面，注重数学论理学，如杜威之实验主义者，偏重于生活实际方面，意谓应于实际生活中求得解决。

吾人再就唯物论者否认心灵说之态度言之，彼等既不承认有心灵，只承认有生理作用，吾人若采取一彻底反对之态度言之，可以说既不承认有心灵便无教育之可能。然彼等立论，亦不能如此彻底，在教育方面，彼等仍认人类有教育之可能，但以为应注重者在身体而不在心灵。彼等采取一种主张，谓有健全的身体，才有健全的心灵。彼等既否认心灵，自不能不自遁于健全身体之说，实则健全身体之说，在主张有心灵论者，何尝认为不相容，而必欲排斥之乎？唯物论者，又以注重生理的反射作用之故，注重于神经系统之组织，视心灵作用为各种器官之联络。此等理论，美国心理学家商达克亦常如此主张，对于某种技能之学习，如打字打球之类，此种理论，自可适用。如是可见唯物论者之言，苟能缩至某种范围以内，亦可视为相通而不必视为相反。此为大综合可能之证据一。

有心灵说之各派中，从理性主义至现在所谓完形心理学派为止，我们可以说其中主潮不外两派，甲认为心灵能自动，有统一综合能力，乙则否认心灵有此能力。理性主义者以人类能下判断，并在学理上能作概括的结论，所以他看心的作用，比感觉高一等。至于经验主义者，自洛克至海尔巴脱①以为一切知识，

① 海尔巴脱：今译“赫尔巴特”(Herbart，1776—1841)，19世纪德国哲学家、心理学家，科学教育学的奠基人。

皆从感觉而入，由感觉之拼凑而成概念，故有所谓心理原子说，言概念之成立，犹之化学原子之结合而成为化合物也。迄于最近此两大派仍依然互为对峙，然颇有两派合流之势。譬如以技能之习得而论，自应以经验派之心理学为根据，至于关于推论及普遍意义之心理作用，非经验论所能解释，唯有认为出于心理上自发之综合。彻底来说，低等之心灵作用，可以拿经验主义来说明，高等心灵作用，不能逃出理性主义范围之外。此为大综合可能之证据二。

（乙）知识问题：此项与前段心灵问题有密切关系。明了前段的话，则知识问题亦可窥见其端倪。理性主义者如笛卡儿、兰白涅兹，认为人类之知识，本于若干内生的概念如大小先后因果等。经验主义者如洛克如海尔巴脱，认为人类之心灵如一张白纸，其知识皆由感觉与经验而来，无感觉无经验则无所谓知识。前一派之教育方法注重形式之训练，以数学论理学为基本。后一派主张刺激儿童感觉，并采用实物教授。此两派中当然后一派之势力为大，因为经验派能够在教学方面实际应用他的主张，至于前一派的主张，只能在判断方面、在创造学说方面表现，所以不能在教育上占很大势力。但是我要告诉大家，美国实用主义者詹姆斯氏，他是注重经验的人，但是他认为人类的求知动作之中，确有若干先天的范畴。康德的学说到了十九世纪被一个实验室中之心理学家所承认，不能不说这两派主张各有各的坚强之根据。

迄于最近，杜威氏创实验主义，将知识出于内生或出于经验问题，搁在一边，另倡所谓“就生活中求知识”之说。关于人类知识之获得，杜氏有五阶段之说：

第一,有困难之自觉,即有一问题,心中欲求解决。

第二,将全部情形,加以考虑,求其难点所在,并确定其关键所在。

第三,列出几种提案,以图解决。

第四,将各种解决案,见于实行,即所以试验其当否。

第五,观察与试验,以定各种解决方法中之应去应留者。

杜威学说采取各派之优点,而不走于极端,是其所长。如将伦理学中动机论与效果论合而一之。又将理性主义之心理学与近代发生论的心理学,亦兼容而并包之,此皆杜威融汇各派学说之苦心。至于其教育学说,以实际生活为出发点,自然引起学生兴趣,自然能使理论与事实合而为一,同时能将书本与实做合而为一,此皆杜威氏之优点,吾人不能不加以称许。但我们要知道所谓知识由行为中得来这个标语(Learning by doing),吴俊升先生在其所著《教育哲学》中,曾指出他三种缺点,第一,知识虽然由实际活动中产生,但是知识现在已渐渐达到超过实用的境界,所以现在人类求知,不能专以实际生活为限。第二,知识现在已成系统,若一定要从点滴之生活上求解决,则不免忽略了知识系统,且忘了从知识系统下手,有执简御繁之便利。第三,学问家之求知识是为知识而求知识,其目的不限于实际生活。吴先生这一段批评是值得我们注意。不但先生之言如此,我更举现代哲学家怀悌海氏之言以明之:

学术是一条河流,而有两源,一源是实用,一源是理论。实用的源是促进我们之行动以完成心目中之目的,譬如英

> 国为在国际战争求公道起见，非注意科学不可，乃教人民以轻气化合物之重要。此为实用之目的，但是我要力说学术方面理论之重要性。为避免误会起见，我并不是对于两源有所轻重，因为我们不能说理论的动机，比实用动机高贵多少。同时两方面各有其坏处，专以实用为目的，只顾目前，是其坏处，至于理论家别有以知识为玩物之病。

怀氏此言，无非说为知识而求知识，不是为生活而求知识。换言之，为知而求知，是科学发展之大动机。现代科学家之发明如相对论，如量子论，不能不说是科学上之大贡献，但不必与生活实际有关。我们从教育方面来说，为多数人设法，自以杜威之言为是。但为养成少数思想家大科学家计，则为求知而求知之动机，亦不应忽略。此为大综合可能之证据三。

（丙）道德问题：关于本问题，我们先从知识与道德之轻重说起。思想家中往往有认为人类之至宝，在知识而不在道德。譬如罗素是重知识的人，对于道德常表示厌恶之意，因道德之中包含训条，某事可做，某事不可做，唯其如此，所以容易限制人类思想之自由，又易养成人类之成见。所以罗素说人类最可宝贵之产物在知识。又有一种人，并不看轻道德，但是认为知识发达以后，道德自能进步，如知吸纸烟之害，知早起之益，自能早起。西方学者，自希腊以来，有知识即道德之说，他们以为所以不道德由于无知识，假如真知，则不会作不道德之事。道德之养成，究应从知识下手，抑从道德本身下手，是古今中西一个悬而未决的问题。我们看起来，人类某种动作，知识进步以后，自然能分别善恶，见善则为，见不善则不为。但是为与不为之间，还有关键，即视其意志与决心如何。吾人以吸烟为例而说明之。知烟之为害于身，是知识也，有人贪吸烟之舒服而不肯不吃，有人明知舒服而决戒去，此即视其意志与决心而定。更譬之早起，知早起能呼吸新空气，能增加时间，是知识也，但是有人贪床上舒服而不肯起，有人不贪床上舒服而勉强早起，这是意志问题决心问题。故我以为仅仅增加知识，固然可以人知某事应做与某事不应做，但是道德问题，但靠知识是不能解决的。我们可以说教育家中如海尔巴脱是极端推重知识的人，认为一切行动皆由知识累积而成，至于独立的意志他是不承认的。此种说法之结果，必至于否认意志否认道德教育。但是最奇怪的海氏认为教育之自由，即在养成人民之道德。而养成人民道德之方法，他以为还是从知识下手。海氏曾有言曰：

> 人之价值，不存于所知之中，而存于其意志中。但是意志，非独立之物。意志之根源，在于思想中累积种种之概念，乃成所谓意志。

我们从现代心理学家之研究中，知道意志确离开思想而独立。意志之中，虽不能抛去思想与概念，但是我们不能说意志是由思想概念积累而成。譬如拿纸烟，是从意志中发生之动作，此拿纸烟之动作，固然离不了纸烟之观念，但是拿纸烟之动作中最重要之成分，是“下手拿”之意志，是动作。我们既经明白意志与思想之区别，就知道道德教育的方法了。道德教育之条件如下：

一、是非之标准，即人类生存于团体中，有某事应作有某事不应作之训条，如所谓推己及人，所谓各尽其职，所谓不害人、不杀人等是。

二、此类是非之标准，由于有共同生活之大团体在。人类既生活于大团体中，应有若干行动之规律，故说到是非标准，说到规律，便离不了大团体。

三、为所当为，与避所不当为，换词言之，为其是者，避其非者，此视平日意志之训练。虽然辨别是非，离不了知识，但其为与不为，还是靠着意志。

近代以来之道德教育，主张从知识下手者，以洛克氏、海尔巴脱氏为代表。从意志下手者，以康德为代表。至于杜威之道德论，调和于康德之善意说（动机）与功利主义者效果说之间。其道德教育则反对康德氏严格的克己制欲主义，因为康德之制欲主义，是用种种训条，来教训学生，反伤害儿童自发之本能。所以他的道德教育，主张一方不承认有所谓超于各时代之先验法则，他方亦不承认功利主义者所谓苦乐利害之计算。他以为每一道德情境之中，有一特殊的善，此须要儿童自己判断，所以他的道德论还是偏重于知识，他主张应安排许多活动，这许多活动能引起儿童兴趣，使儿童在这些情境之中，自下道德的判断。换词言之，道德不离实际生活。

我告诉大家，道德教育是个难题目。因为道德教育，离不了训条，有了训条就不免对于儿童身心加以制裁，与知识教育之可以渐渐引起兴趣，可以渐渐灌输者，大不相同。至于我的所见，认为意志与思想是两件事。知识可帮道德的忙，但不能道德教育，故可专从知识下手。此大综合可能之证据四。

以上各个问题之解决方法，我的意思是应该拿欧洲近代各哲学家的学说，相反在哪里，相成在哪里，先比较一下，同时拿几个教育家从洛克、卢梭、裴斯泰洛齐，至杜威为止，亦拿他相反相成的学说，列举出来。由其相反相成之中，我们自己可以造成一个中国教育学说系统。这种方法，对于我们所需要的教育哲学，定可以求得一条道路出来。

但是我的意见，或者有人反对，譬有人说欧洲各派各有长处，若合在一块，反而失了各派精神，还是保存他的真面目为好，还是使各派互相对抗为是。我认为这种方法，是忘了欧洲的思想史上一派起来一派来打倒他的经过了。现在我们以一个局外的国家，为何不能将各派短长同时排列出来，因而采其长而去其短呢？

目前所需要的是一种大综合，在以上讨论中，我的方向，我的答案已明白说出来了，希望有同情的人从细节目来完成他。

我还要提出一个问题，就是我们现在处于民族存亡危急的时候，我们民族心目中所要的，是几个大目标如内政上要改良要安定，对外要争民族生存，争民族独立，废除不平等条约，争到国际上平等的地位。换句话来说，我们青年心目中，有几种希望有几种目标，这种希望这种目标，是早已确立在那里。国家只须照这个目标，把民族的意志力加强，使他们齐心一德向一种目标进行，譬如苏联政府五年计划之实现，希特勒废止《凡尔赛条约》之成功，都是民族意志力加强以后才达到的。杜威式教育方针，在美国人处于“国泰民安”之中，是可以采用的。至于国家遭逢大难，且有极大危险横在前面，那不仅是杜威民所云增加人民知识，教人民适应环境所能达目的的。我们除发展民族知识外，应加强全民族意志，应发展全民族之责任心，这种方针恐怕要取法于德俄两国之教育，而不是求之于英美所能得到的。我这样说并不是说英美全无长处，因于英美国难问题全已解决，但求个人健全发展，就可以维持现在国家地位。至于我们处在危难之中，除了个人健全之外，不可忘了全民族政治方面之意志。这个问题，杜威式教育哲学中，绝少予吾们以指示，须得求之于别个方面。

四、各时代文化之大综合

我们如其要将东西文化史，详细来说，那不但是所谓一部二十四史不知从何说起。说到文化史，是一有历史以前的文化，有历史以后的文化，从史前说起直到现在，不免离题太远。我姑举两个名词来说。第一种名之曰“拘束时代”，第二种名之曰“开放时代”。譬如印度有所谓喀斯德四姓之制，有佛教有婆罗门教之信仰。就中国言之，在一般社会上有五伦之说，在政治上有君臣上下之分，在学术上有“曾经圣人手，议论安敢到”之孔教，此皆拘束时代之现象也。至于现代之欧洲，有学术上之自由，有工商业上之自由竞争，有生活上之小家庭制度，有政治上之议会，此所谓开放时代之现象也。再从各时代历史来说，我们战国时代有各派学说争鸣，有七强之对抗，此可名之曰开放时代。秦汉以后，封建废而成为大一统之局，于是思想定于一尊，君主专制成为不易之制，是为拘束时代。印度方面忽而婆罗门起忽而佛教兴，忽而佛教消灭而婆罗门又兴，各族之间，始终对抗，未曾同化而成一体，且四姓之制历二千年而不废，故印度一部历史谓为始终在拘束中可也。至于欧洲，则拘束与开放两时代，有先后循环之象。譬如希腊时代哲学与科学发达，初期民主政治实现，黑格尔氏认为少数人之自由，在雅典已实现。可以说希腊是欧洲历史中第一个开放时期。从罗马起把地中海四围统一而成一个大帝国，后来耶稣教侵入地中海方面，继而英法及北欧方面都接受了他。日尔曼民族又取罗马而代之，乃有所谓神圣罗马帝国。一方面有罗马教皇为宗教上之中心，他方面又有神圣罗马帝国为政治上之中心，而教皇与罗马皇帝因宗教关系而成为两位一体。这时代之学说操之于教会之手，所以无所谓科学，只有神学，无所谓知识教育，只有宗教教育。社会上有奴隶有贵族阶级，工商业中有行业组织，名曰基尔特。由此种种皆可以现出他是拘束时代。从文艺复兴起，学术方面丢掉上帝，而趋向于自然界，最初有天文学物理学的发达，乃推及于生物学心理学。政治方面有民约论，认为国家，是由各个人平等组织，不是由上帝或皇帝命令而来。在社会上废止基尔特，主张个人自由。就个人言之，各个人之价值，不在乎其为宗教信徒，而在乎其独立人格。各个人都有知识技能，有他生命安全之保障。其学术上之发展与民主政治之实现，较之希腊更进一步。故在中世纪拘束以后，又来一个开放时代。

现在我们将两个时代主要现象，列表如下：

开放时代	拘束时代
第一，学派盛兴，思想自由。 第二，民主政治有宪法有议会，及少为有限的民主政治。 第三，个人在政治上社会上地位平等，或至少有一部分人享有此种权利。 第四，经济方面在十九世纪后有所谓自由竞争之说且工商发达。 第五，虽未尝无宗教，但社会上标榜信仰自由。	第一，学派定于一尊，思想受政治之限制。 第二，君主政治，或独裁政治。 第三，阶级制度盛行，社会组织立于阶级基础上。 第四，农工商立于种种限制之下，中世纪之所谓基尔特，今日所谓统制经济。 第五，社会上所以范围人之心灵者，赖有宗教，或另以一种权威代之。

假定我们知道历史上开放与拘束互相迭代而兴，那么我们可以拿此标准，衡量我们中国中外交通以后的情形。中国自秦

以后，君主统一之局完全确定，人民不能享有政治上权力，在思想上自汉武以后，罢黜百家，表彰六经，换言之，以孔教为信仰之中心。社会上奉三纲五常，为不易之社会组织，读书人除掉四书五经之外，几乎不知别有所谓学术，至于医药降而与卜筮星相同科，工业技术，委之于不识字之平民，国防则有所谓好人不当兵之说。总而言之，一切政治宗教学术与夫生活蹈常习故，毫无振兴气象，各个人散漫、因循、依赖，不知有自身之责任。此为中外交通以前之大略情形也。自欧洲与中国通商以后，战争不止一次，丧权辱国之事，不可胜计。于是觉得中国制度与夫文化，一切不如外人，乃尽弃其所有而学之。君主制度，则变为民主。科举制度，则变为学校。昔日贱视农工商者，今则重视农工商。昔日贱视当兵者，今则视兵役为国民应有之义务。昔日人民听其无教，今则有所谓普及教育之说。凡此种种以视昔日萎靡不振之旧中国，大变其面目。至于此种解放运动，自五四以后，更趋于尖锐，有所谓文学革命、妇女解放、小家庭生活等等之运动。简单言之，要将欧洲之文艺复兴、宗教革命、科学发展与夫十九世纪之平民政治所得之结果，一切移而至于东方。

但是这种运动尚未结束，而欧战以后之欧洲，又出现于吾人之眼前。欧战以后之欧洲，与自文艺复兴迄于欧战以前之欧洲，立于互相背驰之境。政治上由民主而趋于独裁，经济上自由竞争而趋于统制，个人主义一变而为集体主义，妇女解放变而为妇女回家运动，思想自由变而为思想束缚。因此之故，使我们关于接受欧洲文化问题，发生一种冲突。当开放运动尚未完成之际，而拘束时代之目标，又复纷至沓来。所以最近之思想界，与夫教育界中，有一种矛盾现象相对立：一方为个人主义，一方为集体主义。一方为民主政治，一方为独裁政治。此为欧洲目前之冲突，亦即吾国目前之冲突。

我要请大家考虑的，就是我们要创造我们的新文化，不可盲人瞎马似的追逐欧洲。应自己有一番考虑斟酌。欧洲人之所谓良药，不一定适于中国的病痛。中国人现在之病痛，不一定与欧洲之病痛相同。我们不应拿欧洲之所弃者弃之，所取者取之。

欧洲自文艺复兴后之解放运动中，有种种改革，在欧洲已经做到，而我们没有做到的。譬如以政治来说，全国人民应受教育，应识字，全国人同有生存权，此种人民地位之平等化，自为立国之至宝，而不可忽略的。十九世纪以后，思想言论信仰之自由，列入宪法条文之中，唯有此自由，而后学术乃能昌明。乃至就政治言之，各党各派在议会之中，可以从容讨论，并无一党压制他党情形，使全国人各本其良心之所信，以贡献于国家，而不至于有冤莫伸之苦。凡此种种之中，全国人民地位之抬高，个人人格之尊重，俾得对于政治学术有所贡献，此皆欧洲文化之至宝，而不可忽视者。如其我们承认以上种种是有价值，那么十五六世纪以至于欧战前之开放运动中之种种成绩，我们还得拿来细细考察一番，将其长处表彰出来，并须照他来做，以为吾人今后改革之目标，而不可轻轻抹杀了去。

有人说现在欧洲，已经趋于独裁政治与统制思想，我们应该跟他背后而依样葫芦作去。我以为欧洲现在情形，乃是开放过度的反动，而不是我们开放运动尚未完成的中国所应模仿的。如民主政治在欧洲已经到了百年之久，有宪法有议会有责任内阁，是他的好处。但是空言多，实行少，加以党派林立，意见分歧，与夫选时种种舞弊及资本家操纵选举，是其坏处。这种意见分歧之议会政治，遇到欧洲政局纷扰，财政困难，遇到军备竞争剧烈时代，难以发生效用，所以独裁政治代之以兴。至于学术方面，大学林立，科学发展，各有所创见，这是十九世纪以来的好处。但是正为思想自由，而全国意见趋于不一致，学者好为探奇索幽，使学问与日用相去日远，自为欧洲现在学术界的坏处。现在在苏俄在德国，皆有其所表彰，有其所排斥。在苏俄表彰唯物论，而排斥唯心论。在德国适反之。简单来说，欧洲因思想自由之结果，使人民心灵上发见种种冲突，种种矛盾情形。希特勒有所以纠正之之方法，即采用压迫思想。此为欧洲特有之情形，与吾国人所犯病痛，不一定相同。

我们现在再将欧洲开放时代之各个人在生活上所受之利益，重复陈说一遍如下：

一、民众解放，使下层民众地位抬高，并且普及其知识。

二、各人之生命财产，享宪法上之保护。

三、各人人格既被尊崇，故思想与信仰享有自由。

四、各个人在政治上，享有同等权利。

五、各人对于国家负担义务，尤其要负担当兵义务。

吾们请大家审查以上各点，在中国是否已完全做到？如其没有，那么欧战以前各国所奉行的种种政治上社会上理想，还是我们的规矩准绳，不可完全抛弃。因为个人不解放，他在权力压迫之下，绝不能完全发展他的独立人格与责任心的。

但是欧战以后，俄国革命，与夫德国希特勒所施行之种种事情中，未尝没有可以采取之点：第一政治上，权力集中，故执行敏捷。第二政治上,少意见分歧。第三无论在政治上经济上规定若干年之计划,故一种政策贯彻于各种行政之中。第四使全国人民,向于同一目标而进行。

假定有人问:拿希特勒所施行的一切,移到中国来,是可能或不可能?我是一个怀疑者。什么缘故呢?因为四万万人中,多数是不识字并且无知识,所以人民智识与责任心,完全没有开发出来。要拿一种权力或威力来压迫他,人民自然只知服从。但是从国家全体来说,是不会有好结果的。因为全国人民,没有健全发展,只知奉承意旨,只知俯首帖耳,只知趋炎附势,只知敷衍搪塞,只知钻营请托,只知模棱两可,只知委卸自己责任。拿这种人民去参加运动,他是没有辨别力,是同木偶一样的。拿这种人民,参加政府行政,只知道逢迎上官,只知奉行故事。拿这种人民参加于统制经济,在下的只知道隐匿不报,在上的舞文弄法,或受贿赂。试问这种人民,名为能够帮助政府,名为增加政府权力,实等于海滩沙地上建筑高楼大厦。要知道建筑房屋,是一种设计,一种组织,必须顾及地下墙脚。必须块块砖瓦是方正的,然后全部房子,乃能耐久。所以份子健全,是墙脚是砖瓦。政府指挥,等于全部房子的结构。假定但注重组织,但注重领导,而忽略人民之知识与人格,这国家是不能持久的。

所以我认为欧战以前欧洲立国大宗旨,如下层民众之解放,个人人格之尊重,与夫思想自由之保护,这是十九世纪以前的成绩,大家不要认为已经过去而不适用。至于现时欧洲潮流,如民族意识之加强,如政府权力之集中,如民众行动之团体化,纪律化,如行政之有一定计划,这都值得我们采用。但是在这两方面,各采所长,是不容易的事。因为注意于领袖之权力,便忽略人民之自由，注意于行政之敏捷，便忽略民意之尊重。反过来说，注意于人民之自由，可以缩小政府权力，尊重民意表现，可以减少行政效率。这两方面的调和虽不容易，但是不是不可能。须得有几个思想家政治家将两方面的优劣比较一下，不仅将他们长处好处挑选出来，同时采取人家的理论，须得顾到吾们政治经济军事教育上实施的情形。我们可以简单来说，欧洲的理论家如卢梭、如洛克、如穆勒，乃至于支配现代德意两方思想的黑格尔、琴梯耳、克利克等的理论，都是我们应仔细研究，斟酌损益。在这斟酌损益之中，我们可以得到文化史上开放与拘束两时代之大综合。

五、结　论

现在可以归到我们的结论了，一国在一个时代里，有他的教育目标，同时就是他的立国大方针。民国以来，这种教育目标，屡次变更。这个原因，因为专看国际环境，而不从自己思考中拿出来的。换句话说：一方没有将欧洲的政治哲学教育哲学详细考察一番，他方也没有将我们自己的情形考察一番，再经过消化之后加以决定的。唯其自己方针不出于内心的思索，所以时常在动摇不定之中，这是国家最危险的一件事。譬如欧战以前，采用军国民主义，欧战以后又采用国际平和主义。俄国革命以后，大家趋向于俄国的新潮流，德国意大利新政权成立之后，又羡慕法西斯主义。假定教育宗旨的变动，时常如此忽东忽西，国家的危险真不可设想。所以我们提出各时代文化的大综合的话，就是要提出文化史中几种宝贝，始终拿他当为不易的方针，在政治方面如此，在教育方针上也是如此，庶几泛舟大海之中，得了一个指南针了。

此类教育目标，既确定后，还得需要几个教育家，如裴斯泰洛齐其人，能深入民间，替平民造出多数国民小学来，如海尔巴脱其人，从心理学上，对于教育方法有所贡献，再加上几个教育改良家注意于古典教育与自然科学之关系，注意于书本教育与劳作教育之关系，与夫班级教授与集团教授的比较。如其有这样各方面改进，那么以上所说的教育目标，不单单是一种理论，而且可以变为事实。所以我说：中国教育哲学，不但是一部有系统的教育理论，而且需要多少教育家来实现这个理论，然后可以救我们国家的危急，而到长治久安的境地。

一九三七年一月

原载《东方杂志》卅四卷一号

新道德之基础

——一九四八年十月十五日在湖北省省训团讲

五四以后，国内有所谓“打倒孔家店”运动，就是打倒吃人的礼教，打倒旧道德。说到中国的礼教，实在是一个极为复杂的问题。就理论方面来说，有所谓父慈子孝，兄爱弟敬，或者说君为臣纲，父为子纲，夫为妻纲，就实用方面来说，有丧礼、婚礼、祭祀，乃至所谓女子的贞操、军人的大节。自从我们与西方文化接触以后，看见西洋政体是民主的，自然对君为臣纲之说不能满意；我们又见现代教育对下一代的体魄、知识非常注意，好像一家之内，几乎以子女为中心，自然对父为子纲之说不能满意；现代的婚姻男女平等，双方于认识后，先成朋友，后来结成夫妇，自然对夫为妻纲之说不能满意。

我们应该知道不满意是一回事，一种道德学说有它发生的环境和发生的时代，是另一回事。拿现代的环境、标准来批评二千年前之学说，实在是一种不公道不合理的举动。譬如说：春秋战国时代，看见诸侯互相争伐，杀人盈野的情形，在那个时候，如其让诸侯互相杀伐呢？还是希望大一统的君主出现呢？所以孔夫子当时的尊王之说，自有其环境的，决不是我们能随便菲薄的。在我们有“父为子纲”之学说，就是一种父权制度，即所谓“天下无不是的父母”，换句话说，父权在家庭中是绝对的。同时，我们查一查罗马法，其中一样尊重父权，父母对子女的权力也是绝对的。至于女子应该从事于中馈以内的工作，就是德国人所谓妇女应管理的三件事：一为生育；二为厨房；三为教堂。由此可见妇女的地位限于家庭之内，也是各国所共通的。我以上所说的这段话，并无意替中国旧礼教辩护，要你们来遵守旧日的礼法，也不是要从东方文化或精神文明做立脚点来替孔孟当辩护士。我无非要说古人的学说有它发生的环境、存在的理由。我们要以十九世纪、二十世纪的标准来衡量，来打倒二千年来制度、学说，那是一件文不对题的工作。古人的学说，制度为当时而发，自有其存在价值，我们能划开时代，辨别环境，来判断学说的价值，自能发出公平的议论。但是这个问题，也很复杂，也不是我此刻所要与诸君讨论的。

我今天要讨论的，就是诸君所希望知道的，现代社会之中，各个人所以自处之道，应该如何？这就是我所谓的新道德之基础。明白地说，假定诸位所想望的是现在的政体、现代的家庭、现代的职业，而诸位在心理上、行动上仍沿袭旧日的老习惯，来求现代社会生活的享受，那是一件极大的矛盾，更明白地说，就是要享受现代社会组织的利益，而仍保持封建社会的心理，这是可以引中国到断潢绝境危险的前途去的。现在我举出三个例子来说明这事：

第一，政治方面。大家现在所想望者是民主政治，既是民主政治，就必须使一个人有一个人之价值，一个选民有一个选民之价值，一个国会议员有一个议员之价值。因为现代社会以个人作基础，既以个人作基础，所以个人之地位权利都必须尊重，个人则尽义务享权利。反过来说，古代社会是以社会公共体作出发点，在公共团体为出发点之下，自然一国之内不能无秩序，不能无权力的人，所以有君为臣纲之说，一家之内有父子、夫妇，有仰事俯育之责，所以有父为子纲，夫为妻纲之说。所谓三纲五常的话，都是以团体作出发的。现代不然，先以个人作出发点，其次说到团体，所以团体道德没有忽略，而是在团体道德背后，更有个人的道德。现在我仍旧回到政治方面个人的价值来说：一个人得到宪法的保障，所以有他种种身体、言论、结社等等之自由，要了这种自由干么？就是要使他个人得到安全的保障，法律的保护，然后行使个人的权利。所以一个人在选举法上是一个选民，能自由选择、投票；在国会中的议员，也敢于明白说出赞成或反对。现在我们中国，人人叫喊民主，但试问每个选民自己知不知道他手中一票的重要呢？政府又是否能尊重选民投票呢？又是否把选民册调查清楚呢？至于我们的国大代表、立法委员，提名的时候大家趋之若鹜，但当选终想靠政党的力量、政府的力量、或者地方官吏的力量将他选出，其真能以个人力量，说服选民，获得选民同情，得累千累万票而当选的，全国之中究有几人？换句话说，还想利用自上而下的压力，把自己选出来，得一个头衔而已。及至当选后，无论国大代表、立法委员，其能在大会中、委员会中，热心讨论，按时出席，专心职责者究有几人？拿人民代表之机会当作一己的功名，拿选民看得一文不值，而自己终日在操纵利用之中，达到飞黄腾达的目的，换句话说，仍以旧社会的依赖心理表现于应以独立精神实现的民主政治，这怎么可能呢？

第二，家庭方面。现在的青年，大家知道组织一个小家庭，自由选择一个太太或丈夫，但是据我在外国所见，青年在求学时代，自然可以由父母负担，等到大学毕业之后，终要自己找寻职业，不愿再去加重父母的负担。至于婚姻问题，既由他自由选择，就由他自己负责，就是说必须等到自择的职业已固定后，再谈结婚，建立家庭。但是近年来我在国内所见，选太太是青年自己的权利，但不知道维持家庭也是自己的义务，依然寄食于父母之家，由父母替他养太太，而毫不以为惭愧。生了子女，还由其祖父、祖母照顾、抚养，乃至教育，这种情形与从前依赖家庭的习惯有何区别？换句话说，权利的享受是现代的，义务的担当是古代的。这可以说是大家接受现代思想不彻底的地方。

第三，职业方面。一个人的职业，如何找到？而且如何找法？最可表现这个社会的真相。譬如说：我们现在的工、商各业，有一家大银行，或一家大工厂，还是离不了家属的关系。以上海的申新纱厂来说，就是一个很显明的例子。既然我们现在的工、商业离不了家庭关系，自然家中有祖上传下来的大产业，无论哪个儿子，都要分沾其利，于是弟兄若干人，各分得一二个厂，赖以谋生。但是这种事情在西方却很少见到，父亲创办的事业，不必一定传给儿子，而可交给社会上的专家们来继续经营管理，因其如此，所以一个汽车厂，一个电气厂，不为传子传孙之机关，而为服务社会之机关。我在美国见到一家很富裕的人家，主人的儿子从十三四岁起已开始踏脚踏车为人送报，每月得数美元，以为其收入。乃至父兄是银行家、是富翁、儿子或兄弟不受大学教育，自愿做清道夫，不肯去找他的父兄为其另谋好差使，因为在他觉得找父兄有失自尊心，宁可做清道夫，而不懊悔。试问这种精神，我们青年有没有？乃至一个大学毕业生，或请他老师，或请他父兄写八行书的，不知道又有多少？所谓门生故里的奔走，照旧一样，这与子女之依赖父母有何两样？这原因虽然是由于中国目前的工、商业不发达，文官制度不确立，所以要人函缄的习惯还没有取消，但终得知道仰求别人是可耻的，然后我们的分子，我们的社会，能发展至于健全的境界。

我说了很久，还没有把我的要点说出，什么要点？就是工业革命后的欧美社会，以个性主义来做基础。个性主义普通翻译为个人主义，我嫌它不好，因为个人主义含有自私自利的意义在内。所谓个性主义，就是说每个人应该自己尊重自己，自己求职业，自己求有所发明，再讲自己的享受，既不依赖家庭，更不依赖团体，自己对自己负责，来发挥其能力，行使其权利。这种个性主义，我们还可以分为三点来说：

一、独立精神。在一国之中为自由公民，在家庭之中，既成年后，应自求职业，不依赖父母亲戚，而自己有勇气决定自己的方针，选择某种职业，创造他自己的前途。

二、俭约的习惯。这话的意义与古代之节约自有相同之处，但并不是如古代所谓节衣缩食。因为现代人讲究享受，要求舒适，所以自己有了小家庭后，还要有汽车、冰箱、收音机，但他取得汽车、冰箱、收音机等的方法在乎哪里？他靠自己努力，不靠父母，或靠在政府中的贪污，这是西方道德中最重要的一点，而我们东方人不大了解。平常我们又看见西方人斤斤计较锱铢，觉得很可恶，要知唯有在计较锱铢之中，每个人才能有盈余、有积蓄，才能将国民所得累积起来。我在美国又曾遇到一个老太太，她家里很有钱，但平日出门，不像我们往往雇出差汽车，费钱没有可惜，她终是乘坐公共汽车，费钱少，我起先觉得这个老太太非常吝啬，但后来我见她在救济中国的捐款簿上捐了几千元，我才知道西方人的俭约不是吝啬，而是可以养成急公好义的精神的。

三、自己负责。现代政治、社会、家庭既以个人为基础，一个人处社会之中，关于自己的职业、家庭、政治方面，须得有自己负责之精神，这话怎么说呢？就是自己有明确的意见，敢于决定，决定之后，敢于说出赞成或反对，而无所畏惧，假定做成功了是他的功绩，做错了他应负某种责任。我们看见西洋家庭中，小孩与大人同桌进餐，桌上的菜无论是汤、是鱼、是肉，一样放至小孩面前，任其自由选择，不加勉强，亦不以命令方式出之。再说青年在大学里所要专攻的学问，将来职业的途径，要靠同学、老师、报纸之中摸索出一条路来。自己选择职业本来很难，但如自己选定的职业，能发挥其天才能力已是最好的选择。现在青年从高中至大学，所选功课未必一定恢心贵当，但青年自己所选者，大体成绩是不错的，因他志趣所归，可以自由发挥才能，较父母指使和命令为好。其次，再说政治，各国公民对地方政府、中央政府之选举没有不投票的，对国家法律、政务没有不加批评的，并且不论在投票或发言，都要有不怕负责任的精神，但是反观我们国内情形，投票无保障，发言不负责，致造成儿戏、谩骂、捣乱和一团糟。

诸位先生，诸位青年，希望大家赶快觉悟，打倒孔家店，打倒旧礼教的时代已经过去了。因为旧礼教本身的生命已经退化，它无力量可以来抵挡你，试问皇帝在哪里？父权在哪里？夫权又在哪里？旧礼教既无活力妨碍你，而国内还有不少人，天天在向旧礼教进攻，这帮人无非借此表示他们是进步的、现代的，于问题之解决无补。目前最紧要的工作是建设新道德，提出建设性的提案，来研究现代道德学说的新标准，自己能独立，自食其力，对于自己的意见表示，自己负责，要拿这种新道德的标准，以身作则，做给社会看，这件事我很希望大家共同勉励。我们需要的不是打倒旧道德，而在建设新道德。

原载《再生》上海版

原子能时代之道德论

——一九四八年十月廿八日在成都东西文化协会讲

从广岛上空投下原子弹后，一弹之下，伤亡人民几十万人，于是断定一百枚，二百枚原子弹可以把纽约、伦敦全部毁去，各国政治家因而栗栗危惧，觉得此种厉害利器之使用可以毁灭人类，所以皆认原子弹之使用非由国际共管不可，至一九四五年十一月十五日美英加三国有一项《原子能共同宣言》，我现将其头上几条重行提出一下：

第一条：我们承认近年科学发明应用于战争后，有一种人所不察的破坏方法可加利用，但是这种破坏方法，尚无军事上的防御可以抵抗，这种破坏方法之使用，没有国家应有独专之权。

第二条：我们愿意郑重声明，对于此种新发见，应该用于增进人类幸福，不应用作破坏工具，大家应共同负责，设想达到此项目的的方法，这种责任不仅落在各国身上，且落在整个文化世界身上，但原子能既由我们之开始应用而进步，则我们亦应自处主动，以研究采取何种国际行动，始克防止原子能使用于破坏方面，促进科学之进步，尤其使原子能之利用，达到和平的人道的目的。

第三条：我们知道各文明国家，为免于科学智识作破坏的使用，求有所保障，唯有防止战争。但任何安全方法，无法得到一种有效保障，可以不让用心于侵略之国家，不来使用原子武器，因为工业方面的原子能应用与军事上之原子能应用同属一事（意即工业方面之原子能应用可以移向军事之用）。况且还有其他新武器之发明，亦可威胁现代文明，与原子能之于军事上使用一般。

第五条：我们相信科学研究之结果应对各国公开，研究自由与意见交换自由对于科学之进步是必要的，依照这种政策，原子能为和平目的而使用之基本情报早经公诸世界，将来发生之情报，凡可以公开者，亦应同样处置，吾人希望其他国家，采取同样政策，然后可以造成一种和平空气，然后政治上的合作功夫，亦可发达起来。

把这四条读了后，我们学政治学哲学的人，大体可以得到几种感想：

第一，对人类的爱；第二，像原子弹一类武器之发明，非一国所应独专，以为侵略他国之用；第三，科学的发展要受道德的限制；第四，发明国既不愿将原子弹秘密独专，可见发明国并无独霸世界之意图，推广言之不为一国利益着想，而为国际公共团体着想。

我从以上条文所作的这种推论，想为人人可得之结论。现在，我再分段来说一说：

一、知识受道德限制——从自然科学发达以来，开始是天文、物理之学，至最后而有心理、社会等学。自牛顿、伽利略起，认为科学家之工作在求宇宙现象之因果定律，天是天，地是地，动物是动物，植物是植物，各种科学有其各自的范围，不应以人类之好恶、价值，或道德夹杂其间，因为拿人类的道德、好恶夹杂进去，就不能求得自然现象的真面目。所以说自然科学之职掌在于说明自然现象，说明也者，求其真面目之谓，不夹杂道德的成分。这次，当大家研究原子能之际，也还在此状态之中，即仍以自然科学的方法研究。但是，原子弹发明后，它已不若千里镜当作千里镜用，蒸汽机当作蒸汽机用，因为原子弹之使用可以消灭敌国的人民，扩大言之，可以消灭人类，这使原子弹的使用发生一个大问题，是不是要了武器，不要人类？还是要人类，不要武器？假定自然科学研究的目的是所以增益于人类的，而不是害人类的，又假定到了有武器而没有人类之境地，是人类自身所决不做的，那末，我们必须在这方面有一个大大的觉悟。现今科学发展碰到了一个新的界限，换句话说，知识的发展与人类的生存不能并立时，知识应受道德的限制。

二、知识与学术自由——过去几百年中，科学之研究，无所谓秘密，一国研究所得立即公开于其他国家，所以有科学超国家，或国际性的话。因为唯有公开后，使科学家共知，然后科学之进步更为容易。在科学研究公开，各国科学家互相切磋勉励之情形下，表现全人类对研究方面的大合作，这实在已触及了道德的问题，可惜以往大家不注重，没有专门提出来讲。现在原子弹已经发明，它应该为一国秘密所有呢？抑公诸世界各国呢？成了一大问题。假定原子弹属诸一国的秘密所有，那末从此以后，科学研究各国均将采取闭关政策，自己知道的不让人家知道，失去互相切磋的好处。假定原子弹秘密应加公开，但公开后，又恐徒然供给侵略国家以一种破坏人家的武器，造成人类的大灾祸。所以一面觉得科学研究应加公开，一面又恐公开后有不妥当之处，于是苦心孤诣，设想一项国际共管的办法，同时保持公开与自由研究之习惯。因为这次原子弹之造成，虽在美国，但一九四六年我在美国国会原子能研究委员会旁听所得，知道原子能之发明有义大利人、德国人、英国人、加拿大人帮助。我于听毕各国科学家之发言后，犹忆该委员会主席发一问题："如此说，原子能之造成岂不是外国人之助吗？"可见科学研究之公开与自由，美国政府身受其益，故而美国除为国防保持相当秘密外，仍想遵守公开之老习惯。这也是科学家道德之一部分，与第一项所说略有不同，故也提出来说明一下。

三、知识与国际监督——按照常例来说，新武器之发明，无异于其他科学上之发明，个人的发明照各国出版法尚且可以专利，岂有一国政府对其新发明，反不可任其保持秘密呢？但是，美国发明原子弹后，并没有说这是独有的秘密，不应与其他国家共享，所以他已将原子弹秘密对英国与加拿大公开了，但是美国又没有说这是三国独有的秘密，其他国家不应知道，在他只愿原子能作和平的使用，而限制其在战争上的使用，即是说，假定大家同意原子能在和平方面使用，则公开于英、加二国以外之国家，何尝不可。但是公开以后，诸如原子弹之原料、工厂设备等，皆应立于国际监督之下。这种有了新武器，而不愿秘密独占，作为攻击侵略他国之用，且愿置于各国共同管理之下，也是一种道德上的进步，我们应加表彰。

四、原子能与世界和平——自一九四五年八月六日原子弹在广岛投下后，一弹之下，死伤居民近廿万，而且几天之内，压迫日本投降。大家认为原子弹能屈服日本，当亦能屈服其他各国，大家既畏其威力之大和恐怖，因而认为世界从此可不发生战争，或几千年来想望之世界和平，可以达到。如一九四六年六月十四日美国的所谓公园板凳政治家巴鲁启①(Baruch)，他在原子能监督委员会中有一段演说：

> 我们在新原子时代之凶兆之后，背后有一种希望，可使人类达到自救之方法，如其我们失败，那我们将使人类变成恐惧之奴隶了。我们不要自欺，我们必须在两者之中选择其一：(一)世界和平；(二)世界毁灭。
>
> 科学给予我们这种可怕的能力，它亦能使这能力对人类有伟大的贡献。但科学自身无法阻挡我们不为有害的使用。所以我们受各国政府之命，希望在世界各民族的心思交换汇合之中，以求免于误用科学知识之大害，此实有赖人类从自身意志中求得答案。处此危机之中，我们不但代表政府，亦且代表人民，我们必须记住人民非政府之所有，而政府乃人民之所有，我们必须答复人民之要求，即世界人民要求和平，要求安全，唯有在长久和平之中，自由、民主才能加强，才能深刻化。战争乃自由与民主之大敌，不要相信于未来战争中，世界能有任何一国自处战争之外，战胜国、战败国，乃至中立国，没有不在经济上、物理上、道德上受到损害的。

---

① 巴鲁启：今译巴鲁克(1870—1965)，美国金融家、政治家和政治顾问。

这老政治家一番悲天悯人的话，殊堪佩服。我也相信在此杀人之伟大武器之中，不少战争可因此项新武器而免除，无论目前美苏两国对原子能之监督，还没有获致妥协，但此可怕之武器，可以使侵略者屈服，在事实上已经证明过了。

从以上四点说来，有了原子弹之发明，反将人类的道德提高了一大段。虽然巴鲁启氏的世界长久和平论，不易马上达到，但下列两点，却是很明显的：

A. 知道原子弹为国防上之利器，但美国并没有说利己害人的武器可以随意使用。不可随意使用的话在大炮、飞机发明的时候，我们没有听见，而到今天原子弹发明后才听见，正可说是人类道德进步的第一点。

B. 近代以来，所谓至尊无上，不可加以侵犯者为国家主权，即是说国家为国际法上之主体，其地位不受其他法律之拘束。至一次、二次大战后，国际联盟、联合国种种观念发达，求国家地位之降低，国际团体地位之抬高。这次原子弹发明后，使人知道要靠武力维持一国主权是不可能的，因为这种武器甲国有了，可以毁掉乙国，乙国有了，可以毁掉甲国，这就是说国家主权的基础，不能专靠武器，而另有一种武器以外的道德基础。

最后，我引英国生理学家兼医学家 Dr. A.V. Hill①（战时派往华盛顿任英国大使馆航空特派员，一九四〇至一九四五年代表剑桥大学为国会议员）的话：

---

① A.V. Hill：汉译希尔（1886—1977），英国生理学家、医学家，1922 年获诺贝尔医学奖。

今日所必需者，较其他任何事项重要者为一公共理想之感召，一种共同的国际利益，一种伦理行为的公共标准，一种不愿为一时一地的小利，牺牲全宇宙人类之精神。我们必须以勇气，必须以忍耐，以求免于在反理性压迫下出卖理性。许多人自命为现实主义者，他们对于我们提倡道德论，加以讥讽，但最真实的现实主义，就要承认人类幸福，人类生存，人类之健全发展，决不依赖机器之发明，或各种组织之发明，而是依赖道德、诚实、容忍、合理与忠诚之进步。

以 Hill 氏这样的大科学家，在原子弹发明后，竭力提倡科学的伦理（scientific ethics），这题目请诸君不要以为是以科学方法为根据的伦理学，而是科学研究，科学结晶之使用，应有伦理或道德之标准。所以原子弹发明之后，同时使世人亟求人类道德之增进与发展，一方面是人类感受原子能之发明为可怕，另一方面又感觉世界人类因原子能之发明，将来必有一极大光明，横在我们的前面。

原载《再生》上海版

中国之将来

我们中国自从与西方文化接触后，老早知道西方文化的特长在科学，等到天文、数学、物理、化学诸学初来时，就使我们怵目惊心，到后来，我们的政治家曾文正、李文忠等对西方的坚甲利兵，亦望而生畏。可见科学从智识上、工业上、国际上来说是现代国家最厉害的武器。我们可以分三个时代来说：

一、明朝嘉靖万历年间。

二、曾文正在上海设制造厂及沈文肃在福建设船厂时期。

三、从“五四”起大叫赛先生时期。

第一时期，适为中国当时的历本由回教徒所制，计算日蚀、月蚀，往往错误，这时遇利马窦、南怀仁到华，他们是十字教徒，来华传天主教，同时带来了许多天文、数学、物理、地理、论理等书，其中最著名的一本就是徐光启译的《几何原本》，这本书在欧洲文艺复兴时代从旧书架上取出，重新翻译成拉丁文，亦为促进欧洲科学极有用之书。后来曾文正设立制造厂，从事翻译外国书籍，又将此书重行付印，它的价值由此可见。除几何原本外，当时十字教会中人所译之地理、天文、逻辑等书不下数十本。明朝覆亡，清朝代兴，康熙且派十字教徒往各地测量地形，制成一张“王舆地图”。假定当时能够继续不断接受西方文化，恐怕我们今日科学落后的情形，是不至于的。但到雍正以后，因为祭祖问题，雍正与天主教会发生冲突，把教士都赶回去，因此，中国与西方科学上的联系就中断了。

到曾国藩时代，已是鸦片战争以后，外国的坚船利炮给他一个极深刻的印象，所以他热心从事于设立兵工厂，造船及翻译外国书籍。中国到抗战前后，能炼钢造船，还是靠曾文正的一些努力的基础，虽然后来的张之洞设了炼钢厂，现在的资源委员会也有设炼钢厂的计划，然或寿命短促，或纸上谈兵，远不及江南制造局真正有成绩。至于译书局所译的书有驾驶、造炮、化学、物理等书，其数不下数百种。戊戌变法之领袖，如康有为、梁启超都是受过影响的。梁任公曾著《西学书目考》一书，说明译书局中所出各书对于当时智识阶级的影响，但是后来全国人的思想转而注目于西方政治、法律，认为造船造炮是不够的，所以进到了另外一个阶段。

戊戌政变后，全国人注目的是立宪、变法，学校与夫工、商之业，到了庚子以后，已是清朝末年，全国人最热心的是革命与不革命问题。这时代以日本留学生翻译的日本法政书籍最为流行，至于真正的自然科学，乃至工业方面出版的书却很少。中间经过民国成立，全国之中有人闹宪法、内阁、国会等事。直至“五四”运动以后，陈独秀与胡适之竭力叫喊德先生与赛先生。德先生与赛先生之提出，实为打倒孔家店，打倒旧礼教，与希望自然科学发展的关系是很少的，换言之，提出这两个口号，仅仅打倒旧礼教，不像徐光启、曾文正确确实实为发展西洋自然科学的。所以他们的呼声虽高，但所出版的科学书籍，尚不及徐、曾两氏之多。

现在距“五四”已有三十年之久，我要向全国人民呼吁第四次的科学运动了。我鉴于以往三次的科学运动寿命不长，基础不能永久确立，其原因何在？时常在我脑中转来转去。我认为中国科学之所以不发达，不在乎旧礼教，不在乎圣经贤传之障碍，而是我们对于宇宙的态度与西洋不同：(一)中国人对于人事兴趣特别浓，某人升官、某人发财、某人得宠、某人失宠、某人豪侠、某人吝啬，对人事上终有特别兴趣，而对于宇宙事物现象公理之研究非常淡泊；(二)中国人对实用方面非常注意，而不大注意实用之背后有理论，有纯粹科学，譬如说我国人很热心造船造炮，但不知造船造炮后面有物理，化学等纯粹科学，而不加热心；(三)中国人喜欢"写意"好"随便"，至于受科学定理之支配，就不大习惯。譬如甲等于乙，乙等于丙，甲当然等于丙，这推理为论理上必然的，一定要相信必然性的理论，然后知科学的重要及效用，换句话说，除人事以外，另有一物，悬诸天地之间，而不能随便动摇的，即自然公理，事物之理，这"理"藏在宇宙之间是无穷无尽，靠人研究才能发见认识，这"理"给任何一国发见以后，大而保障国家，小而利益人民。所以科学研究之好处是无穷无尽的。

我再提出二次大战中美国科学研究及发展局(S.R.D.)前主任兼卡纳奇研究院主任布庶博士(Dr. Annevar Bush)所著的一本书，叫《科学，无穷的边界》，或曰《科学，无涯之智》(*Science, the Endless Frontier*)。读了此书之后，知道布庶氏是美国战时新武器制造的总指挥。所有战时发明的新武器如雷达、原子弹，无不经过科学研究及发展局指导的。我们再一想二次大战其他新武器之发明，如磁性水雷，如快迅飞机，如 DDT，配尼西林等药品，哪一样不是科学家绞脑汁而应用于战地的，况且敌人的武器日新月异,与英美方面落在德国日本之后,就无法打败敌人了! 所以美国陆海军部长曾有一项联合声明说:“此次战争重视三件对国家安全特殊重要之事实:(一)有力的新的防御和攻粮战略,系随科学与工程上研究所得的新武器而发展的;(二)在发展是项新武器与战略之中,竞争的时间因素可起决定性的作用;(三)战争已逐渐演成总体战,在总体战中,每个国内人民所有的力量应积极参加补给武装力量。”

这声明中可见出科学家之地位在这次战争中是何等重要!而美国这样制造新武器总指挥的责任落在布庶氏身上。我有一次在美国时,曾与他有过一次谈话,这是我一件极高兴的事,我见了他比见了美国总统还高兴。那次谈话中,他曾告我说:“中国不应单单派学生到美国大学读书,应派大学教授到卡纳奇研究院去做研究员,然后中国科学家会了悟科学家脑中所想的是什么,必须消息灵通,保持密切联络,才有助于中国科学家。”我们会面时,正是日本投降以后,他告诉我美国在菲律宾有登陆艇几百艘可赠与中国,我当时曾以他的话通告政府,问政府如何办? 后来我没有再注意,结果就不清楚了。布庶氏是科学家,但有办事才,而且对于旁人的要求很有帮忙的热心,所以与其他试验室中之纯粹科学家是不同的,这样的人叫他是科学的政治家也未始不可。彼时我受教育部之委托,要我研究美国科学发展史,这时适遇布庶氏《科学,无穷的边界》一书出版,我早已将此书译完,惜未加誊清,也没有送到教育部去,这是我一件很感惭愧的事。现在我趁此机会,把布庶氏书中的话略摘出其要点,分三项来说:医学、国防与农工业。

他第一段中说：

> 科学进步能应用于日用方面去，能使全国人多得职业，更高的工资，较少的工作时间，更多农事收获，更多空暇时间，不需要如过去数千年来人民那样的劳苦工作。
>
> 科学发展能提高生活程度，能防止疾病，能保留资源，能有防止侵略之方法，为达以上目的起见，新科学智识的发明须继续不断的，有实效的……

一、布庶氏说到二次大战中，因为医学上之发明，死亡人数大为减少。据他说：第一次世界大战中，因病而死者，每千人中有14.1人，这次战争中，每千人中有0.6人，就是说千人中不到一人。他又说痢疾在从前的死亡率很高，在这次战争中已成小问题了。在义大利拉布勒斯曾有一次伤寒流行病，因为喷射了DDT，就立刻制止了。消炎药品之使用降低了肺炎病人的死亡率，在第一次大战中，因肺炎致死者每百人中有二四人，这次战争中已不到百分之一了。脑膜炎在上次大战时之死亡率约为十人，现在已减为一人了。但是布庶氏，不以上述成功为满足，认为有许多病理与防病的方法还没有研究出来，所以医药方面还待大家共同努力。

二、从国防上说，我已于前段中引过美国陆海部长的联合声明，足可证明科学研究与国防之关系为如何密切。我们请再回顾二次战争中的情形：德国以潜水艇在大西洋上毁坏联合国船只，后来英国战时首相邱吉尔之顾问发明一法，使磁性水雷无法引至船身，然后减少了许多船只之沉没。待雷达发明，好似一种新的眼睛，可以很远望见德国潜水艇之来，设法击沉它。再说飞机飞行的速度，载重量，以及防卫方法亦日新月异，所以后来能以数百架飞机，成群结队，轰炸柏林、东京，这岂是第一次大战时所能想象得到的。德国飞箭发明后，轰击伦敦，幸而发明了三种方法予以抵制，飞箭第二号又出现了，乃将其在大陆上之发射地点夺取，就无法使用了。至于原子弹之发明尤其重要，不但英美方面把世界科学家集在一起，研究制造原子弹，且严守秘密，不使公程式为敌国间谍窃去，所以在本国以内，用分部管理的方法，使各部门的人只能知其一部分，无法知道全部的工作。又防敌国知道制造工厂在何处，何时开始，工作进行情形如何。当时英美方面知道敌人在挪威方面有一种重水的制造，于是袭击挪威某地，将其重水制造厂毁坏之。据邱吉尔发表的声明说：原子分裂之可能在一九三九年大家已公认了，最初在英国各大学中研究，等到一九四一年英国主持原子弹研究的人汤姆生爵士(Sir George Thomson)已有报告，希望原子弹在二次大战结束前能够造成。至一九四一年英美联合参谋部决定，将制造原子弹工作移到美国去做，因为英国离大陆太近，易受轰击，至一九四五年七月十六日先在新墨西哥试验一次，这就是第一颗原子弹之造成。这颗原子弹下来后，巨光升至四万英尺以上，其响使人感到地球要毁坏一样，就拿到广岛去试验，这城市百分之六十成为灰烬，三十四万的人口死伤了二十万，即在十英里以外的超级堡垒亦为其所震动，这原子弹制造工作之开始研究，而总其成的就是布庶其人。至八月十日杜鲁门声明中很高兴地说："原子弹之制造及使用不是容易决定的，我们正在研究中，他们也很快能找到这种秘密。我们怕他们先发明，所以我们毅然担任这个制造与发明工作，这是很费钱的(费去二百亿美元)。我们在这发明的竞赛中,胜过了德国人,我们必须使用此项原子弹直到日本作战能力破坏为止,唯有日本投降,方能停止我们使用原子弹。”

在这段说明原子弹之历史中,无非说现代战争就是科学家头脑之竞赛,假使靠了几支步枪,几尊大炮,就认为是有武器,有作战能力,差不多就等于原始时代野蛮人的石斧罢了!说到这里,我们的军事家,科学家应如何惊心动魄,难道曾国藩见外国人的船坚炮利而有所觉悟,我们处在原子弹时代还能专门向人家买飞机枪炮,算已尽了国防设备之能事吗?

三、这次战争之胜利,决不是单靠原子弹。试问美国人造了几万架飞机,几百万吨军舰与船只,又造了多少汽车,坦克车,分送给各国,这就是平日工业之进步,才能有此成绩。我们在战时,从重庆飞到过纽约的人,就知每一飞机站上终有少则几架,多则几十架飞机,有了飞机,就不能没有修理飞机的工厂与零件。每一飞机站上,一定有汽车接送,一定有汽油站。战时,美国有一千万人民,分为陆、海、空三军,在世界各地作战,同时还能有麦子、牛油、牛奶,及其他食物分送各处战地上,这就是说美国不但是一个工业国,同时亦为一农业极发达之国家。美国的农业,可说是机械化的农业,二千亩、三千亩的土地,耕种的农民不过二三人,因为其播种可用飞机,收获可用机器,所以二千英亩的土地,等于我国一万二千亩,照我们所用人工的标准说,恐怕需要六七百人,乃至千人,但在美国因有机器,只需工人六七人就够了,试问六七工人在一万二千亩土地上所生产的,除自己消费外,剩下多少?我们一万二千亩地上所产的,一千人消费,还剩下多少?所以美国佃主佃户除自己消费以外,每年还有大量余额可以出口,在我们自己消费尚且不够,更说不上供给邻国了。但是美国农业之发展决不单靠机器，它的中央的农部与各州的农部，所做的工作是十分可以佩服的。农部以其平日研究所得，把智识供给全国农民，它知农业不比工业，大工厂自己有钱，自设化学试验室，可有发明，且可赚钱，希望农业有巨额盈利，剩钱做研究工作是不可能的，所以农业研究工作须由国家担任。这里是说美国是一农、工业都发达的国家，所以除能造飞机、大炮、坦克等外，还能以几千万担之粮食供给别国，这也都是科学之赐，也就是工业技术，农业技术之赐。

我以上说了三大段，无非说明现在国家之安全，人民之生存，无不靠科学，没有科学便不能立国，有了科学虽为穷国可以变为富国，虽为病国可以变为健康之国，虽为衰落之国也可以变成强盛之国。尤其像我们这个国家，号称地大、物博、人众，但地虽大，物是不博的，试问我们的生产能与英美比吗？我们地下的石油能如美国那么多吗？我们铁矿中含铁量能像人家那么丰富吗？以人众来说，在这块土地中，有了四亿五千万人口，数量虽多，试问其吃的穿的哪里来？健康怎样？所以以人众一层说是我们负担比人家重，不是我们人多了，生产能力也比人家强。因为人口多，而物资缺乏，于是变成了一个贫乏的国家，每一职业地位，必有多数人抢夺，一矿一实业兴办时，也有多少人来抢位子。因为太穷，使大家的精力消耗在阴谋诡计之中，终想把别人的据为己有，抢夺之事愈多，农、工商各业愈不能发达。我以为今后救国之道，唯有大家从科学研究，科学发明下手，其理由如下：

一、宇宙之无尽藏唯有靠科学研究发见它，试问几十年前，谁知道有人造丝，这次战争之前谁又知道牛奶里面可以造出纤维制造衣着？又谁知道大豆中有制造饼干的原料？可见宇宙里的秘密至今为人类所发见的还不过一小部分，假定我们存心在这方面研究下去，穿的、吃的、用的一定可以另有所发明。我们资源的不足，也唯有靠科学研究来补充之。

二、有了科学研究，大家心胸自然宽大。我们因为人口众多，所以或士或工或商，没有一处不是互相忌嫉、排挤、倾轧，譬如有了先施公司，必有永安、新新公司在旁边竞争，有了民生公司，招商局来竞争，终想打倒人家，抬高自己。与其我们知道了宇宙中所藏的智识，没有一事不可有利于人群，谋自己的福利的，与其争目前的微利，不如从宇宙的秘密中自己努力求发见，大家的心思才力能够移到自然界去，自然知道目前一时的得失不足计较，而天文、地理、物理、化学的种种智识，不但可解决衣食，亦可开拓眼界，扩大心胸，所以唯有靠科学，才能将我们几千年来狭小偏私的见地达到天空鸟飞的境界。

假定科学研究的好处，仅仅只我上面所说的两项，但已能补救我们资源的贫乏，原料的缺少，最重要的，把现在的心思才力用在倾轧、排挤方面的移向于研究方面，而造成一种海阔天空的胸襟，自然可以向创造合作方面做去。试问我们国家的和平、健康、强盛不就是在目前吗？诸位当知日本投降那天，日本政府有一声明，说日本不愿再从事于战争，而愿从事于科学研究，以增进人类幸福。像日本这战败国家尚且有此觉悟，我们号称战胜国的，难道不应有同样的觉悟吗？为个人计，为国家计，为全世界人类计，各方面的幸福就靠科学，这是我近年来自己见到的地方，不能不向大家郑重说出的。

原载《再生》上海版

下

哲学与人生

张君劢◎著

上海人民出版社

卷四

儒学的内涵与复兴

纪念孔子诞辰

十九世纪中英国传教士李格氏留港卅年，译四书五经为英文本，可谓孔子之功臣矣。其评论孔子，以耶教为标准；谓孔子不论宇宙创造，不知有一神为其缺点。今距李氏译书之日逾百年矣。西方人认识孔子之伟大，正由于其不以教主自居，不言一神，而论天道；不分形上形下为二。其论人道处，推本于天而以一诚贯之，用力于求知，至于发愤忘食。且示人以博学慎思审问明辨笃行之方法，其于推己及人与所以善群之道，有格物、致知、诚意、正心、修身、齐家、治国、平天下之八目。窃尝以孔子所陶铸之中国，比诸印度矣，印度四吠陀之梵天，佛教之空有，与其他哲学派之潜思默索，颇有为吾国所不及者；然其出发点在宗教、在解脱痛苦，因而忽略人事方面。一九四九年游印之日，知其语言文字纷歧，土语二百种，主要语言十四种，独立以后其政府规定以印地语代英语，然何年何月实现，恐为期甚远。印人好冥想，忽史实，求如吾国一部廿四史，竟不可得。英治时代各地藩王之数，多至四五百，至独立后乃合并于印度共和国。至于宗教之争，语言分省之争，迄今不绝于耳。谓吾国之书同文，秦后政体大一统者，不如印度乎。至于以中国与欧洲文化相较，其民主政治之风行，其科学成绩之发展，其生活程度之提高，诚为吾国望尘莫及。然其历史上教权与王权之争，科学与宗教之争，帝王与贵族之争，今则有两阶级曰资本与劳动之争。唯其在政制社会文化方面，常有二者对峙之现象，一方必竭尽其力，以发所长，乃有所谓个人主义与社会主义；乃有超形之宗教与以人智为证验之科学，宗教也、科学也、物质也、精神也、个人也、社会也，必出之于一边主张之独是，而不容有“道并行而不相悖，万物并育而不相害”之兼收，因此争端层见叠出，虽有奇花怒放之光辉，而缺中正和平与维持久远之传统。以视吾国儒家折两用中而不趋极端者非自有一日之长乎？吾人既比较中印与中欧文化之得失，乃述平日所以服膺孔子者以与国人共勉焉。

第一，孔子学思并重。孔子曰“学而不思则罔，思而不学则殆”。其所谓学，即现代所谓经验，耳闻目击与书籍所载者是也。人之智识须基于官觉所接触，有事实以为张本，此无征不信之言所由来也。然学之所以为学，以逻辑决其矛盾；以畴人之学定其数量；以伦理定其善恶；以哲学成其会通。质言之，学而不思，则为博闻强记，陷于班固所谓碎义逃难，或清儒所谓饾饤支离。反是者思而不学，则为想入非非，虽穷幽竭深，而不免于冥行，人且以乌托邦讥之。孔子二者并重之言，足以祛重学（即欧美之经验主义），或重思（即欧美之理性主义）之一偏之弊矣。

第二，孔子由可知推及于不可知，或曰由形下推及于形上，兹举两方面孔子之言如下：

> 子路问事鬼神，子曰：未能事人，焉能事鬼，未知生，焉知死。
>
> 子曰：鬼神之为德，其盛矣乎。视之而勿见，听之而勿闻，体物而不可遗……诗曰：神之格思，不可度思，矧可射思。

子曰:敬鬼神而远之。

子曰:天何言哉,四时行焉,百物生焉。

孔子曰:君子有三畏,畏天命。

孔子关于宇宙创造,非不知有神,非不知有天。但就理性范围以内言之,且就万物之由来而推至终远之源言之,且以为必所知之真切,乃敢明白言之,其隐微不可知者,则存戒慎恐惧之心以待之。孔子曰:知之为知之,不知为不知。此言乎可知者名之曰知,其不可知者,则戒慎乎其所不睹,恐惧乎其所不闻,其于形上界之立言,谨慎如是,未尝如欧人以上帝、灵魂不死与自由意志三事为形上学之题目而论究之,然孔子不否定上界之天与神,可于其言词中见之。

第三,孔子信古因时双管齐下,举其两方面之言如下:

孔子曰:信而好古。好古,敏以求之者,子入太庙,每事问。

子曰:行夏之时,乘殷之辂,服周之冕。

子曰:夏礼吾能言之,杞不足征也;殷礼吾能言之,宋不足征也,文献不足故也,足则吾能征之矣。

子张问十世,可知也。子曰:殷因于夏礼,所损益可知也;周因于殷礼,所损益可知也。其或继周者,虽百世可知也。

孟子曰:孔子,圣之时也。

孔子知立国之道,不能不以本国历史为根据,乃正诗书礼乐赞周易修春秋，诚如其所自谓“述而不作，信而好古”者矣。然其答颜渊为邦，与子张十世之问，则孔子因时损益之见，显然流露矣。及至孟子，将孔子与伯夷、伊尹、柳下惠相较，因以见孔子之大而无所不包，乃断言曰孔子圣之时也。可以见孔子虽自称为信而好古，然极知因时制宜之重要，或依现代语可名之曰随时代进步之人也。公羊三世义中，以时代为历史中心，尤显然矣。

我所见孔子之立场如是，在此东西交通科学昌明之日，虽移而用之于今日之二十世纪，大可以相通而不至扞格不入，此我所以追念颜渊仰之弥高，钻之弥坚之叹。与夫诵子思“上律天时，下袭水土，譬如天地之无不持载，无不覆帱”之言，而低徊不能自已者也。

一九六一年九月

孟子哲学

儒家哲学在数千年历史中，比之西方希腊哲学与印度之印度教与佛教，固有其不朽之地位。

诸先生用贱辰有《儒学在世界》论文集之出版，谨随大雅诸君子之后，勉成《孟子哲学》一文，以谢诸君子之盛意。

一、以思为出发点之声明

吾国四千余年历史中，奠定思想之基础者，无有过于孔子孟子。孔子和平中正，折两用中。对于各问题，思之再四，每举其扼要之两方面，如曰："学而不思则罔，思而不学则殆。"言乎人类知识，有得之自学问者，则好古敏求之事，经验界之事也。有得之于自己思索者，则慎思明辨之事也。又曰："吾尝终日不食，终夜不寝，以思，无益；不如学也。"此孔子对于学与思二者之兼顾也。孔子又曰："性相近也，习相远也。"言各人本然之性，相去不远，然因环境之陶镕，乃有绝然各别之两类，曰善恶，曰君子小人。及战国孟荀之世，此问题遂展开而为性善性恶之大争辩，至于政治之本，孔子但言正名，与君君、臣臣、父父、子子之大道。然在《季氏篇》中，对于封建社会之自相残杀，孔子早已见之。唯"民为贵、君为轻"之旨，由孟子单刀直入而指出之。此又孔孟两人性格之异，而其对于人民之轻重，因之而异矣。其在哲学方面根本上之不同，莫如孟子之言思。《告子篇》曰：

> 恻隐之心，仁也。羞恶之心，义也。恭敬之心，礼也。是非之心，智也。仁、义、礼、智，非由外铄我也，我固有之也。弗思耳矣。故曰：求则得之，舍则失之，或相倍蓰而无算者，不能尽其才者也。《上·六》

《告子篇》公都子问曰：

> 钧是人也，或为大人，或为小人，何也？"孟子曰："从其大体为大人，从其小体为小人。"曰"钧是人也，或从其大体，或从其小体，何也？"曰："耳目之官，不思，而蔽于物，物交物，则引之而已矣。心之官则思，思则得之，不思则不得也。此天之所与我者。先立乎其大者，则其小者弗能夺也。此为大人而已矣。"《上·十五》

孟子于《告子》同一篇中，一则曰求则得之，再则曰舍则失之。再则曰思则得之，不思则不得也。孟子所以去学而侧重于思者，非不知耳目之知，闻见之知与经验之知，为思之成分之一。然其所以去学而重思者，由于其深知一切判断皆由思来也。黑白之色，多少之分，异同之辨，由思来也。人之所以为人，与物之所以为物之分，由思来也。不论为泥土、为草木、为鸟兽、为人群，一切名之曰有曰存在，由思来也。宇宙之全体，非目之所能见，手之所能触，而各人心中，存一宇宙全体之见解，由思来也。如是，举思一端而学自在其中矣。世人但知所耳闻目见之为真有其物，为实有其事，然黑白多少同异之辨，何一不由思而来？人与物之概念，何一不由思而来？所谓物之全体，宇宙之全体，何一不由闻见与触觉之一部，而推知为全部。如是所谓思则得之，不思则不得也云云，正所以明思之无深不入，无远不届，而非经验界之闻见接触所能与比也。此为孟子继孔子后之大发明，而由程朱陆王为之昌大者也。孟子为学，向重规矩准绳。《离娄篇》曰：

> 离娄之明，公输子之巧，不以规矩，不能成方圆。师旷之聪，不以六律，不能正五音。尧舜之道，不以仁政，不能平治天下。《上·一》

孟子在人之精神方面，求工程之规矩与音乐家之六律。更求之于道德方面，得善恶是非之准则，名之曰义曰理。其言曰：

> 口之于味也，有同嗜焉。耳之于声也，有同听焉。目之于色也，有同美焉，至于心，独无所同然乎。心之所同然者何也？谓理也义也。圣人先得我心之所同然耳。故义理之悦我心，犹刍豢之悦我口。《告子上·七》

数千年来之吾国，既不若西欧之有耶教，印度之有印度教与佛教，以正人心而端趋向，所倚为传统者，独有儒家道德学说，申杀身成仁之义。所以整肃纲纪，端正士习，而维系国家于不坠。然道德之制裁力，视人之心意之诚与不诚。限之于少数读书人士而已。至于理智方面，如逻辑、如数学、如治学方法、如康德哲学之由时空之直观以进于理解之方式，更由理解之方式，以进于理性之准则。此为西方文艺复兴以来学术昌明后之大事，为吾国昔日所未闻。然与孟子重思之义，正复同条共贯，可为今后进一步发展之余地者也。

德哲康德之言曰："学开始于经验。"吾人自然同意于观察与试验，为各种科学不可少之工作。然各种学问之所以成为学问，如定义之成立，思之事也；概念之确定，思之事也。乃至国家与社会之改造，是否可以暴力或阶级斗争为武器，资本家之财富，是否由于生产工具之私有，是否由于不付价之工时而来，思之事也。社会所以成，由互助而来，抑以斗争为事，思之事也。乃至牛顿万有摄力说，变为爱因斯坦相对论，此亦思中时空之结构之大改造，非经验一端所能尽也。光线行近太阳者显弯曲之形，此亦由于以思为指南针之结构而来，非经验一端所能尽也。至于哲学方面以思想为主要工作，尤显然易见。譬曰此属于官觉、此属于理智（即理解之形式）、此属于理性，此三者之界限之划分，思之事也。理智所不通者，赖理性以通之，思之事也。如是，理性为至高之法官，一切判断由之以出。此则仁义礼智之所以归于性，而后世"性理"之名所由来也。就其条例之当然者言之，名之曰义曰理。就其来源言之，名之曰性。此时之心官之思，深入于理性与道体范围之内矣。《中庸》曰："道不可须臾离也，可离非道也。""语大，天下莫能载焉。语小，天下莫能破焉。"是心官之思所以察道体而形容之之言也。孔子曰："行仁由己，而由人乎哉。"颜渊曰："克己复礼为仁。"曾子曰："吾日三省吾身。"此省察克治之中，即思之所在，亦即己与道之所在。此乃己之日新又新，而道在其中矣。然此三者之所以合而为一，心官之思主之也。

二、孟子之治学方法与行己立身之道

读孟子者，好举《滕文公篇》“孟子道性善，言必称尧舜”之语。此十字指孟子所达到之结论言之。然其开始时之治学方法，较之今日西方逻辑学之所谓分类法可谓彼此一致。《公孙丑篇》引有若之言曰：

> 岂惟民哉，麒麟之于走兽，凤凰之于飞鸟，泰山之于丘垤，河海之于行潦，类也。圣人之于民，亦类也。《上·二》

此节就自然界之事物，分之走兽飞鸟；此在今日为动物学。丘垤高山行潦河海；此在今日为地理学。圣人与一般人，同属于人；此在今日为人类学。此各种事物之类既分，每一类之特点何在，各类所以异同之故何在，而后物之为物，与人之为人，乃了然矣。

《离娄下篇》曰：

> 人之所以异于禽兽者几希。庶民去之，君子存之。舜明于庶物，察于人伦。《下·十九》

所谓几希者，言饮食男女之欲，人与禽兽不殊。人之能分辨黑白，彼此，同异与是非，此则理知与理性有以致之。亚历斯多德曰人为理性的动物。此言根据逻辑学中人与禽兽同属于动物一大类中，然加上二者之差别之理性，则人之小类出矣。可知逻辑学中大类加上差别，得人之所以为人之小类，孟子早已应用之矣。

《告子上篇》又曰：

> 凡同类者，举相似也。何独至于人而疑之？圣人与我同类者。故龙子曰：“不知足而为屦，我知其不为蒉也。”屦之相似，天下之足同也。《上·七》

以草织屦，依足形为之。以草编蒉，依或方或圆之形，为置物之用。屦与蒉二者之形大异，故织屦者，决不至织之为蒉。因此可见古人分类法适用之广，上自人事社会，下至木工草工，无不以分类法为其基础。

西方逻辑学中所谓分类法，以物质（substance）为大类，其下更分之为有形体无形体，活物死物，有感觉无感觉，以达于人类。其法名曰自然分类法。依物质之形体，生命与感觉，自然差别为其异同之标准。至于孟子书中之类字，尚另含有事物价值高下之义，故不知类三字，有不知其价值高下之意义。举告子上篇无名之指一章以明之。

> 孟子曰，今有无名之指，屈而不伸（信），非疾痛害事也。如有能伸之者，则不远秦楚之路，为指之不若人也。指不若人，则知恶之。心不若人，则不知恶。此之谓不知类也。《上·十二》

此类字指身体之病与精神之病二者之轻重关系言之，亦即指二者价值之高下言，与从其大体为大人，从其小体为小人一章，正复相同。孟子扩充类字之义至于精神价值，于是将不充类三字，指不能发挥人之精神价值言之。举孟子《滕文公下篇》论陈仲子章中之一节以明之。

> 仲子，齐之世家也。兄戴，盖禄万钟。以兄之禄，为不义之禄，而不食也。以兄之室，为不义之室，而不居也。避兄离母，处于于陵。他日归，则有馈其兄生鹅者。己频顣曰："恶用是鶃鶃者为哉。"他日，其母杀是鹅也，与之食之。其兄自外至。曰："是鶃鶃之肉也。"出而哇之。以母则不食，以妻则食之。以兄之室则弗居，以于陵则居之。是尚为能充其类也乎？若仲子操，蚓而后充其操者也。《滕文公下·十》

匡章称陈仲子为齐之廉士。孟子比仲子于上食槁壤，下饮黄泉之蚓，谓其不与人同处，而尽分工合作之义务也。

孟子认为人类之处世，有其立身行己之大道，不必若陈仲子之避地而居，或许行之并耕而食。其所标举立身行己之道。曰：

> 居天下之广居，立天下之正位，行天下之大道。得志与民由之，不得志独行其道。富贵不能淫，贫贱不能移，威武不能屈，此之谓大丈夫。《滕文公下·二》

孟子处战国之中，所遭值者，不外兵家与纵横捭阖之士。对于前一种人，孟子评之曰："争地以战，杀人盈野，争城以战，杀人盈城，此所以率土地而食人肉，罪不容于死。故善战者服上刑，连诸侯者次之。辟草莱，任土地者次之。"对于后一种人，孟子因景春羡慕公孙衍张仪，有“岂不诚大丈夫哉。一怒而诸侯惧，安居而天下熄”之赞叹辞。孟子因此一问，乃有一段对于纵横家之估价。其言曰：

> 是焉得为大大夫乎？子未学礼乎？丈夫之冠也，父命之。女子之嫁也，母命之。往送之门，戒之曰：“往之女家，必敬必戒，毋违夫子。”以顺为正者，妾妇之道也。《滕文公下·二》

孟子对于苏秦张仪之佩相印者，视之为同于妾妇，其为一文不值，可以想见。孟子自知其抱负之不合于当世，乃有“居天下之广居，立天下之正位，行天下之大道”之决心，言乎人自有聪明，自有智识，自有善恶是非之辨别，自有淑世之方法，只要自己义理充实，有大识见，有经纶，自足以挽回人心，扶植世道。此则孟子所以有“当今之世，舍我其谁”之信心也。孟子更以孔子之继承人自任。其言曰：

> 由孔子而来，至于今百有余岁。去圣人之世，若此其未远也，近圣人之居，若此其甚也。然而无有乎尔，则亦无有乎尔。《尽心下·卅八》

韩退之致孟尚书书曰：“向无孟氏，则皆服左衽而言侏离矣。”故愈尝推尊孟氏以为功不在禹下。韩氏送王埙秀才序之文曰“故求观圣人之道，必自孟子始”。然则孔子之后，能发挥光大儒家之学者，唯有求之于孟子而已。

三、孟子对于同时代学者之评论

孟子于兵家与纵横家之估价，既如上述。更述其关于其同时代学者（甲）许行（乙）夷子（丙）宋牼（丁）墨子之言，则孟子所以自任之广居，正位，大道，更因对照而显然。

（甲）陈相见孟子，道许行之言曰："滕君则诚贤君也，虽然未闻道也。贤者与民并耕而食，饔飧而治。今也滕有仓廪府库，则是厉民而以自养也。恶得贤。"孟子曰"许子必种粟而后食乎。曰然。许子必织布而后衣乎，曰否，许子衣褐。许子冠乎。曰冠。曰奚冠。曰冠素。曰自织之欤。曰否，以粟易之。曰许子奚为不自织。曰害于耕。曰许子以釜甑爨，以铁耕乎。曰然。自为之欤。曰否，以粟易之。以粟易械器者，不为厉陶冶，陶冶亦以械器易粟者，岂为厉农夫哉。且许子何不为陶冶，舍皆取诸其宫中而用之。何为纷纷然与百工交易，何许子之不惮烦。曰百工之事，固不可耕且为也。然则治天下独可耕且为欤。"

孟子就许子平日生活所需之衣冠釜甑，问其所自来。其答案曰以交易方法得之，可知分工合作，互易有无，自为生活之常态。是"与民并耕而食"之主张，不攻而自破矣。

（乙）"墨者夷子，因徐辟而求见孟子。"（中略）"吾闻夷子墨者，墨之治丧也，以薄为其道也。夷子思以易天下，岂以为非是而不贵也。然而夷子葬其亲厚，则是以所贱事亲也。"（中略）"夫夷子信以为人之亲其兄之子，为若亲其邻之赤子乎。彼有取尔也。赤子匍匐将入井，非赤子之罪也。且天之生物也，使之一本，而夷子二本故也。盖上世尝有不葬其亲者。其亲死，则举而委之于壑。他日过之，狐狸食之，蝇蚋姑嘬之。其颡有泚，睨而不视。夫泚也，非为人泚，中心达于面目。盖归反虆梩而掩之，掩之，诚是也。则孝子仁人之掩其亲，亦必有道矣。”徐子以告夷子，夷子怃然为间曰：“命之矣。”墨者尚薄葬非乐之俭，忽视丧葬之礼之系于慎终追远。夷子闻“非为人泚，中心达于面目”之言，只能以“命之矣”三字答之，已因孟子之言而有所感动矣。（《滕文公上・五》）

（丙）“宋牼将之楚，孟子遇之于石丘。曰：‘先生将何之？’曰：‘吾闻秦楚构兵，我将见楚王，说而罢之。楚王不悦，我将见秦王，说而罢之。’（中略）‘轲也，请无问其详，愿闻其指，说之将如何。’曰：‘我将言其不利也。’曰：‘先生之志则大矣。先生之号则不可。先生以利说秦楚之王，秦楚之王悦于利，以罢三军之师，是三军之士乐罢而悦于利也。为人臣者，怀利以事其君。为人子者，怀利以事其父。为人弟者，怀利以事其兄。是君臣、父子、兄弟，终去仁义，怀利以相接。然而不亡者，未之有也。’”（《告子下・四》）宋牼墨者，信“禁兵寝兵”之说，依现代术语言之，为和平主义者。彼等以罢战为人世间之大事，与孟子之以仁义为立场者同。罢战既为国家、百姓、人民之利。其利字作为全体人民之所欲所求解释，与孟子之解为三军与君臣、父子、兄弟间各个人有所得者，绝然不同。此段谈话所以不若对于夷子之言之收效者，为此故也。

（丁）“圣王不作，诸侯放恣，处士横议，杨朱墨翟之言盈天下。天下之言不归杨，则归墨。杨氏为我，是无君也，墨氏兼爱，是无父也。无父无君，是禽兽也。（中略）诗云戎狄是膺，荆舒是惩，则我莫敢承。无父无君，是周公所膺也。我亦欲正人心，息邪说，距诐行，放淫辞，以承三圣者，岂好辩哉，予不得已也。能言距杨墨者，圣人之徒也。”

墨家之非攻寝兵，与孟子之非战，可谓两家之目的原本一致。其所以成为千里之差，由于爱无差等与爱有差等，即一方为兼士，一方为别士之出发点而来。孟子无父之说，在家族主义之社会中，尤为响亮。此问题是非之判节，尚待悉心研究，姑且置之。

读以上孟子与同时代学者辩难之言，可谓辞锋犀利，洞中要害，与孔子时代多宽裕温柔之语者，大不相同。何也。战国中坚白同异与墨辩盛行，孟子之文理密察，驾孔子而上之矣。荀子评孟子之语，曰：“僻违而无类，幽隐而无说，闭约而无解。”可谓为颠倒是非黑白之言。试问孟子尝自言其所长，曰：“我知言，我善养吾浩然之气。”其知言之长，见之于上文辩难之词，许行与夷子之徒，因孟子之难而不知所以作答，则其所以知己之长攻人之短，致敌人丧其所守。岂僻违幽隐者所能致之欤。其养气之功如何。孟子述曾子之语曰：“自反而不缩，虽褐宽博，吾不惴焉。自反而缩，虽千万人，吾往矣。”又曰：“其为气也，至大至刚，以直养而无害者，则塞于天地之间。其为气也，配义与道，无是馁也。是集义所生者，非义袭而取之也。”孟子一生自处于广居正位。上溯之于尧舜禹汤，下征之于当代，乃有见大人则藐之之气概。此孟子所以为仪型万世之人物也。

四、立心立极之学

宋儒张横渠之言曰“为天地立心，为生民立命，为往圣继绝学，为万世开太平”。万世开太平之言，就秦汉以后吾国治平言之，未必后胜于昔。此语加诸孟子，殆非孟子所愿自承。以云前三句，孟子诚足以当之矣。孟子所以自立其思想体系与定吾思想界之方向者，以简单之辞，表而列之。

一曰以四德为人性之源。

二曰以心为人生之主体。

三曰以思为心官之能。

四曰义理为言行之准则。

五曰以良知与穷理或曰德性之知与闻见之知二者相辅而行。

(一) 孟子性善之说，举仁义礼智四德为证。其论四德曰："恻隐之心，仁也；羞恶之心，义也；恭敬之心，礼也；是非之心，智也。"除是非一端外，其言仁以恻隐为根，言义以羞恶为根，言礼以辞让为根，此正今日西方学者所谓本能或情感也。孟子名此四者曰四端，犹之一种子，有待于存养扩充。故曰："凡有四端于我者，知皆扩而充之矣，若火之始燃，泉之始达。"牛山之木一章之言曰："虽存乎人者，岂无仁义之心哉，其所以放其良心者，亦犹斧斤之于木也，旦旦而伐之，可以为美乎。"因此章末所着重于操存舍亡四字，以明培植之重要。告子以为性无善无不善也，或曰性可以为善可以为不善，乃就人之已成完形者，而归之于性善性恶以为之因。正与孟子之原意相背驰者也。唯人有此性善之源，加之以培养，则义理自凭之以立矣。

(二) 所谓心者非人身中形体之心也。黄百家之言曰："心处身中，才方寸耳。"又曰"非谓我一人之心，仅为分得之家当也"。所谓心，果何物乎何状乎。横渠《正蒙·大心》篇第七之言如下：

大其心，则能体天下之物。物有未体，则心为有外。世人之心，止于闻见之狭，圣人尽性，不以见闻梏其心。其视天下，无一物非我。孟子谓尽心则知性知天。以此天大无外。故有外之心，不足以合天心。

以现代名辞解之，心之所知，有出于官觉者，有出于理智者，有出于理性者。声色臭味，官觉也。黑白同异，理智也。民胞物与与为善去恶，理性也。此三类之知，苟以声色臭味为重，则男女食色而已。苟以黑白同异为主，则专科之学而已。唯有合古今人我万物于一炉，庶几不以闻见为划地之牢。可以谓之为大心，即古人所谓道心，为人之主宰也者。

（三）天下之事物无穷，有待于人心之思，以推求其所以然之故。事物之种类也，先后也，轻重也，本末也，价值高下也，外延也，内包也。学问之种类也，何谓天文，何谓地理，何谓物理化学，何谓生理心理，何谓社会与民族，何谓政治法律，其范围其主题其界说其概念，何一不赖有心官之思为之划分，为之整齐条理，为之确定层次秩序。如剥笋子，去了一层，还有无数层。如陟高山，上了一级，还有千百级。唯物理人情与知识之无穷，故思之为用决无终了之一日。孟子曰"思则得之，不思则不得也"之语，言乎尤思则理尤多，无止境之可言。此证之古往今来之哲学，伦理与科学，显然可见者也。反之，其不以思为事者，形同槁木死灰，坐待他人之扫除而已。

（四）孟子曰"至于心，独无所同然乎。心之所同然者，何也。谓理也义也"。中庸更有"君子动而世为天下道，行而世为天下法，言而世为天下则"之语。因此吾国人心中有一部道德法典，一若天不变道亦不变之条文，可以一查便是。然就"义理"二字之精义言之，人生之至高目的，如爱人利人，乃至不谎言不杀人，可谓东西古今所共守而未尝变焉。以云生活之实况，如君主之变为民主，如大家庭之变为小家庭，如劳工之由奴隶而为神圣，此则因时、因地、因社会情况。新要求既已提出，一般民众从风而靡，则实际生活之方式随之而变矣。然爱国公忠之理，未尝变焉。家庭间夫妇之爱，未尝变焉。对于劳工爱护之精神未变焉。是在实际生活情况变迁中，一成不易之理，依然如故。则谓“义理”二者为历久不变之当然之理，何不可以有乎？

（五）今日所当明辨者，良知与穷理之争是也。孟子有“人之所不学而能者，其良能也；所不虑而知者，其良知也”之语，因以开姚江王氏致良知学说之端绪。然朱子“即物穷理”之说曰：“人心之灵，莫不有知，而天下之物，莫不有理。唯于理有未穷，故其知有不尽。”岂不与王氏致良知之方法，正相对立乎？我读阳明书而深有所感者，但见王氏注重心理合一与知行合一。王氏曰：“理无内外，性无内外，故学无内外。讲习讨论，未尝非内也。返观内者，非遗外也。”此即王氏不否认穷理之明证也。西方学者如伦理学家，如数学家，莫不承认直观说（intuitionism）。此即谓以观察试验为穷理之法外，另有一种直觉之真理在焉。数学伦理学既认此方法，则孟子“不学不虑”之知，何为在哲学中不能成立乎？

孟子哲学之体系，依西方学者之分派言之，可名曰唯心主义者，与希腊之柏拉图最相类似。柏氏之师苏格拉底氏，为雅典青年辨析名义，被判罪为惑乱人心，至于服毒而死。柏氏追述苏氏思想于各篇对话之中，所以记苏氏之言行。此与孟氏以身殉道之旨相符合者一。柏氏自身历访雅典以外之各邦之主，希冀得君行道,被雪拉纠司(Syracuse)之暴君所囚,且鬻之为奴。柏氏得友人援手,退归雅典,创办学院以终其身。此与孟子“用之则行,舍之则藏”之旨相符合者二。雅典当时诡辩学派盛行,认为所谓是非云云,依人为尺度,即是依人意之便利之别名。柏氏以苏氏与雅典青年辩论勇气,克治,友谊,智识诸德性,谓此诸德自有其正确意义,非人所能信口雌黄。此与孟子辟邪说之旨相符合者三。柏氏菲度[①](Phaedo),菲特罗司[②](Phaedrus)各篇力言“思”之重要与物欲之戒。此与孟子大体小体之旨相符合者四。柏氏分智识为四层,理性为最高层,理智为第二层,意见为第三层,官觉所触者为最下层。其以理性为最高层,与孟子所谓仁义礼智之性,或简言之曰义理之旨相符合者五。柏氏以为通真理之哲人,方能为统治者,因而自铸一名词曰圣哲王者(Philosophers-king)。孟子径以尧舜之专名为其理想的王者。此与孟子相符合者六。此六项就其大体之相同言之。故谓柏氏与孟子为同一类型之人物也。柏氏之立意措辞,有希腊背景,难与孟子置之于同一水平之上,极显然也。唯两人同以心官之思为出发点,同以为由心之不懈之努力,方能改造现实,达于理想,如愚公之移山,精卫之填海。此其所以为唯心主义者也。

五、孟子所以影响后代学者

孟子一书所以影响后世者,有赵岐、韩愈、陆象山、王阳明四人。兹分别言之。

---

① 菲度:今译“斐多篇”。

② 菲特罗司:今译“菲德罗篇”。

（甲）后汉末，赵岐已有孟子题辞。赵氏之言曰：

> 包罗天地，揆叙万类，仁义道德，性命祸福，粲然靡所不载。帝王公侯遵之，则可以致隆平，颂清庙。卿大夫蹈之，则可以尊君父，立忠信。守志厉操者仪之，则可以崇高节，抗浮云。有风人之托物，二雅之正言。可谓直而不倨，曲而不屈，命世亚圣之大才者也。

此数十字中，将孟子书中之重要题目，一一备举。其正义一书，为注疏解释之文而已。以云孟子之思想，赵氏既不能提要钩元，亦不能有所发挥。其“直而不倨，曲而不屈”云云，正与孟氏书之理直气壮，旁若无人者，正相反对。何也？义理书中含逻辑或道德之理，如匠人之弹墨线，唯有直而已，何倨之可言。不直而为圆者，何曲而不屈之可言。此可以见赵氏不识孟子书之精义矣。

（乙）汉代以降，识孟子之价值者，当推韩愈，愈有推“孟子之功不在禹下”之言。于是孟子七篇之文与大禹之抑洪水为同其功德。此历代以来所罕闻者也。韩氏非潜心哲学之人，对孟氏书中论性论心之言，无发挥之处。韩氏性有三品之说，只为一篇普通常识之文而已。

（丙）汉唐以降，其真能运用孟子书中之哲学概念，见之于思想，形诸文字者，当以陆象山为第一人。不唯形诸文字，且使孟子之精神跃然于儒者心目之间。谓为孟子思想之复活可也。陆子明白承认其所得力处，为孟子先立乎其大者一语。其言曰：

> 近有议吾者云，除了“先立乎其大者”一句外，全无伎

俩。吾闻之曰诚然。

“先立乎其大者”，为孟子之原文。陆子好引用此语，旁人以为陆子除引用此语之外，绝无他长。然不知陆氏引用之而发挥之，以至于宇宙之大，此正陆氏之不可及处也。陆子曰：

宇宙便是吾心，吾心便是宇宙。东海有圣人出焉，此心同也，此理同也。西海有圣人出焉，此心同也，此理同也。南海北海有圣人出焉，此心同也，此理同也。千百世之上有圣人出焉，此心同也，此理同也。千百世之下，有圣人出焉，此心同也，此理同也。

陆子又云：

孟子云，“尽其心者知其性，知其性则知天矣。”心只是一个心。某之心，吾友之心，上而千百载圣人之心，下而千百岁复有一圣贤，其心亦只如此。心之体甚大，若能尽我之心，便与天同。为学只理会此。

自表面言之，陆子扩大孟子“尽心知天”四字之义而言之。然东海西海南海北海，千百世上，千百世下之言，何以他人不言而待陆子言之，此即无伎俩背后之大本领也。

陆子不独指东西南北，千载上千载下公共之心言之，更取当前一人之心之知是知非为实例为证。举《慈湖传》(《宋元学案》)中之言如下：

> 杨简，字敬仲，慈溪人。乾道五年进士，调富阳主簿。尝反观觉天地万物通为一体，非吾心外事。陆象山至富阳，夜集双明阁。象山数提本心二字。先生问何谓本心？象山曰君今日所听扇讼。彼讼扇者，必有一是一非。若见得孰是孰非，即决定某甲是某乙非。非本心而何？先生闻之，忽觉此心澄然清明。亟问曰止如斯邪。象山厉声答曰更何有也。先生退。拱坐达旦。质问纳拜。遂称弟子。

此讼扇中之本心之活现象，较之文字注解之效力，远在千百倍之上。陆子之善于活用孟子，于此可见。吴草庐所以有“陆子有得于道，壁立万仞”之言也。

（丁）明代王阳明以孟子“良知”说建立其哲学体系。其影响之大，更超于象山学派之上。阳明治学之始，心中有一基本问题曰“物理与吾心是一或是二”。其初读考亭之书，循序格物，顾物理吾心，终判为二，无所得入（梨洲《明儒学案·姚江学案》之言）。此言物理既在心外，则天下之物理百千亿兆，如何能一一尽求之而归于一。龙场一悟，忽见到物理皆透过吾心之知，吾心之知出于一。百千亿兆之物理，即同出于一。于是还源于“圣人之道，吾性自足，不假外求”（梨洲原文）。于是，理与心合而为一矣。然心与理合一之大原则，虽易于确立，至其应用之法，非一言所能尽，梨洲乃有“其学三变”之说。第一期：“尽去枝叶，一意本原。以默坐澄心为学的，有未发之中，始能有发而中节之和。视听言动，大率以收敛为主。发散是不得已。”第二期：“江右以后，专提致良知三字，默不假坐，心不待澄，不习不虑。出之自有天则。盖良知即是未发之中，此知之前，更无未发。良知即是中节之和，此知之后，更无已发。”第三期：“居越以后，所操益熟。所得益化。时时知是知非，时时无是无非。开口即得本心。”吾人读梨洲三变说，乃知天泉证道语中“无善无恶心之体”之言之重要性矣。阳明学派在最后一期中，既不讲心与理如何合一，又不讲知与行如何合一，乃专求所谓心之体，专求无善无恶之本体。此真为狂禅之言，或曰形上学之本体论。此时，既离开事物，又离开学问思辨，又离开正心诚意，其所追求者，为无善无恶之心体。梨洲所以评之为“说玄说妙，几同射覆”也。抑知吾人所处为物质世界，所知为物类。彼此同异，所视为规矩者，为理之善恶是非。其有超出人类经验之外者曰上帝。此则由理性推断，而奉为准则者也。所谓无善无恶之境，所谓离心之用。而别有心体，所谓体者，究与物与心与理三者之关系如何？此皆超出于理性之外，非人所能断言者也。或者询曰：良知说之发展至于如是，孟子误阳明欤？抑阳明派之自误欤？吾以为孩提之良知良能，在孩提之饮食笑貌动作中可以窥见。孟子更有四端论，言四德之发展之可能性。即令再扩而为今日数学或伦理学之直观主义，亦自有立言之根据，以云无善无恶之心体。既无善恶矣，何以为心？更何以为心之体。此则超脱乎理智性范围之外。犹康德氏《凭形上学之梦以解释幻觉家——梦》(*Dreams of a Visionary Explained by the Dreams of Metaphysics*)之书名矣。明代学者不守学术分界之过，而王学反动因之以起矣。

孟子学说如何为人利用，吾人姑置之不论。孟子一鳞片爪之言，象山阳明遵守之，以立一派学术之基础，犹矿石成为钢铁也，泥沙之淘洗为金块也。此在欧洲一见之于柏拉图，再见之于康德，三见于黑格尔。各国之信从者，一再复活于他国之中，而有所谓柏拉图派，康德派与黑格尔派。其在吾国，独有孟子学说，一再复活于象山与阳明名义之下。此则孟子所以成其伟大也。

六、结 论

明代因王学之反动，心性问题人目之为空谈，乃有亭林“经学即理学”之言，更辅之以陆陇其“尊朱”之说，于是王学沉寂矣。清之中叶，考证学者戴东原氏著《孟子字义疏证》，以历来解释孟子者未当其意也。

其著字义疏证之动机，详于下文一段。录其言如下：

> 人物以类区分。而人所禀受，其气清明，异于禽兽之不可开通。然人与人较，其材质差等凡几。古圣贤知人材之有等差，是以重问学，贵扩充。老庄释氏谓有生皆同，故主于情欲以勿害之，不必问学以扩充之。在老庄释既守己自足矣，因毁訾仁义以伸其说。荀子谓常人之性，学然后知礼义，其说亦足以伸。陆子静王文成诸人同于老庄释氏，而改其毁訾仁义者，以为自全乎仁义，巧于伸其说是也。程子朱子尊理，而以为天与我。犹荀子尊礼义，以为圣人与我也。谓理为形气所污坏，是圣人而下，形气皆大不美，即荀子性恶之说也。而其所谓理犹凑泊附着之一物，犹老庄释氏所谓真宰真空之凑泊附着于形体也。理既完全自足，难于言学以明理，故不得不分理气为二本，而咎形气。盖其说杂糅傅合而成，令学者眩惑其中。虽六经孔孟之言具在，咸习非胜是，不复求通。呜呼！吾何敢默尔而息乎。

上文所言,可见戴氏对于老庄、释氏,荀子与程朱陆王,皆未尝下一番慎思明辨工夫。谓陆王同于老庄释氏,则陆氏何必有立大,王氏何必有致良知之说乎?谓程朱之形气论,同于荀子之性恶,则程朱何为着重于本然之性乎?谓程朱之“理”为凑泊附着之物,则伊川何以有“天下无实于理者”之言乎?谓程朱难于以学明理,则朱子何以有“即物穷理”之言乎?此为程朱陆王之单辞片语,举之,便可以证戴氏立言之不足信矣。

戴氏思想之要点,详见于《告子上篇》公都子“性无善无不善”一章之注解,即“学以扩充”。依此以解孟子,义实与孟子重德性,重义理之义,正相反矣。兹分三项论之。

(一)心与耳目鼻口之内外问题。孟子曰:“口之于味也,有同嗜焉。耳之于声也,有同听焉。目之于色也,有同美焉。至于心,独无所同然乎。心之所同然者何也?谓理也义也。”戴氏解释之言曰:“人徒知耳之于声,目之于色,鼻之于臭,口之于味之为性,而不知心之于义理,亦犹耳目口鼻之于声色臭味也。故曰至于心独无所同然乎。盖就其所知,以证明其所不知。举声色臭味之欲,归之耳目口鼻,举义理之好归之心。皆内也,非外也。”戴氏将声色臭味与义理之好,置之于同一水平线上,称之曰皆内也非外也。然戴氏于声色臭味之下,用一“欲”字,于义理之下,用一“好”字。是二者之区别,早自知之,岂得谓之曰“皆内也非外也”。若声色臭味与义理同属于内,孟子何必有大体小体之分乎。戴氏依西方学派分类之法言之,可谓之为自然主义(naturalism),以为人既有耳目口鼻,自不能不有声色臭味之养,其下文接续言之曰“日用饮食,自古及今,以为道之经矣”。循戴氏之意,心与耳目口鼻虽各有分司,然义理与声色臭味之界,非壁垒森严如宋明儒者所云云也。

（二）义理之质性。孟子曰心之所同然者何也？谓义也理也。据孟子性善之言以推之“恻隐也，羞恶也，辞让也，是非也”，即义理之四端也。戴氏注解之言曰：“当孟子时，天下不知义理之为性，害道之言纷出，以乱先王之法。是以孟子起而明之。”是义理起于性善。戴氏与孟子一致者也。下文又曰：“举性之名曰理，是又不可。”似戴氏意，性善之中含有义理，非其所反对者也。至于宋儒性即理之言，则力斥其非。此由于戴氏将声色臭味四者，包括于性之才质中或形气之中。声色臭味，既在其列，则理等于性之言，为戴氏所最不乐闻者矣。戴氏解释为义理在人性之内，知所节制即为性善之旨。然孟子以为四端与性俱生，宋儒将义理与形气隔断，一属于思想与道德，一属于形气。二者如何混而为一乎？

（三）大光察照之明。孟子曰：“耳目之官不思而蔽于物，物交物，则引之而已矣。”老子有言：“五色令人目盲，五音令人耳聋，五味令人口爽，驰骋田猎令人心发狂。”其言物交物之害之明显，莫过矣。孔子谋所以矫之，乃有告颜回之言曰：“非礼弗视，非礼弗听，非礼弗言，非礼弗动。”是闭其耳目以致于思之谓耳。心之能在思，而思之用在于克制耳目之非，在于知其耳目之所当为与所不当为。其不如戴氏专恃察照之明者，显然也。其言曰：

> 故孟子曰，耳目之官不思，心之官则思，是思者心之能也。精爽有蔽隔而不能通之时，及其无蔽隔无弗通，乃以神明称之。凡血气之属，皆有精爽。其心之精爽，巨细不同。如火光之照物，光小者其照也近。所照者不谬也。所不照

则疑谬承之。不谬之谓得理。其光大者,其照也远,得理多而失理少。且不特远近也,光之及又有明暗,故于物有察有不察。察者尽其实,不察斯疑谬承之。疑谬之谓失理。失理者限于质之昧,所谓愚也。唯学可以增益其不足而进于智。益之不已。至于其极,如日月有明,容光必照,则圣人矣。此中庸"虽愚必明",孟子"扩而充之"之谓。圣人,神明之盛也。其于事靡不得理,斯仁义礼智全矣。故义理非他,所照所察者之不谬也。何以不谬?心之神明也。人之异于禽兽者,虽同有精爽,而人能进于神明也。理义岂若别为一物,求之所照察之外。而人之精爽能进于神明,岂求诸禀气之外哉。

戴氏所念念不忘者,义理或曰仁义礼智不在气禀之外。照与孟子"非外铄我也,我固有之也"之语,岂不相刺谬矣乎?况恻隐,羞恶,辞让,乃自然流露之情,与照察绝不相涉。我所以谓戴氏字义疏证,乃考证学者本于其经验以解释孟子之文字。至于孟子哲学中如心如性如尽心知天之要义,可谓无所窥见也。

最后,我有一句结束之词曰:孟子一书在秦汉后千数百年中起落升降之情,如上所述。然孟子书之永久价值,初无损害可言。何也?古今哲人之书,在人事盛衰之中,时有其遭遇之不同,如柏拉图全书,在欧洲中世纪,为人所遗忘,不如亚历斯大德氏之书远甚。及东罗马沦陷,乃有携柏氏书返至欧洲者,或译拉丁、意、法、英、德文,或考其文字之年月,或穷其是否为柏氏作之真伪。经数百年研究之后,今成为欧洲各国之公共遗产矣。康德氏之书,在十九世纪之初,因其所用名词与科学时代之名词,格格不入，人视之为时代过去之作。及爱因斯坦相对论发明，乃有人以为康氏学说与新物理学有相连之处而推尊之。可知一书之价值，视其书中之蕴藏如何。倘其果为丰富之矿藏，何患无后来人之发掘。我于孟子书所以不问历代之好恶如何，而视之为东亚之遗产者，为此而已。

一九六七年七月十八日　美国

原载东方人文学会《儒学在世界论文集》

立极之哲人

——孟子

甲 序 言

吾国古今哲人之立言起义，能影响千百年后之人心而支配之者，莫过于孟子。性善之说，非宋明儒者所一致坚持者乎？立大之说，非象山学说之所自出乎？良知之说，非阳明学说之源乎？仁义王霸之说，非吾国儒者论政之标准乎？儒者斤斤于学说是非之辨，如朱子之于陆子陈亮，非效法孟子之拒杨墨乎？其视张仪公孙衍为妾妇之道，非后世读书人慎于出处进退之所本乎？浩然之气，非文文山《正气歌》之母体乎？呜呼！以一人之一言一义，而千百年后之人心朝宗之遵行之，此决非孔孟定于一尊之所能为力，而其学说自有其恰心归当之处，所以能使人于斟酌去取之中，必归于孟氏而后心安理得。宋儒周子曰："圣人定之以仁义，中正而主静（自注云无欲故静），立人极焉。"此为我标题中"立极"二字之所由来。以现代语解之，即谓其能确立一种正确之宇宙观或人生观，示世人以立己达人之方向，乃其所以成为万古不废之河岳也。

哲人之所以为哲人，非徒著书立说已焉，非徒独出心裁已焉，非徒聪明才辩已焉。必其所把握者，为人心之所同具，且为往复不已之问题。本之正确之理智，深入之洞见，予之以解答，因而潜心于哲学问题之思索者。虽时不免有东西踯躅左右彷徨之入于歧途之辈，然谈到宇宙之根本问题，终有暂离而复归于若干哲人之基本主张。其在西方，则有苏葛拉底之德由知入之说，有柏拉图之意典说，有康德之纯理批判实理批判之两部大著。其在吾国，则有易经形上之道，形下之器，孔子学思并重与夫大学之八条目，此为先哲所指示之范畴，犹宇宙之东西南北之方向也。孟子继起而发挥光大之，乃有仁义礼智之说，性善之说，心官之思与良知良能之说。孟子所处者为战国之世，赵岐尝说明之曰："周衰之末，战国纵横，用兵争强以相侵夺。当时取士，务先权谋以为上贤。"以廿世纪名词言之，此为军事竞赛之世，此为唯实主义之世。人人但以目击、所手触者为有为实，至于人性中所以扩而充之之潜能，则视同无物而舍之。自孟子出，乃起而力争之，告人以性善，告人以存心，告人以养气。所以反抗当时之权谋术数而已。其所以能为此者，一曰识时代之趋势，二曰穷尽心思知所抉择，且予以答案，三曰以矫正风气为己任。其言曰：我亦欲正人心息邪说。又曰：若夫豪杰之士，虽无文王犹兴。其所以决定千百年后之思想界者，非徒为能思之哲人已焉，由于其具有以理智为主，辅之以决心与正气。此之谓哲人中之豪杰。西方哲学界有理智的英雄主义之名，可以为孟子之写照。

乙 孟子之时代

《史记·孟子荀卿列传》之言曰："当是之时，秦用商君富国强兵，楚魏用吴起战胜弱敌，齐威王宣王用孙子田忌之徒而诸侯东面朝齐。天下方务于合纵连横，以攻伐为贤。而孟轲乃述唐虞三代之德，是以所如者不合，退而与万章之徒，序诗书述仲尼之意，作孟子七篇。”此简短之数十字，可谓道出孟子之生世矣。孟子生死年月，迄今无定说。然大概不外乎：一曰生于周定王卅七年，卒于赧王廿六年。二曰生于周安王廿六年，卒于赧王廿六年。三曰生于安王十七年，卒于赧王十三年。四曰生于烈王四年或五年，卒于赧王廿六年。生年之说纷纷，而卒年则均以赧王廿六年为然，下距秦始皇之统一六国，不过四十余年而已。此一时代，以晋国分为韩赵魏始，以秦之一统为结束，因此号为七国争霸之局。其间流行之政策：曰富国强兵，曰合纵连横。其出色人物为法家商鞅申韩，为纵横家苏秦张仪，为军事家吴起孙膑白起。孟子处此环境中，不以一身之富贵利达为意，决心起而与抗。赵岐称之曰“孟子闵悼尧舜汤文之业，将遂湮微，正涂壅底；仁义荒怠，佞伪驰骋，红紫乱朱，于是则慕仲尼周流忧世，遂以儒道游于诸侯，思济斯民。然由不肯枉尺直寻，时君咸谓迂阔于事，终莫能听纳其说。”不知所以称为迂阔于事者，正由于其不肯迁就时君与事实而已。犹之苏葛拉底之批评希腊之市民政治，虽以身殉而不悔，柏拉图之抱定其共和国公道之理想，以游说于时之执政而卒至被鬻为俘虏也。

孟子对于当时军事家吴起、孙膑、白起之流之批评曰：

> 君不行仁政而富之，皆弃于孔子者也。况于为之强战，争地以战，杀人盈野，争城以战，杀人盈城。此谓率土地而食人肉，罪不容于死。故善战者服上刑，连诸侯者次之，辟草莱任土地者次之。

此所言者，非指孙膑之伐魏救韩，白起长平之役坑赵卒四十万人，与夫秦、楚、韩、魏、齐、燕、赵千百次战争言之乎？

孟子于苏秦张仪等之纵横家，更视为一文不值，斥之为妾妇之道。其论“齐人一妻一妾”章中“人之所以求富贵利达者，其妻妾不羞也而不相泣者几希矣！”亦指苏秦张仪辈专趋时好逢迎君恶者言之。

由春秋之百数十国而并为七雄，由七雄而变为秦之统一，其间以战争为过程，为势之所不能免。然孟子不肯与世浮沉，毅然与之反抗，亦曰其所着眼者为人群生聚教养治平之大经大法，由其自己一身之正思正见，体验而发挥之。其言曰：“居天下之广居，立天下之正位，得志与民由之，不得志独行其道。”此言乎当博观宇宙之大，穷极义理与是非之正，然后用则行之，舍则藏之。盖与张载所谓“为天地立心，为生民立命，为往圣继绝学，为万世开太平”云云，其字句各不相同，然其意旨其精神，则先后一辙者也。

丙　孟子论其同时代之人物与思想家

“公都子好辩”一章中，有“圣王不作，诸侯放恣，处士横议，杨朱墨翟之言盈天下”之语。诸侯放恣四字，指前段七国战争与纵横之政治实况言之。处士横议之后，接以杨朱墨翟，指其同时代之思想家言之。孟子生于安王赧王之世，其所与接触者，除其本身所私淑之儒家外，有宋牼、夷子二人，非墨家乎？有陈仲子许行，非农家乎？自其白马白雪之辩言之，非出于坚白同异之名家之惠施公孙龙辈乎？自其言必称尧舜与追溯尧舜禹汤文武之业言之，非法家商鞅所言“三代不同礼而王，五伯不同法而霸，前世不同教，何古之法，帝王不相复，何礼之循”之言之反应乎？孟子既树其一家之言，同时对于各派，自有其意见之参差出入。兹略举孟子对于各家之言而疏解之：

一、墨　家

孟子称墨翟摩顶放踵利天下而为之，是墨子赴汤蹈火救人急难，孟子深知之。其所以斥其为无父者，由于儒家仁义礼智之教，始于事亲从兄。其言曰仁之实，事亲是也。义之实，从兄是也。既已将仁义之德，与孝悌忠信合而为一，则儒家逻辑之理论，因爱有等差之义，乃有为父者有第一优先之地位。而墨家兼爱之义中，忽视此点，此其所以为孟子所非也。

墨子所以非儒，因其与儒家有根本上见解之不同。儒家谓人性中之仁义，出于天性，而无待于外求。孟子曰：“我固有之焉。”唯其为人性之所固有，见父母知孝，见兄弟而知悌。其他忠信礼让之德，无一不出于此。则仁义孝悌忠信之德，乃良心之所命，而与事物之以有用无用为标准者，迥然各别。墨子立论以用以利以方法为出发点。其答人“善矣，虽然岂可用哉？”之问曰：“用而不可，虽我亦将非之，且焉有善而不可用者。”其以效用为善之标准，显然也。墨子评儒家乐以为乐之答案，是未答其所问，举譬以明之曰：“今我问曰何故为室？曰冬避寒焉夏避暑焉，室以为男女之别，则子告我以为室之故。”今儒家之答案曰，乐以为乐，犹答人曰室以为室。则室之为用如何，绝未能道出其所以然之故也。墨子更对孔子于叶公子高问，善为政者如之何，曰“远者近之；旧者新之”答案，驳之曰孔子于所以为之者若何，未能说出，故以为孔子所云，未答叶公子高之问。此可以见墨子之注重方法。效用也，方法也，皆起于人与人间，人与物间所以用之所以利之者如何，此与儒家善由于固有，善由自发之义，两不相容者也。彻底言之，儒家之立场：曰道德之自主。墨家之立场：曰功利，曰方法。此孟子所以对于宋牼说秦楚罢兵之举，以一利字驳之而已。

二、名　家

孟子书中不见有惠施公孙龙之名，然因其所处时代考之，孟子之措词如白羽白雪白玉云云，似已受有坚白同异之影响。其书云“所恶于智为其凿也”，此乃指臧三耳鸡三足，天与地卑，山与泽平之琦辞怪说。孟子继言曰：“如智者若禹之行水，则无恶于智矣。禹之行水也，行其所无事也。如智者亦行其所无事，则智亦大矣。”此其意曰智应以事物之大经大法为本，顺其自然而察之而行之。若专以苛察缴绕为能，未见其能成为正确之智。亦犹荀子论名家辩而无用，多事而少功，不可以为治纲纪之意也。

三、农　家

陈仲子与许行，为承长沮桀溺偶而耕之一派，以自食其力为主义者也。荀子列陈仲子为十二子之一，是为当时有力之学派。许行自称曰“贤者与民并耕而食，饔飧而治”，其信奉自耕自食其力之说显然。依《汉书·艺文志》称之为农家。孟子因匡章称陈仲子为廉士。孟子答之曰：“齐国之士，必以仲子为巨擘，然仲子恶能廉。充仲子之操，则蚓而后可者也。夫蚓上食槁壤，下饮黄泉……若仲子者，蚓而后充其操者也。”孟子之意，谓一人之身，在人群分工合作中，自能生养。何必以自力自耕为独是，至于离群索居而后安乎？孟子称许行之徒数十人，皆衣褐捆屦织席以为食。又曰许子必种粟而后食。孟子乃询以衣冠釜甑何自来？其徒答之曰：由于交易而来。孟子乃断言之曰，以粟易械器，不为厉陶冶，以械器易粟，不为厉农。亦言乎分工合作为人群生活之自然，自耕自食者，反而有害于人之社会生活而已。

四、告　子

告子在孟子书中或其他书，向未指出为何派之学者。然读《告子》一篇，以现代语释之，可名之曰唯实主义之关系外在论者。其视仁义为杞柳桮棬，其视人性为湍水，西流东流唯人力使之使然。其不认有内在之心，固有之性，唯知外力之驱使，显然矣。告子尝有所谓仁内义外之说。然其所以自释之者曰：彼长而我长之，非有长于我也。犹彼白而我白，从其白于外也。是所谓仁内者，亦以先有彼长在外，而后我内从而长之。是与儒家长幼之序，发之于内心者，迥然异辙。故我称之为关系外在论者。孟子以“嗜秦人之炙，无以异于嗜吾炙……然则嗜炙亦有外欤”之言以驳之，所以明知味之心，必存于内，然后炙之嗜与不嗜，乃可得而言也。

五、法　家

孟子于法家，虽未尝指名而责之，然以孔子“导之以德，齐之以礼，有耻且格。导之以政，齐之以刑，民免而无耻”之言衡之，孟子之赞同德化，不待言矣。自其称述尧舜禹汤文武之制度言之，尤见其对于治国之道，应循古代统绪而损益之。其于商鞅

“苟可以强国，不法其故，苟可以利民，不循其礼”之言，视背弃历史急切图功之冒险尝试矣。

由上孟子之往复论辩，则为儒家所以与他派异同之故，可以见矣。孟子一贯之义不外乎人人亲其亲，长其长，而天下平。意谓人人能正心修身，推之于社会，为分工合作。其在政治上，以与民同乐为心，教之养之，使民迁善而不自知，是之为仁政。论语曰修己以安人，修己以安百姓。孟子曰君子之守，修其身而天下平。修身与治国，乃一树之根本与枝叶，同条而共贯者也。

丁　孟子思想之基本方法

五年前由欧道经香港赴日，与钱宾四唐君毅先生谈及孟子，我提出孟子之思想方法，以“类”字为管钥。两先生同时以手击其所坐之椅，曰得之矣。此印象至今犹存于心目中。兹更以孟子之思想方法，分为五项言之：一曰分类方法，二曰人禽之别，三曰人性，四曰心官之思，五曰良知。

一曰分类方法

孟子书中论类之言如下：

> 麒麟之于走兽，凤凰之于飞鸟，泰山之于丘垤，河海之行潦，类也。圣人之于民，亦类也。
>
> 凡同类者，举相似也。何独至于人而疑之？圣人与我，同类者。故龙子曰不知足而为屦，我知其不为蒉也。足之相似，天下之足同也。
>
> 口之于味，有同嗜也，易牙先得我口之所嗜者也，如使

口之于味也，其性与人殊。若犬马之与我，不同类也。

指不若人，则知恶之，心不若人，则不知恶，此之谓不知类也。

由以上各节所引，可以见类字在孟子思想体系中之重要。此类字之涵义有四：

第一，孟子时代，早知有西方逻辑中之“朴尔斐利”之树，由有形无形有生无生，而达于生物动物与人类。唯其然也，乃从河海山岳飞鸟走兽，说到圣人，而以类分之。

第二，知同类之物有其共有之属性，故知其似。曰足之相似，天下之足同也。又申说屦者知足之形，故不致错误而为蒉。

第三，既知有类，自知有所谓共名，现代谓之为概念。孟子曰相似，至《荀子·正名篇》中有所谓共名，其义同也。

第四，孟子特别指出物理界之物，与精神界之物二者轻重，大相悬殊。故曰心不若人，则不知恶。是其谆谆告人以知类者，应以充类至尽为事。即谓理性的动物者，应扩充其理性也。

如是类之一字，孟子书中，兼分类，概念，与人类之修养言之。

二曰人禽之辨

孟子知人之与禽兽差别甚微，同有生命，同嗜饮食，同有男女之欲。唯人知造文字，利用万物，建立家庭社会政治文化之制度。其所成就，非禽兽所能及。然人类因男女饮食而起争端，与禽兽不相上下。故孟子曰“人之所以异于禽兽者几希”。焦循《孟子正义》中“论性善”一段中，关于人禽之辨，有极透彻之语曰:“人之有男女,犹禽兽之有牡牝也。其先男女无别,有圣人出,示之以嫁娶之礼,而民知有人伦矣。示之以耕耨之法,而民知自食其力矣。以此教禽兽,禽兽不知也。”又曰:“同此饮食男女嫁娶以别夫妇,人知之,禽兽不知之。耕凿以济饥渴,人知之,禽兽不知之。禽兽既不能自知,人又不能使之知,虽为之,亦不能善。”是则人禽之辨,若是非黑白之不可混同。奈何世人闻人由猴变之说,乃以人与兽等同一视,而以为快意。一若人之所以为人之知识与理性,可以弃置之而不足爱惜矣。此孟子所以于几希之下,继之以庶民去之君子存之之语也。

三曰人性

孟子注重人禽之辨,尤注重于人之所以为人之性,曰仁义礼智四端。孟子所以断言人之有是四端,初不出于武断,亦非架空言说。盖亦以一种归纳方法,验之于人心之所同然,然后得此结论。故其言曰:“口之于味也,有同嗜焉。耳之于声也,有同听焉。目之于色也,有同美焉。至于心,独无所同然乎?心之同然者何也?谓义也,理也。圣人先得我心之所同然耳,故义理之悦我心,犹刍豢之悦吾口。”此其意曰四端之存在,可验之于人心。人既知他人之有心,可以忖度而得之。且有语言文字,与夫姿态之可以应对,可以互相了解,则各人心中之义理,可以推见而知之。譬如以四端之智言之,所以辨彼此黑白多少,与数目之多少,逻辑之矛盾,非人所共有者乎?以四端之仁言之,孟子常以孺子入井,人不忍坐视而思所以救之为证。其实小之如乐善好施,大之如救邻国饥荒水旱之灾,均为仁之表现。更大之如原子武器之毁灭人类,各国中不问其身受与否,科学家政治家教育家群起力争思所以阻制之,非仁之发于人性乎?人之处社会,有主客长幼先后之分。以争夺为非,以礼让为是。以守法为是,以暴力,叛乱为非,非礼之表现乎?天下必有曲直是非,如嫁娶之由抢亲买卖,而归于婚礼。如劳工之由奴隶而进于自由工作。如政府执政者之由世袭,而归于民选。皆因时进展,而定其宜与不宜,非义之表现乎?孟子于四端之具于人,所以名之曰端者,指其仅为潜能,乃用"知扩而充之"之五字以广之,其意告人以存养,省察,克制之不可缺。其言曰:"虽存乎人者,岂无仁义之心哉?其所以放其良心者,亦犹斧斤之于木也,旦旦而伐之,可以为美乎?"以见有此四端,而不知存养,则为牛山之濯濯。犹之人以暴戾恣睢为事者,自然不知有仁义,且直以反人性为当然矣。

四曰心官之思

孟子论心论思之义如下:"口之于味也,有同嗜焉,耳之于声也,有同听焉,目之于色也,有同美焉。至于心,独无所同然乎?心之所同然者何也?谓理也,义也。"又曰:"钧是人也,或从其大体,或从其小体何也?曰耳目之官不思,而蔽于物。物交物则引之而已矣。心之官则思,思则得之,不思则不得也。此天之所以与我者。先立乎其大者,则其小者弗能夺也。"孟子独重心之思,似与孔子学思并重之旨相出入。孔子曰:"学而不思则罔,思而不学则殆。"其所谓学,指考察事物。读先哲书籍,或就事练习言之,即现代所谓经验,求之于外者也。其所谓思,指一人之静思默索言之。然但求之于内,而不以事物为本,则有暗中摸索之病,此所以为殆也。孔子学思并重之说,为事理之常轨。然至战国百家驰骋之日,非理智之锐,辨析之明,难以折服墨杨名法诸家,此孟子所以特重心官之思也。

然孟子重思之说,与口之于味,耳之于听,目之于色,连累而言之。后世乃有合耳目口鼻与心为一之说,谓心不能独任,而有待于四官。四官受制于心,而后有听声色味之辨。戴东原之言曰:“百体之能,皆心之能也。岂耳悦声目悦色鼻悦臭口悦味,非心悦之乎?曰:否。心能使耳目口鼻,不能代耳目口鼻之能。彼其能者,各自具也。故不能相为。人物受形于天地,故恒与之相通。盈天地之间,有声也,有色也,有臭也,有味也。举声色臭味,则盈天地之间,无或遗矣。外内相通,其开窍也,是为耳目口鼻。五行有生克。生则相得,克则相逆。血气之得其养失其养系焉。资于外,足以养其内,此皆阴阳五行之所为。外之盈天地之间,内之备于吾身,外内相得无间,而养道备民之质矣。日用饮食,自古及今,以为道之经也。血气各资以养,而开窍于耳目口鼻以通之。既于是通,故各成其能而分职以司之。”戴氏本此所言,乃创为“血气心知”合一之说。戴氏所云,可谓正与孟子相刺谬。孟子尝言:口之于味目之于色耳之于声鼻之于臭,与夫四肢之于安佚,释之曰性焉,有命焉,君子不谓性也。人身虽资饮食以养血气,然饮食自饮食,血气自血气,心思自心思,三者不可混而为一。孟子又曰:“岂唯口腹有饥渴之害,人心亦皆有害。人能无以饥渴之害为心害,则不及人不为忧矣。”此明言饮食之际,有是非邪正之分。一箪食一豆羹,嘑尔蹴尔而与之,乞人且勿屑也。更以孟子大体小体之言衡之,耳目口鼻之官,与心之官截然不同。其言曰:“耳目之官不思而蔽于物,物交物则引之而已矣。心之官则思,思则得之,不思则不得也。”一曰能思,一曰不思,则心之官,不能与耳目同一视,更不能因血气饮食,与心思之相为表里而混一之，何待论乎！戴氏自谓由文字以通乎道，然道为宇宙之大经大法，在乎心通其意，不在乎文字训诂之间，此所以《孟子字义疏证》之作，不特不足以发明孟子之奥义，反成一种曲解而已。

世间所谓学问，不论其方法如何，或曰博学慎思审问明辨笃行，或曰格物致知正心诚意，要不外出于心，出于心之思而已。其辨黑白彼此者，思也。其辨轻重缓急者，思也。其辨是非邪正者，思也。其辨形上形下，常与变，有与无者，思也。以现代学术言之，所以成为物理天文地理之学者，由于思也。所以知有逻辑同异排中矛盾诸律者，由于思也。所以知伦理学之道德，或曰功用主义者，由于思也。心思之为固有为自具，东西哲人早已言之。然其中确分为二派：一曰心思有待于外之闻见，如吾国之朱子派与西方之经验派是。二曰心思能自知自证，如吾国之陆王派与西方理性派。然不论为何派，要必先有独立自主之心，有独立自主之思，然后能有名数之学，有物理之学，有人群之学。学问之日新月异，即心思之日新月异。舍此而外，焉有学问可言哉！

更就一国文化之演进言之，何一不由思想家与制作家之心思有以致之？其在吾国：曰孔孟，曰离娄，曰公输班，曰扁鹊，乃至后来之朱子陆子王子，与夫黄梨洲王夫之与顾亭林等。其在西方：曰柏拉图，曰亚里斯大德，曰笛卡儿，曰陆克，曰牛顿，曰亚因斯坦。良以由于思，乃有新说，乃有条理，乃有统系。思则进化，不思则停滞。故曰思则得之，不思则不得也。

五曰良知

孟子更有言孔子所不言者，曰良知。孔子好古好问，好学不厌。质言之，以古人以事物为师。然孟子则以为人有不学而能不虑而知者。此之谓良知。证以孟子“人人有贵于己者弗思耳。人之所贵者非良贵也。赵孟之所贵，赵孟能贱之”之言，是为己所固有，不由外铄之知也。此种知之有无或足或不足，后来之朱晦庵、陆象山、王阳明、湛甘泉，历有争辩。吾以为数目之多少等不等，非一见而知之乎？逻辑之同异与矛盾，非一见而知之乎？倘无此一见而知之良知，则其他事物之观察试验，与后来之修正，且无由着手矣。可知所谓良知，乃自明自证之知也。然在伦理上之是非邪正，较名数之同异多少，更不易论定。然仁爱与害人也，诚与伪也，宜不宜也，应辞也，应受也，应出也，应处也，自有其一触乎心，而有自安不自安之感，此即良知之本也。若夫人群之制度条理是非，因时因地而异者，自不能于片时之间，分辨判断者，然不能不本乎仁义礼智之基本元素则一。试问遍世界之反对原子武器者，何尝有身历原子弹之经验？其所以反对之者，亦曰出于自身之直接感觉，是亦良知而已。

戊　结　论

古今大哲之言，历久犹新，犹之源泉之水，虽日夜取之而不竭。今年今日读之而得其新义，明年明日或后年后日读之，又发昨年昨日所未发之覆。此所以在西方读柏拉图之学，自希腊中古以迄于今日，无一代无柏拉图主义者。言乎柏氏思想，为人所不能外也。怀悌黑之言曰：西方一部哲学史，乃柏氏之书之注脚。其精义之不可胜穷，可以见矣。吾国则有孟子之书，赵岐读之，曰包罗天地，揆叙万类，仁义道德性命福祸，粲然靡所不载。韩愈读而称之曰，其功不在禹下。朱子读之而注之，不止一次。

象山读之，而有立大之说。阳明则以良知建立其哲学之体系。下至清之中叶，有戴东原之《孟子字义疏证》，有焦循之《孟子正义》。如是汉唐宋明清以来，莫不视孟子为精神食粮之源矣。吾人居廿世纪之今日，稍通西方之学说，何能不以孟子书中之微言奥义，与西方较其得失，求其异同。且于不勉强附会之中，融会而贯通之。况处此大道晦塞，圣学不绝如缕之日，倘我此文之作，读者认其为有裨于坠绪之扶持，人心之振作，正气之发皇，则吾幸何如。

一九六一年十二月八日

胃疾后休养中写于金山

汉学宋学对于吾国文化史上之贡献

——五月十八日香港大学中文学会演讲

刚才主席提到科学与玄学之战，今天的题目对于这问题也有多少的渊源，因为当时大家都以为哲学与宋学相近，汉学与科学相近，这种见解是否正确，暂且不论。中国思想史上汉宋之争，不起于宋，不起于明，而起于清。清时汉学家惠栋戴东原辈，均反对宋学甚力。这运动最初与阳明有关，因阳明支配明朝思想，虽同时有反对之者，如湛若水等，然阳明学仍大盛。但其结果，明朝不免于亡，于是反对王学者，责其空谈心性，如顾亭林是。梁任公在其《清代学术概论》中视顾亭林辈为清代汉学之前驱；但实在说起来，他们各有自己的志趣，有自己的思想系统，决非惠栋戴东原辈之汉学家可比。

阎若璩《古文尚书疏证》出，以前仅在思想上攻击王学者，一变而为考据工作，以书本为考据之对象，乃开汉学之风气。何以会发生这种风气？因为当时大家都反对王学，谓其空而不实，但空与实对待，如哲学上唯心唯实之对待一般，既不满于王学之"空"，则必求其"实"。由空而实，决非专攻击"空"者所能有济，于是乃舍思想而求诸书本，故汉学兴。汉学家以书本为实，以心性为空，此与宋学家之以义理根于心，不必求诸古经者正相反对。但清朝汉学虽盛，可也不能说清朝无理学，如《正谊堂全书》，也算是部巨著，可惜无创造思想，仅仅以祖述程朱了事。其实一国文化，在乎思想发达与否，而思想决不能限于书本，如果限于书本，思想文化必不发达，因为思想的来源在思想，非在古人的书本。宋学家以为心性为思想之源，故不重视书本，汉学家做文字工夫，以为古人思想，古人道理尽在经书中，因而两派之冲突以起。

汉学家以为求圣人之道在书本，宋学家的见解则超乎此。兹将双方争执之点，约之如下：

一、道之所在的问题

汉学家戴东原之言曰：

> 后之论汉儒者，辄曰故训之学云尔，未与于理精而义明，则试诘以求义理于古经之外乎，若犹存乎古经中也。则凿空者得乎？呜呼，经之至者道也，所以明道者其词也；所以成词者，未有能外小学者也。由文字以通乎语言，由语言以通乎古圣贤之心志，譬之适堂奥之循其阶，而不可以躐等者。

他的意思就是求圣人之道，必在文字之中。

宋儒则以为无论何人思想，总是从思想中出来。所以陆象山说："尧舜曾读何书？"又说："六经皆我注脚。"他们的意思以为书本虽宝贵，但总是思想的产物，总离不了思想。从前本来没有书，我们能写书，可见书本是从思想中来。

二、道与佛教之关系的问题

汉学家以为两汉时，中国的思想未渗入印度的思想成分在

内,故回到汉朝,可以求中国真正的思想。如阮元序《汉学渊源记》说:

> 两汉经学,所以当遵行者,为其去圣贤最近,而二氏之说尚未起也。

其实这种话已经是思想上的问题,而非书本上的文字问题。宋学家虽有习静与觉悟之说,而其克己立人的工夫,去佛教的思想远甚,至阳明序《陆象山集》说:

> 象山文集所载,未尝不教其徒读书穷理,而自谓理会文字颇与人异者,则其意实欲体之于身,其亟所称述以诲人者,曰居处恭,执事敬,与人忠;曰克己复礼;曰万物皆备于我,反身而诚,乐莫大焉;曰学问之道,无他,求其放心而已;曰先立乎其大者,而小者不能夺。是数言者,孔孟之言也,恶在其为空虚者乎?独其易简觉悟之说,颇为当时所疑,然易简之说出于系辞;觉悟之说,虽有同于释氏,然释氏之说,亦自有同于吾儒而不害其为异者,唯在于几微毫忽之间而已。

这种思想,当然与印度思想大有区别。

三、心性虚实的问题

汉学家以心性之探索为空谈,以六艺之文,百王之典为实,简言之,有书本可考证者为实。顾亭林说:

> 昔之清谈谈老庄，今之清谈谈孔孟，未得精而遗其粗，未究其本而先辞其末，不习六艺之文，不考百王之典，不综当代之务。举夫论学论政之大端，一切不问，而曰一贯，曰无言，以明心见性之空言，代修己治人之实学，股肱惰而万事荒，爪牙亡而四国乱。神州荡覆，宗社丘墟。

宋儒则以为身心体验，事切于身心者为实，否则，从书本中求者为虚。陆象山说：

> 宇宙间自有实理，所贵乎学者，为能明此理耳。此理苟明，则自有实行实事。

又曰：

> 千虚博不得一实，吾生平学问无他，只是一实。

汉宋两派对于上述各点，既有不同的见解，于是更进而为方法之争。汉学家既以为求圣人之道，不离乎古经，而所以解经者，又不离乎文字，故其下手之法，在乎训诂小学。宋学家则以为义理自义理，不应求诸训诂文字之中，如钟鼎中一字就有若干种的解释，假定文字是实在的，则何以同一个字而有许多不同的解释？可见还是由各人按照上下文的理推演出来，还是用“心”来判断的。

这种争执，在现在看来，都是文不对题。如戴东原的《孟子字义疏证》一书，近人梁任公，胡适之都很恭维它，其实戴氏这部书，已不是字义问题，而是观念问题了，纯粹的讲字义，只是字典，而戴氏这书，决不是如此。如所谓理，情之不爽失者也，究为字义问题，还是观念问题？理离情，理不离情，完全是哲学上立场问题，决不是字义问题。朱子谓得之于天，具之于心，戴氏则不承认，可见朱氏所谓理是理在心，戴氏所谓理是理在外，这完全是哲学上的问题，不是小学训诂的问题。任何学说，总有其基本的概念，如孔子言仁，孟子言仁义，均有其一贯的主张，其背后有思想，有系统。所以，专从小学，文字方面以求得古人之仁真义，这是不可通的。

所以，清朝汉学家专从文字训诂研究，反对宋学，实在对于宋学的真正价值，未能作公平的估价；反之，宋学家对于汉学家，也是如此。江藩著《汉学师承记》，他以为经术一坏于东西晋之清谈，再坏于南北宋之道学，因为古经到宋朝而大糟，所以宋学家应负其责。他说：

> 宋初承唐之弊，而邪说诡言，乱经非圣，始有甚焉。如欧阳修之诗，孙明复之春秋，王安石之新义是已。至于濂洛关闽之学，不究礼乐之源，独标性命之旨，义疏诸书，束置高阁，视如糟粕，弃等弁髦，盖率履则有余，考镜则不足也。

所以，清朝汉学家自以为能超过唐宋而返到两汉，乃为了不得之举。在宋代言之，其见解正与清人相反。朱子在《吕氏家塾读诗记》序中曾说过：

> 唐初诸儒，作为疏义，因为踵陋，百千万言，而不能有以

出乎二氏(指毛郑而言)之区域。至于本朝,刘侍读,欧阳公,王丞相,苏黄与河南程氏,横渠张氏,始用己意,有所发明,虽其浅深约失,有不能同;然自是之后,三百五篇之微词奥意,乃可得而寻绎,盖不待讲于齐鲁韩氏之传,而学者已知诗之不专于毛郑矣。

思想随时代潮流而变更,时代潮流有时以反诸古人为好,有时以超出古人为好。宋儒求超出古人,不在古人脚下讨生活。此为宋代之特创精神,与清代之以“返诸汉代”为归者,正相反也。所谓理学经学,都不肯落古人窠臼,都脱离古人而自己求路子。其思想的方向不同,故不能以“汉不汉”为估定价值之唯一标准。且宋人思想范围甚广,有时以创造为事,有时亦以考据为事,如朱子之疑古文尚书,即为阎若璩之先驱。若以“不习六艺之文,不考百王之典”责之,可谓抹杀宋儒训诂工作。朱子所注《中庸》,有人与郑康成注合看,颇多相合之处,可见朱子对汉学决非轻视。

反而求之,汉学家对于保存古籍之功固不可磨灭,然尚有不止于此者。从前人总以为汉学家长于考据,宋学家长于义理,其实解释古人书籍,决非专靠文字,尤非有义理不可。此点陈东塾先生最先反对,他说:

汉儒说经,释训诂,明义理,无所偏尚;宋儒讥汉儒讲训诂而不及义理,非也。近儒尊崇汉学,发明训诂,可谓盛矣。澧以为汉儒之说,醇实精博,盖圣贤之微言大义,往往而在,不可忽也。

譬如白虎通之释“圣人”曰：

> 圣人者何？圣者通也，道也，声也。道无所不通，明无所不照，闻声知情，与天地合德，日月合明，四时合序，鬼神合吉凶。

这样的解释“圣人”当然是有许多意义的，决非文字的解释。又如郑康成释礼曰：

> 礼者，体也，履也；统之于心曰体，践而行之曰履。

所谓“体”，所谓“履”，又岂是文字的解释，当然有义理存焉，可见解释文字离不了义理。

其次，汉学家长于历学，因为求通历学，所以必须治天文数学。同样汉学家对于典章文物特别精审，必求其至确而不疑之状，如礼制中之丧服，兵车之数，古代器皿之图形，与夫明堂祭祀之制，均有正确的考据。汉学家具有数学头脑，于文字，名物，制度的形状数字，决不令其有毫忽之差，所以，汉学家这种成绩，也决不容忽视的。

汉学家训“一”字曰：“唯初太始，道主于一，造分天地，化成万物”，这其中包括若干原理和许多事实，又岂能于“一”字中以求“一”字之义。又训“示”字曰：“天垂象，见吉凶，所以示人也，从二，三垂，日月星也，观乎天文以察时变，示神事也。”如果单照文字解释，而不明其义理，我们能懂得吗？因为文字的意义，不能得之于文字的本身，非靠义理不可。

现在国内人每以宋学近于哲学，汉学近于科学，好像哲学与科学非对立非仇视不可，其实亦大可不必。我们对于汉宋两派应求其双方的贡献，应求其在古代文化史中所占的地位。应以公道的立场来估价，不应以学派的立场来互相抨击。如此看法，可以见得汉宋两派各有其范围，不会冲突。

宋人重心性重思想，这点值得重视，唯既有思想，应有存留之法，要存留，非靠文字不可，决不能靠思想来传思想。文字无义理便没有意义，义理非文字则不能存留，所以，义理与文字不能离开，义理与文字既不能分离，则汉宋两派便不能对立。所以汉宋两派各有各的价值，可以各自发展，不必互相仇视。唯其如此，以往的争执，不必再继续下去了。

白沙先生诗文中之美学哲理

西方自希腊以来，称真善美三者，为人类心中所向往之鹄的。所谓善，即大学所谓明明德与在止于至善。所谓真，即吾国所谓博学、审问、慎思、明辨，与格物致知之功。所谓美，即孔子所谓仁者乐山，与在齐闻韶，三月不知肉味之乐之感人之深。此真善美三者，同出于宇宙与各人感觉之关系之间。然因学术思想之分科，乃分而为三大区域，其属于智识者，为科学与哲学，其属于辨善恶邪正者为道德。前者以物之类别，物之所以知为内容，其着眼处为物质生物与人类本身所以异同，后者以人之行为心术为主题，尤重于其动机之是非邪正。因此之故，科学以分疆画界为主，而道德以善恶是非为褒贬之准则。此二者自有其绳墨规矩为学问家为立身行己者所不可不守者也。以云所谓美，虽出于人之感觉之主观，然其人胸襟须以宇宙与一身一心合而为一体，且超出乎世俗所谓生存常变富贵贫贱之外，而后心旷神怡，乃能领略宇宙间种种之美，如山峙、如水流、如日出、如日落、如鸢飞、如鱼跃，为天地自然之美，唯有有道者胸襟开阔，不为物欲所蔽者乃能得之。此则美学之所以与科学哲学与道德二者迥乎各别者也。

吾人读《论语》一书，咸知其为孔子论仁义忠恕与君臣父子之书。乃孔子与其门人聚会一堂，请其各言尔志。子路答曰：吾能治千乘之国，能使其民有勇而知义方；冉有答曰：方六七十里之小国，可使其民衣食丰足。公西华答曰：当宗庙会同之际，穿章甫之服而为其小相。及轮到曾点，答曰：我之所志，异于三子。孔子告之曰：何伤乎，亦各言其志。曾皙曰："暮春者，春服既成，冠者五六人，童子六七人，浴乎沂，风乎舞雩，咏而归。"夫子喟然叹曰："吾与点也。"此段文字，以现代普通语释之，而曾点愿于四五月之交，与成年人五六人，青年十五岁者六七人，一同去河中游水，并在山上乘凉，及其归家时，在路上一同歌唱。此为今日学校团体放假日所习见之事，何以孔子独赞许曾点，亦曰曾点知宇宙中美之所以为美，有一种纯洁心情，以赏之受之，其雅趣高情，可以与陶渊明之高逸，邵康节之潇洒，相媲美而已。

白沙先生为学之方，《明儒学案》所以论之者，最为扼要。其言曰：

> 先生之学，以虚为基本，以静为门户，以四方上下往古来今穿纽凑合为匡廓，以日用行常分殊为功用，以忽忘勿助之间为体认之则，以未尝致力而应用不遗为实得。远之则为曾点，近之则为尧夫，此无可疑者也。

白沙先生之美学，可分三点言之。一曰与宇宙为一体，二曰逍遥自得，三曰以酒醉代下意识。兹分项言之。

第一，人自有生以降，既已离父母之身而另为一人，具耳目口鼻触五官，又有天赋之知识与道德，又有其与生俱来之情欲。因而有彼此同异之分，爱恶恩仇之私，其对于外界事物之分辨。天性使之然也。至于分之为用，所以辨彼此同异，所以别是非善恶。以云宇宙之体，为一乎，为多乎，为同乎，为异乎，盖有不易断言者矣。因是东西思想家，有返而求其本体之一，与本体之协和者。若柏拉图，斯宾诺塞，康德，菲希德氏，雪林[①]氏，均注意于内外分合不忘其为一之哲人也。但举雪林氏之学说以证之，雪氏以为宇宙之中，一方为自然界，为物理世界，他一方名之曰为我为精神，此二者分而为二，然实出于一体者也。其所述与白沙子风花雪月飞潜动植不外乎我，不外乎一心之言，正相吻合。白沙之言曰：

> 此理干涉至大，无内外，无终始，无一处不到，无一息不运，会此，则天地我立，万化我出，而宇宙在我矣。得此欛柄入手，更有何事，往古来今，四方上下，都一齐穿纽，一齐收拾，随时随处，无不是这个充塞，……此理包乎上下，贯彻终始，混作一片，都无分别，无尽藏故也。

此中我立我出云云，与菲希德氏所谓非我由我建立之言相同。混作一片都无分别云云，与雪林云云，谓为与雪林氏同体哲学(Identitätsphilosophie)相合，非勉强附会之言也。

白沙在其诗中表达此浑沦一体之意者，有神泉八景中《太极涵虚》一首，曰：

> 混沌固有初，浑沦本无物。万化自流形，何处寻吾一。

---

① 雪林：今译谢林(Schelling，1775—1854)，德国哲学家。

又《睡起一首》，如下：

天地蜉蝣共始终，十年痴卧一无穷。道人试画无穷看，月在西岩日在东。

白沙子更有《云封寺有曲江遗像戏题》一首，录其首二句曰："尝疑大块本全浑，不受人间斧凿痕。"此浑然一体，原非人类知识所能加以分辨或界画，即不受凿痕之意也。

雪林氏之言曰：所谓美者，将无穷之宇宙，以限于方隅之方法，表达而出之之谓。其意谓一画一雕刻，均为纸笔质料所限，而表达其一景一像，故不免限于方隅，然此一画一像之背景，实为宇宙之无尽藏。此亦即白沙所谓以日东月西之一部分，以象征此无穷之意也。

二曰，自由戏弄，此语出于康德门下文学家希雷氏，希氏以为美之所以为美，由于人之自由戏弄，其意谓人之心灵，任其幻想之所至自由表达而出之之者，如画家之高山流水，如雕刻家之骏马奔驰，皆由美术家心灵之自由发挥而偶得之者也。此自由戏弄四字，为西方习用之语，其在吾国，可以"逍遥自得"四字代之，"逍遥"二字为庄子之文之篇名，可以《应帝王》一篇中以解之："予方将与造物者为一，厌则乘夫莽眇之鸟，以出六极之外，而无何有之乡，以处圹垠之野。"曰莽眇，曰六合之外，曰无何有，可见庄子幻想之所届，更非希雷氏所能攀援矣。此足以表示吾国思想之飞跃，非西方美术家所能颉颃者矣。白沙先生语要中之言曰：

灵台洞虚，一尘不染，浮华尽剥，真实乃见。鼓瑟鸣琴，一回一点。气蕴春风之和，心游太古之世。

此言乎人弃其世俗之成见，方能如颜回之坐忘，曾点之舞雩，其所谓心游太古之世，与庄子所谓无何有之乡，无以异也。

唯其心灵之飞跃自如，乃能有绝妙之诗文，兹举其《早饮辄醉示一之》一首：

清晨隐几入无穷，浩浩春生酩酊中，我若扶衰出门去，可能筋斗打虚空。

再录《寄太虚上人照用旧韵》一首：

众生尊我我须劳，公在吾儒公亦豪。数点晓星沧海远，一床秋月空山高。性空彼我无差别，力大乾坤可跌交。十二万年如指掌，且并闲弄在甄陶。

若晓星沧海，一床秋月，此为诗人之语，尽人而能之。至于隐几无穷，春生酩酊，筋斗虚空，乾坤跌交之语，非真逍遥自得之精神，发挥至于极至者，谁能作此语乎。

更录《次韵顾通守》一首：

到处能开观物眼，生平不欠洗愁杯。窗前草色烂凝绿，门外波光月荡开。歌放霓裳仙李白，酵空世界酒如来。春山几幅无人画，紫翠重重叠晚台。

仙李白，醉如来，非学道者之言，乃由自由胸襟而后吐出，真空前绝后之句也。

此逍遥自得之态，言之虽若甚易，然世人脑中充塞以书本之智识，世俗之名利，视若威权而拜倒之者，决不足以语此，此义白沙《论前辈言铢视轩冕尘视金玉》文，言之至为深切。录其中之一段曰：

> 则天地之始，吾之始也，而吾之道无所增，天地之终，吾之终也，而吾之道无所损，……则举天地间万物既归于我，而不足增损于我矣。天下之物尽在于我，而不足以增损我，故卒然遇之而不惊，无故失之而不介，舜禹之有天下而不与，烈风雷雨而不迷，尚何铢轩冕尘金玉之可言哉。

如是所谓逍遥自得者，在乎能超尘世流俗之习见之外，而后出意语默，乃能自由自在而合乎宇宙之无量无边之妙境矣。

三曰，以酒醉代下意识，西方哲人分意识为二，曰自觉的意识，即在日常生活中分辨彼此同异是非之意识，此为上层意识，然其潜伏于上层意识之下者，有想象中性欲之感觉，或睡梦中之所见，是曰下意识，美术家之诗也、文也、画也、雕刻也，究其渊源所自，乃得之于潜伏之下意识者为多，吾国诗人，则以一酒字代表之，将人生作为一种游戏，表而出之者，其意境有与日用间之常识相去万里矣。李太白诗《将进酒》中之句曰“钟鼓馔玉不足贵，但愿长醉不愿醒，古来圣贤皆寂寞，唯有饮者留其名”，此在治希圣希贤之学者视之，可谓为荒唐之语，然在泯去一切差别而达于平等观者言之，此种境界万不可缺，此则唯有求之于下意识或酒后狂态之中耳。亦唯有太白之为酒仙乃能有杨叛儿王君昭之诗，所以表儿女之情，更有《蜀道难》中“上有六龙回日之高标，下有冲波逆折之回川，黄鹤之飞尚不得过，猿猱欲度愁攀援”之妙句也。

吾人研究吾国诗中酒后之狂态，乃可以知西方之注重幻想与下意识者，其根本上之性质，为异名而同实，此吾人所当为觉察者也。然白沙先生不以诗人自居。其诗中言饮醉者特多，录数首如下：

白衣刚到黄花下，醒长官为醉长官。社里斯知僧主酒，向前高视石蒲团。（《渊明爱菊》）

白头无酒不成狂，典尽春衫醉一场。只许木犀知此意，晚风更为尽情香。（《木犀·六首之一》）

典尽春衫以求一醉，为寻常人生所不许之行为，然出之于酒后诗人之口，则为逍遥自得之妙境。此则诗中所以不可缺少酒醉也。更录酒醉诗如下：

盘谷不知何处山，君家真是两山环。万杯春覆酒遗老，一枕日高天与闲。水墨残巾藏措大，江河前梦说邯郸。披图一笑逢摩诘，北浒南坨欲往还。（《题两山居士图》）

闲眠闲坐或闲行，身老溪云病亦轻。客至正当秋酿熟，舡来莫待晚潮生。江山偶得三人醉，风月还添一榻清。昨日书来张主事，头颅空许老无成。

万杯春覆酒遗老，一枕日高天与闲，江山偶得三人醉，风月还添一榻清。是何轻松高逸，岂寻常诗中所能见及乎？

然白沙子要为学道之人，其诗中虽充满宇宙之美，然究与太白酒仙不同。试举以下两诗为例，则道貌高峻之态活跃眼前。

进亦人所忧，退亦人所忧，得亦人所忧，失亦人所忧，所忧非忧道，所忧其可留；所忧非忧贫，所忧其可休。古来向道人，能辩忧所由。去去凌九霄，行行戒深沟。敬此之谓修，怠此之谓流。（《赠世卿之一》）

六经如日朝出东，夫子之教百代崇。揆之千圣无不合，施之万事无不中。水南新抽桃叶碧，山北亦放桃花红。乾坤生意每如是，万古不息谁为功。（《次韵庄定山谒孔庙》）

白沙之诗，志在追踪渊明康节，不以工巧为事，故有"文字耻雕虫"与"诗巧是诗魔"之句。虽时有醉后异想天开之句，然与太白之乘风凌云者自不同也。

虽然，就哲学上真善美三大目标言之，同为宇宙本体之蕴藏，唯在贤哲之士抉发而出之，科学家就物类之同异以求之，哲学家就宇宙之大全以求之，乃得所谓真，伦理学者就事之善恶是非以求之，乃得所谓善。以云宇宙间之美，则在能达观者之具雅兴有逸趣者，求之山峙水流驾风破浪之中。此在吾国则散见于曾点舞雩、康节高歌之中，然不成为一种条理贯通秩序整然之学，如康德氏之感情判断力第三批导。此岂非今后新儒家之所应有事者乎。

儒家哲学在历史中之变迁

发端

考之东西各国思想史，其哲学无一不经盛衰兴亡之阶级。孔孟哲学始于春秋时代，极盛于战国之世，至秦汉而衰，此一例也。其次新儒家之宋明理学，始于唐代之韩愈与李翱，至宋代而学说系统完成，至明代之王阳明登峰造极。自明末与清代，理学虽未衰亡，迥不如汉学家考证训诂之盛，清中叶后，理学已达于没落之期。

再考之欧洲哲学界，其经过正复相同。希腊哲学盛于纪元前四五世纪之苏格拉底氏、柏拉图氏与亚里斯多德氏。及至三世纪斯多噶学派鼓吹禁欲主义，伊壁鸠鲁学派主张任情自适，此为由哲学而达于宗教之过渡时期。现代欧洲哲学之复兴，始于笛卡尔氏而大成于康德氏。十九世纪后半之德国，新康德主义且为思想界之指南针。然自二次大战之末，康德氏学说衰落矣。

由以上亚洲与欧洲哲学思潮之经过言之，可知兴盛衰亡为其必然现象，犹一年季节之有春夏秋冬也。何谓哲学之盛？其盛之特征何在？何谓哲学之衰？其衰之特征何在？不可不分辨而论之。在论哲学盛衰兴亡之前，先略论哲学之性质，及亚欧两方对于哲学之见解。

哲学为讨论人生之应如何及人生所处之宇宙为何如之学

问。其在欧洲,自亚里斯多德以来分为三部:第一曰逻辑,第二曰物理,第三曰伦理。在希腊时代,论理学方开始成为科学,绝无如现代以为研究象征逻辑便为尽哲学之能事者。亦未有以为物理世界之研究为哲学重心之所在者。至于伦理为研究人生之应如何,在希腊哲学家中之苏格拉底氏与柏拉图氏均注重人生问题。苏氏、柏氏哲学之著作,与东方极多相似之处。唯亚氏著作中多分科之学之研究,则与东方异。然伦理与政治之合一为亚氏学说中重要部分,乃其同于东方之处也。至于现代欧洲哲学以认识为主题,此认识论之主题,即知识之可靠性(validity)何在,由于科学知识之昌明,乃有认识论之出现。然认识论中之两派,一曰理性派,二曰经验派。此两派一以理性为主,与孟子所谓"人心之同然"同;一以五官感觉为主,与荀子所谓五官当簿之言相近。自此方面言之,西方哲学与东方哲学固分途发展,然二者在根本上初不甚相远也。至欧洲哲学之其他派别如唯物主义派,以物质世界之本质,推论人生问题,或如逻辑实证主义派以可证明者为哲学范围以内之事,其不可证者视为不在哲学范围以内之事。此二派忽视人生,否定价值,虽在西方视之为哲学,然与东方哲学相去远矣。

此东西哲学相去甚远之中,实有一大问题在。此问题中,简单言之,包含三点:一、东方注重人生,西方注重物理世界。二、东方注重"是非善恶",即西方所谓价值,而西方认为次要。三、东方将道德置之智识之上,西方将智识置之道德之上。在东西两方见解异同之中,东方人对于现世界之危机中,自有以其可以矫正西方之处,乃吾人所不可忽视者也。吾为此言,无意于表彰东方生活而否认西方见解,但两方利害长短得失之比较,不可轻易放过者也。

甲　古代儒家哲学之盛衰

以上就东西两方哲学见解之异同言之，更进而论所以盛衰兴亡之故。

哲学各派之所以兴，自有其社会环境有以致之。此问题属于哲学与社会背境之中，暂不细论。就其所以盛所以衰之征象言之：

第一，哲学盛时之现象：（子）哲学家能发见有关世道人心之问题，如孟子、荀子之论性善性恶，如孟子、墨子之争辩义利问题，如道家之以自然为主，儒家之以人事为主。此之谓问题之发见。唐宋以后儒家哲学复活之际，其所谓问题，如佛家之主空无，儒家之注重人生。儒家自身分为尊德性道问学两派，朱子派之理气二元论与陆王派"心即理"论。更有方法论中之问题，如穷理致知，如主敬主静，均为问题所在。（丑）哲学家发见问题后，更以语言文字说明其所以然之故。吾人处于现代，更可以西方哲学家所用名辞以代之。黑格尔氏尝有言曰：哲学家将想象中之所觉所见者，以清晰的概念表现之。程明道自谓"理"字由自己体验得来。程伊川于"知"字，极郑重分析言之，尤注重亲历之知。至于王阳明"心即理"之主张，由于龙场一悟。可以见哲学凝成于一二人思想之中，乃形成所谓概念，是由于自己苦思力索或曰梦寐求之而后得者。（寅）此问题此概念为社会所同认，乃成为学界上论辩之事，或留传于后成为国中之传统。此点可以见之于孟子之批评墨子宋牼，更见之于荀子批评孟子之论性善。此时代各家自创一说，以己之所是，攻人之所是，此可以见其思索力之旺盛，亦即哲学家努力所在，而学术之所以昌明也。

兹举《荀子·解蔽篇》中之言如下：

> 墨子蔽于用而不知文，宋子蔽于欲而不知得，慎子蔽于法而不知贤，申子蔽于势而不知知，惠子蔽于辞而不知实，庄子蔽于天而不知人。故由用谓之，道尽利矣。由俗谓之，道尽欲矣。由法谓之，道尽数矣。由势谓之，道尽便矣。由辞谓之，道尽论矣。由天谓之，道尽因矣。

此短短数行中，吾国古代哲学家之概念，如墨家之利与用，兼爱与非攻，法家三派之法、术、势，名家之辞，道家尚自然任天行，尽在其中矣。彼此之辩论，其起于孟、墨之义利论，孟、荀之性善性恶论，与儒道两家之天与人，孰先孰后论，可谓其波澜之壮阔，为哲学史中所仅见者。至于留传于后世而成为传统，则以孔、孟哲学成为学说之标准，或成为社会之制度为最重要。其他各派，虽不如孔、孟，然亦因时代变迁而有发生效用之日。如道家之于西汉于两晋，法家之于秦与夫后世实际政治方面，墨家之复兴于逻辑学昌明之日，或者其非攻论将盛行于今后原子弹已发明而不敢使用之日。要而言之，儒家学说大行于吾国，其他学派之效用，则限之于某时期而不占优势。

以上各派学说，在西汉后，不论其为儒家为非儒家，皆呈衰落之象。此衰落之象，与上文思索力之旺盛相对，可名之曰思索力之疲乏，表现于以下各点：(一)定于一尊：孟子曰天下乌乎定，定于一。墨子《尚同篇》曰立以为天子，使从事乎一同天下之义。此统一之成为制度，自秦汉而实现，而最著于汉武帝之表彰六艺，罢黜百家。（二）以书本为对象，拘泥于成说，如汉代之置五经博士，如今文派与古文派之争，如经义断狱，皆拘于成说之显例也。（三）以遁世为事，由东汉之末，至于晋代，战乱相循，学者以逍遥世外专务玄谈为事。

在秦统一之先，早有法家视诗书礼乐为蠹之言。儒家哲学遭秦焚书为一大劫。至西汉而固定而僵石化。西汉东汉之间，佛教来自印度，第一流学者皆皈依佛法，始也将佛书翻译，继也自己体会，终也乃成为中国佛教之各派。此其时期，短言之，为五百年，长言之，至于千年。亦犹希腊哲学衰亡之后，转而入于宗教时代，其趋向相似也。

吾人所欲问者，哲学思想何因而盛，何因而衰？哲学之所以盛，由于人之智力发达，敢于发问，敢于分析，敢于作答案。战国为七雄争长之世，哲学思想初不因战争而遭挫折。秦汉大一统以后，帝王专制之局确立，自然不乐于人民之好为异说。李斯氏上奏之言曰："古者天下散乱，莫之能一，是以诸侯并作，语皆道古以害今，饰虚言以乱实。人善其所私学，以非上之所建立。……闻令下，各以其学议之，入则心非，出则巷议，夸主以为名，异取以为高，率群下以造谤，如此弗禁，则主势降乎上，党羽成乎下"，此与现代独裁政治下之思想统制，非异曲同工者乎？汉代董仲舒之言，虽视李斯较为和缓，然其定于一尊之方向，如出一辙。董氏曰："今师异道，人异论，百家殊方，指意不同。是以上亡以持一统，法制数变，下不知所守。臣愚以为诸不在六艺之科孔子之术者，皆绝其道勿使并进。邪辟之说息，而后统纪可一而法度可明，民知所从矣。"此表彰六艺之举，自然确立思想定于一尊之局矣。然此种要求之所以出现，犹之草木届百花齐放后，至秋冬而叶落而萎谢矣。汉代大学中设五经博士弟子，其所治经书，各有专书。所以解释五字之文，至于数万言之多，此即所谓“考据训诂”之学。然思想之性质，变动不居，虽外受强制，而内部自生变化。证之太史公《六家要旨》，桓宽之《盐铁论》，与王充之《论衡》三书，儒家以外之学说尚有其活动发展之余地，与现代苏俄式之思想统制，自有不同者在矣。两汉思想之中心，不外经学之版本，谓之为吾国思想停滞时代，自为允当。迄于魏晋之际，国内之乱，边疆之祸，远甚于秦汉之末，其时思想界遁入虚无，乃有所谓清谈与老易之学。自其由儒家转向道家言之，不可不谓为非思想之移动。然其对于问题解答上，则懒散之态度，完全表现矣。晋书阮籍传云：“阮瞻见司徒王戎，戎问曰：‘圣人贵名教，老庄名自然，其旨同异？’”瞻曰：“将无同。”此“将无同”三字，为春秋战国讲正名之际所不见，即名物之正确意义，弃置一边，而以“不求甚解”了之而已。

阮籍作《大人先生传》，攻击君子礼法之言曰：“且汝不独见虱之处于裈中，逃乎深缝，匿乎坏絮，自以为吉宅也。行不敢离缝际，动不敢出裈裆，自以为得绳墨也。饥则啮人，自以为无穷食也。然炎斤火流，焦邑灭都，群虱处于裈中而不能出。汝君子之处区内，亦何异夫虱之处裈中乎？”人生问题，苟如阮籍笑骂之可以了事，儒家所以斤斤于绳墨规矩，自不免多事矣。然正唯以逍遥世外之态度，不足以解礼乐刑政，此乃儒家所以出之以不厌不倦之努力也。然晋代清谈家视之为群虱之处裈矣。威尔斯氏(H.G.Wells)评希腊思想之末年曰：“纪元前四世纪结束之际，思想界之潮流，不走向亚里斯多德方面，亦不走向条理井然之智识之辛勤积聚。……当时大势所趋，非哲学家所能把握，乃由市府之设计，新生活之思索，转而至于遁逃世事之美景，以图自慰而已。”威氏此言，为希腊而发，然移而用之于晋代，何不可之有?

乙　宋明儒家哲学之盛衰

唐宋以后，儒家哲学之趋于兴盛，其根本教义与所用名辞，绝不离乎孔孟。然其所解释之者，乃出于一个新哲学观点。宋代学者周张邵与二程等所造成之学说系统，如所谓理气，心性，理一分殊，气质之性，本然之性，即为其系统中之重要成分。张邵与二程等自己讳言其学说与佛家有何关系，吾人处于今日不妨明白承认宋代以后新儒家哲学之兴起，乃佛教入中国后之刺激有以促成之者也。

孔孟书中对于人生问题，如论孝、弟、忠、信、仁、义、礼、智，皆就弟子所问者零星答复，未尝以全部人生观或宇宙观，作为一个系统而阐发之。自朱子所辑录之《近思录》一书观之，其中以道体列为第一项，与孔子罕言性与天道者大相异矣。更证之以《近思录》之其他各章，可谓其自本体论至于心、身、家、国之各方面，无不网罗于其中。此乃宋儒哲学之体系，与孔孟大相远矣。

吾人可以明言:中国各派学说，因其国家地位在近世以前罕与他国接触，在其文化演进史中，绝少有外国思想之迹象。有之，则以印度佛教为唯一外来原素。吾国人不轻易承认外国文化而向之低头，必待自己纳之胃中消化以后，化为自己血液，而后吐而出之。此可证之南北朝之际，佛教各派无一不在中国自成一宗，如所谓三论宗成实宗，其后更由消化印度学说后而自己创为一宗，如天台宗如华严宗如禅宗是也。再进一步，学者厌弃佛教遁入空无放弃人伦，乃走向辟佛返于孔孟之途径，此则宋儒哲学所由兴也。

佛教各派书籍之汉译，予儒家以极大刺激。儒家自知关于宇宙与人生，非有一套与印度佛书体系相等之著作，势难与之并驾齐驱。于是有周子《太极图说》，以说明宇宙之所以成，有张子《西铭》以明仁爱之无远不届，有邵子之无名先生篇，所以明道之无乎不在，以见可名可道者之非最终之大道。质言之，宋代乃理学之创造时代也。各家之努力于创造，可以以下各家之言证之。

程明道曰："吾学虽有所授受，天理二字却是自家体贴得来。"此可见理学之名，乃程明道千锤百炼中体贴出来。其所以与希腊"爱智"二字并垂千古者非无故也。

周子《太极图说》之首句，曰无极而太极。陆子静因"无极"二字为昔所未见，乃疑为非周子之言。朱子反驳陆子曰："孔子赞易，未尝言无极也，而周子言之，则知不言者不为少，而言之者不为多矣。"此言乎学者不因孔子所不用而不敢用，所以明"无极"之名乃周子所自创也。

黄东发日抄曰："横渠先生精思力践，毅然以圣人之事为己任。凡所议论，率多超卓。至于变化气质，谓形而后有气质之性，善反之则天地之性存焉。故气质之性，君子有弗性焉。此尤自昔圣贤之所未发。"自昔圣贤之所未发云云，非张子创造之意乎？

陆象山曰："尧舜曾读何书"，此语最可见昔贤成说不足贵，贵乎自创。

然宋代诸子知自己创造之不足，仅为新说来源之一，乃别求所以承继传统之道。于是将《大学》《中庸》自《礼记》中分出，视为自成一书，合此二书于《论》《孟》，称之为四书。此项四书与五经成为儒者学说之教典，自二程始。下逮朱子，对于旧日经书，重作新注解，所以使孔孟之面目，因新注解而一新。前人所未发见者，更因新注而发见之。此吾国哲学所以时在继承传统与自创新说双轨并进之中也。

南宋时朱子继二程之后，将宋代各家学说集其大成。其自身学说之基本曰理气二元，曰理一分殊，曰进学主敬。其基础阔大，足以包举前人成说而熔之于一炉之中。基于其自己学说，将《论语》《孟子》《大学》《中庸》《易》《诗》《礼》各书为之注解。其在注解方面之工作之艰难，视其自创新说更远过之。朱子之大学补传，引起后世所以与王阳明之争辩，可以见注解工作之中，其自身哲学见解含在其中矣。

吾人可概括言之，宋代儒家学说盛行之后，如政治上王霸之分与尧舜其君之理想，如全国之书院制度，如乡约，此项学说与制度且成为一时风气。尤其程朱之四书与各经注解，成为命题试士之标准典籍，则与董仲舒之表彰六艺罢黜百家如出一辙矣。

然明代哲学风气，以现代哲学家怀德黑之术语言之，可谓其富于“思想上之冒险进取”(adventures in ideas)。明代政府虽下令以程朱之注解为标准，然其时学者之见解，并不以“此亦一述朱，彼亦一述朱”(黄梨洲《姚江学案》中语)为满意。如陈白沙氏，王阳明氏皆以创作，以另辟新境界为己任者也。阳明学说，可谓宋代学说发展之登峰造极。何也？宋代理气二元论之推演，成为物、知、心、意等之离贰。阳明龙场一悟之要点，以现代哲学术语表之，即拔克兰氏“物之存在系于觉知”(Esse est Percipi)。物之存在既由觉知，则离开觉知便无所谓物之存在，于是心与物合一。心物既合一，乃有心理合一，知行合一，乃有功夫与本体之合一。质言之，是为唯心一元论。此为哲学上之大发明，乃孔孟程朱所未尝见到者也。而况阳明更有事功之成就，如平宸濠如平思田，因而声名甚大，轰动四方。其学徒之众，为世所罕见。一部《明儒学案》六十三卷中，所谓王门，其直接与阳明有关者，占廿六卷，占全书三分之一以上矣。其与之反对者为《甘泉学案》，其修正之者为《蕺山学案》，可谓为阳明之诤友。则谓阳明为支配明代哲学思想之人可也。阳明之唯心一元，莫显著于其语录中之所自言者如下：

> 心外无物，心外无事，心外无理，心外无义，心外无善。吾心之处事物，纯乎理而无人伪之杂，谓之善。非在事物有定所可求也。处物为义，是吾心之得其宜也。义非在外可袭而取也。格者格此也，致者致此也。必曰事事物物上求个至善，是离而二之也。
>
> 格物者，格其心之物也，格其意之物也，格其知之物也，正心者，正其物之心也，诚意者，诚其意之物也，致知者，致其物之知也。

阳明如此解释《大学》之文，恐《大学》之作者初未尝想及，我所以谓为登峰造极也。

然阳明学说至明末而衰。其所以衰，依黄梨洲之言言之，"狂禅"二字害之也。此风气之流行，由于《天泉证道记》中"无善无恶心之体，有善有恶意之动，知善知恶是良知，为善去恶是格物"四语之解释，尤因四语中"无善无恶心之体"之第一语。龙溪因第一语而推论以及于下三语云："此恐未是究竟话头，若说心理是无善无恶，意亦是无善无恶的意，知亦是无善无恶的知，物亦是无善无恶的物。”

梨洲评龙溪之立场曰“既无善恶，又何有心意知物，终至于无心无意无知无物而后已。如此则致良知三字，着在何处？先生独悟其所谓无者以为教外之别传，而亦并无是无。有无不立，善恶双泯，任一点虚灵知觉之气，纵横自在，头头明显，不离着于一处，几何而不蹈佛氏之坑堑哉！”

龙溪于《重刻阳明先生文录后语》一篇中之言曰：

> 道必言而传，夫子尝以无言为警矣。言者，所由以入于道之筌。凡待言而传者，皆下学也。……若夫玩而忘之，从容默识，无所待而自中乎道，斯则无言之旨，上达之机。

阳明门下之王心斋一派，其学说基本名曰淮南格物。此派名为自阳明传授良知学说，然其学者之立言，则与禅宗为近。又颜山农尝讲学于僧寺，榜曰“急救心火”。罗近溪偶过其地，初以为名医，及入而访之，乃知山农榜此四字为号召之术。又赵大洲答友人之言曰：“仆之为禅，自弱冠以来，敢欺人哉！”又周海门与许浮远辩论之言曰：“不知恶既无，而善亦不必再立，头上难以安头，故一物难加者本来之体，而两头不立者，妙密之言。”

读以上各人之言论者，可知黄梨洲名之曰狂禅，顾亭林名之曰心性空谈，诚非无故而然也。

明末阳明学说既流于禅，于是起而矫正之者分为三派：一曰由王而返于朱。如陈清澜之《学蔀通辨》，陆清献之《学术辨》是也。二曰否定理学而返于经学，如顾亭林所谓“古之所谓理学，经学也，非数十年不能通”是也。更有修正阳明学说使之归于笃实者如刘蕺山黄梨洲是也。此三派中以顾亭林之主张为最有力，既已视心性之学为空谈，自然返于有实证之经学，因而造成清代之考证家。其第二派之宗朱派在清代继续发展，然亦仅保持旧日规矩而已。

至于第三派之修正派，在明末不失为有力之一派，至清代尚服膺阳明学说者，仅有极少数人而已。

吾于此应当说明者，阳明学说在明末之衰，与孔孟学说在汉代以后之衰，迥乎不同。何也？孔孟学说至汉代成为书本上之注解，更经过两晋，与南北朝，迄于唐宋而后复活者，乃另一种新面目之儒家哲学也。明末王学虽衰，然朱学依然存在。此乃儒家中一派之盛衰，非儒家全部哲学之生死也。倘以之与欧洲相比，仅如康德派衰而黑格尔代之以兴而已。欧洲思想界中有默想（spcculative）与实证二大潮流，默想派为哲学，实证派为科学。此两派中默想派极盛之后，则实证派之注重科学研究者代之而兴，及实证派成为分科之学流于分散过甚，于是复返于求综合之默想哲学。欧洲学界常往来于默想与实证之间，而明末之由理学之复返于经学，亦犹欧洲之由默想而返于实证也。

吾人处于二十世纪之今日，知哲学乃以概念为基本之学问，与经学注解之为文字语言之学问，两者性质绝不相同。吾人既自学问分类之性质上而知理学之为哲学，其性质与经学大异。顾亭林理学即经学之言，在清初曾哄动一时，然自今日言之，吾人知此二者之渺不相涉矣。吾人但了解其一为默想一为实证之两种治学方法，而不拘拘于去彼就此之争。庶几汉学家考证，可视之如西方所谓文字学，而儒家思想，视之为哲学。岂非“合之则两美”之一法乎？

新儒家哲学之基本范畴

一、绪 论

自我始有志于西方哲学,迄今已四十年矣。我对于各派学说常起一种互有短长得失之感,而没有倾倒于一派门下。始也读倭伊铿、柏格森两氏之书,觉其所谓“生活体系”“生之冲力”“行为在先”之言之新奇可喜。至于康德学派所谓“认识”“范畴”与“概念”,则两氏摒之大门外,视为不屑措意。我治倭氏、柏氏学说时,同时更以余力读西南学派黎卡德氏《认识之所对》《自然科学概念构成之限界》《现代哲学时貌学说之陈述与批判》。恍然于以生活为主之哲学,但知有变有流有冲,至于理知之静观默察,以求其概念与范畴,在柏格森氏视之,若生活演进中之一张死呆电影片而已。此第一次西方两派哲学之激荡,令我神魂为之不安者也。我留德期中,各大学中主持风气者,犹为康德学派。然自一九一三年虎塞尔氏《纯现在学》(此名词普通译为现象学,然依虎氏原义,是当下即在之义,与英人所用之“所与”二字相合,指开眼便见之对象。其与康德著作中所谓现象,黑格尔精神现象学中之现象绝不相涉,今改译为现在学,即显现存在之意,以示区别。至于与时间意义之现在云云,迥然各别,更无论矣)一书行世,是为异军突起之一派。虎氏本长于数学,早年曾有著《算术哲学》之计划，唯仅出第一册而止，及一九〇一年出《逻辑研究》一书，分为两册，上册为《纯逻辑绪论》，下册《现在学与认识论之研究》。此书要点在抨击心理主义与相对主义，而坚持逻辑公例之构成共相，且奠定对象(或曰客体)之客观性。虎氏立场不独指摘英国经验派之以心理历程解释逻辑原则，同时对于德国康德学派之以心识为外界对象之立法者，亦在反对之列。虎氏既自树一帜，哈德门氏(N.Hartmann)本属于马堡学派者弃其师说而从之，倭氏之徒麦克司夏雷氏(Max Scheler)亦助虎氏为之张目。新康德学派之衰，受虎氏学派打击，从此一蹶不振矣。此第二次西方哲学界之疾风暴雨，令我神魂为之不安者也。英国哲学界，我向未与之发生传习关系，唯英人治学切实，长于分析，每事必求真凭实据，为我所向往。德人梅兹氏所著《百年间之英国哲学》，为我书柜中所保存且为我所爱好之一书，其间叙述盎格罗黑格尔主义之传布，记格里恩氏、勃拉特兰氏与卜山圭氏本黑格尔《逻辑辩证法》，以"关系之内在"说明"实在"之性质，唯有在彻始彻终全体一贯与免于矛盾之原则中，可以了解实在。在此派学说观之，具体之各事各物失其存在除此一连串之关系外，无实在可言。孰料马尔氏于二十世纪之初，发表《驳唯心主义》一文，其人初不以算术逻辑与新物理学为凭借，但凭一点常识，指出黄色之感觉与外界黄色绝然两事不可混而为一，意谓唯心论者每谓一切由心识造成，就黄色感觉言之，黄色为一种感觉，蓝色为一种感觉，其他各色复亦如是。然黄色感觉与黄色之在外者，纯为两事。外界之黄色所以引起内心之黄色感觉，是外界黄色无待于黄色感觉而本自存在，可知黄色乃自在之客体，初不待于感觉而始生。马尔氏由此达于一种结论曰：事物之存在，无待于心识。此今日英伦新唯实主义之由来。而黑氏学派为之退避三舍矣。此第三次西方哲学之忽起忽落，令我神魂不安者也。大战之中，僻处西蜀，与西方哲学著作，绝少接触。然海格尔氏《存在与时间》一书，在我一九三二年离德之际，固已脍炙人口，虽尝思展卷一读，然文字离奇，思想离奇，终觉格格不入而恝然置之。大战既终，由亚而美，乃知欧洲之德法两国中，生觉主义派（通常译为存在主义，此与契尔契伽氏原义不符，契尔契伽氏注重个性之刹那，个人之选择与对上帝之热情，因此存在二字不免平凡，乃改译为生觉主义。）风行一时矣。此种思想之来源，不起于德与法，而发自十九世纪中之丹麦人契尔契伽氏。契尔契伽氏尝留学德国，读黑格尔学说而大非之。黑氏以为永久真理应求之于理性，此理性通过自我、家庭、国族而达于全体。而契尔契伽氏处处与之相反。黑氏曰真理在客观性，契尔契伽氏曰应求之于主观性，黑氏以为真理存在于理性，契尔契伽氏曰应求之于热情中。契尔契伽氏以为视个人为大全中之一部分者，即等于否定人生。契尔契伽氏曰个性之刹那，即我之所以为我。我之所以为我，非一个体系中之一节一目。契尔契伽氏视我之所以为我，上与上帝相通，非仅以体系中之一节一目视之，不免降低人之所以为人。契尔契伽氏生于一八一三，殁于一八五五，二十世纪之初三十年中，始有人就凯氏书译为德文而讨论之者，是契尔契伽氏书之埋没近七八十年矣。德人中推衍契尔契伽氏学说者，为海格尔氏与耶司丕氏二人。二人专门之学各异，思想方法各异，读耶氏书者觉其于要害处，虽不离乎契尔契伽氏，然与康德氏以理性为本者，相去不远。至于哈氏之敷陈契尔契伽氏学说，侧重于空无、愁虑、死亡等问题，倘就德国传统而求其严肃、整齐、真挚之态度,可谓归于乌有矣。法国之生觉主义者如萨脱氏流为无神论者,去契尔契伽氏归依上帝之旨更远。如马赛尔氏认为凡有应分为对象(即客体)与存在两方面,人之所以为人,应分为身与我两方,身可为了解之对象,我则属于神秘部分,不可以知识体系了解之。即此所举四人,各人立说之纷歧,可以概见。其他各人见解,唯有暂时搁置,不细论矣。此为我神魂不安之第四次。此四十年我精神上之最感及之四大转变,犹如钱塘江潮,前浪后浪相继,波澜壮阔,叹观止矣。以云博学慎思明辨,可谓无一派无独到之处。然问欧美中曾有对于各派拳拳服膺择善而固执之者乎?可谓绝无有矣。我追逐其后,求有所选择,将信从感觉主义而反对理性主义乎?返躬自问,一彼一此之去取,唯有趔趄而不前。其信从黑格尔主义者之关系内在而否定唯实主义者外物存在乎?返躬自问,其趔趄不前之感正复相同。抑或信生觉主义者真理应求之主观而否定真理在客观性中之言乎?此又返躬自问,而期期以不可为者矣。因此之故,在数十年中,除对西方哲学界之宗匠康德氏素所钦服外,其余各大家常觉其独到而不免于一偏。以是踌躇四顾,而不乐为某家某派旗帜下之一兵一卒。近年以来自己思想上起一种转变,曰与其对于西方某派左袒或右袒,反不如以吾国儒家哲学思想为本位,刷新条理,更采西方哲学中可以与儒家相通者,互为比较,互为衡量,互为引证。或者儒家之说,得西方学者之助,更加明朗清晰。而西方哲学家言,因其移植吾国,更得所以发荣滋长。盖唯有采西方学说之长,而后吾国学说方能达于方法谨严,意义明确,分析精到,合于现代生活。亦唯有以吾国儒家哲学为本位,而后本大道并行万物并育之旨,可集合众家之说,以汇为一大洪流，兼可以发挥吾国慎思明辨而加上笃行之长。我尝就东西哲学之所以为东西哲学而比较之，东方人之视其哲学，为道之所寄托，可为择善信守之资，创始者如是，继起者如是。其有关于修己立身之道德，自必以身体力行为归宿。即其关于理论方面，如小程子之所谓性即理也一语，其支配宋明儒思想之久远，亦为人所共见。而西方人之视其哲学仅为一种学说一种意见，甲时之好尚，移时而新者代之以兴。其摆弧间之一往一返，各趋于极端，今日走理智之路者，忽一变而提倡反理智主义，今日本以客观为真理标准者，忽一变曰应以主观为标准，今日以常以永久者为观点者，忽一变曰唯有变中乃有实任。我以为此乃西方人之视其哲学，仅为一种知识，所以表达一己之思想体系，以云信守奉行，非所计及也。吾国则反是，哲学为慎思明辨笃行之资，其理可以公诸天下，可以大家思辨，可以大家奉行。昨日所是者，何不可保存于今日，以积渐之修正，代替忽东忽西之踯躅。此乃孟、荀、周、程、张、朱、陆、王所以造成儒家哲学之传统也。此种传统之基础上，将物、知、心、意、身、家、国、天下八者视为一律平等同时承认。虽为普遍常识中所下之判断，因而缺乏西方之严格方法。然其中却无但知有物而不知有心，或但知有心而不知有物之一偏之弊。此我所以见为儒家哲学与西方哲学之交流与互为贯通，不独可以补益东方，或者可以产生一项交配后之新种也。

哲学之内容，广矣大矣、精矣微矣、幽矣远矣。非一二言所能尽也。就宇宙间具体事物言之，上有天象之日月星辰，下至地上之山川草木，中为人类之生活，思想行为与制度，何一非哲学家考索之所及乎？吾国儒家之言曰：通天地人谓之儒；西方希腊以物理、伦理、逻辑与形上学四者包括宇宙一切；此同为东西两方以哲学涵盖一切事象之意也。然就其观点与其下手方法言之，自有不同之所在。吾国注重道德与人事，西方注重知识，吾国以六艺诸子百家为学问纲领，西方自希腊至今日有所谓分科之学，吾国以义理为是非之准绳，西方则以名数二者为治学方法，迄于近数百年科学发展，欧西哲学走上认识论之途径，专以研究知识之可靠性为主，于是西方哲学之题材，与吾国哲学相去距离更远矣。此二三百年来之认识论在第一次大战前后为吾国人所心摹力追者，其在西方已有望望然去之之象。德国史学家《西方衰颓》一书之作者史宾格雷氏之言曰："中国古代以及孔子，其哲人均自居于政治家、治国者与立法者，犹之西方之必大哥拉氏巴末那底司氏与霍布斯氏及兰勃尼孳氏所孳孳厄厄者为认识论，乃人生实际生活之主要关系之智识也。"美国作家威尔迪伦[①]氏（Will Durant）引史氏言而申说之曰："中国哲学家不独反对认识论，更轻视冗长的形上学。吾国青年形上学家无一人认孔子为哲学家，因其向不讨论形上学，更少讨论认识论；孔子之实证的立场与斯宾塞氏孔德氏等，因其关心者独为道德与政治问题也。"以上西方人对于儒家之不治认识论，初不歧视，反而以为与西方实证学派有相类之处。其所以然之故，果安在欤？我以为吾儒家之出发点，一曰万物之有，二曰致知之心，此二者等量齐观，同认之为有，与西方之分现象与实有为二，乃以现象为云烟过眼，而进求实有永久者之更生。以观觉所及之物为实

① 威尔迪伦：今译威尔·杜兰特（1885—1981），美国著名学者，普利策奖获得者，著有《世界文明史》等。

有，而或为唯实派，或以理想所构成之概念（即心）为实有，而成功唯理唯心派，此为中西哲学之差异有不可同日而语矣者。然吾国因无此特点之故，免了许多无谓之派别之执，虽程朱陆王理在内或理在外之辨，与西方唯心唯实两派不无相关之处，然此心物二者同为实有之特点，屹然特立数千年之久矣。

二、万物之有

外界之有，为物之自存自在乎？抑待心而后认识乎？此为哲学上之大争执，不易片言折狱者也。兹先冠以陆贾《新语·道基篇》之言如下：

> 传曰：天生万物，以地养之，圣人成之，功德参合，而道术生焉。故曰：张日月，列星辰，序四时，调阴阳，布气治性，次置五行，春生夏长，秋收冬藏。阳生雷电，阴成雪霜，养育群生，一茂一亡。润之以风雨，曝之以日光，温之以节气，降之以陨霜，位之以众星，制之以斗衡，苞之以六合，罗之以纪纲，改之以灾变，告之以祯祥，动之以生杀，悟之以文章。故在天者可见，在地者可量，在物者可纪，在人者可相。故地封五岳，画四渎，规洿泽，通水泉，树物养类，苞殖万根，暴形养精，以立群生，不违天时，不夺物性，不藏其情，不匿其诈。故知天者仰观天文，知地者俯察地理，跂行喘息，蜎飞蠕动之类。水生陆行，根著叶长之属。为宁其心，而安其性，盖天地相成，气感相应而成者也。于是先圣乃仰观天文，俯察地理，图画乾坤，以定人道，民始开悟，知有父子之亲，君臣之义，夫妇之道，长幼之序。于是百官立，王道乃生。民人

食肉、饮血、衣皮毛。至于神农,以为行虫走兽,难以养民,乃求可食之物,尝百草之实,察酸苦之味,教民食五谷。天下人民,野居穴处,未有室屋,则与禽兽同域。于是黄帝乃伐木构材,筑作宫室,上栋下宇,以避风雨。民知室居食谷,而未知功力,于是后稷乃列封疆,画畔界,以分土地之所宜。辟土殖谷,以用养民,种桑麻致丝枲以蔽形体。当斯之时,四渎未通,洪水为害。禹乃决江疏河,通之四渎,致之于海,大小相引,高下相受,百川顺流,各归其所。然后人民得去高险,处平土。川谷交错,风化未通,九州绝隔,未有舟车之用,以济深致远。于是奚仲乃桡曲为轮,因直为辕,驾马服牛,浮舟杖楫,以代人力,铄金镂木,分苞烧殖,以备器械。于是民知轻重,好利恶难,避劳就逸。于是皋陶乃立狱制罪,悬赏设罚,异是非,明好恶,检奸邪,消佚乱。民知畏法,而无礼义,于是中圣乃设辟雍庠序之教,以正上下之仪,明父子之礼,君臣之义。使强不凌弱,众不暴寡,弃贪鄙之心,具清洁之行。礼义独行,纲纪不立,后世衰废。于是后圣乃定五经,明六艺,承天统地,穷事察微,原情立本,以绪人伦,宗诸天地,以修篇章,垂诸来世,被诸鸟兽,以匡衰乱,天人合策,原道悉备。智者达其心,百工穷其巧,乃调之以管弦丝竹之音,设钟鼓歌舞之乐,以节奢侈,正风俗,通文雅,后世淫邪,增之以郑卫之音,民弃本趋末,技巧横出,用意各殊,则加雕文刻镂,傅致胶漆,丹青玄黄琦玮之色,以穷耳目之好,极工匠之巧。夫驴骡、骆驼、犀、象、瑇瑁、琥珀、珊瑚、翠竹、珠、玉,山生水藏,择地而居,洁清明朗,润泽而濡,磨而不磷,涅而不淄。天气所生,神灵所治。幽闲清净,与神

> 浮沉，莫之不效力为用，尽情为器。故曰，圣人成之。所以能统物通变，治情性，显仁义也。

此一篇之文，吾国文化中之重要名物可谓一齐俱备矣。道术功德情性，哲学或形上学之名物也。星辰日月，雷电雪霜，天文学之名物也。五岳四渎洿泽水泉，地理上之名物也。跂行喘息，蜎飞蠕动，根著叶长，动物学生物学之名物也。父子之亲，君臣之义，夫妇之道，长幼之序，社会伦理中之名物也。宫室栋宇，建筑学中之名物也。桑麻丝枲，农业界之名物也。轮辕舟楫。工业技术中之名物也。君臣狱罪赏罚，政制法律中之名物也。辟雍庠序，教育界之名物也。五经六艺，学术著作之名物也。仁义礼智，道德之名物也。此十二类之名物，在吾国昔日无哲学科学之分类，将各物各名使之各有所隶属，亦无所谓基本理论之学，将思考中之概念属之逻辑之中，此种种者概名之曰万事万物。道也事也心也物也常也变也，置之于同一水平之上，从不因道德以排官觉之所见，亦不挟官觉以排道德。以大学之八条目言之，所谓物、知、意、心、身、家、国、天下，一概平视，从未有此轻彼重之分，何尝有挟物以排心之争乎？更何有个人为国存在或国为个人存在之争乎？凡此种种，概名之曰有。张横渠曰："凡可状者皆象也。"又曰："有无虚实，通为一物。"张南轩曰："在道不溺于无，在器不堕于有。"吾国学者对于内外之有，平等一视，养成一种对于一切之有，无否定之论。其主虚无寂灭之佛家，亦知有四大、五根、六尘、八识之有。儒家对于外界之存在，未有怀疑之者，亦不足怪矣。或者以为儒家之所谓有，类于西方所称之素朴的唯实主义。我以为何种唯实主义为正确，何种为不正确，此哲学上之大问题,应首先分别,而后是非乃有定论。

近代西方自天文地理物理生物诸科学发达之后,一转而入于认识论,由英儒陆克为开宗明义之第一人。然西方近代思想之坚实基础,在于科学中之观察实验,与在乎数学逻辑之应用,乃其智识之所以正确所以有效。以言认识论之确实程度,远不如科学,因其学派分歧,主张不一。吾人唯有依事理是非与逻辑方法以为权衡取舍,而不必盲从一先生之言。举例言之,(一)既言认识是必有所认识者,为世界之存在,同时必有能认识之人与心,此二者互相对待,不可缺一。如是一方但认有物或曰但有外界,他方但知有心或曰外界乃心所造,二者同为偏见,不待辨矣。(二)世界事物,常识观点之下,分为三类:(甲)曰死物或曰物理界,(乙)曰生物,为动植两类,(丙)曰人,有思考知理义,名曰理性动物。此三类既已各别,则执定唯物主义或机械主义者,以之应用于物质,固无不可,乃欲推广而用之于生物与人类,其为一偏之见,亦不待言矣。(三)事物既已分为三类,乃欲推本而归之于一元,于是有唯物一元或曰唯心一元之学派。主唯物一元者将生物与人,视之同于物质。主唯心一元者将一切事变归之精神一元,此亦过于简易化而不合理者也。(四)自西方近代哲学之创始,两派互相对立,甲曰人之知识,以内生观念为本,是为理性主义。乙曰知识起于经验,以耳濡目染之官觉为本,因而有心为白纸之说。然吾人平情论断,知数学与逻辑所以成,由于直观中之关系,而与官觉无涉。其他各种自然科学,以官觉所见为证,然数理逻辑之基础,决不可缺。此又可见执定理性者与执定官觉者之同为偏见矣。(五)经验主义者休谟氏以心理状态分析吾人之心,其结论曰无心可言,但有一堆观念、知觉、情感与记忆。因此心理状态刹那间之观察，而归结于无心与无自我，则东方所谓返躬自省，所谓修身养性，将何自而施乎？本此习惯，尤觉休谟氏说之一偏，与流弊之不可胜言。以上五端，在西方哲学中入主出奴、攻驳相难之论屡见不一见。吾人受孔孟荀子与周程朱王之训练者，岂可不知斟酌而取舍之乎？

本此评判立场以评断“万物之有”问题，其显然可见者，西方哲学中有混淆不清之两事，一曰世界存在，二曰关于世界之知识之构成。康德氏经理性与经验两派争执之后，折衷之曰知识起于经验，即起于外界之意。然智识之所以构成，由于理解之方式，是为逻辑因素，是为康德氏心之统觉说，一转手之间，成为世界唯心所造之言。于是有唯心派否定世界存在之说矣。吾以为世界存在为一事，世界在人类降生之千万年前，既已有之，谓康德氏精于自然科学者乃不知此理乎？特康氏重知识之所由成，窥见心之职掌之重要，因而自喜其学说，称之为哥白尼式革命，亦仅谓外界之知识依心中之逻辑因素构成，无否定世界存在之意也。吾人既明此点，因以为外界存在与知识何自而来，应分为两事。伸言之，外界存在，应明白承认，而不可与知识起源混淆而为一，此一事也。承认外界存在，然不以为存在问题既已解决，而不需再问外界存在与心之关系如何，此又一事也。吾人如此立言者，所以明吾国传统哲学中“万物之有”既已保存于数千年之后，在今日言之，可谓有得而无失。正可与今日之新唯实主义之互相发明。何也？吾国学者对于外界之有，向无怀疑之说，以迄于今日。其在西欧，因有唯心派哲学家言，于是新唯实主义起而纠正。其说起于琪奇摩尔氏一九〇三年之文，名曰《唯心主义驳论》。将寻常习见之事加以分析，如曰吾感觉绿色，此绿色中之感觉与外在之绿色，迥然各别，不可混同。此一篇之文，引起波涛，群起而驳斥世界由心造说之不当，且同声和之，以成为英国哲学界之思潮。然三十余年之后，禹温氏又继起而修正之曰："此项极有理由之唯实主义运动，与一般之反动运动相同，因其走于极端，忘却其敌人绝对唯心主义者所见到之真理。"禹氏评判之辞极繁，不及具引（详见下文）。其要义不外乎但知外界之实者，不足以解决问题，不可不同时承认心之认识工作。意谓外界之实固已存在，然心之认识决不可少。是以上文以世界存在为一事，以心之认识又为一事之微意相合。可以谋实与心之两不相妨，而各处于其应处之地位而已。

以上"万物之有"之讨论中可以窥见吾国哲学思想之大体方向，较西方无多逊色。然就精密程度比较言之，则吾国不如西方远甚。第一，就有之为有之学问分科言之，所谓天文地理生物植物社会国家等学，自西方输入以来，方始有之。此由于吾国但知有六艺，而自然界之分科迄未确立。举一例以明之，近年来学者常引戴东原由文辞以通其道之句。然所谓文辞，属之语言学，所谓道属之哲学或形上学。即曰应依说文之法考订每一字之原义，然哲学中"道"之概念文字学中之"道"二者，渺不相涉。此种混淆之故，由于学术分科之意，绝未彻底明了故也。第二，学术必以逻辑数学为基本。吾国逻辑之学在东西交通以前，不视为应用之于思辨，治学方法中不知有定义，又不立每一学问之界限，因而每一学问之基本概念不具备，亦即每一学问之系统末由建立。现代科学以数学为基础，大而日月星辰，小而原子电子，何一物能离乎质量速度之计算。吾国物理学者于原子学说之发明，亦能追随世界科学之后。然西方探幽索隐之工，岂吾人所能企及乎？第三，吾国传统向重道德轻智识，孟子曰“所恶于智者为其凿也”。其所谓智，殆指惠施等之鸡三足火不热之诡辩。因此实验事物之智识之淹没者二千余年之久。今后苟不以外界事物为研究对象，而但求之于口辩与文字考证之中，则名为注重科学，而反以害之。第四，儒家之于智识，对于一草一木，非不知注意，然在吾国既无教会之组织，因而缺少对于智识之迫害之刺激。蒲罗诺之焚烧，格里雷氏取消学说之要求，正所以促进欧人对于自然界之研究，而与吾国之不闻不问者正相反矣。此四者即年来国人所提出科学所以不发达之答案。而依我言之，名数二者之不发达，思想之不精密为其总因也。今后所以补救所以奋起之法，唯有侧重科学，此为全国人之公意，无俟烦言矣。自哲学方面言之，在乎求一平衡物心两方，而不至偏物忘心，或偏心忘物之学说而已。十数年来，我徘徊于康德氏之门，因其《纯理批判》与《实理批判》二书对于自然界知识与人生道德独能兼筹并顾之故。近年读哈德孟氏之著作，更觉其“凡有学”之对于物心并重之论，既无背于康氏，而周密过之矣。

哈德孟氏分宇宙之有为四类。曰物理层，曰生物层，曰心理层，曰客观精神层。物理层者物理化学之所研究属之。生物层者植物动物与人属之。心理层者，一人之感觉、思虑、记忆、想象属之。客观精神层者，语言、智识、道德、制度与历史，其物其事为全国人所共晓、共用、共参与、共维持，乃以成为社会与国家民族之公物。此四层之中，最上层不可缺少，第二第三与第四之下层以为其底本，最下层之物质虽不必依赖三层之所以生，四层之所以思，而不碍其自成为物质。然每一层各有其特质，不可以上层之所有而轻下层，亦不可以下层之所有而轻上层。简言之，物质还其为物质，生物还其为生物，心灵还其为心灵，精神还其为精神。四者交相联系交相决定，初不以精神之高深，而视物质为不足重轻，亦不以物质之固定与可以确计而视精神为不可捉摸。此其为说既不背于科学家之重视自然，同时对于精神学派之重智识道德与历史，绝无贬抑之词。此乃合宇宙之大全，以为学术研究之对象，同时为人生观树立一种综合方向。此可谓合于吾国学问德性双管齐下或曰理气并重之观点，而垂世久远者矣。

三、致知之心

人之所以知外物，赖乎有心。心为知之管钥，尽人能言之矣。其在吾国，自战国以来，早已知心之能知，一方由于官觉，他方由于心思，二者相合而成。孟子曰："口之于味也，有同嗜焉。耳之于声也，有同听焉。目之于色也，有同美焉。至于心独无所同然乎？心之所同然者，何也，谓理也义也。"口目耳鼻所尝所见所闻所臭者为官觉之知，义理者思中之知。孟子此段，似乎口目耳鼻之所司者为味、色、美等，而以理义属之于心。然官觉与心官之思之不可分离，以荀子之言证之足矣。《荀子·正名篇》曰：

> 形体色理以目异，声音清浊调竽奇声以耳异，甘苦咸淡辛酸奇味以口异，香臭芬郁腥臊洒酸奇臭以鼻异，疾痒沧热滑铍轻重以形体异，说故喜怒哀乐爱恶欲以心异。心有征知，征知，则缘耳而知声可也，缘目而知形可也，然而征知必将待天官之当簿其类而后可也。五官簿之而不知，心征之而无说，则人莫不然，谓之不知，此所缘而以同异也。

荀子言中，最可注意，五官各有所司，目之所司为形为色，耳之所司为声之清浊节调，口之所司为味之甘苦辛酸，体之所司为疾痛与其所接触者。此五官各有所司，然其上更有复查或综合调查之心，以验其合与不合，名之曰征知。如此言之，先有官觉以分别形色声音甜酸苦辣与体之刚柔软硬，然后再由心施以最后调查，以验五官簿籍中之所记者是否相合，与五官之所记与心是否相符，则官觉与心之不可离，孟荀已见及之矣。

孟荀两家之逻辑理论，亦有可得而言者。孔子所谓正名，君君臣臣父父子子云者，实即同于西方所谓定义，或曰界说。人类之中，分为小类，为君臣父子。君应履行君之特点曰治国爱民，臣应履行臣之特点曰忠君尽职。治国爱民乃君之所以异于他职，忠君尽职乃臣之所以异于他职，此在西方名曰特异。每一小类如君如臣，加上特异，乃西方所谓界说。此我所以谓正名与界说之相吻合也。但就孟子言之，其书中论逻辑要素有二，一曰类，二曰心之所同然，孟子书中极重类字，如曰麒麟之于走兽，是兽类也。凤凰之于飞鸟，是鸟类也。泰山之于丘垤，是山类也。河海之于行潦，是河流类也。又曰“凡同类者，举相似也，何独至于人而疑之，圣人与我同类者。故龙子曰：不知足而为屦，我知其不为蒉也。屦之相似，天下之足同也。”此段之中，提出三类：尧舜与一切人，有贤愚之分，然其为人一也，是为第一类。足即俗语之脚，屦为脚之所穿，制屦者按足之性为之，乃成为鞋，是为第二类。蒉为提篮，可以置物而便于携动者，是为第三类。孟子一书论类字之详如此，正与西方逻辑中论分类一章相同者也。其二曰心之所同然，即甲之所是，乙亦是之之谓。孟子但提出义理二字，昔日注解者释之为道德仁义。然在今日可以推广言之，如曰此为黑此为白，此为事物之理。甲是甲，乙是乙，此为逻辑之理。物各有类，此为科学之理。不诚无物，此为道德或形上学之理。孟子以“心之同然”四字为扼要之说明，其不至乎心之所同然，则不名之曰理。在今日言之，亦曰知识应有人心中共同之根据，是为逻辑，是为自然律，是为道德之所同认者，此亦无背于孟子之原义者矣。

荀子之注重类与孟子同。其言曰：“凡同类同情者，其天官之意物也同。”释之者曰：天下之马，虽白黑大小不同，天官意想其同类，所以共其省约之名，此与今日逻辑之所谓类，在求其特点之同者，其义一也。

> 知异实者之异名也，故使异实者莫不异名也，不可乱也。

万物之同者异者，各归之于一类，则事物各有所属，所以指而名之者，自然便易，且亦便于分别论列矣。

> 万物虽众，有时而欲遍举之，故谓之物。物也者，大共名也。推而共之，至于无共而止。有时而欲偏举(原文为遍字，按之文义，应改为偏字)之，故谓之鸟兽。鸟兽也者，别(别上去大字)名也，推而别之，……至于无别而止。

荀子此段，正与西方逻辑学中之“扑飞利氏树”相同。由物质一名，下至于人类一名，分为四级，第一级为有形体与无形体，第二级为有形体之物中分为活物死物，第三级为有感觉与无感觉，即动物与其他不受感之物，第四级为有理性者，是为人。依荀子之名词言之，以物为大共名，其不具形体者，则不在物字涵义之内，是为无共而止矣。降而下之，按其类而各有所别，人以理性为特点，他物无与共之者，是为无别而止，即为人之特异点，他物无有共之者矣。

吾举孟荀两家之言，所以见东西思想之相同。兹更引英国感觉主义者与大陆理性主义者之言比较之。英国感觉主义者以为知识由于五官之印象而来，彼等非不知人心之职为思考为内省，然以为思考与内省之材料，最后由于五官之感觉而来，故其所侧重为感觉，因而感觉主义之称，本与所说内容不甚相符，然已成为共通之名称，亦沿而用之。

陆克氏于其《人知论文》之言曰：

> 官觉许各种观念随之而来，以之贮于空柜中，心与之相习而熟，且入于记忆之中，而畀之以名称。……于是心乃有观念有语言有思辨之材料。材料愈多，思辨之运用尤多，则理性之用因之而益显。
>
> 吾人可以心为白纸，纸上无字无观念，何由而有内容？何由而此贮藏室中，涂上万有不同之形状彩色？何由而有此理性中智识中之材料？我可以一字答之，曰经验。一切智识由经验来，智识之最后来源，经验也。由于观察，乃得思辨中之一切材料。

陆氏此段之文，询之荀子之有“缘耳知声缘目知形”之言者，其击节叹赏也无疑。荀子虽有“心居中虚以治五官”之言，然其

《天论篇》中有错人思天则失物情之言，其侧重于物之形体，可于言外见之。荀子乃吾国经验主义之代表者也。

理性主义者为笛卡儿氏与斯宾挪沙氏。笛氏于其“心之方向之规则”文中举吾人求智识而不至陷于虚妄者有二法：一曰直觉，二曰演绎。所谓直觉者如三角之由三线而成，圆形乃由平面之一线环绕而成，此皆可以一览而知，不必有所怀疑者。所谓演绎者乃由已定之若干事若干原则，推论其有必然而不可易者。常人以为一切智识仅有盖然性，然不知除此盖然者之外，其必然而不可易之智识不少，皆由直觉与演绎中来也。

笛氏之同调，为斯宾挪沙氏。其所著《伦理学》一书，即本于《几何原本》之演绎方法以成之者。其所著《人智之改进》一文中有言曰：

> 人之理智之本身之力，造成种种理智工具，由此理智工具，更生种种理智之新运用或研究之推动力，更逐步前进，以达于智慧之高层。

斯氏所谓理智本身之力，以简单明了之词表达之，即所谓内生观念。如曰有果必有因。吾人非能将宇宙事物一概置之于五官感觉与经验之下，然吾人坚信有果必有因之原则，此由内生观念中来也。因此之故，甲派信先天，乙派重后天，甲重在内之心，乙重在外之事，甲派重理性，乙派重经验。此两派之对立，自十七世纪之中，迄于今日，已垂三百年之久，可以见其是非之不易论定矣。

以上欧西两派哲学，至仍犹在争执之中。然我以为与其附和一派，而移其争执于东方，不如明白承认两派主张各有其短长得失之处。理性派之长在于承认理知自身之能力与先天命题之具有确实性，此按之数学、逻辑与道德学可以证实之者也。以云感觉主义或经验主义之长在乎自然科学之成绩，无论理性派之主张如何正确，然在其需要真凭实据之际，必以官觉界之见闻为最后判断者。如是吾人承孟荀传统之后，更兼收并蓄西方两派学说，不必借甲以排乙，或借乙以排甲。吾之所深信不疑，此非调停两可之论，实见两派之各有所长，不如合其长而参互错综之，或者可以引而至于一条新路。证之既往欧洲科学之发展，可以了然矣。试问克泊雷氏曾将火星之轨道每一位置，逐一查考，乃发现火星轨道为椭圆。后之继起者，知不独火星之轨道如是，乃有其他各行星无不如是之论，此非官觉中之所见，而理论之推演为之也。及牛顿氏起，将克氏之假设推广于一切天体与寻常习见之物，其所以统一之者，名曰万有引力，此亦原则之推广，而非官觉之所见也。爱因斯坦氏更推而广之，由力学以及于电学与光学。此亦公理之推广，非关于一事一物之官觉也。更进而言之，爱氏去牛顿之绝对时空说，而代之以时空合一说。此亦思想之结构，与官觉无涉者也。吾人于相对论之发明，虽认爱氏运思之巧，然亦不忘经验派之重要，如水星行近太阳处之光之弯曲，必待日食时之照相以证明之，可知即有爱氏理论，犹且待官觉为之证实。可以见经验派之不可少，与理性派相依为用者矣。且广泛言之，一切学术不离数学与逻辑，凡有可以作结论之处，皆理性为之，而非官觉为之，凡有证据可以指出者，皆出于官觉，而理性无能为役也。此我所以认为两派应两利俱存者也。或者难曰：吾国有孟荀学说，从未能出一牛顿氏或爱因斯坦氏，即令今日起孟荀于地下，又有何用。我可以答曰：亚里斯多德昔受培根氏排斥，近年又因误数妇人口中牙齿之数，为罗素氏所非笑，然无碍于亚氏之为欧人所尊敬也。孟荀两家所言，按之今日西方学说，初无舛驰之处。吾国人何以抱一种自卑感，而视先哲之言为一文不值欲尽弃之以为快乎？此我望国人之反省也。

以上两派，虽吾人认为可以并行不背，然问题尚未解决，何也。吾国哲学界有两派意见不同。朱晦庵曰即物穷理，言理存乎事物是也。王阳明曰心即理，言理存乎心也。以阳明为是，但有理性主义一派已足，不必再有官觉主义求理于外物之主张矣。如以朱子之言为是，则求理于事，舍官觉主义其奚依哉。兹录两氏之言，再进而论之。朱子《大学补传》之言曰：

> 所谓致知在格物者，言欲致吾之知，在即物而穷其理也。盖人心之灵，莫不有知，而天下之物，莫不有理，唯于理有未穷，故其知有不尽也。是以大学始教，必使学者，即凡天下之物，莫不因其已知之理，而益穷之，以求至乎其极。至于用力之久，而一旦豁然贯通焉。则众物之表里精粗无不到，而吾心之全体大用无不明矣，此谓物格，此谓知之至也。

既曰格物，则由物之形体声色，进而至于物之理则，无一不应在研究之列。其不能不赖耳目五官之用明矣。是朱子学说中含有官觉主义为方法之意也。

阳明之言曰：

> 夫物理不外吾心，外吾心而求物理。无物理矣。遗物理而求吾心，吾心又何物耶。心之体，性也，性即理也。故有孝亲之心，即有孝亲之理，无孝亲之心，即无孝亲之理矣。有忠君之心，即有忠君之理，无忠君之心，即无忠君之理矣。理岂外于吾心耶。
>
> 晦庵谓“人之所以为学者，心与理而已”。心虽主乎一身，而实管乎天下之理，理虽散乎万物，而实不外乎一人之心。是其一分一合之间，而未免已启学者心理为二之弊。
>
> 夫万事万物之理，不外乎吾心，而必曰穷天下之理，是殆以吾心之良知为未足，而必外求于天下之广，以裨补增益之，是犹析心与理为二也。
>
> 夫良知之于节目事变，犹规矩尺度之于方圆长短也。……毫厘千里之谬，不于吾良知一念之微而察之，亦将何以用其学乎。是不以规矩，而欲定天下之方圆，不以尺度而欲画天下之长短，吾见其乖张谬戾，日劳而无成也已。

阳明所谓理，指忠孝慈爱之道德言之，是可求之于一心，无疑义矣。更以心为规矩尺度，自可视之为标准之唯一者矣。自字面言之，似乎阳明已驳倒朱子矣。然吾人举自然界之一二端，便可知阳明之说不能用之于一切事物之理。试问天文地质之理，可求之一心否乎？一人身体之疾病，可求之一心否乎？各种植物之生长之交配可以求之一心否乎？处此自然科学发达之日，应坦白承认自然界或物理界之知，唯有求之外界，不可求之一心。以云道德之知，在英国新唯实主义盛行之今日，亦有发为善恶之辨由直觉中认识之主张，此可以为阳明良知学说张目者矣。此物理之知与善恶之知二者，吾国昔时亦尝分之为闻见之知与德性之知之二类。知既有二类，则正与前文论世界外在与心之认识为二事者，相为表里者矣。在外之物理，以朱子之说应之，在内之德性，以阳明之说应之。此亦两说之可以并存者矣。况乎阳明氏重直觉之善，可求于一觉而得之，以云善之条目，当继之以思考，此为朱子之着眼点。如是就道德之理言之，已有本源与节目之不同，其所以达到之法，自不能出于一途。况乎除道德之理以外，更有外物之理，其所以致知之法，更非一途之所能解决，尤易见矣。与其因方法之一元而陷于过失，何如任其为二，各择其一法以处理之能各当其所乎。此朱王学说之听其为二，不必强以一是一非为之判决，亦非折衷调停之说，吾国哲学史与西方哲学史上之经过，均可为我作证者也。

以上为认识论中所以处理“心”之方法如是。至于本体论中，心与物为一为二乎？本体一乎多乎？俟下文论之。

四、结　论

五四以来，国中两大口号，一曰整理国故，二曰科学与民主。所谓整理国故，指历史文字语言材料言之，是否孔孟以来与宋明儒家哲学思想，视为废物而弃置之乎？其所求于两方者，曰科学与民主，则西方哲学上自柏拉图、亚里斯多德下至培根、陆克、休谟与夫笛卡儿、康德等置之不闻不问乎？窃以为就科学言之，或就科学方法言之，所应遵而行之者为演绎为归纳，为先天为后天，为直觉为官觉，为关系之内在为关系之外在，为事物之按质分类为数学逻辑关系。此皆哲学上应讨论之问题，非科学或科学方法云云者所能尽也。今后为促进科学与民主计，不能不溯而上之以达于哲学。稍加思索者，可以共见者也。孔孟以至宋明之哲学思想，何者应保存而加以刷新者乎？何者为西方哲学思想中之应采取，而与吾国所固有可以贯通者乎？此非吾国人于变法维新、共和建设、文学革命之后，所当起而直追者乎？昔日本维新之际，尝议论东西文化之短长，二者是否相容。其时有佐久间象山氏治阳明学，以直截了当之言解决之曰：儒家所言为道德，西方之长在技术，二者两不相妨。日本对于此项问题，即此了结。然吾国有中学为体西学为用之争，迄于“五四”，扩大而为“打倒孔家店”之标语。今儒家思想与西方科学是否相容，尚在相持不下之中。或者就中日两方比较上言之，吾国人分析之精密，有异乎日本人之思想方法者，因而此问题不易解决。然则就儒家哲学与西方哲学审查之比较之，以求更进一步之融会贯通，非今日吾国学者所不容诿卸之责任乎？

窃以为论东西哲学之短长，应以文化基础上之需要为出发点，而不以一己所好甲派或乙派之言为出发点。如曰英国之官觉主义，法国之百科全书学派，美国之实践主义，此为一派一先生之言，即令引进其说，未必能于其建立文化之永久基础有何益处。然其优点所在，如经验主义之考查事实，实用主义之注重应用，如柏格森氏主张以直觉把握实在，然于一国之知识道德上可以适用，自亦不容掩没。乃至现时流行之生觉主义，能为西方信仰耶教者所服膺，尊德性道问学者参考之资。至如英国新唯实主义与吾国“万物之有”自有相吻合之处，且可以免今后认识论之争执。然所谓世界，非仅目击耳闻之一层，而另有其他三层在，其所以识知之者，不离乎心，而心之识知，以逻辑与数学为根本，舍逻辑与数学，则思辨是非标准难以成立，安有言认识而可忘“心”者乎？然其或为理性派或为经验派，或为演绎派或为归纳派，此属于过去之争，今则不如明认各派之应同时并存可也。此数者或用其一或用其二，视问题性质决之，而不必预为拟定。如道德上之是非，有可以直觉或依孟子良知方法得之者，有应以理智为其辅佐者。在今日之英伦，且有人坚持善由直觉决定说者。吾国人何必以良知为千万年之旧说而怀疑之乎？至于精神业力成就，为一国之制度文章，吾国人昔年过于重视文字制度，而忘其精神意义所在。我乃特别唤起国人注意于外壳与精神之分。我于吾国传统学说，初无一毫曲解或穿凿附会之意。孟荀学说之或重思或五官当簿，或性善性恶，皆有文字之可指，以资辨别。朱子与阳明之一主理智一主直觉，直截了当无可曲解。其所征引之西方学说之可以相通者，可按西方各家原著与各种哲学史互相对照，如黑白之皎然分明，非可以意颠倒。有者谓之为有，无者谓之为无，如是者谓之如是，如彼者谓之如彼。语曰吾爱吾师，吾尤爱真理。非主观客观两面俱到而可认为正确者，决不作强辞夺理之比附矣。吾之所以权衡中西思想者如是，若有人来问：我自身哲学能否自成一个系统乎？我可以答之曰有，是为唯实的唯心主义。我之系统中，以万物之有为前提，而其论心之所以认识与文物之所以建立，则以心之综合与精神之运行为归宿。此我三四十年之心思积聚，而不敢自以为是者也。

或者曰如子所为，殆不免于杂糅或折衷或调停两可矣。我自问是否犯此病，如我但糅合二三派而依违其间，成为折衷派之一人。然我知我之思想自有一根骨干，而以唯心论为本，兼采唯实论之长。我之骨干，不因他派之长之采择而动摇，反因他家之长而不至走入一偏。我不敢借先哲之名为自己护符。然前人之融会贯通，自有为吾人所当取法者。朱子晦翁集宋代儒家思想之大成者也。关于宇宙创造之太极图说，非采自周濂溪乎？其“涵养须用敬，进学在致知”，非采自二程乎？其本然之性与气质之性之分，非采自张横渠乎？其看喜怒哀乐未发时气象之说，非学自李延平乎？朱子集各家之言，而内断之于一心。其学说之层次，详见于《近思录》，非依门傍户，而自有一贯之主张在矣。德国大哲康德氏，一切知识起于经验之言，非采自陆克、休谟者乎？其注重道德，非受卢骚一书之影响乎？其自然界知识应以数学为本，非采自牛顿者乎？其纯理范围内之宗教论，非本之于英人托兰者乎？此为康氏所依所据，然其《纯粹理性批导》与《实行理性批导》之独出心撰，为世所同认者矣。可知学者之立言，不患采取他家成说，要其能自成一个体系而具有周遍性，乃成为一种宇宙观或人生观，不陷于偏激与一偏，此则可贵者也。《庄子·天下篇》之言曰：

> 天下大乱，圣贤不明，道德不一。天下多得一察焉以自好，譬如耳目鼻口，皆有所明，不能相通，犹百家众技也，皆有所长，时有所用，虽然不该不遍，一曲之士也。判天地之美，析万物之理，察古人之全。寡能备于天地之美，称神明之容。是故内圣外王之道，暗而不明，郁而不发。天下之人，各为其所欲焉，以自为方。悲夫百家往而不返，必不合矣。后世之学者，不幸不见天地之纯，古人之大体，道术将为天下裂。

《荀子·解蔽篇》戒人不可拘守一隅，与庄子之意正同。其言曰：

凡人之患，蔽于一曲，而暗于大理。治则复经（经常之意），两疑则惑矣。天下无二道，圣人无两心，今诸侯异政，百家异说，则必或是或非，或治或乱，乱国之君，乱家之人，此其诚心，莫不求正而以自为也。妒缪于道，而人诱其所迨也（迨，近也），私其所积，唯恐闻其恶也。倚其所私以观异术，唯恐闻其美也。……岂不蔽于一曲而失正求也哉。

荀子论墨道名法各家之蔽，乃为之结论曰：

此数具者，皆道之一隅也。夫道者，体常而尽变，一隅不足以举之。曲知之人，观于道之一隅，而未之能识也，故以为足而饰之。内以自乱，外以惑人，上以蔽下，下以蔽上，此蔽塞之祸也。

荀子评墨道名法之各有所蔽，独推尊孔子曰：

孔子仁知且不蔽，故学乱（即治字）术足以为先王者也。一家得周道，举而用之，不蔽于成积也。

以上庄子荀子之言，足以证吾古人戒一曲之见而以求达乎道之全体为祈向。抑岂独吾之先哲如是，柏拉图氏亦有言曰：

所谓哲学家其人，非徒爱知识之一部分，而爱知识之全体者也。

然知识之全岂易言哉。本《大学》日新又新之铭，《中庸》学问思辨之工，融会中西学术之通，以奠定思想上可大可久之基础，非吾人之责而谁责乎。

金山六月廿五日

原载香港《人生》二三二期

儒家伦理学之复兴

一、绪　论

吾国思想界之大变动，自中外交通以还言之，莫有过于道德意识之摇撼。昔年闭关自守，抱孔孟学说与纲常名教以为维持秩序之计者，自门户大开以降，思想方面与事实方面所以激荡吾人之闻见与心灵者，则东西政治社会制度之悬殊是也。

吾国数千年之政体为君主专制，而近代西方则为民主为宪政。社会上吾国为男尊女卑与一夫兼有妻妾，而近代西方则为男女平等为一夫一妻为妇女参政，近年更有苏俄之无产阶级专政，并西方平日所信守之制而推翻之。国人因此心中起种种疑讶而有“戊戌”、“辛亥”、“五四”等等改造运动。此形成吾方道德意识之动摇者一也。西方所以明告吾人者，又宁止此百数十年之所耳闻目击，更有其根据进化论中数千年之人类发展史，曰生番时代，曰渔牧部落，曰农业部落，而此农业生活一期中，分酋长、封建、君主、民主各阶段，其关于男女之际者，有杂交、群婚与夫一夫多妻或一妻多夫各不相同之制；其属于阶级高下者，有封建时代之贵族与奴隶，商工业革命后之第三阶级，与今日之工人阶级。其所穷溯之年代尤长，则制度之奇突亦尤甚。而吾国先圣先贤所昭示之名教，若不足视为典章以系人心志。此形成吾方道德意识之动摇者二也。至于思想学说方面,近代西方哲学家,重视知识,驾道德而上之,予人以知重德轻之印象。伦理学中英美功利主义盛昌,将道德之善恶是非,解释为去苦就乐之效果。换词言之,善恶是非之准则去,而以苦乐之效果代之。其他各派趋于极端者,有唯物辩证法之否定道德论,有逻辑实证派之视道德论断同于感情叹赏之辞。此形成吾方道德意识之动摇者三也。此三点,就吾一国言之,酿成史所罕见之惨局。在欧美言之,亦何尝不为历史上之大旋转点。然倘谓从此道德观念可以否定,或曰道德观念之不存在,则大误矣。

就人类进化史与政治制度变迁言之,远在"戊戌"之际,谭嗣同早有冲决网罗之说。及"五四"以后,胡适之陈独秀倡"打倒孔家店",郭沫若举商代以前杂交与群婚,以反证所谓纲常之不足凭。其时青年为文,斥父母生男育女出于一时之情欲。甚有改昔日联语曰万恶孝为首,百善淫为先者。此种种形于文字之间者,无非告人以数千年来纲常名教之不足信守,应起而推翻之而已。然吾人试细读西方主持进化论者之言,以为政治制度之由部落而封建而专制而民主,男女关系由杂交群婚而进于一夫多妻或一夫一妻,乃至社会中由贵族奴隶之分而进于第三第四阶级与夫人人平等,其间自有向上向善征象,曰人格尊严,曰理智发展,曰善之实现。岂若吾国耳食者流,肆无忌惮,视道德若无物者哉。

人类因千万年之进化,乃有智能,乃知所以分彼此、辨善恶,乃有所谓恻隐辞让羞恶是非之心。人处人群中,彼此相接相触,有对人对物对事之关系,有言语以达意,有文字书之书册,有典章法令以为范围约束。其始成也,视为新奇,勉于共守。及乎垂日既久，认为一成不易，于是心灵之体验停顿，仅视为具文而守之。更有食古不化者，死守古人之一字一句，称为“天不变道亦不变”之真理，将心思之与时消息之功能一齐放下，但以为墨守成规蹈习故常为可以解决人生问题。清代中叶之变宋明理学为“五种遗规”，即吾国思想史停滞之明证，而吃人礼教之反抗运动所由以起也。

吾以为此项礼教反抗运动，视之等于欧洲宗教革命或排斥亚历斯大德哲学之起于昔日信仰或学说成旧不足应变，自可持之有故。倘以为道德准则或道德意识可以视同无物，则不独大背乎西方进化论之主张，并将人类或国家陷入于不拔之深渊，而无可挽救矣。

人与人之相处，或为父子，或为兄弟，或为夫妇，或为朋友；或为社会中四民之分工合作与互市交易。试问能不相亲相爱而成为家乎，能不言而有信以成为朋友乎，能不辨是非善恶而知所当为与不当为乎，能不奉公守法以成政府以成国家乎？此即仁义礼智与忠诚之性，天所赋予而人所同具者也。其在欧美，政体由君主易而为民主，而敬上奉公之忠自若焉。夫妇限于一夫一妻，而彼此爱敬之情自若焉。其为个人者各有自由发展之途，特重于诚实不欺。其为公民者，已受法律之保障，然亦尤能爱护公物爱护国家与地方团体。此即一己之所以修，一家之所以齐，一国之所以治，而道德意识之不可须臾离也。

吾国先圣先贤有见于此，特注重道德以为立国大本，其所发挥光大者，或同于西欧，而可以互相辉映。或异于欧洲，而有其独到之处，此在今日，应加以反省体会者也。尼采氏尝云准值重行估定，殆爱护吾国文化者所同然者乎？

二、宇宙中之人

人处于宇宙间，其为个人之形体、生命与性灵，渺小已极，如一粟之于太仓。然此一人之形体，生命与性灵，实以全宇宙为来源为背景。犹之粒米之稻，可以选种，可以植根，因土地肥瘠，雨露阳光照耀润泽，乃构成年岁之丰歉，而决定此粒米之形态。依此类推，人生云云，何能限之于一人身心之形体知觉，而不求之于宇宙之大环境哉。

《易经·乾卦》之彖曰："大哉乾元，万物资始，乃统天，云行雨施，品物流形……乾道变化，各正性命，保合太和乃利贞，首出庶物，万国咸宁。"系辞曰："天尊地卑，乾坤定矣，卑高以陈，贵贱位矣，动静有常，刚柔断矣，方以类聚，物以群分，吉凶生矣，在天成象，在地成形，变化见矣，是故刚柔相摩，八卦相荡，鼓之以雷霆，润之以风雨，日月运行，一寒一暑，乾道成男，坤道成女，乾知大始，坤作成物。"古人追溯于宇宙创造之始，因刚柔动静之迭代，日月寒暑之运行，风云雷雨之鼓荡，而求物类人类之所以生所以长。此物类此人类，各具其性，各有其宜，以构成种种之善。《系辞下篇》曰"天地之大德曰生，圣人之大宝曰位。何以守位，曰仁。何以聚人，曰财。理财正辞，禁民为非，曰义"。此言乎既有土有人以后，需财物以资生养，而是非善恶之道义随之俱至。物各有类，各有其宜，人各有其地位；或为父或为子，或为男或为女，或为夫或为妻，或为君或为臣，或居高或居卑，由此种种之位与宜中，自有其善恶是非之分辨在矣。乾卦文言解释元亨利贞曰善曰嘉曰利曰干，而下文继之以利物干事云云，尤足以见古代论道德之不离乎人生，不离乎物质环境。宇宙之中有物质有禽兽有人，乃有渔牧农矿之富，有耕织贸迁之业，乃有法律政治等治人之具。所谓生所谓财所谓实所谓位，即指此数者言之，而元亨利贞与仁义之德性随之俱来。盖自有生之始，人自为物种之一，其爱类与怀生畏死之情，为物类之所同。其分别彼此同异善恶之知，则为人之所独。此则法哲柏格森氏所以有道德二源之说，其一曰本能，其二曰理智，殆与《易经》溯之于生生之始与其与生俱来之仁义，有相似处，而可以参照者矣。

三、儒家伦理之出发点

言乎道德意识之来源，可溯之于有生之初而求之于本能，以云善恶是非之准绳，出于人义理之心，或称为良知良能，或名之曰穷理致知，其间得失，容俟后论。而伦理学之所以为学之基本概念，曰善曰己曰性曰心者，不可不先明其义之所在。

我在解释此数者之先，略言东西伦理学异同之故。吾国孔孟之教，与古代希腊柏拉图与亚历斯大德二氏所云德性在致知之中者，初不相远。柏氏对话论克制，友谊，勇气，公道各篇，《共和国》之斥强权，昌公道与夫治国者之应为哲人，尤合于吾国内圣外王之古训。此时希腊哲学，虽以定义、概念辩证为出发点，然于德性，初不忽视。唯耶稣教兴，而有中世纪之教会，专就人与上帝之调和立论，视哲学伦理为神学之侍婢而已。逮于近代，科学新知层见叠出，知识效力为哲学家所重视，乃有认识论成为专科之学，且为哲学重心所在。更因知识之性质，就其在逻辑与心理上构成之过程分解宰割之，有谓官觉为知之唯一来源者，有谓心为一张白纸说者。人之所以为己为心为性者，经支解之后，认为仅有其名而实无其物。不啻将人之所以为人之壁垒粉碎之摧毁之，从何而有道德意识可言者哉？哲学伦理方面尚有所谓功利主义派，解释道德同于去苦就乐之计算，或政治上社会上之福利工作。质实言之，近代欧洲之重知轻德，名为沿袭希腊哲人理性之旧贯，实与希腊人之崇尚意典并由思辨以返于德性者相去远矣。

吾人既明东西哲学在古代与近代发展所以异同之故，乃可进而论道德哲学之基本概念，一曰善，二曰己，三曰性，四曰心。

一曰善

人之为人，不离血肉，不离物质，然善恶是非之所以分，视其意识中之动机如何。孟子于孺子入井中，先举怵惕恻隐，其于纳交父母，要誉乡党，视为动机之不正者而以非字斥之。此由于道德之善，以心意之大公至正为主，与世间之金银，财宝，器物，利禄名位与利便法门，迥乎各别者也。世之乐善好施者未尝不收济人之效，制物成器者未尝不能利用厚生，爵人于朝者非不能奔走聪明才智之士，然与道德之善之出于人对人之善意者不可相提并论。道德之所谓仁，出于爱类与立人达人之念，而不参以为己之私。所谓义，出于理之当然，不顾艰难危险勇往以赴之。其所谓礼，出于合群生活中应有之先后或取予，而不杂以虚伪矫饰。其所谓智，在于求事物之真，明辨之慎思之。可以见所谓仁义礼智虽不离人生，不超乎物质，然人之能遵守此者，必超脱物质之功而后达乎善，必舍一己之私而后达于公。此四者之所以为善，由于心意之动向定之而已。《大学》明明德一章，所以特注重正心诚意者为此也。德哲康德氏于其《道德之形上学基础》中之言曰："世间除善意之外，无一事物可以不加限制之辞而称之为善。人之理知，聪明，剖断，与夫其他才性如勇如决如坚如忍，固无一不可称之为善，然所以运用此才性者在乎意。意之不善，此等才性适足以为恶而有害于人。其他如权如富如名如一人之健康一家之幸福等等，无一不引起人之骄傲自大。唯其抱有善意者，乃能矫正此数者之病，使之共趋于善。”康氏所谓善意，与我所谓正心诚意，可谓异地同符者矣。《大学》最后一章中论善之为善，尤为深切。其言曰：“康诰曰，惟命不于常，道善则得之，不善则失之矣。楚书曰，楚国无以为宝，惟善以为宝。舅犯曰，亡人无以为宝，仁亲以为宝，泰誓曰，若有一介臣，断断兮无他技，其心休休焉，其如有容焉。人之有技，若己有之，人之彦圣，其心好之，不啻若自其口出，实能容之，以能保我子孙黎民，尚亦有利哉。人之有技，媢疾以恶之，人之彦圣而违之，俾不通，实不能容，以不能保我子孙黎民，亦曰殆哉。”所谓“惟善以为宝”者，决之于内心之有容与不媢疾，亦正心诚意之原意而已。

二曰己

一人之生，分青年中年老年各阶段，然其间有前后相系之一线，以成其为己。如曰为仁由己而由人乎哉，此言择善固执之者，有己在焉。又曰吾日三省吾身，此言每日省察所为之是非善恶者己焉。倘非有己，则省之者为谁，执守之者将又为谁，曰颜渊三月不违仁，唯其有己，以继续不断之精神出之，然后择善固执，因习惯而成自然。谢上蔡与伊川相别一年，复见，问其所进。上蔡曰但去得一矜字耳。此唯有己之中，乃知所以改过，今日克之治之，明日又克之治之，以收此去矜之效。吾国先哲之教，从未有否定所谓己者。然近代西方哲学家，陆克氏有心为白纸说，既已无心，则记忆，比较与改过迁善之功，安从而施？休谟氏倡为所谓己者，初非有此实体，不过前后观念之相续，乃易经所谓憧憧往来者而已。休氏之言如下："若干哲学家以为吾人每时每刻自觉有所谓己者，自觉其己之存在与继续，且无待于求证，而灼然知己之为完全单一易简之体。……然我尝求所谓己者，仅知有甲种或乙种之感，如或冷或热，或光或暗，或爱或恨，或苦或乐之先后继起之觉。我从未在任何时把握所谓己而不带有感觉者，观察所得，唯有感觉而已。倘我酣睡而感觉停止之际，则我不知有己，谓己不存在可焉。……所谓心所谓己者非他，乃一群前后继起之感觉而已。"休氏原著，名曰《人性论》，附以副标题，曰"以实验方法讨论道德主体之尝试。"其意在于将己加以分析，犹近代物理学家之分析原子也。德哲康德氏起，乃从认识论与道德论两方驳休氏之说。康氏谓人之所以知外界，由于心中之范畴，倘仅有一堆观念，则知识之条理何自而来。至于道德方面，所以敬天，所以视人如己，自有为之主宰者。倘己不存则知识道德二者荡然无存矣。数十年后，美国詹姆斯氏自称经验主义者与休谟氏同。然其名著《心理学》取休谟氏所否定之己而恢复之，列各种之己，曰物理的己，曰社会的己，曰精神的己。此可以见常识所共认之己，因效科学方法之发生，乃取而粉碎之。然西方学者中尚有不肯附和其说者，则吾国人可不明辨而知所以取舍乎。

三曰人性

同为人类，生有父母，群居有社会。因父母子女而有爱类之情（仁），因社会而识人之各有所事，各有其所当为（义），因男女而知彼此之相悦有别，因外物而辨其为彼此黑白先后与其他种种名称（礼）。如此言之，不谓仁义礼智之性不与生俱生得乎？反而言之，孩提之童，因玩物而争夺，因声色而求先睹，因争父母之爱而相妒。此争夺残贼之性，自亦与生以俱来，无可疑者也。盖人与万物同生于天地之间，木石花草各有其性，禽兽各有其性，岂有人而不具与生俱来之性者乎？人不独有其固有之性，更有其喜怒之情，辨物之知，与立定决心之意。其所以待物接人，知有彼此、远近、亲疏，与难易、久暂与宜不宜之分。更就其为长久远大之规划言之，则有是非之准则与道德之规范，此尤为人类崇高洁净精微之美德。孟子虽主性善，然非不知富岁子弟之多赖，凶岁子弟之多暴。荀子主人之性恶，然非不知人性之可以矫正，可以化导。如此就性之与生俱来者言之，自有善恶两方。若就其高洁者言之，由克治约束以趋于中正。此视乎平日之存养，扩充，非可期之于人人者矣。

四曰心

心之为物，果有方所乎，果有形状乎，为体乎，为用乎，以思为主乎，以情为主乎，以意为主乎？此等等问题，无一不属于心之范围，然不易有确切不移之答复。就吾国习用之语以明之。“心之官则思”句中所谓心，以思为主，近于所谓性。“心血来潮”之所谓心，以一时之冲动为主，所谓情。如曰“决心如何”之心则以意为主。心之为用之广，与不易于捉摸如是。故书曰人心惟危道心惟微，危微二字所以形容心之活动之微妙与其瞬息变化。又曰“出入无时，莫知其向”，言乎心之或在或不在，自己不易觉察。然不论如何，人之知痛知痒知寒知暖知饥知饱，乃至辨彼此同异是非邪正，皆以一心为主宰。荀子曰："心者形之君也，而神明主也，出令而无受令。自禁也，自使也，自夺也，自取也，自行也，自止也。"朱子《观心说》中之言曰："心者，人之所以主乎身者，一而不二者也，为主而不为客者也，命物而不命于物者也。"荀子朱子两家所以形容心之自为主宰，至矣尽矣。然与孟子所谓操存舍亡，与牛山之木一章中所谓养，各认有自主之心，同出一辙者矣。

以上四项基本出发点，有之则有伦理学，无之则无伦理学。近代西方哲学家或科学家如陆克氏休谟氏华生氏（行为主义者）与包夫罗夫[①]氏虽有驳斥其说者，然我未见其如科学发明之成为自然定例。至于善之所以为善，唯实主义者英国摩尔氏，且言其为不可分析无可界说。其义显非语言文字所能说明与辨析，则其为精神上崇高境界，有待于人心之体验而力行而实现，亦可因之以明。以上四点，虽若干年来先圣之言，然吾人岂可视为陈言而废弃之乎？

四、儒家伦理学之特点

孔孟以来，所以提撕警觉人心者，有一大原则，曰以善恶义利是非之辨，直接诉诸各人之良心，使其知所以身体而力行之是矣。此一大原则，可以分析言之。第一，《孟子·公孙丑卷上》之言曰："无恻隐之心，非人也。无羞恶之心，非人也。无辞让之心，非人也。无是非之心，非人也。"又曰："人之有是四端也，犹其有四体也。"《告子章》中，又稍变其词句曰："恻隐之心人皆有

① 包夫罗夫：今译巴甫洛夫。其注见前。

之，羞恶之心人皆有之，恭敬之心人皆有之，是非之心人皆有之。恻隐之心，仁也，羞恶之心，义也，恭敬之心，礼也，是非之心，智也。仁义礼智，非由外铄我也，我固有之也。”前后两章中，一以否定方式谓不具此四者则不成为人。一以肯定方式，言此四者为人所固有。孔子于论语中有志于道，据于德，依于仁。或曰尊德性，道问学。孔孟视德性为人所固有，一也。第二，唯人之有此四端，乃能以善恶义利是非之辨，直接诉诸各人之良心。如孔子曰行“己”有耻，曰毋友不如“己”者，曰克“己”复礼，曰古者言之不出，耻“躬”之不逮。如曰德不修，学不讲，闻义不能徙，不善不能改，是“吾”忧也。孟子曰：“由君子观之，则人之所以求富贵利达者，其妻妾不羞也而不相泣者几希矣。”曰欲贵者，人之同心也，人人有贵于己者弗思耳。曰苟为不熟，不如荑稗。夫仁，亦在乎熟之而已矣。曰求则得之，舍则失之，是求有益于得也，求在我者也。求之有道，得之有命，是求无益于得也，求在外者也。以上孔孟就“己”之所当为者，直接耳提面命，闻其言或读其言者，一若暮鼓晨钟之发人深省。其与西方康德氏以人为目的之训，与边沁氏最大多数之最大幸福之言，意在求得一项自然公例以适用于多数人群者，其目的迥乎各别。第三，儒家之所以告人者，非一项公例，而在乎各人之所当为。如曰父慈子孝兄爱弟敬。如曰君使臣以礼，臣事君以忠。如曰：“吾日三省吾身，为人谋而不忠乎？与朋友交而不信乎？传不习乎？”其离父子君臣兄弟朋友师生之关系，而就一般人言之，则为忠恕之道。其答子贡一言而可以终身行之之问，曰其恕乎，己所不欲，勿施于人。《中庸》曰：“忠恕，违道不远，施诸己而不顾，亦勿施于人。君子之道四，丘未能一焉。所求乎子，以事父，未能也。所求乎臣，以事君，未能也。所求乎弟，以事兄，未能也。所求乎朋友，先施之，未能也。”此段言父慈子孝兄爱弟敬君礼臣忠云云，虽似乎一方面之单独义务，然试求其本，则出于父子君臣兄弟之人与人对待关系，故与忠恕之道，异流而归于同源。至于离开一般人相互之关系，而就一人言之者一如孟子曰：“居天下之广居，立天下之正位，行天下之大道，得志与民由之，不得志，独行其道。富贵不能淫，贫贱不能移，威武不能屈，此之谓大丈夫。”孔子曰三军可夺帅也，匹夫不可夺志也。所以勉人之昂首直立，各全其人之所以为人而已。第四，理之所当为，为道德之准绳，出于情与理之自然。日本学者称之曰本务。西方伦理学所谓道德的义务，亦同此意。然西方另有一伦理概念，名之曰善。此善字，有依严格之义解之者，如康德氏所谓善意，有依宽泛之义解之者，若有用有益有利或为人所乐者，其义中涵有善巧方便之意。因此西方学者严于是非善恶之分辨者，以为善之属于有用有益者，只可视为工具之善。至如人贵诚实，人贵自立之善之出于绝对义务者，不可与之相混，乃另以“应为”或“当为”(ought)之语代之。所以明严格之善应纯以是非为标准，不可参以利之动机。孟子曰：“一箪食，一豆羹，得之则生，弗得则死，呼尔而与之，行道之人弗受，蹴尔而与之，乞人不屑。”孔子曰：“富与贵，是人之所欲也，不以其道得之，不处也。贫与贱，是人之所恶也，不以其道得之，不去也。”如是生也死也富也贫也贵也贱也，一切先问合乎道义与否，而后辞之受之。则理之所当为，自有明显原则悬乎心目之间矣。第五，善恶义利是非之辨，为人心所能觉察。孟子称之曰不学不虑而能之良知。究竟此良知，纯为本能乎？抑有学而知之成分乎？此时暂勿深论。然心能直接辨别是非善恶，为古今儒家所一致同意。譬云人贵诚实，人应忠于职守，人应与人分工合作。此皆各人闻之知之而可以立下肯定之答案者。此即良心之直接洞见之所致也。凡此五项指人心而昭示之者，自孔孟确定大本，至今未或稍变。即推之近世宋明以来儒家言之：周程张邵为对抗佛家计，廓大人伦以至宇宙、理气、性心关系，乃至于所谓未发之中，其精微奥妙，有过人之处。然关于性善，道德本源，与心之存养，初不逾越孔孟规矩。其在理论方面，如性有义理之性，与气质之性之分，如理气二者之先后，如论性不论气为不备，论气不论性为不明之言，此皆理论演进之所致，不得以其为孔子之不道性天而弃之也。自宋迄明，更有象山先立乎其大者，阳明心即理与知行合一之主张，此亦由于鞭辟入里，而有此一针见血之言。陆王之立场，与朱子分心与理为二之观点，自然各别。然吾人不可以陆王直指本心之言为禅，更不可以为朱子但知求外之知而忘却本心。良以本心之知善恶是非，返省克治以求去非存是，为两派之所共，无彼此出入之可言也。吾国儒家之言，与康德《实践理性批导》中善意与断言命令最为相近，然康氏云“汝之行为应求其所根据之定则，经汝之意力而成为自然界之公例”。其意在乎求一项自然公例，至为显著，孟子尝云心之同然云云，亦似乎一种同归之原则。然一则求诸一心而自收同然之效，一则一人之所行期于成为自然公例。一为直接性，一为间接性。一为主观责任心，一为客观公例性。易词言之，一则责诸一己，求诸一心，一则求诸人人，求其成为自然界之公例，虽立言各异，然自有其殊途同归者在矣。

简单言之，吾国伦理学之特色：（一）善恶是非之辨存于一心。（二）所以辨之者为良心之觉察。（三）辨别是非，在乎行其所当为，而免其所不当为，乃有人心道心之分。（四）存养省察，就自己之意、情、知三方面，去其不善以存其善，而尤贵乎就动机之微处克治之。（五）视自己为负责之人，本良心以审判之，且斥责之，乃能收不迁怒不贰过之效果。（六）不独知之，又贵乎力行，故曰君子有诸己而后求诸人，无诸己而后非诸人。阳明曰知而不行，只是未知。凡此皆吾国行己立身之要道，亦即民族风气之所赖以维系也。

五、德性之合一与种类

德性之名目，除仁义礼智四者外，就《论语》一书言之，曰温良恭俭让。曰恭宽信敏惠。曰慈孝爱敬。曰直谅多闻。曰义礼逊信，曰刚毅木讷。《论语》一书中举各种德性之名，同时又论各种德性相互间之关系。如曰孝悌也者，其为仁之本欤，此言孝悌与仁之出于一源也。如曰惟仁者能好人，能恶人。仁者既能好人，又能恶人，好人出于爱，出于好善，恶人出于辨别善恶之义。此言仁与义之出于一源也。如曰仁者己欲立而立人，己欲达而达人。立己之道曰正心修身，立人之道曰齐家治国平天下。其中包涵之广如此。慈孝敬爱恭宽信敏惠与其他德性，无一不在其中可矣。因此，德性之为一乎为多乎？即各种德性可以统而为一乎，抑各自独立而不相涉者乎？吾以为德性为人类之所共，所以实现之者，出于一人发于一心。即其德性之表现，或重于泛爱之仁，或重于分别之义，或出于效力之忠，或出于践言之信。要其所向之目的，为人类之公善。则分殊之中，自有其统一之理。然人群之中，有父子夫妇君臣上下之辨，则各人在其本位上所负之义务各不相同，此德性之所以出于一而归于殊矣。

程伊川尝就德性之分合，而论仁与四者之关系曰：四德之元，犹五常之仁。偏言则一事，专言则包四者。张伯行于《近思录集解》中解伊川之言，尤为明显。其言曰：

人得天地之理以生，故在天为元亨利贞之四德，在人即为仁义礼智信之五常。而元者天地之生理也，犹仁者人心之生理也。生理不息，循环无端。是以偏而言之，则元者四德之一，仁者五常之一。若专而言之，则亨只是生理之通，利只是生理之遂，贞只是生理之藏，一元可以包之。礼者仁之节文，义者仁之裁制，智者仁之明辨，信者仁之真实，一仁可以包之。易曰大哉乾元，万物资始，乃统天。谓统乎天，则终始周流，都是一元。孟子四端之说，亦以恻隐一端，贯通乎辞让羞恶是非之端，而为之统焉。

程子将人之仁义礼智信，比之于乾之元亨利贞，二者既出于同一，宇宙自可统而为一，此乃自伦理之理论上求其统一之法而已。

德性之或一或多，其在西方哲学之希腊时代，亦有同一之讨论，兹举柏拉图对话伯罗泰哥拉司①一篇之语，以资参证。

伯氏曰我忆昔时我尝提出问题，请君为之解释。倘我记忆不错，此问题如下：智，节制，勇，公道，神圣(此五者为

① 伯罗泰哥拉司：今译普罗泰戈拉(Protagoras，约公元前490或480年—前420或410年)，古希腊哲学家，提出“人是万物的尺度”。

> 希腊哲人所常论之基本道德）五者，其为同一事之五名欤，抑每一名各自为一特殊之物，各有其本身之职，则甲之与乙丙丁等不可相混。君尝答曰（君指苏格拉底氏）此五名非指同一物，一名各为一物，此五者同为德性之各部分。然其所以相同，非如金之分为或大或小之各块，乃如同一面貌上之各部分。而彼此各不相同。
>
> 苏氏答曰：五种属性为德性之各部分，其中之智，节制，公道，神圣四者，彼此之间自属相同，唯第五项之勇，则与四者各别。此所谓以勇著名之人，往往其中有极不义，极不神圣，极不节制，极无智识之人也。

《伯罗泰哥拉司》一篇之论，归结于一切德性，可由智识教之，使之为善而去恶。简言之，为善由知，为不善由不知。世间无有既知之，而为恶者。此即西方道德教育应从智识入手之根本理论也。此种立场，不可谓为全非，《论语》六言六蔽一章，历举仁智信直勇刚诸德，而力言以学问矫正此德性之偏。可以证德性与知识之不可离。孔子曰：

> 好仁不好学，其蔽也愚。好知不好学，其蔽也荡。好信不好学，其蔽也贼。好直不好学，其蔽也绞。好勇不好学，其蔽也乱。好刚不好学，其蔽也狂。

读者试推广其义及于妇人之仁，微生之信，与夫暴虎凭河之勇，可以知德性表现于生活，自须本于经验、智识、考虑与夫权衡，而后行之而各得其当。如是言之，朱子穷理致知之说是欤，阳明良知之说非欤？应之曰皆是也。善恶是非中毫厘分寸之辨，是出于穷理致知之知，抑出于不学而知之良知，乃一极复杂问题，然两派之不能离一“知”字，一也。

六、穷理与良知

吾国理学之所以分为理学派之程朱，心学派之陆王者，非曰其正心诚意方法之各殊也，亦非曰进学涵养方法之各殊也，亦非曰一重闻见之知，一重德性之知故也。两派同趋于存心养性，同归于去人欲，存天理。其所以画然分而为二者，始于陆子之立大与知本，然其关键无过于心物二者之不相通。王阳明龙场一悟之后，发为“意之所在，便是物”之见解，于是心物为二之病去，且并身心意知，一齐打通。而“良知”之说，成其学说之最后根据。阳明哲学理论独到之处，不可因此后祖朱祖王之故，并其学说之精微而忽之也。

程伊川曰：

> 凡一物上有一理，须是穷致其理，穷理亦多端，或读书讲明义理，或论古今人物，别其是非，或应接事物而处其当，皆穷理也。

朱子亦曰，有一物即有一理，如舟只可行之于水，车只可行之于陆。一物各有一理，乃须即物而穷其理。朱子《大学章句补传》之言曰：

> 所谓致知在格物者，言欲致吾之知，在即物而穷其理

也。盖人心之灵，莫不有知。而天下之物，莫不有理。唯于理有未穷，故其知有不尽也。是以大学始教，必使学者即凡天下之物，莫不因其已知之理而益穷之，以求至乎其极。至于用力之久，而一旦豁然焉，则众物之表里精粗无不到，吾心之全体大用，无不明矣。

程朱派就事物上求理，阳明名之曰“析心于理而为二矣”。阳明所以评朱子之失，始于其格竹而无所得之经验，经龙场一夜大悟心物二者之相通，于是有天下无心外之物，亦无心外之理之言。物、理、心，三者，皆贯串于知意之中。自四十三岁以后，专以“致良知”三字为其教学之纲领。良以一念之发，良知未有不知之者。其善也，良知自知之。其不善也，良知亦自知之。则循良知之准则，去其私欲障蔽，自然归于至正之理矣。

然我以为天下之理，有关于外物者，有关于内心者。其关于内心者，自然如阳明所谓“心即理也。此心无私欲蔽，即是天理。不须外面添一分。以此纯乎天理之心，发之事父便是孝，发之事君便是忠，发之交友治民便是信与仁，只在此心去人欲，存天理上用功便是”。反是者如徐爱所问，温凊定省之类，则冬之应温，夏之应凉，与夫父母饮食之应为滋补之鸡肉为清淡之蔬菜，此皆属于物理属于智识，即程朱所谓即物穷理之工，不可少也。阳明亦云“诚孝的心便是根，许多条件便是枝叶。须先有根而后有枝叶，不是先寻了枝叶，而后种根”。根本与枝叶二者虽有别，然世界上既无无根之树，亦无无枝叶之树。则穷理与致良知，自相需为用，而不必相排。申言之，今之人将朱子学说补充阳明心理一元之论，正所以使两派益臻于尽善尽美而已。

七、明善与求真

大学之总纲曰，明德，亲民，止于至善。而其下手之法曰格物、致知。明德亲民者，所以登斯民于衽席，使其读书明理，使其饱食暖衣，使其家给人足，使其敦睦和好。是所谓善也。然善不离乎知，不离乎真。如物之有彼此远近，事之有轻重大小，乃至天文地理人事，无一不应辨别其性质与种类，而后知所以利用厚生。是所谓真也。大学首章立明德亲民之纲，又条举其目曰修身齐家治国平天下，斯为善之实现。然原善之由来，不外乎将思将知，应用于天文地理、物理人事，更进而至于正心诚意，即辨别善恶是非，以为德性之存养。此则求真之义，由物理界而推及于一人之身与心也。如明善与求真，其义虽二，而其目的则一。《中庸》论明善诚身之道曰："诚者天之道也，诚之者人之道也。诚者不勉而中，不思而得。"此诚字言乎天理之自然、自在、自足。至于人类在天地之间者，在乎择善固执，在乎学问思辨，即大学所谓格物致知之工夫也。柏拉图氏言至高之善如日光，一面其热力能生万物，他一面予人以光，使目能视。柏氏此言，乃善之最好譬喻。即诚与明，或曰善与真，二者互相关联不可离二是矣。

柏拉图氏对话中，有《菲律勃司》一篇。篇首举双方之主张。菲氏曰，凡关系于人生之快乐者为善。苏格拉底氏反对之曰：凡属于思想、知识、记忆与正论者，较快乐为胜。继而苏氏又申言之，所谓乐与苦，不离乎心之知。乐多少苦多少，必先有心而后能觉知。但以快乐为善，而忘心之知，其不得为确论，不待言矣。反之，求其但有知而无感觉者，除上帝外，殆无人能之者。则理知一端不能独自为善，亦可以见。况所谓乐者有种种，有为饮食之乐，有为狗马之乐，有男女之乐。一时所谓乐者，不转瞬间可以成为痛苦。是则乐之种类，有待于知之识别。于是苏氏之结论，为乐与知相需为用，不可缺一。然二者之调和，非可率尔为之，其中有多少之比例，有口味之合否。譬之以蜜糖与水调和，水可比之于知，糖可比之于乐。此二者比例适合，乃能成为可口之饮料。此苏氏于《菲律勃司》一篇之主张，即乐利与理知之不容偏废也。

吾人读《菲律勃司》一篇者，可以窥见希腊思想中之注重快乐，其与吾国伦理学重仁义礼智之德性者殊科。然吾人放眼观之，孟子为主仁义最力之人，其书中何尝不知园囿鸟兽之乐，何尝不知有五亩之宅之乐，何尝不知有斑白不负戴之乐？虽孟子所谓乐，乃与民同乐之乐，与希腊人之言个人快乐者不同，然儒家以乐为善中之一部分，亦即《易经》利者义之和也之义。至云以个人之乐为善，除列子有“当身之娱”之言外，儒家鲜有道之者。如是以明善为纲，以格物致和为求真之方法，乃收身修家齐国治天下平之乐，此则儒家明善求真之归宿也。

八、习行与求知

知与行，本为一种理念所以实现之两面，行而不知，是为冥行踯躅，知而不行，是为空言无实。此尽人所共知共晓矣。吾国儒家，在孔子生时，已受长沮桀溺四体不勤五谷不分之讥，意者士与农工与军人分业过度之所致欤？朱明末造，颜习斋目睹家国危亡之日，书生束手无策，乃推其所以致此之故，曰不习不行。习斋评朱子之言曰：

> 文家把许多精神费在文墨上,诚可惜矣。先生辈舍生尽死,在“思、读、讲、著”四字上做工夫,全忘却尧舜三事六府,周孔六德六行六艺,不肯去学,不肯去习,又算什么?千余年来,率天下入故纸堆中,耗尽身心气力作弱人病人无用人者,皆晦庵为之也。

朱晦庵一人是否负此吾国文弱之大病,暂不深论。然吾国人犯此文弱与不务实不好动之病,无可疑也。习斋之言,发之于明末清初,除其门人李恕谷辈之发挥外,少有转移当时风气之效。迄于清末,曾文正出入戎马之中,乃发见操作之有益于身心,而有“习劳则神钦”之箴言。谓曾氏受习斋学说之影响,可也。自吾国与西方交通,见其军人之操练,工人之技术,大学学生之游戏,与夫科学家在试验室实事求是之工夫,然后知所谓读书人之所事,不独呫哔伊唔,而别有手足勤动与实物接触之实用工作在矣。习斋又曰:

> 天地间岂有不流动之水,不着地不见泥沙不见风石之水,一动一着,仍是一物不照矣。今玩镜里花水中月,信足以娱人心目,若去镜水,则花月无有矣。即对镜水一生,徒自欺一生而已矣。若指水月以照临,取镜花以折佩,必不可得之数也。故空静之理,愈谈愈惑,空静之功,愈妙愈妄。

习斋之恶空恶静,指二氏言之,同时兼及于宋明儒者。然我以为所谓实所谓空之有用与否,视其所修所养者如何,宗教家默坐澄心,哲学家冥心孤往,以求其思想体系,乃至科学家如爱因斯坦氏执一纸一笔静坐斗室之中，岂能以此辈之空之虚，而谓为无用？良以学术有关于高深之理论，每出于一人静中之思索，如哲学，如宇宙论，如逻辑数理等属之。有关于分科之学可以试验者，如心理生物物理化学等属之。更有在农场上种植工厂中制造之者，其为实为虚，视其所研究者之性质。然实用之有赖于默索，有赖于空虚，为学者所同认。质言之，实与虚乃不可相离者也。

唯全国读书人倘尽趋文字书本之学，而忘手足之勤动，实物之接触，则其为学术界之大害，可以近百年来东西文化交通后证之。孔子曰吾少也贱，故多能于鄙事。以孔子之大圣而习于料量之平六畜之蕃息，可以见手足之勤劳，无碍于身心性命之学。清初之张杨园，亦以躬耕为务。其言曰："学者舍稼穑外，别无治生之道。能稼穑，则无求于人，而廉耻立。知稼穑之难，则不敢妄取于人，而礼让兴。"窃以为习斋与杨园处亡国之后，大悔读书人纸笔之学之无用，而告以勤劳操作，岂有在今日大陆上天翻地覆之余，而尚不思所以矫正"四体不勤五谷不分"之病者欤？

九、伦理之变与不变

吾人处廿世纪之今日，而论道德问题，其第一事应答复者，曰伦理之变与不变。自人类有史以来，赖乎宗教，社会风俗，与夫政治制度，乃成为安定之社会。其间似有一种伦理关系，行之千百年而不变者。近代学者对于社会组织，开始研究后，觉所谓伦理者，随社会之变而变。举其显者言之，如昔日君主政体下，有天无二日民无二王之忠。近代民主政体既成，人民主权，各人有各人基本权利之信条，随之而起。古代大家庭制度之下，有所谓百行孝为先，或以百忍为五代同堂之美德。昔日以妇人从一而终为美德，至近代则离婚为习见之事。因此社会制度之变，乃觉昔日视伦理具有天不变道亦不变之性质者，为不可信。因而对于伦理抱怀疑或否定论者，大有人在矣。

吾人试平心静气以观之，所谓社会组织，如政制由部落而封建而君主而民主，家庭由祖父孙之同堂而成为一夫一妻之小家庭，乃至男女婚姻男女离合之自由，其日在变迁之中，诚无可疑矣。然人类之良知，人类善恶是非之准绳，乃至个人良心上所以为然或所以为不然之判断，是否并此而丧失。此则吾人唯有以一否字答之而已。

同此人类，同此心理，同此善恶是非之准绳，因其生活环境之改造，所以表现其德性之方式，因时因地而不同。然其合乎人之所以为人之道，自古至今，终始一贯者矣。何以言之，昔日封建时代或君主时代以忠于其主为务，民主时代，人之有选择政府之权，人人有批评政府之权，同时人人有守法奉公之义务，以维持其国家之生存。此由于对一人之忠，扩大而为各人之自由。吾未见其悖乎善恶是非之准绳，而不合乎人之所以为人之道也。昔时夫唱妇随或以妇人从一而终为美德，然自人类平等以观，各有所爱各有所知，则男女之离合，自以各随自己判断之为合理，吾亦未见其悖乎善恶是非之准绳，而不合乎人之所以为人之道也。至于家庭之聚族而居，古人早已知其致妇女勃谿，而创为分爨之制。使子弟各自食其力，知所以自立，此亦无悖乎善恶是非之准绳，而不合于人之所以为人之道也。由以上社会制度之变，而各人表现其德性者各异，吾但知其为良心良知之充类至尽而已。社会制度之所以变，自有物质因素参与其间，然其合于人性人道之行为，则不论人种之为白为黄为黑，宗教之为印为回为耶，无有一人有提出异议者矣。因此可以见东海圣人西海圣人，心同理同之言，信而有证矣。其中有一应得之结论曰：变中有不变者在，人心是矣，善恶是非之准绳是矣，伦理是矣。古往今来政治社会制度之所以变，或因战乱，或因暴政，或因束缚太甚，或因分配不均，然所以谋人之各得其所者，不外乎平等自由与胞与之三义。此三义之背后之主动，则人而已，心而已，理而已矣。人心理三者所以表现之道德，虽有时为一人或少数人计，然其趋势之归于人人之平等自由，是乃所以充其人之所以为人之量也。此充其人之所以为人之量之大理想，诚未能一蹴而几。此由于强之凌弱，富之欺贫，或民主与独裁政体之各异。然此全人类中之各人应成其所以为人，古今中外殆无一人不同以为然，而衷心向往之者也。此非我一人于社会剧变之今日，故作此袒护人同理同之言也，古人早已先我言之矣。阳明子曰：

> 大人者以天地万物为一体者也，其视天下犹一家，中国犹一人焉。若夫间形骸而分尔我者，小人矣。大人之能以天地万物为一体也，非意之也。其心本若是，其与天地万物为一也。岂惟大人，虽小人之心，亦莫不然。彼顾自小之耳。是故见孺子之入井，而必有怵惕恻隐之心焉。是其仁之与孺子而为一体也。孺子犹同类者也。见鸟兽之哀鸣觳觫，而必有不忍之心焉。是其仁之与鸟兽，而为一体也。鸟兽犹有知觉者也，见木石之摧折而必有悯惜之心焉，于其仁之与草木为一体也。草木犹有生意者也，见瓦石之毁坏，而必有顾惜之心焉，是其仁之与瓦石而为一体也。是其一体之仁也，虽小人之心亦必有之，是乃根于天命之性而自然昭

灵不昧者也。是故谓之明德。

吾所谓变中之不变，亦即阳明所谓昭灵不昧之心，所以明善恶是非之辨之良知也。此其一体之仁未或稍变，且无时而不在。然其所以表现之者，君主时代谓之为忠，民主时代谓之为自由，为公平竞赛。君主时代谓之为守王法，民主时代谓之为人人守其所自立之法。君主时代曰劳心者治人，劳力者治于人，民主时代曰人各有工作机会曰人人平等。君主时代曰天秩天序，民主时代曰自由竞争。昔日贵守成，今日贵进步。昔日贵知足尚俭，今日贵供足给求。昔日视劳动为贱役，今日称劳动为神圣。凡因社会结构与政体之变，其生活方式随之而各异，而德性之节目亦因之而繁多。然德性之节目虽多，而不害其伦理之为一。申言之，德性为多种性，而伦理为一元性也。此德性条目之多种，何一不出于天地一体之仁之良心乎？我所以力持变中之不变，或不变中之变，或曰一中之多或多中之一者，其义在此也。

变中之不变或多中之一之说，非我一人之私言也。孟子既先我言之矣。孟子曰："伯夷圣之清者也，伊尹圣之任者，柳下惠圣之和者也。"谓之为清者，由于其目不视恶色，耳不听恶声，非其君不事，非其民不使。谓之为任者，由于思天下之民匹夫匹妇有不与被尧舜之泽者，若己推而纳诸沟中。谓之为和者，由于其进不隐贤，必以其道，遗佚而不怨，厄穷而不悯。如是清任和之所以为德之名不同，而其同归于道，同归于善则一。此则唯集大成之孔子能之。意者此三种之德，唯孔子能合而一之。此三德既可以合而为一，则道德条教之多者之可以汇归于伦理之一，又何疑乎？

吾人因以见世界上人类发展之经过虽不同，然其所以建立其伦理者，同出于一本，曰人曰心曰理而已。吾人信此心此理之不灭，则人类暂时之黑暗，终有光明之一日也。

十、结　论

抑吾尚有重言以声明之者，即西方之伦理学，与孔孟以来正心修身之教，大不相类。西方之伦理学，在讨论人之行为之规范。其主题与吾国孔孟之言，非不相同。然其反覆讨论者，曰何谓善。善为快乐，或为应为之义务。此善之察知，由于经验抑由直觉。凡此议论，乃学术性之辩难，与吾国直指出各人之所当为，曰为人父止于慈，为人子止于孝，为人君止于仁，为人臣止于敬者迥乎各别。一则由讨论以求其成为一门科学，一则求各人所当为者责之勉之。此则吾国学者之所以重省察克治，与夫正心修身。唯其责之也严，故其有志于道者，必以改过迁善变化气质，为第一件大事。方今世界大通，各国间有宗教之殊，社会构造之异，乃至伦理观念之别。由此种种殊相之比较，即不免乎讨论研究，即不免乎知识成分之参杂。换词言之，道德之直接指示，将成为伦理学之理论的探讨，无可幸免者矣。吾国学者，倘能自识其道德教育之特点，而求所以保持其所固有，或不至降道德而沦为伦理的理论。其所以补救之法，即由理论探讨之中，以求返于善恶是非之准绳之力行。此则我所祷祀求之者也。吾国尊德性轻功利之原则，不独施之于己，且时时见之于国家政策。历代中，有以观兵耀武开疆拓土为大戒者。或者吾族之所以长存，不至若其他古国如埃及，波斯，罗马之灭亡者，殆亦由于此修德教，怀远人之所致。兹举《盐铁论・本议第一》之言以为吾文之结束。

惟始元六年，有诏书使丞相御史与所举贤良文学语问民间所疾苦，文学对曰：窃闻治人之道，防淫佚之原，广道德之端，抑末利而开仁义，毋示以利，然后教化可兴、而风俗可移也。今郡国有盐铁酒榷均输，与民争利，散敦厚之朴，成贪鄙之化，是以百姓就本者寡，趋末者众。夫文繁则质衰，末盛则本亏。末修则民淫，本修则民悫。民悫则财用足，民侈则饥寒生。愿罢盐铁酒榷均输，所以进本退末，广利农业便也。大夫曰匈奴背叛不臣，数为寇暴于边鄙，备之则劳中国之士，不备则侵盗不止。先帝哀边人之久患苦为虏所系获也，故修障塞，饬烽燧，屯戍以备之边。用度不足，故兴盐铁，设酒榷，置均输，蕃货长财，以佐助边费。今议者欲罢之，内空府库之藏，外乏执备之用，使备塞乘城之士，饥寒于边，将何以赡之，罢之不便也。

文学再驳之曰：

天子不言多少，诸侯不言利害，大夫不言得丧，畜仁义以风之，广德行以怀之。是以近者亲附，而远者悦服。故善克者不战，善战者不师，善师者不阵，修之于庙堂而折冲还师，王者行仁政，无敌于天下，安用费哉？

儒家之言仁义，自孟子迄于汉之文学，迄未衰歇。此种议论，在当代闻之者，视为迂阔，然此固吾国个人修养与国家政策固有之传统也。岂至今日而销声匿迹，或澌灭以尽乎？

一九六一年一月五日

儒学之复兴

一

今天讲"儒学之复兴",先将上次胡君提出"儒学之发展"与"中国文化与西方文化接触后能否合一"等问题来答复,作为本讲的开端。中国文化与西方文化接触后,能否合一,这个问题可以这样说,能合;也可以说,永远不能合。这要看双方的感应演变若何。中国文化有五千年的历史,向来是闭关自守的,直到清末鸦片战争发生,才引起一阵暴风。自合者言,如佛教自东汉明帝时传入中国,经过数百年的宣扬,而络续地被中国吸收。然到宋代,有新儒学起来,接着韩退之继续攻击佛教,这样说,儒学和佛教,仍然是不能相合。又如西方的耶稣教,初入欧洲,在罗马帝国时代,因与皇帝政权冲突,遭遇着极残暴的杀害,赖耶稣教徒的再接再厉,而后终成为罗马的国教,慢慢地且普遍于全欧洲,这又是相合的一个例子。以后耶稣教徒奥古斯丁(St. Augustine, 354—430)及圣多玛(St. Thomas of Aquinas, 1225—1274)先后发表他们的神学与经院哲学的名著,讨论宗教与哲学问题,在西方哲学史亦占一重要地位。所以由哲学来看宗教,哲学是哲学,宗教是宗教,毫不相同。如此说来,耶教与欧洲思想似是合一,而其实又是不合一的。在欧洲有些人,认为宗教与哲学是可以打通的，但是有些人则认为宗教与哲学是打不通的。因为两种体系不同，层次亦不同。尤其是马克思出来，更是反对宗教。他是无神论者，提出科学的唯物史观，注重自然律，其学说风行一时。实在说来，文化是综合的，包括不同的成分，哲学是文化的一部门，哲学有层次，文化亦有层次，它能互相交流才是好的，而不能以一种哲学垄断一切。我们看德国康德、黑格尔的哲学，传到英国，并没有吞并了英国哲学；反之，英国哲学，亦吞并不了德国哲学，这是思想交流的一个好榜样。

二

再回头来说，要把中国文化思想一元化，而图一线单传，这也是不可能的，因为各家的观点不同，其趋向所至自有歧异。譬如说，中国先秦思想，墨子与孟子便主张不同，孟子重内在的心性，墨子尚外在实用。法家道家又与儒家不同，法家重术势，道家重自然，各有所偏，是古代哲学已分有若干层次了。到东汉后，佛教进来，魏晋南北朝时代，有人欢迎，也有人排斥，迄唐代已有中国的佛学如天台、华严、禅诸宗了。说到宋代儒学亦分成朱陆两派，朱子说象山太简，象山认朱子支离，其实，朱陆异同，一为主张性即理，一为主张心即理，此皆表示二人之看法和出发点有些不同而已。我们再看印度宗教，先为婆罗门教（简称印度教），在古代盛行，他们笃信吠陀圣典，犹我们念五经四书一样。到释迦后，佛教兴起，其教义，以宇宙人生底真理——法——为根柢，以体现这真理的人格——佛——为教宗，顺其教义而组织精神的团结——僧——以实践其理想，此即三宝。与原来印度教又不相同，而两者亦不能合一。信佛教者仍为佛教徒，信印度教者仍为印度教徒。迨佛教衰亡，佛教徒何处去了，亦可说其中之一部思想，又被印度教吸收回去，如商羯罗即吸收了佛教思想，不过其详细情形，我们不大清楚。到了近代英国曾统制印度很久，但并未吞并了印度思想。印度当代之思想家如泰戈尔、阿罗频多、拉达克西南，都研究了西方思想，再回头来发挥印度之哲学与宗教。我们研究中西文化，应该注意到这些地方。

亚洲人尝反对西方思想，说他们思想是在语言文字中，不如我们致知外，更注意到笃行方面。这确是中国思想之特点，应该特别珍视，故我们多与西方学术文化接触，可接收许多西方新知识，而中国之重知行合一，亦可补西方之所短，纠正他们但知重知而不知重行之弊，所以我以为儒家哲学与西方哲学之交流，可以补益东方或西方，由此而产生一项交配后之新种。《中庸》说："万物并育而不相害，道并行而不相悖"，此吾儒家之信条，故中国人最能容纳外来思想，至如何沟通中西思想文化，这就看将来我们自己与东西其他国家人士的努力如何？这是我答复胡君的几点要义，不识各位认为若何？一九五八年元旦，由唐君毅先生起草所发表《为中国文化敬告世界人士宣言》一文内，曾提到有关胡君所关心的几个问题的答案，对中西文化应有的认识和了解，与共同致力的新方向，都有一大体的说明，诸位不妨看看。

三

我以下再讲述应以儒学为本，而沟通东西思想之理由。为什么不说以中国的道家墨家为本？因为道家主清静无为，不看重知识，不重修齐治平之大道。墨家虽重逻辑，有天志非攻的道理，但太偏重实用，而亦不能据以融摄西方之关于自然社会的理论知识。唯儒家学说圆通广大，高明精微，确是中国思想的主流。今举《大学》首章“格物、致知、正心、诚意、修身、齐家、治国、平天下”八条目，这一套伟大的轮廓，便可包括各方。《大学》之八条目，开始由个人做起，一方面正心诚意，一方面格物致知，即物而穷理。凭此再推进一步，己立立人，己达达人，逐次向修身、齐家、治国、平天下之目标迈进，这真是一套大规模的思想。我们当本此规模，更加以充实，则所包括者可无有穷尽。

就当前局势，先天下之急，复兴儒学，使儒学思想有新生命，实为一件大事。如何复兴，首先应该多方面来弘扬儒学，并有一条可使大家共同承当责任的路子，这又要靠多方面的共同努力。《中庸》告诉我们“博学、审问、慎思、明辨、笃行”五种方法，这就是大家可走的一条正路子。（一）博学，除由书籍而来的知识之外，兼通达人情物理，都是成为博学中所涵之事。（二）审问，即发现问题提出问题，如柏拉图之对话集，即是以彼此互相问难之体裁所写。人于博学后，提出问题，是学问之第二步的事。（三）慎思，就是多用脑力，想得要比别人周到，使自己思路有条理，并使之立于不败之地。这样就可谓能慎思。（四）明辨，辨别各种思想学说、名辞、概念的相异之意义，及分辨是非善恶，皆明辨之事。以上四者为知识部分。（五）笃行，由知到行，此为中国哲学之特点。所以知之必行，践笃履实，才可入于圣贤之途。我们儒家之重视笃行，宗教家之只重信仰者有时还不能做到。此儒学之所以可贵。不过时代变迁，对以上五者应重新认识，扩大运用，能在物理、逻辑、形上、政治、法律学等各方面来解释儒学；这样，儒学才能真正复兴。

儒学最重如何为人。有关治人之道德，自必以身体力行为归宿。而做人之道，须先弄清楚做人的概念，明白人生的意义和价值，否则糊涂一世，也就没有什么可说的了。

四

我们看科学知识是公共承认的。因为科学有定义，有公理。有定律，有一定之对象范围，这些道理，是大家所承认的。可是儒家学问就没有科学这样容易解释得清楚。这就要靠“学与思”的工夫，忆我幼年十几岁时，尝于黎明焚香一炷，读朱子《近思录》，使我对此书，发生很大兴趣。清纪晓岚主纂《四库提要》，在《近思录》提要上，说到道与学之概念，求道先要学。权衡二程和朱子的意旨，纪氏所言，颇获我心。我们谈经就谈经，谈哲学就谈哲学，谈哲学不能专靠说经。哲学的基本精神，是理性之运用。孔孟最重思，思即理性之运用。宋明思想，或说心即理，或谓性即理，能了解心、性、思三者之要义，就懂得哲学的精神。哲学即中国之所谓义理之学，亦就是心性之学。此乃中国学术思想之核心。心性与天地间之义理相通，即中国思想有天人合德之说之真正理由所在。空谈心性是没用的，不过朱陆两派之或说心即理，或说性即理等，欲了解其详，当然要费一番工夫。大约熟读《孟子》，对心、性、思，便可得一明了的解说。大体上朱陆之说，都从孟子之重思发展而来。孟子说：“心之官则思，思则得之，不思则不得也。此天之所与我者，先立乎其大者。”(《告子上》)又说：“尽其心者知其性也；知其性，则知天矣。……存其心，养其性，所以事天也。”(《尽心上》)，尽心即是思，看了这几句话，当可以认识孟子重思之大义。后来朱子编《近思录》卷三有“学原于思”一句话，朱子注释“思所以启发其聪明”，一切学问，离不开思想，判断由思而来，所以思想很重要。由思而启发聪明，就可以明理明道。以前古人喜用道字，到宋以后，多用理字。其实道与理是二而一，都是人之所思。后陆王派讲心即理，心即是思之所自发。对宋明儒所谓理，戴东原说成条理，在外不在内，宋儒解说，以理为“如有物焉，得于天而具于心”，是理兼在外与在内，此说实较妥当。《诗经》说：“天生烝民，有物有则，民之秉彝，好是懿德”，也是以理兼在物与在人心的说法。任何事物，皆有其理路，比方说，我们讲物理化学，离不开物质与能力的变化之理，此理之本身，乃思维之所对，不是我们的肉眼所能看得到的。我们讲人心之理，也要深一层的体会推究，此理也不是肉眼所能看到，或只向外可求而得的。所以我们必须要平心静气来看戴氏所谓理只在外并视理为血气心知之所对，这种说法，未免太偏。尤有言者，今后我们治学问亦必须兼学西方之逻辑的方法，并采西方哲学义理中可以与儒家相通者，互为比较，互为衡量，互为证明，则儒家之学说，得西方思想之助，当可更加明朗清晰，而西方哲学家言，因其移植吾国，亦可更得所以发荣滋长，如佛学之在中国可有进一步之发展一般，而我们亦可说，唯有以吾国儒家“道并行而不相悖，万物并育而不相害”之精神，可以集合众家之说，而汇为一大洪流，再济以儒家之重笃行之长。这样，儒学才得以有新血之输入，而有其世界性的新生命，儒学才能真正复兴。我来贵校讲学，瞬已半年多了，今天大雨，各位仍冒雨前来听讲，好学乐道，非常快慰。谨以“风雨如晦，鸡鸣不已”相赠，愿与各位共勉之！

卷五

中西印哲学比较与评介

新儒家政治哲学

甲　中希政治哲学之同异

先秦儒家之政治哲学，自表面言之，似乎与今日之西方相去甚远，然上溯至于希腊，则孔孟之言与柏拉图氏与亚历斯大德氏在根本上可谓出于同根。此非我一人之逞臆为谈，可以双方言论，举而比较之者也。

第一，希腊柏氏与亚氏，同以为政治为伦理之一部分，政治应以道德为根据。柏氏《共和国》[①]之又一名称，曰正义，或曰公道。其中言国家之本，在乎四种德性，曰智曰勇曰自克（亦曰中和）曰正义。亚氏曰：国家为人类团体之至高之一种，以达于至善（或曰至高之善）为目的。又曰：国家组织法之善恶，视其是否以人民公利为目的，合于公利者为善，不合于公利者为恶。此与孔子所言“政者正也，子率以正，孰敢不正”，又曰“道之以德，齐之以礼”，与“其身正，不令而行，其身不正，虽令不从”云云，与孟子所言“有不忍人之心，斯有不忍人之政，君正莫不正，一正君而国定矣”云云，何以异乎。西方之政治学理论，自麦几维里[②]氏，

---

① 《共和国》：今译《理想国》。

② 麦几维里：今译马基雅维利（Machiavelli，1469—1527），意大利政治思想家和历史学家。

将政治学与伦理学分离，一若对内法制与对外和战，只以利害为前提。然今日西方立国之要素，曰人权，曰自由，曰平等，曰社会福利。此等等皆以道德之是非善恶为根据，非麦几维里氏学派所能范围矣。

第二，希腊哲人既以道德为立国之本，对于强者之利益说，竭力驳斥。柏氏《共和国》之始章，先由坦拉西马楚氏（Thrasymachus）为强者利益作辩护人。意谓国家之所以成，不外乎强力，成则为王，败则为寇。其所表彰之公道与所立之法律为强者之利益计，责人民以服从而已。苏格拉底氏反驳之曰："治者犹一船主，船主为驾驶人，须为全船之乘客计，不能徒为其自身计。犹之驾马者，不徒为自身计，须同时为马计。可知工于治国者，犹之船主与驾马者须同时顾到弱者之利益。"此与孟子先问梁惠王曰："杀人以梃与刃，有以异乎？"曰："无以异也。""以刃与政，有以异乎？"曰："无以异也。"梁惠王知政之杀人同于刃之杀人，于是孟子乃进言曰："为民父母行政，不免于率兽而食人，恶在其为民父母。"此与苏氏强者利益说之不成立，而应以弱者利益或全民利益代之之意同。

第三，一人之身，有内外之分，内而心灵，外而教育。孟子曰："仁义礼智四端，非由外铄我也，我固有之也。"此言乎四端之内在也。孟子又言"苟得其养，无物不长，苟失其养，无物不消"，则四端之应由外加以培养扩充也。柏氏书中有"道德为知识"之言，其意谓道德应由智识以开发之，应由教育以完成之，然同时又言道德之在有德者身上，乃天之所赐。此可以知道德之内在外廓乃一难于作答之问题。我则以为此问题中既分两派，一为固有说，一为外铄说，在哲学家好自成一家言者，可以听其自择，若就政治范围言之，则内外二者不可同时兼顾，良以一国人民幸福之种类，曰衣食情欲，此有赖于外者也。然苟无德性以立其本，则安知真幸福之所在乎。孟子曰："有天爵者，有人爵者，仁义忠信，乐善不倦，此天爵也，公卿大夫，此人爵也……今之人，修其天爵以要人爵，既得人爵，而弃其天爵，则惑之甚者也。终亦必亡而已矣。"亚氏曰："真正幸福由于有智有德而来，不由外物之占有而来。然德性生活，必须备有外物。"此言内外二者之兼备，就其先后轻重言之，则德性自在外物之上矣。

第四，人既有德性，乃应以教育扩充之。孔子答冉有之问既庶既富之后何者为先，子曰："教之。"孟子曰："逸居而无教，则近于禽兽。"其答滕文公之问曰："设为庠序学校以教之。庠者养也，校者教也，序者射也，皆所以明人伦也。"柏氏之注重教育，以为各人年幼时吸收力极富，应以体育，音乐与好文学教之，犹孔氏礼乐射御书数之意也。亚氏曰："教育应顺人之发展之自然次序，第一为体，第二为欲，第三为智识。又曰年幼时，应教以服从(即长幼之序)，年长时应教以治人。治人为最高之职。善治者应为善人。吾人之教育，必须以造成善人为目的。人之各种能力，应使之发展，所以使其能为生活中之各种活动，达于最高之能力与最高之目的，为教育之所以应有事。纯粹军事教育，忽略此项原则。"此与吾国孔孟之教育宗旨若合符节者也。

第五，孟子曰："规矩，方员之至也，圣人，人伦之至也。欲为君，尽君道，欲为臣，尽臣道。二者皆法尧舜而已矣。不以舜之所以事尧事君，不敬君者也。不以尧之所以治民治民，贼其民者也。"是儒家以尧舜为人之标准为君之标准，必得如尧舜之智与仁，方能负起天下之责任。柏氏《共和国》中论治者之教育，自年二十起，使之学习科学（数学与几何），使之远离于变动现象，而达于抽象的真理。年三十，应使之超脱物欲、免受人哀怜，所以养其独立不倚之精神。年三十五，使之入于人群之中以试验之。年五十心中识所谓“善”之观念，而身体力行之，且使之从事于国。此等善人之治，方能使国内一切人民同受平等幸福。吾国儒家以尧舜为治者之模范，希腊以哲人之治者（Philosopher-king）为人极，此又非两方之一致者乎？

以上之论儒家与希腊哲人一致之论点，推而及于今日西方之政治善恶，不离于道德。各国之所立国，无不从饱食暖衣下手，又无不教人以识文字明理义。至于一国领袖人物之培养，赖乎家庭教育，大学教育。与夫议会中之追随前辈，提皮包，掌书记。虽不能如柏氏之人极理想，然自有一种“先圣后圣，其揆一也”之气象也。

然三四十年来，吾国学者深恨儒家三纲五常之论，且以为专制君主政体，起于儒家“天无二日，民无二王”之说。依我观之，孔子处春秋之世，目击天下无道，礼乐征伐，自诸侯出之兵连祸结，又见夫大夫与陪臣之执国命，求所以拨乱反正之道，乃以尊王为致治之法。此犹柏氏不满于当时希腊政况而作《共和国》，或欧洲封建时代之各诸侯之争城争地，乃有布旦氏（Bodin）出而主张专制君主之说，此亦政治学说之发展顺序如此而已。若夫孟子在战国末，提出民贵之说，且贬桀纣为独夫。孟子之言，在秦汉以后未见有人发挥而光大之，此系乎吾国之地理形势，促成一统之君主使然，不可专以落后之故，归咎于前人也。吾所以为此言，所以告国中人有津津乐道柏氏亚氏之学说，乃对于孔孟之同于柏氏亚氏者不闻有人起而彰表之。吾所大惑不解也。

读者闻以上中希两方政治学相同之说，倘以为吾主张二者尽同而无异，则为过甚其辞。希腊之所谓国，为海边上之市府小国，与吾国之为大陆国者，其异一。希腊地上有斯巴达有雅典等十余国，其政体或为君主或为贵族或民主各种，与吾国之纯为君王式者异。即有大夫陪臣，亦难称之为贵族政体，其异二。希腊各市府国中有议会与民选代表，故有选举规定与组织法，其代表为多数人，故与吾国之由诸侯由大夫一人执政者，其异三。希腊境外有波斯强敌在东方，乃有各市府国之抗敌同盟，与春秋战国之诸侯相争之不觉以外敌为对象者，其异四。因此四者，孔孟儒家之论政，乃与希腊有迥然不同之处，不容吾人默尔者矣。

乙　儒家尚德西方尚法之分驰

以上就德治方面言之。吾国儒家，不论其与希腊相较，或与现代欧洲现代国家相比，自有其彼此一致之点在。倘就尚法治习惯言之，则儒家立场正与西方相异。欧洲自希腊至罗马，更自罗马以至中世以至近代，有至深至长之法治习惯，贯串其间，为吾国之所未尝见。儒家因尚德，而忽视法治。法家所谓法，乃严刑峻法之法，与西方议会中之法，犹薰莸之不同一器。此则法治习惯，所以为中西政治哲学分歧之界线。

希腊与罗马历史之始，同为市府国家。市府国家中有元老院，有平民代表，此多数人平等相守之约束，名之谓法。柏拉图第一书名曰《共和国》，以道德为出发点，理论高远，而不切实际。继之又作第二书曰《法律》，第三书曰《政治家》，其中所主张，与第一书有两歧之处。亚氏政治学之开宗明义，以最高之善为出发点，其所根据者，为各市府国之成法有数十种。此可以知论政者不能离乎人民实际生活，不离乎条文规定之节目。希腊既亡，罗马继之。始为君主，旋易为共和，历时二百五十年之久。及纪元前五〇八年，因平民与贵族间权利平等之争，约百余年，迄纪元前四五一年，制定十二铜表息争端。其后罗马先并吞意大利，继扩地及于地中海西端，又继则混一英法德各区。及玄西丁[①](Justinian)为帝，时为纪元后五九四年，乃有《法典大全》一书之编成，分为三编，曰法典，曰解释，曰要义，将近千年之法律正文与解释汇集于一书之中。自是以迄于中世纪之教会，亦有教会法规。文艺复兴后，欧洲各国新设大学，无不有法律一院。迄于现代，英有习惯法，法德两国各有其法典。是为西欧公法私法昌明之日矣。

返而观之吾国则如何，孔子之前，郑子产铸刑书，晋叔向遗书非之曰，“昔先王议事以制不为刑辟，惧民之有争心也，犹不可禁御，是故闲之以谊，纠之以政，行之以礼，守之以信，奉之以仁，……于是乎求圣哲之上，明察之官，忠信之长，慈善之师，民于是乎可任使也而不生祸乱。民知有辟则不忘于上，并有争心，以征于书，而缴幸以成之，弗可为矣。今吾子制三辟铸刑书，将以靖民，不亦难乎？民知争端，将弃礼而征于书，锥刀之末，将尽争之，乱狱滋丰，贿赂并行，终子之世，郑其败乎。”由此文观之，知吾国所谓法为刑罚而起，与西方之因议会选举而起者异，因此将法与刑与狱讼混而为一。孔子因此传统之影响，乃以德礼为道民之本。故曰：“道之以德，齐之以礼，有耻且格。道之以政，齐之以刑，民免而无耻。”又曰：“听讼吾犹人也，必也使无讼乎。”

① 玄西丁：今译查士丁尼一世（527—565），东罗马帝国皇帝。

此原为礼让为国之最高境界，非人所能非议。然亦知法之意甚广，有宪法之法，所以规定各机关之权限。有行政之法，如管仲之轨里联乡，有为刑法之法，如舜典所谓五刑。所谓法者有条文，有节目，有制裁，有解释，既有两造争执，乃有判断，此事理之必然者也，吾国儒家因法律之有争有讼，乃视之为锥刀之末，此虽为法界不免之风气，然因此而排斥之，视为不足措意。于是将此一大块园地，独让法家占有之，去贵族抑豪强，乃废井田，开阡陌，视诗书礼乐仁义为六蠹。于是各种政治，行政，经济，道德之制度，概以法名之，而造成帝王专制之局。此由于儒家过重道德，而忽视法律制裁之所致。犹宗教家之力说空无，而忽视人生。自然科学家之注重外界，而引起精神生活之空隙矣。

距孔子之没百六七十年，同为儒家之荀子，早知德之一端不足致治，乃倡礼义之说以代之。力言争端之不免，而应有度量分界。此与西方之以法律规定各人权利之界者，最为相似。荀子曰：

> 礼起于何也。曰人生而有欲，欲而不得，则不能无求，求而无度量分界，则不能不争。争则乱，乱则穷。先王恶其乱也，故制义礼以分之，以养人之欲，给人之求。使欲必不穷乎物，物必不屈于欲。两者相持而长，是礼之所起也。

荀子治学重实在，轻理想，知权量分界之不可或缺。然因战国时彼此竞争之烈，申不害，韩非与李斯之法家言，为时君所欣赏。荀子学说，虽视德治已进一步，然难与韩李辈之收近功速效者争衡。其门徒大用于秦，而荀子卒以兰陵令死于楚。其死三年，与秦始皇之统一六国为同时。此为法家所造成之专制帝皇，与希腊，罗马，与现代欧西诸国背道分驰矣。

十九世纪后半，中西两方相接相触。吾国大羡慕欧西各国之宪政民主，乃有康梁之呼号宪法，与中山之奔走革命，而民国告成。梁任公于第一次大战后赴欧游历，及其归后，著《先秦政治思想史》。其论孟子一章中，感触到欧西权利之说之为害，发为慨叹之论。录其文如下：

> 利的性质，有比效率观念更低下一层者，是权利观念。权利观念，可谓为欧美政治思想之唯一的原素。彼都所谓人权，所谓爱国，所谓阶级斗争……等种种活动，无一不导源于此，乃至社会组织中最简单最密切者，如父子夫妇相互之关系，皆以此观念行之。此种观念，入到吾侪中国人脑中，直是无从理解，父子夫妇间，何故有彼我权利之可言，吾侪真不能领略此中妙谛。此妙谛未领略，则从妙谛中推演出来之人对人权利，地方对地方权利，机关对机关权利，阶级对阶级权利，乃至国对国权利，吾侪一切皆不能了解。既不能了解，而又艳羡此时髦学说，谓他人所以致富强者在此，必欲采之，以为我之装饰品，于是如邯郸学步，新未成而故已失，比年之蜩螗沸羹不可终日者岂不以此耶。我且勿论，彼欧美人固充分了解此观念，恃以为组织社会之骨干者也。然其社会所以优越于我者何在，吾侪苦未能发明。即彼都人士，亦窃窃焉疑之。由孟子之言，则直是“交征利”，“怀利以相接”，“不夺不餍”，“然而不亡者未之有焉”。质而言之，权利观念，全由彼我对抗而生，与通彼我之“仁”的观

念，绝对不相容。而权利之为物，其本质含有无限的膨胀性，从无自认为满足之一日。诚有如孟子所谓“万取千，千取百，而不餍”者。彼此扩张权利之结果，只有“争夺相杀谓之人患”(《礼运》)之一途而已。置社会组织于此观念之上而能久安，未之前闻。欧洲识者，或痛论彼都现代文明之将即灭亡，殆以此也。我儒家之言则曰：“能以礼让为国，夫何有”(《论语》)。此语入欧洲人脑中，其不能了解也，或正与我之不了解权利同。彼欲以交争的精神，建设彼之社会。我欲以交让的精神，建设我之社会。彼答我懦，我怜彼犷，既不相喻，亦各行其是而已。

任公先生批评西方社会组织，曰以权利观念为唯一原素。其实宗教伦理同为西方文化之成分，不可不分别立论。西方人之爱国爱乡，与夫捐资兴学，建立医院，岂能谓为不知有仁之观念哉。一家之内有和好之日，有争夺之日，和好时可行其孝悌慈爱，纷争时不能不讲度量分界。不唯一家如此，即各地方各机关亦何不如此，而不必相非者也。此为东西所同，我所以录梁氏之文，以见儒家道德说礼让说之根深蒂固而已。

丙　德与法之合一

吾人不可不知者，国家之所以成，由于求治求安求公平，其所谓法，亦以求治求安求公平，非可因法中之包含权利字样，而谓法之目的为达乎分权分利。特以法定权力权利之分界，所以求国家机关间之相安，所以求人民与政府间，人民与人民间之相安。故吾国之法字，有触不直之义。西方之法字，有公平公道之义，即为此也。法之效用，乃一种规章，可以限制政府权力，可以制止民间之动武，可以画定各人自由之界限。伸言之，此与德相辅而行者也。现代各国宪法中均有各人基本权利之条文，曰人身自由，曰信仰自由，曰行动自由，曰投票选举权利，曰职业自由，曰法律之前人人平等。此正所以保护各人地位，不受政府压迫，不受旁人欺凌，而使各人各得其所各遂其发展之善法，不得视为刀锥或刑罚者也。其规定政府机关权限之条文，曰人民主权，曰立法，行政，司法之分立，曰国会代表民意，曰每年预算须经国会通过，曰法官为终身职，此为国家之根本组织，不得视为刑罚或刀锥者也。各国宪法中，除基本人权保障之规定外，更有如人民言论结社自由，非以法律不得限制之之规定，此言乎政府行政权中不应禁止人民权利之行使，非先经人民代表之同意，不得以命令方式限制或禁止之，此可谓为人权保障之第二种补充规定，而不得视为刑罚或刀锥者也。以上所举各项，乃采其各国现行宪法之成文法中，然其最初开始之际，乃导源于天赋人权说。一七七六年美国《独立宣言》有语曰："吾人认以下各项为自明之真理：(一)一切人生而平等，(二)一切人由上帝赋以某某种不可移让之权利，此不可移让之权利中，曰生命曰自由曰幸福之追求。为保护此各项权利，乃设立政府，任何政府之毁坏此目的者，人民有权以变更之以废止之……"杰弗逊游法之日，受天赋人权之影响，其负责起草此宣言之日，即以此著之于篇。然宣言之目的为布告美国之独立，难容各种人权一一之列举。我再举一七八九年法国《人权宣言》中之文，以见所谓人权之内容，(甲)各人就其权利言之，生而平等自由，且应继续平等自由。(乙)政治结合之目的，所以保全各人之天赋与不可有所失有所得之权利，此项权利为自由为财产为安全为对压迫之反抗。（丙）全国人民为主权之源泉，任何个人任何团体，非经此全国人民之主权以明文许与之者，不得有任何权力。（丁）政治自由，为行使任何权能之不妨害他人者。（戊）法律应禁止一切行为之有害社会者。（己）法律为团体意志之明示。（庚）除依照法律规定外，任何人不受控告，被捕，或监禁。（辛）思想与意见之不受拘束之传达，为最宝贵之人权，一切公民得自由口说、写文，与出版。（壬）公安力，为保护各人各公民之安全，此公安力，所以为团体之利益，非为团体之受托者之特殊利害。（癸）团体之不能实现三权分立与人权保障者，应有宪法。此由（甲）至（癸）之条文，可以知当时人权说之流行，自有极崇高之理想伏乎其后，且有极热烈之文字以表而出之。

国人亦知此学说之何自而来乎？西方近年经专家研究后，乃知其来自儒家。自天主教之十字会中人来华传教，读孔孟之书，以腊丁文之译本寄欧洲，其在吾国，但发见天理说，人性说，而不闻有神示说，于是理性说大行于欧洲，乃有华尔甫氏康德氏凭理性以批评宗教者，亦有以理性立伦理学说之基础者，继而以理性说推广于政治组织者，乃有天赋人权说。曰人群所以为治安计，乃组织政府，此政府所以为人民服务者，应守一定界限，不可使用暴力，不许人民使用暴力，而人民自身为此团体之主人翁，应以平等自由之地位，制成法律，为政府为人民所共守，如是乃有治，乃有安全，乃有平等，乃有自由之可言。其说之由来，得之于《孟子·告子上篇》之语："诗曰天生蒸民，有物有则，民之秉彝，好是懿德。孔子曰，为此诗者其知道乎。故有物必有则，民之秉彝也，故好是懿德。"西方人读此文者解之为世间万事万物，既有定则，而此定则出于人之禀赋，此为道德，此为理性。由是而推广之，乃有理性宗教论。乃有理性政治论，即天赋人权。乃有学术中之自然定律论。而杰弗逊留法时，知有此文，及其归也，乃著之于《独立宣言》之中。可知天赋人权，自为吾家旧物，遗留于海外二三百年之久，今可如游子之还乡矣。彼西方既采儒家言以建立其民主，吾何为不可以西方民主还之于儒家乎？

丁　结　论

上文所论重点，在乎说明今后之政治学，应以德法二者相辅而行，为今后学术发展之途径，亦即为今后立国之途径。良以国之所以为国，有各机关之关系，有政府与人民之关系，有人民与人民之关系，决不如师生之以内心修养为教，家庭之以和爱相处为事，可恃德以处理之者也。唯其然也，儒家既耻尚力尚术尚势之法家之托名于法，然则舍德法之相辅，别无他途矣。更有国人关于政治上习见习闻之语，曰治人治法之关系，曰治乱之意义，曰改革之由法或由革命。曰治者之诚与实，曰治之在内与在外。此数者，同为吾国政治上理论方面与实行方面之问题，不可不兼论之。

吾国有治人治法两说。《中庸》曰："其人存，则其政举。其人亡，则其政息。"此治人为先之说也。黄梨洲《原法篇》之言曰："使先王之法而在，莫不有法外之意存乎其间，其人是也，则可以无不行之意。其人非也，亦不至深刻网罗，反害天下。故曰有治法而后有治人。"此治法为先之说也，历代以来两造之辩论多矣。即在近代言之，宪法颁行之国，亦常乱国多，而治国少，可知但有治法之无济于事。然吾以为人存政举，人亡政息之言，但见周代有文武成康则治，有幽厉王而周衰。或有齐桓公用管仲则治，桓公死五子争立则乱。此为历史上治乱之显例。至于现代国家之组织至为繁复，其所倚赖者，不仅为在上之一人或辅佐之二三人。中央有立法，行政，司法之三机关，国会中有代表数百人，独立法官与律师数千人，乃至地方自治中有市长，乡长，市议员乡议员数千数万人。此等等人之外，又有农工商等之千百万人。此上下千百万人，有职业、有教育、好活动、好发言，非先立一种基本法以范围之，则此一部分权分职分开活动之大机器，决无运用之可能矣。有此基本法之后，其为领袖之若干人能守法，能循序能引导人民，则其国为治国，而百事上轨道。反是，如南美诸国，其所采取者，为与美相同之宪法，然其为领导人者，靠武力，行私弊，今日甲党上台，明日乙党挟军力取而代之。数十年来武力政变，先后相继，自难以治国名之。此可以见治人之说，不失为其真理。我以为人法二者，不易轩轾。就今日立国次序言之，法是应在人之先。其所以或治或乱，则应责之于人。以法之不能实现不善运用，乃人为之，法不负其责也。

所谓治乱之意义，此二字之意义应分析清楚。治者，治平之谓也。在政府所以治民，应使其生命自由得所保障，且使各人立于平等，而彼此待遇一无歧视，倘政府所以自豪者曰吾有军队吾有警察吾有党部报密，可以驾驭人民使之俯首帖耳。此可谓之为警察国家而已。以云人民之衣食充足，行动言论自由，殆无此事。此孟子所谓:“以力服人者，非心服也。”表面上虽可谓之为治，然张良之铁椎陈涉之挈竿，乃旦夕间事耳。因此真正所谓治，必须尊重民意，人人立于法律之前一切平等而绝无歧出。而其立于民上者，各依法进退，而无尔诈我虞，此倾彼轧之弊，如是者为治为安为公为平，反是者为强权为专政为压迫，何治可言哉。

所谓改革之依法或依革命云者。真治之国，民间不平之鸣，或涉及自由，或关乎生活平等，或关于财产权，其应有改革之日，应由法治之途，得由人民提案以变通之，以修正之，或治者之设施失当，可以质问，可以调查其得失，可以使之退职。此所谓循法律之道以求其变而通者也。反是者，革命党人自号于众曰，吾能起兵，吾能讨逆，吾能取而代之。此在帝王时代为陈吴之挈竿，为楚项之争霸，为莽操之篡代，为黄巢之流窜。倘一国之民，常以此等等为夸耀之事，如是而望其国家之国力经济文化蒸蒸日上，吾未之敢信。大英帝国所以有太阳所至无处无国旗之照耀者，唯其国内之治安也。唯其政权之平和交让也。美国国力之所以扩大者，亦曰南北战争以后绝无内乱，其每次选举，无有南美之政变故也。治国者倘徒以革命自夸，其成绩至多等于拿破仑而止，或等于希特勒而止，何能望英美之后尘乎？

所谓治之在内与在外。孟子曰："祸福无不自己之者，诗曰：永言配命，自求多福；太甲曰：天作孽，犹可违，自作孽，不可活，此之谓也。"吾常以此言，验之民国以来之政治，自己无一年无内乱。如洪宪帝制，如张勋复辟，乃至直皖之争，张吴之争。北伐以后，军阀间之争夺，一如往昔，有阎冯之争，有蒋桂之争，又继之以剿共之战。于是外人乘隙而动，乃有东北陷落，华北自治。治国者乃大声疾呼曰帝国主义，曰侵略曰外患。抑知立国于世界，有其至高之义务，曰自治其国，即国无内战，未有自己内乱不息，而能停止他人之侵略者。孟子所谓能治其国家谁敢侮之之谓也。治而不乱，乃立国之第一义务，此义务不先尽，而求免于外患，决不可得也。其次治国者，应先求自己治安，而对外成功次之。国本先固，方能进退裕如，以应付外国。倘自己国力未充，人民衣食不给，急图远交近攻，且高标帝国主义为敌，虽曰其政策所以团结人民一致对外，然世界革命之口号，徒招强敌之忌，而自耗其国力。吾未见此种先外后内之方针，可以成为立国之善策也。

所谓治国者之诚与实。治国家者贵乎言行一致，表里如一。国体更新之日，上之人所宣布者，字字见于实行，方能得人民信仰，而号令如流水之源。乃今朝宣誓共和，而明日筹备洪宪。今朝就职总统，曰守二任之限，及三届之日，忽解释可以三任，此吾国当政者之以法为儿戏也。更有每届选举，从未见有选民调查册，投票柜开票，不许他党监视，甚至以伪票数千数万填入柜中，令己党党员当选，他党失败为得意。试问治国对于法之守与不守，可以朝三暮四如此，对于票数之数目，可以如此假造。此乃治国之起码条件置之于不顾，乃反昌言曰：国之不治，由于人民程度不足有以致之。此非政治思想问题也，乃政治家之欺诈。由欺诈之道以求治，不亦戛戛乎其难哉。

前段中论述吾国政治之各方面，并及于民国之实际政治，令人愤慨而流于悲观。然我回溯于儒家所以明辨政治之是非得失者，令我勇气勃然，一若一切难题自有光明解决之一日。试述吾所怀，以与国人共勉。

孟子对齐宣王之汤放桀，武王伐纣问题，答曰："于传有之。"齐王又曰："臣弑其君可乎？"孟子曰："贼仁者谓之贼，贼义者谓之残，残贼之人，谓之一夫，闻诛一夫纣矣，未闻弑君也。"孟子所言与杰弗逊起稿《独立宣言》之语曰："假令有长期不断之弊政与篡夺，足以证明其意图之在于使其政体成为专制主义，则人民之权利人民之义务，应驱除此种政府，应另择治者为未来安全之计。”又曰“君主之品性，征之于所作为之成为暴君，则不合于为自由民之治者”云云，有何以异乎。此可以奠定民主，而鼓我勇气者一也。

孟子对齐宣王曰：“左右皆曰可杀，勿听。诸大夫皆曰可杀，勿听。国人皆曰可杀，然后察之。见可杀焉，然后杀之。故曰国人杀之也。”孟子此段文字，殆由古代询国危询国迁之遗俗而来。虽去现代民主国会甚远，然被治者同意之种子已在其中矣。此可以奠定民主，鼓我勇气者二也。

孟子曰：“昔者尧荐舜于天而天受之，暴于民而民受之。故曰天不言，以行与事示之而已矣。曰，敢问荐之于天而天受之，暴之于民而民受之如何？曰，使之主祭而百神享之，是天受之。使之主事而事治，百姓安之，是民受之，天与之，民与之。”孟子委婉曲折以解释天与民二字之义。现代人读之，则曰：“百神享之”云云，为无证据之事，然事治而百姓安，则可验之民心归向与否。吾人诚不能谓尧舜出于民选，然选贤与能之精神自在其中矣。此可奠定民主，而鼓我勇气者三也。

公元前八四六年，周厉王恶国人之谤，得卫巫有神灵，能预知有谤，使之监谤，有告则杀之。召公谏曰：“防民之口，甚于防川，川壅而溃，伤人必多，民亦如之。是故为川者决之使导，为民者宣之使言。夫民虑之于心，而宣之于口，成而行之，胡何壅也。”厉王不听，遭民变而死。此为历史上之大教训，因此历代有谏议大夫与御史之制。唯其不以民选为后盾，故其谏诤之效力，不如西方之国会远甚。然言论自由，为民意发泄之所，其成为吾国传统，固已久矣。此可以奠定民主，而鼓我勇气者四也。

黄梨洲于明末目击宦寺与昏君庸主之害，大声疾呼专制君主之不足以为法。其言曰："三代之法，藏天下于天下者也。山泽之利不必其尽取，刑赏之权不疑其旁落，贵不在朝廷也，贱不在草莽也……所谓无法之法也。后世之法，藏天下于筐箧者也，利不欲其遗于下，福必欲其敛于上，用一人焉则疑其自私，而又用一人以制其私，行一事焉，则虑其可欺，而又设一事以防其欺。天下之人，共知其筐箧之所在，吾亦鳃鳃然日唯筐箧之是虞……所谓非法之法也。"吾人将此文，以比较三代与秦后君主之制者，推广而用之于君主专制与西方民主，更推之于右派独裁与左派独裁，则孰以天下为公，孰以天下为私心之辨，昭然为人所共见矣。此可以奠定民主，而鼓我勇气者五也。

以上所举儒家之传统，无一字一句非今日之至宝。倘国人奉之为圭臬，而求一一见之于实事，则所以追随英国光荣革命，与美国华盛顿与杰弗逊者，何难之有乎？

吾人居廿世纪末叶，耳闻目击者，无一非政治思想问题之彼此是非之争。甲曰独裁，乙曰民主，甲曰统制，乙曰自由。甲曰国际，乙曰民族。甲曰统一设计，乙曰市场经济。甲曰国家主权，乙曰世界政府。倘吾人能继孟子与梨洲诸贤之后，静心以思之，明辨以言之，详备之，明确之，更济以笃行之志。则儒家政治学说之一新耳目，且旦暮遇之，非国人所应心慕力追者乎？

文化核心问题

——学问之独立王国论

一、绪　言

人生于宇宙之中，有其四周所遭值之事物，类聚而研究之。有日月星辰，是为天文。有山峙水流，是为地理。有一二三四及或断或续之量，是为数学。有花果草木，是为植物。有禽兽昆虫鱼鳖，是为动物。再推而广之，有元素之分合，是为化学。有物之质与能，是为物理。凡此诸学，自有天地以降，与之同时并起。然人之知而条理之者，因时因地而异，或起于古代，如天文名数之学，或起于近代如化学物理。然此各种学问，超然于人世富贵功名之外，自成一天地。其中有恒常之真理，或为理论之当然，或有益于日用，可以供学者千百年之穷索，而成为理智或精神之宝藏。此东西所共知者也。然其孜孜厄厄以为之，而不为用舍行藏之环境所惑者，则西方之成就似乎远在东方之上。此乃学问为独立王国之义入于人心之深浅，有以致之也。试举其特点言之：第一，学问以自然界或社会上之现象为题材。其理论之成立与政治无涉。第二，学问乃人心之同然之恒常之理，与嗜好之因人而异，意见之可以忽彼忽此者不同。第三，学问为天下之公器或公共产业，经人多方考察试验而后确立，无所偏亦无所私。

第四,学问所求者为真理或曰自然律,异乎人事在时间内有其盛衰兴亡之象。第五,学问以求真善美为目的,虽不离乎用,然不求其必有其用。唯其有此至高明之地位,至广大之区域,至严峻之权威,所以各人分科研究,各有所得,各有所贡献于人类,至千年万年而未有穷尽。庄子所谓“生也有涯知也无涯”,指此学问王国之广大言之。然则人之尽瘁于此者,或为巍巍在上之王者,或为其马前小卒,不论其所成就之或大或小,其为此中之荣誉公民,一耳。

学问之方法,或为演绎,如几何学之由若干自明理演绎而出者是。或为归纳,由事实之积累,乃综合于一项原则而概括之者,如动植物学。唯有此共守之方法,故一项理论或学说之是非,一二人倡之于先,而多数人随乎其后。经辩论驳难,乃成为一派或一家之学,此可谓人之心所同然,而可随诸久远者也。数年以前,苏联自十月革命成功,轻视西方资本主义国家之政治与学问,求其别出心撰。有连生哥①(Lysenko)其人,称西方孟特尔公例(Mendel's Law)(遗传学)为不可信,而代之以环境说。一时颇得史达林之宠幸。然在农场中屡经试验,终于失败。于是连氏之说,卒放弃而后已。此西方学问方法,不易推翻之明证也。各种学问,在光天化日之下,与人以共见,经人试验证实而后成立者,自有一定之是非,与人之逞其胸臆,上下议论者不可同日语也。西方有此学问方法,各人尽其所能,分科研究,各有所贡献。于此知识之公共宝库,其间不必事事件件尽以证实方法行之,然其基本概念之何自而来,自有所依据,其立说,自合乎

① 连生哥:今译李森科(1898—1976),苏联农学家、生物学家。

逻辑与一贯之原则。是非派别之争在所不免，然自其立场与观点（如唯心唯实之争）言之，自能成其为一派之学一家之言。其为人心同然之产物，则科学无二致也。质言之，学问之目的，在乎阐明自然界或社会界之现象或宇宙间当然之理，其题材为公众所共见，其方法为众人所共守，且大家可以批评或辩难，赞成者赞成，反对者反对。即令学者间之见解，不能一致同意，然其学说之根据，非他人所能否定者也（如哲学中之经验派与理性派）。西方治学之态度与方法如此，其所言者为事之公理之公，讨论之公，所以有所谓客观态度，有公开标准，而不至成文人之相倾，或意气之争者，即此之由也。章实斋言公中篇之言曰：

> 古人所欲进者，道也。不得已，而有言。……（中略）道之所在，学以趋之，学之所在，类以聚之。古人有言，先得吾心之同然者，即我之言也。何也，其道同也。传之其人，能得我说而变通者，即我之言也。何也，其道同也。穷毕生之学问思辨于一定之道，而上通千古同道之人以为之藉，下通千古同道之人以为之辅，其立言也，不易然哉。惟夫不师之智，务为无实之文。则不喜而强为笑貌，无病而故为呻吟。已不胜其劳困矣。而况挟恐见破之私意，窃据自擅之虚名，前无所藉，后无所援，势处孤危而不可安也。岂不难哉。夫外饰之言与中出之言，其难易之数可知也。不欲争名之言与必欲争名之言，其难易之数又可知也。通古今前后而相与公之之言，与私据独得，必欲己出之言，其难易之数，又可知也。立言之士，将有志于道，而从其公而易者欤。抑徒竞于文，而从其私而难者欤。公私难易之间，必有辨矣。呜

呼！安得知言之士，而与之勉进于道哉。

上段中，道之所在，学以趋之，类以聚之，上通千古，下俟来者云云，可以适用于东方之先秦之孔孟与宋明之程朱陆王与西方之希腊之柏拉图亚里士多德与后来之笛卡德，与夫康德。同时亦可适用于物理学界十七世纪之格里雷、克魄雷与二十世纪之爱因斯坦。诚以其为公开之题目，同条共贯之原则，即稍有变通，皆从思辨与观察中得来，乃能以各人之发明，承前而启后者也。惟其有公范围，公方法，为人所共信守，故章氏谓之曰言公。反是者，言之出于私者。如苏张之游说，逞其一时之口辩，幸其巧言之入人耳，以取六国之相印，此言私之一种也。如韩非子之五蠹八奸专为帝皇一人着想，无一语及于全国人民之德力智力。此言私之又一种也。乃至后来应诏陈言者，如汉代晁错言削诸侯之封地，虽洞中文景时政治之要害，然不离乎谋臣策士之术，冀幸一己之功成名显。此言私之又一种也。隋唐以来，吾国科举之制，聚天下之士子，试之以经义、策论与诗赋，以文辞之高下定人才之去取而已。所谓经义，非关于一经之大义微言，乃以经中之一二句，验其记忆之正确与否。所谓策论，或以史事，或以时事为题，以断其对于政治之识见。所谓诗赋，昔人所谓月露之形，风云之状。唐人之与试者之诗曰“褒衣博带满尘埃，独上都堂纳卷回，蓬巷几时闻吉语，棘篱何日却重来，三条烛尽（考时许烧烛三条）钟初动，七转册成鼎未开，残月渐低人扰扰，不知谁是谪仙才。”此诗可以见时间之短促，文思之不开，而榜上题名之念，尤为急切。此种科场射策之文，自不足衡以言公之标准。其为言私之下者显然矣。数千年来朝廷之所提倡，士子之所奔走，不出乎以文辞为猎取功名之计。如此而望学者中有求真求善之工作，形成一种客观公正之存心。盖亦难矣。昔孟子因景春视公孙衍张仪之声势煊赫，目之为大丈夫。乃有大声斥责之语曰：

> 景春曰：公孙衍、张仪，岂不诚大丈夫哉，一怒而诸侯惧，安居而天下息。孟子曰：是焉得为大丈夫乎。子未学礼乎。丈夫之冠也，父命之。女子之嫁也，母命之，往送之门。戒之曰往之汝家，必敬必戒，毋违夫子。以顺为正者，妾妇之道也。居天下之广居，立天下之正位，行天下之大道。得志与民由之，不得志，独行其道。富贵不能淫，贫贱不能移，威武不能屈。此之谓大丈夫。

孟子之三语，曰居天下之广居，言宇宙之大也。曰立天下之正位，言宇宙间之正当道理应为人所共知也。曰行天下之大道，言乎正当道理应由自己担当起来。古今东西哲人所以独行其志，或以著作，或教育后人，不因挫折之故而稍变其节。孔子厄于陈蔡，乃返而删诗书，定礼乐，赞周易，修春秋。孟子游齐梁，专言仁义，不合于战国君王之意，乃退而与万章等著《孟子》七篇。至西方希腊之柏剌图之一生，颇有辅佐一国之君，实现其所志之意，然卒至于被囚被卖，于是退而自立学院以著作影响后人。由此可知正谊真理存于人情物理之中，待识者之把握阐明。其为独立王国之地位，不亦显然明甚矣乎？

二、东西治学方法之异同

孔孟所指示之学问之大方向，曰博学、慎思、明辨、笃行；曰格物、致知、正心、诚意、修身、齐家、治国、平天下。即在今日言之，可谓为把握要点，概括一切者也。然其节目与详细之处，远不如西方。举例以明之。

第一，学问不离语言文字。每一种学问，有其概念，命题，一贯之理，与乎体系。吾国学者凭其直觉，指示其要点，洞中肯綮，以云逻辑之学，虽由墨家名家儒家发其端。然一部完璧之逻辑学，吾国缺焉不具。因此各家学说独有发凡起例之言，少首尾完具之作。《荀子·解蔽篇》之言曰："墨子蔽于用而不知文。宋子蔽于欲而不知得。慎子蔽于法而不知贤。申子蔽于势而不知知。惠子蔽于辞而不知实。庄子蔽于天而不知人。故由用谓之，道尽利矣。由欲谓之，道尽嗛（与快同）矣。由法谓之，道尽数矣。由势谓之，道尽便矣。由辞谓之，道尽论矣。由天谓之，道尽因矣。此数者皆道之一隅也。夫道者体常而尽变，一隅不足以举之。"此段荀子之言，每一人但举两个字为其标记。曰用曰利，墨子之特点也。曰欲曰嗛，宋子之特点也。曰法曰数，慎子之特点也。曰势曰便，申子之特点也。曰辞曰论，惠子之特点也。曰天曰因，庄子之特点也。荀子又举一字以明各家之弱点。文字为墨子之所缺，贤字为慎字之所缺，知字为申子之所缺，实字为惠子之所缺，人字为庄子之所缺。此种以三字明各家之所长所短，而洞中要害，求之西方，决不可得。而吾国学者为之者，由其直觉之敏锐为之也。然依逻辑之规矩，由概念之定义而命题之推论，而终之以结论。吾国学者非无所知，但不惯于遵守。如孟子言墨子兼爱为无父，杨子为我是无君；然兼爱之定义如何，与差等之爱之区别如何，何以一为无父，一为无君之推论，皆无详细说明。此由于但有直觉中之论断，而缺少逻辑规矩之遵守，有以致之。乃至顾亭林因明末心性空谈，而有经学即理学之主张，假令经学早有一定之定义，理学早有一定之定义，二者之异同，入于人心，何至以亭林之博学多识而作此言乎。此可以见逻辑方法，影响于东西之治学为如何。

第二，东方所谓学问，由人事入手。西方所谓学问，由自然界现象入手。由人事入手者，不易见类之所以可分。由自然界现象入手者，物类之别，如以物为大共名，先有显然易见死物活物之分，其次为动物植物，再则动物之中又各有类，植物之中又各有类。然类之所以分，依逻辑言之，必先有其根本理由。以数目字言之，可分单数双数为二类，此乃以二分之，为其基本理由也。又如以三角形分类，可分三边相等，两边相等，三边均不相等之三类。此以各边之等为其基本理由也。基本理由有多种，即分类之法亦有多种。申言之，大类之中有小类，小类之中有次小类。反是，其基本理由不确定不明显，则有混淆不清之弊。汉书艺文志，为记载吾国学问著作之极重要之文字。第一类为六艺，以孔子所修订之六经与汉代各家治经之注疏为主。然“易”一类之中，举淮南道训二篇。古杂八十篇，杂灾异三十五篇。是真与“易”为同类乎，未可知也。尚书一类中举刘向五行传记十一卷，议奏四十一篇，是真与“尚书”为同类乎，未可知也。“礼”一类中有中庸说二篇，殆以此二篇见于礼记之故。是真与“礼”为同类乎，未可知也。春秋类中，有董仲舒治狱十六篇（以其治公羊之故），有战国策三十三篇，有秦时大臣奏事二十篇，有太史公百三十篇，是真与春秋为同类乎，未可知也。孝经一类中举尔雅三卷，是真与孝经为同类乎，未可知也。六艺一类之末，列小学十家四十五篇，六艺之书诚不离乎文字，然文字之学，与六艺各别，故小学与六艺为同类乎，未可知也。第二类为诸子，分为儒家、道家、阴阳家、法家、名家、墨家、纵横家、杂家、农家、小说家共十家。此十家之分，倘以理想为基本理由，则儒、道、名、法、墨五家，可称为春秋战国之际之五派思想。苏、张之纵横，为外交之策略。农家既以孔子所重民食之言解农字，是为耕稼之学。下文又续以鄙者为之，欲使君臣并耕之语。以现代语解之，即含有不劳力者不应得食之意。是为劳力神圣之哲学，无关于耕稼者矣。至于小说家出于稗官，何以与五派思想立于同等地位。此外更有诗赋、兵书、术数、方技四略。兵书分权谋、形势、阴阳、技巧四小类。术数分天文、五行、蓍龟、杂占、形法五小类。方技分医经、房中、神仙三小类。其所以分类之基本理由，在今日言之，能否成立，大成问题。如是艺文志中之所以分合之基本理由之不明可以察见思辨力之强弱矣。此由于学问之定义之内涵辨之不清，与学问之外指者之含糊，有以致之也。读者勿以为我上文所言为吹毛求疵也。吾国二千年来所谓学问，如理学之性质；如训诂学之性质；如理学与佛道之辨；如孟荀之言性；如东林派与颜习斋之论性；如形上与形下之分；如太极与理与气之关系，所以此一是非，彼一是非者，何一不起于定义之不立，范围之不明，致朱子欲以一禅字摒斥象山，后来者如顾亭林、颜习斋、戴东原更以同一方法施之于理学乎。学问之主题何在不明，学问之分类无确定标准。何以合全国之力，从事于分科研究，以造成建设性的发展，而不以彼此攻讦为破坏性的批评乎？

三、东西学人之地位

学问为独立王国云者，言入乎其中者，如登山者可以临高望远，如行水者之可以荡漾逍遥，有乐趣，可玩索，朝夕孜孜厄厄，为之不倦。及见其有条理可以整齐，纲目可以排比，源流可以考索，于是一种学说，一本著作出而问世。其所治之学或为理道之体或为知识之源，或为分科之学如天文地理，动植矿物，乃至政治法律农工技术医药，无一不为人生之所需而不可或缺。昔日以心性之学为正心修身之法，以训诂文字为治学入手之处。此当日一时之风气如是，犹古代印度以四吠陀为人所必读之书，欧洲中世以神学为诸学之王。三四百年来之欧洲早知品物之无穷，分科研究之不可少。于是大学课程之分院分门分系之繁与细，非一般人所能想见也。然我所欲言者为学术与政治之关系。社会上流行之观念曰学有体用之分，若学不能致之于用，即不能有恩泽及于人民而成为无用之学。又曰学而优则仕，仕进登朝，为人一生之大幸事。一若学与仕有不可分离之关系。平日之所事如经义、策论、诗赋、皆高头讲章兔园册子之文，既不足以言学，尤不足以言专门之学。其真拒绝之而不与之同流合污者，唯有少数不以举子为业之理学家。然士子入仕之后，念念不忘升迁。因而陷入政治漩涡，自投罗网之中。扬子云为好古乐道之人，因事王莽，而有剧秦美新之论。蔡伯喈为心静辞绮之人，因应董卓之征，三日之间，周历三台。卓被诛之后，邕亦收付廷尉，死于狱中。班固随窦宪出征匈奴，因宪谋反，固亦免官，且死狱中。范晔删众家后汉书，成为一家之作。乃附和彭城王义康谋乱，乱未作，而有人告发。晔下狱伏诛。乃至柳宗元，因王叔文与内寺争权失败之故，贬斥于柳州。元稹为唐宪宗之诗人，与白居易齐名，因陷于宫廷之政争，致被逐于武昌。凡此六七人实为罕有伦比之文史学者，困厄如此。由于不自知其才其学之价值而重视权位有以使之然也。然文人难于自处于政局之外，尚有他种原因在焉。兹分四者言之。一曰党锢。二曰派别。三曰学禁。四曰学社。

读书人入仕宦之途，受孔孟学说之影响，不忘使其君为尧舜之君，以遂其治国安民之志。然君主有明有暗；后妃、王子有立有废；外戚与内寺有亲有疏。此乃帝室中，时起之升降变化也。因而施政之或得或失，国家之或治或乱，其成败起伏，有不可胜言者矣。东汉之世，尤（自和帝后）多夭折之君。有在位六月与七月者二，在位一年者三。既无生子，乃旁求继统之人。女后乘时而起，临朝称制，授后家父兄子弟以大权。于是有外戚之柄政。更有宦寺左右其间，或与之合谋，或与之怪离。其立废人主之权，操于戚宦之手，而三公辅弼之臣，仲长统所谓备位而已。《后汉书・党锢传》记之曰："桓灵之间，主荒政谬，国命委于宦寺，士子羞与为伍，故匹夫抗愤，处士横议，遂乃激扬名声，互相题拂，品核公卿，裁量执政。"此言乎对于在朝之君与臣，无可以进谏直言之机。乃不得不由匹夫处士负起责任，对政治作大声疾呼之批评。以现代语言之，造为群众运动是矣。《党锢传》又有言曰"太学诸生三万余人，郭林宗、贾伟节为其魁，与李膺、陈蕃、王畅更相褒重。"其意谓民众代表三万余人，有郭、贾为其领袖，更有李、陈在朝为之内应。此则文人学士迫于政荒主谬，不得不起而参加于政治活动之一种方式也。

数千年君主专制之政府中，向少有政治人物之公开分派。因其但有个人之升沉，而无政策之公开讨论也。宋代神宗之世，王安石为相，实行变法，以三司条例司为改革总汇，其节目曰青苗曰免役曰方田均税，曰农田水利，曰均输，曰市易曰置将曰保甲曰保马曰军器监。神宗方以兵弱财乏为病。故安石倡变法之议,赞同之者多。及新法既行,论青苗者曰富者不愿借,贫者不易还,而州县以借出为功,不免于勒借。论免役者曰,役有劳佚之不齐,人有贫富之不一。强者占田无限,得免里正户长之役。而应役之户,困于繁数,伪为田券售田于豪强,借佃户之名以避徭役。所谓方田均税,乃清理经界,平均负担之谓。必分田析产典卖割移之际,绝无欺诈之弊,方有实惠及于人民。反是,富者利其有余高价以图兼并,贫者迫于不足,售地逃税以流浪为生,则于国计民生,何益之有。因此种种批评,乃有反对安石之人,司马光、程颢、苏轼、刘挚等等是也。彼等初无敌视安石之心,但因新政之弊,而非难之。安石派之曾布上疏,称之为大臣玩令,小臣横议。安石不安于位,罢为知江陵府。曾再召之入相,不及一载,出刺为江宁府。此两派政见之异,可以苏子瞻之言表而出之。苏氏曰法相因则事易成,事有渐则民不惊。是一派为急切图功派,一派为因势利导派也。神宗既崩,哲宗继位。宣仁皇后临朝,乃起用司马光,尽罢新政。及哲宗亲政,以章惇为尚书,取司马光所罢者,尽复其旧,即以继承神宗政策为国是,故名之曰绍述。章惇且宣布司马光奸恶,与之同罪者共七八百人。及徽宗即位,蔡京以元祐党人三百零九人之名,刻石庙堂,名之曰奸党。此在朝之文人学士,因政见之异而被对方陷害之又一种也。

伪学之名,南宋刘德秀与胡纮所以倾陷朱熹之罪名也。自周敦颐、张载,二程子根据孔孟之说,推求天人之故,性命之理,于是理学道学始行于世。《宋史·道学传》之言曰:

> 孔子没,曾子独得其传,传之子思,以及孟子。孟子既

没而无传。两汉而下，儒者之论大道，察焉而弗精，语焉而弗详。异端邪说起而乘之，几至大坏。千有余载，至宋中叶。周敦颐出于舂陵，乃得圣贤不传之学，作太极图说、通书，推明阴阳五行之理，命于天而性于人者，了若指掌。张载作西铭，又极言理一分殊之情。然后道之大原出于天者，灼然而无疑焉。

此为北宋新创之学。治此学者明邪正之辨，不屑与权贵同流。韩侂胄于宁宗有拥立之功，不利朱子之立朝，乃使胡纮奏称比年伪学猖獗，图为不轨。犹章惇以司马光为奸党也。然伪学之名，北宋之世所未闻，犹天主教法廷之所谓邪说也。由伪学之名得罪者计五十九人。此文人学士者因讲学之不自由而陷于罗网之又一种也。

明代政局与东汉有极相似之处。东汉去宰相而代之以三公与尚书。章帝以后实权不在帝皇而操于外戚与宦寺。明太祖废宰相而代以内阁学士。然英宗宪宗以后，实权不在帝皇，而操于权臣与宦寺。而明代之政荒主谬，越东汉而上之。世宗神宗二十余年不视朝。群臣欲一觌天颜而不可得。君主命令之传达，皆经太监之手。即皇帝降旨亦由太监代写，而传之内阁，内寺之弄权非一日矣。录《明史·魏忠贤传》语如下：

初神宗在位，久怠于政事，章奏多不省。廷臣渐立门户，以危言激论相尚。国本之争，指斥宫禁。宰辅大臣为言者所弹击，辄引疾避去。吏部郎顾宪成讲学东林书院，海内士大夫多附之。东林之名自此始。既而梃击、红丸、移宫三案起，盈廷如聚讼。与东林忤者众目之为邪党。天启初废斥殆尽。识者已忧其过激变生。及忠贤势成，其党果谋倚之以倾东林。……（中略）副都御史杨涟愤甚。劾忠贤二十四大罪。疏上，忠贤怀，求解于韩广，广不应。趋帝前泣诉，且辞东厂。……（中略）帝懵然不辨也。遂温留忠贤。而于次日下涟疏，严旨切责。涟既绌。魏大中……（中略）七十余人交章论忠贤不法。……（中略）当是时忠贤愤甚，欲尽杀异己。顾秉谦因阴籍其所忌姓名，授忠贤。使以次斥逐王体乾。复昌言用廷杖威胁廷臣。未几工部郎中万爆上疏刺忠贤，立杖死。（中略）一时罢斥者吏部尚书赵南星，左都御史高攀龙，吏部侍郎陈于廷及杨涟，左光斗，魏大中等数十人……（中略）崔呈秀乃造天鉴同志诸录。王绍徽亦造点将录。皆以邹元标、顾宪成、叶向高、刘一爆等为魁。尽罗入不附忠贤者，号曰东林党人，献于忠贤。

魏忠贤一幕，至熹宗崩，崇祯即位，乃告结束。吾所欲论者为东林书院。东林书院成于神宗万历三十二年（公历一六〇四年）。其目的有二。第一，难阳明之徒“无善无恶”之主张，因其与阳明至善为心之本体之言不相符合也。彻底言之，反对王龙溪派所造成之风气也。第二，龙溪派周游讲学，聚众至千人以上，以精微玄妙为尚，无一语涉及时政。泾阳先生与之相反。其言曰：

官辇毂，念头不在君父上。官封疆，念头不在百姓上。至于水间林下，三三两两，相与讲求性命，切磨德义，念头不在世道上，即有他美，君子不齿也。

泾阳本此宗旨为号召。其同志直言敢谏，鲜不涉及明代国本，与红丸，移宫诸案。《明儒学案》论之曰“数十年来，勇者燔妻子，弱者埋土室。忠义之盛，度越前代。……（中略）一堂师友，冷风热血洗涤乾坤”。此学者以讲学挽回世道而参加于政治之又一种方式也。

由以上四例言之，吾国文人学士，不论其为在野党或在朝党，念念不忘效力于国家。泾阳“君父”二字其明证也。其在野之身如顾亭林氏者，有天下兴亡匹夫有责之言。则学者以追求独立王国为事，殆不可得矣。

四、结 论

学问为独立王国云者，指学问趋于政治以外之独立境界言之也。其应先事研究者，吾国人心是否有超于政治以外之另一境界。对此问题，我答曰有。非人所能抹杀反对者也。昔人云凿井而饮，耕田而食，帝力何有于我哉。此为有此境界之第一证。又曰不事王侯，高尚其事，此为有此境界之第二证。孟子非忘情政治之人，然其言曰：居天下之广居，立天下之正位，行天下之大道。即言道理之正，是非之准，乃处于实际政治以外之义理也。此为有此境界之第三证。宋明以来之理学家，不论其为程朱派、陆王派或东林派所以不屈于权力，杀身成仁者，即信权力以上有义理有是非在焉。此为有此境界之第四证。庄子告楚使请其为相之言曰“千金，重利也；卿相，尊位也；子独不见郊祭之牺牲乎？养之数岁，衣以彩绣，以入太庙。当是时，虽欲为孤豚，岂可得乎？子亟去，无污我，我宁曳尾于污染之中而自快，不为有国者所羁。”此为有此境界第五证。庄子之言与孟子所谓正位大道之义，自不相同。然其谓政治权力以外，另有一境一也。此另一境界之承认由来久矣。但其学术上之成就不如西方之故，下文论之。吾先举吾国学术上之典型人物以明之：

第一，学者之典型。韩退之进学解，自述其为学之勤与博。况之于现代学者读书之多与其提要钩玄之工，可谓古今一辙。其言曰：

> 先生口不绝吟于六艺之文，手不停披于百家之编。记事者必提其要，纂言者必钩其玄。贪多务得，细大不捐。焚膏油以继晷，常矻矻以穷年。先生之于业，可谓勤矣。

此言乎学者搜集之广，不论其为人文学者，为试验室中之科学家，非材料广博，无以达于论断之明也。韩氏又论其所以立所以破之之言曰：

> 觝排异端，攘斥佛老，补苴罅漏，张皇幽眇，寻坠绪之茫茫，独旁搜而远绍。障百川而东之，挽狂澜于既倒。先生之于儒，可谓有劳矣。

此言乎韩氏一反六朝对偶文之卑弱，自抒其言之有物与质直刚健之气。其作《原道》一篇，可谓为宋儒之先驱。此学者负起承先继后之责任者所应有事也。唯如是，乃能振起坠绪，引入另一新方向。

第二，科学者之典型。吾愿以张衡为其代表。张氏生于后汉章帝即位之初（建初二年），死于顺帝永和二年（公元七十五至一三七年）。有《二京赋》，窥见东汉之将衰。其不朽之成绩为浑天仪与地动仪之制造。录《后汉书》所记如下：

> 衡善机巧，尤致思于天文阴阳，历算。……（中略）安帝雅闻衡善术学，公车特征拜郎中，再迁为太史令。遂乃研核阴阳，妙尽璇玑之正，作浑天仪，著灵宪算罔论，言甚详明。

张衡之浑天仪，我未研究。但其《设客问作应》一文中，略有说明之句，再录之。

> 浑元初基，灵轨未纪，吉凶分错，人用曈曚。黄帝为斯深惨，有风后者是焉亮之。察三辰于上，迹祸福乎下。经纬历数，然后天步有常则，风后之为也。当少昊清阳之末，实或乱德，人神杂扰，不可方物。重黎又相颛顼而申理之，日月即次，则重黎之为也。人各有能、因艺受任。鸟师别名，四叔三正，官无二业，事不并济。昼长则宵短；日南则景北。天且不堪兼，况以人该之。……耻一物之不知，有事之无范，所考不齐，如何可一。

在此一段中，有若干重要观念。“天步有常则”，信自然界之定律也。“官无二业，事不并济。”学问之应专门应分科也。“耻一物之不知，有事之无范，所考不齐，如何可一。”即材料未齐集，规范无可见之谓也。全文中更有他语，为寻常古文中所不经见者，如

“三轮可使自转，木雕犹能独飞，已垂翅而还故栖，盍亦调其机而铦之（言衡作三轮木雕能飞转）。弦高以牛饩退敌，墨翟以萦带全城。”此皆古代工程师之成绩，张氏津津道之。

《后汉书》又记其造地震仪如下。

> 阳嘉元年（公历一三二年）复造候风地动仪。以精铜铸成，圆径八尺。合盖隆起，形似酒樽。饰以篆文山龟鸟兽之形。中有都柱，傍行八道，施关发机，外有八龙，首衔铜丸。下有蟾蜍，张口承之。其牙机巧制皆隐在樽中，覆盖周密无际。如有地动，樽则振龙机，发吐丸，而蟾蜍衔之。振声激扬，伺者因此觉知。虽一龙发机，而七首不动。寻其方面，乃知震之所在。验之以事，合契若神。自书典所记，未之有也。尝一龙机发，而地不觉动。京师学者咸怪其无征。后数日驿至，果地震陇西，于是皆服其妙。

地震记录仪器，西方创始于大维米尔尼氏（David Milne），时为一八四一年。张氏之发明在公元一三二年，是早于西方千七百年矣。

张平子（衡之号）信天行之常规，对于谶纬妖言，力斥其非。其言曰：

> 春秋元命苞（汉时谶纬书）中有公输班与墨翟，事见战国，非春秋时也。又言别有益州。益州之置，在于汉世。其名三辅诸陵世数可知。至于图中讫于成帝。一卷之书，互异数事。圣人之言，势无若是。殆必虚伪之徒，以要世取

资。往者侍中贾逵擿谶互异三十余事。……(中略)此皆欺世罔俗,以昧势位,情伪较然,莫之纠禁。且律历卦候九宫风角,数有征效,世莫肯学。而竞称不占之书。譬犹画工恶图犬马,而好作鬼魅,诚以实事难形,而虚伪不穷也。宜收藏图谶,一禁绝之。则朱紫无所眩,典籍无瑕玷矣。

范晔于其论赞中述崔瑗之称平子曰:“数术穷天地,制作侔造化。斯致可得而言欤。推其围范两仪,天地无所蕴其灵。运情机物,有生不能参其智。故知思运渊微,人之上术。记曰德成而上,艺成而下。量斯思也,岂夫艺而已哉。何德之损乎。”崔氏天地无所蕴其灵七字,言其能发见宇宙之秘奥也。有生不能参其智七字,言其技术之无以复加也。千八百余年,吾国有此科学家有此技术家,乃不能继续发扬光大,以成为落后之国。非吾国人所应引为大耻,而深思其所以致此之故欤。

第三,哲学家之典型。哲学为希腊以来爱智学之译名。吾国自宋以来名之曰理学。此二者之共同点,即以研究宇宙之所以为宇宙,万物之所以为万物,人之所以为人之自然与当然之理也。分科之学如物理学、化学、动物学、植物学,但就物性,元质之分合,动物之生与植物之生言之。至于理学或哲学,乃就宇宙之全体,万物之全体,人之全体之所以存在之自然或当然之理,由于思考或理性得来者也。宋明以来理学家所讨论,曰理曰气曰理气之关系,曰性曰气质之性曰本然之性,曰知曰闻见之知曰德性之知曰知与行之关系,皆宇宙万物,人类全体之基本概念也。理学家或哲学家之立场不同,见解各异,然其不离乎宇宙,万物,人类之全体,则一也。此为哲学之根本性质问题,略言之而已。理学家之任务，在乎发见此范围内之各问题，思索以通之。其为理学史中之大人物，莫有过于朱晦庵王阳明者。兹就朱王言之。

朱晦庵在南宋时，以建立理学体系为事。静心思索，又广求诸贤经传。盖以伊川二语涵养须用敬，进学在致知，为其治学修身之方法也。《宋元学案》记之曰：

> 其为学大抵穷理以致其知，反躬以践其实，而以居敬为主。全体大用，兼综条贯，表里精粗，交底于极。尝谓圣贤道统之传，散在方册。圣经之旨不明，而道统之传始晦。于是竭其精力，以研穷圣贤之经训。其于百家之支，二氏之诞，不惮深辩而力辟之。所著书有易本义启蒙、蓍卦考误、诗集传、大学中庸章句或问、论语孟子集注、太极图、通书、西铭解、楚辞集注辨证、韩文考异。所编次有论孟集议、孟子指要、中庸辑略、孝经刊误、小学书、通鉴纲目、宋名臣言行录、家礼、近思录、河南程氏遗书、伊洛渊源录。皆行于世。平生为文一百卷，生徒问答凡八十卷，别录十卷。

朱子自知其著书之多，于尊德性工夫，不免有所欠缺。于其致项平父书中，曾自言之。

> 子思以来，教人之法，惟以尊德性，道问学两事为用力之要。今子静（陆象山）所说，专是德性事。而某（朱子）所论，却是问学上多了。所以为彼学者，多持守可观，而看得义理全不子细。又别说一种杜撰道理遮盖，不肯放下。而

> 某自觉虽于义理上不敢乱说。却于紧要为己为人上多不得力。今当反身用力，去短集长。庶几不堕一边尔。

朱子以主敬进学二者为下手工夫，乃尽心于明辨之工。阳明评之曰物理，吾心，判而为二。即指其理也气也，心也物也，知也敬也，气质之性也本然之性也，圣经贤传也，操存舍亡也之分析言之。朱子无一处不分之为二。二元主义乃朱学之本质也。然因此于文字与名义，分析极精，又能下一确当之定义。一元之上，赖其身体力行为一种统一之法。所谓全体大用，兼综条贯，表里精粗交底于极。既有体、用、表、里、精、粗之分，而其上再加以兼综条贯，此朱子之所以成其伟大也。

王阳明生于明代，不慊于朱子之分心物为二，分问学与德性为二，分知行为二。乃以朱子分而为二为中心问题，而求所以一以贯之。此则阳明之所用力也。录《明儒学案》中阳明之言曰：

> 先生之学，始泛滥于词章，继而遍读考亭（朱子）之书。循序格物。顾物理吾心，终判为二。无所得入。于是出入于佛老者久之。及至居夷处困，动心忍性。因念圣人处此，更有何道。忽悟格物致知之旨。圣人之道，吾性自足，不假外求。

此言阳明本默坐澄心之思，或曰内心深入之意，忽发见所谓物者皆通过内心而成为知，于是达于物理吾心二者之一贯。举阳明之言以明之：

> 在物为理，处物为义，在性为善。因所指而异其名。实皆吾之心也。心外无物，心外无事，心外无理，心外无义，心外无善。吾心之处事物，纯乎理而无人伪之杂。谓之善。非在事物有定所可求也。处物为义，是吾心之得其宜也。义非在外可袭而取也。格者格此也，致者致此也。必曰事事物物上求个至善，是离而二之也。伊川所云，才明彼，即晓此，是犹谓之二。性无彼此，理无彼此，善无彼此也。

《明儒学案》加按语曰："先生恢复心体，一齐俱了。真有大功于圣门。与孟心性善之说同。"阳明所言，指德性之知言之，名之曰良知或曰致良知。既曰无彼此。即心之至善，发之于良心之足乎己而无待于外者也。

此文非阳明学说。但举一例以明其思之深刻锐入而有不易动摇者在矣。

以上所举学者、科学家、哲学家三种典型中，可以见吾国学术过去之所以胜人，即在此种典型人物身上。国人处此学术竞争之世，知前人之所以努力，何患乎为牛后，而不为鸡口乎。

虽然，吾人有应反省者，应自己反问曰。何以吾国有此典型人物，而今日内外两方，视之为落后乎。其原因所在，可分为二。一曰起于理论。二曰起于实际生活。儒家有通天地人谓之儒之语。其于博学慎思明辨，固已知之久矣。然较诸希腊与今日之西方，吾国于一种学问之构成，不能不谓其缺少逻辑的方法之适用。每一学问有其基本概念，此等概念应有一定界说。而后此种学问之性质之特征如何，其与其他学问之关系如何，乃能划清界限。譬如社会学以人间之公共团体为主题，或起于血统，是为家族。或起于职业，是为农工商之组织。政治学之主题为国家与政府，以王权为其特质，因而与社会团体之发生于各人之志愿者异。如是学问之起点为根本概念。此概念定义不立，其他论断亦无由推演而出，更何由而得结论，以成其为首尾整然之学问。吾国因缺少逻辑学为其准绳，乃有顾亭林经学即理学之说。经学以某种经书之注解为本，理学之以心与理之关系为主题。二者之主题各异，何能混而为一。乃至颜习斋之注重习行，而厌理学家之静坐，亦界限未划清之所致也。此吾国之缺点一。前既言之，《汉书·艺文志》之诸子略分为儒家、道家、阴阳家、法家、名家、纵横家、杂家、农家、小说家，所以如此分类，由于各派之先后兴起，初无分类之基本理由可言。术数一类，分天文、五行、蓍龟、杂占、形法五小类。方技分为医学、房中、神仙三小类。分类之理由，所以如此分类之理由可谓暗昧之至。因其五小类三小类皆不在同一水平线故也。此分类之不明，起于观察分辨之不周，亦即学问不发达之大因也。更推而广之。吾国千余年来之学问曰理学曰训诂学，一以理学为空疏，一以训诂为支离为饾饤。此由于吾国人从不以实物为对象，分类而研究之故也。此吾国之缺点二。西方于经验界以内，分之为物理、化学、生物、心理、社会诸学。其上有哲学，以认识论为主要部分。其上更有凡有学“Ontology”或曰形上学。吾国于形下界之各物，既未深入研究。于哲学中之认识论，有闻见之知与德性之知之名目，二者之所以分别如西方之经验派与理性派，为吾国所未闻。至于形上学，如关于太极图，朱陆往返于有无儒道派别之争，至形上学之所以为学问之如何成立，未讨论及之。可以见吾国人对于学问之层次问题之不注意矣。此为吾国之缺点三。吾国有学以致用，或学非所用，用非所学之言。一若学以用为鹄的。然学为知识之总名，依各种原则（如定义如分类）整齐而条理之，且说明其各项论断或假设之相互关系，则一种学问乃以成立。有形界之物理生物之学不必言矣。哲学与形上学之性质亦复如是。倘必以用为标准，则名数之学之用，鲜有可见。然西方视之为至正确之学，而不可须臾缺者。如罗素与怀悌海氏之数学原则（即数理逻辑）与非欧几里氏几何学，此二者有矫正亚氏逻辑与欧氏几何之功。然其与吾国正德利用厚生之用，相去千万里矣。学自学，用自用，二者不可牵涉为一。国人能明此义，然后乃了然于学问王国所以独立之义。以上仅就理论言之。此外更有实际生活方面之问题。第一，学问在国内治安秩序之中，方能发达。而吾国因朝代之起伏杀士焚书之祸不断。

汉书儒林传序曰秦始皇兼天下，燔诗书，杀术士，文学从此阙矣。

通考经籍篇曰刘歆总群书著七略，凡三万三千九十卷。王莽之乱焚烧无遗。

又曰初光武迁洛阳，其经牒秘书，载之二千余辆，自此以后三倍于前。及董卓移都之际，吏民扰乱。自辟雍、东观、兰台、石室、宣明、鸿都，诸藏典策文书，竞共剖散，其缣帛图书，大则连为帷盖，小乃制縢囊。及王允所收而西者，载七十余乘。道路艰远，复弃其半矣。长安之乱，一时焚荡，莫不泯尽焉。

隋时牛弘上表，言书之五厄。三厄已述于如前。此后二厄，一曰刘石之乱（即晋之南渡），二曰侯景烧梁之文景殿，书籍宛然犹存，及周师入逞，萧绎焚之，所收才十之一二。继之以后魏后周之搜集，仅得一万五千余卷，较梁武帝时之数目，只有一半。

牛弘在隋时作此五厄之言。第二，学问如花木之培植，古玩之珍藏。至少学者应有生活之保障，然后能出所怀抱以公诸人世。倘国中时有党锢之祸与学术之禁，则人趋而避之，何苦尽心于研究与发展。此政治上之峻法为其障碍者二。第三，学问须有同声同气者之响应。孔子所谓德不孤，必有邻，是也。一国学者不乐于孤陋寡闻。如康德氏之三大批判，起于法国理性派英国经验派之折衷，又受休谟、卢骚之书之刺激而后写成者也。科学家之成功因各国科学家有一公共信条，曰科学为公开的为国际的。即章实斋所谓上通千古同道之人下通千古同道而合于一炉而治者也。唯其凭此公开标准，所以造成大公无我之合作也。倘挟自私之心，以害人为得计，则成为门户封锁，何来智识文化之交换乎。此文化上之闭关政策足为大障碍者三。其他如人民富力之滋长，为学术发展之助，如学术机关之多学者之众。互相辩论，使学术界有一种平衡之局，则真理尤明，而客观态度易于养成矣。

学问之独立王国乎！孔孟老庄与宋明以来之儒家，知此义久矣。然自逻辑方法言之，此理想绝未实现。后唯有从此方面力矫前失，方足以拯起衰敝。而政府当局若以为学问在吾手掌之中，左右方圆，可以从心所欲。此犹科举时代之八股而已，何足以言学术乎。学者应先尽其在我，徐待政治之曙光。或者有人尚抱定东方文化西方文化之界限，而不求其所以会通矫正之。刘歆曰“犹欲抱残守缺，挟恐见破之私意，而无从善服义之公心”。刘氏评今文家之言，岂不可移赠于今日保守传统之学者乎。

一九六六年十二月

原载《自由钟》二十二号

中西形上学之所以异趋与现时之彼此同归

西方哲学有物理(physics)、超物理(mctaphysics)之二名,物理指形界(material)言之,超物理指非形界(immaterial)言之。儒家之言曰:“形而上者谓之道,形而下者谓之器”,器言乎工具,如刀之所以割,锥之所以凿,衣为穿着,鞋为步履,所以备用,而一器限于一用,所以明形界之限制,同于西方之所谓有限性(finite)。道则贯隐显,通上下,朱子所谓“放之则弥六合,卷之则退藏于密”,同于西方所谓无边无限性(infinite)。物理学所研究,为有形之物;亦曰现象(phenomenon)。超物理或曰形上学所研究,为无形界;亦曰实曰真有(reality)。现象可分为物理、化学、动物、植物诸学。曰实曰真有者,即亚里斯多德以来所谓“有之所以为有(being as such)。其主要问题曰宇宙全体之性、曰上帝、曰人之自由。言乎事物之悠久不变,而普遍有效者也。”《中庸》廿六章所谓“天地之道,可以一言而尽也,其为物不贰,则生物不测”云云,有互相吻合之处也。

西方形上学四时期

(甲) 古代西方形上学之称,因亚氏《哲学第一原理》一书,在编辑次第之目,列于其所著书《物理学》之后,意谓物理学后更进一步之研究,此则超物理或形上学之名之所由来也。然柏拉图氏早已提倡曰实曰真有之说。柏氏以为吾人官觉之所见所闻，均为朝来夕去，或顷刻变动之事物，不足以构成学问或真知。真知或学问之所以成，必须达乎事物之原始型，历久不变，而有普遍效力者。柏氏畀以一专名，曰意典(Idea)，意典之性，为物事之所共有，而非散殊于各个事物属于专有者。譬曰方，有种种大小不同之别，然方之所以为方，自有其共性，为一切不同之方所公有，更譬之三角，亦有等边不等边之别，然三角之所以为三角，自有其共性，为一切三角之所公有。此物之共性，唯有以思想之力乃能达之，而不在于耳闻目击之官觉中，因此其为共相(Universals)，或曰概念，乃所谓实所谓真有。而意典之所以为悠久，不变与具有普遍效力者，即在乎此。柏氏著作对于"意典"一项，倾注全力。其对于后世之大贡献在此。然亚氏起而驳之，谓物之所以为物，虽不离乎意典，不离乎共相，然共相不能脱离个别之物而自存。譬曰方之所以为方，不离种种不同之方，曰人之所以为人，不离乎孔孟之个人或张三李四之个人。倘将共相与个别之物分离，则个别之物之所以成，须以共相为模型而效之，则又生共相与个别间之模效问题。此柏氏所以有一床二床三床之说也。亚氏之言虽与柏氏异，然亦知非有共相难以解释同类之事物。于是倡为事物不离理型之说，意谓散殊之物，自有其共同之理型，物虽散殊，然其属于同类者，则有理型在焉。亚氏既认有理型，则与柏氏之意典或曰共相，初不相背，但亚氏以为理型不独立，而存于个物之中，此则与柏氏歧出者也。

自是以来，西方哲学界分为二派，一曰唯心派之侧重于思想中之共相，二曰唯实派之侧重于个物。此为自古迄今，未尝能外此而他求者也。

（乙）中世。中世纪为宗教盛行之世。经院哲学家专以求宗教与理性之合一为事。然在其中叶与末叶曾发生共相问题之争论。甲曰惟实主义，谓离乎各个体事物之外，自有一形上的客观的实体。此说又名柏拉图氏实在主义，其主之者为阿里其那氏(J. S. Erigena)。阿氏谓一切事物皆上帝之所造，皆出于上帝之智慧。而一切事物之原始之理，曰善曰真曰生命曰理性。皆能离乎人之心思而自己存在者也。乙曰唯名主义(Nominalism)，谓共相如所谓善、真、生命、理性等，仅存于思想之中，乃一名辞而已，犹人之名姓，为张三李四，亦可易之为丙丁，而无客体实在可言也。此说中世教会认为具有危险性，因其视其抽象之共相为空名，则其势必趋于崇拜目击手触之实物为事矣。于是丙派之概念主义起而调和其间。谓共相虽不具有客观实在，而确为人之思想之所构成。真、善、生命、理性之抽象概念，虽不为官觉所触所见，然其为真实自若也。此甲乙丙三派之外，更有多马·阿奎诺氏之温和的唯实主义，谓共相为事物之所共，出于心思之所把握，至于共相之所本，仍为个体之事物，譬以人类言之，曰人之所以为人，曰人性，此唯求于人之所公有，而不在于各个之人，然此各个之人，乃共相"人性"之所以为基础者，唯有在官觉中求之。此即本于亚氏理型与物质关系之说，而推及于共相者也。

（丙）近代。西方近代哲学，自笛卡德氏开其端，至康德氏奠其基。其关键在乎认识论与形上学之画分界限。其在笛氏与斯宾诺莎氏著作，将上帝问题与科学知识何以可能混而为一。自康德氏一七八一年《纯粹理性批导》一书出，于一七八三年继之以《未来形上学序论》一书，于是将科学智识之所由成，一曰经验，二曰时空觉察，三曰思想方式或曰知觉范畴。此为《纯粹理性批导》之主要内容。然其在“超越的辩证”一章以内，又讨论三事，一曰上帝，二曰宇宙由来，三曰灵魂不死。此三者属于本体界，与科学知识以现象研究为主题者，迥乎各别。申言之，科学属于知觉范围以内之事，而上帝问题等，则因理性之要求而起者也。兹录《未来形上学序论》之言以明之：

> 关于事物本体（things-in-themselves），吾人不构成任何概念，但无时不以追求此项问题为念。以灵魂之性质言之，任何人不能求之于己身之自觉之主体，且深知所谓灵魂非唯物主义所能解释，然欲人不发生“灵魂之实在如何”之问，不可得也。灵魂既不能以经验为凭而作答案，然任何人又何尝不可假想一位无形的主宰，至于此主宰之客观的实在，非人所能证明，又人所共见也。更有宇宙性质问题，如宇宙之大小与年月，如人性之为自由为必然，谁能以人云亦云之知解为满意？以上三项，但依经验界之原理答之，则答案本身便另生问题而另需作答，于是吾人知物理界之解释，绝不能予理性以满意矣。由此可知经验界之原理，甲乙丙丁之事彼此相依且又富于偶然性，任何人不能以此为满意而止于此。谁能止于以经验为证之概念，而不以达于其可能性非人所能觉察，亦非人所能反驳之至高之有乎？此至高之有乃单纯的理性体，无此至高之理性体（rational being），理性决不能自安而止也。

康德之生，已近牛顿氏逝世之年，其时科学知识正在发展。康氏之纯粹理性批导，以牛顿氏之物理学为背景，说明科学智识所以有效之故，由于其合官觉与思想范畴而一之者也。然科学智识，不离乎甲事与乙事相依之因果关系，是为相对的、条件的。然人心中决不以相对的条件的智识为满意，必进而别求其绝对自存之体，然后以之为圆满(perfection)为完成(completeness)。上帝不依赖任何官觉界之事物而自存，宇宙论举万殊之事物，一切概括于其中，而能明其所以相生之故，灵魂论所以求知觉既离形体，而仍游行自在，岂非人生至乐之所在乎？此三者康德氏以为理性所以求圆满与完成而生之概念也。

（丁）当康氏《未来形上学序论》行世之日，正为科学发扬光大之时，世人咸以为形上学涉于冥想，非有严格学术根据。其间黑格尔氏论理学体系，以绝对以宇宙全体为研究主题，在其掌教柏林大学之日，颇移人耳目，及其既没，相与淡然置之。黑氏逝后数十年，则为形上学最沉寂之时期矣。一九一二年，柏格生氏《形上学序论》出版，此为廿世纪形上学复活之第一声。一九二九年怀悌黑有《行历与实有》(Whitehead: *Process and Reality*)一书，取柏拉图与柏格生之说合之于一炉。德国尼哥拉·哈德门氏于一九三五年有《凡有学基本论》，一九三八年有《实在世界之构造》，一九四〇年有《凡有学之新途径》各书先后出版。怀氏以柏拉图为宗，哈氏近于亚里斯多德派。此皆由于认识论之不满人意，而有异军之突起矣。三人之中，柏氏学说之要点，将世界事物分而为二，甲曰物质，乙曰生命，物质在于空间，各个碎处，唯理智能知之，生命不离绵延，唯真觉能知之。其尤与欧洲哲学相反者，莫过于其以变以时间为实有之说，彼以为变非分别物质与空间之理知所能了解，而有待于直觉之洞见。怀悌黑氏为数学家，为逻辑家，为科学家，不附和柏氏理智了解物质之说，然于柏氏变为实在之说，则采而发挥之，其所以标“行历”二字者，即本柏氏变为实在之说。唯怀氏以为变中有不变者在，乃有“永恒元素”(eternal objects)之说，此乃柏拉图之说，至怀氏而复兴矣。哈德门原以新康德派学者为师，继转而入于亚里斯多德之唯实主义。然哈氏分外界之有曰物质，曰生命，曰心理，曰精神，且说明此四层或单独存在或互相依伏，更取亚氏所谓可能与实在之说而发挥之。哈氏之意，以为有之为有，本已存在，离认识而独立者。此三人虽同自认为形上学者，然其背境各异，不可不深察也。

吾人就上文所述欧西形上学之沿革，返而求之于吾国“形而上者谓之道”与《中庸》“天地之道，可以一言而尽也，其为物不贰，则生物不测”，此就形而下之有，进而求其无形之不贰不变者。乃东西思想之同，非人所能否定者也。然中西两方所以悬绝之故，吾人所不可忽略者也。

第一，希腊哲学界之两派，一主变者海拉克立图司[①]氏。海氏以为宇宙间事物之最后元素为火，由火变水，由水变土，其相反方向，则由土变水，再由水变火。因此世界事物，如海水之成为蒸汽，再由太阳收藏之而成为火。火之大用，在于置事物于鸿炉中，使之回旋于由分而合，由合而分之变化中。此为海氏之主变说。然希腊哲人闻海氏言而反对之，以为世间倘只有变，则事物之理型何由而来，于是有派梅纳第司[②]氏(Parmenides)主

① 海拉克立图司：今译赫拉克利特(Heraclitus，约公元前544至541年—公元前480年)，古希腊哲学家，主张火本原说。

② 派梅纳第司：今译帕尔米尼底斯(约公元前515—公元前450年)，古希腊哲学家，创立爱利亚派。

“有”说。派氏谓有(Being)与非有(Non-being)相对立,有者充满空间之谓,非有者空无之空间之谓,唯有乃存在,非有则非存在,且不在思想之中,有者无始亦无终,有不能自非有中造出,且不能化之为非有,有只为现在之有,不能成为过去之有与未来之有。有为现在之有,故为连续的不可分的。唯其不可分,故无往而不在,无往而不同。由派氏之所谓有,乃有为永久、不变、不动之见解,而“实有”之所以具有不变不动与永久性者,即由之而来。西方人深信逻辑学中之矛盾律,既已为有,则不能为非有,既为非有,则不能为有,此二者之分,乃一成而不可易者。唯其然也,其有为静定之有,为一成不易之有。此乃出于西方逻辑学与语言结构,非吾中土学者之观念所有也。朱子之释太极图曰:“上天之载,无声无臭,是就有中说无,无极而太极,是就无中说有。”此为有无之可以相通之东方之见解也。依派氏言,既已为有,不能为无,既已为无,不能为有,则截然两段,无可为之变通者也。此为中西“有”与“实有”之解释各异,所以引起东西形上学见解之不同者一也。

第二,欧洲哲人好分宇宙之事物为二,一曰现象,二曰实有。山峙水流,春去夏来,味之甘苦,身之冷暖,其不离乎官觉之接触一也。然若不废之江河,与百年之故屋,乃至埃及金字塔则以为凡为物质,受成住坏空之支配,无永久长存之理,故亦归之于现象之中。其所谓实有,则为概念,如曰人之所以为人,物之所以为物,乃至物理学中所谓质力,生物中之生命,数学中之形数,若此者,由思想中之共相或曰概念而来者,乃称之为真有,以其具有不变不动与永恒之性也。实有唯存于思想中,为上文所述之派梅纳第司氏之说。派氏本为数学家,认为凡形数之以思得之者，乃可谓之为有，其不以思得之者，不得为有，申言之，其不可得思者，即为非有。无非有或无中不能另有所生，则除现在之有外，何能另有所增益，而实有乃永恒的整体，以其中无变之可能也。派氏之说，至于近代斯宾诺莎氏赞同之，乃发而为宇宙大全之不变论。而吾国《易经》仰观俯察，含有易、不易、简易三义，且就事物之所以生生不息言之，故曰"刚柔相摩，八卦相荡，鼓之以雷霆，润之以风雨，日月运行，一寒一暑，乾道成男，坤道成女"。此则双方之不同，一以思想中之不变为本，一以事物之变易为本，所以形成中西形上学见解之异者二也。

第三，时间之所以影响于人生之实际者何如，亦为中西思想大不同之一点，吾国向有上下古今与因时损益之说，言乎时之能左右一朝一代之制度也。西方哲人之论时间者，举柏拉图氏宇宙论《梯摩斯》(*Timeaus*)一篇中之言如下：

> 当造物者既造万物，能动而又能生，一如其永久之神之影像，乃大为欢喜，更决心使此影像之同于其真本，因真本为永久的，乃尽其可能，使此宇宙同样永久。但所谓永久之理想，不易现之于一切造物。但造物者决意使此影像有永久之表，且使此天地秩然有序，于是使此影像能动，且按数字而动，此影像名曰时间，既曰按数字而动，则具有可分性，然永久之为单一体自若焉。当天地未成以前，初无年月昼夜可言，既造天地以后，年月昼夜随之而定。年月昼夜即时间之部分，过去未来亦为时间之特定部分，然有人将此可分者视之为永久之本性，此为出于不自觉或过失之所致。吾人说某人过去如何现在如何未来如何，然吾人所认为真者，

只有他现在如何，其过去如何未来如何，均为动中之变，其恒久不变者，则不因时间而老而幼也。此恒久不变者，决不因生长原因支配之一切能动能觉之物，而有有变之可言。所谓或老或幼者，乃时间之方式，仅模仿永久，依数序而转动者而已。

柏氏之时间说，柏格生评之曰“时间虚幻说”。

至康德氏《纯粹理性批导》一书出版，更有时空为吾人觉相之形式说(forms of intuition)，其分别先后老幼者，曰时，分别东西南北、上下左右者，曰空间，犹人目之眼镜上所见之远近大小之不可离者。此言乎时空属于人主观，非有客观的实在也。然吾人试一观人类之环境，如春生夏长，秋收冬藏，何一非时间左右之乎？向东向西云者，何一非空间定之乎？而西方思想界重思中不变之型，乃有柏氏之意典，亚氏之理型，至近代有康德之觉型与知解方式，皆以为时间为属于主观性，非有其自身的实在也。然吾国五伦中有所谓长幼之序，平日生活有“日出而作，日入而息”之谚；就历史言之，有三代损益之说。是时间之为实在且影响于人生之操作与制度之改革，岂钟表上时刻之次序而已哉！此又中西形上学见解之所以异者三也。

此三项之所以生，由于吾国所谓有非为一成之有，即有中含变之作用，既已名之曰变，则变中含有时间之先后。其在西方为一成不易之有，因而无所谓变，亦无所谓时。及廿世纪，思想为之一变。此乃柏格生氏与怀悌黑氏之力也。柏氏学说，名曰变之哲学或曰生命之哲学，其于世间事物，以生为真为实，出于生之冲力，犹火之上升，其降而下坠者，为物质，而占有空间，此为固定之物死呆之物(亦即无机的物),为理智能把握之。至于生命之流,唯在自己体验中方能知之,如川流之不已,与日在变动不居之中。人有自觉性,闭目内视,便知此顷刻万变者何如。此生此变,为宇宙间之实有,而宇宙之实有,不能外乎变。此宇宙中之变,既为实有,而常流(a constant flow)不已者,柏氏名之曰绵延,其性即为时间。然时间刻画于钟表后,便可分割。此可为数学的时间,而与绵延异矣。读柏氏书者,知其学说乃经生物学心理学发达之后,乃始见变与时间之为用之大,乃曰世间之实有,唯此绵延此变而已。

怀悌黑氏采柏氏“变”说,但不符合柏氏“物质与生命”二分与柏氏但以变为实有之立场。其所著《行历与实有》一书,合变与不变而一之。怀氏为数学家,为逻辑学者,为科学家,然立言大反乎科学家之心物二分说、定所说(Simple location)与具体性之失所说,此等主张,均与其形上学相表里,然本文为题目所限,无法详叙其学说。但译其《行历与实有》卷二第十章之言如下:

> 一切事物流动为一极广泛的概论,乃无系统的未分析的直觉中所产者也。此主题见于希伯尔礼赞之最佳诗歌中,又见于希腊哲学家海拉克里图之言中,又见于英国野蛮时代会堂燕子飞来飞去之传说中。可见此为各国文化中,情感之回忆而形于诗歌者也。假令吾人能同到此最终与大全之经验(此经验必待理论加以阐发,且此阐发为哲学之最终目的),则事物之流动为一项最终的结论,而哲学体系将绕此而织成者也。

"事物之流动"云云,为哲学体系所以织成之本,为怀氏形上学之基本,有时又名之曰"创造的前进",乃同一事之异名也。然怀氏所以异于柏格生者,由于柏氏但以流以变为实有,而否认其永恒或不变者,此乃两人之所以始同而终异也。怀氏以为宇宙之成,以事件(event)为基为源,然"事件"各有互相摄引而交融,此交融中有为可能者(possibility),有为现实者(actuality),此现实者与永恒型(eternal object)互融而为一体,于是变与不变互融,而现实者因之以形成。此可能与永恒者,即柏拉图所谓意典,亚氏所谓理型。唯怀氏以相对论量子论发见后之新物理学为本,而弃硬块物质说所造成之新宇宙观也。

怀氏为逻辑数理学者,且寖馈于物理工程者十余年,及其任美国哈佛大学哲学教授后,发现科学家除物质之动以成其空间关系之变化外,不认世间有何意义,有何准值,而此世界乃成为绝无意义之一大堆事实而已。录怀氏《自然界与生活》一书之言如下:

> 牛顿氏物理学之方法,乃一极大成功。然牛氏所谓力,使自然界绝无意义绝无准值。物质世界之本质,但有质量、运动与形状,则就宇宙摄力言之,亦无存在之理之可言矣。其所谓特种之力,作为宇宙时代之偶然者,然即就牛氏之质量与运动言之,何以物体因重力(Gravitation)而互生关系,其理亦不可得而见焉。重力观念,为物与物之关系之所在由生,亦为牛氏自然界之概念。牛氏之成就,仅在考验中特种重力之确定。此种确定对于宇宙摄力中之压力之单独化,颇有成效。然就事之性质言之,重力由何而来,绝无暗

示可言。牛氏但对于物体之运动，就空间、质量与运动之开始状态而说明之。牛氏既提出重力观念，乃造成自然界之体系面目，然此体系中之因素，如质量如重力，仅成为单单各自独立之事实，而其所以共同存在之故，不能提出任何理论为解释之资。牛氏所提出之哲学真理，曰死的自然界，而理之所以然，不可得焉。要知一切事物之最后之理，除求之于其大目的而标出其各种准值外，则事物之理决不可得。

怀氏以为科学家将世界中一切准值取消，则诗歌、音乐、宗教、伦理均失其所以存在之理由。然科学世界如认此为唯一真实之理，则宗教成为集体的迷惘，而伦理亦为压迫他人之工具矣。倘以为人与人之相爱，仅为电波之刺激，人性物性仅存于物质血肉之中，则世界之真者实者，独有运动中之物质（matter in motion），而人安在，而人性安在，人类文化安在乎？此怀氏以科学家而发为此论，其所以走上形上学之道路者，非偶然矣。我举怀氏此段言论，初不为助形上学张目之故，而排斥科学，然以为科学所以研究为形下，倘以为形下之外，形上界之理无可为人类所信守所尊者在，则人之所以为人，失其根据矣。

吾人读怀氏言，而反求之于自身，则吾国文化初期之直觉，如曰易有易、不易、简易（即最普遍之原则）三义，又曰“天地絪缊，万物化醇，男女化生”。此非天地风雷水火山泽，与夫无穷之万物，无一不循变化之自然大法而后形成，非吾国数千年前所早见及，而与西方所谓演化，怀氏所谓行历相合者乎？如曰“立天之道曰阴与阳，立地之道曰刚与柔，立人之道曰仁与义”，此非气质之中不能不有其永恒之所以立者在乎？怀氏之言曰：“除现实之外，有永恒之型与之交融”，亦即朱子所谓理附气以行之意。此非吾国所早见及与怀氏相合者乎？如曰“天地之大德曰生”，此生生之原，即为天，即为造物者。故《中庸》有“天命之谓性”之言。怀氏亦曰“流变之中，其选择永恒之型以融合于时空之流者为上帝”，此非吾国所早见及，而与怀氏相合者乎？人之所以为人，与天地并峙而成三才，所以人道能参天地之化育。此非吾国所早见及，而与怀氏人文主义相合者乎？如此云云，吾先哲对于形上学之理论，虽为单辞片义，不若西方论此者之源源本本，系统秩然，然其理论中之大经大法，较之廿世纪之西方，固无愧色。吾人何为自惭形秽而不昌言之乎？

虽然西方形上学中之问题，除前文已举康德氏之三项外，更扩而充之，则为以下：第一，形上学之方法。第二，实有（reality），其中包括实有与现象，质（substance）与性质（quality），事物之变与法则。第三，宇宙论，其中包括造物主，一本与万殊，有限与无穷等。第四，理性的心理学，其中包括身与心灵之关系，神灵不灭，自我、道德、自由等。题目之繁若是，应分类分项论之，庶几对于道之弘人，人之弘道之义，乃能发挥光大之乎？

关于今后中国之形上学，除逻辑实证论者以形上学无意义，置之不论外，其可循之途径不外乎三。第一，康德路线：康氏以为形上学中之问题，如上帝如宇宙论如神灵不灭，非经验界所能觉察，唯有求于理性之中，此与朱子之释太极为理，与伊川所谓性即理，均为宇宙之所以成与人之所以为人之第一义问题，除终极之理外，洵无其他可以了解之者矣。第二，哈德门路线：哈氏以为人之认识之背后，有所谓“有”（ontology），分为物质、生命、心灵、精神四项。前三者属于自然界，其范畴曰时，曰空，曰恒，曰变，曰生物之特点，就精神言之，曰个人精神，曰客观精神，曰主观精神。此皆实事求是之言，合于朱子治学方法。第三，怀悌黑路线：其宇宙论乃集合人类乐趣、觉知、意志、思想中之各种经验，汇归于一个前后一贯，必然不易而合于逻辑之普遍概念之体系。此非与易之既言变而有天道、地道、人道之所以立者相吻合乎？孔子曰："吾道一以贯之。"以现代语解之，则人之立言，必于正反隐显前后之事物，首尾贯通，而不相冲突之谓。然则从事于形上学者，非有穷极幽微之想象，博通天人之学识与密察文理之思索者，何易臻此造诣乎？

约于一九六四年以后写（敦华注）

原载《再生》台北版七十一期

中国哲学中之理性与直觉

自诺斯罗魄教授(Prof. Northrop)著《东西见面》一书后,美国学者谋东方西方哲学之心领神会,乃有《东西哲学汇刊》(*Essays in Philosiphy East and West*)之发行,本年以理性直觉为题,来函征文,我以此文应之,今更译之为汉文如左。

我应首先声明者,为东西哲学之疆界线颇难画分。在地理上言之,其处于东方者名曰东方哲学,处于西方者名曰西方哲学。然自思想方法与思想内容言之,东西哲学颇多彼此共同之处。我虽明知东西哲学各有其特色,我愿在此文中阐发其共同之处。甲方自其异处立言,乙方自其同处立言,正为使东西哲学彼此了解最有效之方法。

中国为位于亚洲之国家,然其思想方法乃近于西方而远于东方。中国不属于东方国家之创作宗教者,如印度、回教国与犹太等。中国所着重者为此世界之研究,尤重人伦与道德问题。罗杰氏《学生哲学史》中称,希腊人缺少宗教热忱,因此注重理性方面之追求与美术方面之表现。此乃希腊人所以能为欧洲建立其哲学与科学之基础。中华民族富于常识,爱好学术,关于宇宙现象,一一为之记载,可以一部廿四史之著作为其证明。然中华民族不长于新信仰之建立，尤不感觉有所谓上帝使者降临之默西亚观念。孔子一生之言行，最能代表中国人重视入世反对出世之心理。孔子对于子路事鬼神之问，答之曰："未能事人，焉能事鬼。"子路又曰敢问死，孔子答曰："未知生，焉知死。"孔子又告子路曰："诲汝，知之乎。知之为知之，不知为不知，是知也。"孔子对于可知之事与不可知之事，画分一条界线，因此有人称孔子为存疑主义者。然不论孔子对鬼神死后之态度如何，孔子一生用全力于此世界之上。孔子之影响，使数千年来之中国人从事于学术之研究，缺少宗教狂热之表现。然亦正以孔子未尝与人以出世之信仰，乃有道教之建立与佛教自印度之传入，正所以满足吾国人关于宗教经验之要求。

孔子学说与苏格拉底同，同为道德哲学家。孔子注意正名，且多识草木鸟兽之名，所谓草木鸟兽，未必即为现代植物学与生物学或动物学。然孔子之好古，则为无可疑者。孔子曰："我非生而知之者，好古，敏以求之者也。"两千年来中国人之好治学，好历史记载，好讲义理之学，尤好美术，乃孔子传统所生之结果，其为非夸大之言明矣。

孔子没后百余年，有继之而起以发挥儒学之理论者，曰孟子、曰荀子。孟子为理性主义者，重心重思。荀子为经验主义者，以学以求知为出发点。此两派互相对立，一主性善，一主性恶。孟子对于哲学之贡献根据理性主义，谓人类之能辨别善恶辨别彼此于其天然赋与之良知。荀子，由此谓人类生而有声色耳目之欲，乃有争夺残贼之习，唯其中无所有，故需"师法之化，礼义之道"以矫正之。此类争辩，类于欧洲知识论中之理性主义与经验主义，其在中国所采取之辩论方式为性善性恶。以东西两方之为同为异，视乎吾人所以解释此项争辩之性质者何如。

中国古代之末期为战国时代，即为孟子荀子辩论之时期，此时得志之人为法家，如商鞅、申、韩、李斯之流，彼等主张废封建，代之以郡县，实行管制，注重农战，驳斥儒家所重之忠孝仁义诗书礼乐。法家参预其间，使秦始皇成统一天下之大功，而百家争鸣之时代于是结束。此后经学时代继起，收集始皇烧书后残缺之古代典籍。及汉武帝表彰六艺罢斥百家，乃成为思想一统之局。此时之儒家哲学，限于解说章句文字，绝少有活泼意味之辩论。此种饾饤之学，难于令人满意，因而魏晋之世老易道家之说盛行，佛教自印度输入后，皈依与译经之业，成为社会风尚。自是以迄于李唐，凡八九百年间，其第一流学者群趋于佛教，与印度高僧同从事于梵文经典之汉译。虽社会生活依然中国传统，然吾人思想已大受道释两家之影响。此时之中国，正与中世耶教输入后之欧洲，希腊哲学久已搁置一边，鲜有人顾问之者。

宋代新儒家哲学，其名词如理，如道，如致知，如格物，均出自《论语》《大学》《中庸》《孟子》诸书。此外更有性、气、本然之性、气质之性、无极太极等名词。然新儒家哲学乃一形上学之系统，其冥想成分，远过于《论语》《孟子》之上，因《论语》《孟子》中论家庭之孝慈，个人之修省与治国临民者之所应为者。孔孟之儒家哲学，乃具体的零星的，而新儒家主义，为一个条理整然之体系。

新儒家哲学之产生，起于对佛教之反动，然固为条理秩然之哲学体系，其创始之者为周濂溪（公元一〇一七至一〇七三）、邵康节（公元一〇一一至一〇七七）、张横渠（公元一〇二〇至一〇七六）、程明道（公元一〇三二至一〇八五）、程伊川（公元一〇三三至一一〇八)谓之五星聚奎,其各人之贡献,本文中不及一一详述。然新儒家哲学之开展,颇与希腊哲学史之开展相类似。周濂溪、张横渠于新儒家哲学之初期,潜心于新宇宙观之造成,与希腊哲人亚纳克齐门达[①]氏以"无限"为本,与亚纳克齐米纳司[②]氏之以气为本之宇宙论绝相类似。濂溪名之曰太极,横渠名之曰太虚太和。其第二期为伦理的反省时期。其在希腊主其事者为苏格拉底为智者派,其在吾国则程明道、程伊川,拾濂溪、横渠之宇宙论,而求所谓理、道、识仁、涵养与致知之方。

试将中国思想与近代欧洲哲学互相比较,可发见彼此共同之点。读周濂溪、邵康节、张横渠之文,不能不令人想象笛卡儿、兰勃尼孳与斯宾诺撒,以此六人同为形上学体系之建立者,且属于理性主义派故也。宋代哲学发展之中,其中一派着重于致知格物为下手之方,彼等以为所谓心者非自足乎己,而有待于外来之知识以增益之。其他一派以为人心为良知良能之本,能别善恶明是非。格物致知派类于欧洲经验派所持之"人心如白纸"说。其主张"心即理"者,类于欧洲理性主义者之天赋观念说。

更进而深求之,其共同之点,岂止此已哉?朱晦庵与亚里士多德之生世,相隔有千五百年之久,自不能有彼此影响之可言,然其结论相同之多,有出人意料之外者。举其大概言之,以下四点为最显著。(一)亚氏反对柏拉图之"意典"(Idea)离事物而存在说。意典为一,事物为多,此"一"即在"多"。与朱晦庵所坚持

① 亚纳克齐门达:今译阿那克西曼德(Anaximander,约公元前 610—前 545 年),古希腊哲学家,据说是泰勒斯的学生。

② 亚纳克齐米纳司:今译阿那克西美尼(Anaximenes,约公元前 570—前 526 年),古希腊哲学家,米利都派的第三位学者,阿那克西曼德学生。

之"理一分殊"说相同者一。(二)"一"既不能离"多",故"共相"(Universals)不能离"独相"(Particulars)而独立存在。此与"道不离器"之言相同者二。(三)亚氏云物质中必有方式(Form),断无无方式之物质,此与朱子所谓"天下无无理之气",其相同者三。(四)亚氏云世界现象,推而至于最高处,必有一无形之方式原则(an immaterial form-principle)在。此与朱子所谓"理与气本无先后可言,但推上去时,却如理在先,气在后",或曰"未有天地之先,毕竟先有此理"之言,相同者四。朱氏亚氏之相同结论,在新儒学(编按:指《新儒家思想史》一书)中,将有详细说明。

或曰此项共同点见于希腊哲学、中国哲学与欧洲现代哲学者,其故安在?我之答案曰:哲学之由来为思索,思索不外乎心思。试将印度、中国与欧洲各种思想派别列为一表,将见世界上各派哲学,只限于此数,如所谓一元派二元派,唯物派唯心派,理性派经验派,主知派主意派,绝对派存疑派等等,苟哲学派别既限于此数,则东西哲学自不超乎此种范畴之外,犹之丸之转于盘中,不外东南西北之诸向,其所以同多异少,乃其必至之势也。

在讨论理性与直觉相互关系之先,须将二者本身分别加以说明。

哲学之来源,起于心中之"思"。孔子曰:"学而不思则罔,思而不学则殆。"此言乎知识,必以题材为本。冥心默索,但以想象行之,此类之思,全无根据,故孔子名之曰"殆",言其为无根据之妄想也。反是者,题材虽多,但为零碎的、片断的,而绝无线索贯串其间,则类乎博闻强记,而无一贯之体系,所以名之曰"罔",谓其徒劳无功也。及乎孟子,更注重于思,其言曰:"思则得之,不思则不得也。"象孟子重思,且信人心中之良知良能,故确乎其为一个理性主义者，盖以为人之能辨彼此黑白是非邪正者，即由此心思而来。孟子所以成为中国哲学“心派”之创立者即此之故。

公都子问曰：“钧是人也，或为大人，或为小人，何也?”孟子为之解释曰：“耳目之官，不思而蔽于物，物交物，则引之而已矣。心之官则思，思则得之，不思则不得也。此天之所以与我者，先立乎其大者，则其小者不能夺焉。此其所以为大人而已矣。”孟子所谓耳目之官，非柏拉图氏达意太透司(Theaetetus)文中之所谓觉知(perception)乎？孟子所谓“心官”者，非达意太透司中之所谓“辨理”(reasoning)或洞见真理之灵魂乎？

孟子又曰：“口之于味也，有同嗜焉，耳之于声也，有同听焉，目之于色也，有同美焉。至于心，独无所同然乎？心之所同然者，何也？谓理也，义也，圣人先得吾心之所同然耳。故义理之悦我心，犹刍豢之悦吾口。”孟子所谓吾心之所同然，即西方哲学所谓概念(concept)，由各独相中所抽出之共相，乃成为各独相以上之大共名也。

诺斯罗魄教授以为东方哲学家好着色于有声有色处。上文孟子所谓味声色三项，可以造成诺氏立论之根据。然不知此段文章之要点，在乎“心之所同然”之义、理，此非耳目之官所能发见，唯由于理性以察见之。心之所同然之义理，不独孟子如是言之，英国道德派学者(British moralists)亦有此类意见。勃脱雷(J. Butler)有言曰：“其所以使人类以道德制裁自己者，由于人之有道德性与其感觉，行动中之道德能力，其最根本处在乎人类对于行为与品行，时加以反省而成为体验对象，其以为是为善者则自然的必然的赞许而可之，其以为非为恶者则自然的必然的而否之。”勃氏所谓自然的必然的可与否，即孟子所谓是非善恶之共同标准。孟子所谓义理，其属于彼也、此也、黑也、白也，是为知识之所由成立。其属于善也恶也是也非也，是为道德之所由成立。东方人认为知识之基本与道德之基本，关系极密切，故义理二字常联结而为一，为文化全部机构之基础。世界人类无一不承认此项知识与道德之基本者，此关于哲学之基本性质，东西所以相同之大原因之所在也。

一九五五年刊于香港

原载《再生》香港版

孟子与柏拉图

绪言

第一章　孟子与柏拉图之哲学

(一) 以心官之思为出发点

(二) 以知类为方法

类绝对

类之美善

类逻辑之共相

(三) 以正心为立身之本

(四) 德性为人所固有

(五) 以道为归宿

第二章　社会与政治理论

(甲) 社会起源

(乙) 政治为专门技术

(丙) 人民之养与教为国家之大事

(丁) 守法为立国之本

(戊) 政体与人民之参与

第三章　诸德之关系

(编按:全文共三章,绪言系全文之前引,全文似未完成即逝世)

绪　言

或者曰:子于东西比较哲学之开宗明义,首列“孟子与柏拉图”,其故安在? 应之曰:西方文化之要素三,曰希腊罗马,曰耶教,曰现代思想。此三者之中,希腊思想始终贯彻于古代中世,与现代为其骨干,如耶教之传至欧洲,初期依柏拉图,后期依亚历斯多德为媒介,现代西方思想之复活,始于希腊古书由君士但丁堡移至于意大利。至于近时英德人口中有哲学不外两派,一曰柏拉图派,二曰亚历斯多德派。此可以见西方文化,迄今犹在有形无形中为希腊学者之势力所支配。吾人诚能从中,希思想之相同处,谋吾国思想界之复活与中西文化之接近,或者由流溯源,较诸移植西方现代科、哲学者,或可更得其由本见末之一脉相沿,彼此贯通之处。此《孟子与柏拉图》之文所由作也。就中、希两方背景言之,东西各据一地,一为大陆国,一为海滨城市国,一为农业,一为经商,一为君主专制,一为各种政体之迭代,其地理,生业与政治之各异若此。然文字之创造,文化之传播,与精神之历久不废,可谓中希在东西文化两大体系中遥遥相对者也。就孟子与柏拉图之理论言之,曰善为人生之目的,曰四种德性,柏氏举自克、勇气、公道、智慧四种为人所生同果,曰理性为人类之特点,曰智识不在官觉而在思想中。曰思想之所集中,为事物之共同处,名曰类或曰概念。曰国家之基础为人人各得其所之公道。凡此所云,何一不与孟子心之官则思,思则得之,耳目之官不思而蔽于物。义理为我心之所固有。尧舜之于人亦类也等语,心同而理同者乎。

第一章　孟子与柏拉图之哲学

哲学之目的，为求真知而已。其派别虽多，就其大体言之，不外两类，一曰自全体自共通，自内心以把握之者，二曰自分殊、自个体、自外形以求之者。前者为理性派，后者为经验或实证派。吾人就学问之种类，智识之项目与求知之方法言之，何一种学问，何一智识之项目，何一求智之方法，不先由个体、分殊、外形下手，而得其结论于全体于共通于内心者乎。所谓物理学，为质与能之总名，所谓生物学，为植物、动物与人类之总名，所谓人类，为士、农、工、商与甲乙丙丁以至百万千万，万万人之总名。就其项目言之，所谓人类团体，可分之为原世社会、家庭，社会与政治。就其求知方法言之，每种学问必有主题，曰社会、曰国家、曰政府，而其中每一主题，就其主要特点举而出之，名之曰定义者，即就各种社会各种国家各种政府之所共通者，举而列之，以显其为社会组织之公性。如是，学问之种类项目方法，何一不由个体之分殊者，而还原于全体与大类乎。

孟子与柏拉图，东西异地。就其生死年月言之，柏氏之死为公元前三四七年，孟子之生为(公元前)三七二年，是孟子二十五岁，为柏氏去世之日，谓之为东西两哲，异地同时可也。柏氏与孟子同不满于当时之政治，一则有“哲人帝王”，一则有“尧舜其君”之说。一则周游于齐梁，见道之不行，乃退而著《孟子》七篇，一则游于徐拉鸠司，至为人俘虏而出卖之，友人赎之以出，乃归雅典，以聚徒讲学为事。乃至众说纷纭之中，好斥邪辨伪，以求一是之归，尤为两人性质相同之处。汉代赵岐称孟氏曰“垂宪言以治后世”。至宋明时有陆王为之发扬光大。柏氏在欧久有柏拉图主义之传统。其各篇文字之真伪,经近百年之研究,亦已考证明白。怀悌黑氏谓西方哲学为柏氏书之注脚,则柏氏在西方之地位,同于孔孟,可以见矣。孟子与柏氏不谋而合之点五:(一)曰以心官之思为出发点。(二)曰以知类为方法。(三)曰以正心为立身之本。(四)曰以德性为人所同具。(五)曰以道为归宿。试分论之。

(一)以心官之思为出发点。孔子曰学而不思则罔,思而不学则殆。所以言学者需要博闻广见,先之以搜集材料,其论断乃有根据而不流于空疏。然学之所以为学,有体系、有原则、有章节先后之序,倘徒以记诵为功,搜集为能,同于档案资料之积贮而无益于进德修业。孔子所以指罔与殆之危险者为此而已。孟子称道尧舜禹汤文武之文,详见于其所著之书,乃至墨子、宋轻、许行、陈仲子与告子之学说,一一辞而辟之,足以见其平日所学之广。然孟子特举思字为其发点者,诚以一切学说之成立,必以思为之先也。

孟子论大体、小体、心官耳目之异同,见于卷六《告子》之中。择要录之。

> 公都子问曰,钧是人也,或为大人,或为小人。何也。孟子曰从其大体为大人,从其小体为小人。曰钧是人也,或从其大体,或从其小体。何也。曰耳目之官,不思,而蔽于物,物交物,则引之而已矣。心之官则思,思则得之,不思则不得也。此天之所与我者,先立乎其大者,则其小者不能夺也。此为大人而已矣。

人自坠地以降，有口腹之饮食，与耳目之闻见。然体肤之养，不独自己知之，而父母又从而抚育之。至于心官之思，除自己亦步亦趋之学习外，有学校教师以灌注之，待至成年，稍能思辨，分别异同黑白，至于众说纷纭之中，求善恶是非邪正之分，自为至难之事。以云见人所不见，言人所不言，与夫特立独行，先忧后乐之士，则一国历千百年中二三人而已。此孟子所以谓从其大体为大人者之不易多见也。

孟子曰：

> 今有无名之指屈而不伸，非疾痛害事也。如有能伸之者，则不远秦楚之路。为指之不若人也。指不若人，则知恶之。心不若人，则不知恶。此之谓不知类也。

《孟子》书中之类字，乃一极重要之名辞，犹之逻辑学所谓分类或现代哲学中所谓价值。上文中不知类三字，指身躯之病与心不若人之病二者本末轻重之分，为俗人所不能察见也。下文再详论之。

孟子曰：

> 欲贵者，人之同心也，人有贵于己者，弗思耳。人之所贵者，非良贵也。赵孟之所贵，赵孟能贱之。诗云既醉以酒，既饱以德，言饱乎仁义也。所以不愿人之膏粱之味也。令闻广誉施于身，所以不愿人之文绣也。

此段言人自有其天然固有之至宝（或曰良贵），是为思之自主权。由此廓而充之，能居天下之广居，立天下之正位，行天下之大道。但常人每以饱食暖衣，或功名利禄为念。不知此乃人爵之得失，操之在人者也。

柏拉图著对话录十余种，范围之广超于吾国之上。然其轻小体重大体，轻口腹耳目之乐重心官之思，与孟子如出一辙。兹举《翻度(Phaedo)篇》中之言。

苏葛拉底问：我另有一问题询求君之见解与答复，俾对于吾人之论题，有发辉光大之处。所谓问题，即哲学家应否注意于饮食与醉酒之乐乎？

辛米亚答：决然不可。

苏：哲学家对于爱情之乐，君意如何？

辛：不应注意。

苏：哲学家关于其他身体安佚，如衣服之文绣，如冠履之美观，如身上之装饰，应注意及之乎。恐不特应毫不关心，反应视为毫不足道。除一人所必需者外，更复何求。君意何如？

辛：哲学家应轻视此等适身之物。

苏：君意是否谓哲学家应注意于心灵，而不注意于躯体，应离躯体而专向于心灵(希腊人信灵魂不死说，此心灵之原文为灵魂，然心自在其中，故译之为心灵)。

辛：诚然。

苏：关于此等问题，哲学家将心灵与身体各自分离。

辛：诚然。

苏：世人见解，以为人生无躯体之乐者，而不值得活，彼等以为无身体之乐者犹如已死之人。

辛:诚然。

苏:关于求智识,以身体参预其中,足以为助之欤?抑适以阻之欤?我意所欲言,即目耳之闻见,可以为真理乎。抑如诗人所言,仅为不正确之证人乎。耳目所闻所见,即令其不正确,然较之其他感官,已为彼善于此。

辛:诚然。

苏:然心灵求真理之日,以躯体参预其间,则心灵有受欺之厄。

辛:诚然。

苏:然则事物之存在,非独显于思乎。

辛:是。

苏:思之发挥,在于吾心集于一己,而不让耳声,目色与身之苦乐为之纷扰。换词言之,愈少躯体之扰,无感官之觉,然后能企望所谓真有(Being)。

辛:此言良是。

苏:辛米亚,尚有另一事,所谓绝对公道,世间究有此事或无此事?

辛:确有之。

苏:世间有无所谓绝对美绝对善?

辛:自然有之。

苏:君目中曾见此三者否?

辛:未曾见之。

苏:其他身体上之感官能触及之抑否(我意,除绝对公道、绝对美、绝对善三者外,尚有绝对大、绝对健康、绝对强与其他事物之真性)。此等事物之真性,君曾经由身体上感官而觉知之否乎。抑关于事物之真性,需人安排其理智的直观(intellectual vision),得其所观察之物之真性之最正确的概念,乃为其真知之最接近之路欤?(详细见下文知类方法中)

辛:确然如此。

苏:可知求纯粹之知者,惟有由心求之,而不让耳目或其他感官夹杂于思中,唯有如此,乃能以心之光透入于真理之光。先去其求知之心灵上耳目与其他体官之扰乱,而后此人为达于物之真性之人矣。

辛:苏葛拉底,此为极可宝贵之真理。

苏:综上所言,哲学家得一反省之论,可以互相告曰,当吾人思索而为躯体所缚,则邪恶杂于心灵之中,而求真之愿无由得遂。因躯干为种种扰乱之源,如饮食即其一端。此外更有男女、贪欲、恐惧、奇思、偶像,无一事不足妨碍吾人之思。更就战争言之,分党分派而斗争起,其所以争,皆起于躯体之欲,如银钱得失,皆所以满其躯壳之快乐而已。然因此之故,所以孜孜不倦于哲学之时间荒废矣。即令尚有余时与志愿,以尽力于哲学,然此躯壳引起纷乱与混杂于思索之际,虽有意于求真而不可得。就一切经验言之,唯有脱离躯体,乃能达于事物之真知,本其心灵之自身,乃能察及事物之自身,吾人所谓爱智(即哲学)之学,乃可得矣。吾人所爱之智慧,即纯粹之智识,在受躯体束缚之日,殆无由得之。而其结论归于二种,一曰智识不可得,二曰唯有待死后乃能得之,即躯壳脱离而心灵归于自己之日也。其在有生之际，唯有减少身体之欲，此为趋于智识之捷径，待上帝解放吾人与身体之束缚，庶几肉体之蠢事可免，人类还复其纯洁，乃可晤对他方之纯洁心灵，如同处于光天化日之光明中，所谓真理之光，殆即此类，因不纯洁者与纯洁者不容互相接触也。此为从事于爱智学者不敢不如此言之如此思之。不知君能同意否？

辛：诚然！苏葛拉底。

“翻度”与“辩解”之中，柏氏述苏葛拉底与世长辞之语。时苏氏抱有杀生成仁之心，多贱躯壳重精神之言，自为事理之当然。然此种思想为苏氏立言之本源，不独限于此二篇已焉。

（二）以知类为方法。孟子处战国后期，与惠施庄子等为同时人物。书中多慎思明辨之语，知类即其方法之一端也。《孟子·公孙丑篇》述子贡，宰我，有若等论孔子为人一段中之语曰：

麒麟之于走兽，凤凰之于飞鸟，泰山之于丘垤，河海之于行潦，类也。圣人之于民，亦类也。

此段中孟子所采用者为分类方法，极为明显。第一类为动物，分而为二，一为陆行之兽，二为空中飞行之鸟。第二类为地理，又分为二，一为山地如泰山，二为水地如河海。第三类为人，张三李四等属于人，即圣贤如尧舜，亦为人类中之人，故曰“圣人之于民，亦类也”。然此类字之含义极丰富，借西方学说为说明之资，而后“类字”与“思字”乃得而贯通之。譬曰人之所以为人，国之所以为国，物之所以为物。此乃以“人”以“国”以“物”为典型,举其一以代表其余,虽所举为一,而其所代表者为类,如曰人为理性的动物,即指其异于禽兽者言之。此所举者一人,而人之共相(Universals)在其中矣。犹之举一梨字,而梨之全类尽在其中。然就梨之各别者言之,曰天津梨,皮色黄而质脆,俄国梨,皮绿而性软。其各类之性不同如是,而举一梨字,已足以代表其全类,以全类之共同特点在其中矣。或者询曰,各类之物之特殊者,即甲乙丙丁之梨列在面前,故其各殊为耳目之官所共闻见,至于具有共通点之梨,非耳目之所能见所能闻,只能由心以求之,由思以得之。此则类之所类,同于人之所以为人,国之所以国,只成其为思想之形式,名曰概念(concept)而已。由此而推之,曰绝对圆、曰绝对方、曰绝对平等、曰绝对相同,皆不可得之于有形之事物中,而唯有求之于理想之中,乃致曰绝对真、曰绝对善、曰绝对美,或曰仁义礼智之属于道德观念者,其中无一项为目之所见手之所触。所以求之而达之,唯有由于心思。孟子曰:“心之所同然者,何也,谓理也义也。圣人先得我心之所同然者耳。故理义之悦我心,犹刍豢之悦我口。”此非言理义二者之有形体,真能爽心适意,乃仅以口体之养之刍豢与之相比而已。

孟子类字之用法,更举其书中之数段以明之。

> 凡同类者,举相似也。何独至于人而疑之。圣人与我同类者。故龙子曰不知足而为屦,我知其不为蒉也。屦之相似,天下之足同也。

孟子认定分类为物理人事之基本。上文所举鸟、兽、山川一段,已足以明之。兹再述鞋匠与制蒉两种手工之异同,一为鞋匠，虽其所制之鞋未尝按人脚之大小而后为之，然脚之形体，各人相似，就脚之形体，制为千百双之鞋，听人各就其所适者择之。至于蒉，使人携带，为置物藏物之用。其形或圆或方。其与鞋之只容一脚者决不相似。因此制蒉者与制鞋者不至混二者而为一，显然易见也。孟子从类之同，推及于嗜好之同。其言曰：

> 如使口之于味也，其性与人殊，若犬马之与我不同类也。则天下何嗜皆从易牙之于味也。

其意谓物之种类不同，即其嗜好智识与价值因之而不同。孟子对于同时代学者之见解之不同者，比陈仲子为蚓，称墨子曰无父无君是禽兽，皆由于其所立之价值标准之是非而起者也。

孟子于“拱把之桐梓”章曰“至于身而不知所以养之者，岂爱身不若桐梓哉。弗思甚也”。言乎爱树不及爱心，名之曰弗思，指心中不辨有形者与无形者之价值之高下。犹之“无名之指屈而不伸”一章中指不若人则知恶之，心不若人则不知恶，其末句“此之谓不知类也”。亦即有形之指与无形之心二者之价值高下之不辨也。则孟子书中辨之以类与辨之以思者，同以义理之是非为标准，彰彰明甚矣。论柏氏与孟子之同处，唯有从柏氏所谓意典（Idea）说起。柏氏之意典，种类极广，姑分之为三。第一，指真有（Being）言之，凡永恒不变者，即属此类，其因时而变者，名之曰现象，犹之行云流水，不为哲学家之所贵。柏氏所谓绝对真、绝对善、绝对美、绝对平等等均属此类。第二，指有典型意义之观念言之。凡事物之不属于官觉，而另有其真有者，如美术家所谓美，行为之所谓善，均属之。第三，指万殊之物之逻辑方面言之。如物理、生物、人类云云，就其物之具有相同特点者为一类，具有不相同特点者又为一类。此乃万殊之物，有类可归，而纷乱之中，乃有井然条理之可言也。柏氏此三类之分，在其学说发展之中，先后轻重互不一致。在其后期中，由真有而渐移于共相之有（即逻辑方面）。然其于真有初无放弃之意也。兹录柏氏《共和国》论“共相”（即意典）之言，以见万物之共一名者，因其物之有共同特点在也。其言曰：

> 凡若干个体之物有同一名者，因其个体之物，合于同一意典故也。君解吾意否乎？
>
> 答：知之。
>
> 举普通事物为例，曰床曰桌，世间之床桌不可胜数。
>
> 答：诚然。
>
> 但先有二意典，一曰床之意典，二曰桌之意典。
>
> 答：然。
>
> 制床者制桌者，遵照床桌之意典，制床桌以供人之用，匠人不能为意典之作者，意典之作，非彼所能也。
>
> 答：不可能。
>
> 此必另有匠心独运之人。不知君将何以名之。
>
> 答：其人为谁。
>
> 此乃一切匠人所制之物之总创作人。
>
> 答：此为奇才异能之人。
>
> 姑且稍待，君言正合于我下文所欲言之其他理由。此人不特为一切器物之造成者，乃至植物、动物、其他物如天如地与夫天下地上之物，无一不出于彼。乃至神鬼，亦彼造之。

柏氏此段所言之重点，为物之共相。唯有共相，乃有普遍性有恒常性，而物理事理之是非即在其中，与寻常感觉中忽彼忽此，忽寒忽热之顷刻变易者不可同日语也。质言之，事理之普遍性，求之于思而已。思之共相，由于天生，由于造物，非人所能为也。

由此推及于上文之三类。第一，绝对类。举《翻度篇》中言以明之。（篇中号码七十四）

> 吾人进一步，确认有所谓平等本身。此非指两木之相等，两石之相等，乃指两木两石以外之绝对平等言之。吾人应如此说乎。
>
> 答：应如此说。且可发誓曰深信其如此。
>
> 吾人真知绝对平等之真性质如何乎。
>
> 答：诚知之。
>
> 此真知从何而来。此非吾人见物质之木石之两相等者，而后有此相等观念。相等观念，与木石之相等之有参差者两不相同。
>
> 答：确然如此。
>
> 真正平等永为真正平等。既为平等，即与不平等不同。
>
> 答：平等不能与不平等同。
>
> 号曰平等者，与平等之概念不同。
>
> 答：当然不相同。

号曰平等者，虽与平等概念异，然吾人心中之平等，即由此而来。

由所谓绝对平等，推及于绝对真、绝对善、绝对美，其理正同。此为理想境中之尺度，无法移用之于物质世界也。

第二类之美善、美术之平衡，音乐之和谐与善行之德性属之。柏氏书对于自克(imperance)，勇气(courage)，公道(justice)特著专篇论之。

第三类逻辑之共相，指万物之特性之共通者，归之于一类，如生物中之植物与动物。其形状声色，可得之于耳目之感觉，至其所以异所以同之共相，则属于思想之中，兹据《泰以太透》(*Theaetatus*)篇中之言以明之。(号码一八五，指篇中引语所在)

> 苏问：所以感觉冷暖、软硬、光暗、甘苦之官，非身体之官乎。
>
> 泰答：此皆身体之官。
>
> 甲官之所觉，非乙官之所觉。耳之所闻，非目之所见，目之所见，非耳之所闻。
>
> 当然不能。
>
> 即令思中同时想及二物，然二物不能同时现于二觉之中。
>
> 声与色二者何如。或者君能承认二者同在。
>
> 是也。
>
> 然二者各异，各为一物。
>
> 是也。
>
> 二者为二物，各不相同。
>
> 是也。

君更可言二者所以不同。

我敢言之。

君何以能有此二者之觉,此决非单由耳官或目官而来,姑举例明之。我且问,君觉声与色二者有盐味否乎。君必答曰,此属于舌之味觉,故与目官耳官无涉。

诚然,此属于味觉。

君之所答良是。请再语以其所以能对于各官觉之所司与对于事物之共同观念有此辨别之力,即对于一切事物之真有与非真有或曰共相,所以能作此辨别者,有何官以司此共相之感知。

君之所言,指事物之真有或非真有,类或不类,同或异,合一或不合一,或其他数目之可应用于感觉中之事物言之。君意所欲言,即问心灵经由何种小体之官,而知其数目之为单为双或其他算术名辞。

君听吾言甚明。泰以太透!此正为我之所问。

我不易答君之问。凡此种种,不为感觉之对象,无小体之官以司之。其自身自为一力,名之曰心,事物之共相,皆心之默思之所得。

由此言之,在万殊之物中得其共性,以归于一类,此即心官之所思。孟子谓思则得之,不思则不得也之故,可以大明矣。

(三)以正心为立身之本。大学曰“所谓修身在正其心者,身有所忿懥,则不得其正。有所恐惧,则不得其正。有所好乐,则不得其正。有所忧患,则不得其正。心不在焉,视而不见,听而不闻,食而不知其味。此谓修身在正其心”。此段所以解释一人之身，有耳目口舌小体之欲，若得失忧患充满于心，则心先有所蔽，而失其虚灵之用，此心不正之病所由生也。《孟子》书中再三言小体受外物之惑，至一树之微，不伸之指，无不求所以养之伸之之法，独至于心，则舍之而不求。故曰“哀哉。人有鸡犬放则知求之，有放心而不知求。学问之道无他，求其放心而已矣。”

柏拉图示世人以心之所在，所用方法，先将外物辟开，与孟子立言之意正同。举其“亚尔西宝第第一”对话录之文如下：

苏氏：是否以手足练习身体，以手艺雕刻手饰之指环？

亚氏：是。

是否所以制成某物之手艺，与备齐某物之附属品之用心，纯系两事。

是。

如是，照顾君所用之物，非即照顾君自己。

当然不是。

所以照顾吾人之用品与照顾吾人自身，是两事。

当然不是一事。

我当问君所以照顾吾人自己之方法为何。

我不能答。

但吾人可说，所以制成吾人之用品之方法，非即所以使吾人改过迁善。

诚然。

假令吾人不知鞋之何如，如何能知制鞋之方法，使其更加适合。

当然不能。

假令不知指环如何，如何能知制成更好之指环。

此言良是。

假令不知吾人自身何如，如何能知所以劝人向善之方法。

此为不可能。

倘若自知之明(Self-knowledge)为一件易事，岱尔飞庙中立碑记此言之人应不为人所重视。或者自知之明为一件难事，非多数人所能远成。

据我观之，自知之明，有时容易，有时甚难。

亚尔西宝第——不论难易如何，除此以外，别无他法。知自己，而知所以治己，不知己，即不知所以治己。

诚然。

再研究此自存之己如何发见。或者吾人之所以生，为吾人所不知者，可由此以发见。

君言极是。

请坐近一点。君所与谈者，为谁欤，为我欤。大约为我。

是。

我所与谈者为君。

是。

此乃我，苏葛拉底与君谈。

是。

亚尔西宝第为我之听者。

是。

我谈时所用为字眼。

良然。

谈话与用字二者同义。

自然。

用者与其所用之事物为两事。

君意何所指?

我为君解释。制鞋所用者,有方矩,圆规与其他切皮之具。

是。

用具与切皮者,用具者,非同物。

当然不同。

此犹弹琴者之琴与弹者,决然不同。

是如此。

此时君知我昔时所发之问,曰用者与所用物之不同之意义。

我知之。

我再一提制鞋者是否以工具切或以手切?

同时以手切。

他同时用手。

是。

切皮时是否又用眼?

是。

如是吾等可知用者与所用之具决非同物。

是。

制鞋者与弹琴者,与其所用之手与足,决然非同物,可以明矣。

甚明。

人是否用其全身?

应当如此推论。

此人为谁?

我不能答。

君可以言此人为身体之使用者。

是。

此身体之使用者为心灵。

是。此为心灵。

心灵为主宰。

是。

吾姑作如下之断定语,依我意,可为一般所同意。

此何语?

凡人不外三事。

何谓三事?

心灵、身体,二者相合而成之整体。

确然。

吾人可否言身之真实主宰为人。

是如是。

身体能否自为主宰?

不能。

吾人可言身体为受制者。

然。

既为受制者,即非吾人所求之主宰。

似非主宰。

吾人可否作一论断，曰二者之结合为身之主宰，此即为人。

似矣。

断断不然。倘二者之一为受制者，二者之合，不能为主宰。

确然。

因身体非人，二者之合非人，其结论不外乎二，(一)曰人非真有，(二)曰心灵为人。

姑以此言为定论。

是否尚需其他证据，以证明心灵为人。

不需其他证据。所有者已足。

如证据已足，即不完全，已可满意。

我须特别指出者，柏氏心灵说所含之意义有其大异于孟子之处。第一，灵魂不死。第二，灵魂离身独立。第三，灵魂生前已具，入于人身后，有“再追忆”(recollection)之效用。此为孟子所未曾道者。然前段所引鞭辟入里以求其理智道德之我，则与孔子所谓三省之我，孟子所谓天爵，如出一辙。不可因其异而忽其同也。

柏氏所谓正心之法何如乎。柏氏以人之处世，其四周所见之宝极多，如饮食如男女如金钱，均有益而可给人之欲。然人苟不知所以用之，则利人者适所以害之。乃至人之智识，如医学家之技，本所以生人者，可置人于死，兵家之技原所以卫国者，可自陷于穷兵黩武之境。此则心之知善知恶以辨所应为与所不应为者，即正心之关键也。柏氏深知善恶之知，出于自知(self-knowledge)，技能之知，如医生之于治病，匠人之知，所以制物者异。故善恶之知，即善之本身之知，非有克己反省之功，不易言也。

（四）德性为人所固有，东西两方关于人之德性，有一种争执，即德性为人所固有，抑由外力所强加，东西所用名辞各不相同，孟子书中名之曰，一为固有，一为外铄。柏氏书中名之曰一为天赋，为上帝所与，一为智识，由教者所灌输。或吾国荀子名之曰性，“伪”意谓以人为之法强之而后成者也。此争执既为东西所同，兹先举孟子言如下：

> 孟子曰：“人皆有不忍人之心。先王有不忍人之心，斯有不忍人之政矣。以不忍人之心，行不忍人之政，治天下可运之掌上。所以谓人皆有不忍人之心者。今人乍见孺子将入于井，皆有怵惕恻隐之心，非所以内交于孺子之父母也，非所以要誉于乡党朋友也，非恶其声而然也。由是观之，无恻隐之心，非人也。无羞恶之人，非人也。无辞让之心，非人也。无是非之心，非人也。恻隐之心，仁之端也。羞恶之心，义之端也。辞让之心，礼之端也。是非之心，智之端也。人之有是四端也，犹其有四体也。有是四端而自谓不能者，自贼者也。谓其君不能者，贼其君者也。凡有四端于我者，知皆扩而充之矣，若火之始燃，泉之始达。苟能充之，足以保四海。苟不充之，不足以事父母。”

孟子之论仁义理智，用一端字，犹之现代名辞中可能性或潜能之义也。此可能性须爱护须培植，乃有滋长盛大之望，否则痿悴以至于死亡。在家且不能孝事父母,更何论乎治国平天下乎。彻底言之,端由于天生,而培植长养则在乎人。智为四端之一,与仁义礼信同属于德,是智在德性之中,不在德性外而与之对立。此乃东方所以重德性重德智合一之教,而西方则智与德对立,且走上智德分途之趋向之大原因之所在也。

孟子固有外铄之别,详见于《告子篇》公都子一章之中。其言曰:

> 乃若其情,则可以为善矣。乃所谓善也。若夫不为善,非才之罪也。恻隐之心,人皆有之,羞恶之心,人皆有之,恭敬之心,人皆有之,是非之心,人皆有之。恻隐之心,仁也。羞恶之心,义也。恭敬之心,礼也,是非之心,智也。仁,义,礼,智,非由外铄我也,我固有之也。弗思耳矣。故曰求则得之,舍则失之。或相倍蓰而无算者,不能尽其才者也。诗曰天生蒸民,有物有则,民之秉彝,好是懿德。孔子曰为此诗者,其知道乎。故有物,必有则,民之秉彝也。故好是懿德。

德性论所引起者,其在东方为性善性恶之争,其在西方为宗教家原始罪恶说。然两方所争均为拟似的假问题。以为恶者未必因人之恶而不施以教育,使之为善。以为善者,未必不防其为恶而不加以强制也。实际言之,两方皆认德性为人所固有,乃有所谓"由己"与自由之说也。柏氏对话录中颇多德性为智识之言。然柏氏所谓智识,指的然无疑之知或自知之知,与现代科学之知,技术之知,决非一物。自此方面言之,因柏氏书中"德性即智识"之语,或德性可由教育灌注之言,乃谓柏氏视德性为智识,乃不知柏氏之浅尝之言也。摘录柏氏《墨诺》(Meno)篇中之言如下(此篇译文,与孟子之文之长短不称,译者深有此感。然东西行文之法不同,非译者所能删改。况不依原文直译将失希腊哲人辩论之精意。与其寻章摘句而遗其精华,不如仍其冗长而令国人窥见柏氏思辨方法之为得矣)。

苏氏:请语我以德性为何?

墨氏:欲答此问,非难事,以男子之德言之,彼应知如何治理国家,如何方能有益于友,有害于敌,且注意于自己不至受害。以女子之德言之,如何治家,如何料理阃内之事,如何顺从丈夫。各人,因为为男为女,为长为幼,为自由人为奴隶,各有其不同之德。德之数甚多,故其定义不一。德视各人年龄与行动与所为之各异而异。自反面言之,其为不德之事,亦与此同。

苏氏:我深以为幸。我所问者为一种德,君以君所知之一群之德告之。设想我遇一群蜂,询君曰蜂之性质如何。君答曰蜂之种类甚多。我再问曰蜂之种类既多,则蜂与蜂之不同何在。或因大小,形状美丑之性地而异。则君之答何如?

墨氏:既同为蜂,则彼此间无异同可言。

苏氏:此为我所欲知者。墨诺!请语我以蜂之所不异或曰蜂之相同处。此为君所能答?

墨氏:此为我所应答。

苏氏:以云德性,亦复如此。德之种类虽多,然其所以为德,必有其共性(A common nature)。此乃答何为德者所应注意之点。不知君已明吾意否。

墨氏:我已开始明君意,但我尚未能把握问题之义,如我心所愿。

苏氏:君言德有男子之德有妇女之德,有孩子之德。君此言限于德一项乎,抑并其他如健康如大小如强弱等:一样适用乎。抑或健康为各人所同,无男女之分乎。

墨氏:就健康以言健康,为男女所同,无彼此分别可言。

苏氏:此语可适用于大小与强弱问题。妇女之所以强,同于男人之所以强。强指其力言之,男之力同于女之力。有所以异乎?

墨氏:无异。

苏氏:如是,德亦只有一种,不论其男、女、大、小,一也。

墨氏:我不能不说,德唯一种之言,恐不尽然。

苏氏:何以不然?君曾否言男子之德为治国,妇女之德为治家。

墨氏:我曾有此言。

苏氏:治国者与治家者能不以公道与礼让(即自克)治之乎。

墨氏:不能。

苏氏:治国与治家,须同公道与礼让治之。

墨氏:诚然。

苏氏:不论男女,须同为善人,方知有公道与礼让之同种德性。

墨氏:诚然。

苏氏：老年少年倘不公道不礼让，可以为善乎。

墨氏：不能。

苏氏：老年少年须同知公道与礼让。

墨氏：是。

苏氏：各人之善出于一途，具有同种之德。

墨氏：应如是推论。

苏氏：各人苟不具同一之德，何能出于同一之善。

墨氏：是不可能。

苏氏：德之同一，既已证明。君当能记忆君与佐治所论之德如何矣。

墨氏：君需要关于一切德之唯一界说是矣。

德性中有仁义智勇之分。然既同为德，应有同一共性，犹之植物，动物与人类之共性曰生，生即动物植物与人类之所共，所谓概念是也。苏氏依剥竹笋之法，先去一层又一层之外皮，及于最后，乃得其各类之所同。此西方治学方法中分类与共相之所由来也。我所以不愿轻此文而删削之者，为此而已。

苏氏：此正为我之所求。

墨氏：我此时所能言者，只有一语曰，德者治人之权力也。

苏氏：德之此种定义，能举一切德而概括之乎。墨诺！小孩与奴隶非同有德乎。小孩能治父乎？奴隶能治其主乎？能治人者尚可称为奴隶乎？

墨氏：我以为不可。

苏氏：此为不合理之言。依君意，德为治人之权力。然君尝加“公道”字样，或“非不公道”字样于其后矣。

墨氏：是。我同意。因公道为德也。

苏氏：君但言德或一项德(a virtue)乎？(此又为东西文法不同之点，应注意)

墨氏：君意何在？

《墨诺篇》对话录之译文，到此为止，不再望下继续矣。因原文中苏氏又提体态(figure)问题颜色问题，体态有平面有立体之分，论圆论方论三角论圆锥，只能以一种体态名之，依西方文法，应加爱字(A)，所以明其为体态之一种，犹之论颜色者知有黑白红绿之分，说白时应说白为一种色也。若论体态时举方与圆之一为解释之资，论颜色时举黑白红绿之一为解释之资。此为以各分殊(particulars)解全体，而妄其全体共性(或曰概念)之何在矣。苏氏所以驳墨氏权力之说，即因权力为强者所独有，非男女老少奴隶与主人所公有故也。苏氏再三驳难后，终达于各人所共有之善，谓之为德。此乃《墨诺篇》之要点也。兹录篇中最要语如下：

德者人之对于善之愿欲，与达于善之力也。

柏氏以善为总纲以德为节目。试问与《告子篇》公都子问性善之说，孟子举仁义礼智为人所固有以答之者，有以异乎。乃至《大学》首章之明明德，止至善，贯之以八条目者，又何以异乎。

善为德目之总纲，因而各德彼此间，有其互相贯通之处，皆求所以达于善也。柏氏在其《卜罗太固拉司》对话录中，有与苏葛拉底氏问答之语曰：

> 苏氏问：各种德为德之全体之一部，是否公道，克治（即礼让）与神圣均为其一部，或为同一物之名称之各异者。此为我心之所疑。
>
> 卜氏答：此问之答复不难。君所举之各性，皆同一德之部分也。
>
> 苏氏问：各德彼此间所以相同，如同一面貌上之耳目口鼻乎，抑如同一金块之分为大小各块乎。
>
> 卜氏答：如人面上之耳目口鼻，虽为各部分，而仍与全面相关连者也。

吾人读柏氏之短篇对话录，如论友谊、论勇、论克治诸篇，无一不以诸德之相通为根据。如论勇篇言勇者须知所当坚守与所不当坚守，此乃勇中之智也。其论克治，颇近于择善折中之义，然推源至于自己返省或自知之明，此乃礼让中之智也。本此义以求诸孔孟之书。所谓"克己复礼为仁"，非仁中之礼乎。所谓"勇者应临事而惧，好谋而成"，非勇中之智乎。所谓"唯仁者能好人能恶人"，即爱人之中含有善恶好恶之别，非仁中之义乎。是诸德之所以相通，由于其出于一源，唯其所以表现于智情意与其所以应付之事情之不同，乃有仁、义、礼、智、谦、勇、忠信之别。如是各德相通，同归于善，非东西哲学之同出一辙者乎。

（五）曰以道为归宿。吾先录朱子《中庸章句》中"率性之谓道"之解释如下：

> 人物各循其性之自然，则其日用事物之间，莫不各有当行之路，是则所谓道也。

道有在宇宙之间者，如阴阳也五行也，太极无极也，理气之关系也，理与实之性质也（程子言天下无实于理者），此为宇宙全体论中所必起之问题也。道有在人与人之间，如家庭间之父慈子孝，朋友间之信义，人与人之平等，乃至所谓仁义礼智之德。此人伦中所必起之问题也。道有在物理之中者，如事物之类分，如事物之分析，如事物之因果律。合而言之，无一非道之节目也。因此《中庸》之言曰：

> 道不可须臾离也，可离非道也。
>
> 天地之道，可以一言而尽也。其为物不贰，则其生物不测。

如是，恒常不易之理，东西学者日夜仰观俯察，苦心思索以求之者也。其目的之所向同，而其所定之名称，彼此各异。孔孟名之曰道，而柏氏名之曰意典。此由于柏氏分宇宙为二，一曰变易。二曰实有或至有。其来去不定，变化不息者属之于变易。其永久不改者，属之于实有或至有。譬之目见之一果一瓜有生有灭，至于果瓜之类名，则永久存在，犹之一人有生有死，而人之所以为人之共相则永久存在。方、圆、三角之形之成于木石者，尺寸相同，时不免于毫厘之差，但数学中之方、圆、三角，则绝无参差可言。乃至美之各物，与美之型所以各异，亦复如此。如是永久世界中之一定不易者，实有也，意典也。一时世界中之忽来忽去者，一时耳目口鼻手足之所触者而已。如是孔孟之所谓道器之分所谓大体小体之分，一在感觉之中，一在思想之中，与柏氏名异而实同。可以见矣。

孟子与柏氏所以相类，更可以孟子之言之有关于六律，规矩者明之。《离娄篇》曰：

> 离娄之明，公输子之巧，不以规矩，不能成方圆。师旷之聪，不以六律，不能正五音，尧舜之道，不以仁政，不能平治天下。……
>
> 圣人既竭目力焉，继之以规矩准绳，以为方圆平直，不可胜用也。既竭耳力焉，继之以六律正五音，不可胜用焉。既竭心思焉，继之以不忍人之政，而仁覆天下矣。
>
> 规矩、方圆之至也，圣人、人伦之至也。

孟子之言，与柏氏学院外墙上所悬通告曰，不通数学者不必入内之言，自不相同。然孟子心中知以数学中之方圆与音乐中之六律为学问之极致，则与柏氏无异。柏氏《共和国》中所以训练其治国者自二十岁至三十岁十年间为治数学之年。对于数学中各科目，先说明其所以治学之方法。（一）算术中之加减乘除。非为商业上之算数，乃所以知各数所以相等之故。（二）平面几何。非求方圆之如何构造，乃知圆之自身，方之自身［即圆、方之有（Being）］。（三）立体几何。此为当时方在创造之中，长、宽二者之外更求其深。（四）天文，非求其与农业、航海、战略之有用处，乃求各星之动与其速率如何。柏氏学院治学之方法，不为实用，乃为发展思想。吾知二人晤对一堂之日，定有其心心相印之处也。

以上所举五项，非谓其字句之相同。乃指其思想之相同，大概人之所以为人（即理性动物之谓）之概念，与夫德性之由来，皆出于心官之思，而无与于耳目之感觉，此乃两人所以由形下走入于形上，而各项相同之点自随之而来矣。

虽然，我论孟子与柏氏哲学之所以同，不能不兼及于其所以异何也。东西两方各有其历史沿革，地理背境与语言之不同，不合，乃理之当然，而合，其偶然者耳。就语言之文法言之，西方动词（to be 或 is），吾国译之为“是”，或仅略而不译。此为主辞与形容辞，或主辞与主辞间之连系字。此一字有存在之义，亦即含有有与无二者之义，此字为西方哲学中之大问题，我倘置之不论不议，则为治学者之自欺欺人矣，然在吾国哲学语言中，求与此相等之字不可得矣。再言两方所讨论之内容。西方哲学以求客观真理为主，而道德是非次之，吾国反之，以道德是非为先，而客观真理次之。唯如此，吾国所注意者为心为良知为忠孝仁义之德，西方所注意者为实有（reality）为有（being）为绝对之真善美为自然界为上帝。名其有形者曰自然界，名其无形者曰上帝曰绝对曰精神。我国之心也良知也德性也，外在之物理性不如自然界，内在之绝对性不如上帝。此所以彷徨中道，自保其独立立场，以云内外两方之收效，则与西方不可同日而语矣。乃希腊古代史中有一段自宇宙论回到人生行为论之时期，而为苏葛拉底与柏拉图之时期，其精力所注者为行为是非、为德性为共相为思。于是柏氏与孟子乃有其不谋而相合之处，此中西哲学史中绝无而仅有之一次，我所以名之曰偶然也。其相合处既如上述，更就其异处言之，其一为文字之繁简。孔子曰“朝闻道，夕死可矣!”言乎知道者平日心安理得,至杀生成仁之日,无怨天尤人之意,视死如归而已。孔子以七字表达闻道者之心情;而柏氏对话录有两篇记苏氏死前之言,一曰《辩解录》,英译本有三十四页之多,二曰《翻度篇》,述苏氏灵魂不死之言,有六十页之多。此两篇均柏氏之文,非苏氏所自作。其视孔子七字之文,一详一简为何如。诚以西方哲学务求其委曲详尽,不令人引起误会,与东方之轻墨淡写,留有余不尽之意于后人者,其性质自不同也。其二为逻辑方面之注意。西方语言文法中有所谓冠辞(article),即 a 字与 the 字之类。前段所译《墨诺》一篇论圆形时,墨氏未用 a 字,苏氏驳之曰:圆为形态之一,犹之方为形态之一。既指一种形态而言之际,不可遗漏 a 字。其意以为论方圆为形态之一者,与论全部形态者,应在文字上有所区别。此段所以如此言之者,不外乎说明举德之一种,以为德之说明,不若就一切德求之,庶几德之公性或曰共同概念,乃可得矣。此段讨论中,可以明希腊论德之本性,与韩愈氏“足乎己而无待于外之谓德”之言,纯出一致,然其所以得之者,自有东方为直觉方式,西方为逻辑方式之差别也。其三为论辩之多方。宇宙之由来,本于一理,就其生生不已之象言之,则化而为万殊。依现代名辞言之,此为一与多之问题。朱子亦已见及其理,名之曰理一分殊,言其理虽出于一,而外象之纷纭,非人计算之所能尽,乃名之曰万殊。其在西方名之曰一与多。此问题之各方面,详见于柏拉图一篇《巴米纳第司》对话录(Parmenides),所以明一与多二者之对立,不容人之同时肯定或同时否定。兹再举其八种假定列之如下(参考程子天下无实于理者一语,表中实字可以理字代之)。

甲：
(1) 若实为一,则任何事无可为一肯定
(2) 若实为一,则任何事可为一肯定

乙：
(3) 若实为一,则任何事可为一以外之其他事(或万)肯定
(4) 若实为一,则任何事无可为一以外之其他事肯定

丙：
(5) 若一为非实,则任何事可为一肯定
(6) 若一为非实,则任何事无可为一肯定

丁：
(7) 若一为非实,则任何事可为一以外之其他事肯定
(8) 若一为非实,则对于任何事,无可为之肯定

以上八种假定,因牵涉太大,恕不一一详释。读者求之《巴米纳第司》对话录可也。我所欲问者,朱子既知“一与万”之问题而提此标语矣,何以后来继起者但认为由一至万之由于气质之变化,至于一与万一真一假之对立,可以发生如上所述之八种难题,乃竟无人见及而提出之者,何也。同为思想,有就其内容言之,有就其形式言之,如同异一端,黑白之为异色,动物与人之为异类,人所共见也。然逻辑方面之同一,排中矛盾等律之发明,必待西方人为之,而吾国人不能焉。此由吾国人忽视语言形式之所致,而东西思辨之工拙,因之而大异矣。

我以为吾人处于现世界,应知东西彼此之所以同,然后能不丧其所固有,而更求其发扬光大。同时不可不知东西彼此之所以异,然后能知己之短,而择人之长以补之。孟子尝言智有二,一曰一得一隅之智,二曰大经大法之智,前者但足以救一时之偏

敝,后者可以奠永久之基础。兹录其言如下:

> 所恶于智者,为其凿也。如智者若禹之行水也,则无恶于智矣。禹之行水也,行其所无事也。如智者亦行其所无事,则智亦大矣。天之高也,星辰之远也,苟求其故,千岁之日致,可坐而致也。

孟子所言穿凿之智或一得一隅之智,就本书求之,殆指墨子之兼爱,许行之并耕,陈仲子之廉言之,此三人关于人情物理,偶有其一得之见,欲本此而推行之于四海。然经孟子研究之后,知其左支右绌与偏宕之处,乃提出大禹,疏江导河为例,称之为大智。然则循西方思想史之过去,古代希腊之注重德性,逻辑与数学与现代西欧科学家之尚观察与实验二者,非同为可行之大道而不可偏废者乎。

第二章 社会与政治理论

古今哲人,除其一人之行己立身外,无不以民胞物与为怀,所以好为政治活动,即此之由。孟子处战国之世,游齐梁诸国,百方劝说,无能听之者,与纵横家苏秦张仪之执六国相印,与商鞅见知于秦惠,韩非为秦政所倾倒者,大不相类。何也?不肯枉道徇人故也。柏拉图氏得友人之介,访地中海之西雪里王地翁尼西乌(Dionysius),因所论不合,出卖柏氏于奴隶市场,友人以金赎之(公元前三八七年),乃返雅典设柏氏学园。地翁尼西乌死,其子继之。柏氏续游西岛两次(公元前三六七、前三六一年),欲以哲学授之,然终为事阻,重回雅典。如是,哲人学说,欲凭帝王之力以实现，其不易可见矣。其政治理论，为世人所重视。东西古今，一也。举孟子与柏氏之社会与政治学说如下。

（甲）社会起源

社会起源，由于人群之需要，本分工合作之法，互通有无，而得如愿以偿。此东西所共肯定，无以易之者也。孟子之时，陈相许行等倡唯耕者有食学派，乃有与民并耕而饔飧而治之言，一若除自耕自爨自劳动外，不应饱食暖衣与安居。孟子提出通力合作之说以驳之曰：

> 有为神农之言者许行，自楚之滕，踵门而告文公曰，远方之人，闻君行仁政，愿受一廛而为氓。文公与之处，其徒数十人皆衣褐，捆屦、织席以为食。陈良之徒陈相，以其弟辛负耒耜而自宋之滕。曰闻君行圣人之政，是亦圣人也。愿为圣人氓。陈相见许行而大悦，尽弃其学而学焉。陈相见孟子，道许行之言。曰滕君则诚贤君也。虽然，未闻道也。贤者与民并耕而食，饔飧而治。今也滕有仓廪府库，则是厉民而以自养也。恶得贤。孟子曰，许子必种粟而后食乎。曰然。曰许子必织布而后衣乎。曰否，许子衣褐。曰许子冠乎。曰冠。曰奚冠。曰冠素。曰自织之欤。曰否，以粟易之。曰许子奚为不自织。曰害于耕。曰许子以釜甑爨，以铁耕乎。曰然。自为之欤。曰否，以粟易之。以粟易器械者，不为厉陶冶。陶冶亦以其器械易粟者，岂为厉农夫哉。且许子何不为陶冶，舍皆取诸其宫中而用之。何为纷纷然与百工交易，何许子之不惮烦，曰百工之事，固不可耕

> 且为也。然则治天下，独可耕且为欤。有大人之事，有小人之事，且一人之身，而百工之所为备，如必自为而后用之，是率天下而路也。故曰或劳心或劳力。劳心者治人，劳力者治于人，治于人者食人，治人者食于人。天下之通义也。

以上孟子所言，将许行“自耕而食，自织而衣主义”，使之体无完肤矣。然“不劳者不得食”之说，至今犹复流行。吾不知克兰姆灵宫与北京宫殿中之主人有一人自耕自织者乎。柏拉图以其大著《共和国》中想象国家之起源，正与孟子不谋而合者也。其文曰：

> 假令吾们想象国家如何创立，则国家以内公道非公道问题，因而益明。
>
> 我以为然。
>
> 国家创立完成以后，吾人所欲研究之目的，亦易于发见。
>
> 当然，更为容易。
>
> 但国家创立之工，是否为吾人所应为。因此乃一种极重要工作，吾人需多方思考。
>
> 我已想过，且望君能为之。
>
> 依我所见，国家起于人群之需要，各个人无一人能自足自给，有各种之人，有各种之需。君以为除人群之需要外，尚有其他说法，可以明国家之起源者乎。
>
> 别无他种。
>
> 人群中各人有所需，唯赖多种人供给其所需。合此等

通力合作之人于一隅之地，而为居民，此即国家之起源。

诚然如此。

此等人居于一地，各以其所有，易其所无，于是各有所取舍，此取舍之所以行，由于其中之同一观念，曰各得其所。

此言甚是。

我初言我以想象之力创造国家，实则所以创造之者必要是也。必要为万物制作之母。

此为事之自然。

最先最大之必要为食物，因食物为人所赖以生存。

诚然。

第二为居住，第三为衣服与其他。

甚然。

吾人且看吾等之市府如何供此需求，市府中应有农夫一人，造屋工人一人，织匠一人，或者须加鞋匠一人，或者再人体所需之供应者一人。

诚是。

如是国家之中，至少须有此四人或五人。

此事甚明。

但彼等工作应如何。应由一种人尽其全力以供他人之所需，譬如为农夫者以四倍以供其己所需之力产生粮食，以之供应余四人乎。抑置旁人之需要于不顾，而以四分之一之时间供一己之食物，其余四分之三时间，用于造屋，缝衣与制鞋。如是不与人合力，而专以自给其求为事乎。

阿特曼都答曰：农夫应以产生粮食为务，而不必顾及其他所需之物。

答曰此为较善之法。我闻君言，忆及人之性质，各不相同。唯性质不同，各人各有其所宜之职业。

诚然。

君以为人之善其事者，以一人兼数职乎，或一人一业为当乎。

一人一业为是。

更有应言者，工作应及时完成，否则有损坏之虞。

此亦无可疑者。

职务无法等候，不能待人有暇而后为之，有时开始以后，须计时完毕。如此言之，职务为人生第一目的。

他必须如此为之。

唯如此，人须专治一业，不及其他，既为其所好之业，在适当之时间完成，则因熟能生巧之故，出品尤多，而品质精良。

此无可疑者。

或此市府之民须有所增。农夫须备工作之器，但他不能自造耒耜或锄头。造屋匠所需之工具更多，织工与鞋匠亦复如此。

诚然。

如是，此小国已在长大之中，须有木工，铁工，与其他工匠。

诚然。

此外更须增牧牛者牧羊者与牧马者，因农夫需以牛拖耒，造屋者与农夫须以牛马运货，织匠需以牛马运羊毛牛皮。然此国家尚不甚大。

诚然,既有各种工匠,此国家已不小。

国家之地位如此,然欲求此国中无外货进口,乃不可能者。

此不可能。

如是需有另一种公民,专运外货,以供人民所需。

必须如此。

然此种商人空手而去,而他国中亦无可以供人需要之品,其人将空手而返。

当然如此。

如是,本国所产者,不但可供自己之用,且在质在量两方,应供他国人所需,以易其可为我用者。

诚然。

如是,农夫与工匠更需增加。

应增加。

不但农夫与工匠,以进口出口为业之大商人,亦需增加。

是也。

是否吾们应需大商人。

需要。

既有商品在海外运输,则熟练水手亦需大增。

是也。其数目甚大。

然市府国家以内,货物交易,如何进行。

吾人组织社会与成立国家之日,即以交易为主要目的之一,此为君所记忆。

彼等将以买卖为事,此事甚明。

如是彼等需有市场与大小钱币以达交换之用。

诚然。

设想有一农夫与一工匠，携其所有之物入市，而市上无与之交易者，彼等将弃其职业欤，抑闲坐以待欤。

不须如此。市上自有买卖人知其物之为人所需。彼等因体力较弱，不耐辛勤，乃开设一铺，以其金钱买收他人之物，或以物出售而收其钱。

因此市府之内，乃有零售商人。在市内买卖者，名曰零售商，由甲城去乙城者，名曰大商人。

甚是。

另有一类服役者，其智识不与商人平等。但体力充足，专以卖力为人劳动，名曰雇工，所谓雇工，即以工资为其劳力之代价。

诚然。

如是，因雇工之故，人口又为之增。

是也。

如是：阿特曼都，是国殆已成熟而完成。

我以为然。

柏氏所言，涉及海外贸易，此为希腊之地理使然，乃与孟子略异。然通力分工之中，各人各精一业，互通有无。两人如出一辙也。

（乙）政治为专门技术

孟子对于齐梁之君之一无所知，而妄以开疆拓土为事，深恶痛绝，尝有对梁惠王之语曰：

> 狗彘食人食，而不知检，涂有饿莩而不知发。人死，则曰非我也，岁也。是何异于刺人而杀之，曰非我也，兵也。王无罪岁，斯天下之民至焉。
>
> 杀人以梃与刃，有以异乎，曰无以异也，以刃与政，有以异乎。曰无以异也。曰庖有肥肉，厩有肥马，民有饥色，野有饿莩。此率兽而食人也。兽相食，且人恶之。为民父母行政，不免于率兽而食人，恶在其为民父母也。

孟子与梁惠王间之问答如此，可谓视之如三岁小孩，而为人君者坐待孟子面责，而不知所以为对，是尚得谓尽君道之君乎，孟子所以对梁襄王，直评之曰“望之不似人君，就之而不见所畏焉”。

孟子对于齐宣王之问答，同以“见大人则藐之”之态度出之。其言曰：

> 王之臣有托其妻子于其友，而之楚游者，比其返也，则冻馁其妻子。则如之何。王曰弃之。曰士师不能治士，则如之何。王曰已之。曰四境之内不治，则如之何。王顾左右而言他。

孟子对于时君之态度如此。轻之鄙之，无以复加矣。

孟子乃进言于齐宣王，治国须有学问技术，如同造屋之匠，琢玉之匠。其言曰：

> 为巨室，则必使工师得大木，工师得大木，则王喜，以为能胜其任矣。匠人斲而小之，则王怒，以为不胜其任矣。夫人幼而学之，壮而欲行之。王曰姑舍汝而从我，则何如。今有璞玉于此，虽万镒，必使玉人雕琢之。至于治国家，则曰姑舍汝所学而从我，则何以异以教玉人雕琢玉哉。

孟子视治国为专门学问与技术之意，至为明显。然世人每以为一朝权在手，便把令来行。一若权力第一，而学术次之。乃以治国之学问为书生之见，此乃治日少而乱日多之大因也。

柏拉图以治国比医生与船长，其言如下[柏氏之文为公道与强者之权利(即孟子所谓霸)一段中之一节。其对谈者为太拉西麦刍司(Thrasymachus)等六人]：

> 不如让我先提出一问题。医生，如君所言为严格意义之医生，为治病之人乎，抑为谋利之人乎。
>
> 答曰：为治病之人。
>
> 海上船主，即严格意义之船主，其人不仅为水手，乃号令水手之主人。
>
> 是真船主。
>
> 彼在海上航行，不过偶然情势如此。名曰船主，则与水手不同。因其当号施令，主管船上一切人事。
>
> 诚然。
>
> 我言：一切艺术皆有其主要目的。
>
> 确然如此。
>
> 凡艺术皆有其所欲达之事。

是也。此即艺术之目的。

艺术最注意者,为艺术之完美。除此以外无他事。

君意何所指。

吾意所指,可以身体为例,从其消极方面以说明之。假如君问,身体为自足者乎抑或另有所需要者乎。我可径答曰身体有需于外物,譬如身体有病,则需人治之,此即医药之目的,自医药之缘起也。此谅为君所承认。想君亦以我言为然。

良是。

他答:甚是。

然医术或其他技术,是否有何缺点,须以外物为助,如目之不见,须求助以光,耳之不闻,须求助于声,如是,须其他技术以为见与闻之设备。技术既有其缺点,须以他技术为之补充,甲需乙,乙需丙,丙更需丁,戊,己,以至无穷乎。或每一艺术自足乎己乎。或既不需己助,亦不需人助,专恃其自身,可以达其所欲之目的乎。因某一艺术固已完美无恨矣。君意以为何,请坦白告我。

是也,此事甚显著。

如是医只需以身体之利益为事,不须再问医学本身何如。

他答曰:诚然。

太拉西麦刍司——是艺术皆足以自为主人,而君临其对象矣。

太氏虽似同意,然有踌躇之色。

于是我断言曰无一种艺术,以高位或力强者之利益为念,彼等所念念不忘者为对象(即医生之病人)为弱者之利益而已。

太氏颇有意驳斥此项命题,然卒面从而止。

我续言:凡为医生,须以病人之利益为念,不先为自己打算。良以为医生者须视病人为君王之人民,不可以图一己私利为念。此乃上文吾人所承认者。

是也。

严格意义之船主,即水手之主,不仅为航海员已焉。

此亦前文所承认者。

如是为船主为主人所应顾到者,乃其水手之利益,非其自身之利益。

太氏勉强答曰是。

我言:太拉西麦刍司氏——凡居于治者之地位者,无一人以自己利益为念,无一人不以其对象者之利益为念。其所思所言所行,无非此一事而已。

吾辈所辩论者至此为止。各人共见太氏所主张强者之利益之定义,已推翻矣。太氏乃不作答复,忽而问曰你有看护士欤。

我曰:君应作答,何以忽提出此问。

太氏曰:君不见看护士让小孩鼻涕下流,而不先注意,此种人何能作牧童与羊群之区别乎。

君发出此问之意何在。

太氏答曰:试设想世间有牧童之于牛羊,专为牛羊之利益,而不为自己利益或其主人之利益计乎。世间之治者,有不以其人民为牛羊,而日夜为其人民之利益计乎。君误入歧途，对于公道不公道之观念完全不明，不知公道云云，乃借其名义为一己利益之计，实即强者之利益，而无与于人民。强者自居于治者，视人民为牛马，以增进一己之福利，与人民有何涉哉。愚蠢之苏格拉底——自命为公道者，常有失无得，与不公道者相反。试思私立公司中，公道者与不公道者合股营商，当解散之日，不公道者所得反多，公道者所得反少。又如与国家交涉之际，公道者多付所得税，不公道者少付所得税。又如政府有所与，不公道者所得多，公道者所得少。又如各人就政府职位之日，公道者为顾全公家计，奉公守法，不令国家受损。而在不公道者为之，徇私犯法，通同作弊。更有窃国之暴君，就国家之宗教的与世间的，公的，私的财产一切据为己有，人将视为大功，事之如君，倘就其所为，分项论罪，可分之四，窃庙者，窃人者，劫财者，偷窃者或欺骗者。而窃国成功者，则此诸罪之名，归于乌有矣。苏格拉底！恃暴力者不公道者其横行之便，方法之巧，谁能及之者。此我所以屡屡告人曰，公道者，不过强力者之盗窃名义，以谋一己之私利而已。

太拉西麦刍司氏既说此段，如人入浴，头面耳目均为水浇，而太氏将即转身走矣。同座者坚持太氏应坐下，且辩护其所言。我（苏氏）亦告太氏，曰君言颇动人，然其是非如何，君应听旁人辩解。各人处世之道，如何有益于人与有益于己，乃一件大事，不可依君所见，视为不关痛痒之小事而已。

此问题之是非如何，我与君之意各不相同。

太拉西麦刍司！君似以为吾人处世之道，与君合，或不与君合，以为无关得失。泊列梯君！君应以胸中所藏，畅快言之，而在座诸友因闻君言。得君之益。就我个人言之，我不信不公道者轻诸公道者不受牵制而能畅快行事者，能多有所得。即令不公道者因欺诈或暴力之故，而所犯不公道尤甚者，然谓其获益多于他人，此为我所不信，或者在座诸君中，有与我抱同一见解者。太拉西麦刍司！倘吾人以公道为是，以不公道为非者，不应更以君之智慧为吾人解释乎。

太氏曰：我不知将以何道令君等舍己从人。君等在其所言之中，已有其自信之立场，非我所能矫正。君等其以为吾之肉体能变更君等之心灵乎。

答曰：此正与吾等之所求相反。吾等所愿，乃君所言之前后一致，即有移动之处，亦需以公开之道行行之，不可以骗术出之。太拉西麦刍司！君初言曰严格意义之医生，何以不同以此意义适用于牧羊儿乎。依君所言，牧羊儿不为羊之利益计，而但为他人，如食客与商人等类之利益计。然真为牧羊儿者，应知羊之利益，此由牧羊之术早已确定，彼应依样为之。我所以谓治者之为治者亦应依同义行之，不论在公在私方面，应以人民利益为念。但我闻君所言，似乎治者即恋恋权位之人而已。

我不如此想法。我自知之。

试问居于卑职小位之人，何以必须另给薪金，然后就位乎。此由于彼等所以居此位之故，乃为他人利益，非为自己利益。我且问君，各种艺术，是否按其性质，各不相同。此问题君意以为何如，请直陈所见，或者吾人所论，可以向前一步。

他答:各种艺术之性质自不相同。

各种艺术各以其特长利人,如医生之长在治病,航海之术为海上安全,唯除此而外,另有其共同之长。

他答:是也。

会计之术在于付款,唯不可以付款与其他艺术混为一谈,譬云航海者因海行而健康增进,此即以医术与航海混为一谈也。如君言语言之严格意义,当不至以为航海术即医术也。

当然不应如此。

譬诸人在健康中得领薪金,君当不至以付薪即为医术。

不应如此。

君亦不至以医生治病者之获得诊费,而视医术为受款之术。

当然不可。

吾人前已认定,每一种艺术有其特有之长。

是也。

然各种艺术又有其共有之长,此即各种艺术有其对于人类之共通益处故也。

他答:诚然。

因此艺术家,除其专精之术应得酬报外,常另有其共同酬报,此即由于艺术家对于人类之共通益处故也。

他极踌躇后,勉强同意。

此项酬报,不由于各种艺术之专长而来。严格言之,如医生之予人以健康,木匠之为人建屋,然各人应有工资,此即公共酬报之谓也。如是每一艺术,有其专门,亦即其对象所得之益处也。假令此类艺术家不得工资,则此艺术家是否无所得于其艺术乎。

当然无所得。

但不为人工作,是否即无益于人乎。

否！彼等有益于人。

如是,太拉西麦刍司！凡为艺术,凡为政府,不以一己之利为利,可以见矣。彼等所为,乃为人民之利益,即弱者之利益,非强者之利益也。唯如此,所以我前言有人,除另给以酬金外,不愿居于权位之他人之困难为事者,因其居于治者之地位,所为之善者,皆非为自己而为人民也。唯其然也,在其任职之先,要求酬报三种,金钱,名誉与不就职之处罚。

格牢康氏询苏格拉底,君言之意何在？前二项尚易了解。所谓处罚,既为处罚,何能称为酬报。

君言不知此三项何以能称善人之酬报。君自知,野心与贪心二者,乃人之耻辱也。

此言甚确。

因此我可以明言,金钱与名誉,在善人视之,绝无吸引之力,因善人不愿因统治而得酬报,其得金钱,则降为雇佣人或窃贼之流矣。且亦无野心,以不顾所谓名誉也。所谓处罚者,使其知所畏惧,不得不出而任事也。世间流行一种风气,曰争先就职,不待人请而自至者,为不名誉。但各人不愿就治者之职位,则次一等人起而代之,此即善人所受之罚也,善人之就职,非其心之所愿,乃受人逼迫而后为之,所以表示其不为酬报不为享乐而来,乃为其不得更善之人或同等之人而来也。吾人可以设想一城或一国之内均为善人,将有避位之风气,一如今日争位风气之甚。由此可知所谓治者之职,非为一己之利益而为人民之利益。其意所在,与其居高位而授人以恩泽,反不如居卑位而奉命行事之为得也。

柏氏此段文字中力言统治之责与医生航海家同,皆所以为人,非所以为己。其与孟子玉人琢玉之意,显然相同,明矣。然柏氏更进一层,有贤者避位不居之言,所以明责任负担之不易,则与一己利益之目的,相去更远。庄子曰:"千金,重利,卿相,尊位也。子独不见郊祭之牺牛乎。养食之数岁,衣以文绣,以入太庙,当是之时,虽欲为孤豚,岂可得乎。子亟去无污我,我宁游戏污渎之中,无为有国者所羁。"此乃道家遁世绝人之意,与儒家以斯人之徒自任者相反。然一国中争城夺地之祸,正由此起。治者何由而来,所以成为古今之大问题也。

(丙)人民之养与教为国家之大事

孔孟言"为政以德"。以人民之衣食与其礼教为国家之基础。希腊柏拉图氏首著《共和国》一书,以为治国之道,应以伦理以正谊为本,与儒家正同。其论社会起源在于通力合作之旨,已详前文。《共和国》为柏氏早年高标理想之作。及其晚年认识人性改造之不易,乃就脚踏实地处立论,有论《法律》一书,虽同为治国之论,然一以德性(正谊)为主,一以法律为主,乃两所以异也。录孟子之言如下:

> 是故明君制民之产，必使仰足以事父母，俯足以畜妻子，乐岁终身饱，凶年免于死亡，然后驱而之善，故民之从之也轻。今也制民之产，仰不足以事父母，俯不足以畜妻子，乐岁终身苦，凶年不免于死亡。此惟救死，而恐不赡，奚暇治礼义哉。王欲行之，则盍反其本矣。五亩之宅，树之以桑，五十者可以衣帛矣。鸡豚狗彘之畜，无失其时。七十者可以食肉矣。百亩之田，勿夺其时，八口之家，可以无饥矣。谨庠序之教，申之以孝悌之义。颁白者不负戴于道路矣。老者衣帛食肉，黎民不饥不寒，然而不王者，未之有也。

吾国教育，最重人伦，犹现代所谓公民也。孟子述夏，殷，周三代之制度曰：

> 设为庠，序，学校以教之。庠者养也，校者教也，序者射也。夏曰校，殷曰序，周曰庠，学则三代共之，皆所以明人伦也。人伦明于上，小民亲于下。有王者起，必来取法。是为王者师也。

柏拉图所处所见闻者，为海滨小国，其区域为一岛或为海边之一城，居民之数，据柏氏所想象，不应超过五千零四十人（此为假定数目），居民在国内或赴海外以商为业。如是，希腊之市府国家与吾大陆家赖田地为衣食之源，以“百亩之田勿夺其时”为立国方针者，自不可同日而语矣。柏氏晚年自知其《共和国》中所主张之共产说之不易实行，乃退而采取私产之制。其言曰：

> 让一切公民分地分家宅，且不必共同耕地，因财货公共之制，超于人民生活之原意，成长与教育之外也。

前语之下，柏氏续之以父亲逝后分产之制应如何。此与教养为两事，故略而去之。唯每人所分之地，应保持勿失。良以此乃农民应有之生业也。

柏氏深知市府国家之民，不以农夫为限。乃有论一般居民之财富之言曰：

> 所望来此殖民地之人民，各人所有之物，彼此平等，然平等为不可能之事，各人所有之物自有或多或少之不同。更有种种理由，引起其所以不同之故。有时因国家危机之故，比例于各人财富之多寡，其地位或高或下，其纳税或多或少，因而各异。然地位高下，既因财富而异，令人起不平之感，此种不平等之由于法律者，仍以平等为旨归，希望各人勿因此而起争吵。因此富力之异，分人民为四类，有恒居于富者，有恒居于贫者，有由富而变为贫者，有由贫而变为富者。我所建议之法，即为一国之内，不应有甚富甚贫之分，因甚富者为一派，甚贫者为一派，此为国家之大祸，应力求避免者也。因此国中立法家应确定富之限界如何，贫之限界如何。所谓贫之限界，应以各人所分得之地之价值为度。富之限界，应以两倍，三倍或四倍于贫者所得土地之价值为度。如此，治者不令贫者所授之土地稍有损失，则彼等之名誉与德性可以保全矣。除所规定以外，富者尚有余资，应以之献于国家社稷之神，则彼可不受处罚，倘彼不自遵守

法律，而他人将其事报告之者，则其余资之一半为报告之酬，另一半属于社稷之神。各人所有者，除贫者所分之地外，一律向官厅登记，使金钱诉讼，明白易晓。

柏氏论教育之语，尤为详尽，不独及于教育之宗旨，更涉及教育中之课目。其言如下：

亚典客人曰：让我告君以教育之宗旨，君以为能满君意否。

克兰意纳（克兰岛人）答曰：我且听君言。

亚典客人曰：依我意，凡长于某事者，自幼时即行实习某事，不限于一种。喜造屋者，即以造小孩屋为游戏，喜为农夫者，即令其种地，其为教师者，应以同类之模拟工具予之，使其玩具之所习者，即为异日之工具。譬之异日木工应自幼时知规矩之用，异日之战士应知骑射之用。如是男童之所好，由其玩具而循致于终身之职业。儿童教育尤以幼稚园一段为重要，使小孩幼时之心灵，由其玩具达于其性情之所长，而终于其成人时之所造就。不知君意与我合乎。

克氏：诚然如此。

亚典客人曰：让我将教育之义不令含糊，说得明白。吾人对人成立以后，称某为有教育，某为无教育。譬如某人为零卖商，某为船主，某某为其他业者，此等人有时目之为无教育，因吾人不以一人之技为尽人之长，而将教育二字作狭义解释故也。由德性之修养，进而为公民中之完人，如何治国，如何服从命令，无一事不在教育含义之中，此乃君人所谓教育也。如是其他训练之为致富为强身者,只可谓之为聪明,其与理智与公道分离者,不合于胸襟宽大之旨,不足谓为教育也。吾人不必因字面争辩,只须抱定吾人之大宗旨曰:教育之目的,使人为善人而已。

柏氏于《法律》一书中,更详述教育之课目,分为三类:第一,十岁至十三岁,识字作文。第二,十三岁至十六岁,音乐,舞蹈,体育。柏氏以为音乐使人知节奏,和谐之美,极为重视。第三,少数人更应学算术,几何,天文三科。柏氏以为此三项非人生活所必需,然为追求科学真理者所必经之途径。今日视之,乃大学教育所应有事。然当代之科学研究以数理为本,谓为由柏氏方法一贯而来者矣。

(丁) 守法为立国之本

孟子曰:

离娄之明,公输子之巧,不以规矩不能成方圆。师旷之聪,不以六律不能正五音。尧舜之道,不以仁政,不能平治天下。今有仁心仁闻,而民不被其泽,不可法于后世者,不行先王之道也。故曰徒善不足以为政,徒法不能以自行。诗云不愆不忘,率由旧章,遵先王之法而过者,未之有也。圣人既竭目力焉,继之以规矩准绳,以为方员平直,不可胜用焉。既竭耳力焉,继以六律正五音,不可胜用也。既竭心思焉,继之以不忍人之政,而仁覆天下矣。

孟子言“先王之法”，其为习惯法，显然甚明。然其与规矩方圆，六律五音相提并论，则其守法之严，可以想见。柏氏《法律》一文，视法律如神，是更进一步矣。

亚典客人曰：吾人论治国者，每云由谁治谁，吾人所常达到之结论曰，以父母治小孩，长者治幼者，贵者治贱者。此外尚有其他原则，彼此互不一致。此类之中，有一项，曰力之原则，即希腊诗人平尔德所谓暴力，指有力者应有统治之权言之也。

克氏曰：此为我所记忆。

亚典客人曰：究竟应以国家托之于谁。此为古今以来之国家中所常发现之事。

克氏曰：何种事。

亚典客人曰：国家之中，彼此各争权力地位之高下。居上峰者常欲独占政府之权，不令败者或其同志分得一份。彼此俨同对垒，其在位者常恐他人熟知其为非，得取之而代兴。然此种政府不成为治体，其所定之法，只为一阶级之利，非为全国之公。此种国家不成为治体，只可视之为一党一派，其所云公道，尤为无意义之名辞。我所以如此云云，所以明托国之道，不可因其人之富，不可因其家之贵，或因其有其他利益，唯有以国家托之于服从法律者，使之掌握大权，彼居于第一位，且为各神之第一侍者。此外位置，更以他人辅之。此种治者，可名之曰法律之仆人或侍者。此非我之标新立异，乃因国家之祸福，视其法律之守与不守也。我信一国之中，法律无权，由人颠倒之者，其国必败；法律居于治者之上，治者居法律之下者，其国必兴，因其为诸神所爱护也。

希腊各国中政体之种类甚多，其以法律为调和各阶级利害为公道之所寄之信心至为坚强，与孟子所谓道揆法守，其义一耳。

（戊）政体与人民之参与

孟子生于周烈王四年，殁于周赧王二十六年。计其生后二十六岁，乃柏氏逝世之年，以年龄计之，倘同处一国中，尚得相从问业之人也。孟子处战国之世，所见政体种类之多，不如柏氏。而其民贵君轻之主张之坚定，驾柏氏而上之。视西方民主政治之理论家，亦早千余年之久。然则孟子民贵君轻之义，谓为世界民主论之先驱可也。孟子政治理想之根本，为民贵，君轻四字。此四字之精神，贯彻于全书之中。其言曰：

民为贵，社稷次之，君为轻。

孟子所用民贵君轻四字，由于其以人为人，以人为目的，不以人为工具。人各有其衣食之需与其美善之德。凡为政者顺人民之性，而有以满足之发展之，乃能谓尽其治者之天职，否则为害民之君。孟子曰“贼仁者谓之贼，贼义者谓之残，残贼之人，谓之一夫。闻之诛一夫纣矣，未闻弑君也”。如是政治通于道义。彼不能负“内圣外王”之责者，既不能自己正心修身，当何能率天下之民而居于安乐之境乎。

孟子对于战国之君与臣，认其所为无一能合于其理想中之天职者，故曰：

> 五霸者，三王之罪人也。今之诸侯，五霸之罪人也，今之大夫，今之诸侯之罪人也。

其于战国之臣如公孙衍张仪，则目为“以顺为正之妇道”。吴起孙膑，则谓为善战者服上刑之人也。

孟子再三思索，认定其时之君与臣，无一合于治道。于是其理智中起一种交替作用，或曰任择其一之工作。申言之，君民二者之间，应以何者为立国之本。此民贵君轻之结论所由来也。孟子于人性，岂有不知其有内外之分。然其毅然舍性之外缘而走向于内心之本然者，所望以内制外，而有性善之说。孟子以同样方法，研究国中君民之孰轻孰重，乃决然舍弃君尊民卑如荀子所云云者，而创为民贵之说。此则孟子在今日民主潮流中所以为先时之见，为后人所不及也。孟子于是有辨正弑君之说。其言曰：

> 齐宣王问曰：汤放桀，武王伐纣，有诸？孟子对曰：于传有之。曰：臣弑其君可乎？曰：贼仁者谓之贼，贼义者谓之残，残贼之人谓之一夫。闻之诛一夫纣矣，未闻弑君也。

孟子此言，不独为汤武开说，且为英国克林威尔夺沙利王位而杀之，与法国革命时杀路易十六世者，为之陈其正大理由之所在矣。孟子不独以废放贼仁贼义之君为当然，更明言关于黜陟进退，国人有其可否之权利。其言曰：

齐宣王曰：吾何以识其不才而舍之。曰：国君进贤，如不得已，将使卑逾尊，疏逾亲，可不慎欤。左右皆曰贤，未可也。诸大夫皆曰贤，未可也。国人皆曰贤，然后察之，见贤焉，然后用之。左右皆曰不可，勿听；诸大夫皆曰不可，勿听；国人皆曰不可，然后察之，见不可焉，然后去之。左右皆曰可杀，勿听；大夫皆曰可杀，勿听；国人皆曰可杀，然后察之，见可杀焉，然后杀之。故曰国人杀之也。如此，然后可以为民之父母。

国人除其对政府之用人，有可否之权外，更有对于一国首长，有其或迎或拒之权。所谓迎拒，非即现代之投票选举，然由其心之向与不向，由其行事可以见之。其言曰：

万章曰：尧以天下与舜，有诸？孟子曰：否，天子不能以天下与人。然则舜有天下也，孰与之。曰天与之。天与之者，谆谆然命之乎。曰否，天不言，以行与事，示之而已矣。曰以行与事示之者如之何。曰天子能荐人于天，不能使天与之天下。……昔者尧荐舜于天，而天受之，暴之于民，而民受之。故曰天不言，以行与事示之而已矣。曰敢问荐之于天而天受之，暴之于民，而民受之如何。曰使之主祭而百神享之，是天受之。使之主事而事治，百姓安之，是民受之也。天与之，人与之。故曰天子不能以天下与人。

孟子举人事之实例以证之。

> 舜相尧，二十有八载，非人之所能为也，天也。尧崩，三年之丧毕。舜避尧之子于南河之南。天下诸侯朝觐者，不之尧之子而之舜，讼狱者不之尧之子而之舜，讴歌者不讴歌尧之子而讴歌舜。故曰天也。……泰誓曰：天视，自我民视，天听，自我民听，此之谓也。

依孟子之言，国人之向背去取，为各人固有之权利。虽夏商周三代君位世袭之后，而孟子犹坚持其人民向背去舍之权利一如昔日。孰谓君为臣纲为儒家一成不易之规矩乎。自商鞅韩非等法家起而促成秦国之统一天下而专制君主制，乃垂两千余年之久。是则定于君主一尊之局者，出于法家之努力，而与孟子之身，何尝有丝毫相涉哉。此今日国民，所当明辨者也。

柏拉图《共和国》与《法律》两论中列举政体六种，曰君主政体(Royalty)，曰势利政体(Timocracy)，曰贵族政体(Aristocracy)，曰寡头政体(Oligarchy)，曰民众政体(Democracy)，曰暴君政体(Tyranny)。此六者为希腊论政者所习举，然当时地中海东西两端，皆希腊移民之所居，其所建之国，均为市府小国，当在一百或二百之间。由亚历斯大德氏收集之宪法种类，至百五十种之多，其国家之数，略可推见矣。柏氏关于政体之名称分为六种，君主政体有善者恶者，守法爱民者，名曰君主，及其落坠，以权力势位相号召者名势利政体。贵族之有品有学者执政，名曰贵族政体，及其以权位私诸少数人者，名寡头政体。由民众参加于议事与司法者，名曰民众政体，及其政权旁落于一人之手，不顾一切以行之者，是为暴君政体。柏氏生当比烈克尔(希腊民众政体之首领 Pericles)后，民众政体极盛之日，其时政治制度如下。

第一，人民大会。在比烈克尔时代，人口三十一万五千人，公民四万三千人，每一公民有权投票，并以抽签方法，各人均能轮当行政官或法官。其妇女，工人，或外国人计二万八千五百人丧失公民权。人民大会即为统治机关，异于今日之代议政治。选举政府职员名阿衡(archon)发布命令，其权不限于立法。每月开会四次，公民以旅行困难，到会者自二千至三千人。

第二，元老院。人数随时代而变，时为三百，进而四百，五百人。此为大会之委员会或今日所谓主席团。其会员以抽签方式定之。公民全体分为十部落，每部落举五十人，任期一年，待公民每一人轮到之后，各人方能第二次被选。元老院之职权，决定人民大会议事日程，为大会之牵制机关。当军事与外交者十人，由将军任之。将军十人地位重要，由公民选举，不以抽签方式行之。元老院主席，由各院员轮流任之，每人主席一日。

第三，人民法院。公民五千人，负法官之职，依公民册以抽签方法定之。五千人分为十表，轮流充任。以平均数言之，每人每三年轮当法官一次。每一表上列名出席者为二百至三百人，遇有重大案件，如苏格拉底之案，出席者千二百人。判案定罪，常在最后一刻，法官之数既多，原被告虽欲行贿，而不可得。

希腊更有一种制度，名曰贝壳放逐制，公民中认为有危害国家之人，得以六千公民之签名，放逐之，使不得预闻政治五年至十年之久。

苏格拉底氏好与青年明辨是非。有阿尼拖司氏(Anytus)告苏氏以危害国家与宗教之罪，应逐之于亚典之外，或处死刑。经人民法官五百人审苏氏犯惑乱青年之罪。法官中认为有罪者仅得六十人，第二次投票，又加多八十人。是五百人中仅得百四十票判为有罪，苏氏本可以交罚款三千米那（合美金三千元）出狱。苏氏坚持不肯出狱，卒饮毒酒而逝。

柏拉图鉴于希腊于人民大会之抽签制与人民法院中法官之无识，乃于著作中力斥民众政体之非，专以培养治国者之学识为要务，而有“哲人帝王”（Philosopher-King）之论。

柏氏于《共和国》谈话中，先作共产共妻之主张，称为辩论中之两次大浪。继作理想国建设之言，是为辩论中之第三次大浪。盖明知其意之难于实现，然为其理想价值计，不能不推其极而畅快言之。此为西方理论中之极端派，为东方人好为言顾行，行顾言者中所罕见者也。柏氏言如下：

> 吾人实在不应准许有此类事。苏格拉底——君不应如此立论，因君于辩论之始，曾有一言曰，此类事情之可能性如何。似君已全忘此语矣。我准备承认君所欲提出之计划，倘真能见诸施行，自于国家有种种好处。
>
> 苏氏答：我略起而徘徊，请勿顾惜，仍对我力加攻击。我对第一浪第二浪，尚未完全逃脱。似乎君将掀起第三次大浪，此为最猛最大之一次。我愿告君我对于公道不公道问题，已得其解决之法。
>
> 他答曰然。其法如何。
>
> 苏氏：我先问，我辈所主张之公道，是否对于绝对公道，不应有毫厘之差，抑或但求其近似于绝对公道者。
>
> 他答：苏格拉底！但得其近似于绝对公道者，可矣。
>
> 苏氏：吾人所研究者，为绝对公道之性质与完全公道者之品格，与不公道与完全不公道之品格。此即吾人所求之

理想标准也。此即吾人论吾人自己快乐与不快乐之标准，或其近似之程度也。此标准此程度在事实上是否存在，置之不论可也。吾人所欲造成者，乃一完全美满国家之理想也。此种理想，是否因吾人不能证明其一一可见诸事实，而吾人之理论，便为不足道之理论乎。

他答：当然不是如此。

苏氏：君可不必坚持实际的国家一一须与理想的国家相符合矣。倘吾人诚能发见一个市府国家之统治，已近于吾人所建议者，君当承认吾人所要求之理想国之可能性，已发见矣。诚能如此，吾人可引为满意。我个人已满意。不知君意何如。

他答：苏格拉底！我同意。

苏氏：让我指出方今国家政治所以不善之故。然由不善而善之些微改革亦须指出，我以为只须一项改革办到，则国家之革新可立至矣。此一改革自有可能，然非易事。此为最后一次我将遭遇之大浪。则令潮水澎湃而来，一若我身埋没于人之非笑中，我仍愿将我之所欲言者，倾吐而出之。不知君注意我言否乎。

他说：苏格拉底！尽君所欲言。

苏氏：我之字句如下：非待哲人为君王，或当代君王知哲学之理与力之后，非待政治的伟大与政治的理智合于治者一人之身，非待庸俗人知有其一而舍其他者，退处闲地之日，则市府国家无法免于灾害而得安乐。即以全人类言之，亦复如此。此为我之所信。唯有待此日到来，吾国家方有生活之可能，方见光明之天日。

读者勿因闻柏氏哲人君主之名辞，乃以为东西论政者之间之距离，如天高地下之悬隔，不知其归结，一也。孔孟之论政，以尧舜为其理想的标准人物，与柏氏所谓哲人帝王同。唯一为专名(Proper Noun)，一为共名(Common Noun)。申言之，一为一人专有之名，一为众人共有之名，其为殊类，无待言矣。然一方有"尧舜其君"之言，以一二人之名，推及于一般人之身。柏氏则将空谈理论之哲人，使之负治者之责，而成为尧舜。两方之途径各殊，共以圣贤为治者之宗旨，一也。柏氏所以以哲人为治者或守国者之故，以为治者须知有与无、真与伪、是与非、苦与乐、暂与久、分与全之分。其所求为国家大众长久之大计，所以培植而成之者，应从有、真、是、久与全下手，然后其所图为全国之大公，非一己一时之私利，所尤重者为智、勇、公、自克之四德，则与《中庸》以智仁勇为始，以天下国家之九经为终者之观点之相通，尽人所共见者也。然两方可以相通之故，莫过于《中庸》下文之言：

> 仲尼祖述尧舜，宪章文武，上律天时，下袭水土，譬如天地之无不持载，无不覆帱，譬如四时之错行，如日月之代明，万物并育而不相害，道并行而不相悖。

此与柏氏在哲学、天文、数学中求变中之有，求感觉以上之理，求运行中之常道，求无一物之不得其所者，有何异同可言乎？《中庸》更有言曰：

> 唯天下至圣为能聪明睿知，足以有临也。宽裕温柔，足以有容也。发强刚毅，足以有执也。齐庄中正，足以有敬

也。文理密察，足以有别也。溥博渊泉，而时出之。

聪、明、睿、知、文、理、察、密，非柏氏所谓智乎？发、强、刚、毅、齐、庄、中、正，非柏氏所谓勇乎？宽、裕、温、柔，非柏氏所谓自克乎？溥博渊泉，而时出之，非柏氏所谓公道乎？如是哲人帝王之辞，若骇人听闻。然德性言之，则与吾国至圣之德，为同一典型人物而已。此则孟子与柏氏政论之相同，决非牵强附会之文字已焉，自有其同气连枝之关系在也。

第三章　诸德之关系

孟子所谓仁，义，礼，智四端，《中庸》所谓智仁勇三德。如孟子所言四端皆根于心，其生色也，睟然见面盎背。然其所以发动行使之方，出于合欤，出于分欤，抑分中有合欤，合中有分欤。兹合孔孟两家之言而研究之，再继之以柏氏之比较。

“仁主于爱，义主于羞恶，礼主于辞让，智主于彼此同异、善恶是非之辨。此四者各有专职。”此主分之说也。

“颜渊问仁”一章，孔子答之曰“克己，复礼为仁”。是仁之中，以克己为先，再以复礼继之。是为仁中有礼之说。又曰“惟仁者能好人能恶人”，此为仁中有分辨之智与义。又曰“仁者必有勇”，此为仁勇之合。此主合之说也。

《论语》“六言六蔽”一章，尤足以见诸德皆有待于学或曰知识以完成。其言曰：

好仁不好学，其蔽也愚。好智不好学，其蔽也荡。好信不好学，其蔽也贼。好直不好学，其蔽也绞。好勇不好学，其蔽也乱。好刚不好学，其蔽也狂。

此言乎诸德之运用，须先有一番学养，与孟子所谓四端之贵乎存养扩充者，原非有矛盾冲突之言。此德与智或曰学之应合而不分矣。可见矣。

子路曰："君子尚勇乎？"子曰："君子义以为上。君子有勇而无义，为乱。小人有勇而无义，为盗。"此义勇应合之说也。

孟子曰："仁之实，事亲是也。义之实，从兄是也。智之实，知斯二者弗去是也。礼之实，节文斯二者是也。乐之实，乐斯二者。乐则生矣。生则恶可已也。恶可已，则不知足之蹈之，手之舞之。"此为少可以见仁，义，礼，智，乐，五者之合，唯因其所发而异其名。是可谓分中有合，合中有分之二者，为同一事耳。

孔孟既以为谓德可以由一而分为数事，或由分而合为一事。乃可更进而论柏氏之见解。

柏氏对话录《辣希司》(Laches)论"勇德"之性质。先陈驰兵试剑之不足以为勇。终乃述三人同意之之见解曰：

苏氏：请君再从头说起。君当记忆吾人原初视勇为德之一部分。

尼西阿司氏：定然。

苏氏：君既言勇为一部分，则尚有德之其他各部分之应集合为一者。

尼氏：诚然。

苏氏：所谓各部分，如公道如自克，君是否同意。此二者与勇同为德之部分。君是否能同为此言。

尼氏：天然。

苏氏：此为吾人所同意之点。然吾人须更进一步同意于所谓可惧与可希望者。吾两人所谈须出于一致，不可一彼一此。吾言有误，君可驳正。所谓可惧可希望者，非指现在或过去之事造成恐惧者言之，乃指未来或意计中之危害言之。君同意此言否。辣希司（此为书名，亦为参加谈话者之人名）。

尼氏：是，苏氏，全部同意。

苏氏：尼氏！此为我意如此。可惧者指恶事之属于未来者。可希望者指好者属于未来者言之。君是否同意。

尼氏：同意。

苏氏以为所谓勇者，必须其人对于未来之祸福，先有所知，而以坚贞不挠不屈之态度出之。其言与孔子所谓："暴虎凭河，死而无悔者，吾不与焉。必焉临事而惧，好谋而成者。"可谓同出一辙矣。既能出之以勇往直前，更辅之以戒惧与谋划与小心谨慎。此非勇与智与其他部分之合而为一乎。

柏氏更有《却满第司》（Charmides）对话篇论自克之道。先提出定义五：一曰安静。二谦退。三曰自治己事为务。四曰以善行为己事。五曰自知。苏氏以前四者为不足尽自克之义。乃加第五曰自知（self-knowledge）。苏氏以为人之五官，如目视耳听，必先有形色有声音，而后目有所见耳有所闻。然心中之知，不必有形有声，而自能辨别是非善恶。此为之所以能自讼自改自返省其所为之不忠不信不习之失也。柏氏视此自知为善恶是非之知，不同于医药、技能之知，因医药之知可以治病，技能之知可以成器，二者可以有益于人群。至于自知限于善恶是非，能治一己之心，使之去邪而归于正。此自克之道与孔子所谓克己复礼，与颜回之不贰过，正相吻合。唯柏氏另以一名名之曰自克。孔子有时合于仁之中，名之曰克己复礼，有时名之曰三省之功，有时名之曰改过。要之不先有此最高之自知，则反省，复礼，克己，与夫不贰过之工，一切无可施展矣。孟子所以名“自克”为智(wisdom)，其郑重立言之意，可以见矣。

由上所言，仁中有勇有自克存乎其内，勇中有好谋之智。因此柏氏对话录《泊罗太哥拉司》(Protagoras)有语曰：“君所言公道，自克之诸性质(qualities)，合而名之曰德。究竟以德为其全体，而诸德为其各部分欤，抑诸德为同一体之异名欤?”此为苏格拉底向泊罗太哥拉司氏所提出之问题。苏氏更继之以说明曰“所谓部分，或如同一人面上口，舌，耳，目之分欤？或如同为金而有大小方圆之块之不同欤?”泊氏答曰仁勇诸德虽各不同，然互有关系，如人面上之口，舌，耳，目。苏氏又询曰是否有人具甲而缺乙，有人具乙而缺甲，或者有甲必有乙，或有乙必有甲。泊氏答曰各人不全具有，譬如有人公而不勇，或公而不智。智勇二者之为德，为人所不能否认，而智尤为高贵。然智仁勇各有专职，犹之耳目口舌之各有所司。如是仁义智勇之同属于德，而所司各异。乃苏氏泊氏二人所共同意。此非与中庸所谓“智，仁，勇，三者天下之达德，所以行之者一也”之旨，相合矣乎。

更有应进而研究者，德与善之关系是也。韩退之言曰“足乎己而无待于外之谓德”。此论德之言，同时可移之以论善。何也？仁主爱，义主爱，智主所以分辨，皆人自具之良知良能而不必依赖外物。孟子所谓天爵是也。以现代名辞言之，就其分殊言之，谓之曰仁义礼智之德，就其集体之总合者言之，谓之曰善。此可引柏拉图《飞连帛司对话录》(Philebus)之言以明之者也。

飞连帛司对话之言如下：

苏格拉底氏曰：我记忆在醒时或梦中曾有关于乐与智慧之讨论。然此二者俱不足称之为善(乐中有善有恶，须赖智慧以别之，故乐非自足乎己者也。智慧有时为善，有时为恶，非先有善，无法使智慧行之而得其当，故智非自足乎己者也)。故须有第三者以代乐与智慧。如是乐失其胜利之望，因其与善为两事也。我言是否。

泊罗太邱司氏(Protachus)曰：是。

苏氏曰：吾人将乐之分类暂搁，俟下文进行后，自明其故。

泊氏曰：然。以向下讨论为要。

苏氏曰：让吾人同意于一项小事。

泊氏曰：何事？

苏氏曰：所谓善，自完乎，不自完乎？

泊氏曰：苏氏，此为一切物中之最自完者。

苏氏曰：善自足乎己乎？

泊氏曰：然！自足乎己，驾于一切之上。

苏氏曰：无人能否认，一切人所欲求者为善(孟子曰可欲之为善)。其不具有善者，非人所求。

泊氏曰：此乃无可否认者。

苏氏曰：让我将乐之生(the life of pleasure)与智之生(the life of wisdom)分而为二，且再加以追溯。

泊氏曰:君意何在?

苏氏曰:先假定乐之生中无智,智之生无乐。如此二者为善,则二者均无待于外。反是,二者均有待于外,则二者均不成善。

泊氏曰:此乃不可能之事。

苏氏曰:君能助我对两种生活试验之乎?

泊氏曰:当然。

苏氏曰:我问,君答。

泊氏曰:然。

苏氏曰:君愿否一生为享乐之生?

泊氏曰:当然为我所愿。

苏氏曰:君已享全乐,尚需有何物他求者乎?

泊氏曰:无所求。

苏氏曰:且试反省一下。是否需要智慧,理解,预算,或目见等事。

泊氏曰:不必有所求。既有乐矣,即有一切。

苏氏曰:君以为如此,便可享受至大之乐。

泊氏曰:我以为我享受至乐。

苏氏曰:君无心,无记忆,无智识,则君于乐或不乐,茫然无知,因君缺乏理智故也。

泊氏曰:诚然。

苏氏曰:无记忆则所乐如何,不能追忆,且不知乐为何如。无真意见,则当时之乐何如,何由而知之。无计算则过去之乐与未来之乐,如何比较。此种生活,乃蚝之生活,非人之生活也。除为蚝外,更何所有。

泊氏曰：无所有。

苏氏曰：此可以为合格的生乎？

泊氏曰：我已失我语言之能，无以作答。

苏氏曰：吾人须保持勇气不可自馁。试取智之生活考之。

泊氏曰：何谓智或心之生活。

苏氏曰：吾人愿采纯智或纯心之生活，而乐或苦之感觉不渗入其中。

泊氏曰：两者均不合于我，恐亦无人愿采。

苏氏曰：两者相合之生，泊罗太邱司！君意何如？

泊氏曰：将乐与心与智合而为一。

苏氏曰：我意即谓乐与智相合之生活。

泊氏曰：我无意见之不同。此乃二者以外之第三种生活，任何人所愿采。

苏氏曰：君知其后果否乎？

泊氏曰：吾知之。即两种生活，曰乐之生，智之生二者，非自足乎己，不合于人，不合于动物者也。

苏氏曰：乐之生与智之生不成为善。倘其一种果合于善，则必能自完自足，而为人与动物所采择矣。有采择之者，乃不出于自由意志，而出于愚昧与物之强迫之所致也。

泊氏曰：此言似为正确之言。

苏氏曰：此知飞连帛司所崇拜之女神与善无涉矣。

如是此对话录经详细辩论之余，乃知善之为性，足乎己而无待于外，且为尽人所欲而利人之行也。其言与《大学》始章所谓明明德与止于至善，与《中庸》所谓自诚而明，自明而诚者，其为同条共贯，盖显然矣，此真东西哲学相通之明效大验也。

或者询曰，吾国与希腊哲学之旨，既可相通，何以两方对于诸德之命名不若是。一方曰智仁勇，或曰仁义礼智。他方曰智，勇，自克，公道。其故何在。吾应之曰两方之立言与其次第条理，互有不同。然就其内容言之，则一而已。智，勇二者之名同而含义如一，已如前述。自克之中，含有谦退，礼让之旨，吾国所谓礼，在其中矣。以云仁之主爱，柏氏虽未列于四德之中，然其《合餐聚谈》(*Symposium*)一文，将仁爱之旨，上自上帝之慈爱，下至男女之欲，与美，善之旨一切概如而论之。录其言如下：

> 番特鲁司氏曰：爱为最老之神，不特最老，且为百益之源。青年正在成长之际，爱之加惠于青年，较任何幸福为大。爱为人生之指导，在其以光荣之生为目的，非亲亲之恩，非功名，非金钱所能比拟。以光荣之生为目的，一切善行伟大之行之基础也。爱人者不光荣之举，或因凌侮而受屈辱，为人所知之际，则被爱者之痛心，甚于其家中之父兄或其朋友。假如以爱人者与被爱者组成一军，则爱人者不至轻弃其岗位或武器，或者至怯之人，变为英雄，因有爱与勇灌输于胸中也。(中略)
>
> 包萨那司(Pausanias)曰：光荣者，从善之谓，不光荣者，从恶之谓。光荣者爱灵魂，不光荣者爱肉体。光荣之乐，不光荣者爱一时之乐，可以时间为试验者也。因金钱，财富与政权而从人，或因贿赂与地位而为人收买，一旦利尽权去，则交谊断绝。于是人之所以能长久相爱者，决之于德而已。

如是《合餐聚谈》之文，虽涉及宇宙之广，然与儒家仁恕之旨，有何不同可言乎。

或者又询曰柏氏《共和国》论公道之说，其所谓公道，指各人行其所委工作之宜，如治者行其“智”之工作，战者行“勇”之工作，“自克”不限于阶级，应由上，中，下，三层之公民共习之。此与吾国儒家指事理之宜之言，极不相类。吾唯有答曰，此驳论极是，然谓柏氏立言之中，不知有事理之宜则断乎不可。此为东西措辞之不同，引起之误会而已。智之宜，勇之宜，自克之宜，三者必须实现，而后国家可治。此为东西一贯之理，柏氏决不否认，可断言焉。

更有言者，世人每因柏氏有“德为智识”与“德可从教入手”(virtue is teachable)之言，误以为柏氏视智识与德同类，一若同于技能之智可由学由练习而来者。然试进而深求之，方知柏氏所谓德之智，乃知善知恶之知，乃自知之知。此属于理性一层，与耳目所接之有形世界，毫不相涉。唯有由心发之思得而知之。如是善恶之知为理性之知，更足以证柏氏与孟子之言出于一源矣。

《胜宗十句义》要义

序　起

治《大藏经》者，无不知第五十四卷之外教部，其中举《老子化胡经》、摩尼教、波斯教，与夫景教，更有两种，一名《金七十论》三卷，一名《胜宗十句义》一卷。前书为印度高僧真谛所译，后书为玄奘大师所译。真谛与玄奘同为佛法徒，何以有取于此二书而亲译之。其所以为此之故，不可不深考也。真谛与《金七十论》之关系，他日另文详之。玄奘之所以译胜宗传之于吾国，依我所见，殆有以下理由。或者谓胜宗思想与佛教相似，同为反对印度之吠陀经，同反对神我，同有寺庙，同注重瑜伽，同守不杀生之戒，致欧西学者竟有谓胜宗为佛教中之一派者。然西方学者深研究后，见佛书中有驳胜宗之文，是必胜宗成立，在释迦佛创教之前，否则何从而见其文而驳之。玄奘留于那烂陀寺五年之久，于印度各派宗教与学说之源流，胸中了然，果胜宗为佛法之支派也，岂有不叙述其同宗分派之故，乃正其名曰胜宗乎。此可见视胜宗与佛教有亲串，然后译述其书者，乃不能成立之说也。玄奘未去印之前，“听受阿毗昙论，一闻不忘”“至于婆沙广论杂心玄义，莫不凿空岩穴，条疏本干”（见《高僧传·玄奘传》），其有意于相宗，数十年如一日，唯其有意于相宗，因明声明与宇宙论，乃相关联而不可忽，其必为玄奘所旁通而兼治之学，可以意想得之。此非我一人臆测之辞，玄奘传中自有记载在焉。玄奘既毕业于戒贤法师后。“将事博义，未忍东旋。”（见《玄奘传》），其“至钵伐多国，有数名德，学业可遵，又停二年，学正量部根本论摄正法论成实论等，便东南还那烂陀，参戒贤已，往杖林山胜军论师居士所，其人刹利种，学通内外五明数术，依林养徒讲佛经义，道俗归者日数百人，诸国王等亦来观礼洗足供养，封赏城邑，奘从学唯识抉择论意义论成无畏论等，首尾二年，夜梦寺内及林邑火烧成灰，见一金人告曰，却后十年戒日王崩印度便乱，下当如火荡，觉已向胜军说之，奘意方决，严具东还。”此为《玄奘传》之文，胜军论师即指其为胜宗派之学者。玄奘所师事者，除戒贤法师外，以胜军论师为第二人。所以急于东还，既取决于胜军师之一言，其为心中系念之一人，可以想见矣。《印度胜宗史》中记西历六四〇年玄奘访胜宗中之赤体派（胜宗分二派：一为白衣派，一为赤体派），即指玄奘学于胜军论师言之。玄奘返国后，从事译经，告人曰：“经部甚大，每惧不终，人人努力加勤，勿辞劳苦。”然其《大般若波罗蜜经》六百卷于龙朔三年译成，时年六十八矣，乃贞观二十三年，年五十四岁，先成《胜宗十句义》一卷，此为数页之书，自较般若经易于蒇事。然其所以先他书而译之者，或者其心中不忘胜军论师一言决疑，乃译成十句义为报答论师之意欤。玄奘所以译《胜宗十句义》，初不为胜宗宗教宣传，而仅取其十句义中有关于宇宙论者译之。此则我将十句义与胜宗重要经典比较而后始知，《胜宗十句义》，非此宗经典中之一部全书，乃仅摘出关于宇宙论中之论物论生命之一节。胜宗典籍首段，常为胜宗皈依先师语，同于佛书之“如是我闻”。末段每为解放方法。

玄奘十句义略去此种首尾，不以不完为恨。此可见玄奘一生之大志愿在于佛法，对于其他印度教派与学派，取其有益于知识者译之而已。此更为其心量之博大，初不因其为异教而排斥之。我初发意作此文，本拟就十句义原文，以今义释之，因去年讲比较东西哲学，对于胜宗哲学稍有所窥。继而求胜宗经典中之慧月造十句义不可得。将胜宗经典中重要各书与十句义互校，然后断定十句义非胜宗经典之完书，乃玄奘自摘取其所认为重要者而译之而已。首段十句义，自一者实至十者无说，遍索之胜宗要籍而不可得。或者玄奘当时所见之书，今已遗失而不可得欤。原本《胜宗十句义》虽不可得，玄奘所译中之思想要点，与现时所有胜宗要籍绝不相抵牾。乃取十句义中之九种实，分为三项论之。(一)实(二)犹豫智(三)我意。此三项乃胜宗之基本意义也。我对于前贤之译述，不敢妄以己意解释。所以解释之者一依胜宗典籍之言为依据。所以存玄奘大师十句义之真面目也。

要　　义

胜宗派思想之要点，可以两个名辞形容之，一曰唯实主义，此派认为宇宙间有种种“实”(依玄奘原文名之曰实，以今语译之，可改为实在，与斯宾诺沙哲学系统中之“实”极相似)，兼常变二相，经成住坏三级，时在时变，就其不变者言之，名之曰实曰物(兼生物死物言之)，就其色形之变者言之，名之曰相。如是同一实而有种种相，此其所谓实，乃一种动的实也(a dynamic reality)。此实可凭人之常识与逻辑中求之，不如唯心论者之有所谓超越层，此所以为唯实主义也。二曰多元主义，多元云者，所以别于以神以心以物为主之一元论，种种事物之存在，依其实依其相而认识之，可为之分类，曰生曰无生，曰有意识曰无意识，曰有广度曰无广度，依其形态之自然而名之而形容之，而不必汇归于唯一来源。此其所以名为多元主义也。

以上所言，可引一：印度哲学家之文以证之。却推奇氏与大泰氏（S.C. Chatterjee; D. Datta）合著《印度哲学引论》中有论胜宗学派极简明之语曰："胜宗哲学为一种唯实主义，以其认定外在世界之实在性，此派同时为多元主义，以其相信世间有多种之最后实在。此派又为无神论者，以其否定上帝之存在。"此第三点，指胜宗之反吠陀反神我言之，非谓其不信有精神有道德，彼等虽否定神我，然其崇敬创教者，戒杀与苦行，决不在其他宗教之下。不可因印度哲学家用"无神论"之一名，而视为同于唯物主义也。

印度副总统拉特哥里希纳氏，于其印度哲学中论胜宗之语，与却氏大氏微有不同，然多元的唯实主义，亦拉氏所以评定胜宗之语也。拉氏之言曰：胜宗体系，起于反吠陀，以其不愿接受吠陀之权威。胜宗初不视其创教者所言为神之昭示。其所以推重其思想体系，以其合于实在故也。其宇宙观，以逻辑以经验为根据。其形上学接受吠陀时代之唯实主义，但不依《奥义书》之旧而系统化之。其所谓物质，分析之为原子的结构。其所谓精神，非静的旁观者，乃积极的主动者。胜宗哲学之特点：第一，将"实"依唯实主义的方法为之分类。第二，盖然性的或可能性的认识论（奘译曰犹豫智）。第三，苦行理论学。胜宗与印度其他思想体系相同之点，在其将实用伦理与哲学理论合而为一。

由以上印度哲学家之解说，胜宗思想之一般性可以明矣。

却氏大氏书中，有胜宗体系一表，兹译出之，以其了然心目，可作下文解释参证之资。

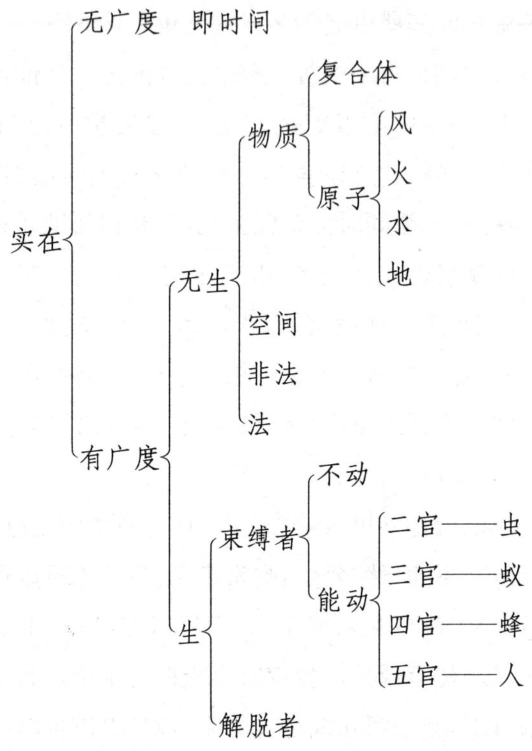

上表中胜宗分万物之种类，自有其特点，然仍不离乎常识与经验之立场。所以称为唯实主义与多元主义者在此，吾人处今观之，胜宗之思想体系，非出于创教者一人之手，实为后期之发展，与数论派，微西西几派有其相同与相异之处，俟后文详之。

第一，实句义，玄奘师于实句义下，列举九实，一地二水三火四风五空六时七方八我九意，是为九实。所谓九实，依上表与我所见胜宗经典所举者，正相符合。惟所谓“实”之意义，再举胜宗《五种宇宙体》一书中［（梵名）Panchastikaya Samayasara（英名）The five cosmic constituent］之言以名之：

> 胜宗曰，五种范畴之总集（一群之意）构成“实”之体系，此即宇宙。此外为无限空间。
>
> 我、物、法、非法与空，五者谓之体。凡物之有其本质以能表现其种种品性（即玄奘所谓德）与形式者，谓之为体。（上表所谓广度）
>
> “实”自为一类，即万物固有之本质。此实表现种种形式。此实经过无穷变化。此实经历成住坏三级。凡物之流变者，经过各种品性与变化而能保其常性同性者全知者（即胜宗之先师）名之曰实。

读此文者可以知胜宗之如何着重“实”，历变化而不失其常者，乃成为永在之“实”。

玄奘译文中将九实一一列举，缺少线索与层次，令读者以为此九实乃为同一层之各实，实则此九实因层次而区别，不可忽也。

兹将上表再为说明，方知其所以有此各层次与每一层次所以再行下分之故。平常胜宗书籍中，以生、无生二类开始，因世间之物，以生物与死物为两大类，生物依现代义指植物动物与人类，而印度昔时将草木与地水火风平列为一层。所谓无生物，指物理学的物言之，与现代用语，初不歧异。其所以先列有广度（即体）无广度一层者，印度学者视时间为一种实，但时间有继续性，无广阔性，只可推知，不可官觉，其分为二十四小时者由习惯而来，真实时间，乃连续不断之绵延。同为一实而异于他实，他实有广度，即占空间之谓，而时间无之也。时间之义既明，乃可进而及于有广度之生物与无生物，生物于次节我意中详之。兹先说无生物之四项，曰法曰非法曰空间曰物质，此四者在胜宗典籍中均如此排列，但玄奘译中不称曰物，而以地水火风代之，在我所读胜宗书中绝少见，仅偶一有之。地水火风在印度称为四大，为一切物质之所以构成，所以或名物，或名地水火风，其为物质一也。

胜宗认定人类所居之世界，除人有心灵外，所以构成物质环境者，曰物质，曰空间，曰时间，曰法，曰非法，兹依次说明之。

（甲）物质——胜宗认定物质由原子构成。原子乃现代之名，玄奘译称为极微。原子合为分子，分子依玄奘译为微果。原子分子为万物之所由成，不独一切物质与生物，乃至孽行，亦由原子分子合成。唯空间与灵魂不在原子构成之列。凡物质皆官觉所能见所能觉，其品性由触觉味觉嗅觉视觉耳觉中得之。有精粗善美恶之分，其数量可增可减，其品性忽现忽灭。凡物质皆不离成住坏三阶段。

（乙）空间——空间之名，依西文之义，指宇宙之空中言之。依胜宗言之，其一为物质所占之空，即玄奘译所谓方，即指有方向之空间言之。其二为真正空间，物性忽现忽灭，现者何处来，灭者何处去，则现者灭者有其所在之处，此之谓真正空间，即非定向之空间。此非官觉所及，由推论中得之。此非定向之空间，非物所占之长广高下之空间也。

（丙）法非法——法非法云云，在奘译文，见于实句义之末之意云何一句中，又见于德句义之二十二与二十三，然奘所译，与胜宗书籍不符。法非法二者，原文为 Dharma，Adharma 即梵文之“法非法”，然依胜宗之意，指动静二态言之。鱼之于水，鱼有意于动，然非水则不能动，故水为动之条件。一切物质在世间之所以变所以常，由法与非法以驱使之，法所以使其动而变，非法所以使其定而常。此二者以西方术语言之，殆自然律所以运行之谓欤。

以上既说明物质、空间、法、非法与有绵延而无广度之时间五者，是物质世界之五种范畴已具于是。然实与德之关系应更申论之。奘译文中“如是九实，几有德几无德。一切皆有德，无无德实”“如是二十四德，几有实几无实，一切有实”此三十余字中，可以见德与实二者之不相离，有实即有德，有德即有实，此玄奘所以云无无德之实，同时则云无无实之德也。德亦可译之为品性，如物质之一般品性，一、物质性，由原子构成，二、占领空间，三、常在，四、可享用，五、可知，六、形体大小，此为物质所共有之性。玄奘译文德句下，列举二十四项。其中之十二觉至十七勤勇与二十一行，属于有生之物与人类者，应分别论之。唯物质之品不离性，某物有某性，同时某性则限于某物，如花之谢如水之流如木石之可以建屋如丝绵之可以暖身，即某物某性互为限制之明证也。

第二，我、意，奘译实句义中九、十两项为我为意。依胜宗书籍之旧，名之曰生。此生字所含甚宽广，曰生命曰意识曰灵魂皆属之。然佛书中无灵魂之名，玄奘译文避去此字，或即为此。我仍用生字，期于仍胜宗原意，且便于解说。胜宗所谓生，与物理界之非生物相对立。其所谓生，有若干种，甲全知者，乙解脱者，丙束缚者，此三者指人类言之，其下更分为一官觉如草木，二官觉如虫，三官觉如蚁，四官觉如蜂，五官觉如人。可知胜宗生字所含之广为何如。自人以至草木所以分为若干等者，由于其意识为物质所蔽所昧所限之所致也。

依胜宗学说，灵魂原为全知全能全信全福，如太阳之光，本无远不届。然遇有云雾霜雪，则转而为暗淡。灵魂之受制于物质，亦复如是。此物质以质点以原子合成，浸润其心灵而晦塞之。人之身体，由物质合成，即质点所组织而成。此身之所以成，本由于欲念而来，此欲念中有孽障即过去一生所作为者无不伏于其中，及至于一人之当身所以为物欲所蔽而犯贪瞋痴爱骄惰之病，亦此情欲为之，亦此孽行之质点之吸引为之，视其心灵之本性如何，而孽行之质点与多少因之以定。此以唯物论解释孽障之说，与佛义相背。玄奘所以但取其十句，而不及于其解脱方法者，殆即为此，然胜宗解脱方法，以正信正知正行为三宝，与佛教如出一辙。此可双方对照，而了然者矣。

胜宗所谓生，非寻常所谓生，乃自有人生以来信仰，思想行为之源泉。举其灵魂论（Purushartha-siddhyuqaya）中之言以明之：

> 灵魂者乃纯粹的意识。超于触、味、嗅、色四者之外，而自有其德性与形态。然亦具有现，不现与继续之性。

其意谓生乃自知、自明、自具、自完之知，无待于外者。因而与色味触之物质不相接触。自无始以来，自为其命运之创造人。因孽障之故，物质原子浸润其间，而影响于心中之思行与言语。

唯胜宗将生与非生列为一层，成生非生之对立。而在“生”之名义下力主正信、正知、正行之重要。是则人心之邪正是非，仍由其自身为主宰，非多元物质所能支配也。胜宗以唯实多元为立场，然同时又视精神为人生之主。唯其然也，拉特哥里希那氏评之曰，胜宗以生以思为自知自明，其以思为最后实在，显然可见，是名为唯实，而终归于思之一元。此言也，非胜宗所能驳斥者矣。

第三，犹豫智，胜宗哲学之特点，为其或然的或曰盖然的智识。此种逻辑为胜宗所独有。其所由来，出于胜宗以为除其教中最高智慧(Supreme Intelligence)外，无一人能见宇宙之大全，常人所见及者为知之一角度。彼等书中常举“象”为例。扪象之耳者，曰象如一大叶，触象之脚者，曰象如一柱，摸象之尾者，曰象如一极粗绳，其握象之牙者，曰象如一大蛇而坚硬。此四说，皆见象之一部，不得象之全。人类所以观察宇宙者亦常见其一局部，而不见得其大全。此即荀子所谓暗于一曲而蔽于大理之意也。

胜宗根据此一角度之知，乃有七种判断方式之说。其意以为所有判断，均为一角度之知，故应限之以“某角度下”字样。兹分七式言之。

(一) 此棹在房间内，按逻辑形式为 S(主辞)是 P(谓辞)。然胜宗以为此棹在房间内，限于某时某地某方，其色如何，故应云某角度下 Somehow S 是 P。

(二) 此棹非黑色不在房间内。某时某地某方，此棹非黑色者不在房间内，亦应云某角度下 Somehow S 非 P。

(三) 棹之为棹，时为红色，时为黑色，时为棕色，有时在，有时不在，有时在右，有时在左，故应云某角度下 Somehow S 为 P，或非 P。

（四）然棹有时为黑色，有时为木之本色，其色因时而异。使有人问曰究竟棹之不因时不因地而异之真正本色为何，对于此种问题之诚实答语，唯有曰“不易明言”。因此判断方式中应有第四种云，某角度下其性不易明言 Somehow S 不易明言。其意谓万物虽可自某角度下以形容之，但不说明某角度下，不论为肯定或否定，虽欲形容之，均不可得。此外三种判断方式，即将（一）（二）（三）三者与“不易明言”合而为一。

（五）第五式，即某物在某角度下为某色，同时又为不易明言。如云此棹为红色，然在何时何方何状下，初未易明言。只有以“未易明言”答之。其式如下 Somehow S 是 P，同时有其不易明言者。

（六）第六式为（五）式之否定，如云此棹非红色同时有其不易明言之处，其式为 Somehow S 非 P，同时有其不易明言者。

（七）式，即将（五）（六）二式合并，同时有其不易明言者。Somehow S 为 P，又为非 P，同时为不易明言者。

此七种判断方式，远不如因明学中“宗因喻”流传之广。此由于七式不教人以判断某物之为某物，某事之为某事，某理之为某理，乃告人以人之所知，限于某角度下正确，在另一角度下不正确。其宗旨在于劝人以不执成见，不以一己角度下所见者为是，而以他人角度下所见者为非。此则胜宗派不执一己成见之宗旨，所应为之表彰者也。

此犹豫智之标题，为玄奘译文中之原名。究其犹豫智之原义，是否指此七种判断方式，我不敢断言。以玄奘译文中“犹豫智”下之解释，我求胜宗典籍原文对勘，而不可得也。

于犹豫智之后，尚有欲言者，为奘译五无说。一曰未生无，二曰已灭无，三曰相互无，四曰不会无，五曰毕竟无。此五无之中，未生无者，如云屋以砖成，然在未造之前，砖中未尝有屋，即未造之先，屋与砖不相涉，此之谓未生无。已灭无者，如云瓶以泥成，一旦瓶碎，瓶因毁而归于无。此之谓已灭无。毕竟无者，如云空气中无颜色。即在过去未来现在三时中，未闻空气中有颜色者，谓其绝对的不存在也。相互无者，如云棹非椅，椅非棹。即棹中无椅，椅中无棹，彼此毫无关系，唯在其相反之中，可以相提并论。至于奘译所谓不会无，或指不灭之物质言之，原文中实性之语，即实之常在者之谓也。以上五无，我求之胜宗典籍不见有类似之文，但微西西儿派中存有此说。究此两派所以混合之故，在今日不易查考。或者玄奘师所见原书如是，是否两派在奘师留印之日彼此互相发明，一如庄子书中引惠施之语。非吾人在今日所能断定者矣。

结　尾

《玄奘传》称胜军为安慧弟子，亦学于戒贤。此时胜宗与佛法两派，殆互相为师友。又称胜军“自大小乘因明声明爰至外籍群言，曰吠陀典，天文地理医方术数，无不究览根源，穷尽枝叶”。《高僧传》玄奘云：“广开异论，包藏胸臆。”异论二字中岂不含有胜宗十句义论之译述乎。此书甚简短，在玄奘所译之七十四部一千三百三十五卷中，真太仓之一粟九牛之一毛耳。然按之今日印度六派哲学中，胜宗为其中之巨擘。甘地氏之非暴力主义，即出于胜宗所谓戒杀贵生。因甘地之故，胜宗学说乃复活于印度与西方各国。吾既就玄奘译之若干点释之，其为我所读而不得其解者，待求得原本续加诠释。昔太史公赞孔子曰，高山仰止，景行行止，虽不能至，然心向往之。又曰天下君王，至于贤人众矣。当时则荣，殁则已焉。孔子布衣传十余世，学者宗之。玄奘在世界文化史上之地位，岂不同其精微博大与久远哉？

一九六二年

台北松山寺佛学研究部《叠翠学报》第一期

《胜宗十句义论》要义订正

玄奘大师《胜宗十句义论》译于唐代，在今日言之，文字艰深，几于无法了解。然六派哲学，欧美与印人均有著作，急宜参考英文本以为解释之资。此乃《胜宗十句义论》要义一文之所由作也。佛藏中早知此书属于吠世史迦或衡世师派。属稿之际因“胜宗”一词，误为胜军论师，乃凭胜军之言以解《胜宗十句义论》。然属稿时，已觉彼此抵牾，不相贯通。及解释“五无”一段，求之胜军典籍中，穷不可得，乃又引卫世师派之言以实之。凡此错误混杂之处，承友人唐君君毅函告，作此订正之文，以砭已之愚钝。

慈恩三藏法师传，记玄奘在那烂陀寺时与外道论难，其中所列举者曰顺世外道，曰数论外道，曰论胜外道。玄奘之正信为佛，其视其他哲学家言为外道，原不足怪。然其返国后译经之中，竟有《胜宗十句义论》一种。此由于玄奘平日好唯识因明之学，自然对于卫世师派分析宇宙间之万殊而概括于十种范畴之著作，起爱护珍惜之意。此可以证其心量之恢廓大度。

胜军论师（又名阇那）与卫世师派同为唯实的多元主义。然胜军论师将实在先分为无广度与有广度，有广度之生中列动物与人，则我与意包括其中，有广度之无生中举地、水、风、火、空间、法非法，而无广度之中独有时间一项。此种分类之法与卫世师派之平列九实，曰地、水、风、火、空、时、方、我、意者，自不同矣。

卫世师派之十句义，前后累积而成。依慈恩传云："胜论师立六句义，谓实、德、业、有、同异性、和合性。"此殆据其第一次所见之书，或者为坎那达（Kanada）之作或云坎氏但有三句义，继起之柏拉上隆司百达氏（Prasastapada）益之为六句，再加"无"句义，为七句义。六世纪中有人增"有能"，"无能"，"俱分"，"无"四者。而十句义至此乃完成。

十种范畴中之第一名曰实。卫世师派之用此实字，所以指外界自存之体，与佛说"一切法因缘生"相反。《楞严经》云"彼外道等常说自然，我说因缘"。此自然二字，即指外界自存之实体言之也。所谓实，分为九种，曰地、水、风、火、空、时、方、我、意。此九种之实，有属于物质者如地水风火，有属于非物质者如我意，至于空时方又另为一类下文详之。此九实之中，兼物质非物质而有之，此乃卫世师派所以不名为唯物，而名之曰唯实主义，且其所谓实有九种之多，所之称之为多元主义。

九实之中，地、水、风、火为古代所谓原素，再加上"方"，乃为各质点之为断续体者之所由以联系。此乃一切物质所以合成之关键。

其与物质相对立者为我与意。我字为吾国佛经中之译名，但西方则译之为灵魂。此为知觉好恶之所由来。依卫世师派之见解，我意二者所以察知内己外物，然二者与身体不相离。

时、空、位，三者周遍乎宇宙之实也。时为先后，迟早同时或不同时之诸关系之基。平常所谓年月日时分秒即由此而来。一切事物之成坏，不离乎时，卫世师派名之曰永恒之实。空者指东西南北上下左右言之，意谓同时并存，其与时间之先后相继者正相对立，再则时间一去而不可复返，空间可以追溯而归于原处。要之所以弥纶乎宇宙，由甲地至乙地，乃至先后之迭代，皆时空二者有以致之。位为空间之一种，然不能名之曰空，物质中之各原子，分离而独立，所以联系之者，则赖乎位。位者原子所以容身之所也。声音赖乎位而通。与译云唯有声是为空。空乎位乎，是在读者审思之。

第二范畴名曰德。此德字在吾国文字中指固有之德性言之，依现代通行之名辞，改译之为品性，品质，或质性。品性凡二十四种。宇宙间之事物，实为自存之体，物由实而后构成，品性者附离于实，赖实而后存者。与译云一切皆有德，无无德之实。如曰地为黄色，水下流，物分彼此，数有多少乃至行为有善恶，原文云法非法。此皆品性有以致之。

此二十四种品性，倘为之分类，略如下表：

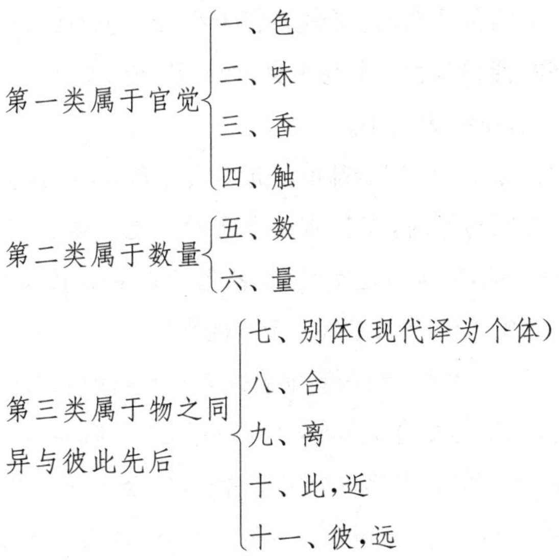

第一类属于官觉：一、色；二、味；三、香；四、触

第二类属于数量：五、数；六、量

第三类属于物之同异与彼此先后：七、别体（现代译为个体）；八、合；九、离；十、此，近；十一、彼，远

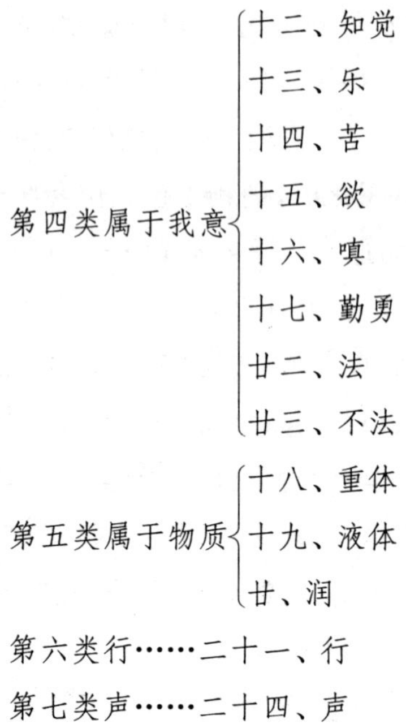

第四类属于我意：十二、知觉；十三、乐；十四、苦；十五、欲；十六、嗔；十七、勤勇；廿二、法；廿三、不法

第五类属于物质：十八、重体；十九、液体；廿、润

第六类行……二十一、行

第七类声……二十四、声

此二十四种品性，更可分为若干小类。色有红、白、蓝、绿，味有甜、酸、苦、辣，香分臭与不臭，触有软、硬、冷、热。数有一二三以至亿兆，量有大有小。

个性者万物之所以分殊也。此为实在如是，非出于概念。此项可分为永恒与暂时，视其所在之实而定之。就非永恒之物言之，名之曰个性，就永恒之实言之，名之曰殊性（particularity）。所谓个性与殊性，应与下文共性一节合而观之。

合离云云，就物之可离者而合之，可合者而离之之谓也。执笔写字时，则笔与纸合，手与桌合，如停写时，则笔与纸离，手与桌离。离与合，但就事之可分可合者言之，至于周遍乎宇宙之时空，则依物以行，无离合可言。先后二性，奘译为此体彼体，依英译之义，指时空二者之彼此先后远近言之。知觉，乐、苦、欲、嗔、勤勇，与法不法，属于心灵现象，读者所共晓，可以不烦注解。法指行善致乐，不法指作恶致苦。重性属土，液性属水，润性指物质之彼此黏着言之。

第三种范畴名曰行，梵文为 Karma，亦即为孽，为宇宙间不可化除之一种因素，既异乎实，亦异乎品性，乃为另一项，独立范畴。所谓行，于实于品性中俱有之，但品性为实之永恒标帜，而行则为一时所表现，如重为物体之常在性，而坠下则为物之偶现者，无时而不在者名曰品性，有时而不在者名之曰行。行有五，一曰向上，二曰向下，三曰缩，四曰扩大，五曰一般动作。凡行以实为主，实在行在，实亡行亡。至于时空位我四者同号为实，然其中无行可言，因此四者非物质体也。

第四范畴第五范畴曰同曰异。依现时名辞译之，应改曰共相或共性，曰殊相或殊性。宇宙间有无数之事物，就其相同之点言之，如所谓人有甲乙丙丁或长或短或智愚贤不肖，然其所以为人有其共同之点。此之谓共相或共性。人与禽兽异，禽又与兽异，禽兽又与植物矿物异。此之谓殊相或殊性。共性又名类性，人为一类，兽为一类，物为一类，孟子曰麒麟之于走兽，凤凰之于飞鸟，泰山之于丘垤，河海之于行潦，类也。此皆哲人以类为基，以求事物之共相之明证也，然物类一方有共同处，他方有其异处。上文所举九实之中，地水风火之属于物质者与我意之属于精神者异，此六者又与时空方三者异。人但知其彼此间之异，至其所以异之故，未易言焉。

共相之自成一种范畴，为东西所同认，然共相之性质如何，则东西两方之主张，计有三说，一曰唯实论，二曰唯名论，三曰概念论。唯实论以共相为形上的实在，如人之所以为人，橘之所以为橘，自成为超于各个人各个橘以上之实在，不可但视之为名号之相同。反之，其主张唯名论者，以为各个人各个橘为实在，称之为人为橘者，独其名号之共同而已。其调和此两派者，谓人与橘之实在，不离乎各个人各个橘，然其所以为人为橘之共性或曰一般性，存于概念之中，所以为人，所以为橘，去各个人各个橘之所异，而取各个人各个橘之所同，唯存于概念之中。此三派为西方之学说，印度似缺少第二派之唯名论，独有唯实论与概念论两派。印哲拉达哥里希那氏称坎那达氏为卫世师派中之概念论者，称柏拉萨司百达氏为唯实论者。是则以五官所见之个体（即各个人各个橘）为实在，而同时不否认心思中所同然者矣。

共性虽存于各个体之中，然其所以共，则为永恒的唯一的，因共永存于同一类中之千万个体之中而不稍变易者也。实，品性，行（即业）三者皆有共性，此奘译文中所以有"与一切实德业句义和合一切根所取"之言也。但首句云："同句义云何，谓有性。"先云同，旋即以"有"字释之，此有字即西方所谓 Being，意谓凡有，即宇宙间一切事物之第一性为有，共性分为最大之共，与次等之共，如有字，包括宇宙间一切事物，人、禽、木、石，无一不在其中，是为最大之共。就各物之异者或个体言之，名之曰殊。此殊显于人、禽与木石之间。此共与殊之间。依上文实德业之分。其为有虽同，而又有其各具之殊性，此乃共与殊二者所以常相关联。其与共性对立者，名曰殊性。此殊性二字，指九实之所以相异之独特个性。时、空、方、我、心与地水风火之为九实，其所以不能不分，即因其各殊之故，奘译曰是遮彼觉因及表此觉因，即谓此也。至若寻常事物，如此柱之异于彼柱，此橘之异于彼橘，乃因其由部分合成，可因其部分合成之如何以解之。至于九实，无部分可分，且为永恒之实，其所以不同，则以殊性二字名之。寻常事物之属于同一类而有其大小，精粗，或色深色浅之分者，由其部分之不同以解之，不名曰殊性也。

第六范畴曰和合，此二字仍可应用，然深切言之，不若改为合一，因其合之之程度，乃成为一也。二十四德中亦有所谓合，乃就其本离者而合于一处言之，如两球本在其各不同之位置，因一击之下，而两球相撞，此所谓合，乃遇合而已。第六范畴之所谓合一乃指二体之永恒关系言之，如云全在分之中，德在实中，共在个体中，殊在单独而永恒之实中。再以寻常事物譬之，布之全在线中，红色之性在玫瑰花中，行在动之球中，人之所以为人之共性在各个人中，乃至我之特殊与意之特殊在我之全与意之全中，此所谓合一也。

第七范畴曰有能，日人宇井伯寿之英译文，称之曰潜能。潜能之义较能字为狭，然可以相通，如曰树苗能长成大树，母能生子，此皆潜能之本已存在于实中者也，德能淑身，善有善报，此潜能之藏于德与业者也。

第八范畴曰无能，日人宇井氏译为 Non-Potentiality，即“无潜能”之谓。语曰蒸沙不能成饭，即沙中不存有成饭之能也。又曰缘木求鱼，即木中无鱼可以发见之谓也。物性之所以相反，即在共有此能无此能见之。以上有能无能两项为寻常官觉中所不接触者，然宇宙事物之所以构成，不能与此二者相背，因此列之于十大范畴之中也。

第九范畴曰俱分，宇井氏英译为 Commonness，此字恐与梵文原本不符，然印度原本已失传，无从为之校正。此字而可以译为 Commonness,则与 universal 或 Universality,又何以异。以意度之,奘译为俱分,或者与柏拉图哲学中之用字 Participation 有相类处,意谓共相但存于理想之中,所谓人所谓物,原为理想中之典型,其在地球上之人与物,乃分得其典型中一部而成者也。此按"俱分"之字义而加以揣度,其不足为定论,不待言也。

第十无句义,此"无"有五种,第一次文中原依卫世师派加以解释,兹不复复述。

吾所欲言者印度六派哲学,无一不以脱离生死轮回为究意。坎那达氏著作中同有其伦理与宗教一章。然奘师但译其十句义。可知其所重者在卫世师派之智识论而已。夫以西行求法之高僧,而博学精思及于印度之哲学,此我所以每一念及奘师,则低徊留之,不忍去矣。

此文作于七月间,八月失足伤背骨,搁置两月,及十月中始勉强写完。然所释者,限于十句义,第二章以下俟他日再续成之。

佛教沿革与教义概略

——美洲佛教会开幕演讲

今值美洲佛教会新建佛寺隆重揭幕胜会，余承邀来寺，对佛教教义与该会务之工作，略献数语，实深欣幸。此一教会，乃近时由多位热诚之居士所创设者。该会不惜远自国外敦请中国和尚来寺主持开光及寺务，可见旅居美国华侨，对于复兴佛教之努力。复次，此寺即将为有志探求佛教教义者之一研究中心。研究之方式，当为执经问难之讨论。讨论之进行，则将不拘限于星期日，凡志求理解，与听受宣讲者，与寺中订定日期，无论何时，均可为之。所以使本寺成为一文化交流之宗教学府焉。

每当触目一佛寺时，所立现于吾人心中者，辄为佛教如何异于此邦主要宗教之耶教一问题。于此，余愿引述霍曼奥登堡博士大著《佛陀之生活，教义与僧团》中之言，以明其特质：

> 所以比较希腊，佛教，耶教三种精神者，即其思想与感情，清晰与深度等要素之安排，与调合之相对比例，所以差异之故……当此种精神，历史上需要建立，以应时代要求时，彼希腊于是创一新哲学，彼犹太乃立一纯信仰。然印度则缺彼毋庸知而但信之纯朴性，与夫不尚信而求知之豪迈的明达性。是故印度人必构造一宗教与哲学合一之教义。

因此，吾人对佛教有所拟议，谓为既非纯宗教，亦非纯哲学：佛教可也。

由此而复述之，则佛教实兼宗教，哲学二者而有之。于此，即可占知佛教与耶教间之大异处。

彼两者之目的颇同，同为追求一出世之智慧。但耶教信徒以信仰求此智慧，而佛教则教其弟子依彼教义与哲学以求之。

佛教大盛于印度之阿育王朝。彼王朝起讫于西前二七三至二三二年之间。继此后之数代，佛教仍蒸蒸日上。然历经数世纪之后，印度佛教乃渐衰落。

佛教大藏经，合三藏而成，毗尼耶即戒律，修多罗即经典，与阿毗达摩即哲理论辩，所共组成。此三藏均由中印僧人全部译成中文。日本大正藏系由中文本所编印之佛典大集成。是因其天皇大正之名，故称大正藏。

此五千卷，一千三百余种经文之翻译，出于两百余人之手，为时绵亘千年，诚为一至艰巨之事业。盖以在其初期，印度僧人不识中文，而中国僧人亦不识梵文故。而与此种难题俱来之另一困惑工作，厥为巨万之佛教名言术语，远超耶教圣经中名辞之上，如何译为信达之中文。其初期所译，大都证明其为粗略与含混。此后，语言之隔膜逐步解除，经时而后，新来佛教之名言，乃与儒家圣典，同为中国传统之一部矣。

其后佛教复自中国，传入韩国与日本。

佛教有两大支派：小乘与大乘。泰国、缅甸、锡兰及其他东南亚国家奉行小乘教。中国，日本与韩国则奉行大乘教。通于大小乘，有四种基本义谛，即四法印。此四法印均强调人生斯世之变幻,无常与不安。其第一法印为一切皆苦,第二为诸行无常,第三为诸法无我,第四为涅槃寂净。不自经文脉络寻绎此等理谛,而就一抽象形式思考之,容或不能予人以深刻生动之感。今日由于时间有限,无法作任何稍详之阐释。今仅能对此四法印,略作分别之概说。

第一法印,一切皆苦。观照婆娑世界一切生活方式,皆属苦厄,为全部佛教之基础。余将引述佛陀在鹿野苑说法中有关苦谛之教说:"唯,诸比丘! 此乃苦之真谛:生苦,老苦,病苦,死苦,怨憎聚会苦,爱别离苦,求不得苦,五阴炽盛故。"如是诸苦谛,乃起于人性中之贪,嗔,痴三毒。佛陀究苦之源,而获彼灭苦之道。此道即八正道。八正道为:正见,正思惟,正语,正业,正命,正精进,正念,正定。依佛陀所见,苦无实因,但为深蕴于人心之贪、嗔、痴诸机所产生之结果。

第二法印,诸行无常。依佛教示,万法缘生,此缘生诸法,无不是迁流之事物。在法句经中曾载有以下之佛陀教说:

常者皆尽,高者亦堕,会合有离,生者有死。

故世间万法,都属无常。在生物,是老,死紧随于生。在无生物,是变形或变灭尾从其存在。所有任何一组织生活,其生也活跃虎虎,然迅即丧其生命力而濒于衰亡,终至完全瓦解。

无著菩萨于其《顺中论》称:"寓法皆因缘和合生,而无自体性。合和离则法灭,有情之身,乃地、水、火、风之四大和合而成。当此和合,被离散为四大时,则有情之身即灭。此即所谓缘生法之无常。"(注:论中原文为:"问曰:彼体云何不成? 答曰:以因缘故。若何等法，有因缘者，彼无自体，若无自体，彼法无体。此无体者，无自体故。譬如兔角，以无因缘，是故无法。此一切法，皆无自体。”因使易于了解，故作如上之解释也）

第三法印，诸法无我。或说凡物之存在，是无我之存在。佛于《摩诃婆伽经》中云：“诸比丘！色相非我。如色相为我，诸比丘！则此色我不病，而人亦可于其色我谓；吾身必如是如是，而吾身不必如是如是。”佛又谓：“诸根非我。是故诸比丘！无论为任何已有，将有，现有之色相（五根五识之各方面），彼色相皆非我。此乃真知之士所能觉现之真理。”按此无我之问题，乃佛徒间一论战点。龙树《大智度论》之解释此论诤之问题略称：如来或时教有我，或时教无我。当宣示有我，而此我系为一自招业感之来生罪福之受者时，其目的乃在使人不堕入断见之异端。当教说无一造物主，或觉识者及一绝对自由主宰，而非赋名于五蕴义之我时，其目的则在使人不堕另一常见之异端。然不论有我无我，皆为应机而说法。

第四法印，涅槃寂净。涅槃一词，亦为佛典中含义至为繁复者。据玄奘所译《阿毗达摩大毗婆娑论》，涅槃之命意如下：

一、涅槃意即可永远解脱于六道轮回。

二、涅槃意即自诸业束缚中，得一完全解脱。

三、涅槃意即已永恒脱出五阴炽盛与三毒（贪、瞋、痴），以及诸法属性（成、住、坏、空）之状态。

四、涅槃意即全离恶业畏怖，而了却生死之羁厄。

于是，吾人观察涅槃四义，更精简之，乃有遮表（消极的），诠表（积极的）之二面；就遮表言，彼乃自三毒与生死轮回中解脱。就诠表言，彼实构成悲智两德之实践。

以上,乃于佛教大小乘共通基本教义四法印之论述。在续论大、小乘之差异以前,余将略述佛教与通俗世界观之悬殊。通俗之观念,视生为一事实。而佛陀则谓生为一苦厄。故佛教之需求了生脱死,乃成必然。

矿、植、动物与人,通俗均认为系存在之事物。而佛陀则认为彼等乃五蕴和合而成。依佛陀意,全宇宙实由五蕴所构成,是故彼宇宙万有乃在成、住、坏、空之铁律下运行。依此解说,佛陀教人舍此世间,而欣求涅槃彼岸。此世间与彼岸之分界,虽不能为一明晰之区判,但为转化世人对此世界之过分渴爱,佛陀正建设一将使精神价值占有主要地位之超越实相界。

现今吾人将探论小乘佛教与大乘佛教间之别异。小乘佛教乃以释迦牟尼佛之教示为根基。释尊示寂于西前五三零年。小乘教系由诸多别异部派努力之结果所创形,而彼等部派盛兴于西前四三零年,即佛陀示寂后百年至西元百年间。佛陀之教说,曾录为简篇之本事,自说以及其他等形式之十二部经文。此等经文,即南传于泰,缅,锡兰及其他东南亚诸国之巴利经藏。此种巴利经藏,成为佛教根本部派所信奉之基本经典。

大乘佛教又称为北传佛教,盖以其传播于印度迤北诸地,如中国等之故。大乘经典,乃由梵文写成。西方翻译巴利经典之学人,唯认此种经典为原始,为可信之经典,而标举大乘经典为自原典引申之不足凭信者。近来,梵文佛典亦于尼泊尔,吉尔吉特,即印度之北部发现。克实言之,大乘佛教之根荄,亦可于早期佛教中见之。因是,关此两乘经典孰为可信之争论,已成过去。

大乘佛教之基本经典,为:般若、法华、十地、深密、华严、维摩诘及阿弥陀等经。

大小乘教义之差别，略如下述：

第一，小乘佛教，乃自度者。而大乘佛徒崇信菩萨之理想，菩萨愿于生死苦海中，济度一切众生。

其次，小乘佛教特重僧团与教典，大乘佛教特重教义。如佛徒诚能信受奉行佛陀之基本义谛，则出家与否，殊无区别。

第三，小乘佛教以释迦牟尼为一历史人物，大乘佛教则视彼为真常，理想与万能者。

余将进而指出：小乘佛教更为株守经文而凝滞，保守。反之，大乘佛教则特为进步与旷达。此即大乘佛教之得以迅速传播于中、日、韩诸邦，而普化于民间之所以。大乘佛教弘传既久，复分裂为诸宗。其中除铃木传来此邦，为众所周知之禅宗以外，尚有三论，唯识、华严、净土与天台等宗。窃以为禅宗之外，对其他诸宗之研究亦甚重要。以彼等同具博大，精深之诸佛知见。余确信本佛教会，将欣然任此工作，而使其他诸宗遍行于此邦。

余必涉及之最后一点，乃答复以佛教为无神论之学者及居士，此种论调，乃自佛陀破斥婆罗门教梵我之观念所引出。由于此种破斥，佛教于印度乃被视为非传统者，乃至反对含有婆罗门教基本教义之四吠陀者。然谓佛教为无神论，则余断言其说为直与佛教精神相悖谬。于佛典中，吾人悉知有大我，宇宙精神，如来，真如或绝对真理，如来藏，胎藏世界等名相。凡此名相，悉指超非物质世界之精神言之，故与无神论，渺不相涉。

现今，余且引两印度学人之言，以结束上所论述。此两学人为沙地奢陀罗・车陀吉，与胝仁罗摩合・达陀。彼两著有《印度哲学导论》一书。书中明示其与余相同之观点谓：“佛陀与大乘佛教所信受之超越实相同谊……一如羯摩迦耶，佛陀……取彼弱者祈求救助，慈悲之上帝地位而代之。”

由于对佛教若干误解之消除，吾人可以见到欧西之耶教与佛教，甚多相通之点。余盼由此进而导致对东方，西方精神有更真实，更深切之了解。俾由此了解，能萌生一全世界之真正精神提撕。余愿强调本寺，即为热诚之中国佛教徒，所奋勉而企求能获致此种了解之道场。

附录一

玄学与科学

——评张君劢的《人生观》

丁文江

玄学真是个无赖鬼——在欧洲鬼混了二千多年，到近来渐渐没有地方混饭吃，忽然装起假幌子，挂起新招牌，大摇大摆地跑到中国来招摇撞骗。你要不相信，请你看看张君劢的《人生观》！张君劢是作者的朋友，玄学却是科学的对头。玄学的鬼附在张君劢身上，我们学科学的人不能不去打他；但是打的是玄学鬼，不是张君劢，读者不要误会。

玄学的鬼是很利害的；已经附在一个人身上，再也不容易打得脱，因为我们打他的武器无非是客观的论理同事实，而玄学鬼早已在张君劢前后左右砌了几道墙。他叫他说人生观是"主观的""直觉的""自由意志的""起于良心之自动而决非有使之然者也""决非科学所能为力，唯赖诸人类之自身而已"，而且"初无论理学之公例以限制之，无所谓定义，无所谓方法"。假如我们证明他是矛盾，是与事实不合，他尽可以回答我们，他是不受论理学同事实支配的。定义、方法、论理学的公例，就譬如庚子年联军的枪炮火器，但是义和团说枪炮打不死他，他不受这种火器的支配，我们纵能把义和团打死了，他也还是至死不悟。

所以我做这篇文章的目的不是要救我的朋友张君劢,是要提醒没有给玄学鬼附上身的青年学生。我要证明不但张君劢的人生观是不受论理学公例的支配,并且他讲人生观的这篇文章也是完全违背论理学的。我还要说明,若是我们相信了张君劢,我们的人生观脱离了论理学的公例、定义、方法,还成一个什么东西。

人生观能否同科学分家?

我们且先看他主张人生观不受科学方法支配的理由。他说:

> 诸君久读教科书,必以为天下事皆有公例,皆为因果律所支配。实则使诸君闭目一思,则知大多数之问题,必不若是之明确。……甲一说,乙一说,漫无是非真伪之标准。此何物欤?曰,是为人生。同为人生,因彼此观察点不同,而意见各异,故天下古今之最不统一者莫若人生观。

然则张君劢的理由是人生观"天下古今最不统一",所以科学方法不能适用。但是人生观现在没有统一是一件事,永久不能统一又是一件事。除非你能提出事实理由来证明他是永远不能统一的,我们总有求他统一的义务。何况现在"无是非真伪之标准",安见得就是无是非真伪之可求?不求是非真伪,又从哪里来的标准?要求是非真伪,除去科学方法,还有什么方法?

我们所谓科学方法,不外将世界上的事实分起类来,求他们的秩序。等到分类秩序弄明白了,我们再想出一句最简单明白的话来,概括这许多事实,这叫做科学的公例。事实复杂的当然不容易分类，不容易求他的秩序，不容易找一个概括的公例，然而科学方法并不因此而不适用。不过若是所谓事实，并不是真的事实，自然求不出什么秩序公例。譬如普通人看见的颜色是事实，色盲的人所见的颜色就不是事实。我们当然不能拿色盲人所见的颜色，同普通所谓颜色混合在一块来，求他们的公例。况且科学的公例，唯有懂得科学的人方能了解。若是你请中国医生拿他的阴阳五行，或是欧洲中古的医生拿他的天神妖怪，同科学的医生来辩论，医学的观念，如何能得统一？难道我们就可以说医学是古今中外不统一，无是非真伪之标准，科学方法不能适用吗？玄学家先存了一个成见，说科学方法不适用于人生观；世界上的玄学家一天没有死完，自然一天人生观不能统一。但这岂是科学方法的过失吗？

张君劢做的一个表，列举九样我与非我的关系，但是非我的范围，岂是如此狭的？岂是九件可以包括得了的？我们可以照样加几条：

（十）就我对于天象之观念 { 星占学 / 天文学 }

（十一）就我对于物种之由来 { 上帝造种论 / 天演论 }

再加（十二）（十三）以至于无穷，为什么单举他所列的九项？试问有神论无神论等观念的取舍，与我所举的（十）（十一）两条，是否有绝大关系？照论理极端推起来，凡我对于非我的观念无一不可包括在人生观之中。假如人生观真是出乎科学方法之外，一切科学岂不是都可以废除了？

张君劢也似乎觉得这样列举有点困难，所以他加以说明："人生为活的，故不如死物质之易以一律相绳也。"试问活的单是人吗？动植物难道都是死的？何以又有什么动植物学？再看他下文拿主观客观来分别人生观同科学：

> 物质科学之客观致力最为圆满；至于精神科学次之。譬如生计学中之大问题，英国派以自由贸易为利，德国派以保护贸易为利，则双方之是非不易解决矣。心理学上之大问题，甲曰智识起于感觉，乙曰知识以范畴为基础，则双方之是非不易解决矣。然即以精神科学论，就一般现象而求其平均数，则亦未尝无公例可求，故不失为客观也。

诸君试拿张君劢自己的表式来列起来：

（十二）就我与我之贸易关系 { 自由贸易 / 保护贸易 }

（十三）就我与我之知识起源 { 感觉主义 / 范畴主义 }

试问我的（十二）（十三）与他的（一）至（九）有什么根本的分别？为什么前二者"不失为客观"，而大家族主义小家族主义等等一定是主观的？

学生物学的人谁不知道性善性恶和达尔文的生存竞争论同是科学问题，而且是已经解决的问题？但是他说他是主观的，是人生观，绝不能施以一种试验，以证甲之是与乙之非！只看他没有法子把人生观同科学真正分家，就知道他们本来是同气连枝的了。

科学的智识论

不但是人生观同科学的界限分不开，就是他所说的物质科学同精神科学的分别也不是真能成立的。要说明这一点，不得不请读者同我研究研究智识论。

我们所谓物，所谓质，是从何而知道的？我坐在这里，看着我面前的书柜子。我晓得他是长方的，中间空的，黄漆漆的，木头做的，很坚很重的。我视官所触的是书柜子颜色、形式，但是我联想到木头同漆的性质，推论到他的重量硬度，成功我书柜子的概念。然则这种概念，是觉官所感触，加了联想推论，而所谓联想推论，又是以前觉官所感触的经验得来的，所以觉官感触是我们晓得物质的根本。我们所以能推论其他可以感触觉官的物质，是因为我们记得以前的经验。我们之所谓物质，大多数是许多记存的觉官感触，加了一点直接觉官感触。假如我们的觉官的组织是另外一个样子的，我们所谓物质一定也随之而变——譬如在色盲的人眼睛里头蔷薇花是绿的。所以冒根[1](Morgan)在他的《动物生活与聪明》(*Animal life and Intelligence*)那部书里边叫外界的物体为“思构”(Construct)。

什么叫做觉官的感触？我拿刀子削铅笔，误削了左手指头，连忙拿右手指去压住他，站起来去找刀创药上。我何以知道手指

① 冒根：今译摩尔根（1866—1945），美国遗传学家、胚胎学家，因借果蝇研究而建立遗传的染色体学说而著名。

被削呢？是我的觉神经系从左手指通信到我脑经。我的动神经系，又从脑经发令于右手，教他去压住。这是一种紧急的命令，接到信立刻就发的，生理上所谓无意的举动。发过这道命令以后，要经过很复杂的手续，才去找刀创药上：我晓得手指的痛是刀割的，刀割了最好是用刀创药，我家里的药是在小柜子抽屉里面——这种手续是思想，结果的举动是有意的。手指的感觉痛，同上刀创药，初看起来，是两种了。仔细研究起来，都是觉官感触的结果。前者是直接的，后者是间接的，是为以前的觉官感触所管束的。在思想的期间，我觉得经过的许多手续，这叫做自觉。自觉的程度，是靠以前的觉官感触的多寡性质，同脑经记忆他的能力。

然则无论思想如何复杂，总不外乎觉官的感触。直接的是思想的动机，间接的是思想的原质。但是受过训练的脑经，能从甲种的感触经验飞到乙种，分析他们，联想他们，从直接的知觉，走到间接的概念。

我的觉官受了感触，往往经过一个思想的期间，然后动神经系才传命令出去，所以说我有自觉。旁人有没有自觉呢？我不能直接感触他有，并且不能直接证明他有，我只能推论他有。我不能拿自己的自觉来感触自己的自觉，又不能直接感触人家的自觉，所以研究自觉的真相是很困难。玄学家都说，自觉的研究是在科学范围之外。但是我看见人家受了觉官的感触也往往经过了一个期间，方才举动。我从我的自觉现象推论起来，说旁人也有自觉，是与科学方法不违背的。科学中这样的推论甚多。譬如理化学者说有原子，但是他们何尝能用觉官去感触原子？又如科学说，假如我们走到其他的星球上面，苹果也是要向下落；这也不是可以用觉官感触的。所以心理上的内容至为丰富，并不限于同时的直接感触，和可以直接感触的东西——这种心理上的内容都是科学的材料。我们所晓得的物质，本不过是心理上的觉官感触，由知觉而成概念，由概念而生推论。科学所研究的不外乎这种概念同推论，有什么精神科学、物质科学的分别？又如何可以说纯粹心理上的现象不受科学方法的支配？

科学既然以心理上的现象为内容，对于概念、推论，不能不有严格的审查。这种审查方法是根据两条很重要的原则：

> **（一）凡常人心理的内容，其性质都是相同的。心理上联想的能力，第一是看一个人觉官感触的经验，第二是他脑经思想力的强弱。换言之，就是一个人的环境同遗传。我的环境同遗传，无论同什么人都不一样；但如果我不是一个反常的人——反常的人我们叫他为疯子痴子——我的思想的工具是同常人的一类的机器。机器的效能虽然不一样，性质却是相同。觉官的感触相同，所以物质的“思构”相同，知觉概念推论的手续无不相同，科学的真相，才能为人所公认。否则我觉得书柜子是硬的，你觉得是软的；我看他是长方的，你看他是圆的；我说二加二是四，你说是六；还有什么科学方法可言？**
>
> **（二）上边所说的，并不是否认创造的天才，先觉的豪杰。天才豪杰是人类进化的大原动力。人人看见苹果从树上向下落，唯有牛顿才发明重心吸力；许多人知道罗任治[①]**

① 罗任治：今译洛伦兹（Hendrik Antoon Lorentz，1853—1928），荷兰物理学家，是经典物理和近代物理间承上启下式的一位科学巨擘，他导出了爱因斯坦的狭义相对论基础的变换方程，即现在为人熟知的洛伦兹变换。

的公式，唯有安因斯坦才发明相对论；人人都看《红楼梦》《西游记》，胡适之才拿来做白话文学的材料；科学发明上这种例不知道多少。但是天才豪杰同常人的分别，是快慢的火车，不是人力车同飞机。因为我们能承认他们是天才，是豪杰，正是因为他们的知觉概念推论的方法完全与我们相同。不然，我们安晓得自命为天才豪杰的人，不是反常，不是疯子？

根据这两条原则，我们来审查概念推论：

第一，凡概念推论若是自相矛盾，科学不承认他是真的。

第二，凡概念不能从不反常的人的知觉推断出来的，科学不承认他是真的。

第三，凡推论不能使寻常有论理训练的人依了所根据的概念，也能得同样的推论，科学不承认他是真的。

我们审查推论，加了“有论理训练”几个字的资格，因为推论是最容易错误的。没有论理的训练，很容易以伪为真。戒文士[①](Jevons)的《科学原则》(*Principles Science*)讲得最详细。我为篇幅所限，不能详述，读者可以求之于原书。

我单举一件极普通的错误，请读者注意。就是所谓证据责

① 戒文士：今译杰文斯(1835—1882)，英国逻辑学家和经济学家。《科学原则》(1874年)是他的逻辑学重要著作。

任问题。许多假设的事实，不能证明他有，也不能证明他无，但是我们决不因为不能反证他，就承认是真的。因为提出这种事实来的人，有证明他有的义务。他不能证明，他的官司就输了。譬如有一个人说他白日能看见鬼——这是他的自觉，我们不能证明他看不见鬼，然而证明的责任是在他，不在我们。况且常人都是看不见鬼的，所以我们说他不是说谎，就是有神经病。

以上所讲的是一种浅近的科学知识论。用哲学的名词讲起来，可以说是存疑的唯心论(skeptical idealism)。凡研究过哲学问题的科学家如赫胥黎、达尔文、斯宾塞、詹姆士(W. James)、皮尔生[①](Karl Pearson)、杜威，以及德国马哈[②](Mach)派的哲学，细节虽有不同，大体无不如此。因为他们以觉官感触为我们知道物体唯一的方法，物体的概念为心理上的现象，所以说是唯心。觉官感触的外界，自觉的后面，有没有物，物体本质是什么东西：他们都认为不知，应该存而不论，所以说是存疑。他们是玄学家最大的敌人，因为玄学家吃饭的家伙，就是存疑唯心论者所认为不可知的、存而不论的、离心理而独立的本体。这种不可思议的东西，伯克莱[③](Berkeley)叫他为上帝；康德、叔本华叫他为意向；布虚那[④](Buchner)叫他为物质，克列福[⑤](Clifford)叫他为心理质，张君劢叫他为我。他们始终没有大家公认的定义

---

① 皮尔生：今译皮尔逊(1857—1936)，英国数学家和自由思想家。

② 马哈：今译马赫(1838—1916)，奥地利—捷克物理学家、心理学家和哲学家。

③ 伯克莱：今译贝克莱(1685—1753)，英国经验主义哲学家，主观唯心主义代表人物。

④ 布虚那：今译比希纳(1860—1917)，德国医生和哲学家，1907 年获诺贝尔化学奖。

⑤ 克列福：今译克利福德(1845—1879)，19 世纪英国数学家。

方法，各有各的神秘，而同是强不知以为知。旁人说他模糊，他自己却以为玄妙。

我们可以拿一个譬喻来说明他们的地位。我们的神经系就譬如一组的电话。脑经是一种很有权力的接线生，觉神经是叫电话的线，动神经是答电话的线。假如接线生是永远封锁在电话总局里面，不许出来同叫电话答电话的人见面，接线生对于他这班主顾，除去听他们在电话上说话以外，有什么法子可以研究他们？存疑唯心论者说，人之不能直接知道物的本体，就同这种接线生一样：弄来弄去，人不能跳出神经系的圈子，觉官感触的范围，正如这种接线生不能出电话室的圈子，叫电话的范围。玄学家偏要叫这种电话生说，他有法子可以晓得打电话的人是什么样子，穿的什么衣服。岂不是骗人？

张君劢的人生观与科学

读者如果不觉得我上边所讲的知识论讨厌，细细研究一遍，再看张君劢的《人生观》下半篇，就知道他为什么一无是处的了。他说人生观不为论理学方法所支配；科学回答他，凡不可以用论理学批评研究的，不是真知识。他说："纯粹之心理现象"在因果律之例外；科学回答他，科学的材料原都是心理的现象，若是你所说的现象是真的，决逃不出科学的范围。他再三地注重个性，注重直觉，但是他把个性直觉放逐于论理方法定义之外。科学未尝不注重个性直觉，但是科学所承认的个性直觉，是"根据于经验的暗示，从活经验里涌出来的"（参见胡适之《五十年来世界之哲学》）。他说人生观是综合的，"全体也，不容于分割中求之也"。科学答他说，我们不承认有这样混沌未开的东西，况且你自己讲我与非我,列了九条,就是在那里分析他。他说人生观问题之解决,“决非科学之所能为力”;科学答他说,凡是心理的内容,真的概念推论,无一不是科学的材料。

关于最后这个问题,是科学与玄学最重要的争点,我还要引申几句。

科学与玄学战争的历史

玄学(Metaphysics)这个名词,是纂辑亚列士多德①遗书的安德龙聂克士(Andronicus)造出来的。亚列士多德本来当他为根本哲学(first philosophy)或是神学(theology),包括天帝、宇宙、人生种种观念在内,所以广义的玄学在中世纪始终没有同神学分家。到了十七世纪天文学的祖宗嘉列刘②(Galileo)发明地球行动的时候,玄学的代表是罗马教的神学家。他们再三向嘉列刘说,宇宙问题,不是科学的范围,非科学所能解决的。嘉列刘不听。他们就于一六三三年6月22日开主教大会,正式宣言道:

> 说地球不是宇宙的中心,非静而动,而且每日旋转,照哲学上神学上讲起来,都是虚伪的。……

无奈真是真,伪是伪;真理既然发明,玄学家也没有法子。从此

---

① 亚列士多德:今译亚里士多德(Aristotle,公元前384—前322),古希腊著名哲学家、科学家和教育家。

② 嘉列刘:今译伽利略(1564—1642),意大利数学家、物理学家、天文学家,科学革命的先驱,近代实验科学的奠基人之一。

向来属于玄学的宇宙就被科学抢去。但是玄学家总说科学研究的是死的，活的东西不能以一例相绳（与张君劢一鼻孔出气）。无奈达尔文不知趣，又做了一部《物种由来》[①]（读者注意，张君劢把达尔文的生存竞争论归入他的人生观！），证明活的东西也有公例。虽然当日玄学家的忿怒不减于十七世纪攻击嘉列刘的主教，真理究竟战胜，生物学又变做科学了。到了十九世纪的下半期连玄学家当做看家狗的心理学，也宣告了独立。玄学于是从根本哲学，退避到本体论（ontology）。他还不知悔过，依然向哲学[②]摆他的架子，说"自觉你不能研究；觉官感触以外的本体，你不能研究。你是形而下，我是形而上；你是死的，我是活的"。科学不屑得同他争口舌：知道在知识界内，科学方法是万能，不怕玄学终久不投降。

中外合璧式的玄学及其流毒

读者诸君看看这段历史，就相信我说玄学的鬼附在张君劢身上，不是冤枉他的了。况且张君劢的人生观，一部分是从玄学大家柏格森化出来的。对于柏格森哲学的评论，读者可以看胡适之的《五十年来世界之哲学》。他的态度很是公允，然而他也说他是"盲目冲动"。罗素在北京的时候，听说有人要请柏格森到中国来演讲，即对我说："我很奇怪你们为什么要请柏格森。他的盛名是骗巴黎的时髦妇人得来的。他对于哲学可谓毫无贡献；同行的人都很看不起他。"

---

① 今译《物种起源》。

② 此处疑因笔误，观上下文应为"科学"。

然而平心而论，柏格森的主张，也没有张君劢这样鲁莽。我们细看他说“良心之自动”，又说“自孔孟以至于宋元明之理学家，侧重内心生活之修养，其结果为精神文明”。可见得西洋的玄学鬼到了中国，又联合了陆象山、王阳明、陈白沙高谈心性的一班朋友的魂灵，一齐钻进了张君劢的“我”里面。无怪他的人生观是玄而又玄的了。

玄学家单讲他的本体论，我们决不肯荒废我们宝贵的光阴来攻击他。但是一班的青年上了他的当，对于宗教、社会、政治、道德一切问题真以为不受论理方法支配，真正没有是非真伪；只须拿他所谓主观的、综合的、自由意志的人生观来解决他。果然如此，我们的社会是要成一种什么社会？果然如此，书也不必读，学也不必求，知识经验都是无用，只用以“自身良心之所命，起而主张之”，因为人生观“皆起于良心之自动，而决非有使之然者也”。读书、求学、知识、经历，岂不都是枉费功夫？况且所有一切问题，都没有讨论之余地——讨论都要用论理的公例，都要有定义方法，都是张君劢人生观所不承认的。假如张献忠这种妖孽，忽然显起魂来，对我们说，他的杀人主义，是以“我自身良心之所命，起而主张之，以为天下后世表率”，我们也只好当他是叔本华、马克斯一类的大人物，是“一部长夜漫漫历史中秉烛以导吾人之先路者”，这还从何说起？况且人各有各的良心，又何必有人来“秉烛”，来做“表率”；人人可以拿他的不讲理的人生观来“起而主张之”，安见得孔子、释迦、墨子、耶稣的人生观比他的要高明？何况是非真伪是无标准的呢？一个人的人生观当然不妨矛盾，一面可以主张男女平等，一面可以实行一夫多妻。只要他说是“良心之自动”，何必管什么论理不论理？他是否是良心之自动，旁人也当然不能去过问他。这种社会可以一日居吗？

对于科学的误解

这种不可通的议论的来历，一半由于迷信玄学，一半还由于误解科学，以为科学是物质的、机械的。欧洲的文化是“物质文化”。欧战以后工商业要破产，所以科学是“务外逐物”。我再来引一引张君劢的原文：

> 所谓精神与物质者：科学之为用，专注于向外，其结果则试验室与工厂遍国中也。朝作夕辍，人生如机械然，精神上之慰安所在，则不可得而知也。我国科学未发达，工业尤落人后，故国中有以开纱厂设铁厂创航业公司自任，如张季直、聂云台之流，则国人相率而崇拜之。抑知一国偏重工商，是否为正当之人生观，是否为正当之文化，在欧洲人观之，已成大疑问矣。欧战终后，有结算二三百年之总账者，对于物质文明，不胜务外逐物之感。厌恶之论已屡见不一见矣。……

这种误解在中国现在很时髦，很流行。因为他的关系太重要，我还要请读者再耐心听我解释解释。我们已经讲过，科学的材料是所有人类心理的内容，凡是真的概念推论，科学都可以研究，都要求研究。科学的目的是要屏除个人主观的成见——人生观最大的障碍，求人人所能共认的真理。科学的方法，是辨别事实的真伪，把真事实取出来详细地分类，然后求他们的秩序关系，想一种最简单明了的话来概括他。所以科学的万能，科学的普遍，科学的贯通，不在他的材料，在他的方法。安因斯坦谈相对论是科学，詹姆士讲心理学是科学，梁任公讲历史研究法，胡适之讲《红楼梦》，也是科学。张君劢说科学是“向外”的，如何能讲得通？

科学不但无所谓向外，而且是教育同修养最好的工具，因为天天求真理，时时想破除成见，不但使学科学的人有求真理的能力，而且有爱真理的诚心。无论遇见什么事，都能平心静气去分析研究，从复杂中求单简，从紊乱中求秩序；拿论理来训练他的意想，而意想力愈增；用经验来指示他的直觉，而直觉力愈活。了然于宇宙生物心理种种的关系，才能够真知道生活的乐趣。这种“活泼泼地”心境，只有拿望远镜仰察过天空的虚漠，用显微镜俯视过生物的幽微的人，方能参领得透彻，又岂是枯坐谈禅，妄言玄理的人所能梦见。诸君只要拿我所举的科学家如达尔文、斯宾塞、赫胥黎、詹姆士、皮尔生的人格来同叔本华、尼采比一比，就知道科学教育对于人格影响的重要了。又何况近年来生物学上对于遗传性的发现，解决了数千年来性善性恶的聚讼，使我们恍然大悟，知道根本改良人种的方法，其有功于人类的前途，正未可限量呢？

工业发达当然是科学昌明结果之一，然而试验室同工厂绝对是两件事——张君劢无故地把他们混在一起——试验室是求真理的所在，工厂是发财的机关。工业的利害，本来是很复杂的，非一言之所能尽；然而使人类能利用自然界生财的是科学家；建筑工厂，招募工人，实行发财的，何尝是科学家？欧美的大实业家大半是如我们的督军巡阅使，出身微贱，没有科学知识的人。试问科学家有几个发大财的？张君劢拿张季直、聂云台来代表中国科学的发展，无论科学未必承认，张聂二君自己也未必承认。

欧洲文化破产的责任

至于东西洋的文化，也决不是所谓物质文明、精神文明，这种笼统的名词所能概括的。这是一个很复杂的问题，我没有功夫细讲。读者可以看四月份《读书杂志》胡适之批评梁漱溟“东西文化”那篇文章。我所不得不说的是欧洲文化纵然是破产（目前并无此事），科学绝对不负这种责任，因为破产的大原因是国际战争。对于战争最应该负责的人是政治家同教育家。这两种人多数仍然是不科学的。这一段历史，中国人了解的极少，我们不能不详细地说明一番。

欧洲原来是基督教的天下。中世纪时代，神学万能。文学复兴以后又加入许多希腊的哲学同神学相混合。十七十八两世纪的科学发明，都经神学派的人极端反对。嘉列刘的受辱，狄卡儿[①]的受惊，都是最显明的事实。嘉列刘的天文学说，为罗马教所严禁，一直到了十九世纪之初方才解放。就是十九世纪之初高等学校的教育，依然在神学家手里；其所谓科学教育，除去了算学同所谓自然哲学（物理）以外，可算一无所有。在英国要学科学的人，不是自修，就是学医。如达尔文、赫胥黎都是医学生。学医的机关，不在牛津、圜桥[②]两个大学，却在伦敦同爱丁堡。一直到了《物种由来》出版，斯宾塞同赫胥黎极力鼓吹科学教育，

① 狄卡儿：今译笛卡尔（Descartes，1596—1650），法国哲学家，西方现代哲学奠基人。代表作：《方法论》《几何学》《形而上学的沉思》。

② 圜桥：剑桥的旧译。

维多利亚女皇的丈夫亚尔巴特王改革大学教育，在伦敦设科学博物馆、科学院、矿学院，伦敦才有高等教育的机关；化学、地质学、生物学，才逐渐地侵入大学，然而中学的科学依然缺乏。故至今英国大学的人学试验，没有物理化学。在几个最有势力的中学里面，天然科学都是选科，设备也是很不完备。有天才的子弟，在中学的教育，几乎全是拉丁、希腊文字，同粗浅的算学。入了大学以后，若不是改入理科，就终身同科学告辞了。这种怪状一直到二十年前作者到英国留学的时代，还没有变更。

英国学法律的人在政治上社会上最有势力，然而这一班人，受的都是旧教育；对于科学，都存了敬而远之的观念，所以极力反对达尔文至死不变的，就是大政治家首相格兰斯顿。提倡科学教育最有势力的是赫胥黎。公立的中学同新立的大学加入一点科学，他的功劳最大，然而他因为帮了达尔文打仗，为科学做宣传事业，就没有功夫再对于动物学有所贡献。学科学的人，一方面崇拜他，一方面都以他为戒，不肯荒了自己的功课。所以为科学做冲锋的人，反一天少一天了。

到了二十世纪，科学同神学的战争，可算告一段落。学科学的人，地位比五十年前高了许多；各人分头用功，不肯再做宣传的努力。神学家也改头换面，不敢公然反对科学，然而这种休战的和约，好像去年奉直山海关和约一样，仍然是科学吃亏，因为教育界的地盘都在神学人手里。全国有名的中学的校长，无一个不是教士；就是牛津、圜桥两处的分院院长，十个有九个是教士。从这种学校出来的学生，在社会上政治上势力最大，而最与科学隔膜。格兰斯顿的攻击达尔文，我已经提过了。近来做过首相外相的巴尔福很可以做这一派人的代表。他著的一部书叫

《信仰的根本》(*The Foundation of Belief*)依然是反对科学的。社会上的人,对于直接有用的科学,或是可以供工业界利用的科目,还肯提倡,还肯花钱;真正科学的精神,他依然没有了解:处世立身,还是变相的基督教。这种情形,不但英国如此,大陆各国同美国亦大抵如此。一方面政治的势力都在学法律的人手里,一方面教育的机关脱不了宗教的臭味。在德法两国都有新派的玄学家出来宣传他们的非科学主义,间接给神学做辩护人。德国浪漫派的海格尔[①]的嫡派,变成忠君卫道的守旧党。法国的柏格森拿直觉来抵制知识。都是间接直接反对科学的人。他们对于普通人的影响虽然比较的小,对于握政治教育大权的人,却很有伟大的势力。我们只要想欧美做国务员、总理、总统的从来没有学过科学的人,就知道科学的影响,始终没有直接侵入政治了。不但如此,做过美国国务卿、候补大总统的白赖安[②](Bryan)至今还要提倡禁止传布达尔文的学说。一九二一年伦敦举行优生学家嘉尔登的纪念讲演,改造部总长纪载士(Gedds)做名誉主席的时候居然说科学知识不适用于政治。他们这班人的心理,很像我们的张之洞,要以玄学为体,科学为用。他们不敢扫除科学,因为工业要利用他,但是天天在那里防范科学,不要侵入他们的饭碗界里来。所以欧美的工业虽然是利用科学的发明,他们的政治社会却绝对地缺乏科学精神。这和前清的经师尽管承认阎百诗推翻了伪古文《尚书》,然而科场考试仍旧有伪《尚书》在内,是一样的道理。人生观不能统一也是为此,战争不

---

① 海格尔:今译海德格尔(Martin Heidegger, 1889—1976),德国哲学家。其代表作有:《存在与时间》《林中路》。

② 白赖安:今译布莱恩(1830—1893),美国政治家,著有《国会二十年》。

能废止也是为此。欧战没有发生的前几年，安基尔[①]（Norman Angell）做一部书，叫做《大幻影》（*The Great Illusion*），用科学方法研究战争与经济的关系，详细证明战争的结果，战胜国也是一样的破产，苦口地反对战争。当时欧洲的政治家没有不笑他迂腐的。到了如今，欧洲的国家果然都因为战争破了产了。然而一班应负责任的玄学家、教育家、政治家却丝毫不肯悔过，反要把物质文明的罪名加到纯洁高尚的科学身上，说他是“务外逐物”，岂不可怜！

中国的“精神文明”

许多中国人不知道科学方法和近三百年经学大师治学的方法是一样的。他们误以为西洋的科学，是机械的、物质的、向外的、形而下的。庚子以后，要以科学为用，不敢公然诽谤科学。欧战发生，这种人的机会来了。产生科学的欧洲要破产了！赶快抬出我们的精神文明来补救物质文明。他们这种学说自然很合欧洲玄学家的脾胃。但是精神文明是样什么东西？张君劢说：“自孔孟以至宋元明之理学家侧重内心生活之修养，其结果为精神文明。”我们试拿历史来看看这种精神文明的结果。

提倡内功的理学家，宋朝不止一个，最明显的是陆象山一派，不过当时的学者还主张读书，还不是完全空疏。然而我们看南渡时士大夫的没有能力、没有常识，已经令人骇怪。其结果叫我们受野蛮蒙古人统治了一百年，江南的人被他们屠割了数百

① 安基尔（1873—1967），英国经济学家，国际和平活动家，1933年诺贝尔和平奖获得者。《大幻影》是他的代表作。

万，汉族的文化几乎绝了种。明朝陆象山的嫡派是王阳明、陈白沙。到了明末，陆王学派，风行天下。他们比南宋的人更要退化：读书是玩物丧志，治事是有伤风雅。所以顾亭林说他们“聚宾客门人之学者数十百人……与之言心言性。舍多学而识以求一贯之方，置四海之困穷不言，而终日讲危微精益之说”。士大夫不知古又不知今，“养成娇弱，一无所用”。有起事来，如痴子一般，毫无办法。陕西的两个流贼，居然做了满清人的前驱。单是张献忠在四川杀死的人，比这一次欧战死的人已经多了一倍以上，不要说起满洲人在南几省作的孽了！我们平心想想，这种精神文明有什么价值？配不配拿来做招牌攻击科学？以后这种无信仰的宗教，无方法的哲学，被前清的科学经师费了九牛二虎之力，还不曾完全打倒；不幸到了今日，欧洲玄学的余毒传染到中国来，宋元明言心言性的余烬又有死灰复燃的样子了！懒惰的人，不细心研究历史的实际，不肯睁开眼睛看看所谓“精神文明”究竟在什么地方，不肯想想世上可有单靠内心修养造成的“精神文明”；他们不肯承认所谓“经济史观”，也还罢了，难道他们也忘记了那“衣食足而后知礼节，仓廪实而后知荣辱”的老话吗？

言心言性的玄学，“内心生活之修养”，所以能这样哄动一般人，都因为这种玄谈最合懒惰的心理，一切都靠内心，可以否认事实，可以否认论理与分析。顾亭林说的好：

> ……躁竞之徒，欲速成以名于世，语之以五经，则不愿学；语之以白沙阳明之语录，则欣然矣。以其袭而取之易也。

我们也可套他的话，稍微改动几个字，来形容今日一班玄学崇拜者的心理：

> 今之君子，欲速成以名于世，语之以科学，则不愿学；语之以柏格森杜里舒之玄学，则欣然矣。以其袭而取之易也。

结　论

我要引胡适之《五十年来世界之哲学》上的一句话来做一个结论。他说：

> 我们观察我们这个时代的要求，不能不承认人类今日最大的责任与需要是把科学方法应用到人生问题上去。

科学方法，我恐怕读者听厌了。我现在只举一个例来，使诸君知道科学与玄学的区别。

张君劢讲男女问题，说"我国戏剧中十有七八不以男女恋爱为内容"。他并没有举出什么证据；大约也是起于他"良心之自动，而决非有使之然者也"。我觉得他提出的问题很有研究的兴味。一时没有材料，就拿我厨子看的四本《戏曲图考》来做统计。这四本书里面有二十九出戏，十三出与男女恋爱有关。我再看《戏曲图考》上面有"刘洪升、杨小楼秘本"几个字，想到一个须生，一个武生的秘本，恐怕不足以做代表。随手拿了一本《缀白裘》来一数，十九出戏，有十二出是与男女恋爱有关的。我再到了一个研究曲本的朋友家里，把他架上的曲本数一数，三十几种，几乎没有一种不是讲男女恋爱的。后来又在一个朋友家中借得一部《元曲选》，百种之中有三十九种是以恋爱为内容的；又寻得汲古阁的《六十种曲》，六十种之中竟也有三十九种是以恋爱为内容的！张君劢的话自然不能成立了。这件事虽小，但也可以看出那“主观的、直觉的、综合的、自由意志的、单一性的”人生观是建筑在很松散的泥沙之上，是经不起风吹雨打的。我们不要上他的当！

转录北京《努力周报》四十八和四十九期

附录二

玄 学 与 科 学

——答张君劢

丁文江

五月九日我请张君劢吃晚饭，我给他说笑道："我答你的文章的帽子已经做好了。"

张君劢答作者的文章共计几万几千几百几十字，其中真正可以算得谩骂的，不过三十几个字——如"自己见鬼""伪为不知""顽固不化""斯之谓不通""白日说梦话""蟪蛄不知春秋""雷同附和"，——我不能不谢谢他的雅量。适之到南边去养病，叫我替《努力》做文章，我正愁不能交卷，对不起朋友。恰好他下笔万言，载满了《努力》的篇幅，使得我可以安安静静地偷懒；我不能不谢谢他的慷慨。他的文章虽长，论点不多；我一句可以答他两句。况且他几万几千几百几十字里面，引人家的话有四千字；这不是他自己说的话，我当然没有答的义务。不能不谢谢他的体贴。大凡辩论的文章越长漏洞越多，越容易攻击；就譬如战线越长越容易冲开，胰子泡越大越容易吹破……

我的话还没有说完，旁边有人拿梁任公宣布的国际公法给我看，说我犯了第二条。吓得我连忙把话匣子关起。所以我这篇文章是从第十二行起。

任公的国际公法谁敢不遵？谁忍不遵？不过我要在将来的公断人面前申诉几句。我第一篇文章里面，“虐谑”则有之，“谩骂”则完全没有。读者拿原文细细地看，就知道我不是胡赖。君劢答辞里面的三十几字，就是我的谩骂的定义。

严重的辩论不应该有虐谑夹在里面，我是承认的。但是“玄学与科学”这种题目，是要有特别兴味的人方才觉得有趣，《努力》同《晨报》都是给一班人看的，不带一点滑稽，恐怕人家看不了几行，就要睡觉。我若是在《国学季刊》或是《地质汇报》上边做文章，当然不敢如此放肆。听说许多学者要加入战团。向来不屑得替人家辩论的君劢居然肯把杜里舒先生的讲义搁起，来做几万字的答辞，足见得我的虐谑已经有“抛砖引玉”的效果。我若是做文言，我一定要说：“予岂好谑哉？予不得已也。”我又可以反用《诗经》说：“善戏谑兮，不为虐兮。”

我很感谢任公，宣布了我们向日的交情，可以免除读者的误会。我们这种战争，劈头就不遵守国际公法，因为宣战了一个月，仍旧没有绝交。见了面依旧是剧谈，依旧是“每谈必吵”，吵的程度比做文章还要利害十倍。况且两方面毫无秘密，毫无成心。我的知识论的来历，是我自己劝君劢看皮耳生的《科学规范》，他方才知道。他引翁特的科学分类，我就向他借翁特的书。所以一方面战争，一方面交换地图，交换军械，这就同威尔逊的外交一样，是用公开的计划，作公开的战争，越战争交情越厚，读者不要替我们担心。不过我劝读者不要跟我们学，因为世界上没有几个人有张君劢这样的雅量。

任公国际公法的第一条同第二条的性质完全两样。“剪除枝叶”，是战争的原则，与公法无关。这明明是论坛老将给我的暗示，我如何肯不遵。所以我的答辞就分成两部：第一是本题；第二是枝叶。

第一　本题

一、君劢的现在主义

学科学的人最反对独断式的言论。“人生观是主观的，直觉的……”，请你用事实来证明！“科学方法不适于人生观”，请你用理由来解说！张君劢在清华讲演所举的理由是，“人生观最不统一”。我前次对他说：“人生观现在没有统一是一件事，永久不能统一又是一件事。除非你能提出事实理由来证明他是永远不能统一的，我们总有求他统一的义务。”他这一次答词仍旧是说，“人生观没有公例可举”；同人生观最不统一是一样的用意，但是他又加了一段，答我驳他的话：

> 事之比较当以今日为限，不得诿诸将来。若诿诸将来，则无一事之能决。譬诸甲曰：世界为进化的。历举种种发明与夫政治情形为之证。乙则反之曰：今之世界，未必胜于古代，并举欧战情形与白人之凌虐异族为证。甲驳之曰：如君所举病征，我固无异言，然今日如此，安知他日亦必如此？于是乙之抱悲观主义者从而答之曰：吾人但论现在，不问将来。甲闻乙言，乃瞠目咋舌，不知所对。

我不知道君劢的甲是什么人，不过若是我是甲，决不肯这样的老实，决不至于“瞠目咋舌，不知所对”。过去、现在、将来三种时间中最不可靠、最不可捉摸的是现在：君劢做上篇时候的现在，已经不是他做下篇时候的现在；我写这一张时候的现在，到了我文章做完的时候，已经成功过去了。所以讨论现在，没有不讲到过去同将来的。我们所举的事实，哪一件不是过去？我们所希望的、要求的，哪一件不是将来？假如我说三岁的小孩子现在不会说话，将来也不会说话，君劢岂不要说我是“疯子”或是“伪为不知”？假如我说十年后张君劢的学问、事业、幸福，同现在的君劢一样，他岂不要说我是“谩骂”？假如君劢对我说，将来的中国永远同现在一样——政府避债、国会卖身、部员索薪、军警闹饷、军阀括钱、土匪绑票——我岂不要自杀？我举小孩子来做比例，因为人类的进化史同小孩子的发育史是一样的性质。经过了一百万年的演化，人才从猴类的动物变成功，用石斧石剑的猎夫，再经过万把年的演化才从穴居野处的野人，变成功今日有文化的民族。现在白人的凌虐异种，比非洲人待俘虏如何？比中国待苗族猓猓的历史如何？欧洲的战祸比中国的洪杨捻匪如何？演化是很慢的，所以许多野蛮的根性至今还存在我们的血骨里头，但是演化一天没有停止，我们一天不必悲观，拿过去推测将来。我们决不敢自暴自弃。若是君劢的乙是指他自己，我不能不以郑重诚恳的态度劝他牺牲他的意见，这种现在主义，反进化论的人生观，是事实上无立足之余地的！

二、人生观的定义与范围

君劢的清华讲演仅列举了九条我与非我的关系，没有给人生观下正式的定义，所以我前次的讨论就以这九条为根据，以为我与非我的关系决计不止九条：譬如星占学与天文学，上帝造种与天演论，自由贸易与保护贸易，感觉主义与范畴主义，都可以照样加入。君劢答文说我“昧于物质科学精神科学之区别”，又说“所举九者皆属于精神方面，皆可以主观作用消息其间。……此种界限至为明晰，而在君伪为不知”。他又为人生观下一定义道：

> 人之生于世也，内曰精神，外曰物质。……所谓物质者，凡我以外皆属之：如大地河山，如衣服田宅，则我以外之物也；如父母妻子，如国家社会，则我以外之人也。我对于我以外之物与人，常求所以变革之，以达于至善至美之境，虽谓古今以来之大问题，不出此精神物质之冲突可也。我对于我以外之物与人，常有所观察也、主张也、希望也、要求也，是之谓人生观。

读者注意！这一段里面除去了人生观的定义以外，还有两个很重要的论断：（一）物质精神的分别是以内外分，以我与非我分。照这样说起来，物质精神是随人而异，没有一定的，因为从我这方面看起来，我是精神，非我的人是物质；从人家方面看起来，我是他的人，是物质，人是他的我，是精神。（二）我对于我以外之物与人，“常求所以变革之，以达于至善至美之境”，然则我对于我以外的物同人完全是善意的，不会得想利用他，破坏他，占领他的。既然是完全善意，似乎可以不至于冲突，不知道何以又会成功古今以来的大问题。这两个论断，我下文还要详细讨论，目前姑且不说，单看他人生观的定义与我前次加的第十至第十三那四条是否是不能相容的。

人生观是我对于我以外的物同人的观察、主张、要求、希望。

范围既然这样广，岂不是凡有科学的材料都可以包括在人生观里面？因为哪一样科学不是我对于物同人的一种观察，一种主张？即如地质学，何尝不是我对于大地河山的观察？或者君劢的原意是凡我对于我以外的物同人的观察、主张、要求、希望，“可以主观作用消息其间的”叫做人生观——我们是友谊的讨论，不必一定以辞害意的。可惜就是加上这一句，还是不甚了然，因为从前人类以为可以主观作用消息其间的东西，现在大家承认完全不是那么一回事的很多很多。譬如相信星占学的人，对于天象不但观察，而且有主张、希望、要求。天象有变，汉朝丞相照法律应该引咎辞职，或是自杀；圣君贤主，修德格天，希望要求免去天变的，历史上不知道多少；求雨求晴，禁屠斋戒，至今中国还是奉行，他们何尝不以为“可以主观作用消息其间”？就是阴阳五行，何尝不是主观？这种历史上的事实，给我们一个极大的教训，知道主观作用的范围，是随着知识变更的，是绝对不可靠的。因为如此，所以不但我不知道精神科学同人生观的界限，连君劢自己也往往要弄错了，自相矛盾的。譬如他答词里面说：

> 物种由来虽至今尚无定论，然生物学中一部分之现象，则亦有公例可求，故关于物种当然在科学范围以内，而不属于人生观。

但是他在清华的讲演明明说：

> 达尔文之生存竞争论与哥巴金之互助主义，其所见异

> 焉。凡此诸家之言是非各执，绝不能施以一种试验，以证甲之是与乙之非。何也？以其为人生观故也，以其为主观的故也。

又譬如他清华讲演说：

> 心理学上之大问题，甲曰知识起于感觉，乙曰知识以范畴为基础，则双方之是非不易解决矣。然以精神科学论，就一般现象而求其平均数，则亦未尝无公例可求，故不失为客观的也。

然则知识论明明是心理学上的问题，明明是科学的问题了，但是他看见我在知识论上边加了"科学的"三个字，说"斯之谓不通"。又说：

> 知识论者，哲学范围内事也，与科学无涉者也。

我不敢说"斯之谓不通"，但是我不能不说"斯之谓矛盾"。矛盾的原故是因为连君劢自己也觉得精神科学同人生观的界限不大显明，一个不小心，就要弄错。然则他如何可以说"界限至为明晰，在君伪为不知"？

要知道精神科学同人生观的界限是否是分得清的，我们不能不研究物质同精神究竟有无根本的分别，君劢拿内与外，我与非我，来分别精神物质，根本能否成立。但是我没有讨论这个问题之先，不能不说明他对于科学种种的误解。

三、对于科学的误解

君劢对于科学最大的误解是以为“严正的科学”是“牢固不拔”,公例是“一成”不变,“科学的”就是“有定论”的,所以他费了一万多字来证明生物学同心理学没有价值。其实近代讲科学的人从牛顿起,从没有这种不科学的观念。牛顿说发见科学的公例有四个原则:

(一) 如果一个因足以说明观察的果,不必再添设其他的因。

(二) 凡相似的果,应该归之于相似的因。

(三) 凡可以观察的物质所有的性质,不妨类推于一切的物质。

(四) 凡根据于许多事实所得到的科学观念,应该假定他是真的,等到发见新事实不能适用的时候,再去修正他。

牛顿这种精神,真是科学精神,因为世界上的真理是无穷无尽,我们现在所发见的不过是极小的一部分。科学上所谓公例,是说明我们所观察的事实的方法,若是不适用于新发见的事实,随时可以变更。马哈同皮耳生都不承认科学的公例有必然性,就是这个意思。这是科学同玄学根本不同的地方。玄学家人人都要组织一个牢固不拔的“规律”(system),人人都把自己的规律当做定论。科学的精神绝对与这种规律迷的心理相反。所以我说:“科学的方法,不外将世界的事实分起类来,求他们的秩序。等到分类秩序弄明白了,再想一句最简单明白的话来,概括这许多事实,这叫做科学公例。”凡是事实都可以用科学方法研究,都可以变做科学。一种学问成不成一种科学,全是程度问题。君劢再三地拿物理学来比生物学同心理学,想证明物理学已经成了科学,不是生物学、心理学所能希望的,好像科学是同神仙一样,也有上八洞下八洞的分别。研究物理学的人决计不敢如此武断。因为物理学上的公例时常在那里变迁。牛顿的发明,不止于三条公例。他的原子光学论,到了十九世纪之初就被人推翻。他的“力”的观念,许多人早就觉得不很适用,所以才拿能力来替代他。皮耳生同马哈都是不满意于“力”的观念的人。等到爱因斯坦的相对论成立以后,牛顿的公例已经不能适用。因为爱因斯坦说,吸引的现象是空间的性质,无所谓力,用不着力的观念。空间自己是曲线的,所以凡在空间运行的物质都走曲线,牛顿所说的直线运行,是世界所没有的现象,用不着这种假设。君劢说“近年以来,则有爱因斯坦之说,虽其公例之适用范围有不同,然奈端(即牛顿)公例之至今犹能适用,一切物理学家所公认者也”。读者只要看爱因斯坦的《相对论》,再拿牛顿的principia① 来比较,就知道他这种话有无根据。

君劢说:“物理上之概念,曰阿顿、曰原子、曰质量、曰能力。”似乎不知道“阿顿”就是原子的。若是我谈玄学把“也过”②(ego)同“我”当做两样东西,我不知道君劢要如何责备我。原子论是达尔登③(Dalton)创造的,但是他所谓原子包括分子在内。

---

① principia:译为“原则,基本原理”。

② 也过:今译自我。

③ 达尔登:今译道耳顿(1766—1844),英国化学家、物理学家。用他发展的原子论,把有关物质性质的现代科学思想结晶化,使化学成为一门真正的科学。

分子的观念起于阿我喀杜罗①(Avogadro)，于是学化学的人都认原子为物质最小的单位，不能再分而为二，自从铣质发明以后，化学家方知道原子自己会自动地分裂：铀(Uranium)变钍(Thorium)，钍变铣(Radium)，铣变氩(Actinium)，氩变铅，于是不但原子论要完全修正，就是化学上所谓原质的观念也不能成立。力同原子都是理化学上根本的概念，尚且有如此变动，试问君劢所谓一成不变的公例，物理学上找得出找不出？"严正"科学是否牢固不拔的？

他引杜里舒的话来证明达尔文学说没有价值，我本来不必给他辩论，因为不但达尔文学说是"李杜文章，光芒万丈"，杜里舒还不配去撼这种大树，我哪里配去做他的马前小卒，而且生物进化是一个很复杂、很专门的问题，没有研究过发生学、生物构造、古生物学，或是遗传性的人，不配参与讨论，就譬如没有高等数学知识的人，不能瞎批评相对论，是一样的道理。为免除读者误会起见，我转请君劢自己找出来的"生物学大家"托摩生(他是否是生物学大家，我下文还要说起)来替我简单的说几句话：

> 若是他们所说的达尔文主义，是指从他的主要观念——变迁、选择、遗传性——里面当然发生出来的活学说，不是死守达尔文的话，一个字不改，我们可以说达尔文主义从来没有如今天这样稳固！(《科学大纲》第二册三六八页)

---

① 阿我喀杜罗：今译阿伏伽德罗(1776—1856)，意大利物理学家。

他又说：

若是进化的学说自己不进化，岂非自相矛盾？

君劢最得意的话是“牢固不拔”的物理学能“推算未来”，不是生物心理学公例所做得到的。他没有给“推算未来”下一个定义。他只举了一个例说：“物体上左右各加一力，则其所行之路为平行方形之对角线。”他又说天文家可以预算天象。读者诸君，预算天象的把戏，我们三千年前的野蛮祖宗已经会做，不算什么希奇。我不知道君劢信不信医学是应用生物学，不过若是有人得了肠气或是打疟疾，连我都可以预算他的温度。我再举一个郑重的例。自从德夫利士①(De Vries)重新发现曼德尔②(Mendel)公例之后，若是我们拿一种黄皮的玉蜀黍来和白皮的杂种，新生出来的玉蜀黍上面有几粒是黄皮的，几粒是白皮的，都可以预先算得出来。近年来这种遗传性上大发明，在我个人眼光看起来其重要不亚于爱因斯坦的相对论。最近嘉沙尔(Castle)要证明生殖细胞的独立性，拿一个未成年的黑巴西猪的卵巢，移植在一个成年的雌白巴西猪肚皮里头，四个月以后再用一个雄的白巴西猪给他交合，生下来的三胎，都是黑巴西猪！足见得雌的白巴西猪的身体营养，对于原来黑巴西猪的卵巢，没有发生一点影响，而且曼德尔公例也是完全适用，同嘉沙尔的预言是一样的。

我的心理学程度同君劢的生物学差不多，不敢冒昧给他辩

① 德夫利士：今译德弗利斯(1848—1935)，对生物进行实验研究的荷兰植物学家和遗传学家。

② 曼德尔：今译孟德尔。

护，但是就我所知道的正式心理学以外，动物心理学、孩童心理学，同反常心理学近来发明很多。我对于动物心理学比较的明白一点，我觉得其中的公例尽有可以“预算未来”的，请君劢不要一笔抹杀。就是他所最鄙夷的生计学、社会学，也很有公例可以计算未来的事，我举两件最近的事实来做一个例。

欧战以前安基尔（Angell）做一部书叫做《大幻想》，罗列种种的经济事实，说近世的战争，能使得战胜国同战败国一样的破产。欧洲这一次大战争的结果，完全证明他的公例是不错的，这不是“预算未来”的事吗？阙士[①]（Keynes）的“和约的经济结果”说，压迫战败国过度，使他不能生活，于战胜国有害无利。这四年中的欧洲不件件被阙氏说中了吗？

君劢对于科学第二种误解是把科学的分类当做科学的鸿沟。托摩生的《科学引论》（八三页）说：“科学的分类是为实际上同知识上的方便，但是满身都是困难。”他又引皮耳生的话说：“各种科学是同本的树枝。”为研究方便起见，我们把他分成物理、化学等等，其实绝不相类的科学之间，又有许多互相联带的科学把他们贯串在一起。例如论理学与生物学似乎性质绝不相类，然而由论理而数学，而物理，而化学，而生物化学，而生物学，彼此重复，界限不清，足见得他们本来是同气连枝的。所以从来各家的分类不会一致。我不知道君劢为什么单举翁特的分类来做标准，因为翁特原书并没有讨论科学分类，君劢所举的是他《论理学》各章的标题，所以是不完备、不精密的！我猜想或者君劢因为这种分类里面没有地质学，所以拿来给作者开顽笑。况

① 阙士：今译凯恩斯（1883—1946），英国著名的经济学家。

且“确实”不是“物质”的代名词。大多数的人把数学同论理放在一起，叫他们做抽象科学。君劢自己引韦尔士的话说：

> 算也，量也，数学之全部构造也，皆出于人之主观，而与事实之世界相背。

照君劢的精神定义，岂非数学也是精神科学？何以又独为确实？他既然把生物学认为确实科学，何以又竭力证明他不确实？他说“纯粹心理无公例”，“近年来所谓实验心理者，大抵所试验者以五官及神经系为限，若此者谓为生理的心理学则可，谓为纯正心理学则不可。”君劢所引的翁特的标题，没有生理学，想起来应该归入生物学，实验心理学既然是生理的，当然是确实的，何以又说他“视生物学又下一等矣？”凡此矛盾都是以为各科学真正有鸿沟，拿这种观念来强加之于翁特的分类，自然不能自圆其说。

分类是科学方法的第一步，作者如何可以不承认？但是承认科学分类是一件事，承认精神科学物质科学真有根本的分别又是一件事，假如我为研究地理人物的关系把直隶省的人分做北京人、天津人等等，难道这种人真正有什么分别？

我并不是说生计学是同物理学一样的确实，我也并不是说各种科学的材料不可分出类来研究，我说是分类是为方便起见，确实是程度问题，不能拿得来证明知识界真有鸿沟。这种观念，学科学的人普通都知道，所以苏笛[①](Soddy)说，物理同化学分

① 苏笛：今译索迪(1877—1956)，英国物理学家、化学家，获1921年的诺贝尔化学奖。

不开,化学同生物学分不开(参观《物质与能力》)。赫胥黎论科学精神说:

> 如果如我所信,世界越老,这种观念的地位越坚固,这种精神要推广到人类思想界的全部分,并且同知识界的范围一样宽广;如果如我所信,人类走到壮年,要承认世界上只有一样知识,只有一种方法去取得他,那么我们还是小孩子。(《方法与结果》四一页)

詹姆士说:

> 多数的思想家都有一种信仰,以为只有一个包括一切的科学,并且有一件不知道,没有一件可以全知道。这样的一个科学,如果成功事实,就是哲学。现在都距事实很远,所以我们只有许多知识的起点,分布在各处,并且为事实上方便起见,彼此分开,以待将来生长联合成功一个真理。(《心理学教科书》第一页)

君劢说否认物质科学同精神科学真有分别,是"从在君始",太恭维我了,我不敢当。总括讲起来:科学的态度是极平等的,知道各种科学走的路,虽不一定是一条,路上看见的景物,虽不一定是一样,然而出发的地点是相同的,走路的方法是相同的,越走得远,各路离开得越近,彼此越可以互相帮助。今天我走得快点,明天他也会得追上,或是走到前面去,决不肯安分畛域扬此抑彼。科学的态度是极谦和的:知道知识界同空间一样,看不见边际的;我们现在所已知道有限,将来所知道的无究,正如君劢所引的托摩生的话:“小秘密去,大秘密又来。”然而若是有人来对科学说,你走的路是错的,有几条路不是你所能走的,旁的还有巧妙的方法可以走到你前边,或是走在你上头,科学绝对的不能承认,因为用这种超越方法的人走了几千年仍然走回他出发的地点,脱不了自己制造出来的太极圈子。所以我说“在知识里面科学方法万能;科学的万能,不是在他的材料,是在他的方法”。我还要申说一句,科学的万能,不是在他的结果,是在他的方法。

四、存疑学者的态度

君劢说:“在君……自号曰存疑的唯心论。既已存疑,则研究形上界之玄学,不应有丑诋之词。不知自谓存疑,而实已先入为主,此则在君先已自陷于矛盾而不自知。”他对于存疑主义分明没有了解,我不能不加以说明。

为存疑主义开成立大会的是赫胥黎。我请这一位开山大师来亲自说话:

> ……我年纪越大,越分明认得人生最神圣的举动是口里说出和心里觉得“我相信某某事物是真的”。人生最大的酬报和最重的惩罚都是跟这一桩举动走的。这个宇宙是到处一样的;如果我遇着解剖学上或生理上的一个小小困难,必须要严格的不信任一切没有充分证据的东西,方可望有成绩;那么,我对于人生的奇秘的解决,难道就可以不用这样严格的条件么?用比喻同猜想来同我说,是没有用的。

(《赫胥黎传》第一册,页二三三)

他又说:

> 我说笛卡儿敬奉怀疑,请你要记得这是葛笛①(Goethe)所说的活的怀疑,“这种怀疑的目的是要征服怀疑自己”,不比得那一种从油滑同懵懂产生出来的东西,只知道延长怀疑,好拿来做懒惰同麻木的借口。(《方法与结果》,页一七〇)

所以存疑主义是积极的,不是消极的;是奋斗的,不是旁观的。要“严格的不信任一切没有充分证据的东西”,“用比喻同猜想来同我说,是没有用的”,所以无论遇见什么论断,什么主义,第一句话是:

> 拿证据来!

他的证据不充分,我们不信他;他把比喻猜想来做证据,我们一定要戳穿了他的西洋镜,免得他蒙混人。用比喻猜想来假充证据,柏格森要算第一把能手。他说:“从一种状态变到另一种状态,同固守于一种状态是没有根本的分别。”(《创造的演化》第二页)我们对他说:“拿证据来!”他又说:“心理的生活是时间造成的,时间是有抵抗力的,有物质的”,我们对他说:“在心理学

① 葛笛:今译歌德。

上时间是觉官的感觉,在物理学上时间是空间的补充,都是根据于可以试验的事实来的,你的这种时间何从而来?你怎样来证明他是有抵抗力的,有物质的?”他说心理的状态同滚雪球一样,越滚越堆积得多。又说生物同流水向前流一样,越流分支越多。我们对他说:“慢来,慢来!这都是比喻,请你把心理状态同雪球的关系,流水同生物的同点,用事实来证明白了,然后再从这种比喻上发生你的无限制的推论。”不但柏格森这种玄而又玄的话一攻便破,存疑学者对于康德的“断言命令”、倭伊铿的“精神生活”、欧立克的“精神元素”都只有一句话:“拿证据来!”

五、知识论

用君劢的名词,我的知识论是唯觉主义。我说他是“科学的”并不是说已经“有定论的”——这是君劢自己对“科学的”下的定义,与我不相干——是因为这种知识论是根据于可以用科学方法试验的觉官感触,与正统派哲学的根据不同。新代的经验主义用经验来讲知识,用生活手续来讲思想,新唯实主义用函数来讲心物的关系,虽与唯觉主义的人地位不同,然而都可以说是科学的,因为都是用科学方法来研究知识论的。唯觉主义所根据的事实本来很复杂的,我用了二千字来说明,我自己本来觉得不透彻,可以讨论的地方很多。幸亏君劢很体贴,他仅仅地拿了正统哲学的口头禅来驳我,我只用几句简单的话就可以答复他。

我不知道君劢所说的“论理的意义”还是人类所独有的呢?还是高等动物所公有的呢?还是成年人所取得的呢?还是孩童所本有的呢?以感觉为知识的原子,有许多心理学的证据,最重要的就是动物心理学同孩童心理学所研究的结果。高等动物同孩童都有感觉,都有记忆力把感觉的印象留住。研究动物同孩童心理的人,都不承认感觉有论理的意界;就是成年的人看见红色,也未尝一定对自己说,“红色如此”,“此真是红”,如果如此,凡人遇见极简单的感觉,都要辨别真伪。我们的生活岂不要苦死?君劢承认不承认生理学所谓无意的举动?无意举动的动机是否是感觉?是否有论理的意义?假如我拿一根棍子照你头上打一下,你是不是立刻觉得痛,还是要对自己说,“痛是如此”,“此是真痛”,然后能感觉是痛?西班牙决斗的雄牛,看见红色就要乱刺人,是否他也对自己说,“红色如此”,“此真是红”?还是动物对于激刺的一种反动?康德的先天综合判断对于西班牙的牛适用不适用?动物为什么对于激刺能发生影响,人类为甚能用感觉成功概念,用联想而得推论,是生物学上根本的问题,现在是“小秘密虽去,大秘密又来”,没有能完全解决的。然而学生物学心理学的人用不着康德的“先天综合判断”,用不着德国思想心理的“论理意义”。因为比较心理学已经宣告了他们的死刑。

唯觉派的知识论本来是理论,本来有讨论之余地的。至于我们说:“凡常人心理的内容其性质都是相同的。……我的思想的工具是同常人的一类机器。机器的效能虽然不一样,性质却是相同。”这是事实,不是理论。自从嘉尔登拿统计的方法来研究生物的现象,成功了所谓生物测量学(biometrics),我们所谓“常人”已经有了统计上的根据。即如英国的常人是五尺八英寸高,五尺以下的是矮子,六尺六寸以上的是长人。但是矮子同长人的标准完全是随意的:五尺以下的矮子,和六尺六寸以上的长人之间又有许多过渡的人把他们和常人联合在一块。智慧测量的结果同高度是一样。假如我们说痴子的智慧是零，天才的是一百，常人的是五十：一至四十九把痴子同常人联合一气；五十一至九十九又把常人同天才的界限相混合。肢体与高度相称的是长人；若是一个人头异常的长，身异常的短，或是四肢绝对不能相称，他就是一个怪人，同心理上的疯子一样。研究疯人心理的学者，都觉得疯子的性质一部分与天才有几分相似，因为都是感觉特别发展的原故，但是疯子的一部分发展过度，失去了心理的平衡，而天才的各部分发展相称，能保存生活的常态。长人、矮子同常人是程度问题不是种类问题，天才、痴子同常人的分别，也是比较的，不是绝对的：常人虽然长，然而他的长的程度是为种族能力所限制，所以世界上没有八尺九尺的长人，况且长人的体格系数（index）如头骨的宽长，手臂的比例，等等，还是同寻常人一样。天才的智慧，高出常人的程度，也是为种族能力所限制，他的心理同生理的组织也是同常人的是一类的机器。这是近七十年生物学心理学的根本观念，不是可以随便推翻的。

从天才与常人的关系，还可以推论两种重要的观念：

（一）知道天才是为种族能力所限制，而且同常人的分别是程度的，不是种类的，所以我们不相信有不学而能的孔子，上帝产生的耶稣，或是智慧无边的佛。正如世界上没有见过高与天齐的长人。

（二）天才的智慧虽然是有限制的，我们决不敢因为如此而看他不起，因为智慧高一分，识见要高一丈，常人无论如何努力都赶他不上。就譬如我们五尺六寸高的人，决不敢鄙薄六尺六寸高的人，说他不过比我们全身高五分之一有零，因为若是我们要给他对打，绝对没有赢他的希望；若是在人丛中看戏，我们一点儿看不见的时候，他可以满台都看见。

君劢说：

> 明明有官觉的印象相同而其所得结论则大异。器官之征异，达尔文曰，是环境使然，拉马克曰，是用不用使然。果达氏拉氏官觉组织之不同耶？果如在君所谓谁为疯子谁为非疯子耶？关于时空问题，奈端曰，时空绝对，爱因斯坦曰，时空相对。果两氏官觉组织之不同耶？果在君所谓谁为疯子谁为非疯子耶？……此数人者，所以各持一说之故，理由甚多，姑置勿论。要之，……以常人官觉之相同为推理相同之唯一根据，则断断乎其不可通。

我请读者平心静气地看看，究竟谁可通谁不可通。拉马克是达尔文的前辈；《物种由来》出版的时候，拉氏已经死了三十九年，达尔文所举的事实，大部分是拉马克所不知道的。牛顿殁于一七二七年，爱因斯坦相对论所根据的事实，牛顿没有柏格森先生的直觉，当然不能预知的。一个人所知道的事实，本来就是他觉官的印象，如何可以说拉马克同达尔文，牛顿同爱因斯坦有相同的觉官印象？他们觉官印象不相同，自然有许多君劢所“姑置勿论”的理由，如何能说他们的“官觉组织不同？”与我所说的疯子又有什么关系？我且问君劢，我们两个人的人生观不一样，是否因为是一个“中了科学毒”，一个“被玄学鬼附上身”，所以觉官的印象不相同，还是他的官觉组织真正和我的是两样的？议论不相同，就说是觉官组织不相同，有什么事实的根据？你要我在生理学上举多少的反证？若是相信柏格森的直觉主义的人，真正相信他们的觉官组织与我们两样，我只好对他们说："你们有你们的直觉，我们有我们的直觉，除非你们能证明，你们的觉官组织比我们的高明，我们用不着你们的直觉！"

读者还要注意，我第一篇讲审查概念推论所举的第三条说：

> 凡推论不能使寻常有论理训练的人依了所根据的概念，也能得同样的推论，科学不承认是真的。

我说能得同样的推论，不是说一定得同样的推论，因为能不能是一件事，肯不肯又是一件事。我记得巴尔福有一篇文章载在惜培德(Hibbert)杂志上。他说人类有自由意向的学说，科学上的根据很薄弱，他是知道的，但是他觉得这种学说很可爱，不肯放弃他。足见得他的肯不肯是情感问题。许多人重情感而轻知识，所以往往的"非不能也，不肯也"。我们现在是就知识论知识，没有把情感计算在内。

六、精神与物质

我们说物质科学同精神科学没有根本的分别，因为他们所研究的材料同为现象，研究的方法同为归纳。至于精神同物质根本有无分别，如果有分别，究竟是一种什么质，本来是哲学上大问题。君劢拿内与外同我与非我来说明精神物质，同没有说明一样，因为内与外同我与非我本身的界限定义，也是极难解决的。除去了正统派的哲学以外，近代拿科学方法来研究这个问题的有三派：(一)马哈的唯觉主义，(二)行为派的心理学，(三)

新唯实论；杜威可以代表第二派，罗素可以代表第三派。

马哈说感觉是知识的原质：声、色、温度、压力、空间、时间等等联想起来成功许多复杂体。其中比较永久的现象深印于记忆，发表于语言，成功了我们所谓的“物”。记忆同情感所成功的复杂体，联合到一个特别的物——我们的身体上面就成功了“我”。“我”自然也是比较永久的，但是我们往往只记得他是永久的，忘却他的永久是比较的。“我”的永久全是以思想的连续同养成的习惯做根据的，然而细想起来今日的“我”同许多年以前的“我”，究竟有几分相似？若是我们没有记忆来联合他们，今日的“我”就未必认得昔日的“我”，所以“我”不是一个固定的、不可变的单位。“我”的特点是在连续，但是连续不过是预备同保存在“我”里面的内容的一种方法，内容是基始的，比副从的“我”重要得多，所以“我”尽管不存在，我的内容如果有价值，如美术家的创造，科学家的发明，改造社会的事业，仍旧可以永久存在（马哈这种观念同中国人所谓“三不朽”是一样的）。

物同“我”都是同样原质（感觉）所成功的复杂体，所以物同“我”没有一个明显的、一定的、普遍的界限。把与苦乐最有密切关系的原质联合起来，做成功一个理想的单位——我——是避苦求乐的人类的天性，是一种实际上很有用的假说，然而为求真理起见，这种观念不但无益而且有害。马哈又引李虚登堡[①](Lichtenberg)的话说：“我觉得有许多表现是离我而独立的，有许多是离不开我的；究竟界限在哪里？我们所真知道的不过是

① 李虚登堡：今译利希滕贝格（1742—1799），德国杰出的思想家、讽刺作家、政论家。

感觉、表现、同思想,所以我们说,‘我思想’是同说‘天响雷’一样。”(参观马哈的《感觉之分析》)

我不必详细说明行为心理学者同新唯实论者的意见,因为这两派的大师杜威同罗素都在中国讲演过的,听过他们讲演的人自然比我(没有去听讲的人)要了解的明白。简单讲起来,行为心理学者的态度是三派中最极端的:他们根本不承认内省(introspection)是求知识的方法。知识是完全从观察来的:凡所谓思想的表示,从观察方面讲起来是一种语言的习惯;要说明他,用不着那种不可观察的假设。他们的根据是从比较心理学上来的。研究动物心理学的人久已知道,从前对于动物心理的推论是完全靠不住的——很复杂的行为不必一定有很复杂的思想:譬如初长成的鸟第一次造它的巢的时候,完全不知道它将来要在巢里边生卵;它的行为是一种天性的行动。凡不是天性的行为都是养成功的习惯,所以说明动物的行为不可以用自觉同思想这种假说。把这种方法推广到人类上来,思想的表现是语言,语言的行为完全是养成功的习惯,至于君劢的“精神”同“我”更不是行为派的学者所能承认的了。

罗素的地位,正在马哈同杜威之间。他的《心之分析》,一部分是从马哈来的,一部分是从行为派心理学来的。他引詹姆士的话,根本不承认自觉是一种实体,说自觉是“我”的鬼,“我”是“灵魂”的鬼,完全用不着的。罗素又批评布兰唐诺[①](Brentano)的话说,思想的手续,没有他所说的“行为”(act);思想不必有一个我

① 布兰唐诺:今译布伦塔诺(1838—1917),德国哲学家、心理学家、意动心理学派的创始人。

想的主体。这一束思想是甲，那一束思想是乙。我们说："我想""你想"，不如单说"想"，同说"下雨"一样，或是说，"我里面有一个思想"。他所讲的天性习惯同内省，大部分同杜威派相同。他虽不完全否认内省，但是他再三地说"内省所发见的东西同观察所发见的没有根本的分别"。

这三派的学说虽然有许多不同，但是都可以说是科学的，因为他们都是用科学的结果同科学的方法来解决知识论的：同君劢所信仰的根本不能两立的。君劢这一派的学说，普通叫做正统的哲学，因为他们的方法是从亚立士多德一脉相传下来的。亚立士多德的宇宙论同生物学已经完全为科学推翻；若是我们仍然保守他的哲学方法，是不是他的哲学高出于他的宇宙论同生物学几十倍，还是我们的哲学观念太嫌幼稚一点？

读者或者要对我说："我明明白白知道有个我；你如何把'我'变成功一束的思想、行为的动物，或是记忆情感所联合的复杂体？"读者注意！没有许多年前，世界上不能有对跖的人，同太阳的东升西落，都是最明最白的事，现在谁也不承认是真的了。可见得我们虽然是明明白白觉得有个"我"，"我"不一定是真有的！

况且无论我们相信哪一派的哲学，只要我们不是完全不理会生物学同心理学所得的结果，我们决不能相信有超物质而上的精神与外相隔绝的内，或是离非我而独立的我喝几杯烧酒，我就会得胡说，嗅几把淡养，我就会得狂喜，饮食消化太慢，我就会得烦躁，内腺分泌失常，我就会得恐惧。上了麻醉药，我的"精神""内"、同"我"就都不知去向。我的行为自觉的只有一部分：所有记不得的经验、多年前的感触、不自知的欲望，都与我有密切的关系。管束我的精神的，有“身体上的营养，动物性的行动，野蛮人的传说，孩童时的印象，惯例式的回效，承继来的知识”。我的意义是不是“自由”的？我的“纯粹的心理”，向哪里找去？

七、美术、宗教与科学

君劢答词里面最不可了解的要算他中篇的第三章，所谓“科学以外之知识”，因为他不但是滥用没有定义的名词，不但是矛盾，而且是无的放矢。我不知道他的人生观从几时起才加入美术的，不过我再三读他的清华讲演的文章，在他九条的人生观宪法里面找不出与美术有关的观念来。我攻击他的文章完全是对于他的讲演发言；那里面所说的“人生观”单是指他的九条！我并没有给人生观下定义！所以当然不提及美术，他何以知道我是狭小，是不承认美术？这岂不是无的放矢么？

他一面说美术是知识，一面引托摩生的论美术话说：“人类之大目的，其于自然界，不仅知之——此是科学之事——又在能享受之。人者有情感者也。”这岂不是矛盾么？

“享受”同“情感”都是知识，然则饮食男女都是知识。我不知道君劢的“知识”有什么定义。我的那三条里面所说的“真”，第一条是指概念同推论，第二条是指概念，第三条是指推论，界限是极明白的；与美术、道德、宗教有什么关系？难道他的正统哲学，连知识情感同天性(instinct)都弄不清楚？这不是滥用没有定义的名词么？

他把美术宗教当做知识，不但学科学的人不承认，恐怕学美术的信宗教的人也未必承认的。美术固然不是可以完全离开知识的，譬如声学可以补助音乐，几何可以补助图画，文法可以补助诗歌，但是运用死方法来表示人所不能表示的情感，是神而明之，存乎其人，所以说是术。人之所以能觉得自然界的美，同人能寻出自然界的秩序，自一样的原因；都是演化的结果，因为不如此是不能生存的。假如我们看了自然界，就觉得丑，就要呕吐，我们如何可以活得长？学科学的人没有不崇拜美术的，因为两样东西性质虽然不同，都是供给人类的需要，而且可以互相帮助的：知识越丰富，表示情感的能力越大；越能表示情感，知识越丰富。况且诗人画家虽是常有奇怪的想象，他们最诚实，决不像玄学家拿想象来骗人的。画地狱的人决不说我们要到他画里面去受罪；杜牧之说"蜡烛有心还惜别，替人垂泪到天明"决不是叫我们相信蜡烛真有惜别的心，真能替人掉眼泪。若是柏格森对我们老实说，他的玄学是同诗人的诗一样，我们决不肯再反对他了。

我岂但不反对美术，并且不反对宗教，不过我不承认神学是宗教。十二年前我做动物学教科书说蚁类优胜的理由：

> 然所谓优胜者，就蚁之种系言则然耳。若以蚁之个体观之，则固有难言者。如彼后蚁，当其初生时，无家室之累，生殖之劳，有翅能飞，来去自在，其乐何如也？未几而巢穴成而翅去，蛰居土中，日以产卵为事，终身不复有他望。使后蚁而有知，应亦自悲其运命之穷蹙？如彼工蚁，则更不足以自慰。人类之为子孙作牛马者，达观者犹议其愚。今工蚁又不能生殖，无子孙之可言：寿不过数月，而终日仆仆觅食，为数年之蓄，其愚不更十倍于田舍翁乎？合至愚之蚁为群，而蚁之种乃优胜，若是者何哉？曰牺牲个体之利益以图一群之利益也，牺牲一群一时之利益以图一种万世之利益

也。言群学者可以鉴矣。（页一一八至一一九）

论天演的末节我又说：

> 综观动物生活之景象以及天演施行之方法，而知所谓优劣成败者，不关于个体而关于全种；不关于一时而关于万世。然个体一时之利害，往往与全种万世之利害相冲突，故天演之结果，凡各动物皆有为全种万世而牺牲个体一时之天性，盖不如是不足以生存也。人为万物之灵……当上古智识初开之时，有有宗教心者，有无宗教心者；有者为优，无者为劣，故无者灭而有者存。迭世聚积，而成今日宗教之大观。然而宗教者亦天演之产物也，所谓神道设教者非也。

所以我的宗教的定义是为全种万世而牺牲个体一时的天性，是人类同动物所公有的。这种天功不是神学同玄学所能贪的，所以许多人尽管不信神学玄学，他们的行为仍然同宗教根本相合，就是这个原故，凡动物的天性却不是圆满无缺的。人类的宗教性既是合群以后演化的结果，合群以前的种种根性不利于合群生活的，仍旧有一部分存在；往往同合群式的宗教性相冲突。人之所以为善为恶，全看这两种根性哪一种战胜。君劢说："我对于我以外之物与人，常求所以变革之，以达于至善之境。"就是我所说的宗教性；他所说的"物质与精神的冲突"，就是我所说的不适宜于合群的根性。我们根本不同的点是，他以为人性是善的，物质与他冲突所以人才为恶；把物质变成功耶教里面的苹果。我说人性有一部分是适宜于合群的，一部分是相冲突的，都是要受物质的影响的。一个人的善恶(一)是看他先天的禀赋,(二)是看他后天的环境。优生学是想改良先天的,教育是想利用后天的。哪一种环境最能使宗教心的发展适宜于人类的生活,是教育上最大的问题。

我们所以极力提倡科学教育的原故,是因为科学教育能使宗教性的冲动,从盲目的变成功自觉的,从黑暗的变成功光明的,从笼统的变成功分析的。我们不单是要使宗教性发展,而且要使他发展的方向适宜于人生。况且人类的冲突往往不是因为目的,是因为方法:回教徒同耶教徒都想进天堂,冲突起来,使世界变成地狱;新旧教都讲兼爱,都信耶稣,三十年的宗教战争,把德国人杀去了四分之三。这种历史上的教训,举不胜举。要免除这种恶果,规律的神学,格言的修身,文字的教育,玄学的哲学,都曾经试过,都没有相当的成绩。唯有科学方法,在自然界内小试其技,已经有伟大的结果,所以我们要求把他的势力范围,推广扩充,使他做人类宗教性的明灯:使人类不但有求真的诚心而且有求真的工具,不但有为善的意向而且有为善的技能!

八、结　论

读者注意!我始终没有给人生观下定义;我第一篇文章所讲的"人生观"是君劢清华讲演的九条,这一篇所讲的是照君劢答词里面的定义。我已经证明君劢的定义是不能适用的,因为用精神与物质,内与外,我与非我来讲人生观,越讲越不明白,因为精神不能离物质而独立,内不能同外分家,他所说的"我"是不是真有的还是一个疑问。他的两种人生观都不是能离开知识的:"在知识界内科学方法万能。"知识界外还有情感。情感界内的美术宗教都是从人类天性来的，都是演化生存的结果。情感是知识的原动，知识是情感的向导；谁也不能放弃谁。我现在斗胆给人生观下一个定义：

> 一人的人生观是他的知识情感，同他对于知识情感的态度。

情感完全由于天赋，而发展全靠环境，知识大半得之后天，而原动仍在遗传。知识本来同情感一样的没有标准；近几百年来自然科学进步，方才发明了一个求知识的方法。这种方法，无论用在知识界的哪一部分都有相当的成绩，所以我们对于知识的信用比对于没有方法的情感要好；凡有情感的冲动都要想用知识来指导他，使他发展的程度提高，发展的方向得当。情感譬如是长江大河的水，天性是江河的源头，环境是江河的地形，情感随天性环境发展，正如江河从源头随地形下流，知识是利用水力的工作，防止水患的堤岸，根本讲起来也是离不开地形的。这就是作者的人生观，究竟比张君劢的哪一个适宜于现在的世界，请读者自择！

第二　枝叶

君劢答词里面的枝叶是千头万绪，驳不胜驳。我现在以友谊的态度用他的枝叶来指明他两个很大的毛病，请他反省。

一、武　断

我不知道君劢的文章里面有几条“不容动摇”的“学术上的天经地义”（中篇，第三，第一段），但是我觉得他满纸却是“必”字

“决”字或是“吾敢断言”。学术上本来就没有“天经地义”；你越不容人家动摇他，他自己越会得摇动，我没有功夫做一个完备的“武断之分析”，我只好随便举几个例：

例一

“国人迷信科学”，“国人之思想混沌若此”，请问君劢的“国人”是指的谁？最奇怪的是他说，“国人所以闻玄学之名而恶之者，盖惑于孔德氏人智进化三时期之说也”。要是他的话果然是真的，作者可以代表“国人”，应该有做总统的希望。只可惜我并没有读过孔德的书。

例二

“今国中号为学问家者，何一人能真有发明，大家皆抄袭外人之言耳。”旁人的学问，我不知道；我请君劢看看地质调查所出版的书：其中翁文灏的《矿产区域论》同《地震与地质构造》，这一次国际地质学会的外国人，都说他“真有发明”。就是作者的《扬子江下游之地质》同《云南东部之地层构造》，虽不能真有发明，也还不至于“抄袭外人之言”。

例三

“以为人生观为可以理智剖解，可以论理方法支配，数十年前或有如在君之所信者，今则已无一人矣。”如此说来，我孤立于世界，顽固得固然可怜，然而以一人敌全世界的人，连我自己也觉得勇气可喜。无奈君劢又说：“科学能支配人生乎？不能支配人生乎？此问题自十七世纪之末，欧美人始有怀疑之者，今当为一种新说。”欧立克是以为人生观不受科学支配的人。君劢引他说，“吾之立脚点至今无人承认”。然则君劢同欧立克也是孤立于世界的？

例四

他说托姆生是“英国第一流之生物学家”，“其不带杜氏之玄学气味，当为海内科学家公认”。君劢称我为“地质学家”，可见他的“什么学家”是不值钱的。学科学的人对于这种界限，却不肯如此笼统。凡对于科学没有直接贡献的不敢号称为家。托姆生是讨论批评旁人的贡献的人。他屡次要做英国王家科学社的社员，至今选举不上。他生平直接的研究，只有他的《男女性的进化》那一部书。他后来自己承认这部书没有根据（参观他的《遗传性》）。杜里舒的朋友冒根批评托姆生，说他拿不可证明的玄想来解决科学问题（参观冒根的《试验动物学》）。可见得他不但不是“第一流”，并且没有成家，并且很有玄学的气味。

例五

君劢反对富强，说“在寡均贫安之状态下，当必另有他法可想”。中国现在寡到什么程度，贫到什么田地，君劢研究过没有？那一年北方遭旱灾，没有饭吃的人有二千万人：卖儿女的也有，吃人肉的也有。这种贫安得了么？中国人每人每年平均的收入，据我所研究不过五十元至六十元，同松坡图书馆的听差的工资差不多。这种寡均得了么？

这五个例已经可以证明我的话不是随便说的了。其余如“玄学教育”，如“心性之学与考据之学”，如“社会改造的原动”，引不胜引。好的我不是同他豁拳，不必一定要凑成半打的。

二、断章取义

君劢的断章取义，我为篇幅所限，只能举三个最明显的例：

例一

我说玄学容易袭取，所以懒惰的人喜欢他。君劢就拿袭取两个字来责备我。凡据人家的话为己有的叫做袭取。我的知识论是从皮尔生同马哈来的，我自己早经声明，似乎不合于袭取的定义。从前奥马(Omar)王烧埃及的图书馆，说这许多书不是反对回教的圣经，就是赞成回教的圣经：反对的固然要烧，赞成的也用他不着。君劢对于我的批评同奥马王的心理差不多。他找不出我的议论的来历，就说"此世界之所未闻，有之自在君始"。我自己告诉了他我的来历，他说是"君子之袭取！"

例二

他说詹姆士"五体投地"地崇拜柏格森，所以"不得以玄学目之"。(在这一处君劢似乎也不以玄学为然！)读者可以参考开郎(Kellan)的《詹姆士与柏格森》那一部分书，开氏说詹姆士天性最慷慨，所以恭维反对他的人比恭维他的朋友还要热心。其实他的哲学与柏氏的玄学根本不同的。我所认得的前辈里面，梁任公就颇有这种脾气。我们若是把任公"五体投地"过的人的名字聚集拢来，大约可以成功一部人名辞典！

例三

最发笑的是君劢引托姆生的话转引了兰克司德(Ray Lankester)来证明科学的限界。他也应该打听打听兰氏是何许人。我现在文章已经做完了，忍不住要说一个笑话：

玄学鬼看见科学要打他，连忙的去找了几篇文章来当经咒念，做护身符。先找到了在北京的杜里舒，教了他一大段的经；再飞回伦敦，请了玄宗的恶鬼欧立克来演他的法术。究竟他心虚，恐怕经咒不灵，法术无效，忽然想起以毒攻毒的恶计，硬把科学小说家韦尔士求了出来给他挡一阵。韦氏骗他道："我不是真的科学家，恐怕不中用。你不如到科学宫里去看看。"玄学鬼没奈何只得向科学宫走去。走不了许多时,就看见一座很大的宫殿,光芒万丈,紫气千条,门前有三个大金字:“科学宫”。他在宫殿的左右前后,踱来踱去,不得其门而入。忽然看见照壁墙下,站着一个老头子,在那里宣讲圣谕。他认得是科学宫的门斗托姆生。连忙上前把他手里的书抢了过来一看,原来是一本《科学引论》。他不管三七二十一就当做玄学经咒大念起来。念了几句忽然念到兰克司德的名字。哪里知道这位兰氏是科学宫内的恶金刚。一听见玄学鬼在那里念他的名字,就大吼一声,跳出墙来,把他认做柏格森,没头没脑地乱打;一头打,一头说道:

> 人类的知识好比是代数上括弧里面的内容,括弧外面是一个X,代表不可知的东西。玄学家就拿这个X来变把戏。……他们所做的事又好像一个瞎子在一个暗房子里捉一个黑猫——最妙的是房子里面只有一个X,并没有猫!……柏格森不但是说时间是有质的,有抵抗力的,理智是靠不住的,直觉是真向导——这本来就譬如他告诉我们,他在暗房子里面已经捉到了猫尾巴上的几根毛——他还要来瞎讲科学,看他的神气好像他是懂得生物学的,细细一研究绝对不是那么一回事!所以他不是一个有趣的戏法家,他是一个说谎的骗子!(节译《近世科学与柏格森的幻想》的序子)

我向任公告饶道:“下次不敢了!”我再三向君劢赔罪道:“小兄弟向来是顽皮惯的,请你不要生气!”

转录《努力周报》

附录三

译名对照表

哥罗巴金	克鲁泡特金
哈德门	哈特曼
兰勃尼孳	莱布尼茨
黑智尔	黑格尔
佛乌斯脱	《浮士德》
莎士比尔	莎士比亚
华格那	瓦格纳
亚丹斯密	亚当·斯密
马克斯	马克思
柏剌图	柏拉图
冒根	摩尔根
罗任治	洛伦兹
戒文士	杰文斯
皮尔生	皮尔逊
马哈	马赫
伯克莱;勃克兰	贝克莱
布虚那	比希纳
克列福	克利福德

亚列士多德	亚里士多德
嘉列刘	伽利略
《物种由来》	《物种起源》
狄卡儿	笛卡尔
圜桥	剑桥
海格尔	海德格尔
白赖安	布莱恩
托摩生	汤姆森
翁特	冯特
克魄雷	开普勒
奈端	牛顿
李尔	莱尔
汉姆霍尔兹	亥姆霍兹
米勒	穆勒
范希纳	费希纳
鲍恩	玻恩
格里姆法	格里姆定律
拉司儿	拉斯基
欧立克	厄威克
倭伊铿	奥伊肯
韦尔斯	威尔斯
马勒蓄	摩莱肃特
陆克	洛克
罗杰司	罗杰斯
菲希德	费希特

华尔孚	沃尔夫
蒲脱鲁	布特鲁
伯司德	巴斯德
倍尔那	贝尔纳
倍德鲁	贝特洛
蓝农	勒南
哥诺	库尔诺
鲁诺微	勒努维耶
扑因卡勒	庞加莱
苏格腊底	苏格拉底
索勒尔	索雷尔
鲍尔雪维党	布尔什维克党
倍根	培根
达尔登	道尔顿
阿我喀杜罗	阿伏伽德罗
德夫利士	德弗利斯
曼德尔	孟德尔
阚士	凯恩斯
苏笛	索迪
葛笛	歌德
李虚登堡	利希滕贝格
布兰唐诺	布伦塔诺
布旦	博丹
卢骚	卢梭
戴恩	丹纳

蓝宁	列宁
萧伯讷	萧伯纳
讫司塔顿	切思特顿
毛根	摩根
龚柏	龚帕斯
赫克尔	海克尔
特拉曼脱里	拉美特利
居维爱	居维叶
黎卡德	李凯尔特
希特拉	希特勒
虎塞尔	胡塞尔
鲍尔逊	包尔生
泊兰克	普朗克
白罗格里	德布罗童
怀悌黑	怀特海
耶斯丕	雅斯贝尔斯
《实体与行历》	《过程与实在》
耶纳	耶拿
海门可亨	赫尔曼·科恩
濮兴斯几	波亨斯基
夏雷	舍勒
拔塞尔	巴塞尔
契尔契咖	克尔凯郭尔
斯透林	斯特林
格利恩	格林

白拉特立	布拉德雷
卜山圭	鲍桑葵
维铁根斯坦	维特根斯坦
墨克泰格	麦克塔格特
阿芬那里乌	阿芬那留斯
摩拉维也	摩拉维亚
兰泊齐希	莱比锡
威意亚司拖拉司	魏尔施特拉斯
罗文	鲁汶
萨泰尔	萨特
温特朋	文德尔班
伏格脱	福格特
海纳	海涅
克利米战争	克里米亚战争
华拉斯	沃拉斯
柯慈基	考茨基
夏特曼	谢德曼
诺司开	诺斯克
滂底	彭迪
斯宾格雷	斯宾格勒
奥本海	奥本海默
陶尹皮	汤因比
丕立斯登	普林斯顿
汤纳	托尼
巴庶	布什

侯唯生	豪尹森
菲鸦拔哈	费尔巴哈
狭司判孙	叶斯伯森
卡比察	卡皮察
哈伊盛堡	海森堡
诺司罗泊	诺斯罗普
海尔巴脱	赫尔巴特
巴鲁启	巴鲁克
菲度	《斐多篇》
菲特罗司	《菲德罗篇》
雪林	谢林
威尔迪伦	威尔·杜兰特
包复罗夫	巴甫洛夫
伯罗泰哥拉司	普罗泰戈拉
麦几维里	马基雅维利
《共和国》	《理想国》
玄西丁	查士丁尼一世
连生哥	李森科
海拉克立图司	赫拉克利特
派海纳第司	帕尔米尼底斯
亚纳克齐门达	阿那克西曼德
亚纳克齐米纳司	阿那克西美尼

图书在版编目(CIP)数据

哲学与人生/张君劢著. —上海:上海人民出版社,2020
ISBN 978-7-208-16189-4

Ⅰ. ①哲… Ⅱ. ①张… Ⅲ. ①人生哲学-文集 Ⅳ. ①B821-53

中国版本图书馆 CIP 数据核字(2019)第 258551 号

责任编辑 毛衍沁
封面设计 零创意文化

哲学与人生
张君劢 著

出 版 上海人民出版社
(200001 上海福建中路 193 号)
发 行 上海人民出版社发行中心
印 刷 常熟市新骅印刷有限公司
开 本 890×1240 1/32
印 张 21.5
插 页 6
字 数 458,000
版 次 2020 年 5 月第 1 版
印 次 2020 年 5 月第 1 次印刷
ISBN 978-7-208-16189-4/B·1438
定 价 98.00 元(全二册)